毛泽东读四大名著

◎董志新 著

读《水浒传》

北方联合出版传媒（集团）股份有限公司
万卷出版公司

ⓒ 董志新 2011

**图书在版编目（CIP）数据**

毛泽东读《水浒传》/董志新著．—沈阳：万卷出版公司，2011.1（2024.5重印）
（毛泽东读四大名著）
ISBN 978-7-5470-1300-7

Ⅰ．①毛… Ⅱ．①董… Ⅲ．①毛泽东（1893～1976）—评论—水浒传 Ⅳ．①A841.691②I207.412

中国版本图书馆CIP数据核字（2010）第220848号

出 品 人：王维良
出版发行：北方联合出版传媒（集团）股份有限公司
　　　　　万卷出版公司
地　　址：沈阳市和平区十一纬路29号　邮编：110003
印 刷 者：辽宁新华印务有限公司
经 销 者：全国新华书店
幅面尺寸：170mm×240mm
字　　数：460千字
印　　张：27.5
出版时间：2011年1月第1版
印刷时间：2024年5月第4次印刷
责任编辑：王会鹏　齐丽丽
封面设计：刘萍萍
版式设计：徐春迎
责任校对：高　辉
ISBN 978-7-5470-1300-7
定　　价：78.00元

联系电话：024-23284442
邮购热线：024-23284050
传　　真：024-23284448

常年法律顾问：王　伟　版权所有　侵权必究　举报电话：024-23284090
如有印装质量问题，请与印刷厂联系。联系电话：024-31255233

# 内 容 提 要

《水浒传》几乎伴随了职业革命家毛泽东的一生，毛泽东的全部革命生涯受到了《水浒传》的很大影响。毛泽东爱读《水浒传》，善解《水浒传》。这部描写古代江湖好汉造反起义的传奇小说，在他的精神锻造、意志磨砺和性格形成中产生了深深的共鸣。他也让这部反映古代农民革命的小说在现代革命中发挥了作用。

《毛泽东读〈水浒传〉》围绕毛泽东与水浒精神这个主调，全面收集、详尽介绍了毛泽东阅读、欣赏、评论、运用《水浒传》的专题资料，仔细分析了毛泽东那视角独特、个性新奇的读书经验，具体揭示了毛泽东从梁山好汉身上挖掘到的古代革命造反者的精神内涵。毛泽东对梁山好汉的反抗精神、民主精神、平等精神、拼命精神、"打虎"精神……都进行了深入的挖掘和精心的吸纳；对梁山好汉的政治和政策、胆略和策略、战略和战术……都给予了别开生面、启人心扉的解读，并恰到好处地将其转化为革命实践中敢于斗争和善于斗争的物质力量。同时，作为革命的借鉴，毛泽东也毫不含糊地指出了梁山好汉在精神状态和斗争策略方面的不足和失误。

本书分为四个单元：第一单元是毛泽东对《水浒传》文本的阅读，对小说作者和点评者的评论，以及对《水浒传》版本的关注；第二单元是毛泽东对梁山好汉革命精神、斗争艺术、经验教训的提炼、阐扬和运用；第三单元是毛泽东对小说人物的漫议、分析和引证；第四单元是毛泽东解读和运用《水浒传》在政治生活中受到误解的辩驳以及晚年他发表谈话引起"评《水浒》"运动的评析。总之，本书把一位革命家解读古典文学名著《水浒传》的整个情况和新鲜见解全部展示在读者面前。

**毛泽东看《逼上梁山》致杨绍萱、齐燕铭的信**

绍萱、燕铭同志：

看了你们的戏，你们做了很好的工作，我向你们致谢，并请代向演员同志们致谢！历史是人民创造的，但在旧戏舞台上（在一切离开人民的旧文学旧艺术上）人民却成了渣滓，由老爷太太少爷小姐们统治着舞台，这种历史的颠倒，现在由你们再颠倒过来，恢复了历史的面目，从此旧剧开了新生面，所以值得庆贺。郭沫若在历史话剧方面做了很好的工作，你们则在旧剧方面做了此种工作。你们这个开端将是旧剧革命的划时期的开端，我想到这一点就十分高兴，希望你们多编多演，蔚成风气，推向全国去！

敬礼！

毛泽东
一月九日夜

毛泽东在韶山读过的绘图浒注《水浒传》一页

# 目 录

**毛泽东与"水浒精神"**（自序） 001

**我让你找本《水浒》** 001
  把"经书"放在"杂书"上面 001
  一百〇八将的故事大王 002
  销售《新标点水浒》 003
  《水浒》与水壶 005
  引述《水浒传》典故 006
  "中国人"与"中国知识" 008
  《水浒传》上没有国民党 010
  增加知识的办法 011
  《水浒传》里有一首歌谣 013
  语文课可选《水浒传》的作品 014
  关心对《水浒传》的研究 015
  《水浒传》发行了 016

**施耐庵有一肚子火气才写《水浒》** 018
  施耐庵"不是科名显赫的人" 018
  有一肚子火气才写《水浒》 021
  施耐庵的"民主文学" 026

**《水浒传》是反映当时政治情况的** 035

**找一部金圣叹批的《水浒传》** 037

再看看金批《水浒传》　040
　　金圣叹的批注是好的　043
　　金圣叹很讲究文章的提笔　047
　　鲁迅非常不满意金圣叹　049

## 《水浒》三种都要出　053

## 中国农民富有民主传统　056

## 我看老百姓还是喜欢道教　061
　　造反的百姓都打着"替天行道"的旗帜　062
　　说中央委员是三十六天罡星　064
　　《水浒传》第一回有极神气的描写　068
　　赫鲁晓夫就是洪太尉　074

## 每次起义都是被逼上梁山的（逼上梁山之一）　080
　　我们也是逼的上山打游击　080
　　山上来了游击队　083
　　当"土匪"还不是国民党"剿共"逼的　085
　　七逼八逼就逼上了梁山　087
　　就在那年被逼上梁山　089
　　他们是被反动派逼迫革命的　091
　　帝国主义者正把人民逼上梁山　092

## 历史是人民创造的（逼上梁山之二）　094

## 后来逼上梁上非打不可（逼上梁山之三）　097
　　逼上梁山 非打不可　097
　　我是被他们逼上梁山的　099

## 这支队伍统帅得好　102

## 梁山泊也做城市工作　107

## 高级将领中就有做特务工作的　112

## 梁山泊就实行了这个政策　115

四海之内皆兄弟　120

历史上"水寇"曾演过无数的武剧　124

你们也没有对付日本人的"蒙汗药"　129

很喜欢看《打渔杀家》　133
  击掌作拍看《打渔杀家》　133
  打鱼老汉走投无路才跟地主拼命　135
  旧戏《打渔杀家》是好的　137
  团结人民反抗力量就大　138
  萧桂英离家时还爱惜家具　140
  萧桂英终于同梁山好汉一起"革命"　141

要研究故事里的辩证法　145
  三打祝家庄算是最好的一个　146
  有一批人假装合作打宋江　148
  调查才能找到解决问题的方法　151
  齐心协力打胜了第三次　152
  主观主义就不行　154
  三打解决三个矛盾　155

《三打祝家庄》很有教育意义　157

宋江起义与农民战争（宋江之一）　162

我们造反跟宋江差不多（宋江之二）　181
  我们造反跟宋江差不多　182
  省委的指示本该是"及时雨"　188
  劫富济贫　理直气壮　192

这支农民起义队伍的领袖不好（宋江之三）　197
  宋江失败是因为不容于现实社会　197
  重视宋江形象的讨论　200
  这支农民起义队伍的领袖不好　203

摒晁盖于一百〇八人之外　211

## 是命令主义强迫卢俊义上梁山 216

## 没有吴用这些人就不行 220
### 吴用是封建社会里的知识分子 221
### 请你这个智多星仔细看看 224
### 吴用不愿意投降 226

## 王伦不准人家革命 229

## 方腊·摩尼教·农民战争 234
### 方腊领导的农民战争 235
### 摩尼教与原始社会主义色彩 239
### 不"替天行道"的强盗 241

## 林教头的"战略退却"（林冲之一） 245

## "男儿有泪不轻弹"（林冲之二） 251
### 你们都用这咸豆豆欢送我 251
### 只是未到提级时 253
### 眼泪要往里头流 255

## 爱看昆曲《林冲夜奔》（林冲之三） 257

## 聂荣臻就是新的鲁智深（鲁智深之一） 260
### 五台山就在晋察冀 261
### 鲁智深是在哪个寺庙里当和尚 266

## 我来介绍鲁智深进共产党（鲁智深之二） 270
### "鲁智深"解放了！ 270
### 鲁智深从来没有考虑到女人 272
### 鲁智深可进共产党 275

## 李逵之大忠大义大勇（李逵之一） 278
### 李逵仗打得很好 278
### 理论界的"黑旋风" 281
### 李逵的办法叫做"剪拂" 285

李逵不愿意投降　289

## 懵懵懂懂地乱处置一顿（李逵之二）　293
　　李逵式的官长　294
　　李逵还是有缺点的　297
　　不要学李逵粗野　301

## 要学景阳冈上的武松　304
　　武松打大虫演得很像　304
　　不愧是打虎英雄　306
　　要学景阳冈上的武松　311
　　阳谷县是武松的故乡　313
　　武松的缺点是好杀人　315

## 石秀有一种拼命精神　319

## 黑旋风为什么斗不过浪里白条　323

## 三阮是反皇帝的　326
　　是梁山泊上的阮氏兄弟吗？　326
　　这绝不是阮小五说的话　327
　　三阮不愿意投降　330

## "没有出息"的宋徽宗　334

## 高俅代表地主阶级的一派　341

## 被错批的"梁山侠义行为"　347

## 关于"民粹主义"的责难　357

## 只反贪官 不反皇帝　366
　　毛泽东：《水浒》专门反对贪官　367
　　芦　荻：毛主席评《水浒》没有别的意思　370
　　姚文元：充分发挥这部"反面教材"的作用　376
　　江　青：《水浒》的要害是架空晁盖　380

邓小平：有人借这做文章搞阴谋　383
周恩来：我不是投降派！　385
张闻天：用唯物史观评《水浒》的"不够多"　388
胡乔木：不应把历史和现实作肤浅对比　389
张春桥：让大家都知道投降派　390
芦　荻：不买江青的账　392
毛泽东：画在杂志上那黑色红色的大圈　395
"前言"和专著：《水浒》是投降主义的教唆书　396
外电外报：超越文艺范围的新的"政治问题"　399
笔　者：简短的结语　402

## 主要参考文献资料　409

## 后记　411

## 丛书后记
——我这样写毛泽东读"四大名著"　414

# 毛泽东与"水浒精神"

## （自　序）

《水浒传》几乎伴随了职业革命家毛泽东的一生，毛泽东的全部革命生涯受到了《水浒传》的很大影响。毛泽东爱读《水浒传》，善解《水浒传》，这部描写古代江湖好汉造反起义的传奇小说，在他的精神锻造、意志磨砺和性格形成中产生了深深的共鸣。他也让这部反映古代农民革命的小说在现代革命中发挥了作用。

## （一）

鲁迅先生说："《水浒传》里有革命精神。"（《鲁迅全集》第7卷，第202页）

20世纪是革命的世纪，也是毛泽东阅读《水浒传》的时代背景，适应时代的需要亦即革命的需要，毛泽东对《水浒传》的关注和解读，着眼点在于从梁山英雄好汉这些古代革命造反者身上挖掘、提炼、吸纳革命精神，这即是他解读《水浒传》的最为成功之处，也是其独特之处。

那么，毛泽东从《水浒传》中挖掘到梁山英雄哪些精神内涵呢？

反抗精神。毛泽东在陕北保安同美国记者埃德加·斯诺谈话时说："我爱读的是中国古典小说，特别是关于造反的故事。"（［美］埃德加·斯诺：《红星照耀中国》第94页）所谓"造反的故事"，《水浒传》自然是首选。这讲的是少年时代的情形。湖南一师时代，毛泽东与同学们探讨"救国之道"，有的同学主张"教育救国"，有的同学主张"从政救国"，毛泽东断然宣称："学梁山泊好汉。"（［美］斯图尔特·施拉姆：《毛泽东》，第26页）

意即像梁山好汉那样武装反抗当权者的黑暗统治，他主张的道路是革命救国的道路。延安时期，他指出："梁山好汉都是些不甘受压榨，敢于反抗的英雄。"（喜民：《魂系中南海》，第92页）钟情的依然是对反动统治阶级的反抗精神。建立新中国以后，毛泽东回顾中国现代革命与历史上梁山义军的某种关系，仍然这样说："我们这些人好造反，跟宋江差不多。"（陈晋：《毛泽东之魂》，第132页）毛泽东借助梁山运动，肯定被压迫阶级革命造反的正义性和合理性，确立和张扬了革命无罪、造反有理的反抗精神。

民主精神。毛泽东认为《水浒传》是对文化史、教育史有深刻影响的"民主文学"。（《毛泽东文艺论集》，第191页）抗日战争时期，他在与外国记者谈话时指出："中国农民富有民主传统。千百次大大小小的农民战争有着民主的含义，历史上的一个例子，在著名的小说《水浒传》中就有所描绘。在接受和评价中国历史和外国条件时，采用适当形式极为重要。不可盲从。政府代表制的三三制适合中国目前的实际条件。"（蒋建家 王宏斌：《毛泽东外交生涯第一幕》，第223页）《水浒传》是有较多的"民主性精华"的古典文学作品，在思想内容上较集中、较强烈、较突出地表达了中世纪农民阶级的民主性和革命性要求。毛泽东认为描绘宋江起义的《水浒传》，是展示中国古代农民阶级民主思想的伟大著作，它的故事情节"有着民主含义"，体现了中国古代农民阶级的民主传统。应该说，这种评价把《水浒传》思想内容价值提升到了一个新高度。毛泽东用梁山义军等农民战争的民主传统，以佐证各个抗日根据地实行"三三制"政府代表制民主政治性质，借以批评国民党蒋介石的独裁统治，斗争是坚强有力的。

平等精神。作为农民小生产者的理想追求和价值选择，《水浒传》大力鼓吹平等精神——政治上、经济上乃至人格上的平等。这种平等精神集中体现在梁山英雄"排座次"以后"单道梁山泊的好处"的一段话语里面："都一般哥弟称呼，不分贵贱""皆一样的酒筵欢乐，无问亲疏""论称分金银，换套穿衣服"。小说中反复出现的一个口号是"劫富济贫"义军所到之处，即"开仓"放粮，"赈济满城百姓"。这种平等精神可说是农民小生产者最具有革命性的理想，它虽然从来没有真正实行过，但却鼓舞过一代又一代的农民起义。在民主革命时期，"劫富济贫"这种水浒英雄平等行为模式，无疑是号召和动员贫苦农民参加革命的有效口号。毛泽东带领秋收起义队伍上井冈山并站稳脚跟，实行的一项基本政策就是"打土豪，分田地"。这事实上体现着以往农民革命中的平等精神。不同的是，"劫富济贫"只重视分配关系的改变;"打土豪,分田地",则重视生产关系的变革。毛泽东说:"那时的豪杰打劫,是对付超经济剥削,对付封建地主阶级的。他们的口号是'不义之财,取之无碍。'七星聚义,劫取生辰纲,他们有充足理由。给蔡太师祝寿的财礼,就是不义之财,聚义劫取,完全可以,很合情理。大碗吃酒,大块吃肉,酒肉哪里来?我们也搞过,叫打土豪,那叫消费物资,我们罚款,你得拿来。……过去打土豪,我们对付的是地主,那是完全正确的,跟宋江一样。"(陈晋:《毛泽东之魂》,第373页)总之,"劫富济贫"与"打土豪,分田地",因为共同点都是对付超经济剥削,对付"不义之财",对付封建地主阶级,所以是"完全正确"的。平等精神有助于革命力量的号召和凝聚,有助于革命形势的深入发展,是十分显然的。

"打虎"精神。《水浒传》武松打虎的故事体现了英雄的豪气和神勇,毛泽东却另派用场,张扬一种敢于斗争的精神。毛泽东在长征路上,夸奖战将许世友"不愧是名副其实的打虎英雄",敢打"国民党这支虎"!新中国建立前夕,面对"你们太刺激了"的责难,毛泽东在《论人民民主专政》一文中指出:"我们讲的是对付国内外反动派即帝国主义者及其走狗们,不是讲对付任何别的人。……在野兽面前,不可以表示丝毫的怯懦。我们要学景阳冈上的武松。在武松看来,景阳冈上的老虎,刺激它也是那样,不刺激它也是那样,总之是要吃人的。或者把老虎打死,或者被老虎吃掉,二者必居其一。"(《毛泽东选集》,第四卷,第1473页)在国内外反动派这个野兽面前,要学习景阳冈上的武松,丢掉怯懦,敢于斗争,决心"把老虎打死"。武松的"打虎"精神,就是克服了怯懦的勇敢精神,就是放弃了妥协的斗争精神。

拼命精神。有一句流行很广的新谚语:"革命加拼命,拼命干革命。"拼着性命去干革命事业。大概这句新谚语的广泛传播,与毛泽东借水浒英雄石秀提倡"拼命精神"大有关系。1957年3月在南京党员干部会议上,他号召全党同志要有一种拼命精神,参加社会主义建设事业:"我们要保持过去革命战争时期的那么一股劲,那么一股革命热情,那么一种拼命精神,把革命工作做到底。什么叫拼命?《水浒传》上有那么一位,叫拼命三郎石秀,就是那个'拼命'。我们从前干革命,就是有一种拼命精神。"(《毛泽东著作选读》下册,第800-801页)毛泽东提倡革命战争时期的干劲、热情和精神,在于克服有些人在胜利后停滞不前的现象。拼命精神,是实现人生价值和成就伟大事业最高的精神境界。有了这种精神状态,战争年代可以夺取革命胜利，建设时期可以推动社会主义现代化实现。

毛泽东遨游于水浒英雄精神世界的海洋，并站在现代革命的时代巅峰上，对那些虽然带有革命性但还是原始、粗糙、杂质的精神材料，进行剔除、冶炼和提升，熔铸成共产党人和时代先行群体的革命魂魄。

## （二）

无论是古代与现代，革命者仅仅有革命精神是不够的，还必须懂得革命的道路和途径，懂得革命的策略和方法，也就是说不仅要敢于革命，而且要善于革命。毛泽东是一位自觉的理论家、革命家，在参与并领导中国现代革命和建设中，他注重总结经验，创新理论，探索规律。他在研究中国革命和建设的一系列问题时，好多时候都借鉴了《水浒传》梁山义军的经验。

革命动因的揭示。革命是怎样发生的？被压迫阶级是怎样起来反抗的？造反者是怎样揭竿而起的？毛泽东归纳梁山一百单八将的革命经历，得出一个共同的结论，那就是"逼上梁山"。梁山运动的产生，农民起义的发生，原因正是"乱自上作"，"官逼民反"。因此，毛泽东说："《水浒传》里面的梁山好汉，都是逼上梁山的。我们现在也是逼的上山打游击。"（湖北省社会科学院编：《忆董老（第二辑）》，第67页）他在向外国记者介绍中国革命的经验时，甚至说："革命者并不是一开始就是革命者的，他们是被反动派逼迫革命的。……每次起义都是逼上梁山的。他并不想去，但压迫者使他们无路可走。"（于俊道 李捷：《毛泽东交往录》，第413—414页）毛泽东认为这是一条普遍适用的革命规律，不仅受压迫者的反抗是这样，受压迫的阶级、受欺负的民族、受侵略的国家的反抗也是这样。世界人民反抗帝国主义和霸权主义的压迫也是被逼上梁山。毛泽东用"逼上梁山"这句十分通俗，在广大人民群众中有普遍影响的话语，深入浅出地解释了革命运动、反抗运动发生的历史必然性和正义性。

革命道路的选择。1927年轰轰烈烈的大革命失败以后，中国革命向何处去？这关系到党的生死存亡，关系到革命事业的成败。这时，毛泽东正确地提出了"上山"思想，后来发展为到敌人统治力量薄弱的山区乡村建立革命根据地，实行红色工农武装割据，走农村包围城市，最后夺取城市的革命道路。在蒋介石发动四一二反革命大屠杀，大革命遭到失败后，毛泽东在党的重要的八七会议前后提出"上山可造成军事势力的基础"，主张拿起枪杆子打天下。他婉拒当时党中央负责人瞿秋白要他去上海参加中央工作的要求，明白无误地表示："我不愿意跟你们去住高楼大厦，我要上山结交绿林朋友。""我要跟绿林交朋友，我是上山下湖，在山湖之中跟绿林交朋友。"（邸延生：《历史的真迹——毛泽东风雨沉浮五十年》，第220—221页）他带领秋收起义队伍到了井冈山之后，有人说他是当"山大王"，毛泽东坦然地说他这个"山大王"是"共产党领导的，有主义、有政策、有办法、闹革命的'山大王'"。（叶永烈：《历史选择了毛泽东》，第81页）毛泽东建立根据地的思想，在土地革命战争、抗日战争、解放战争中，都发挥了十分重要的作用。抗日战争初期，毛泽东对前往晋察冀五台山区的加拿大医生白求恩说："五台山，前有鲁智深，今有聂荣臻，聂荣臻就是新的鲁智深。"（《聂荣臻回忆录》，第486页）毛泽东盛赞聂荣臻，是因为他创建了以五台山为中心的"晋察冀模范抗日根据地"。这块根据地不仅在抗日战争时期，而且在后来的解放战争时期，都发挥了巨大的作用。毛泽东"上山"建立革命根据地的思想，显然受到梁山绿林好汉斗争实践的启发。建国后毛泽东对外国友人说："中国有部小说叫《水浒传》，写了一百零八位农民战争的英雄，他们都是被逼上梁山的，在山上建立了根据地，统统是被政府逼上去的。梁山在山东济南附近……"（陈锋 王翰：《毛泽东瞩目的文人骚客》，第300页）毛泽东"上山"思想在中国革命正确道路选择上具有重要的决定性。如果没有"上山"的理论和实践，就不可能产生"工农武装割据"和"农村包围城市，最后夺取城市"的理论，也就不会有中国革命的胜利。

革命力量的组织。要实现革命目标，完成革命任务，必须调动一切革命积极性，团结一切可以团结的人们，组织起最广泛的统一战线，调动浩浩荡荡的革命大军。这就要克服革命队伍因各种原因形成的宗派主义、分散主义、山头主义和无政府主义等等不利于团结统一、削弱组织力量的倾向。毛泽东说："《水浒》要当作一部政治书看。……当时农民聚义，群雄割剧，占据了好多山头，如清风山、桃花山、二龙山等，最后汇集到梁山泊，建立了一支武装，抵抗官军。这支队伍，来自各个山头，但是统帅得好。"（《中国出了个毛泽东》，第230页）毛泽东讲这番话是想表明，梁山义军曾经来自各个山头，而我们的革命队伍曾经来自各个根据地，这是历史条件造成的。因此，只有采取认识山头，承认山头，照顾山头到消灭山头的组织工作方针，才能有效地克服山头主义，使来自各根据地的力量拧成一股劲，团结起来共同奋斗。他赞扬来自十几个山头的梁山义军"统帅得好"，正表达了他在革命队伍建设上的追求和目标。实践证明，以毛泽东为代表的共产党人对自身队伍，比之梁山义军队伍，可以说统帅得更好。

革命策略的运用。毛泽东曾经说过："政策和策略是党的生命。"政策的制定，策略的运用，对革命事业的成败关系重大。无论是古代的农民战争，还是现代的革命战争，造反起义者都是面对掌握政权的强大敌人，因此恰当地运用斗争策略，是以弱胜强、以小克大的重要环节。毛泽东在论述战胜国民党军队"围剿"，实行战略退却的必要性时说："《水浒传》上的洪教头，在柴进家中要打林冲，连唤几个'来''来''来'，结果是退让的林冲看出洪教头的破绽，一脚踢翻了洪教头。"（《毛泽东军事文集》第一卷，第723页）毛泽东举这个小故事，讲的却是劣势之军战略退却时乘敌之隙，相机破敌的大道理。毛泽东还多次分析了"三打祝家庄"这个《水浒传》中有名的战例，指出要把合法斗争和秘密斗争结合起来，把军事打击和瓦解敌军结合起来，把主力军、地下军和群众力量结合起来，把主观指导和客观实际结合起来，才能顺利战胜敌人。毛泽东还将这个战例上升到哲学的高度，指出它是最好的"唯物辩证法的事例"（《毛泽东选集》，第一卷，第313页）。即使在社会主义建设中，对于发现、认识、重视和解决现实工作中的问题，仍然有着方法论方面的启迪意义。毛泽东还运用浪里白条张顺水中斗黑旋风李逵的故事，启发干部群众认识事物和矛盾的特殊性，在与敌人斗争、与自然斗争中，随机应变，随材器使，扬长避短。借助《水浒传》故事，毛泽东把对敌斗争策略的认识和运用，上升到哲学的高度，使其充满哲理的睿智。

革命阶段的转移。中国的现代革命在新民主主义时期，依据党的工作重心，可以分为以农村工作为重点和以城市工作为重点两个阶段。整个土地革命战争时期和抗日战争时期，党基本上是以农村工作为中心的。但是，这并不是绝对的，正如毛泽东在1939年12月提出的那样："着重农村根据地上的工作，不是说可以放弃城市工作和尚在敌人统治下的其他广大农村中的工作；相反，没有城市工作和其他农村工作，农村根据地就会处于孤立，革命就会失败。而且革命的最后目的，是夺取作为敌人主要根据地的城市，没有充分的城市工作，就不能达此目的。"（《毛泽东选集》第二卷，第636页）到了抗日战争临近最后胜利的1944年，党中央逐渐将工作重点转向城市，中央和各根据地成立了城市工作部。1945年2月，在毛泽东直接关怀和指示下新创作的平剧《三打祝家庄》在延安演出后，时任中央城工部负责人的彭真在发表观后感时，就谈到这出戏对于党的工作重点转移到城市的意义，他说：《三打祝家庄》的演出证明平剧可以很好地为新民主主义、为人民服务,特别是第三幕对于抗日斗争中收复敌占区城市的斗争,是有作用的。在1945年4月召开的党的七大会议上,毛泽东进一步揭示了这个故事对于认识党的工作重心转移到城市的价值,他说:"梁山泊也做城市工作,神行太保戴宗就是做城市工作的。祝家庄没有秘密工作就打不开,如果内部没有动摇,内部不发生问题,就很难解决问题。"(《毛泽东文集》第三卷,第333页)毛泽东于此处引证"梁山泊也做城市工作"的文学典故,用孙立打入祝家庄开展秘密工作的战例,用戴宗奔波于城乡之间进行联络的实践,来说明在抗战接近全面胜利的情况下,把党的工作重心转移到城市工作上来的必要性。这是战略性转移,它标志着革命进程的质的变化。毛泽东借助梁山义军的城市工作实例来说服全党同志,实现思想和行为的转轨。

毛泽东不可能、也没有必要在革命的所有问题上,都到梁山英雄们那里去寻求灵丹妙药。但不可否认,在为数众多的问题上,他却是很好地借鉴了梁山义军的成功经验,或者说他着眼于革命斗争的现实需要,慧眼独具地从小说中发现了破解现实难题的钥匙。

## (三)

"哄动宋国乾坤,闹遍赵家社稷"的梁山运动,最终还是失败了。威武雄壮的武剧,以悲剧结尾落下了帷幕。毛泽东解读《水浒传》,在珍视梁山好汉精神遗产和吸纳梁山运动成功经验的同时,也多侧面地总结了梁山义军失败的教训。

早在上世纪30年代末,毛泽东就指出过历史上农民起义失败的根本原因。他在《中国革命和中国共产党》这篇文章中说:"只是由于当时还没有新的生产力和新的生产关系,没有新的阶级力量,没有先进的政党,因而这种农民起义和农民战争得不到如同现在所有的无产阶级和共产党的正确领导,这样,就使当时的农民革命总是陷于失败,总是在革命中和革命后被地主和贵族利用了去,当作他们改朝换代的工具。这样,就在每一次大规模的农民革命斗争停息以后,虽然社会多少有些进步,但是封建的经济关系和封建的政治制度,基本上依然继续下来。"(《毛泽东选集》第二卷,第625页)封建时代农民革命总是归于失败,根本原因在于毛泽东指出的"三个没有"。这样,农民起义最终只能有三种前途,或叫三种结局:一种像方腊那样被残酷镇压;一种像宋江那样投降招安;一种像李逵说的那样

"杀去东京,夺了鸟位",打倒一个旧皇帝,立起一个新皇帝,成为改朝换代的工具。刘邦、朱元璋起义就是如此。由于农民革命并没有改变封建社会的生产关系和经济基础,农民不是一个代表新的生产力的阶级,他们的革命即便是"胜利"了,也只能是摧垮一个黑暗腐朽的封建政权,而不是铲除封建制度。所以,从社会性质的变化来说,农民革命没有胜利可言。毛泽东在这里讲的虽然是历史上的农民革命,但这个历史唯物主义的结论也适用于观察文学作品《水浒传》所描写的宋江起义的结局。因为从整体趋势上说,小说中的宋江起义与历史上的宋江起义的结局是一致的。《水浒传》描写了梁山义军从兴起到失败的全过程,它证明了毛泽东结论的广泛概括性和客观真理性,或者说是毛泽东关于农民起义终归失败论断的一种文学证明。

毛泽东还多次具体阐述了导致梁山义军失败的原因和教训:

不容于现实社会。1926年,毛泽东在广州主持第六届农民运动讲习所期间,讲授中国农民问题。毛泽东认为,封建社会的政治完全是地主阶级的政治,中国历史上任何一次造反起义运动所代表的都是农民利益,因此他们的失败是不可避免的。毛泽东举例说:"梁山泊宋江等人英勇精明,终不能得天下者,以其代表无产阶级利益,不容于现实社会,遂致失败。"(陈晋:《毛泽东与文艺传统》,第153页)毛泽东还说黄巢起义、李自成起义的失败也是因为"代表农民利益",而朱元璋起义所以能得天下,是因为初起时代表农民利益,"以后遂变为代表地主的利益了"。宋江等农民起义虽然在经济利益、政治利益方面代表农民阶级,但并没有产生代表新的生产力的阶级,历史条件还不可能达到淘汰封建的经济制度和政治制度的程度,也就是说,地主阶级的政治和经济利益、封建的皇权思想、封建的生产关系并没有从根本上遭到破坏,从这个意义上可以说农民革命"不容于现实社会",尽管它代表农民阶级(封建时代的无产阶级)的利益,多少推动了社会进步,但它还是不可避免地会失败。

不讲政策,乱杀无辜。梁山义军的失败,还失败在不甚懂统一战线,有些义军将领执行了"左"的政策。1959年2月,毛泽东在郑州会议上讲:"扈家庄是用武力解决的,作家写李逵为了使扈三娘没有顾虑,只放走了他的一个哥哥,其他都统统杀了。所以李逵这个人还是有缺点的。"(陈晋:《文人毛泽东》,第253页)同年8月,在庐山会议上毛泽东又说:"李逵、武松、鲁智深,这三个人……缺点是好杀人,不讲策略,不会做政治思想工作。总之,对犯错误的人要采取摆事实,讲道理的方法。"李逵作战勇猛,但有时不分敌友,只顾"排头砍去",杀个痛快,结果杀了不少无辜群众;武松侠肝义胆,疾恶如仇,但在复仇杀死赃官恶霸时,连下人奴仆也一并杀害,则完全没有道理。部分梁山好汉的乱杀无辜反映了游民无产者破坏性的一面。毛泽东曾经多次指出,游民无产者既有革命性的一面,又有破坏性的一面。对其破坏性,毛泽东指出:"他们缺乏建设性,破坏有余而建设不足,在参加革命以后,就又成为革命队伍中流寇主义和无政府思想的来源。因此,应该善于改造他们,注意防止他们的破坏性。"(《毛泽东选集》第二卷,第646页)毛泽东这个概括,完全可以解释出身游民阶层的梁山义军将领"左"倾行为的根源,并明了这种破坏性如果得不到遏止和克服,终将导致起义军失败。

没有进行整风。农民起义队伍,虽然绝大部分成员是社会底层的贫民、游民、市民,但人员混杂,思想庞杂。起义的组织者和领导者,受本身阶级意识、政治经验和组织能力的局限,也没有意识到从理论上、思想上、政治上提高造反起义者素质的必要性。1945年4月在党的七大会议上,毛泽东肯定了梁山义军内部政治工作有好的一面,但同时也指出了其中的"毛病":"他们里面有大地主、大土豪,没有进行整风。那个卢俊义是被逼上梁山的,是用命令主义强迫人家上去的,他不是自愿的。"(《毛泽东文集》第三卷,第329页)卢俊义出身于"富豪之家",宋江和吴用使用计谋将他骗上梁山,此人表示"生为大宋人,死为大宋鬼",虽然当上了梁山"二把手",身在义军之中,但思想基础并没有变。一支革命队伍,只有统一理想信念,明确奋斗目标,坚实思想基础,才能长期艰苦战斗,战胜凶恶的敌人。梁山义军受历史条件、时代视野和思想境界的限制,不可能进行这样的整风(像共产党人的延安整风那样),他们的队伍不纯和思想庞杂问题,无法得到解决,这是促成他们失败的原因之一。

招安投降搞"修正"。如果客观地看待《水浒传》全本,就会遇到一个无法回避的事实:梁山义军是在"两赢童贯,三败高俅"的胜利形势下,主动打通关节去乞求招安的,也就是梁山大业是被宋江的主动投降断送的。毛泽东晚年在那个《关于〈水浒〉的评论》的著名谈话中指出:"《水浒》只反贪官,不反皇帝。屏晁盖于一百零八人之外。宋江投降,搞修正主义,把晁的聚义厅改为忠义堂,让人招安了。宋江同高俅的斗争,是地主阶级内部这一派反对那一派的斗争。宋江投降了,就去打方腊。"(《建国以来毛泽东文稿》第13册,第457页)毛泽东还强调《水浒传》七十一回本、百回本、百二十回本都要出,都要看,让读者了解梁山好汉是怎样兴，又是怎样败的，懂得堡垒最容易从内部攻破。如果从总结梁山义军失败教训的角度看待毛泽东的这番话，那么，梁山义军重要领袖的阶级属性决定了其必然投降的政治倾向，也是梁山悲剧产生的主要原因，而其直接恶果是两支农民义军在互相火并残杀中的同归于尽。晚年毛泽东，外有国际修正主义的压力，内有资本主义"复辟"的担心，特别关注怎样保持、巩固和发展中国革命的政治成果的问题，特别忧虑中国革命的政治前途，"防修反修"是他此时政治思想的核心和主脉。在这种政治语境下，他用招安、投降、修正主义等主题词来总结梁山义军失败的原因，也是他内心世界政治律动合乎逻辑的产物。

毛泽东谈梁山英雄的"走麦城"，分析了梁山义军失败的主客观因素，把它们归纳起来，可以说基本上把梁山悲剧的成因都找到了、点到了。成功经验是财富，失败教训何尝不是财富呢！他把这些教训也借鉴到中国现代革命实际当中来了，对于革命的成功也是起到了相当大作用的。

## （四）

从革命和建设（主要是前者）这个切入点，进入毛泽东解读《水浒传》的内心世界，并不是笔者的发现，研究毛泽东的专家早已在谈论"《水浒》与革命"这个话题了。笔者所做的工作，只是把这个话题涉及到的问题更全面、更系统地表达出来罢了。在无以数计的《水浒传》读者中，毛泽东解读《水浒》的特点恰好在这里。

阅读活动并非消极的接受，而是创造性的活动。日本学者今道友信在其所著《存在主义美学》中引证萨特的话指出："阅读欣赏是读者的自由创造，是在作品引导下的创造。作者为了引导读者而设置路标，但连接着路标向前迈进的是读者。"（第37—38页）毛泽东虽然没完全无视《水浒传》作者、评者所设下的"路标"，但他的创造自由度更大些。他创造了全新的《水浒传》价值体系。读了本书，读者或许会知晓毛泽东解读《水浒传》的崭新天地。

一千个读者读《水浒传》，就该有一千种"自由创造"；今天的读者读这部名著，创造主题该是建设和现代化吧！

# 我让你找本《水浒》

"我让你找本《水浒》,你给我找了把水壶,这不是牛头不对马尾嘛。"说完,主席自己又笑了……

黄友凤:《毛泽东机要秘书的回忆》,《党史文汇》1986年第3期

李锐在其著作《毛泽东早年读书生活》中曾这样说过:"毛泽东自少年时代起就爱读《水浒》,到老而兴趣依然。不管他对《水浒》的各种评论,是否尽都公允、正确,但他确实是一位爱读《水浒》者,善读《水浒》者。"

诚哉斯言。爱读善读《水浒传》,贯穿了毛泽东的一生。当人们回顾他那充满传奇色彩、轰轰烈烈的一生时,常常忆到他那极富个性的阅读《水浒》的故事。

## 把"经书"放在"杂书"上面

像许多读书的少年那样,私塾时代的毛泽东不爱正课爱业余,不喜"经书"喜"杂书"。所谓经书,即四书五经;所谓杂书,即传奇小说。1936年毛泽东在陕北保安同美国记者埃德加·斯诺谈话,回忆自己少年时代在私塾读书情况时说:

我读过经书,可是并不喜欢经书。我爱看的是中国古代的传奇小说,特别是其中关于造反的故事。我读过《岳传》《水浒传》《隋唐演义》《三国演义》和《西游记》等。那是在我还很年轻的时候瞒着老师读的。老师憎恨这些禁书,并把它们说成是邪书。

我经常在学校里读这些书,老师走过来的时候就用一本经书把它们盖住。大多数同学也都是这样做的。(《毛泽东一九三六年同斯诺的谈话》,人民出版社1979年12月版,第9页)

这里说的"关于造反的故事",当然首推《水浒传》。

1906年秋天,13岁的毛泽东从韶山冲桥头湾私塾结业后,在父亲的陪同下,来到了井湾里私塾毛宇居门下。毛泽东讨厌经书喜读杂书,这就与塾师毛宇居在思想上形成了较大的反差。在以后的教与学中,他们的关系有时很难协调。毛宇居并没有因他与毛泽东是五服之内的堂兄弟,两家过往甚密,关系融洽,就放弃自己的"原则"。毛泽东如违反教规,他同样处罚。一天,同学们在课室里温习功课,毛泽东端端正正地坐在席位上,先把老师点的经书读熟了。接着,悄悄地从怀里摸出一本绣像足本《水浒全传》来。他又把《论语》摊开,压在上面,做出认真读经书的样子。正当他看得入神的时候,毛宇居已经悄悄地站在他背后。毛泽东一点也没有发觉,他正被"林冲雪夜上梁山"那段故事深深地吸引着。突然间,一只大手从后面伸过来,猛地一下把那本《水浒全传》抢走了。

毛泽东吃了一惊,回头一看,情知大事不好,只见毛宇居鼓起眼睛,怒斥道:"你……你大胆妄为,违反塾规,偷看杂书,欺骗先生,这还了得!"这一次,毛泽东手心上添了几道鲜红的竹条血印,虽然钻心般痛,他却强忍着,没有哭喊,也没有眼泪。

冒着被体罚的危险"偷读"《水浒传》,这是一种痴迷,这是一种执著,这是一种热爱。当然,少年毛泽东用"经书"掩盖"杂书",只是一种下意识的恶作剧,还不是一种有意识的反叛;但他醉心于阅读"造反的故事",长期的耳濡目染,在可塑性极强的青少年时期,则十分有利于反叛意识的滋生养成。

## 一百〇八将的故事大王

1910年秋天,17岁的毛泽东考入湘乡县立东山高等小学堂,准备去县城读书。他把杂物卷成一捆,扎到扁担的一头,另一头系着一个篮子,里面装着他的两本宝书:《三国演义》和《水浒传》。

毛泽东到东山学堂求学。在堂长办公室,毛泽东立在桌前,勇敢而又恭敬地重复一遍他的请求:"先生,请你准许我进你的学堂读书。"堂长望着这位不卑不亢很有勇气的学生,似有所动,用平和的声调问:"你叫什么名字?""毛泽东。""毛泽东!"堂长慢慢咀嚼,"你住在哪里?""韶山。离这儿五十里。""你多大了?""17岁,先生。""你在村里读过书吗?""我跟王先生读过两年书。""那么,你能阅读三年级的课本吗?""我没读过。但我能读《三国演义》和《水浒传》。我还读了《盛世危言》,所以我有了继续上学的要求。"

毛泽东在东山高等小学拼命用功学习。5个月后,学业已经突飞猛进。毛泽东惊喜地发现自己现在看《三国演义》和《水浒传》比以往容易多了。很快地,他的伙伴们公认他为有关三国历史和一百〇八将的故事大王。他常常给他们讲述书中的故事,他们聚精会神听得津津有味。

"一百〇八将的故事大王",说明东山高等小学时期的毛泽东对水浒故事不只是读,而且能讲,能够与同学们互相讲述,互相交流,这当然有助于增强记忆,有助于消化理解。在讲解的过程中,也会逐渐形成自己的见解和观点。

喜欢向身边的人们讲述《水浒传》故事,这个读书习惯毛泽东保持了一生。他在不知不觉中已在传播《水浒传》了。

## 销售《新标点水浒》

毛泽东还曾经销售过《水浒传》。那是1920年他在湖南长沙创办文化书社时候发生的事情。

1919年,毛泽东第二次到北京的时候,五四新文化运动的主流已由"五四"前的宣传资产阶级民主主义思想,转到宣传马克思主义了。在北京,他深受宣传介绍的马克思主义和俄国十月革命热潮的影响,迅速地朝着马克思主义方向发展,由激进民主主义者转变为马克思主义者。

1920年7月初,毛泽东从上海(这时的上海同北京一样是宣传马克思主义主要阵地)回到了长沙。当时的湖南,还没有受到系统的新文化熏陶,封建思想仍然根深蒂固。面对这种现实,毛泽东把传播新思想、新文化,宣传马克思主义,看作是当务之急。还在北京时,他就思考着如何在湖南掀起一个新文化运动的高潮问题。回到湖南后,毛泽东根据湖南文化界的现状,决定创办一个以推销新书报、介绍新思想为主要任务的新式书社。

7月31日,毛泽东在湖南《大公报》发表了他撰写的《发起文化书社》一文。报纸在这篇文章前面加了以下按语:"省城教育界新闻界同志,近日发起文化书社,为传播新出版物之总机关,实为现在新文化运动中不可省之一事。"文章还说:"我们认定,没有新文化由于没有新思想,没有新思想由于没有新研究,没有新研究由于没有新材料。湖南人现在脑子饥荒实在过于肚子饥荒,青年人尤其嗷嗷待哺。文化书社愿以最迅速、最简便的方法,介绍中外各种最新书报杂志,以充青年及全湖南人新研究的材料。也许因此而有新思想、新文化的产生,那真是我们馨香祷祝、希望不尽的!"

毛泽东担任书社"特别交涉员"。9月9日,文化书社正式营业。10月22日,召开第一次议事会,投资人都被邀请参加。

开业以后,毛泽东几次就文化书社的经营情况,向出钱的股东和书社工作人员汇报。

从他历次的介绍来看,书社经营的畅销之作,除新文化运动的重要刊物《新青年》《新潮》以外,就是关于苏俄和马克思主义的书籍。在文学方面,他特意推荐了《新标点水浒》《尝试集》(胡适)、《胡适短篇小说》《托尔斯泰传》《欧洲文学史》《三叶集》(郭沫若、田汉、宗白华)《俄罗斯名家小说》《周作人翻译点滴》等。其中,《新标点水浒》卖了一百部。(资料来源据《毛泽东早期文稿》,湖南出版社1990年7月第1版,第537、542页)

《新标点水浒》,由上海亚东图书馆1920年8月出版,由汪原放主持并组织人员,采标点符号分段的出版物。该书系七十回本。

毛泽东把《新标点水浒》这样的传统小说,作为孕育新思想、新文化的"新材料",作为"书之重要者"推荐给读者。在《新标点水浒》诞生的后面,确实存在新文化运动的背景。给《水浒传》以新标点的汪原放,后来在大革命时期曾一度任中共中央出版局局长。他是上海亚东图书馆的老板汪孟邹的侄儿。汪孟邹是陈独秀的同乡知己,他的亚东图书馆就是在陈独秀的帮助下搞起来的。五四时期,亚东图书馆为经销和出版《新青年》《每周评论》《新潮》等杂志,做了大量工作。中国共产党成立后,陈独秀又把中共中央机关报《向导》交给亚东图书馆印刷发行。当时,汪原放在叔叔的图书馆里帮忙,他觉得中国的古典小说没有标点,有的甚至不分段落,读者看时十分吃力,便开始做分段标点的工作。这个做法深得陈独秀赞许,由他出面请胡适作序。1920年8月,就在毛泽东筹备文化书社的时候,由陈独秀作《水浒新叙》,胡适作《水浒传考证》,汪原放分段标点的《水浒传》在亚东图书馆正式发行了。

陈独秀在《水浒新叙》中说："'赤日炎炎似火烧，田中禾黍半枯焦。农夫心内如汤煮，公子王孙把扇摇。'这四句诗就是施耐庵做《水浒传》的本旨。《水浒传》的理想不过尔尔……文学家的使命是用妙美的文学技术，描写时代的理想，供给人类高等的享乐。在这一点看起来，我们就可以明白许多人爱读《水浒传》的缘故了。在文学的技术上论起来，《水浒传》的长处，乃是描写个性十分深刻，这正是文学上重要的。……亚东图书馆将新式标点加在《水浒传》上翻印出来，我以为这种办法很好，爱读《水浒传》的人必因此而加多。"

此时陈独秀已是马克思主义者，正在孕育中国共产党的成立。他评论《水浒传》，单单用体现阶级对立的"四句诗"来概括小说本旨和理想，开用阶级斗争学说评论《水浒传》的先河，耐人寻味。

胡适在《水浒传考证》开篇就说："我的朋友汪原放用新式标点符号把《水浒传》重新点读一遍，由上海亚东图书馆排印出版。这是用新标点来翻印旧书的第一次。我可预料汪君这部书将来一定要成为新式标点符号的实用教本，他在教育上的效能一定比教育部颁行的新式标点符号原案要大得多。"胡适作为新文化运动的主将，倡导白话文的先驱，断定新式标点《水浒传》的教育作用，其推动新文化运动的功利性动机溢于言表。

新标点《水浒传》发行情况极好，接着汪原放又标点出版了《儒林外史》《红楼梦》《西游记》等十多部小说。鲁迅曾称道说，汪原放的"标点和校正小说，虽然不免小谬误，但大体是有功于作者和读者的"。

汪原放在陈独秀和胡适支持下出版《新标点水浒》，青年毛泽东是投赞成票的。分段标点，用新的形式出版古典小说，在毛泽东看来也不失为让"旧文学"走向平民的一个途径，从而成为五四新文学的一个组成部分。这大概正是他热情推荐、积极销售《新标点水浒》的缘故吧！

## 《水浒》与水壶

毛泽东对学习总是抓得很紧。1934年底，他在长征途中，一次部队打下了一座县城，毛泽东急于要找《水浒》一读。对此，当时任毛泽东机要秘书的黄友凤有过这样一段回忆：

> 毛主席喜好读书是众所周知的。即使是在日行百里、饥困劳苦、战事频繁的长征途中也不例外。

一次,部队打下了一座县城。我们住进了一个地主的庄院。战士们高兴地聚在一起用歌声驱散整日行军的疲劳。这时,主席走了过来,只见他环顾一下院子四周,把警卫员叫到跟前说:"小鬼,这家人看来蛮富有,你四处走走,看能不能找本《水浒》来,我想用用。"小战士高兴地接受了任务,四处寻找起来……

我们仍在院子里唱歌。突然,从主席房间里传出一阵爽朗的笑声,大家惊诧地循声望去,只见那位找《水浒》的小战士提着个大水壶窘迫地站在主席面前,抓耳挠腮,主席单手叉腰,用爱抚的目光望着他,"我让你找本《水浒》,你给我找了把水壶,这不是牛头不对马尾嘛!"说完,主席自己又笑了……

事后,主席专门把我们全体工作人员叫在一起,就错把《水浒》当水壶这件事让大家展开讨论,认识读书学习的重要性。
(《毛泽东机要秘书的回忆》,《党史文汇》1986年第3期)

由于毛泽东的谆谆教导,这些土生土长没有多少文化的年轻人,很快成长为坚强的红军战士、党的忠实干部。

尽管在长征路上,天上有敌机扫射轰炸,地下有敌人围追堵截,毛泽东照样兴致勃勃地找他喜欢的《水浒》和《三国》来阅读。一不留神,与警卫员合演了一出"水壶与《水浒》"的"小品",为充满艰辛苦涩滋味的长征路途抹上一笔欢乐色彩,并以此为契机,对警卫进行了读书重要性教育,这何尝不是他自己发愤读书精神的折射呢!

## 引述《水浒传》典故

长征胜利后,毛泽东经陕北保安,移住延安。这时,毛泽东开始有了外事活动。毛泽东在延安接待的第一位外国朋友是美国记者艾格尼斯·史沫特莱。

史沫特莱是一位不平凡的女性。她在幼年时代对贫困生活有深刻的体验。她写的自传体小说《大地的女儿》,感动了大批的读者。幼年时的冷酷生活使她形成了一种强烈的反抗精神。她反对资本主义制度,反对妨碍她自由发展的一切,不能容忍压制,憎恶虚伪和不纯。1928年,她作为《法兰克福日报》的记者被派到中国。很快,她便被中国人民的解放斗争事业所吸引,义无反顾地投身其中,全力支持中国的革命斗争。1936年12月西安事变时，史沫特莱是在西安唯一的美国记者，目睹了事变的全过程。

1937年1月12日，史沫特莱搭乘一辆开往延安的军用车辆到达延安。当天晚上，毛泽东便在他的窑洞里会见了她。从那时候起到9月份她离开延安，毛泽东多次与史沫特莱在各种场合会晤。在史沫特莱眼里，毛泽东穿一件带补丁的大衣，个子瘦高，前额宽阔而突出，具有风流倜傥的气质，总是流露出个性刚强、睥睨一切、当机立断的性格。她这样评论毛泽东：

> 每一个其他的共产党领袖都可以和另一个民族，或另一个时代的某一个人相比，但是毛泽东无与伦比。有人说，这因为他是个纯粹的中国人，从未出国游历留学。无论是彭德怀、贺龙、林彪，或是其他红军将领，也都不曾出国，然而他们都可以在别的国家找到他们的对应人物。毛泽东以理论家闻名。但是他的理论植根于中国的历史和战场经验。大多数中国共产党人都用马克思、恩格斯、列宁和斯大林的语言思考问题，有些人以能够引述他们著作中的章句，或是就这些章句发表三四个小时的长篇大论而自豪。毛泽东也能，但他难得有这样的打算。他在抗大讲课，或是在群众大会上演说，像他的谈话一样，都以中国的现实生活和以往历史为根据。千百名涌入延安的学生，已经习惯于仅仅从苏联或是德国以及其他国家少数作家的著作中汲取精神营养。然而毛泽东对他们谈论他们自己的国家和人民，他们本国的历史和文学。他引述《红楼梦》和《水浒》这一类的小说典故。他熟悉古代诗人，而且他本人就是一个合格的诗人。他的诗有古代大师作品的质量，但是流注其中的是清晰可辨的对于社会祸福和个人悲欢的深思。
>
> 他的幽默因含有讥诮而显得冷峻，仿佛来源于精神孤高而深邃的洞穴。我的印象是，他的灵魂里有一扇从不向任何人敞开的门。（史沫特莱：《中国战歌》，作家出版社1986年版，第179—180页）

史沫特莱用她那作家的笔触，描绘和记录的是毛泽东的性格和精神风貌。

毛泽东用那么多的时间同史沫特莱交谈，则绝不是要显现他个人的魅力和才华。虽然他曾向她谈论了文学和诗歌，向她询问了"成堆"的关于外部世界的问题，但毛泽东的主要目的是要通过史沫特莱向外介绍中国共产党对于时局的看法，介绍红军和苏区的情况。

史沫特莱发现了毛泽东讲课、演说、谈话中一个区别于他人的显著特征，那就是"以中国的现实生活和以往历史为根据"，对学生、听众和交谈者"谈论自己的国家和人民，本国的历史和文学"。毛泽东的理论"植根于中国的历史与战场经验"。为此，他在谈话中经常"引述《红楼梦》和《水浒》这一类的小说典故"。作为新闻记者的史沫特莱，目光是敏锐的，她透露出来的信息告诉人们：毛泽东此时已在娴熟运用《水浒》典故阐述自己的见解和理论，并借此形成了有中国作风和中国气派的表达风格。

## "中国人"与"中国知识"

毛泽东阅读和运用《水浒传》既久，便在认识上产生了一个质的飞跃。他认为《水浒传》等古典小说名著，具有中华民族优秀传统文化经典的意义，是中国文学、中国文化的代表作。读这些名著经典，是做中国人的起码条件。

1938年10月，中国共产党六届六中全会在延安召开。会议休息时，徐海东见毛泽东和贺龙谈笑风生地在天主教堂院内散步，就想趁这机会提出上前线的事，未等开口，毛泽东对贺龙说：

> 中国有三部名小说，《三国》、《水浒》和《红楼梦》，谁不看完这三部小说，不算中国人！（张麟：《徐海东将军传》，上海文艺出版社1983年版，第229—230页）

贺龙嚷着："没看过，没看过，不过我不是外国人！"毛泽东瞅了瞅徐海东问道："海东，你看过这三部小说没有？"

徐海东虽然从小只读过三年半书，但有一个好学的精神，当窑工那些年头，读了不少书。他回答说："《三国》看过，《水浒》也看过，这《红楼梦》嘛，不知是什么意思，没看过。"

毛泽东笑着说："那，你算半个中国人！"说得身旁的人都大笑起来。

统帅与将领笑谈着著名小说，毛泽东将读不读《水浒传》等名著，看成算不算中国人的标志。这固然是一种玩笑话，但从中也可以看出，毛泽东是把文学修养的高低，看作了是否有作为中国人的前提条件了。这在一定程度上提高了《水浒传》的地位，推动了对它的流传和阅读。

毛泽东的话倒是激励了文化水平不高的徐海东和妻子周东屏开始啃大

部头的古典名著。那时徐海东在延安马列主义学院学习，周六回家与妻子团聚时常议论读过的小说。有一次，徐海东问周东屏："看懂了《三国》吗？"

周东屏实话实说："很吃力，好多字不认识，还得查字典。相比之下，我更喜欢《水浒》，那里头一个个农民好汉，爱憎鲜明，令人佩服。我好像还从中看到了你的言谈举止呢！"

徐海东哈哈大笑："我像谁？鲁智深还是李逵？"

周东屏摇摇头："都不是。李逵勇敢，可不讲政策，乱杀人。鲁智深爱喝酒，喝醉了还误事。你呀！"她指着徐海东，"要我说，挺像武松的，有一股子天不怕地不怕的劲头，还蛮有智慧。"

徐海东拍拍周东屏："你很会恭维人啊！"他又笑起来，"别忘了，我是一头猛虎哟！"

周东屏也忍俊不禁："你可别当了被人打的猛虎才好！"

——看得出来，徐海东和周东屏虽然文化水平不高，但他们联系亲身经历读《水浒传》，对梁山英雄人物的分析是准确的，阅读收获是丰硕的。在毛泽东"看完这三部小说"要求的激励下，他们确实在向完全的中国人奋进。

毛泽东还把《水浒传》等名著作为"中国知识"的基本内容，要求子女掌握。1946年2月，毛泽东的长子毛岸英从苏联回到延安。一天下午，他去王家坪向毛泽东汇报在国外的学习情况。

> 毛泽东问他："你在苏联经常读中国书吗？"
>
> 毛岸英回答说："经常读。读过《红楼梦》、《水浒传》，还有鲁迅先生的作品。"
>
> 毛泽东点点头说："还好，应当知道中国的知识，更要懂得中国的革命知识。"（董志英：《毛泽东轶事》，昆仑出版社1989年版，第34页）

《水浒传》《红楼梦》和鲁迅的作品中，包含着"中国的知识"，也包含着"中国的革命知识"，这一方面说明毛泽东对于这些作品地位的肯定，另一方面也说明毛泽东个人以及他要求别人（包括自己的子女）"读中国书"的动机和目的。

## 《水浒传》上没有国民党

1943年3月10日，由陶希圣执笔、蒋介石署名的《中国之命运》一书，由正中书局出版发行。该书公开反对中国共产党，宣传"一个主义、一个政党、一个领袖"，说"没有中国国民党，那就是没了中国"，"中国的命运，完全寄托于国民党"。扬言要在两年内消灭中国共产党和一切抗日民主力量。全书的实质，就是要强化国民党，消灭共产党，维护封建买办的法西斯独裁统治。

这年8月8日，毛泽东在中央党校第二部开学典礼上的讲话中指出：

"最近国民党出了一本书，是蒋介石著的，名叫《中国之命运》。他在这本书中说没有国民党就没有中国，不知他是从哪里考证出来的。各位有看过历史书和小说的，《三国志》、《水浒传》、《封神榜》、《红楼梦》上都没有国民党，还不是照样有中国。国民党有三十年的历史……"（《毛泽东文集》第3卷，人民出版社1996年8月版，第57页）

到1943年，国民党只有三十年的历史，而中国则有几千年的历史。产生于元明之际的《三国演义》和《水浒传》，产生于清代的《封神演义》和《红楼梦》，上面都没有出现国民党，那时照样有中国，所以说"没有国民党就没有中国"是犯了历史常识错误。蒋介石和陶希圣从《水浒传》等书上"考证"不出国民党来，他们的立论就犯了"论据不充分、不正确"的毛病，论点也就站不住脚了。毛泽东以《水浒传》等名著作为参照物，将了蒋介石一军。

由此还发生了这样一个小故事：1949年9月，毛泽东居住中南海。秘书叶子龙一家也随他住在丰泽园的后院。

那时，叶子龙的大女儿叶燕还是个小学三年级的学生。10月的一天下午，她放学回家，走到院子里还唱着歌。此时，毛泽东正在院里散步。他好奇地问："小燕子，你唱的是什么歌呀？再唱一遍给我听听好不好？"

叶燕回答："毛伯伯，我唱的是《没有共产党就没有中国》。"接着她放开喉咙唱了一遍。

毛泽东微笑着听她唱完，问："小燕子，你说说，中国共产党是哪年成立的?"

"1921年!"她不假思索地答道。

"那中华人民共和国是哪年成立的?"

"今年10月1日成立的,这谁不知道?"

"好!那么中国的历史有多少年了?"

这个问题可把小燕子难住了。她想了想,试探着说:"大概有几千年了吧?"

毛泽东点了点头,微笑着说:"对嘛,中国已经有五千年的历史,而中国共产党成立才几十年。你想想是先有中国还是先有中国共产党?怎么能说没有共产党就没有中国呢?"

看到小姑娘有些不知所措的样子,毛泽东接着说:"不要紧,我帮你加上一个'新'字,这首歌叫《没有共产党就没有新中国》,你看好不好?"

这时叶子龙也来到院子里,毛泽东说:"是啊,新中国要有新的面貌,共产党要领导人民取得过去几千年没有的成绩,任务重哩!"

第二天,叶燕到学校将以上情况告诉老师。学校很重视,与歌词作者联系修改。从此,这首歌就改成《没有共产党就没有新中国》了。

### 增加知识的办法

1949年12月26日,毛泽东正在苏联访问。他在处理完国内事务的公文后,在会客室里散步,推门出来看到随行的汪东兴正在看书,便问道:"又在看什么书?"

> 我(汪东兴——引者)说:"在中国大使馆借了一部《水浒》。"
>
> 主席(毛泽东——引者)说:"《水浒》这部书有一百回本,有一百二十回本,你看的是哪种?"
>
> 我说:"我借的这部书是一百二十回的线装本。"
>
> 主席说:"有时间就看点书是增加知识的办法之一,孔子说,默而识之,学而不厌,诲人不倦,何有于我哉。"(《汪东兴日记》,中国社会科学出版社1993年9月版,第166页)

毛泽东告诉汪东兴的学习道理,当然是他自己的读书体会,是夫子自道。"有时间就看点书",毛泽东一生都是如此。即使在出访刚刚办完公务,一见到随从看《水浒》,马上来了兴致。

1950年1月17日,毛泽东一连工作了五个多小时后,在大厅里散了一会儿步,走到汪东兴值班的房间,看到汪东兴正在看《水浒》,问:"快读完了吗?"

汪东兴说:"刚看完了六十五回,还有五十多回没看完。"

毛泽东说:"六十五回,是不是《托塔天王梦中显圣　浪里白条水上报冤》?"

汪东兴说:"是的,主席你对《水浒》这么熟悉,给我讲讲这个故事好不好?"

毛泽东说:"好啊,我就给你讲讲这个故事。"

毛泽东拿起书来边说边念道:"这一回是说宋江攻打大名府,一连数日,急不得破,宋江闷闷不乐。这天宋江神思疲倦,身体发热,头如斧劈,一卧不起。托塔天王晁盖梦中显圣,晁盖叫道:'兄弟!你不回去,更待何时!'宋江梦醒吃了一惊,急起身问道:'哥哥从何而来?冤仇不曾报得,必有见责。'晁盖曰:'非如此也。……贤弟有百日血光之灾,只除江南地灵星可治。你可早早收兵,此为上计。'宋江请吴用来到军帐中叙述前梦。吴用道:'既是天王显圣,不可不信其有。且今天寒地冻,军马亦难久住,正宜权且回山,等待冬尽春初,雪消冰解,那时再来打城,亦未为晚。'宋江道:'我只觉背上好生热痛。'浪里白条张顺说:'小弟旧住在浔阳江时,因母患背疾,百药不能得治,后请得建康府安道全,手到病除。'吴用道:'兄长梦晁天王所言,百日之灾,只除江南地灵星可治,莫非正应此人?'宋江道:'兄弟,你若有这个人,快与我去,休辞生受,只以义气为重,星夜去请此人,救我一命!'吴用吩咐张顺:'带上金条、银子做盘缠,今日便行。'张顺别了众人,背上包裹,冒着风雪,舍命而行,将安道全请到梁山泊。安道全看后说:'众头领休慌,脉体无事,身躯虽是沉重,大体不妨。不是安某说,只十日之间,便会复旧……'"

(《汪东兴日记》,中国社会科学出版社1993年9月版,第185—187页)

汪东兴津津有味地一直听着毛泽东念完这段故事。

莫斯科冬日读《水浒传》，可说是毛泽东读书佳话中的绚丽篇章。当此之时，汪东兴只是他出访的随行人员，但他爽然应约，欣然朗读，一口气讲完《水浒传》一回大书。孔夫子说："学而不厌，诲人不倦。"毛泽东足以当之。

## 《水浒传》里有一首歌谣

1952年10月29日，毛泽东南巡到达徐州，上午先游览了徐州市南部的云龙山。接着，毛泽东从北坡下来，乘车沿中山路向北驶，前往九里山看古战场。

九里山在徐州市西北郊，东西走向，逶迤九里，故名。这座山峰峦起伏，犹如徐州市西北部的天然屏障。九里山上有很多古迹，如樊哙磨旗石、白云洞、刘向墓等。

中午，毛泽东和随员们只简单吃了点饭，便向九里山驶去。看得出来，他对九里山是很感兴趣的。

毛泽东是一位伟大的军事家，对军事，对战场，对军事人物都是情有独钟的。九里山是个古战场，他1920年来徐州时未能来这里，今天当然要到这里看看。汽车在开往九里山机场的路上，走到文亭街青年路二巷门牌2号停下，休息了约半小时。

毛泽东下车仰望九里山，一边走一边给大家讲发生在九里山的故事：

> 据民间广泛流传，九里山是楚汉一战的古战场，韩信曾在九里山中峰团山伏兵与项羽大战，楚军不支，从九里山前溃退，一直退到垓下。在《水浒传》第四回有一首山歌写道：
>
> 九里山前摆战场，牧童拾得旧刀枪；
>
> 顺风吹起乌江水，好似虞姬别霸王。（山东省档案馆：《毛泽东与山东》，中央文献出版社2003年11月版，第57—58页）

毛泽东来到樊哙磨旗石前对随行的人员说："据史书记载，楚汉决战时，汉军大将樊哙曾在山上竖起一面大旗招呼战斗，因旗大能磨到山石，所以叫磨旗石。"

毛泽东讲到这里，许世友等人才明白了磨旗石的来历。于是，许世友赞叹道：

"主席的历史知识真丰富！"

接着，毛泽东把司马迁在《史记》中记载的刘邦项羽楚汉相争的故事，尤其是争夺彭城（徐州）的故事，全讲了一遍。

《水浒传》第四回，惹出祸来的鲁智深到五台山出家当和尚，不守戒规，下山弄酒喝。正在半山亭子上歇息，一个挑酒桶的汉子唱着《九里山前古战场》这首歌谣，爬上山来。在小说中，这是一首只作点缀用的歌谣，与小说情节关系不是很密切，并不重要。唱在山西的五台山，与江苏徐州的九里山，也相去甚远。但毛泽东记得它，而且能随口背诵，并且非看看九里山古战场不可。

## 语文课可选《水浒》的作品

新中国成立初期，毛泽东说过《水浒传》这些"民主文学"会影响到教育。因此，他倡导把《水浒传》的精彩片段编入教材，使更多的学生在课堂上就能读到名著。

1957年3月7日，毛泽东在普通教育工作座谈会上讲话，他说：

"我们的教学计划，教科书都是全国一致的。这种做法是不是有问题？各省是不是可以增加一些教材？各省是不是感到受限制？"

毛泽东认为教材可以改革，他说：

> 苏联的教材，应当学的就要学，不应当学的就不要学。你们要来一个改革，不要照抄外国的，一定要符合中国的情况，并且还要有地方的特点。农业课本要由省里编，地理可以编地方地理，文学也要有乡土文学，历史可以有各省自己的史料。课程要减少，分量要减轻，减少门类，为的是全面发展。"关关雎鸠"这几句诗一点诗味也没有，《楚辞》《离骚》没有人懂。语文课可选《水浒》、《三国演义》、唐宋八大家的作品。现在作文太少，至少每星期作一次，如果有困难少一点也可以。（《毛泽东文集》第7卷，人民出版社1999年6月版，第247—248页）

毛泽东的这个指示，是被贯彻到教学实践中去了。从新中国成立初到现在，在中学和大学的语文课本里，大都选有《水浒传》中的精彩段落作为课文。如"林冲雪夜上梁山""野猪林""三打祝家庄"等等。师生们可以同堂欣赏施耐庵的大手笔，想想当年少年毛泽东因在私塾课堂上看《水浒传》而受体罚，真是今非昔比！这是毛泽东关注下的《水浒传》传播史上的幸事！

## 关心对《水浒传》的研究

毛泽东不仅爱读《水浒传》，而且也很关心对《水浒传》的研究。

"文革"前，《光明日报》等报刊发表的有关《水浒传》的研究和评论文章，毛泽东几乎都看过。他的存书中，有一本《水浒研究论文集》（作家出版社，1957年编辑出版），这本书中茅盾著的《谈〈水浒〉的人物和结构》一文，毛泽东阅读的时候，还用黑铅笔在书上画了许多的道道。（徐中远：《毛泽东读评五部古典小说》，华文出版社1997年1月版，第124页）

茅盾本名沈雁冰，以长篇小说《子夜》成就文名，是毛泽东的老朋友、老同事。两人初识于1923年夏，是在上海。1926年1月，毛泽东代理国民党中宣部部长，茅盾担任宣传部秘书，做毛泽东的助手。1949年10月开国大典后，茅盾任新中国第一任文化部长。《谈〈水浒〉的人物和结构》原载《文艺报》1950年第2卷2期。在延安时，毛泽东与茅盾曾畅谈《红楼梦》。读到老朋友论《水浒传》人物与结构的文章，想来也有如见故人之概。

茅盾举林冲、杨志、鲁达（鲁智深）这三个人物为例，以行家的眼光和笔力论述《水浒》的人物描写和布局结构。他说："《水浒》的人物描写，向来就受到最高的评价。所谓一百单八人个个面目不同，固然不免言之过甚，但全书重要人物中至少有一打以上各有各的面目，却是事实。"

茅盾概括的《水浒传》人物描写特点有两条："善于从阶级意识去描写人物的立身行事"；"人物的一切都由人物本身的行动去说明，作者绝不下一按语"。

对于小说的结构，茅盾说："从全书看来，《水浒》的结构不是有机的结构。我们可以把若干主要人物的故事分别编为各自独立的短篇或中篇而无割裂之感。但是，从一个人物的故事看来，《水浒》的结构是严密的，甚至也是有机的。在这一点上，足可证明《水浒》当其尚为口头文学的时候是同一母题而各自独立的许多故事。""这些各自独立、自成整体的故事，在结构上有一些共同的特点：大概而言，第一，故事的发展，前后勾连，一步紧一步，但又疏密相间，摇曳多姿。第二，善于运用变化错综的手法，避免平铺直叙。"

不动笔墨不看书，是毛泽东的读书习惯。他在读茅盾这篇文章时如见故人，画下许多黑道道，说明他读时很用心。

## 《水浒传》发行了

十年"文革"闹书荒，没有文学作品读，人民群众不满意。毛泽东也了解到了这个情况。

1975年7月，毛泽东提出要调整党的文艺政策。在这之前，他已经指示重新印行古典小说，提倡读《红楼梦》和《水浒传》。

7月初，他在同中共中央副主席、国务院副总理邓小平谈话时说："样板戏太少，而且稍微有点差错就挨批。百花齐放都没有了。别人不能提意见，不好。"又说："怕写文章，怕写戏。没有小说，没有诗歌。"

7月14日，毛泽东在同江青的谈话中提到："党的文艺政策应该调整一下，一年、两年、三年，逐步扩大文艺节目。"毛泽东批评"四人帮"把持下的文艺战线"缺少诗歌，缺少小说，缺少散文，缺少文艺评论"。毛泽东又说：

> 已经有了《红楼梦》《水浒》，发行了。不能急，一两年之内逐步活跃起来，三年、四年、五年也好嘛。（《毛泽东文艺论集》，中央文献出版社2002年4月版，第231—232页）

在当时"没有小说"的情况下，毛泽东特别提倡大家都来读《红楼梦》和《水浒传》等古典小说，正是他扩大文艺节目、逐步活跃文艺的一个重要措施。

十年"文革"闹书荒，没有文艺节目看，没有文学作品读是因为毛泽东发动"文化大革命"所致，所以这有毛泽东的责任，所谓"晚年错误"，即包括此点。但是，"四人帮"大搞文化专制主义，加剧了"四缺"现象。所幸毛泽东生前发现了这个问题，提出调整党的文艺政策，扩大文艺节目，重印古典小说，活跃文艺战线，部分地补救、改正了这个过失。

一生视读古典文学四大名著为完整中国人必备条件的毛泽东，岂能容忍"没有小说""缺少小说"的现状。他津津乐道《红楼梦》《水浒传》的重印发行,正是借此为突破口来调整党的文艺政策,来满足人民的精神文化需求。毛泽东还是十分懂得广大读者渴望阅读名著的阅读心理的。

  毛泽东晚年好追怀往事,他是否想起:韶山私塾读《水浒传》,东山学堂讲《水浒传》,文化书社售《水浒传》,长征路上找《水浒传》,延安窑洞引《水浒传》,将领面前荐《水浒传》,改革教材选《水浒传》,缓解书荒印《水浒传》……《水浒传》帮助他成就伟业,他也帮助《水浒传》更为广泛传播。

# 施耐庵有一肚子火气才写《水浒》

> 毛泽东在天津视察时的谈话中说过：……《红楼梦》、《水浒传》也不是因为稿费才写的。这些人是因为有一肚子火气才写的……
>
> 陈晋：《毛泽东之魂》，吉林人民出版社1993年10月版，第346页

施耐庵（1296？—1370？）名子安。其里籍一说兴化（今江苏兴化）人，一说钱塘（今浙江杭州）人。明初著名的小说家。相传为元至顺进士，曾出仕钱塘两年，但地位不高，后因不满官场生活，弃职还乡，迁居兴化白驹镇，闭门著书。传说他与元末农民起义领袖张士诚的部下过从甚密，与其部将卞元亨是表兄弟。又说小说家罗贯中是他的门人，共同进行《三国演义》《隋唐志传》的创作。其生平事迹没有可靠的历史记载。上说多半依据明人高儒《百川书志》、郎瑛《七修类稿》及《兴化县志》。20世纪50年代人民文学出版社曾进行调查，亦未得确证。他生活在元明之际，目睹当时朝廷黑暗腐败，亲身经历了元末轰轰烈烈的农民大起义，作《水浒传》以抒胸中愤慨。

毛泽东对"四大名著"的作者很关注，对施耐庵也偶有评论。

## 施耐庵"不是科名显赫的人"

小说史家一般都认为《水浒传》为元末明初人施耐庵最后写定。《水浒传》现存各种本子著者署名，多署"施耐庵集撰，罗贯中纂修"，如明嘉靖间郭勋家刻一百回《忠义水浒传》残本、明万历十七年（1589）天都外臣序一百回《忠义水浒传》、明万历三十八年（1610）容与堂刻一百二十回《忠义水浒传》都是。也有只署施耐庵的，如明崇祯末年二刻《三国水浒全

传英雄谱》署"钱塘施耐庵编辑"。

明朝不少学者都于札记中记载《水浒传》为施耐庵所作。

高儒《百川书志》卷六《史部·野史》里说:"《忠义水浒传》一百卷,钱塘施耐庵的本,罗贯中编次。"

郎瑛《七修类稿》卷二十三《辨证类·三国宋江演义》说:"《三国》、《宋江》二书,乃杭人罗贯中所编。予意旧必有本,故曰编。《宋江》又曰钱塘施耐庵的本。"

明容与堂刻《忠义水浒传》第一回李贽评说:"《水浒传》事节都是假的,说来却似逼真,所以为妙。常见近来文集,乃有真事说做假者,真钝汉也,何堪与施耐庵、罗贯中作奴!"

胡应麟《少室山房笔丛》卷四十一《庄岳委谈下》说:"元人武林施某所编《水浒传》,特为盛行;世率以其凿空无据,要不尽尔也。余偶阅一小说序,称施某尝入市肆,细阅故书,于敝楮中得宋张叔夜禽贼招语一通,备悉其一百八人所由起,因润饰成此编。"

学者们依据这些零星的文字记载,经过多年考证,一般认为《水浒传》最后的写定者为施耐庵。

但是,由于史料太有限,人们对于施耐庵的里籍、生平、著述,知道得太少。20世纪二三十年代以来,虽然陆续有些文物出现,披露一些施氏的某些情况,但专家学者们争议很大,有关施某生平的关键性问题,至今没有太一致的意见。

1928年,胡瑞亭在《新闻报》上发表了《施耐庵世籍考》,第一次公开提出《水浒传》作者施耐庵是当时属于江苏省东台县的白驹镇施家桥(按:白驹镇今属大丰县,施家桥今属兴化市)一带的施族祖先。但仍有些疑窦尚未解决,因而未能取得学术界公认。

1952年,部分《水浒》研究工作者曾赴兴化、大丰考察,并在是年《文艺报》第21期发表了调查报告,又一次提出了关于施耐庵生平的一些文物和史料,引起了学术界的关注。但仍未获得较为一致的认识,其争论断断续续延至20世纪80年代初期。

1982年江苏省社会科学院组织部分《水浒传》研究者,再次赴兴化、大丰参加"施耐庵文物史料"考察活动,并共同签署了《江苏新发现的施耐庵文物史料考察报告》。报告中肯定了现今江苏省兴化市、大丰县的施族祖先施彦端就是《水浒传》作者施耐庵。数月后,首都部分学者就此开了座谈会,对报告提出了一些疑点。此后持不同观点的学者,各自发表了争鸣的文章，直到现在，尚无一致的认识。

关于施耐庵的生平，明代王道生《施耐庵墓志》记载：

"公讳子安，字耐庵。生于元贞丙申岁，为至顺辛未进士，曾官钱塘二载。"

王道生的《施耐庵墓志》一文，作为文物史料，于1952年在《文艺报》上公布过，毛泽东不太相信此文关于施耐庵科第和宦历的记载。

1960年4月14日，毛泽东在北京钓鱼台邀宴民主人士时，在谈话中他说：

劳动工农最聪明。《三国演义》《水浒传》《西厢记》《红楼梦》的作者，都不是科名显赫的人。（许汉三：《黄炎培年谱》，文史资料出版社1985年版，第292页）

施耐庵"不是科名显赫的人"，这是毛泽东的判断。这也是一些专家学者们的意见。

专家学者们据《元史·选举志》，元朝"科举选士"一共开科七次：元仁宗延祐二年（1315），延祐五年（1318），至治元年（1321），泰定元年（1324），泰定四年（1327），天历三年（即元文宗至顺元年，公元1330年），元统元年（1333）。施耐庵中进士的"至顺辛未"（1331），恰恰不在其内。这七次开科的年代是有一定的规律可循的，即每科相隔三年，而毫无例外。所以，在这方面不存在记载有遗漏的问题。专家学者们再据《兴化县志》等书，其中记载了当地人士中进士的年份和全部名单，其中没有"元至顺辛未"一科，也找不到施耐庵姓名的踪影。1952年，《文艺报》发表了王道生《施耐庵墓志》等材料后，上海文联召开了一个《水浒传》作者问题座谈会。有的到会者曾查过《元史·选举志》、咸丰《兴化县志》、光绪《淮安县志》，否定了施耐庵为元至顺辛未进士的说法。

至于施耐庵"曾官钱塘二载"的记载，也找不到证据。《钱塘县志》《杭州府

施耐庵画像

志》和《浙江通志》等书中，在元代至顺二年之后的官员名单中，也查不到有施耐庵其人。

毛泽东是否读过报刊上关于施耐庵科第和宦历的考证文字，不得而知；这些文字确实为施耐庵"不是进士"出身提供了证据。毛泽东谈话主旨在于说明历来状元出色的没几个，"不是进士"出身的施耐庵、曹雪芹、罗贯中等人倒是很"出色"，写出了百世流芳的不朽巨著。他由此引导和号召人们要进行教育革命，不重名头学历，不做徒有虚名的"状元"，而重真才实学，重创造能力，成就不朽的伟业。

毛泽东曾经说过，卑贱者最聪明，高贵者最愚蠢。"不是进士"出身的施耐庵，写出辉耀古今的皇皇巨著，再次证明了这个真理。

## 有一肚子火气才写《水浒》

施耐庵是怀着怎样的动机写作《水浒传》的呢？或者说他是在什么心理状态下写作《水浒传》的呢？

1958年10月5日，毛泽东在天津视察的谈话中说：

> 司马迁的《史记》、李时珍的《本草纲目》，都不是因为稿费、版税才写的。《红楼梦》《水浒传》也不是因为稿费、版税才写的。这些人是因为有一肚子火气才写的，还有《诗经》等。（陈晋：《毛泽东之魂》，吉林人民出版社1993年10月版，第346页）

毛泽东以为，施耐庵与司马迁、李时珍、《诗经》的作者有个共同点：不是为了稿费和版税，而是"因为有一肚子火气"才写作的。也就是说，《水浒传》是施耐庵的"抒愤"之作。

毛泽东阐扬的是司马迁提出的"发愤著书"的文学创作理论。

司马迁对前代许多著作家不辞艰辛刻苦著书的原因做出总结，他在《报任安书》中说：

> 古者富贵而名摩灭，不可胜记，惟倜傥非常之人称焉。盖文王拘而演《周易》；仲尼厄而作《春秋》；屈原放逐，乃赋《离骚》；左丘失明，厥有《国语》；孙子膑脚，《兵法》修列；不韦迁

蜀，世传《吕览》；韩非囚秦，《说难》、《孤愤》；《诗》三百篇，大底圣贤发愤之所为作也。此人皆意有郁结，不得通其道，故述往事，思来者。乃如左丘无目，孙子断足，终不可用，退而论书策，以舒其愤，思垂空文以自见。

《史记·太史公自序》中也有类似的说法。司马迁认为许多著作家都是由于遭遇不幸，受到社会的迫害和压抑，有"道"难通，有志难申，为了表达意见，化解郁结，抒发怨愤，才著书立说，以留传后世的。"意有所郁结，不得通其道"，深刻揭露了封建社会对人的迫害，而发愤著书正是对迫害的不满与反抗。正因为如此，其著作必然强烈表现出不满现实，批判现实的精神，在不同程度上揭露了社会政治的黑暗。"发愤著书"的人心中满怀郁愤，由郁愤而产生无穷力量，这力量激励他们不辞艰辛坚持著述，从而写出不朽的著作。司马迁的"发愤著书"思想，对封建社会中进步作家具有重要的启示和鼓舞作用，对后代文学理论产生深刻的影响。

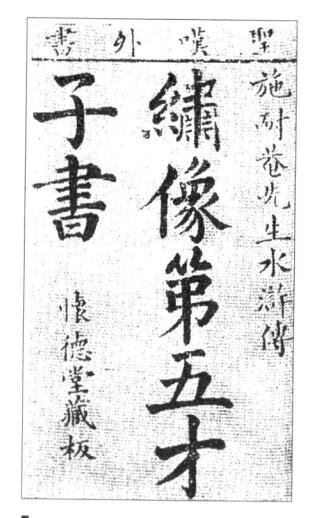

▎绣像第五才子书

对司马迁的"发愤著书"说，毛泽东不仅读到过，而且是关注的，是接受的，并给予引申和发挥。1962年1月30日，在扩大的中央工作会议（即有名的七千人大会）上，毛泽东讲到一个人的工作岗位"下降和调动"时，他说：

> 我认为这种下降和调动，不论正确与否，都是有益处的，可以锻炼革命意志，可以调查和研究许多新鲜情况，增加有益的知识。我自己就有这一方面的经验，得到很大的益处。不信，你们不妨试试看。司马迁说过："文王拘而演《周易》，仲尼厄而作《春秋》。屈原放逐，乃赋《离骚》。左丘失明，厥有《国语》。孙子膑脚，《兵法》修列。不韦迁蜀，世传《吕览》。韩非囚秦，《说难》《孤愤》。《诗》三百篇，大底圣贤发愤之所为作也。"……司马迁讲的这些事情，除左丘失明一例以外，都是指当时上级领导者对他们作了错误处理的。我们过去也错误地处理过一些干部，

对这些人不论是全部处理错了的，或者是部分处理错了的，都应当按照具体情况，加以甄别和平反。但是，一般地说，这种错误处理，让他们下降，或者调动工作，对他们的革命意志总是一种锻炼，而且可以从人民群众中吸取许多新知识……（《毛泽东著作选读（下册）》，人民出版社1986年8月版，第816—817页）

虽然，毛泽东在这里谈的是"错误处理干部"也会让他们受到锻炼，学到知识，不是谈论著书立说问题。但有一点是明确的，毛泽东对司马迁"发愤著书"的议论是赞同的。到了1964年8月18日，他在北戴河与哲学工作者谈话时，有一段对《诗经》的评论就是谈的文艺创作传统问题。他说：

司马迁对《诗经》品评很高，说《诗》三百篇皆古圣贤发愤之所为作也。大部分是风诗，是老百姓的民歌。老百姓也是圣贤。"发愤之所为作"，心里没有气，他写诗？"不稼不穑，胡取禾三百廛兮？不狩不猎，胡瞻尔庭有悬貆兮？彼君子兮，不素餐兮！""尸位素餐"就是从这里来的。这是怨天，反对统治者的诗。（陈晋：《毛泽东之魂》，吉林人民出版社1993年10月版，第345页）

这段评论强调作者的创作动因和思想倾向，充分肯定司马迁的"发愤著书"说，并进而发挥为"怨天，反对统治者"。毛泽东认为，老百姓是因为心里有气才写诗，并举《诗经·魏风·伐檀》为例。《伐檀》是伐木奴隶的诗，它愤愤不平地咏叹着人们伐木制车的沉重劳作，尖锐质问那班奴隶主贵族"不稼不穑，胡取禾三百廛兮？"表达了作者反对剥削、反抗压迫的态度和心声。占《诗经》作品大部分的风诗，都是老百姓心里有气的"发愤"之作。毛泽东认为是"反对统治者的诗"，深刻揭示了《诗经》风诗描写现实、揭露现实、批判现实的主要特征。

毛泽东赞同司马迁的"发愤著书"说，并以此观照《水浒传》的创作，通俗地说作者"有一肚子火气"才写作此书。但毛泽东没有具体阐明施耐庵为什么有火气，较早透露此中消息的是明朝人王道生，他在《施耐庵墓志》中说：

"（施耐庵）曾官钱塘二载，以不合当道权贵，弃官归里，闭门著述，追溯旧闻，郁郁不得志，赍恨以终。""呜呼！英雄生乱世，则虽有清河之识，亦不得不赍志以终，此其所以为千古幽人逸士聚一室而痛哭流涕者也。""呜呼！国家多事，志士不能展所负，以鹰犬奴隶待之，将遁世名高。何况元乱大作，小人当道之世哉！先生之身世可谓不幸矣！而先生虽遭逢困顿，而不肯卑躬屈节，启口以求一荐。遂闭门著书，以延岁月，先生之立志，可谓纯洁矣。"

由此观之，施耐庵的赍志赍恨，皆产生于元末乱世，小人当道，遭逢困厄，不肯卑屈逢迎，所以不能施展抱负，郁郁不得其志。退而著《水浒》，以泄愤抒胸中块垒。

毛泽东也没有具体阐明施耐庵有哪些"火气"。较早指出《水浒传》所愤何事者，是明朝人李贽，他在《忠义水浒传叙》中说：

《水浒传》者，发愤之所作也。盖自宋室不竞，冠履倒施，大贤处下，不肖处上，驯致夷狄处上，中原处下。一时君相，犹然处堂燕雀，纳币称臣，甘心屈膝于犬羊已矣。施、罗二公身在元，心在宋；虽生元日，实愤宋事也。是故愤二帝之北狩，则称大破辽以泄其愤；愤南渡之苟安，则称剿三寇以泄其愤。敢问泄愤者谁乎？则前日啸聚水浒之强人也，欲不谓之忠义不可也。是故施、罗二公传《水浒》，而复以忠义名其传焉。

李贽以为《水浒传》写宋江招安后大破辽国，是宣泄宋徽宗、宋钦宗被掳北去的愤恨；征灭王庆、田虎、方腊，是宣泄宋高宗南渡临安苟且偷生的愤恨。"实愤宋事"，愤宋王朝用人贤愚颠倒，对外屈膝称臣，江山社稷沦落夷狄之手。书中愤恨的夷狄是辽金，而施氏所愤的夷狄是胡元。如此看来，施耐庵（还有罗贯中）抒发的是失国孤臣的忠义之愤。

同样批点《水浒传》的金圣叹，却说过另一种话。他在《读第五才子书法》中写道：

大凡读书，先要晓得作书之人是何心胸。如《史记》须是太史公一肚皮宿怨发挥出来……《水浒传》却不然。施耐庵本无一肚皮宿怨要发挥出来，只是饱暖无事，又值心闲，不免伸纸弄笔，寻个题目，写出自家许多锦心绣口，故其是非皆不谬于圣人。后来人不知,却于《水浒传》上加"忠义"字,遂并比于史公发愤著书一例,正是使不得。

同样是批书人,金圣叹极力反对李贽的"《水浒》忠义"说,进而连李贽的《水浒》乃"发愤之所作"也一并反对。作为有功底、有识见、有才气的文学评论家,金圣叹与李贽一样,承认作《史记》的司马迁有"一肚皮宿怨",也就是承认"发愤著书"说,但金圣叹以为《水浒传》作者施耐庵却不是这样,凭空捏造了"饱暖无事,又值心闲,不免伸纸弄笔……"的作书人心胸,安到施某头上。

对金圣叹这个评论,不满意的大有人在。民国初年,无名氏作《中国小说大家施耐庵传》,其中写道:

> 圣叹评曰:'耐庵心闲无事,而作《水浒》。'此欺人之语耳。'国破山河在,城春草木深。'人生到此,悲来填膺,而又举足触网罗,张口犯刑诛,既无言论自由之权,更无出版自由之利……耐庵悲愤而著书,必察社会之程度,国民之心理。

这是在辛亥革命,"驱除鞑虏,恢复中华"的时代背景下,对处于胡元统治下的施耐庵作书时内心愤怒的揣度和评论。五四新文化运动后,胡适作《〈水浒传〉考证》,批评金圣叹说:

> 圣叹最爱谈"作史笔法",他却不幸没有历史的眼光,他不知道水浒的故事乃是四百年来老百姓与文人发挥一肚皮宿怨的地方。宋元人借这故事发挥他们的宿怨,故把一座强盗山寨变成替天行道的机关。明初人借他发挥宿怨,故写宋江等平四寇,立大功之后仅被政府陷害谋死。明朝中叶的人——所谓施耐庵——借他发挥他的一肚皮宿怨,故削去招安以后的事,做成一部纯粹反抗政府的书。

胡适先生以"历史的眼光",批驳金圣叹的"闲书"说,指出宋元人、明初人和明中叶人借水浒故事"发挥一肚子宿怨"的历史事实和水浒故事主旨变更的历史原因,是有见地的。不过,"削去招安以后的事"的不是施耐庵,而是金圣叹。他说七十回本《水浒传》是"纯粹反抗政府的书",倒确实是有眼光的。

其实，在金圣叹也并不一味地视《水浒传》为"闲书"，在点评时于很多地方直言其为"愤书"。他的思想是矛盾的。说是"闲书"，也有躲避文字狱的原因，并非他的思想浅薄，识见平庸。他不可能看不出《水浒传》是一部愤世嫉俗的书，比如他在《水浒传》楔子的总评中开篇明义地说：

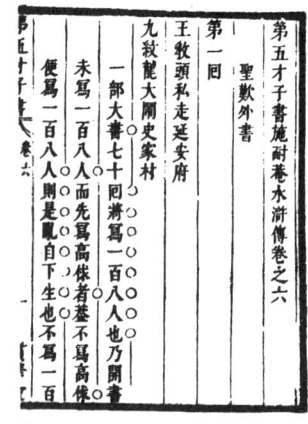

官华堂第五才子书水浒传原刻本书影

> 哀哉乎！此书既成，而命之曰《水浒》也。是一百八人者，为有其人乎？为无其人乎？诚有其人也，即何心而至于水浒也？为无其人也，则是为此书者之胸中，吾不知其有何等冤苦，而必设言一百八人，而又远托之于水涯。

金圣叹点评《水浒传》，虽然有书生意气，不通世故，自相矛盾的地方，但从总体上看，"发愤著书"也是他终生追求的胸襟抱负。他以自己心中的冤苦，理解了《水浒传》作者胸中的一段大冤苦。真正"饱暖无事，又值心闲"的人，作风花雪月的文章还可以，写出"乱自上作""官逼民反"甚至"诲盗"的长篇巨制则是不可能的事。

在创作论上，毛泽东是承认司马迁以来的"发愤著书"说的，这是文艺创作的一个优良传统。施耐庵因为"有一肚子火气"才创作出具有深刻人民性的不朽杰作《水浒传》。毛泽东的话简洁，却道出了一条文艺创作的规律。

毛泽东指出施耐庵"因为有一肚子火气"才创作《水浒传》的结论，是实事求是的科学见解。它正确地、深刻地揭示了作者的创作动机和创作环境，与《水浒传》是"民主文学"的结论，有其内在的相辅相成的联系。

## 施耐庵的"民主文学"

毛泽东给施耐庵的《水浒传》定位为"民主文学"，充分肯定了它的民主性一面。

1958年8月，毛泽东在审阅陆定一《教育必须与生产劳动相结合》一文时，加写了这样一段话：

> 中国教育史有人民性的一面。孔子的有教无类，孟子的民贵君轻，荀子的人定胜天，屈原的批判君恶，司马迁的颂扬反抗，王充、范缜、柳宗元、张载、王夫之的古代唯物论，关汉卿、施耐庵、吴承恩、曹雪芹的民主文学，孙中山的民主革命，诸人情况不同，许多人并无教育专著，然而上举那些，不能不影响对人民的教育，谈中国教育史，应该提到他们。（《毛泽东论文艺》，人民文学出版社1992年8月版，第116页）

毛泽东给予《水浒传》很高的地位，《水浒传》与这种地位是相称的。毛泽东曾经多次讲到继承我国古代文化遗产问题。在《新民主主义论》里说：

> 中国的长期封建社会中，创造了灿烂的古代文化。清理古代文化的发展过程，剔除其封建性的糟粕，吸收其民主性的精华，是发展民族新文化提高民族自信心的必要条件；但是决不能无批判地兼收并蓄。必须将古代封建统治阶级的一切腐朽的东西和古代优秀的人民文化即多少带有民主性和革命性的东西区别开来。（《毛泽东选集》第2卷，人民出版社1991年6月版，第707—708页）

这里说的"古代文化"，是包括像《水浒传》这样的古代文学的。

我们完全有理由说《水浒传》有较多的"民主性精华"。金圣叹在点评《水浒传》时，说过这部书"无恶不归朝廷，无美不归山林"（《金圣叹评点才子全集·〈水浒传〉评点·序二》）。这是他站在反对农民起义的立场上对这部小说的总体评价。应该说，金圣叹客观上正好道出了《水浒传》对封建统治阶级政权的仇视和对农民起义事业的赞美这个实质性的态度。《水浒传》在故事展开、人物塑造和环境渲染上，基本上是把大义和正气归于梁山义军，把腐败和罪恶归于朝廷；把美德懿行、英雄壮举归于绿林豪杰，把恶品劣迹归于贪官污吏；把胜利归于处于弱小的造反队伍，把失败归于貌似强大的官军。《水浒传》以热烈的笔调，带倾向性的感情，正面描绘了农民阶级为反抗残酷的封建压迫所进行的波澜壮阔的革命战争的画卷，歌颂了农民阶级杰出人物、代表人物的大智大勇，充分显示了农民阶级"哄动宋国乾坤，闹遍赵家社稷"（第一回），推动社会进步和历史前进的雄伟力量。有人说《水浒传》"是农民革命的史诗"，确如其言。在中国古代文学史上，就歌颂被压迫阶级的反抗斗争而言，还没有哪部作品能与《水浒传》相媲美，说其是绝无仅有的，也并不过分。

毛泽东认定施耐庵的《水浒传》是"民主文学"。封建性和民主性都属于历史的政治的范畴。剔除封建性糟粕，吸取民主性精华，这是从思想内容方面批判继承文化遗产。要进一步理解毛泽东关于《水浒传》是"民主文学"的论断，读一下毛泽东在延安时期致周扬的一封信，大有裨益。

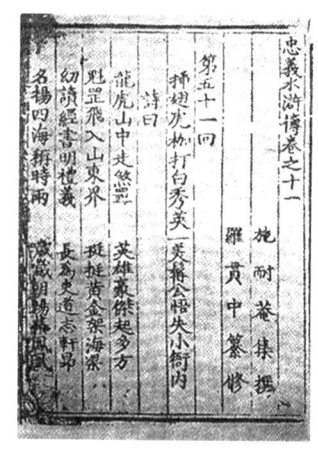

明嘉靖年间刻本

1939年11月，时任延安鲁迅艺术文学院副院长的周扬，撰写了《对旧形式利用在文学上的一个看法》一文，其中提到"老中国"问题。毛泽东审阅修改时，于11月7日给周扬写信就"老中国"问题谈到农民的"民主主义的一面"，对我们理解《水浒传》是"民主文学"很有帮助。毛泽东在信中写道：

> 其中关于"老中国"一点，我觉得有把古代中国与现代中国混同，把现代中国的旧因素与新因素混同之嫌，值得再加考虑一番。现在不宜于一般地说都市是新的而农村是旧的，同一农民亦不宜说只有某一方面。就经济因素说，农村比都市为旧，就政治因素说，就反过来了，就文化说亦然。我同你谈过，鲁迅表现农民着重其黑暗面，封建主义的一面，忽略其英勇斗争、反抗地主，即民主主义的一面，这是因为他未曾经验过农民斗争之故。由此，可知不宜于把整个农村都看作是旧的。所谓民主主义的内容，在中国，基本上即是农民斗争，即过去亦如此，一切殖民地半殖民地亦如此。现在的反日斗争实质上即是农民斗争。农民，基本上是民主主义的，即是说，革命的，他们的经济形式、生活形式，某些观念形态、风俗习惯之带着浓厚的封建残余，只是农民的一面，所以不必说农村社会都是老中国。在当前，新中国恰

恰只剩下了农村。(《毛泽东文艺论集》，中央文献出版社2002年4月版，第259—260页）

毛泽东谈的是抗战时期中国农民的情况，亦即半殖民地半封建状况下的中国农民的情况。毛泽东不同意一般地说"都市是新的"而"农村是旧的"的观点。他认为就政治因素、文化因素来说，农村也是新的，因为"现在的反日斗争实质上即是农民斗争"。在这个判断的基础上，毛泽东得出结论说："农民，基本上是民主主义的，即是说，革命的"，"所谓民主主义的内容，在中国，基本上即是农民斗争，即过去亦如此，一切殖民地半殖民地亦如此。"也就是说，积极投入抗日救国的中国农民的基本方面、主流方面、本质方面是民主主义的，是革命的。尽管他们的经济形式、生活形式、某些观念形式、风俗习惯还带着浓厚的封建残余，可这只是农民的一面，亦即次要的、支流的、非本质的一面。毛泽东的这个结论，在空间上适用于"一切殖民地半殖民地"的领域；在时间上，则适用于现在和"过去"。

因为是谈文学对旧形式的利用问题，毛泽东举了鲁迅的例子。鲁迅在《阿Q正传》等小说中，表现辛亥革命时期的乡村农民，着重其受封建思想毒害的黑暗面，忽略其"英勇斗争，反抗地主"即富于革命精神、民主精神的一面。鲁迅之所以会这样，毛泽东指出的原因是其"未曾经验过农民斗争"。很明显，毛泽东认为鲁迅虽然创造了不觉悟的农民阿Q这样不朽的艺术典型，有利于解剖半殖民地半封建时代中国国民落后的劣根性，但他没有着重表现农民的革命性和民主性的一面，这不能不是一种缺憾！

宋元时代的农民反抗运动和近代民族救亡中的农民反日斗争，是不同时代不同政治内容的农民斗争；《阿Q正传》和《水浒传》所塑造的艺术典型，是两个不同社会阶段的农民形象。但是，封建社会与半殖民地半封建社会的农民以及农民的革命斗争，既有区别又有联系，后者是前者的直接延续和发展。农民身上民主性的一面，在其"英勇斗争，反抗地主"的内容上，是有相似性、甚至某些一致性的。作为"民主文学"的《水浒传》，虽然不可避免地夹杂着封建性的糟粕，斗争着、革命着的农民身上也有浓厚的封建意识，但它较集中、较强烈、较突出地表达了中世纪农民的民主性和革命性要求，较之其他文学作品，完全有理由说它是"古代优秀的人民文化"。它大胆、明确地肯定梁山起义事业，如"撞破天罗归水浒，掀开地网上梁山"、"水浒寨中屯节侠，梁山泊内聚英雄"、"农夫背上添心号，渔父舟中插认旗"；它尖锐地批判封建社会，赞扬"逼上梁山"的造反精神，如杨志被高俅逐出殿帅府时，作者写道："花石纲原没纪纲，奸邪到底困忠良。早知廊庙当权重，不若山林聚义长。"再如吴用等人智取生辰纲时，又写道"只因不义金珠去，致使群雄聚义来"；它热烈歌颂梁山好汉的正义正气，像颂扬李逵的"梁山泊里无奸佞，忠义堂前有诤臣。留得李逵双斧在，世间直气尚能伸"。颂扬鲁智深的"禅杖打开危险路，戒刀杀尽不平人"，等等。一部《水浒传》，封建时代的反动官僚、御用文人极力诋毁其"诲盗"，辛亥革命时期的资产阶级学者视其为"人民宣言书"，革命的无产阶级更认定它是"农民起义的教科书"，其实，这是从相反的两极承认了《水浒传》是"带有民主性和革命性的东西"。

毛泽东考察中国教育史，体现了一种大教育观的视野。教育，不止在课堂上和教材里。历史上那些没有教育专著，也不是教育家的思想家、史学家、文学家以及革命家，其文化遗产中有人民性的一面，也都曾经影响到对人民的教育。毫无疑问，《水浒传》流传几百年以来，曾经产生这样的影响，是不言而喻的。只要粗线条地考察一下它对中世纪以来封建社会的农民运动、20世纪初叶资产阶级民主革命以及无产阶级各个历史时期的革命斗争的巨大影响，就会清晰地看到它在思想启蒙、精神熏陶和经验提供等方面，对不同历史时代的人民群众的教育作用。

《水浒传》影响到明清两朝的农民起义和农民战争。《水浒传》产生于元末明初，它描绘的是绿林英雄好汉的反抗壮举和造反精神，一百单八将深受封建时代社会底层人民群众的喜爱。所以它对蒙受苦难的老百姓具有启发他们揭竿而起造反上山的作用。明清两代，多少次农民斗争和农民起义，都受到了《水浒传》革命造反精神的熏陶和影响。

明万历十六年（1588）安徽刘汝国在太湖宿松地区举义，自称济贫王，铸铜印"替天大元帅"，投奔他的饥民有数万人之多。他们多次击败官兵，明政府去招降，刘汝国回信说："豪家不法，吾取其财以济贫，此替天行道，而违之是逆天也。"公开接过梁山泊好汉"替天行道"的大旗。（《后鉴录》）

万历末年，山东白莲教头领徐鸿儒搞秘密组织活动二十余年。查继佐《罪惟录》说他是"误信梁山泊演义故事"，"巢于梁家楼，直欲亲见梁山泊故事"。徐鸿儒后在天启二年（1622）起义，部众有十几万，攻破郓城、邹县、滕县、峄山，切断漕运粮道，在山东的影响比当年宋江一伙还大。

崇祯年间，李青山为首的起义军在梁山泊啸聚。刑科给事中左懋第上书道："李青山诸贼啸聚梁山，破城焚漕，咽喉梗塞，二东鼎沸。诸贼以梁山为归，而山左前此莲妖之变，亦自郓城梁山一带起。臣往来舟过其下数矣。非崇山峻岭，有险可凭；而贼必因以为名，据以为薮泽者，其说始于《水浒传》一书，以宋江等为梁山啸聚之徒，其中以破城劫狱为能事，以杀人放火为豪举，日日破城劫狱，杀人放火，而日日讲招安以为玩弄将士之口实。不但邪说乱世，以作贼为无伤，而如何聚众竖旗，如何破城劫狱，如何杀人放火，如何讲招安，明明开载，且预为逆贼策算矣。"左懋第对《水浒传》所产生的社会影响，尤其对起义绿林从中汲取营养的认识，是十分明确的。在他看来，《水浒传》无疑是农民起义者的实用教科书。

明末农民起义领袖李自成、张献忠等人从《水浒传》中学到的东西更多。刘銮《五石瓠·水浒小说之为祸》中言之凿凿地说："张献忠之狡也，日使人说《三国》、《水浒》诸书，凡埋伏攻袭皆效之。"李自成在进攻开封时，将自己闯将称号改为"奉天倡义营文武大将军"，这分别是梁山泊的两句口号"替天行道"和"忠义双全"的结合。

清代的农民起义领袖也同样喜欢从《水浒传》中吸取造反思想和经验教训。咸丰初活跃在四川的斋教，总头领万云龙将自己在峨眉山的居所名为"忠义堂"。太平天国起义军用红巾包头，四周用"合和同"或"忠义堂"三字戳记印之。这些都可看出《水浒传》的影响。受曾国藩之命探听太平军军情的张德坚在《贼情汇纂》中说："贼之诡计，果何所依据？盖由二三黠贼，采稗官野史中军情，仿而行之，往往有效，遂宝为不传之秘诀。其取材《三国演义》、《水浒传》为尤多。"与曾国藩齐名的湘军首领胡林翼则直接说，草泽英雄的"奇谋秘策"，"全以《水浒传》为师资"。（夏曾佑：《庄谐杂录·卷二》）

正因为《水浒传》对农民革命产生了如此巨大的教育作用，所以明清两朝统治者便利用国家机器竭力阻止《水浒传》的传播。明崇祯十五年六月颁布的"严禁《水浒传》令"，规定凡坊间家藏《水浒传》及原版，速令尽行烧毁，不许隐匿。到了清代，统治者更是屡次颁布禁令，甚至连水浒戏也被禁演，他们为《水浒传》扣上了"聚党逞凶""流毒甚深"等种种罪名，规定凡刊刻、出售、阅读《水浒传》者，一律严惩不贷。统治者如此仇视，从反面说明了《水浒传》之深入民心，这也是《水浒传》屡禁不绝的根本原因。

《水浒传》影响到资产阶级的民主革命。毛泽东将施耐庵等人的"民主文学"与孙中山的"民主革命"相提并论，是有道理的。因为二者有一定的联系。19世纪末20世纪初,中国社会已沦为半殖民地半封建社会。同盟会时期,孙中山就确立了"驱除鞑虏,恢复中华,建立民国,平均地权"的资产阶级革命政纲,相继提出民主、民权、民生的三民主义。当此之时,中国内忧外患,万方多难,有志之士奔走呼号,采取各种手段鼓吹革命,也重视小说的教育激励作用,其中就包括重新诠释《水浒传》等古典小说的思想主旨,赋予革命色彩,成为他们鼓吹民权、革命、自由、平等的有力武器。

清末民初,无名氏作《中国小说大家施耐庵》一文,其中《施耐庵之思想》一节写道:"民权之思想。民何物哉?只有服从之义务,而无抵抗之权利耶?耐庵以一'逼'字哭之。逼者,压制之极也。非逼而作盗,则罪在下;逼之而作盗,则罪在上。作盗而出于逼,则强盗莫非义士矣。且皇帝又何物耶?人皆可以为尧、舜耳。'晁盖哥哥做大宋皇帝,宋江哥哥做小宋皇帝'。此言借李逵发之。汉人臣元,何非奴才之奴才耶?'你这与奴才做奴才的奴才。'此言借石秀发之。中国之民,罔闻民约之义,发之却有耐庵。耐庵可比卢梭。"无名氏以施耐庵的民权思想可比法国启蒙运动时代的思想家卢梭,借此为资产阶级反对封建专制主义的民主思潮张本。

清末燕南尚生著文驳斥《水浒传》诲淫诲盗的偏见,大声疾呼人们重视《水浒传》的思想意义,他说:"《水浒》果无可取乎?平权、自由,非欧洲方绽之花,世界竞相采取者乎?卢梭、孟德斯鸠、拿破仑、华盛顿、克伦威尔、西乡隆盛、黄宗羲、查嗣庭,非海内外之大政治家、思想家乎?而施耐庵者,无师承,无依赖,独能发绝妙政治学于诸贤圣豪杰之先,恐人之不易知也,撰为通俗小说,而谓果无可取乎?"说施耐庵能发"平权、自由"的"绝妙政治学",似有捧得过高之嫌,因为施耐庵所处的时代,是否已经具备了所谓"平权、自由"的意识,还得打上问号。但燕南尚生把施耐庵与那些著名思想家、政治家相提并论也有一定的道理。《水浒传》这样的小说,不同时代的读者可以从中发现不同的价值,不同兴趣的读者也可以从不同的角度来解读它。像燕南尚生这样的近代知识分子,从中看到了梁山上的"平等而不失泛滥,自由而各守范围"——看到了不平,也看到了反抗,其目的正在于为反专制争民主寻求思想支持。

同是清末的许啸天在《水浒传新序》中宣称:"《水浒》一书,可以抵得上一篇人民索债团的宣言书,足以代表一个时代的民意。再进一步说:这个'索回人权'四字,是千古不磨的民意;这部《水浒传》,也是千古不磨的人民宣言书。"他甚至认为:"《水浒》自然力的感化,胜过卢梭《民约论》。"确实,《水浒传》以活生生的事例,教育人民反抗压迫,"讨回人权",比单调的说教更富鼓动性。

《水浒传》一书怎样影响了无产阶级的革命斗争,只要看看毛泽东本人的经历以及本书的全部叙述,就会有清晰的印象和明确的答案。与影响到对农民阶级、资产阶级的教育所不同的是,革命的无产阶级掌握了马克思主义的思想武器,他们对《水浒传》中草莽英雄的革命经验和斗争艺术,已经不是简单模仿或牵强附会地解释,而是给予了科学的批判,辩证的继承,使之上升为更高层次更有理性的革命精神和革命策略。这里可以举一个发生在施耐庵家乡的事例:

1941年,黄克诚率八路军南下增援部队与陈毅、粟裕所部段焕竞部队会师于盐城狮子口,建立了苏中抗日根据地。1942年,兴化抗日民主政府县长蔡公杰凭吊施耐庵墓,见那儿水网纵横,港汊交错,芦苇丛丛,宛如水泊梁山风光。正在此时,新四军代军长陈毅为了加强根据地的文化建设,派自己的文字秘书叶芳渊到兴化县政府当秘书。叶芳渊把施氏族人请到县政府,蔡公杰亲自同他们座谈,并仔细查阅了《施氏族谱》,确信施氏祖先施耐庵即《水浒传》作者。但又看到施墓年久失修,于是产生修墓念头。他把想法向苏北区党委和苏中二分区专员公署汇报后,立即得到他们的支持。1943年4月,兴化县政府拨资,游击战士和施氏后裔自动参加劳动,为时一月即告竣工。修复后的施墓,墓碑背面刻着叶芳渊起草、蔡公杰修改的碑文,云:

> 夫稗官野史之流,传宇内者,莫不宣扬统治者之丰功伟绩,其为人民一伸积愫,而描写反抗情绪者,殊不多见,有之,惟《水浒传》一书而已。
>
> 《水浒》作者施耐庵先生为苏人。余于癸未春衔命来宰兴化,时国难方殷,倭寇陷境,悉沦敌手,我政府乃于广大农村中坚持焉。
>
> ……余慕先生之才志,盖能寄情物外,其书中一百零八人之忠贞豪迈,英风亮节,洁身于当时腐朽政治,乃今世为一己利禄所趋而出卖民族,腼颜事仇之汉奸,相去悬殊。
>
> 余酷爱《水浒传》之含义深刻,尤慕先生之萃励襟怀,爰重修其庐墓,以为后人风,或不为非乎?

这篇半文言半白话的碑文,言简意赅地揭示了《水浒传》"为人民一伸积愫,描写反抗情绪"的民主性特征,在"国难方殷,倭寇陷境"的时代背景下,以水浒一百单八将的忠贞豪迈,英风亮节,鞭挞"出卖民族,腼颜事仇"的汉奸走狗。并阐明重修施墓,旨在弘扬"水浒"精神,树立耐庵襟怀,以为后人风范,影响对子孙万代的教育。

毛泽东曾经多次提议将《水浒传》等优秀古典小说的精彩片段编入学校教材,这当然更利于影响对人民的教育。这在延安时期和新中国成立后的教育实践中,已经付诸实施,使每个有机会读书的人,都能受到优秀传统文化的熏陶。

把《水浒传》科学地划入"民主文学"的范围,这是毛泽东批判继承优秀文化遗产,使其民主性精华为建设新时期先进文化服务的成功尝试。随着时间的推移,会越来越清楚地显示出其重要价值。

# 《水浒传》是反映当时政治情况的

> 毛泽东发表谈话时说:"《水浒传》是反映当时政治情况的,《金瓶梅》是反映当时经济情况的。这两本书不可不看。"
> 陈晋:《毛泽东与文艺传统》,中央文献出版社1992年3月版,第123页

《水浒传》是怎样一部书,它主要写的是什么内容?

有人说,它是一部历史小说;有人说,它是农民战争的教科书;有人说,它是市民的心路历程;有人说,它是流民无产者的心史;有人说,它是"天下第一奇书";有人说,它是现实主义的长篇巨著。当然,还有封建统治者说它是"诲盗"之书。

如果不拘泥于字面,包括后一种说法,都可以在《水浒传》书内找到自己的证据,都不乏立论的基础。当然,分析问题的阶级立场、思想情感和政治态度又当别论。

毛泽东自有看法,那是他把《水浒传》与《金瓶梅》作了认真比较后,就各自的主要倾向做出的结论。1956年2月20日,毛泽东在听取了工作汇报后,发表谈话时说:

> 《水浒传》是反映当时政治情况的,《金瓶梅》是反映当时经济情况的。这两本书不可不看。"(陈晋:《毛泽东与文艺传统》,中央文献出版社1992年3月版,第123页)

对《水浒传》这个总体评价,毛泽东对薄一波也谈过:

> 《水浒》要当作一部政治书看。它描写的是北宋末年的社会情

况。中央政府腐败，群众就一定会起来革命。（薄一波：《毛泽东二三事》，《中国出了个毛泽东》，解放军出版社1991年4月版，第230页）

这是毛泽东的比较研究：《水浒传》要当作一部政治书看，因为它反映的是当时的政治情况；《金瓶梅》要当作一部经济书看，因为它反映的是当时的经济情况。《水浒传》的"当时"是北宋末年，《金瓶梅》的"当时"则是明朝末年。毛泽东看问题，着眼主导倾向，着眼大的方面，着眼主要矛盾，说《水浒传》反映政治、《金瓶梅》反映经济，是讲其有代表性的一面。其实，《水浒传》也讲经济，只是情节太少，《金瓶梅》也描写政治，只是不像《水浒传》那样重彩浓墨。总之，毛泽东的解读和概括，抓住了这两本书在题材方面的主要特征，则是毫无疑问的。

先让我们简单了解一下《金瓶梅》所反映的明末经济情况。

《金瓶梅》假借北宋末年为背景，但它所描绘的社会问题、所表现的思想倾向、所反映的经济状况，却有鲜明的晚明时代的特征。《金瓶梅》描写的是明朝嘉靖、万历年间的社会面貌，新兴商人的巧取豪夺，与封建官僚的权钱交易，以及他们的腐朽生活方式和丑恶灵魂，成为这一历史时期社会生活的突出特点。

小说主人公西门庆是一个暴发户式的富商，是新兴市民阶层中的显赫人物，他本是一个破落户，仅开了一家生药铺。但不久，他便暴发，在本地开了典当铺、绸缎铺、绒线铺，贩运倒卖，放高利贷，还是若干房产的主人。他是在晚明社会商品经济逐渐发展的背景下暴发的，他有雄厚的商业资本和高利贷资本，是资本主义在中国处于萌芽状态下的商人阶层的典型代表。

《金瓶梅》所描写的西门庆的发迹过程，具有封建制度下商业资本步履艰难的典型意义。这至少可以看出两个特点：首先是掠夺性的"原始积累"。西门庆是当地的恶霸、地痞，他用欺诈威逼、大打出手、交通官吏等等无耻手段，巧取豪夺。西门庆的资本主要来自把揽词讼，"说事过钱"；谋利骗取，鲸吞巨额财产；放高利贷，典当获利；收取贿赂，贪赃枉法；兴贩盐引，获取专利；商铺获利，偷税漏税。富孀孟玉楼的财产、结义兄弟花子虚的财产、亲家陈洪的财产等，均先后被他弄到自己手中。他放走杀人犯苗青，还凭空获得三万盐行的财富。这些非正当经营所获得的财产，成为西门庆跻身商业资本家的最初阶梯。其次是商人与封建官僚的紧密勾结。西门庆不惜重金交结权贵，投靠在当朝宰相蔡京门下，目的在取得政治上的庇护和攫取发展自己的商业经济的特权。西门庆借助封建政权铺平自己发展商业资本的道路，他充满自信，有自强进取的精神，体现了早期商人的勃勃雄心。

西门庆在小说中出场时年二十七岁，死时三十三岁。在这6年的时间里，他的资本积累成倍翻番。仅就他丧命前向吴月娘交代的就有：缎子铺是5万两银子本钱，两个绒线铺各本银6500两、5000两，李三、黄四欠500两本钱、150两利钱，印子铺占用银2万两，生药铺5000两，徐四铺内欠本利340两。这样粗略一算，共87000多两，而家内存放的大量金银、细软未计在内。在一定程度上说，西门庆的发家史，就是形象的明末商业资本的发展史的缩影。

相形之下，《水浒传》则主要反映了北宋末年的政治情况。所谓政治云云，其主要内容是北宋社会的上层建筑。北宋封建官僚国家机器的大厦正摇摇欲坠，徽宗、钦宗昏庸无能，天下失政，奸臣当道，谗佞盈朝，中央政府腐败，卖官鬻爵，贿赂公行，风俗颓败，赃官污吏遍布国中，役烦赋重，民穷财乏，天下骚然。《水浒传》无情地批判了封建地主阶级的总头子宋徽宗赵佶，无情地批判了封建官僚国家机器各级政府的贪官污吏，无情地批判了封建国家机器的重要组成部分、统治阶级专政工具的刑狱和军队。

《水浒传》批判皇权自有其深刻的一面（宋江个人只反贪官不反皇帝是另一个问题）。《水浒传》开篇就告诉人们，臣奸官贪是因为皇帝昏庸，所谓"乱自上作"。有徽宗然后有高俅，有高俅然后有王进出走、林冲上山，于是一百单八人联翩而出。由于宋徽宗的"浮浪子弟门风"，擅长"帮闲之事"，所以他必然任人唯亲，近小人而远君子，造成"豺狼在朝，不容龙虎"的局面。徽宗一上台就重用高俅的"圣德"，与高俅一上台就陷害王进、林冲的"政绩"，联系得何等紧密，何等一致。《水浒传》的可贵之处，就在于把宋徽宗和高俅、童贯作为一个整体来看来写的。对这个整体及其罪恶，宋徽宗第一个要负责。小说惟妙惟肖地描写了宋徽宗的昏庸。童贯征梁山，"片甲只骑无还"，被高俅们以天气炎热水土不服蒙骗过去。可是当蔡京奏道："另令一帅，再去征伐"时，天子又准奏了，天气忽然又不碍事了，兵士又可以服水土了。高俅全军覆没，本人被俘。回来的报告却是"中途抱病而返"，徽宗竟又被骗过。这说明这位"明君"太容易被骗了。童贯、高俅先后两次战败之罪，两次欺君之罪，加上第一次招安宋江时偷换御酒，第二次招安时故意读破句，这些罪行被揭露出来，皇帝的处理却是"姑免这次，再犯不饶"。而后来童、高等人又一犯再犯，仍然没有"不饶"。宋徽宗对高俅们是这样的姑息养奸，而对一些正直的忠心耿耿的好官却是另一种政策。谏议大夫赵鼎、御史大夫崔靖提了一个招安的建议，一个被他削职为民，一个交大理寺问罪。亲疏好恶何等明显。小说所以这样写，无非是想告诉人们：天下大乱，皇帝有责。在施耐庵的笔下，宋徽宗完全成了小人们手里的傀儡。《水浒传》对宋徽宗持批判态度，连金圣叹也看出来了，他批道："作者于道君皇帝每有微辞焉！"

《水浒传》所描写的北宋末年的刑狱状况更是骇人听闻。宋徽宗时期，冤案重重，《水浒传》写了几十桩冤狱。水浒英雄大都是从监狱走上梁山的。北宋的"法律"是极其残酷的。单是"刺配"的法令就有几百条之多，动辄就被杖脊刺配。《水浒传》多次写道，所谓"太祖武德皇帝留下旧制""新配军，须吃一百杀威棒"。有多少拿不出"寄下"钱的人，在杀威棒下丧生。囚犯被打死"只似打杀一个苍蝇"。《水浒传》揭露了牢狱中草菅人命、滥施酷刑的黑幕。第九回写林冲含冤刺配沧州。到了沧州牢里，一个囚犯对他说："此间管营、差拨，十分害人，只是要诈人财物。若有人情钱物送与他时，便觑的你好；若是无钱，将你撇在土牢里，求生不生，求死不死。若不得人情时，这一百棒打得七死八活。"牢狱中的酷刑和各种折磨手段，更是令人发指。孟州牢城的囚徒对武松说："他到晚，把两碗干黄仓米饭，和些臭鲞鱼来与你吃了，趁饱带你去土牢里去，把索子捆翻着，着一床干蒿草把你卷了，塞住了你的七窍，颠倒竖在壁边，不消半个更次，便结果了你性命。这个唤做盆吊。""再有一样，也是把你来捆了，却把一个布袋，盛一袋黄沙，将来压在你身上，也不消一个更次便是死的。这个唤土布袋。"黑暗的司法状况显示着北宋社会的暗无天日。

至于北宋的军队，纪律废弛，将拙兵愚，毫无战斗力可言。出来"剿盗"的官军是"于路上纵容军士，尽去村中纵横掳掠，黎民受害，非止一端"。从州县地方武装，到中央大军，没有一次"征剿"是胜利的；带兵的将军，不是兵败身亡，就是投向义军。朝廷派出的将领级别越高，失败得越惨重，童贯落荒而逃，高俅当了俘虏。

当然，说到《水浒传》是反映北宋末年"政治情况"的，最多的内容则是它表现了广大受压迫者的反抗斗争，本书的许多篇章将另有论列。

总之，《水浒传》像一面镜子，它里面是北宋末年社会政治情况的清晰图像，它显示了这个王朝不可避免地走向灭亡的趋势。毛泽东在听工作汇报时，强调《水浒传》与《金瓶梅》这两本书"不可不读"，正在于前者较多地反映了封建时代的上层建筑，后者较多地反映了封建时代的经济基础，二者合璧，则是对封建社会的整体把握，全面认识。

# 找一部金圣叹批的《水浒传》

> 林克同志：我要找一部金圣叹批的《水浒传》再看看。
>
> 《建国以来毛泽东文稿》第11册，中央文献出版社1996年8月版，第119页

明末清初的文学评论家金圣叹，是评点派小说批评的代表。

他生于明朝万历三十六年（1608），清顺治十八年（1661）因"哭庙案"被处斩，得年五十三岁。金圣叹出生于读书人家，老年时家境渐贫，他自幼聪颖，喜好杂学，率性任情，狂妄不羁，以人生为游戏，在科场中常戏侮文宗。这种性格，有其社会、家庭和个人气禀的综合原因，也给他的文学批评带来了明显影响。

生活于明朝末年，又郁郁不得志的社会下层知识分子金圣叹，把满腔热忱都投入到批评所谓《史记》《庄子》《离骚》《杜诗》《水浒传》《西厢记》等"六才子书"上来，实际上他只完成了对《西厢记》和《水浒传》的评点。而在封建士子和广大读者中造成巨大影响的无疑是评点《水浒传》，这也奠定了他在文学批评史上的地位。

生前死后，他作为文学批评家的才智都惹人注目。其人"颖敏绝世"，"手眼独出"，"下笔机辩澜翻"（清·梁章钜《归田琐记》）。其批评文字"透发心花，穷搜诡谲"（清·毛庆臻《一亭杂记》），"亦爽快，亦敏妙，钟惺、李卓吾之徒望尘莫及"（徐珂《清稗类钞》）。"一时学者爱读圣叹书，几于家置一编"（《归田琐记》）。这些前人的评价也许有夸大其词之处，却并非无中生有之谈。今人论《水浒传》，谈小说批评史上评点派，无论如何是绕不开金圣叹的。

毛泽东之于《水浒传》，喜欢读金批本，也时不时地谈到金批的得失

功过。

## 再看看金批《水浒传》

在众多版本的《水浒传》中，毛泽东喜欢看哪一种呢？一般说来，他看过多种版本，但尤喜金圣叹批点的七十回本。这从他1964年8月3日写给秘书林克的信中可以看出来：

> 林克同志：
> 　　我要找一部金圣叹批的《水浒传》再看看。
> 　　我又要找一部《共产党宣言》，一部列宁论帝国主义是垂死的资本主义，都要是新出大字本的。请你办一办。
> 　　　　　　　　　　　　　　　　　　　　　毛泽东
> 　　　　　　　　　　　　　　　　　　　　　八月三日

（《建国以来毛泽东文稿》第11册，中央文献出版社1996年8月版，第119页）

这里说"再看看"金本《水浒传》，显然是以前看过，甚至可以说多次看过。毛泽东早年读过的《水浒传》是哪种版本，笔者没有见到记载。他在韶山冲读进私塾时，读过的是绘图评注本《水浒传》（见本书前插页）。据推测，很可能是七十回金本。因为自从金圣叹评点的《水浒传》问世之后，风行了三百年，坊间所刻都是"金本"，世人几乎不知道还有百回本、百二十回本。只是到了20世纪20年代以后，胡适、鲁迅、郑振铎等人考证了《水浒传》的版本源流，才陆续出版了《水浒》全传。所以，青少年时期的毛泽东读到的《水浒传》只能是金本。

有论著介绍说："毛泽东的一生，大部分时间读的是'金本'《水浒传》，只是在进城以后，特别是'文革'前后，毛泽东才注意到了百回本。"又说："综合各方面的情况看，可知毛泽东青少年时读的是'金本'，大革命时期、长征途中和延安时期，毛泽东读的都是'金本'。""毛泽东进北京以后，才有条件读到百回本《水浒传》，知道了宋江投降打方腊的故事。但是他的兴趣仍然在'金本'上面。当然，从这时起，毛泽东头脑里，开始思考宋江投降打方腊的问题了。"（余大平：《草莽英雄的悲壮人生——〈水浒传〉》，第300—303页）这段话中，说延安时期以前的毛泽东读的都是"金本"《水浒传》的论断，笔者是赞同的。但毛泽东读百回本《水浒传》的时间不是"进北京之后"，至少要提早到抗战胜利后，因为在重庆谈判时，毛泽东就表示不能像宋江那样当投降派了（参见本书宋江一章）。

对"金本"《水浒传》，毛泽东的阅读兴趣可说保持了终生，晚年尤烈。

为晚年毛泽东管理图书和报刊的徐中远在《毛泽东读评五部古典小说》一书中介绍：毛泽东在丰泽园的书房里、卧室的书柜里一直放有几种不同版本的《水浒传》。据逄先知同志当时的记载，1964年8月3日，毛泽东在北戴河的时候，还要过《金圣叹批改水浒传》。他送给毛泽东的是影印贯华堂原本。（即前面所引毛泽东给林克的信中提到的金本《水浒传》——作者注）到了20世纪70年代，工作人员先后给毛泽东送过12种不同版本的《水浒传》。按照当时登记的顺序，这12种不同版本的《水浒传》是：

《金圣叹批改水浒传》（1—24册）上海中华书局1934年影印

《水浒传》（1—20册）顺治丁酉冬刻本

《全像绘图评注水浒全传》（1—12册）上海扫叶山房1924年版

《第五才子书水浒传》（1—16册）上海同文书局版

《水浒》（上、下册）人民文学出版社1972年版

《明容与堂刻水浒传》（1—4册）上海人民出版社1975年版

《明容与堂刻水浒传》（1—20册）上海中华书局1966年版

《第五才子书施耐庵水浒传》（1—8册）中华书局1975年影印

《水浒传》（1—10册）人民文学出版社1975年影印

《第五才子书施耐庵水浒传》（1—32册）中华书局1975年影印

《水浒传》（上、中、下册）人民文学出版社1975年版

《水浒全传》（上、中、下册）上海人民出版社1975年版

以上不同版本的《水浒传》，后来一直放在毛泽东的书房里。中华书局1966年出版的《明容与堂刻水浒传》（线装大字本1—20册），毛泽东一直把它放在卧室里。

1964年8月3日，逄先知送给毛泽东的那部上海中华书局1934年影印贯华堂原本《金圣叹批改水浒传》，是毛泽东最喜爱看的版本之一。20世纪70年代，他还先后两次看过这部《水浒传》。

一次是1971年8月3日，这天上午大约10点多钟，高碧岑告诉徐中远，说首长要看《水浒传》，要徐中远赶快找一部送去。高碧岑是中央办公厅警卫局的一般干部。徐业夫生病后，组织上调他来接替徐秘书的工作。

因为高秘书来到毛泽东身边工作时间也不长，对毛泽东读书的具体情况知道得也不细，所以这次毛泽东要看《水浒传》，他也不太清楚要看什么版本的《水浒传》。徐中远等人给毛泽东管理图书的时间也不太长，对毛泽东读书的习惯和要求等还是知之甚少。不过《水浒传》这部书徐中远还是知道的，在学校里也读过。接了高秘书的电话后，他们很快在毛泽东图书中找出一部平装本《水浒传》。当时徐中远头脑里想的只是"主席要看《水浒传》，赶快找出一部送去"。所以他们就毫不犹豫地很快地送到游泳池毛泽东的住地，交给了高秘书。

从游泳池回到办公室后，屁股在椅子上还没有坐稳，电话铃声又急促地响起来了。徐中远一拿起电话，高秘书急促的声音就传进了耳朵："首长说他不是要这种版本的《水浒传》，他要的是几年前看过的线装本金圣叹批改的《水浒传》。"当时，徐中远只知道有《水浒传》这部小说，不知道还有金圣叹批改的《水浒传》。既然几年前看过，说明这部书可能还在毛泽东的书房里。放下电话，他急忙到书库。因为毛泽东要的是线装本的《水浒传》，所以徐中远就径直来到放线装书的屋内。当时，图书平装和线装是分开存放的。线装部分是按照经、史、子、集四大部分类，一类的图书大多放在一起。管理图书的同志知道这一点，这主要是为查找使用方便。《水浒传》和《红楼梦》等历史小说，放了满满的两个书柜。为了查找方便，书柜外面分别都贴有标签，一看标签就知道柜内放的是什么书。来到放线装书的屋内，他们很快找到了放小说的书柜，打开书柜，从上往下一层一层查看，不一会儿就在这个书柜底下两层看到了好几种版本的《水浒传》。仔细一翻，还真有一种叫《金圣叹批改水浒传》。找到了毛泽东要看的书，心中是很高兴的。在"毛主席用书登记本"上登记后，他们将书急忙送交高秘书。心想："这下不会错了！"高秘书说："你们送来得正好，首长在等着看呢。"

另一次是1972年2月1日，毛泽东又要看《金圣叹批改水浒传》，因为有了上一次的实践，所以这一次工作人员就比较熟悉了。但是这一次又不同于上次。上一次毛泽东指名要看的是这部书，看后也没再要看别的版本的《水浒传》。这一次，徐中远把这部书送给毛泽东之后，第二天晚上，徐秘书就告诉他们："首长还要看别的版本的《水浒传》，要找线装本，字大一些的。"毛泽东自己的存书中，还有几种版本的《水浒传》，是线装本，但字都比较小。此情况向毛泽东汇报之后，毛泽东让他们再到北京图书馆或者其他的图书馆去找一找。

第二天，即2月3日，他们到北京琉璃厂中国书店找了一部线装本《第五才子书水浒传》（七十回本，上海同文书局版，16册）字也比较大。巧得很，这部《水浒传》也是金圣叹评点过的。他们又到首都图书馆借来一部《全像绘图评注水浒全传》（上海扫叶山房1924年版，12册）。后一种，毛泽东翻看后第二天即2月4日就退回来了。前一种《第五才子书水浒传》，毛泽东一直留在身边，默默伴随着他度过终生。毛泽东晚年看过不少版本的《水浒传》，但是，他最爱看的版本，要数金圣叹批改的《水浒传》了。

毛泽东书房里《水浒传》的12种版本中，显然"金本"最多。

1964年8月，在北戴河避暑的毛泽东同时要找的三部书：马克思和恩格斯合写的《共产党宣言》，列宁著的《帝国主义论》，金圣叹评点的《水浒传》，这只是偶然的巧合呢，还是毛泽东为研究某一问题的需要呢？看这一时期的毛泽东文稿内容，国际上中国正在抗议美国侵犯越南，中国共产党正在连续发表致苏共中央的公开信，批判其修正主义，同时国内正在进行"四清"运动（即社会主义教育运动），其目的也是防修反修。毛泽东此时找这三部书来看，是否与反帝反修、进行社会主义教育有关，不可妄加猜测。但有一点可以肯定，毛泽东的读书目的向来是很明确的，泛泛阅读闲书之时极少。

## 金圣叹的批注是好的

1948年4月2日，毛泽东在山西兴县蔡家崖村接见了《晋绥日报》编辑部人员，发表了著名的《对晋绥日报编辑人员的谈话》。

《晋绥日报》在1947年6月以后的几个月里，曾经配合晋绥解放区轰轰烈烈的土地改革运动和整党运动，在中共中央晋绥分局的领导下，以公开进行自我批评的方法，揭露了自己工作中的缺点错误，坚决地进行反对右倾的斗争。

谈话中，毛泽东满腔热情地鼓励编辑人员，表扬报纸的内容丰富多彩，尖锐泼辣，富有朝气，反映了伟大的群众斗争，为群众讲了话。毛泽东说："我很愿意看它。"

毛泽东赞赏用编者按的形式，对报纸发表的材料加以批注。后来的批注虽然有缺点，但是那种负责精神是好的。毛泽东说：

金圣叹批注《三国演义》，有人看不好，我看是好的，使人看时有个头绪，当然，批注得不完全对。（陈晋：《毛泽东与文艺传统》，1992年3月第1版，第29页；中共吕梁地委党史研究室：《毛泽东在吕梁》，中共党史出版社1993年11月版，第267页）

笔者在拙著《毛泽东读〈三国演义〉》的《批注使人看时有个头绪》一节中，曾经对毛泽东关于金圣叹这段谈话有所辩证，指出批注《三国演义》的是毛纶、毛宗岗父子，但同时笔者也指出金圣叹批注《水浒传》取得了巨大成功，引起毛氏父子起而效仿，才有毛批本《三国演义》的传世。总之，在毛泽东的意识里，清代的小说评点家金圣叹的批注是有价值的。如果我们不拘泥于字面，应该看到，毛泽东对金圣叹评点《水浒传》、毛氏父子评点《三国演义》的价值，都是基本上持肯定态度的。

毛泽东对金圣叹的评点持"一分为二"的态度：我看批注是好的；当然批注得不完全对。金圣叹的批注，哪些方面是"好的"，哪些方面"不对"，限于谈话的具体情况，毛泽东没有展开讲。这只要我们具体分析一下金批《水浒》，就不难看清楚：

金圣叹评点《水浒传》，主要做了三件事：一是以袁无涯刻的一百二十四回《忠义水浒传》为底本，砍去七十一回以后的全部内容，写了一个"惊恶梦"的结局，把第一回改为"楔子"，造了一个七十回本；二是写了许多批语，去掉"忠义"二字，删去了一些内容，作了修改和评点；三是写了三篇序文和一篇《读第五才子书法》。

先说金评"好的"方面：

金批提高了《水浒传》的文学价值。胡适在《〈水浒传〉考证》中说："金圣叹是17世纪的一个大怪杰，他能在那个时代大胆宣言，说《水浒》与《史记》、《国策》有同等的文学价值，说施耐庵、董解元与庄周、屈原、司马迁、杜甫在文学史上占同等的位置，说'天下之文章无有出《水浒》右者，天下之格物君子无有出施耐庵先生右者！'这是何等眼光，何等胆气！"

金批提高了《水浒传》的文本价值。这部七十回本的《水浒》，于1641年刻成通行本，流传至今，三百年来风行海内外。郑振铎说："一部七十回本的《水浒传》……打倒了、淹没了一切流行的明代繁本、简本、一百回本、一百二十回本……使世间不知有《水浒》全书者三百年，《水浒传》与金圣叹批评的七十回本，几乎结成一个名词……金氏的威力真可谓伟大无匹了。"

金批揭示了《水浒传》的社会价值。例如在第一回中批道："记一百八人之事而居然谓之史，何也？从来庶人之议皆史也。庶人则何敢议也？……天下有道，然后庶人不议也，今则庶人议矣。"这里明白说出《水浒传》写作、流传的当时天下无道，所以庶人敢议。又如，《水浒传》先写洪太尉误走妖孽和高俅发迹，批语中认为这是说明"乱自上作"，也就是说梁山聚义实际上是洪太尉（统治阶级代表人物）所造成的，是高俅以及高俅那样的贪官酷吏"官逼民反"。这些，都是很有见地的，在当时不失为独到的、高明的见解。还有，虽然从总的倾向来看金圣叹把江湖好汉看作"盗贼"，但是，每当作品描写他们的具体反抗行为时，金圣叹的同情与赞美往往在水浒英雄一面。如贯华堂本十三回写刘唐说晁盖取生辰纲道："小弟想此一套是不义之财，取之何碍。"金批："可见是义旗。"又刘唐接着说："去半路上取了，天理知之，也不为罪。"金又批："可见是义旗。"贯华堂本十九回写林冲"将晁盖推在交椅上"。金批："定大计，立大业，林冲之功，顾不伟哉。"又同回批语赞林冲说："不是势利，不是威胁，不是私恩小惠，写得豪杰有泰山岩岩之象。"如此之类，不可胜举。封建统治者说《水浒传》"诲盗"，金圣叹许之"义旗"，其实是从相反的两极看到了《水浒传》的社会价值。

金批提示了小说的艺术价值。他看到了《水浒传》艺术构思的特色。在《读第五才子书法》中，他一面指出"《水浒传》一个人出来分明便是一篇列传"，另一面又指出它是"一篇文字"，即是一个完整的结构。他还看到作者在这部宏伟史诗的构思中有一个中心人物——宋江，和一个中心地点——梁山泊，至于全书叙事的波浪起伏与前后照应之处，他都有细心的体会，虽间或失于拘泥穿凿，但对于作者的匠心亦多所阐发。正是因为能够从大处着眼，鸟瞰全书，而又不遗毫末，他才能够看到七十一回的大聚义是情节发展的顶峰，是一个"大结束"。金圣叹的评点中还总结了小说塑造人物、刻画性格的经验。他指出："三十六人便是三十六样出身，三十六样面孔，三十六样性格。"他认为《水浒》所叙述一百八人，人有其气质，人有其形状，人有其声口。""一百八个性格，真是一百八样。"他能看到小说刻画人物性格的卓越成就，而且能注意探索各个人物不同的性格面貌，对某些人物性格的分析往往有精细中肯的地方，如说"杨志写来是旧家子弟，关胜写来全是云长变相"，说"卢俊义传也算极力将英雄员外写出来了，然终不免带点呆气，譬如画骆驼，虽是庞然大物，却到底看来，觉道不俊"。（均见《读第五才子书法》）这些都是颇能道出《水浒传》作者在性格描写方面的成就与缺点的。他强调人物形象的典型化、个性化，如他说"写人粗鲁处，便有许多写法。如鲁达粗鲁而性急，史进粗鲁是少年任性，李逵粗鲁而蛮，武松粗鲁而放荡不羁，阮小七粗鲁是义愤无处说，焦挺粗鲁是气质不好。"这六个人都具有"粗鲁"特点，可又不尽相同，各具特色。金批总结了刻画人物的许多艺术技巧，如"一样人便还他一样说话"，注意人物"各自有其胸襟，各自有其心地，各自有其形状，各自有其装束"（第二十五回批语），等等。他还精到地指出，一部小说的艺术生命力的久暂，系于人物性格塑造成功与否："别一部书看一遍即休，独有《水浒传》只是看不厌，无非为他把一百八个性格都写出来。"（《读第五才子书法》）这些都是深得小说创作三昧之言。

再说金批"不对"的方面。

金圣叹是数百年前封建时代的落魄文人，思想世界里打下了根深蒂固的封建统治阶级的观念，这导致他评点《水浒传》时，精芜杂陈，瑕瑜互见，在发表了许多惊世骇俗、光怪陆离的高见时，也夹杂着不少迂腐酸臭的封建观念和陈旧不堪的八股腔调。鲁迅先生曾经说金圣叹："（《水浒传》）经他一批，原作的诚实之处，往往化为笑谈，布局行文，也都被硬拖到八股的作法上。"（《鲁迅全集》，人民文学出版社1981年版，第4卷，第527页）胡适也说过："金圣叹的《水浒》评，不但有八股选家气，还有理学先生气。""这种机械的文评正是八股选家的流毒，读了不但没有益处，并且养成了一种八股式的文学观念，是很有害的。"（《名家解读〈水浒传〉》，山东人民出版社1998年1月版，第4—5页）金圣叹的"八股气"表现在对小说"技法"的分析，而其"理学气"则表现在对小说思想倾向的分析。从批点《水浒传》的政治动机上说，金圣叹绝不同意宋江"忠义"受招安的描写，对梁山义军非斩尽杀绝而后快，他在《序二》中写道："宋江等一百八人，……皆揭竿斩木之贼也。有王者作，比而诛之，则千人亦快，万人亦快者也。"金圣叹进一步宣示自己批书的目的："诛前人既死之心者，所以防后人未然之心也。"所谓"未然之心"，岂不是预谋造反之心，犯上作乱之心。金圣叹以批书来"防"，可见其用心所在。

金圣叹的"八股气"表现在对小说"写作技法"的分析上。他的有些评语非常牵强，甚至无聊，比如他主观断定《水浒传》"独恶宋江"（《读第五才子书法》），就时时不忘告诉读者，小说中凡说宋江的好话都是"深文曲笔""皮里阳秋"，即作者是在反话正说，实在是用心良苦，没有必要。正应了那句话："偏见比无知更糟糕。"

金圣叹思想和观念中的二重性是很明显的，充满着卫道与离经、正统与反叛、昏庸与清醒的矛盾。把他的有些议论放在一起，判若两人，异同天壤。所以毛泽东将其归结为"好的"和"不对"两方面，这也是金批的对立统一吧。即使这样，毛泽东也认为金批的作用是客观存在的，使读者看书时"有个头绪"，提纲挈领地掌握其主旨和内容。

他进一步由此引申开去，讲到《晋绥日报》对所发表的材料加编者按的必要，有利于宣传群众和鼓舞群众，推动土地革命和解放战争，体现了办报人员的负责精神。他的评论中也隐含着这样的内容：现代新闻文体中的编者按，也可以向古代的评点派借鉴，以实现优秀传统文化的现代转换，这是件有意义有作为的事情。

## 金圣叹很讲究文章的提笔

金圣叹的文采风流冠绝一时，而其显著标志，则体现在《水浒传》的序言、夹批和回前总评上。

1958年10月，毛泽东在与人民日报社总编辑吴冷西的一次谈话中，夸金圣叹说：

> 金圣叹会写文章，金圣叹很讲究文章的提笔。你们（《人民日报》）报社不会写文章。（易严：《毛泽东与鲁迅》，河北人民出版社1998年10月版，第359页）

金圣叹可称得起是文章大家，他的评论，义理、辞章、考据都有漂亮的地方。金圣叹颇懂文法，比如他用白话文写的《读第五才子书法》，就提出了许多很有见地的文论见解：

如他指出："《水浒传》不说鬼神怪异之事，是他气力过人处。《西游记》每到弄不来时，便是南海观音救了。"俗语说："画鬼容易画人难。"《水浒传》是画人之作，不搞"戏不够，神仙凑"。

金圣叹还指出："《水浒传》并无之乎者也等字，一样人便还他一样说话，真是绝奇本事。"这是说，《水浒传》不靠深奥的文字吓人，而是用普通平常的语言写极不平常的文章。这才是真本事。

金圣叹点出的有些文章作法,还是说得很内行的。如他所说的"獭尾法"。谓"一段大文字后,不好寂然便住,更作余波演漾之。如武松打虎下冈来,遇着两个猎户;血溅鸳鸯楼后,写城壕月色等是也"。故事情节发展急缓相间,动静错落,高低搭配,大小结合,产生一种自然和谐的美感,金氏深得为文之道。

文章的提笔即文章的起笔。像万事开头难一样,文章的开头不仅艰难,而且十分重要。毛泽东赞赏古人"立片言以居要"的文论思想,所以他评论金圣叹"很讲究文章的提笔"。我们且看"金本"第一回的回前总评,即评点《水浒传》"提笔":

一部大书七十回,将写一百八人也。乃开书未写一百八人,而先写高俅者,盖不写一百八人,则是乱自下生也;不写一百八人,先写高俅,则是乱自上作也。乱自下生,不可训也,作者之所必避也;乱自上作,不可长也,作者之所深惧也。一部大书七十回,而开书先写高俅,有以也。

高俅来而王进去矣。王进者,何人也?不坠父业,善养母志,盖孝子也。吾又闻古有"求忠臣必于孝子之门"之语,然则王进亦忠臣也。孝子忠臣,则国家之祥麟威凤、圆璧方圭者也。横求之四海而不一得之,竖求之百年而不一得之。不一得之而忽然有之,则当尊之、荣之、长跽事之。必欲骂之,打之,至于杀之,因逼去之,是何为也!王进去,而一百八人来矣,则是高俅来,而一百八人去矣。王进去后,更有史进。史者,史也。寓言稗史亦史也。夫古者史以记事,今稗史所记何事?殆记一百八人之事也。记一百八人之事,而亦居然谓之史也何居?从来庶人之议皆史也。庶人则何敢议也?庶人不敢议也。庶人不敢议而又议,何也?天下有道,然后庶人不议也。今则庶人议矣。何用知其天下无道?曰:王进去,而高俅来矣。

寥寥四百余字,笔力千钧地提示了《水浒传》的"微言大义":

一曰先写高俅在于提示"乱自上作"的主旨,把天下大乱的原因归结为封建上层统治者。

二曰高俅来而王进去,说明天下无道,庶人敢议。"从来庶人之议皆史也"，表现了金圣叹历史观的进步方面。

这个"提笔"，写得开门见山，写得通透彻底，写得提纲挈领。

毛泽东在20世纪50年代末，很关注《人民日报》的宣传，尤其重视其政治和理论文章的撰写和编辑，在其文稿中可查到不少这方面的指示。他本人又是文章大家，脑子里关于文法之类的见解不在少数。此次与人民日报社总编辑吴冷西谈话，再次举出金圣叹，激赏其"会写文章""讲究提笔"，批评办报人"不会写文章"，也是他古为今用工作方法的老例。有趣的是，他与《晋绥日报》《人民日报》的报人谈宣传、谈文法，都举金圣叹的例子，可见他对这位评点《水浒传》的文章大家的印象之深和推崇之重。

## 鲁迅非常不满意金圣叹

晚年，一向对金圣叹褒多于贬的毛泽东，态度有了较大变化。他不大满意金圣叹，尤其不满意他把《水浒全传》砍掉二十几回。在1975年8月14日那个有名的谈话中，他说道：

> 金圣叹把《水浒》砍掉了二十多回。砍掉了，不真实。鲁迅非常不满意金圣叹，专写了一篇评论金圣叹的文章《谈金圣叹》（见《南腔北调集》）。
>
> 《水浒》百回本、百二十回本、七十一回本，三种都要出。把鲁迅的那段评语印在前面。（毛泽东：《建国以来毛泽东文稿》第13册，中央文献出版社1998年1月版，第457页）

说鲁迅非常不满意金圣叹，其实表达的是毛泽东自己不满意金圣叹。毛泽东不满意金圣叹把《水浒传》"砍掉了二十多回"。

金圣叹自称得到"古本"，把第七十一回梁山泊英雄大聚义排座次以后的情节全部删掉，另外编造了一段卢俊义做噩梦，梁山好汉被斩尽杀绝的情节，添加进去。又将原第一回改成"楔子"，以凑成七十回整数。

金圣叹何以要"腰斩"百回本《水浒传》呢？这既有政治上的考虑，又有文学上的考虑。"百回本"等有招安以后部分的各种版本的《水浒传》，其续作者、刊行者和鼓吹者的主观意图显然是希冀以"忠义"的宋江形象来达到招抚起义军首领的目的，它宣扬的是统治阶级中"主抚派"的观点。但是事与愿违，作品未能达到"劝降"的目的。相反，有时候农民起义军却把"招安"作为权宜的策略和手段，用诈降来摆脱暂时的困境。这种事情在明清之际并不鲜见。正是这些使金圣叹有了"腰斩"水浒的政治动机。金圣叹认为宋江们是一伙"负父兄之教"、杀人越货的强盗，应"恶之至，迸之至，不与同中国"，而且"强盗无忠义，忠义不强盗"，怎么能招安他们，怎么能封之以高爵，委之以重任，让其当先锋，立功扬名呢？这是他从政治上考虑。

从艺术上考虑，《水浒传》百回本、百二十回本的后半部确系狗尾续貂，比起七十回以前，无论人物形象，故事情节，还是整体结构，都大为逊色。《水浒传》原没有宋江征辽国、征田虎、征王庆和征方腊的情节，这些描写粗糙的故事是逐步增添的，增添的部分确实既无艺术性，又无思想性，砍掉是对的。这是金圣叹"腰斩"《水浒传》的美学动机。但金圣叹为了贬斥宋江，乱改前七十回原文，这又损伤了《水浒传》的思想性和艺术性，在一定程度上破坏了文化遗产。

毛泽东读过多种版本（七十回、百回、百二十回）的《水浒传》，受鲁迅杂文《谈金圣叹》的影响，他"非常不满意"金批本的"腰斩"。认为砍掉了后半部二十几回，就"不真实"了。我们且看鲁迅的议论：

> 自称得到古本，乱改《西厢》字句的案子且不说罢，单是截去《水浒》的后小半，梦想有一个"嵇叔夜"来杀尽宋江们，也就昏庸得可以。虽说因为痛恨流寇的缘故，但他是究竟近于官绅的，他到底想不到小百姓的对于流寇，只痛恨着一半：不在于"寇"，而在于"流"。
>
> 百姓固然怕流寇，也很怕"流官"。记得民元革命以后，我在故乡，不知怎地县知事常常掉换了。每一掉换，农民们便愁苦着相告道："怎么好呢？又换了一只空肚鸭来了！"他们虽然至今不知道"欲壑难填"的古训，却很明白"成则为王败则为贼"的成语，贼者，流着之王，王者，不流之贼也，要说得简单一点，那就是"坐寇"。
>
> 宋江据有山寨，虽打家劫舍，而劫富济贫，金圣叹却道应该在童贯高俅辈的爪牙之前，一个个俯首受缚，他们想不懂。所以《水浒传》纵然成了断尾巴蜻蜓，乡下人却还要看《武松独手擒方腊》这些戏。

鲁迅的评论，确有精辟独到之处，发人所未发，言人所未言。指出金圣叹的"腰斩"，一者思想感情"近于官绅"，想不到小百姓；二者靠梦想来斩尽杀绝宋江们也"昏庸得可以"；三者枉费徒劳，乡下人照样看"武松独手擒方腊"一类"后小半"的故事。当然，鲁迅的《谈金圣叹》是杂文而不是论文，其意不在于全面评价金圣叹，只是借金圣叹的"腰斩"《水浒传》，言此而意彼，痛责"坐寇"甚于"流寇"，即官府比强盗对老百姓的盘剥搜刮更厉害。

鲁迅严谨科学、全面系统评价"金批本"，是在他的小说史论著中，如他在《宋人"说话"及其影响》中说：

> 到清初，金圣叹又说《水浒传》到"招安"为止是好的，以后便很坏；又自称得着古本，定"招安"为止是耐庵作，以后是罗贯中所续，加以痛骂。于是他把"招安"以后都删了去，只存下前七十回——这便是现在的通行本。他大概并没有什么古本，只是凭了自己的意见删去的，古书云云，无非是一种"托古"的手段罢了。但文章之前后有些参差，却确如圣叹所说，然而我在前边说过：《水浒传》是集合许多口传，或小本《水浒》故事而成的，所以当然有不能一律处。况且描写事业成功以后的文章，要比描写正做强盗时难些。一大部书，结末不振，是多有的事，也不能就此便断定是罗贯中所续作。至于金圣叹为什么要删掉招安以后的文章呢？这大概也就是受了当时社会环境的影响。胡适之先生说："圣叹生于流贼遍天下的时代，眼见张献忠、李自成一般强盗流毒全国，故他觉得强盗是不应该提倡的，是应该口诛笔伐的。"这话很是。就是圣叹以为用强盗来平外寇，是靠不住的。所以他不愿听宋江立功的谣言。

鲁迅的这个评论，更为全面准确些。讲出了金圣叹删去"后小半"的政治动机和美学动机，勾勒出其评点《水浒传》的功过是非，讲清了《水浒传》传播史和接受史上不少问题，一些意见直到今天仍然很有价值。

既然金圣叹砍掉了《水浒传》的"后小半"是出于当时阶级斗争、政治斗争的客观形势，立足于讨伐"主抚派"的招抚政策，那么在毛泽东看来《水浒传》后半部自有其不可抹杀的价值，尤其在思想性方面的价值。写梁山义军被招安之后去伐辽国、平田虎、灭王庆、征方腊，以致最后的悲剧结局，也有深意存焉，至少能使读者明白统治阶级在骨子里是怎样对待归顺后的农民起义军的。以悲剧的结局代替封官授爵、尽享荣华富贵的喜剧结局，应该说更有深度，更能警示后人。所以，把这些符合历史上农民义军斗争经历（包括结局）实际的内容"砍掉"，就"不真实"了，也就是违背了历史真实和艺术真实。从有利于全面总结小说提供的历史经验出发，毛泽东主张出版七十回、百回、百二十回本《水浒传》，让人们看到小说的全貌，这当然是针对"金本"的"腰斩"讲的。

　　"金本"《水浒传》的情况是复杂的，金批在《水浒传》的传播史上有功有过，毛泽东对其采取了一分为二的态度。因"金本"主旨明确，文字凝练，客观地肯定了"乱自上作"和"官逼民反"的思想倾向，所以毛泽东最喜读"金本"，并欣赏金圣叹的斐然成章，推荐给《晋绥日报》和《人民日报》的新闻工作者以为借鉴；但他又不满意"金本"和砍掉《水浒传》"后小半"，以为这样不利于反映封建时代农民革命斗争的真实情况，看不到统治阶级（无论主抚派或主剿派）的凶残狠毒，因此他主张既看"金本"，又看全传。毛泽东的道理自有独到、深邃、服人处。

# 《水浒》三种都要出

> 《水浒》百回本、百二十回本和七十一回本，三种都要出。把鲁迅的那段评语印在前面。
> 《建国以来毛泽东文稿》第13册，中央文献出版社1998年1月版，第457页

毛泽东读《水浒传》，也关注这本书的版本情况。在1975年8月14日那个关于《水浒传》的著名谈话中，毛泽东最后说：

"《水浒》百回本、百二十回本和七十一回本，三种都要出。把鲁迅的那段评语印在前面。"（《建国以来毛泽东文稿》第十三册，中央文献出版社1998年1月版，第457页）

这段谈话，在当事人芦荻那里有更详细的回忆。她回忆当时毛泽东的谈话说：

> 他盛赞鲁迅在《流氓的变迁》一文中对《水浒》的评论，赞扬鲁迅对金圣叹的批判，并对《水浒》研究中长期没有贯彻鲁迅的评论精神感到不满，对金圣叹腰斩《水浒》和大量发行这一腰斩本也十分不满。他说：应该出全本，即一百回本，叫出版部门印行。又说：印行百回本，可以让读者了解故事的始末，了解全貌，知道梁山好汉们怎样兴而又怎样败，还其本来面目，让读者知道堡垒最容易从内部攻破。（孙琴安、李师贞：《毛泽东与名人》，江苏人民出版社1993年2月版，第1208页）

《水浒传》的版本情况很复杂，从元末明初到现在600年的时间里，《水浒传》在其传播的历史中，出现了百回本、一百〇四回本、一百一十五回本、一百二十回本、一百二十四回本、七十回本、七十一回本。

毛泽东所说三种版本的《水浒传》，又分为两类：一类是百回本、百二十回本，内容包括梁山泊聚义、受招安、征辽国、征田虎、征王庆、征方腊的全部；一类是七十回本，即明清之际著名文学批评家金圣叹批改本。

百回的《水浒传》最有名的旧刻本，是明万历三十年前后杭州容与堂刻《李卓吾先生批评忠义水浒传》。

百二十回的《水浒传》最有名的旧刻本，是明万历四十二年袁无涯刻、杨定见序《李卓吾评忠义水浒传》。

七十回的《水浒传》最有名的旧刻本，是明崇祯十四年贯华堂刻《第五才子书施耐庵水浒传》。

以上三种书，新中国成立后都有影印本和校订本。尤其是第三种，也就是金圣叹的批改本，1952年人民出版社校订出版时，将本子中最后一回"惊噩梦"删去，依照百二十回本，改回为"排座次"，又把"楔子"略加剪裁，改成第一回，使全书成为七十一回。以后又整理重印，成为最流行的版本。

毛泽东说三种《水浒传》都要出，重点是要出版百回和百二十回的全本。在那个年代里，他的话就是最高指示。出版部门很快将这个指示落实了，全本《水浒传》不久就在新华书店与读者见面了。

笔者当年收藏的《水浒传》，就是人民文学出版社1975年出版的百回本。书名页前有毛泽东关于《水浒传》谈话的语录，目录页前有鲁迅在《流氓的变迁》中评论《水浒传》的话。"关于本书的校点说明"介绍："一百回本《水浒传》，包括了宋江受招安和投降以后打方腊的情节，是比较接近《水浒》原貌的一个本子。我们加以校点印行，为广大读者提供反面教材。本书采用的底本，是北京图书馆藏明万历末年（1610年左右）杭州容与堂刻本。原书一百卷一百回，题为《李卓吾先生批评忠义水浒传》，书前有四篇评论文字，正文有眉批、行间夹批和回末总评，还附有插图。这个版本没有署作者姓名。"这个版本的作者署名是施耐庵、罗贯中。

笔者收藏的还有一种《水浒后五十回》，是煤炭工业出版社、石油化学工业出版社1975年9月出版的。该书在"节印说明"中说："自从反动文人金圣叹腰斩《水浒》以来，七十一回本成为流行最广的版本。这个本子没有讲到宋江正式投降，大量的投降、反革命罪恶都在百二十回本的后五十回和百回本的后三十回。因此大多数读者不知道宋江投降的详细情况。"

"为了使大家能较快看到《水浒》后五十回，认清宋江投降派的丑恶嘴脸，我们节印了《水浒传》百二十回的后五十回，供学习理论，评论《水浒》时参阅。也可使存有七十一回本的人全书配套。"

毛泽东主张出版《水浒传》全本，其主导思想十分明确，这就是让读者在全面了解水浒故事的基础上，不仅看清梁山好汉们是怎样兴起造反的，又看清他们是怎样投降失败的，这样可以由此了解封建社会一次农民反抗斗争从兴起到衰败的全部经历，全面地正确地总结历史经验。毛泽东还试图说明，革命的失败往往不是外部敌人的进攻，而是革命队伍内部意志动摇者、思想蜕化者、目光短浅者所发挥的消极作用，所造成的悲惨后果。并以此来警醒和教育广大读者和革命群众。毛泽东解读《水浒传》这方面的体会，我们将在《只反贪官　不反皇帝》一章中有更详尽的探讨。

# 中国农民富有民主传统

《水浒》对毛泽东,从少年时起最重要的影响,主要还是在思想方面。书中"替天行道,劫富济贫"的思想,激起了他反抗现存秩序的精神。这是毛一生的思想中,从中国旧文化(区别于官修典籍的民间传统文化)继承来的一个很重要的部分。

李锐:《毛泽东早年读书生活》,辽宁人民出版社1992年4月版,第19页

抗日战争中的1944年2月,国民党政府发言人在每周新闻例会中回答一个问题时,正式否认对共产党区域的封锁存在。外国记者立即抓住这个机会,于2月16日直接公开向蒋介石提出联合申请书,在上面签名的是在重庆的各国记者。在这种情况下,蒋介石批准了这个申请。蒋介石为了应付国际舆论,装潢民主门面,又指派中央社和官方报纸记者参加,也允许个别民间报纸记者报名参加。结果,重庆组成了共计21人的"中外记者西北参观团",其中外国记者6人,中国记者9人,国民党宣传部4人,加上两名官方领队。

6名外国记者包括路透社、奥兰多《明星》周刊、巴尔的摩《太阳报》记者武道。武道与国民党有密切的联系。

毛泽东对中外记者团的来访,甚表欢迎。6月9日中午12时,中外记者团抵达延安,受到热烈欢迎。当晚举行宴会,为记者洗尘。

中外记者参观团在延安期间,毛泽东分别接见他们并谈了话。

1944年7月18日,毛泽东在他的窑洞里接受了武道的采访。他向武道谈了文化继承问题,民主政治问题,还对国民党的政策进行了尖锐的批评。

他说:"我们批判地接受了中国长期的传统,继承那些好的传统,而扬弃那些坏的传统。我们以同样的态度对待来自国外的事物。我们曾经接受了诸如达尔文主义,以华盛顿和林肯树立的民主政治,18世纪法兰西哲学,费尔巴哈的唯物主义,来自德国的马克思主义,来自俄国的列宁主

义。我们接受一切来自国外的、对中国有益和有用的东西。我们扬弃坏的东西,例如法西斯主义。诸如在俄国的那种类型的共产主义并不适用于中国,因为中国的条件还不成熟。现在还不存在推行共产主义的条件。但是,如果某些东西有用,我们不会因为害怕批评就拒绝接受它,科学无国界。"

关于民主政治问题,毛泽东向武道说:

> "在政治科学方面,我们从国外学到民主政治。但是,中国历史上也有它自己的民主传统。共和一词,就来源于三千年前的周朝。孟子说,'民为贵,社稷次之,君为轻。'中国农民富有民主传统。千百次大大小小的农民战争有着民主的含义,历史上的一个例子,在著名的小说《水浒传》中就有所描绘。在接受和评价中国历史和外国条件时,采用适当形式极为重要。不可盲从。政府代表制的三三制适合中国目前的实际条件。"(〔美〕约瑟夫·W.埃谢里克:《在中国失掉的机会——美国前驻华外交官约翰·S.谢伟思第二次世界大战时期的报告》国际文化出版公司1989年版,第209页)

毛泽东在讲到抗战时期的民主政治时,联系到中国历史上的民主传统。

毛泽东首先讲了三千年前奴隶制时代的民主传统。"共和一词,就来源于三千年前的周朝"。关于"共和"行政,有两种说法:一种说公元前841年,西周的"国人"起义谋反,昏庸残暴的周厉王被驱逐,逃奔到彘(今山西霍州),共国的国君共伯和,受到诸侯的拥戴,摄行王事,代行国政,号共和元年(前841);另一种说法是周厉王被逐后,由召公、周公共同行政,号为"共和"行政。共和行政凡十四年,逃亡在外的周厉王死掉了,始归政于周宣王。受诸侯拥戴的共伯和代行国政也罢,召公、周公"共

| 阎罗尝御酒

和"行政也罢，后来的共和政体即共和制（采取这种制度的国家称为共和国），其"共和"二字，即源于周朝的共和行政。共和政体泛指国家代表机关和国家元首由选举产生的一种政治制度，它只是一种国家形式。在不同阶级专政的国家有不同的性质。公元前841年周朝的"共和行政"，一般说来是奴隶主阶级专政的国家，在政治生活的运作上，已产生了初级的原始的奴隶主阶级的民主内容。周秦以降的"民为邦本，本固邦宁"（《尚书·夏书·五子之歌》）、"民之所欲，天必从之"（《尚书·泰誓》）的民本思想即由此滥觞。这可以说是奴隶主阶级的民主传统。

孟子的"民贵君轻"（《孟子·尽心下》）思想，可说是封建地主阶级的民主传统。孟子是民本思想的积极鼓吹者，他说："得天下有道，得其民，则得天下。"（《孟子·离娄上》）又说："得乎丘民而为天子。"（《孟子·尽心下》）也就是说，不得民，则不得天下，不为天子。相反，他对君说的话，很不客气，如说："君有大过则谏，反复之而不听，则易位。"（《孟子·万章下》）又说："诸侯危社稷，则变置。"（《孟子·尽心下》）君有危及江山社稷、国家政权的"大过"，反复劝谏又不改，那么就易位变置，让其下台靠边站。总之，孟子认为国民最重要，国民为国家之本，只能得到，不可失去；与民相比，国君处于从属和次要地位。"民贵君轻"是先秦儒家民本思想的集中概括，是对封建专制集权思想的一种反叛，反映了上升时期地主阶级的社会进步思想，对后世民主思想的发展产生了重大积极的影响。

毛泽东讲到中国历史上农民阶级的民主传统，这种民主传统虽然仍属于封建社会的民主，但显然有别于地主阶级在政治上的民主主张，它主要指封建社会里千百次农民起义与农民战争。这种农民的民主传统，在古典小说《水浒传》中有所反映，有所描绘，当然是正面歌颂，也就是说《水浒传》所描绘的宋江领导的农民起义具有民主的含义，它是历史上千百次农民战争的一个显著的例子。从中我们可以看出，毛泽东认为《水浒传》是展示中国农民阶级民主思想的一部伟大著作。确实，《水浒传》描绘了北宋末年封建统治极端黑暗，揭示了"乱自上作""官逼民反"的客观现实，笔端带着感情地讴歌了大批敢于反抗敢于造反的义军英雄好汉，描绘了农民和其他社会下层民众的带有浓厚平均主义色彩的社会理想。这些显然是专制政治的对立面。

如果说周朝的"共和行政"是政治体制层面上的民主传统，孟子的"民贵君轻"则是思想理论层面上的民主传统，那么，梁山事业则是文学艺术层面所描绘的农民的民主传统。它们都是中国历史上民主传统的不同侧面。抗日战争时期,共产党所领导的各个根据地所实行的"三三制"(即在抗日民主政权人员构成中,中共党员、非党左派进步分子和中间派人士各占三分之一)政府代表制,则是适合抗日救国"实际条件"的政治民主制度,它是中国历史上民主传统合乎逻辑发展延伸的产物。

所以,民主政治不只是外来品,在中国历史上,尤其在农民革命斗争史上,是可以找到它的历史渊源的。毛泽东讲这番话,是为了充分说明民主政治实行的历史必然性和现实必要性,借以批评国民党蒋介石的独裁统治。

实行民主政治,关系到抗日战争能否取得最后胜利。毛泽东很看重这个问题,他在6月10日中外记者参观团全体成员会议上,回答了记者们的提问。他首先谈了国共谈判问题和欧洲第二战场问题,重点谈了关于中共的希望和他自己的工作。他说:

"为了打倒共同敌人以及为了建立一个很好的和平的国内关系,及一个很好的和平的国际关系,我们所希望于国民政府、国民党以及一切党派的,就是从各方面实行民主。全世界都在抗战中,欧洲已进入决战阶段,远东决战也快要到来了,但是中国缺乏一个为推进战争所必需的民主制度。只有民主,抗战才能够有力量,这是苏联、美国、英国的经验证明了的,中国几十年以来以及抗战七年以来的经验,也证明了这一点。民主必须是各方面的,是政治上的、军事上的、经济上的、文化上的、党务上的以及国际关系上的,一切这些,都需要民主。毫无疑问,无论什么都需要统一,都必须统一。但是这个统一,应该建筑在民主基础上,政治需要统一,但是只有建立在言论、出版、集会、结社的自由与民主选举政府的基础上面,才是有力的政治。统一在军事上尤为需要,但是军事的统一,亦应建筑在民主基础上,在军官与士兵之间,军队与人民之间,各部分军队互相之间,如果没有一种民主生活,民主关系,这种军队是不能统一作战的。经济民主,就是要经济制度不是妨碍广大人民的生产、交换与消费的发展,而是促进其发展的。文化民主,例如教育、学术思想、报纸与艺术等,也只有民主才能促进其发展。党务民主,就是在政党内部关系上与各党的相互关系上,都应该是一种民主关系。在国际关系上,各国都应该是民主的国家,并发生民主的相互关系,我们希望外国及外国朋友以民主态度对待我们,我们也应该以民主态度对待外国及外国朋友。

"我重复说一句,我们很需要统一,但是只有建筑在民主基础上的统一,才是真统一。国内如此,新国际联盟也是如此。自由民主的统一,才能打倒法西斯，才能建设新中国与新世纪。我们赞成大西洋宪章及莫斯科、开罗、德黑兰会议的决议，就是基于这个观点的。我们希望于国民政府、国民党及各党派，各人民团体的，主要的就是这些。中国共产党已做和所要做的，也就是这些。

"先生们来到边区已有十几天，今后还将有若干时日留在边区。你们可以看到，我们共产党为着打倒日本帝国主义而做的一切工作，都贯彻着这一个民主统一或民主集中的精神。其有不足的，必须继续做。如果有缺点，必须克服这个缺点。我们认为全中国只有民主制度，民主作风，目前才能胜敌，将来才能建立一个很好的和平的国内关系与国际关系，对于德、意、日法西斯国家，在法西斯被打倒以后，我们所希望于他们的，也是如此。持此观点来看许多问题，没有不可以说通或做通的。"

毛泽东为什么在与外国记者武道谈话中，引证和讲解《水浒传》中农民革命的民主传统？是因为对武道这样与国民党关系密切的外国记者讲马克思主义民主思想，他不会理解和接受，与他谈中国历史上的民主传统，谈农民起义中的民主传统，容易得到认同，这样就取得了共识，使其赞成共产党人的主张。这也是毛泽东宣传艺术的炉火纯青之处。

# 我看老百姓还是喜欢道教

> 毛泽东在谈到中国文化特点时,说:"……道家除恶务尽的精神倒值得学习,它从不畏惧妖魔鬼怪,敢斗魑魅魍魉。历代造反的百姓都打着'替天行道'、'除暴安良'的旗帜,我看老百姓还是喜欢道教的。"
> 《从井冈山走进中南海——陈士榘老将军回忆毛泽东》,中共中央党校出版社1993年版,第132页

任何小说都产生在特定的时代,都产生在特定的社会文化环境中。这样,它就不能不与当时的文化环境和社会背景发生紧密的联系。产生于600年前的《水浒传》,不能不反映当时的文化观、宗教观、哲学观,反映当时的思想面貌和时代风气。

中国的传统文化,是以儒教、道教、佛教同生共处相互混一为特色的。《水浒传》对儒教的积极入世,对道教的淡然出世,对佛教的消极避世,都有所表现。《水浒传》较多地表现了道教文化,如开篇的陈抟骑驴、太白金星揭榜、龙虎山请张天师,中间的九天玄女授天书、梁山英雄排座次的受石碣天文、"替天行道"的行动口号、三十六天罡七十二地煞的神灵,都属于道教的内容。

所有这些庄严而神圣的内容,都是道家的幽灵。这些不仅赋予了《水浒传》浪漫主义的艺术处理手法,而且赋予了梁山好汉精神依托和思想灵魂。从全书的整体来看,可以说主体的故事都是安排在道教的神话中。梁山好汉所得到的上天佑助,都是道教一家。

梁山好汉之所以会聚在一起共做一番事业,是因为皇帝派遣太尉洪信到道教圣地龙虎山去请张天师祈禳祛除瘟疫,不想却在上清宫中把一百〇八个天罡地煞星放了出来。这些星君降世,就是诸位梁山好汉。

作为道家神祇的九天玄女,在宋江起义过程中起到了幕后的决定性作用。

除了九天玄女的帮助外，在大聚义之前，由公孙胜主持了一个道教仪式来超度亡灵与祈福。宋江带领众兄弟在坛下恳求玉皇大帝昭示感应，结果天帝的眼睛果然睁开，滚下一个石碣，上有一百〇八人的名字与星号，以及"替天行道，忠义双全"的命令。

早在青年时代，毛泽东就对"国学"有深入精到的研究，儒教、道教、佛教三教从文化背景上深刻影响了《水浒传》的社会价值，他早有关注，尤其是道家精神深深濡染了梁山好汉的精神世界，他更是有精辟独到的见解。

## 造反的百姓都打着"替天行道"的旗帜

据现有的文献资料，毛泽东解读《水浒传》，最早提到道教对梁山英雄的影响，是1928年在井冈山期间，一次毛泽东与贺子珍谈到中国的文化特点时，说：

> 中国的传统文化由儒、道、佛三大家组成，最不好的是儒学的孔孟之道，中国历代尊儒，尤其是皇帝老子把孔子奉为至圣先师。其实，它的三纲五常、男尊女卑、上智下愚的主张，毫无革命精神，不值秕糠。道家除恶务尽的精神倒值得学习，它从不畏惧妖魔鬼怪，敢斗魑魅魍魉。历代造反的百姓都打着"替天行道"、"除暴安良"的旗帜，我看老百姓还是喜欢道教的。（《从井冈山走进中南海——陈士榘老将军回忆毛泽东》，中共中央党校出版社1993年10月版，第132页）

"替天行道"这个口号，在梁山好汉那里具有政治纲领和行动指南的意味。《水浒传》第六十回《公孙胜芒砀山降魔 晁天王曾头市中箭》："宋江乃言道：'小可今日权居此位，全赖众兄弟扶助，同心合意，同气相从，共为股肱，一同替天行道。'"

第七十一回《忠义堂石碣受天文 梁山泊英雄排座次》："挂上'忠义堂'、'断金亭'牌额，立起'替天行道'杏黄旗。"

这两处都是关键时刻：一次是晁盖阵亡，宋江代理梁山一把手发表"代职演说"时；一次是梁山英雄大聚义，排座次，也就是权力再分配，确立领导体制和政治纲领时。这说明"替天行道"不是一般性的口号，而是左右梁山人马灵魂的政治旗帜。组织上，它是凝聚力量，团结骨干，使其

"同心合意，同气相从"的黏合剂；政治上，它是确定梁山运动方向、斗争性质和造反目标的指路灯。如果说梁山义军有什么政治号召的话，那么就是杏黄旗上的这四个大字。

但是，"替天行道"这个口号的含义是什么？源于哪个学派的思想？《水浒传》没有具体的交代。研究《水浒传》的专家们，有的判定其为儒家思想，说梁山英雄们是替封建皇权之"天"，行孔孟"大同""混一"之"道"；有的判定其为墨家思想，认为这一口号代表的是墨家"天罚"思想，是替反天意的暴天子之天，行"兼爱""尚同"等小生产者乌托邦理想之道；有的判定其为道家思想，认为是道家"损有余补不足"的平均主义社会理想的衍生物。造反起义上了井冈山的毛泽东，在谈中国文化儒、道、佛三教特点时，是把"替天行道"视为道家余韵的。

史料中的宋江起义，由于记载简略，没有留下宋江义军有政治号召或政治口号的任何资料。"替天行道"最早见之于元杂剧。《李逵负荆》一剧中宋江自白："杏黄旗上七个字：'替天行道救生民。'"《争报恩》一剧中有"忠义堂高搠杏黄旗一面，上写着'替天行道宋公明'。"由此可见，《水浒传》中"替天行道"种种说法，皆源于元杂剧水浒戏。宋江故事的思想性在元杂剧中，由原来的为了个人反抗而逃上山去，变成为一定的政治目的而组织武装进行武装割据了。

当代文学评论家聂绀弩先生在《水浒的影响》一文中说：

> 什么叫做"替天行道"呢？老子说过："天之道，损有余以补不足；人之道，损不足以奉有余。"压迫剥削农民的既存制度，是"损不足以奉有余"的"人之道"，这是应该反对的。和这对立的是"损有余以补不足"的"天之道"，应该拥护。但"天之道"虽好，"天"自己不会"行"，所以《水浒》英雄们就"替天行道"。翻成水浒的常用语，就是"劫富济贫"。具体的例子，就是"智取生辰纲"。这是阶级意识的表现。

聂先生引《老子》第七十七章的话说明"替天行道"口号的道教渊源。老子以"天之道"来推"人之道"，主张"人之道"应该效法"天之道"。老子面对当时社会的贫富悬殊、阶级压迫的种种现象，发表自己的意见，认为"人道"应该像"天道"那样"有余者损之，不足者补之"。这种"损有余以补不足"的"天道观"，在一定程度上反映了处于贫困地位的社会下层劳动者的平均主义的生活理想，所以聂先生说是"阶级意识的表现"。

这种思想观念很容易被造反起义的奴隶和农民所接受、所依托、所张扬，"替天行道"即替天行"损有余补不足"之道。有人以为，这样解释"替天行道"太激进，太"左"，但如果不这样解释就不好理解何以这个口号对平民造反起义有号召力、震撼力和凝聚力。在梁山好汉那里，"替天行道"表现在政治上，则是除暴安良，杀贪惩奸；表现在经济上则是劫富济贫，"大碗喝酒，大块吃肉"。应该说，在漫长的封建时代，"替天行道"口号所蕴含和承载的思想内容，是具有革命色彩的，是封建统治阶级所不喜欢的。

毛泽东说历代造反的老百姓都喜欢打"替天行道"的旗帜，这是对《水浒传》梁山好汉们政治纲领历史地位的肯定，同时也肯定了这个口号对宋元以后历代农民革命运动的深远影响。我们来看一些实际事例：明末李自成、罗汝才起义，李自成自号"奉天倡义"大元帅，罗汝才号称"代天抚民"大将军，其号皆含"替天行道"之义（《明史·李自成传》）；清代义和团运动，其旗帜上"书'替天行道'、'扶清灭洋'等字"（清·无名氏《天津一日记》）；清代宋景诗起义，"在经济上则号召：'替天行道'、'劫富济贫'"。（陈白尘：《宋景诗历史调查报告提要》）。

井冈山斗争时期的毛泽东，他身边的武装力量常常在数百人或数千人之间，与占据着全国政权的新老军阀对垒，其斗争方式和斗争内容，与梁山英雄有着历史的逻辑的联系。这使他对中国历史上被压迫阶级的斗争，容易引起心理上的共鸣。在中国传统文化流派的选择中，他更倾向除恶务尽敢于斗争的道家和由道家思想滋养派生出来的农民运动的纲领口号。当然，他认为这些"值得学习"，是古为今用，不是照抄照搬。他的"天"不是上帝，也不是皇帝，而是无产阶级和人民大众；他的道，不是"天之道"，更不是"人之道"，而是在扬弃了"损有余补不足"的平均主义思想基础上，逐渐形成的社会主义和共产主义理想。

## 说中央委员是三十六天罡星

看过《水浒传》的人都知道，梁山一百单八将，都是星宿下凡，所谓三十六天罡星，七十二地煞星。因为《水浒传》的流传，有人往往把造反起义者说成是天罡地煞转世，也有的造反者以天罡地煞星自况。

1945年4月21日，毛泽东在中国共产党第七次全国代表大会预备会议的报告《中国共产党第七次全国代表大会的工作方针》中说：

孙中山这个人我见过，在座的同志看见过他的还有。他是一九二五年去世的。当他致力于国民革命三十九年的时候，我见到了他，那时他已将近六十岁。当时国民党开第一次全国代表大会，在座的林老也是参加的一个。我们以共产党员的资格出席国民党的代表大会，也就是所谓"跨党分子"，是国民党员，同时又是共产党员。当时各省的国民党，都是我们帮助组织的。那个时候，我们不动手也不行，因为国民党不懂得组织国民党，致力于国民革命三十九年，就是不开代表大会。我们加入国民党以后，一九二四年才开第一次代表大会。宣言由我们起草，许多事情由我们帮它办好，其中有一个鲍罗廷，当顾问，是苏联共产党员，有一个瞿秋白，是加入国民党的中国共产党员。孙中山这个人有个好处，到了没有办法的时候，他就找我们。鲍罗廷说的话他都听。那时候叫做"以俄为师"，因为他革命三十九年老是失败。我们当时提出打倒帝国主义，打倒封建势力，打倒贪官污吏，打倒土豪劣绅，有很多人反对我们，说中央委员会的委员是三十六天罡星。（《毛泽东文集》第3卷，人民出版社1996年8月版，第293页）

"三十六天罡星"，见《水浒传》第七十一回《忠义堂石碣受天文 梁山泊英雄排座次》。据道家说，北斗群星中，有36个天罡星，梁山泊108员头领的前36名，被认为是天罡星转世。1924年，国民党召开第一次全国代表大会时，选举中央执行委员41人，毛泽东、谭平山等10名共产党员被选为中央执行委员或候补执委。到了第二届中央执行委员会时委员有36名，故有三十六天罡星之称。

《水浒传》为什么把梁山前36名好汉描写为"三十六天罡星"转世呢？这首先是与我们民族的传统文化习惯和审美心理有关。我们知道，"三十六"是一个古老的数字，常与"七十二"连用。"三十六"与"七十二"这些数字，与天文历法、与先民的农耕活动有着密切的关系。从古代的历法中可以找到它们的踪迹。在"夏太阳历"这个古老的历法中，把一年分为十个月，每个月三十六天；一年分为五季，每季两个月，共七十二天。在这里，"三十六"和"七十二"是历法中的两个基本数字。《大戴礼记·盛德篇》云："明堂自古有之也，凡九室，一室而有四户八牖。凡三十六户，七十二牖。以茅盖屋，上圆下方。"《续汉书·祭祀志》中引桓谭《新论·

正经篇》云："明堂上圆法天，下方法地……九室法九州，十二坐法十二月，三十六户法三十六雨，七十二牖法七十二风。"

"三十六"与"七十二"这些数字，又与先民的政治活动、社会生活有着密切的关系。秦始皇统一六国后，把全国的疆域划分为"三十六郡"；西汉时人们统称西域诸国为"三十六国"；军事谋略上有"三十六计"，所谓"三十六计，走为上计"，等等。

在被压迫阶级的造反起义活动中，也渗透着这种文化传统的深刻影响。汉末，道教的头头张角，把道徒分编为三十六方。《后汉书·皇甫嵩传》云："方，犹将军号也。"《后汉纪》载：三十六方作三十六坊。大方万余人，小方六七千人。每方有首领，统一指挥。他们就以这种组织形式，掀起了动摇整个汉王朝的黄巾起义。在道教的一些名山中往往立有三十六洞天七十二福地。

《水浒传》出现了"三十六天罡"，既是"三十六"这个古老的习惯用语的沿袭，又与道教的"三十六方"有着一定的关系。

《水浒传》里出现"三十六天罡"，也有点历史的依据。《宋史·侯蒙传》里说："宋江以三十六人，横行河朔、京东，官军数万，无敢抗者，其材必过人。"这是侯蒙给宋徽宗上的奏章里的话。侯蒙并没有到过宋江活动的河朔、京东等地区。他的奏章很可能根据一些间接的材料写成。但宋江率领"三十六人"造反的说法流传很广，北宋末年李若水的《捕盗偶成》诗中就有"三十六人同拜爵"的诗句。元朝人陆友的《杞菊轩稿》也说："京东宋江三十六，白日横行大河北。"以至后来的"说话"材料《大宋宣和遗事》一书写道："宋江统帅三十六将，往朝东岳，赛取金炉心愿。"又写道："宋江和那三十六人归顺宋朝。"在龚开的《宋江三十六人画赞》、郎瑛的《七修类稿》以及朱有燉《豹子和尚自还俗》杂剧里，都载有三十六人的名字和绰号。在现存的元人杂剧里，描写水浒故事多是属于三十六天罡中人。剧中提到的有："三十六勇耀罡星""三十六个英雄汉""三十六大伙"和"三十六座宴楼台"。

大概历史上的宋江最初确以三十六人起事造反，道教又有"三十六天罡""七十二地煞"的说法，在水浒故事的流传中，讲授者和著作者（杂剧水浒戏和话本小说）把二者巧妙地"附会"到一起，为《水浒传》一百○八位英雄的出场，披上了道教的神秘外衣。当然，这也是为了适应封建时代人们（读者）的心理需求，为了体现我国的文化传统。

"天罡"和"地煞"，都是天空中星座的名称。"天罡"是我们常见的北斗星座。据《道藏疏义》卷三载："北斗丛星为世人指向之斗柄，为天地之称。天罡维天之正，地煞镇地之平也。三十六天罡，七十二地煞为称之星焉。"又载："三十六天罡……为吾驱祸殃。地煞七十二，天地养正气。罡风驱奸邪，黑煞祛魅魑。"从"天罡"的文字意思来看，四正为"罡"。天罡分布在天上是为了使苍天公正、平衡。"罡"又通"纲"，这些天罡星是"天之纲"，他们下凡是为了维持"天道"，即"替天行道"。天罡是"维天之正"，为了实现"天公"；地煞是"镇地之平"，为了实现"地道"；他们都是"天地之称"，职责在称量天地是否公平，驱祸殃奸邪，养正气太平。在一定意义上说，他们是现实不公平社会的克星，又是平民百姓的救星。

《水浒传》开宗明义第一回写三十六天罡星、七十二地煞星由神变人的过程。这点十分可贵，它把梁山英雄说成是天上的星宿。按照封建统治阶级的宗教观，天上的星宿都是帝王将相，普通老百姓是没有份的。可是《水浒传》却推翻了这种传统观念，普普通通的渔夫、樵夫、仆人、狱卒、泥瓦匠、种菜的、开店的、农妇等，也是天上的星宿。蔡京、高俅这些朝廷重臣却不是天上的星宿，坏人高贵者不如好人卑贱者。把"星宿下凡"这种封建统治者的"专利"，转让给起义造反者，《水浒传》这种宗教观，是个了不起的进步。

1924年前后，国共两党合作，形成了大革命的时代潮流，反帝反封建的斗争如火如荼，风云激荡，反对派把三十六名中央执委说成是"三十六天罡星"，有视其为凶神恶煞洪水猛兽之意，把他们等同于揭竿起义上梁山的叛逆强盗。这从反面恰恰证明"天罡星"们是革命的代表。在共产党的第七次全国代表大会上，毛泽东重提20年前的往事，回顾党的这段历史，在于说明"我们党尝尽了艰难困苦，轰轰烈烈，英勇斗争。从古以来，中国没有一个集团，像共产党一样，不惜牺牲一切，牺牲多少人，干这样的大事"（《毛泽东文集》第三卷，第292页）。在大革命时期，毛泽东本人也是不怕敌人反对，不怕流血牺牲，而勇于战斗乐于苦斗的"天罡星"之一。国共第一次合作时期的中央执委，因三十六之数而被反对派视为"三十六天罡星"，这也是十分耐人寻味的历史文化现象。

多数情况下，人们提到"三十六天罡""七十二地煞"，都与政治生活有关。但也不完全如此。时间长久了，生活内容变迁了，人们已经慢慢忘掉了它们原来的实用意义，而转入到习惯性使用它们的方面。所以，当数字在三十左右时，就宁肯凑成三十六个；当数字在七十左右时，就索性凑成七十二个。

1960年3月20日,外出视察的毛泽东在专列上接见山东省委书记舒同等,听取汇报时插话,其中说:

山东梁山泊曾出现36个天罡星,你们的33个过渡试点可以再加3个。你们控制得对(指过渡),广东没有控制,下面搞黑的,广东某县一个县都过渡了。现在准备好条件,将来就过得好,过得快,过渡不要人为,要顺乎自然。(顾龙生:《毛泽东经济年谱》,中共中央党校出版社1993年3月第11版,第513页)

试点是一种认识方法,一种工作方法。从哲学上说,是通过个别认识一般,通过个体认识整体,通过特殊性认识普遍性。这种方法,也被形象地称之为"解剖麻雀"。毫无疑问,在社会主义建设中,采取"过渡试点"的办法,一般说来是正确的。问题是为什么33个过渡试点还要"再加3个"以凑成36个之数?原因有两个:一个是山东省有梁山泊,而梁山泊的天罡星可是36个;一个是使用36这个数字已经成为习惯,索性凑成三十六之数。

对形成这两个原因起作用的,还是《水浒传》"天罡地煞"观念的深刻影响,还是长期积淀的文化心理的潜移默化。毛泽东这次提到梁山泊三十六天罡星,似乎漫不经心,似乎没有用意,33个过渡试点与36个天罡星也没有必然的联系,然而正是在这种不知不觉不动声色中,才使人们感受到一种无处不在无时不有的文化魅力甚至魔力的存在。

## 《水浒传》第一回有极神气的描写

《水浒传》第一回《张天师祈禳瘟疫 洪太尉误走妖魔》,讲述了这样一件事:宋仁宗嘉祐三年(1058),瘟疫盛行,宋仁宗派殿前太尉洪信前往江西信州龙虎山上清宫,宣请张天师来京祈禳。洪信在龙虎山上清宫打开伏魔殿,放走了三十六员天罡、七十二座地煞。这就为日后宋江等一百单八好汉造反埋下了伏笔。

对龙虎山、天师道和张天师,对《水浒传》第一回张天师禳灾,洪太尉放魔的故事,毛泽东是十分熟悉的。1942年夏秋之间在延安,华君武、蔡若虹、张谔等三位画家奉约去见毛泽东。几位画家平时都是在大会上较远地见到毛泽东,现在坐在他身旁,不免有些拘束。但毛泽东很快就打破了这种拘束感,使人很自然地讲话。据华君武回忆:

我记得开始毛主席问到蔡若虹籍贯，知道是江西人时，毛主席就问蔡若虹，知道不知道江西有位大名鼎鼎的道教头头张天师，蔡若虹说不出张天师的来历，毛主席就讲了一段关于张天师的笑话，使得我们什么话都敢说了。（华君武：《1942年毛主席和我们的谈话》，《缅怀毛泽东（下）》，中央文献出版社1993年12月第1版，第444页）

如果说1942年毛泽东讲张天师的笑话，只是为了缓解客人的拘束感的话，那么1958年他讲洪太尉龙虎山放走妖魔的故事，则大有深意。1958年12月7日，毛泽东读卢弼《三国志集解》，为《张鲁传》写了一段批语，其中说：

这里所说的群众性医疗运动，有点像我们人民公社免费医疗的味道，不过那时是神道的，也好，那时只好用神道。道路上饭铺里吃饭不要钱，最有意思，开了我们人民公社公共食堂的先河。大约有一千六百年的时间了。贫农、下中农的生产、消费和人们的心情还是大体相同的，都是一穷二白。不同的是生产力于今进步许多了。解放以后，人们掌握了自己这块天地了，在共产党的领导下。但一穷二白古今是接近的。所以这个《张鲁传》值得一看。张鲁的祖父创教人张陵，一名张道陵，就是江西龙虎山反动透顶的那个张天师的祖宗，《水浒传》第一回描写了龙虎山的场面。三国时代的道教是遍于全国的，群众运动的。在北方有天公将军张角三兄弟最为广大的革命的群众运动，他们的口号是"苍天已死，黄天当立"。苍天，汉朝统治阶级。黄天，农民阶级。于吉在东吴也有极大的群众运动，是那时道教的一派。张道陵张鲁是梁、益派。史称这派与北方派的路线基本相同……现在的人民公社运动，是有我国的历史来源的。（《建国以来毛泽东文稿》第7册，中央文献出版社1992年8月版，第627—628页）

过了三天，12月10日，毛泽东又为《张鲁传》另写批语，他这样写道：

我国从汉末到今一千多年，情况如天地悬隔。但是从某几点看起来，例如，贫农、下中农的一穷二白，还有某些相似。汉末北方的黄巾运动，规模极大，称为太平道。在南方，有于吉领导的群众运动，也是道教。在西方（以汉中为中心的陕南川北区域），有五斗米道与太平道"大都相似"，是一条路线的运动。又称，张鲁等，张陵〔一称张道陵，其流风余裔经千年转化为江西龙虎山为地主阶级服务的极端反人民的张天师道。《水浒传》第一回"冯（洪）太尉误走魔鬼"有极神气的描写，一看使人神旺，同志们看过了吧?〕，张衡，张鲁祖孙三世行五斗三世，行五斗米道。行五斗米道，"民夷便乐"，可见大受群众欢迎。（《建国以来毛泽东文稿》第7册，中央文献出版社1992年8月版，第629页）

毛泽东两次为《张鲁传》写批语，旨在探讨"现在的人民公社运动，是有我国的历史来源的"，他从三国时代的五斗米道中看到了"不自觉的原始社会主义色彩"。他从张陵、张衡、张鲁的五斗米道，联想到江西龙虎山的张天师道，进而联想到《水浒传》对张天师禳灾和洪太尉放魔的描写。

毛泽东说："《水浒传》第一回描写了龙虎山的场面。"

龙虎山位于江西省贵溪市境内，是中国道教的发祥地，天师道祖庭。《水浒传》在第一回中对龙虎山的景致有动人心魄的描绘：

……大顶直侵霄汉，果然好座大山！正是：根盘地角，顶接天心。远观磨断乱云痕，近看平吞明月魄。……左壁为掩，右壁为映。出的是云，纳的是雾。锥尖象小，崎峻似峭，悬空似险，削礳如平。千峰竞秀，万壑争流。瀑布斜飞，藤萝倒挂。虎啸时风生谷口，猿啼时月坠山腰。恰似青黛染成千块玉，碧纱笼罩万堆烟。

《水浒传》第一回中的张天师并不是张陵，张陵是汉末人。《水浒传》中的张天师只是所谓"嗣天师"，即张陵的后代正宗传人。据史籍记载，张陵主要在陕南川北地区活动，虽有"杖策游龙虎山"的说法，却没有讲张陵于龙虎山定居的记载。龙虎山与四川相距颇远。张陵的正宗后代何时定居于龙虎山？宋末僧人所撰《佛祖统纪·天师世次》中讲："（汉）献帝时嗣天师第四代张盛至鄱阳炼丹解化，人名其居曰龙虎山。"

天师道是长期在龙虎山世袭相传的一个独具特色的道教派别。它由张陵（张道陵）创立后一姓传承六十多代，迄今绵延近两千年。天师道在不同的历史时期有不同的名称。汉末张陵、张衡、张鲁祖孙三代创教之初，虽自称天师、嗣师、系师，却未用天师道之名。其时，因奉道者出米五斗，故称"五斗米道"，流传于巴蜀地区。后因道徒利用五斗米道发动起义，为封建统治者憎恨，故讳言五斗米道而仅以天师道称之，时间约在晋末。

天师道至唐宋元明时期，才被封建统治者视为道教的正宗，其势日盛。这一时期，历代皇帝对天师道的推崇信奉简直到了走火入魔的地步。如，唐朝皇帝追谥老子为太上玄元皇帝，把道教作为国教，视道士为皇族；而宋朝皇帝竟然伪造天书，更改年号，为自己硬拉来一位道教之祖，宋徽宗常向第三十代张天师询问时政。嗣天师渐渐到朝廷做官，有了品位，变成了统治者的帮凶，天师道也就演化成"为地主阶级服务的极端反人民的"了。但嗣天师始终是统治者扶持着，处于统治者严密控制之下，在大部分时间里也只能起到为封建王朝"辟邪驱魔"的作用。《水浒传》第一回描写，宋仁宗嘉祐年间，"天灾盛行，军民涂炭，日夕不能聊生，人遭缧绁之厄"，朝廷委派"太尉洪信为天使，前往江西信州龙虎山，宣请嗣汉天师张真人星夜临朝，祈禳瘟疫"。这种描写，是有历史影子的。

> 毛泽东说："《水浒传》第一回'冯（洪）太尉误走魔鬼'有极神气的描写，一看使人神旺，同志们看过了吧？"

看来，《水浒传》第一回的故事，尤其是"洪太尉误走妖魔"的情节，给毛泽东留下了不可磨灭的印象。"极神气的描写，一看使人神旺"，甚赞作者笔下功夫到家，调动起读者浓厚的阅读兴趣。阅读此回，毛泽东为之"神旺"，那么同志们呢？都"看过"了吧！请看"使人神旺"的"洪太尉误走妖魔"的描写：

> 诸宫看遍。行到右廊后一所去处，洪太尉看时，另外一所殿宇：一遭都是捣椒红泥墙，正面两扇朱红槅子，门上使着胳膊大锁锁着，交叉上面贴着十数道封皮，封皮上又是重重叠叠使着朱印。檐前一面朱红漆金字牌额，上书四个金字，写道："伏魔之

殿"。太尉指着门道:"此殿是甚么去处?"真人答道:"此乃是前代老祖天师锁镇魔王之殿。"太尉又问道:"如何上面重重叠叠贴着许多封皮?"真人答道:"此是老祖大唐洞玄国师封锁魔王在此。但是经传一代天师,亲手便添一道封皮,使其子子孙孙不敢妄开。走了魔君,非常利害。今经八九代祖师,誓不敢开。锁用铜汁灌铸,谁知里面的事。小道自来住持本宫三十馀年,也只听闻。"洪太尉听了,心中惊怪,想道:"我且试看魔王一看。"便对真人说道:"你且开门来,我看魔王甚么模样。"真人告道:"太尉,此殿决不敢开。先祖天师叮咛告戒:今后诸人不许擅开。"太尉笑道:"胡说!你等要妄生怪事,煽惑百姓良民,故意安排这等去处,假称锁镇魔王,显耀你们道术。我读一鉴之书,何曾见锁魔之法?神鬼之道,处隔幽冥,我不信有魔王在内。快快与我打开,我看魔王如何。"真人三回五次禀说:"此殿开不得,恐惹利害,有伤于人。"太尉大怒,指着道众说道:"你等不开与我看,回到朝廷,先奏你们众道士阻当宣诏,违别圣旨,不令我见天师的罪犯;后奏你等私设此殿,假称锁镇魔王,煽惑军民百姓。把你都追了度牒,刺配远恶军州受苦。"真人等惧怕太尉权势,只得唤几个火工道人来,先把封皮揭了,将铁锤打开大锁。众人把门推开,看里面时,黑洞洞地……众人一齐到殿内,黑暗暗不见一物。太尉教从人取十数个火把,点着将来,打一照时,四边并无别物,只中央一个石碑,约高五六尺,下面石龟趺坐,太半陷在泥里。照那碑碣上时,前面都是龙章凤篆,天书符箓,人皆不识。照那碑后时,却有四个真字大书,凿着"遇洪而开"。却不是一来天罡星合当出世,二来宋朝必显忠良,三来凑巧遇着洪信。岂不是天数!洪太尉看了这四个字,大喜,便对真人说道:"你等阻当我,却怎地数百年前已注我姓字在此?'遇洪而开',分明是教我开看,却何妨!我想这个魔王,都只在石碑底下。汝等从人与我多唤几个火工人等,将锄头铁锹来掘开。"真人慌忙谏道:"太尉,不可掘动!恐有利害,伤犯于人,不当稳便。"太尉大怒,喝道:"你等道众,省得甚么!碑上分明凿着遇我教开,你如何阻挡!快与我唤人来开。"真人又三回五次禀道:"恐有不好。"太尉那里肯听。只得聚集众人,先把石碑放倒,一齐并力掘那石龟,半日方才掘得起。又掘下去,约有三四尺深,见一片大青石板，可方丈围。洪太尉叫再掘起来。真人又苦禀道："不可掘动！"太尉那里肯听。众人只得把石板一齐扛起，看时，石板底下却是一个万丈深浅地穴。只见穴内刮刺刺一声响亮，那响非同小可，恰似：

天摧地塌，岳撼山崩。钱塘江上，潮头浪拥出海门来；泰华山头，巨灵神一劈山峰碎。共工奋怒，去盔撞倒了不周山；力士施威，飞锤击碎了始皇辇。一风撼折千竿竹，十万军中半夜雷。

那一声响亮过处，只见一道黑气，从穴里滚将起来，掀塌了半个殿角。那道黑气直冲上半天里，空中散作百十道金光，望四面八方去了。众人吃了一惊，发声喊，都走了，撇下锄头铁锹，尽从殿内奔将出来，推倒撷翻无数。惊得洪太尉目睁痴呆，罔知所措，面色如土。奔到廊下，只见真人向前叫苦不迭。太尉问道："走了的却是甚么妖魔？"……住持真人对洪太尉说道："太尉不知，此殿中当初是祖老天师洞玄真人传下法符，嘱付道：'此殿内镇锁着三十六员天罡星，七十二座地煞星，共是一百单八个魔君在里面。上立石碑，凿着龙章凤篆天符，镇住在此。若还放他出世，必恼下方生灵。'如今太尉放他走了，怎生是好！他日必为后患。"洪太尉听罢，浑身冷汗，捉颤不住；急急收拾行李，引了从人，下山回京。

洪信到龙虎山请张真人禳灾，结果是"本为禳灾却惹灾"，"教三十六员天罡下临凡世，七十二座地煞降在人间"，这些魔王转世上梁山造反，"直使宛子城中藏猛虎，蓼儿洼内聚飞龙"，"水浒寨中屯节侠，梁山泊内聚英雄"，"哄动宋国乾坤，闹遍赵家社稷"，闹得大宋皇帝"夜眠不稳，昼食忘餐"，"社稷从今云扰扰，兵戈到处闹垓垓"。（第一回，第二回）

"洪太尉误走妖魔"，从字面上看，是误是祸，但这不是作者要表达的意思。《水浒传》第一回，只是个引子和楔子，写的故事发生在宋仁宗时，与水浒主体故事都是发生在宋徽宗时期，是"断条"的，不连接的，因而洪太尉请张天师禳灾乃至放走108位魔王的故事，只具有象征意义。当然，这个象征是进步的积极的。它告诉读者，水浒一百单八将都是星宿下凡，绝非等闲之辈。这在今天看来，虽然有迷信色彩，为108将的出场披上了神秘的外衣。但是，作者正是运用这种在当时看来十分神圣十分了得的办法，将被封建统治者视为大逆不道的造反者抬高到神圣崇高的地位，把他们的替天行道视为天经地义。

《水浒传》第一回洪太尉误走妖魔写得确实"神气"。毛泽东读后何以"神旺"？当然在于心灵的沟通。所谓"心有灵犀一点通"是也。从三国时代张鲁的"五斗米道"，到梁山英雄的替天行道，劫富济贫，可以说都是"一条路线的运动"，都是现在人民公社的"历史来源"。

龙虎山是道教的圣地，也是水泊梁山108将出世之地。因此，毛泽东看《水浒传》第一回，欣赏其对龙虎山的场面描写，欣赏其对魔王出世的精彩描写，并在思想情感上引起共鸣，推荐给同志们阅读，这淋漓尽致地表露了他在1958年时的政治心态。那时，他虽然看到了"大跃进"和"人民公社运动"长处短处都有"，看到了"浮夸风"和"共产风"等弊端，但在内心深处，还热衷于为其"长处"找历史根据，而被他视之为"广大的群众运动"的汉末五斗米道和北宋末梁山运动，则是历史根据中的最有力者，虽然后来的历史证明他此次把梁山英雄引为同调，是加大了自己的错误判断，但这符合他多数时间从积极方面挖掘梁山运动革命性的阅读视角。

## 赫鲁晓夫就是洪太尉

洪太尉放走了魔君，吓得不行，告诉属下"休说与外人"，一溜烟跑回京城，从此销声灭迹。不过，到了20世纪60年代，他又从苏联"冒"了出来。毛泽东说，赫鲁晓夫就是洪太尉！洪太尉本是中国的"土特产"，何以"出口"成了"洋货"？

原来，自从斯大林于1953年去世后，赫鲁晓夫逐渐取得了苏联党和国家的领导大权，十余年来在苏中两党两国关系上，采取了大国沙文主义的粗暴做法，激起中国共产党和中国人民的强烈义愤。赫鲁晓夫两次访问中国，毛泽东也回访过一次。周恩来、刘少奇、邓小平等中共领导人也多次率团出访苏联和东欧国家。苏中之间的政治斗争和领袖交锋发生过许多次，由幕后进到台前，日益公开化。甚至发展到国家关系之间的冲突，苏联不惜撕毁协议，撤回专家，企图用经济科技方面的扼杀手段，对付不随着苏联指挥棒转的中国共产党。特别是苏联中断在原子弹核武器研制上同中国的合作，使中共中央和毛泽东痛下决心，中国一定要有自己的核武器。

1963年7月14日，苏共中央发表了《给苏联各级党组织和全体共产党员的公开信》，赫鲁晓夫撕破假面具，坚持反华，挑起公开论战。这使20世纪60年代中苏两党大论战进入了一个新的阶段。9月6日，中共中央发表评论苏共中央公开信的第一篇文章（即《一评》）。之后，在一年的时间里，总共组织撰写发表九篇文章，对以赫鲁晓夫为首的苏共中央全盘否定斯大林，攻击中国共产党等错误行径进行理论剖析和严肃抨击。这"九评"都是在毛泽东亲自领导和审定下，经过政治局常委讨论修改，以《人民日报》、《红旗》杂志编辑部名义发表的。到 1964 年 3 月 31 日发表《八评》，中苏论战已经达到高潮，达到白热化。

1964 年 3 月底，毛泽东离京到外地视察工作前，在北京中南海召集中共中央政治局常委会，研究有关工作，特别提出：今年 4 月是赫鲁晓夫的 70 寿辰，我们可致电祝贺。电报

别拗走妖魔

不能完全是礼节性的，应该讲点实质问题。赫鲁晓夫越要大反华，我们越要采取同他相反的姿态，他要坚决反击，我要坚决友好；他要分裂，我要团结。这样我们就处于主动地位，争取国际同情。进可攻，退可守。这样赫鲁晓夫可能发表我们这份贺电，也可能不发表，我们要争取他发表，让苏联人民和全世界知道我们的态度。

毛泽东又说，我所以提议要发一个给赫鲁晓夫祝寿的贺电，还考虑到有一种可能，就是在赫鲁晓夫内外交困、大家对他很不满的情况下，他有可能被推翻。要考虑到这个可能。而推翻以后，上来的人可能比赫鲁晓夫好一些，但应从坏处着想，即也可能比赫鲁晓夫更坏，大国沙文主义更厉害一些。依我看，赫鲁晓夫还不是最坏的人，有比他更坏的，比他搞大国沙文更厉害的。赫鲁晓夫搞大国沙文主义毛手毛脚，引起强烈反抗。换一个人来，可能比他谨慎一点，但也可能搞得更凶一些，更厉害一些。要估计到两种可能性。所以我们致电祝贺赫鲁晓夫七十大寿，要考虑对赫鲁晓夫本人表示一点友好之意。

毛泽东估计中苏两党尚不至于马上公开破裂，中国共产党要采取拖的方针，推迟这个破裂，但是要准备这个破裂。毛泽东交代在京的中央常委

刘少奇、周恩来、邓小平等同志：关于给赫鲁晓夫的祝寿信，要在北京准备好，我过一天就到外地去，传给我看了以后再发出。为表明中国慎重其事，毛泽东还要求贺信要用毛、刘、朱、周4个人联名签署（毛泽东、刘少奇、朱德、周恩来当时分别任中共中央主席、国家主席、全国人大常委会委员长、国务院总理）。这是党、国家、人大常委会、国务院的联合贺信。

为了使核心层领导充分认识同赫鲁晓夫既斗争又团结的意义，毛泽东在中央常委会上讲了《水浒传》第一回"洪太尉误走妖魔"的历史故事，他说：

> 大家都看过《水浒》，《水浒》的第一回叫做"张天师祈禳瘟疫 洪太尉误走妖魔"。现在赫鲁晓夫就是洪太尉。《水浒》第一回里面讲，洪太尉领了皇帝的圣旨到江西信州，上龙虎山上清宫去请张天师来开封禳灾。因为当时天下闹灾，瘟疫横行。这个洪太尉到了龙虎山上清宫，没有见到张天师，而看见一个大殿，大殿的名字叫做"伏魔之殿"，殿门上贴满了封条，还锁得非常严实。洪太尉问领路的真人，里面是什么？为什么不可以打开？领路的真人是一个道师，他对洪太尉说，从大唐祖师开始，里面就关了一大批妖魔鬼怪，一直到现在已经八九代祖师了，都不敢开，而且每一代祖师都要在门上贴一次封条。据传说，一打开就不得了，妖魔鬼怪都跑出来，天下就要大乱。洪太尉不相信，硬是叫人把封条扯开，把铁锁也给砸烂，打开大殿的门。门打开以后，看到一块石碑，石碑下面是一个石龟，碑上有碑文，刻着四个字，叫做"遇洪而开"。洪太尉看到这四个字，心想我不是洪信吗，我就是洪太尉。碑上刻着"遇洪而开"，正是碰到我就开了。因此他叫人挖开石龟。道师赶忙来劝，说动不得，动不得，动了就不得了了。洪太尉不听，挖开石龟，底下还有一块大青石板，洪太尉又叫再挖，把石板挖开了。挖开以后，底下是一个见很深的、不到底的地洞，里面哇喇哇喇地响，响过以后，一道黑气一下子从洞里滚起来，一直冲洞口而出，冲到大殿，冲到半空中，化作百把道金光，向四面八方散去。吓得大家都倒下，洪太尉也吓得发抖，面色如土。他问道师，这究竟是什么东西呀？道师说，你不知道呀，这里边锁着三十六员天罡星，七十二座地煞星，一共是一百零八个妖魔。你把他们放出去就不得了了，天下就要大乱了。

赫鲁晓夫就是洪太尉，他发动公开论战，就是揭开石板，把下面镇着的108个妖魔放出来，天下大乱了。一百零八将就是梁山泊的英雄好汉，我们就是赫鲁晓夫这个洪太尉放出来的妖魔鬼怪。我们四个人都是，我们常委都是，我们中央都是。不过我们常委里没有直接跟赫鲁晓夫交锋的人还占多数。我是交过锋的，但是内部谈话，公开的没跟他交过锋。少奇同志是交过锋的，在莫斯科会上交锋的，但是也没有公开地在报纸上跟他交锋。恩来嘛，我们总理是交过锋的，赫鲁晓夫耿耿于怀，说我们总理给他上大课。在1956年底访问东欧的匈牙利、波兰这些国家，经过莫斯科的时候，跟他谈了一通，把我们的意见，对他们的"二十大"、对斯大林的问题都讲了。赫鲁晓夫把这说成是总理给他们上了大课。总理在"二十二大"上致词时也不指名地批评了他。还有我们的小平同志，我们常委里面，主要是小平同志出面跟赫鲁晓夫吵。我们都是妖魔鬼怪。但是现在这个洪太尉赫鲁晓夫混不下去了，日子不好过了。我们还得感谢他把我们放出来，可以跟他进行公开论战，因此要给他发个贺电。（吴冷西：《十年论战——1956—1966中苏关系回忆录》，中央文献出版社1999年5月版，第736—738页）

1964年4月毛泽东回湖南，他在长沙说，我们要致电祝贺赫鲁晓夫的70寿辰，国际共产主义运动还是要讲团结。因为《共产党宣言》号召全世界无产者联合起来！

毛泽东因势利导，利用赫鲁晓夫寿辰之机，从北京到长沙连续执导了一幕给赫鲁晓夫祝寿的短剧，更好地掌握了中苏论战的主动权。

毛泽东的这个斗争策略，深思熟虑，是出其不意的一着好棋，得到中央常委的一致同意。

1964年4月12日下午，毛泽东在湖南省委院内的住处召集邓小平、吴冷西、王任重、张平化等开会，毛泽东开门见山地说明：北京传过来的给赫鲁晓夫的贺寿电文要修改。毛泽东说，赫鲁晓夫是怕争论的，越来越怕，看起来气壮如牛，但是色厉内荏。以后，连续三四天，推敲、修改后发出了给赫鲁晓夫70寿辰的贺电稿。

秀才们在北京起草的这个贺电写得比较长，并谈到中苏两党的分歧和争论。毛泽东审阅之后，对邓小平等说，不赞成这样写法。这个贺电应该争取苏联发表，使他能够发表。写的内容要从这么一个设想出发。因此不能多谈分歧和争论问题，可以说尽管我们还有分歧，我们还是要加强团结。要点出这么一个意思：说我们尽管有分歧，但是一旦有事，我们两党会团结起来的。

邓小平按照毛泽东的意见，主持对贺电的修改。

4月14日下午，邓小平等人聚集到毛泽东处，开会研究通过修改稿。

毛泽东说，我们是把这个当作重要的策略步骤来看待的。在吴冷西起草的较为详细的稿子上，毛泽东动手作了认真修改，加了许多段插话，一是修饰语气、表示客气，二是加上一些铺垫词句，最主要的是改了一头一尾，开头处他在赫鲁晓夫的职务头衔与祝贺语言之间加上"亲爱的同志"几个字，用意就是表示贺电是一个和解的电报，使苏共能够发表；在结尾处他加上"让帝国主义和各国反动派在我们的团结面前颤抖吧，他们总是会失败的"一句话，显示团结起来的力量和意义。

对毛泽东的亲笔修改，与会者均感到是画龙点睛，提纲挈领，不由得佩服之至。

4月16日贺电发出后，晚上新华社就广播了，17日《人民日报》发表了贺电全文。许多党员干部感到很惊讶：怎么给赫鲁晓夫这么一个温和的贺电？特别是对电文上称他"亲爱的同志"，说一旦有事还要团结，普遍反映强烈，但是人们仔细一想，都由衷地叹为观止，猜测这是毛泽东的大手笔。因为当时中苏论战正酣，火药味十分浓，突然来了一个毛泽东领衔致电祝贺赫鲁晓夫70寿辰，而且10天内中国国内所有的报刊、通讯社、广播电台，不发表也不广播批评苏共的文章，尽显中国共产党的有理、有利、有节的斗争艺术，充分展现毛泽东运筹帷幄，偃武修文，一张一弛，亦庄亦谐，挥洒自如，那种成熟的无产阶级革命领袖的智慧和天才，在国内外都引起强烈的反响。虽然，这只是20世纪60年代中苏论战中一段小插曲，但是尽可以使人们领略到毛泽东的政治高明和领袖魅力，是他以炉火纯青的斗争艺术，指导了中共对苏共和赫鲁晓夫掀起反华反中共浪潮、破坏国际共产主义运动的行径，进行了策略性的坚决斗争。

1964年4月，毛泽东洞察秋毫，准确地预见到赫鲁晓夫内外交困、苏共内部可能会发生重大事变的征候，要中共中央做好两手准备，有备无患。果然，不出毛泽东所料，10月14日，苏联发生了重大事变，赫鲁晓夫被苏共中央全会罢免，下台了。10月16日公之于众。恰好在这一天，中国第一颗原子弹爆炸成功。两大新闻同时公布，全世界都为之震惊。

其实，毛泽东给赫鲁晓夫"祝寿"，是希望赫鲁晓夫改弦更张，停止反华和分裂国际共产主义运动的行径。但是赫鲁晓夫忘乎所以，既在反华的路上越走越远，又未能妥善处理苏联党内国内的困难和问题，所以，他在政治上"寿终正寝"，也是必然的结果。

对赫鲁晓夫发表《公开信》，是中苏两党大论战进一步激化，把这比喻为洪太尉揭开石板放出"妖魔鬼怪"（其实就是造反的受压迫者），既新鲜有趣，又意味深长。它含有反抗是压迫者逼出来的道理，论战的挑起罪在赫鲁晓夫，他就是那个非要进伏魔殿揭开石板的洪太尉。毛泽东以梁山好汉自比，取的意思正是像好汉们那样敢于反抗，敢于"交锋"，不怕大国沙文主义的种种压力。不过，现代的"妖魔"要比梁山好汉高明得多，不但讲斗争，而且讲团结；不但坚决反击，而且讲打击策略。抓住机会，"感谢"洪太尉赫鲁晓夫的"放出来"之恩，给他"发个贺电"，使斗争有理、有利、有节。

# 每次起义都是被逼上梁山的

(逼上梁山之一)

> "每次起义都是被逼上梁山的。他并不想去,"毛说,"但压迫者使他们无路可走。"
> 〔美〕安娜·路易斯·斯特朗:《难忘的三次长谈》,《毛泽东交往录》,人民出版社1991年6月版,第414页

毫无疑问,如果不是出于偏见和无知,谁都会承认,无论在中国还是在世界,毛泽东都是20世纪最伟大最出色最具影响的职业革命家。

在他的整个革命历程中,他曾经不间断地思考过一个问题,那就是革命是怎样发生的。毛泽东用他那特有的思维方式回答了这个问题:每次起义都是被逼上梁山!

他说明了梁山好汉造反起义的基本动因。他用"逼上梁山"这句十分通俗、在广大人民群众中影响深远最为普及的话语,解释了20世纪中国无产阶级革命运动的历史必然性。

《水浒传》前半部分的思想内容,正是通过各种人物被"逼上梁山"的遭遇,以及他们不同的性格特征汇集起来的北宋末年的社会生活画面,展现了北宋末年朝政腐朽,奸佞当权,社会黑暗,人民奋起反抗的真实情况。

在《水浒传》108名好汉中,中下层军官林冲、杨志,渔民阮氏三雄,猎户解珍、解宝等,都有被"逼"的不幸遭遇。他们被"逼"上梁山,都具有揭露封建统治的腐朽和社会黑暗的意义,都具有揭示被压迫者如何走上革命反抗道路的意义。

## 我们也是逼的上山打游击

红军长征胜利结束后,于1936年1月在瓦窑堡建立"中国人民抗日军

事政治大学",简称"抗大",1937年1月该校迁往延安。毛泽东兼任该校教育委员会主席,经常到学校去讲演。这年5月,毛泽东在抗大做报告,他说:

《水浒》里面讲的梁山好汉,都是逼上梁山的。我们现在也是逼的上山打游击。(湖北省社会科学院:《忆董老(第二辑)》,湖北人民出版社1982年版,第67页)

1939年7月9日,毛泽东在陕北公学作《三个法宝》的演讲,他把自己带领队伍上井冈山说成是:

没法子,被逼上梁山。(徐中远:《毛泽东读评五部古典小说》,华文出版社1997年1月版,第93页)

百回本《水浒传》前半部分蕴含着"逼上梁山"的主题。

《水浒传》中的108位绿林好汉上梁山,尽管各自有不同的经历,但其主要的原因,是被逼上去的,我们先看典型的例子:

解珍、解宝兄弟以捕猎为生,是心地善良武艺出众的猎户。登州知府命令猎户在三日内捕捉大虫,逾期就要"痛责枷号不恕"。他们经历了辛苦和艰险才射中大虫。由于大虫落到恶霸地主毛太公的园里,不但要不到大虫,反被毛太公诬陷,被押进了官府。官府与恶霸勾结在一起,严刑拷打,逼迫解氏兄弟招认"混赖大虫,各执钢叉,因而抢掳财物"的罪名。在遭到毒打之后,他们冤屈招认,被关在大牢里。狠毒的毛氏父子还不罢休,买通官府上下,一定要把他俩害死。后来,顾大嫂用劫牢的办法解救了解家兄弟。但别无生路,只能入伙上梁山。解氏兄弟的经历,揭露了封建社会恶霸地主勾结官府迫害农民的罪恶,揭示出封建社会农民起义的社会根源。

| 林教头风雪山神庙

如果说解氏兄弟是底层贫民被逼上梁山的代表的话，那么，林冲则是封建统治阶级内部中层官吏被逼上梁山的典型代表。就体现"逼上梁山"这个主题内容来说，林冲的经历更为突出，更有认识价值。林冲的上梁山，为他的社会地位和思想基础所决定，走着一条十分崎岖不平的道路。他是东京"八十万禁军枪棒教头"。父亲做过提辖，岳父也是教头。也就是说，他生活在封建统治阶级内部，这个地位使得"逼"字更有分量。他的被"逼上梁山"是在一个特别复杂、曲折的过程中展开的。林冲有着小康之家，有着年轻美丽的妻子，所以他就不敢反抗。高衙内调戏了他的妻子，他在"不怕官，只怕管"的思想支配下，采取了息事宁人、忍辱退让的态度。这种忍辱含垢的性格随着林冲所遭遇事件的发展而发展着。但是高太尉和高衙内从可耻的欲求出发，不顾林冲是为本阶级服务的人，一不做，二不休，使用一系列阴谋手段非要霸占他的妻子不可。结果，林冲误入白虎节堂，刺配沧州。这时他仍旧没有反抗的表现。在前往沧州的路上，受尽两个解差的多方折磨，他仍然甘受凌辱，幻想着有朝一日与妻子团聚。直到高俅派人追到沧州，火烧草料场，他在山神庙里亲耳听到陆谦和管营差拨安排杀害他的全部狠毒阴谋时，他的逆来顺受、委曲求全的性格才经历了严峻的考验，才感到忍无可忍，不反抗，就死亡。一个本来是丝毫不想反抗的人，终于认清了敌人，学会了仇恨，克服了懦弱动摇，变容忍为反抗，挺身而出，刀刃仇人，坚决地踏上了反抗道路。在风雪夜里上了梁山。这是脍炙人口的"林冲雪夜上梁山"的故事。林冲逼上梁山的故事曾广泛流传，感动了千千万万的民众。人们对林冲的不幸寄予深深的同情，对他的忍让退缩痛心疾首，对他的奋起反抗拍手称快。

《水浒传》行世后，在历史上第一次为那些被迫上山沦为"盗贼"的人鸣冤叫屈，使人看到这些人本来也是良民百姓，是被贪官污吏、豪强恶霸逼上梁山的。《水浒传》中一百零八将，很大一部分是被逼上梁山的。他们中有些是直接受官府迫害而上梁山的，有些是因种种原因犯下"大罪"不得已上梁山的。在《水浒传》里，犯上作乱的盗贼成了被颂扬和肯定的英雄，因为"官逼民反"；朝廷命官则成了受谴责的恶棍，因为"乱自上作"。

《水浒传》中逼上梁山的故事实际上宣扬了这样一个道理，即"官逼民反，不得不反"。这对于生活在社会下层、身受欺压、冤屈无告的民众，客观上起着一种鼓励反抗的作用。小说广泛流传后的明清两朝，无数次大大小小的民众反叛运动几乎都曾受过《水浒传》的影响。这说明《水浒传》中"逼上梁山"的故事对中国社会影响之大，对明朝以后农民起义鼓舞作用之大。

《水浒传》所描绘的"逼上梁山"的生活情状，深刻地反映出造反农民铤而走险参加起义的社会动因和历史必然性。也就是说，它反映了封建时代农民革命的一条规律，这是小说最有价值的思想内容，也是毛泽东看重这部小说的最为重要的方面之一。事实上，"官逼民反"一直是毛泽东解释20世纪中国无产阶级革命的历史必然性的最通俗的例证，并赋予它历史唯物主义的思想内涵，这就是阶级压迫必然导致阶级反抗。"我们现在也是逼的上山打游击。"毛泽东谈共产党人的经历，突出一个"逼"字，这是他关于革命的发生、发展和成功一个牢牢的信念。

　　面对抗大的学员，毛泽东借用《水浒传》中英雄好汉被"逼上梁山"的事实，来阐述"我们"共产党人所领导的无产阶级革命，所开展的革命游击战争的必然性与合理性，这实质是在对他们进行革命传统教育，是在争取学员们对革命的认同感。两年以后的1939年12月，他在探讨中国革命的对象、任务、动力、性质和前途的著作《中国革命和中国共产党》中说："地主阶级对农民残酷的经济剥削和政治压迫，迫使农民多次地举行起义，以反抗地主阶级的统治。"（《毛泽东选集》第2卷，人民出版社1992年6月版，第625页）这是对农民起义动因与合理性的理论概括，而"逼上梁山"则是这个理论的形象说明。

## 山上来了游击队

　　毛泽东给抗大学员讲话，上山开辟根据地，依山开展游击战，是他常讲的话题。1938年5月3日，毛泽东在抗大第三期二大队讲话时又说：

> 我们被逼上梁山，所谓官逼民反，井冈山，鄂豫皖的山，陕北的山，四川通南巴的山，并且来了游击队。（孙钢：《毛泽东"上山"思想的提出》，《毛泽东重要著作和思想形成始末》，人民出版社1993年12月版，第120页）

　　这里说的"官"，主要是指国民党反动派，当然也包括帝国主义和封建主义势力，国民党反动派则是他们在政治上的代表；这里所说的"民"，主要是指共产党经过组织武装暴动和武装起义所建立的红军队伍，此时已改称八路军和新四军；这里所说的"逼"，主要是指1927年4月12日，蒋介石新军阀叛变革命以后，屠杀共产党人和革命群众，接着在第二次国内革命战争的10年里不断地对红军发动军事"围剿"。

"我们被逼上梁山",红军的"梁山"则有好多座。毛泽东一连举了四处的山:

井冈山。位于湘赣边界罗霄山脉中段,第二次国内革命战争时期毛泽东等创建的第一个农村革命根据地。这里地势险要,易守难攻。1927年10月,毛泽东率领秋收起义部队到达井冈山地区,先后在茶陵、遂川、宁冈、永新、莲花等县恢复和建立了党组织;打土豪,分田地;团结改造袁文才、王佐等地方农民武装;开展游击战争。到1928年2月,建立了茶陵、遂川、宁冈三个县的工农兵政府,创建了以宁冈为中心的井冈山革命根据地。1928年4月,与朱德、陈毅率领的工农革命军会师,成立了工农革命军第四军。12月,彭德怀、滕代远率领红五军主力到达井冈山和红四军会师,壮大了井冈山革命根据地和红军力量。1929年以后,井冈山根据地逐步发展成为以永新为中心,包括宁冈、莲花、上杭、崇义等十几个县革命政权的湘赣根据地。井冈山根据地的建立,为武装夺取政权开辟了一条以农村包围城市的革命道路。

鄂豫皖的山。主要指位于湖北、河南、安徽三省边界的大别山区。1927年11月,共产党人潘忠汝、吴光浩、戴克敏等领导了湖北黄麻起义,成立了鄂东军,建立了鄂豫边革命根据地。1929年5月,共产党人徐正清、萧方、周维炯、徐其虚等领导了河南商城起义,建立了豫东南革命根据地。1929年11月,共产党人舒传贤、周狷之、余道江等领导了安徽六霍起义,建立了皖西革命根据地。1930年4月,成立了中共鄂豫皖边特委。红军利用蒋、冯、阎中原混战之机,主动出击,使革命根据地发展到麻城、商城、黄山等十几个县,把鄂豫边、豫东南、皖西三个革命根据地连成一片。

陕北的山。1928年春,共产党人刘志丹、谢子长在陕西渭南、华县一带领导群众举行渭华起义;组织工农革命军,开展游击战争。1932年冬,成立中国工农红军第二十六军,开辟了以保安(今志丹)以南之南梁(桥山山脉中段地区)为中心的陕甘边革命根据地。1934年,成立中国工农红军第二十七军,开辟了包括安定(今子长)、清涧、绥德、吴堡、神木、府谷等边界地区的陕北革命根据地。1935年春,红二十六军和红二十七军配合,粉碎了国民党对根据地的第二次"围剿",解放延川、延长、安塞、保安、安定、靖边等县,使陕甘、陕北两个根据地连成一片,建立了陕北工农民主政府,开展土地革命和游击战争。

四川通南巴的山。通是通江，南是南江，巴是巴中。1928年，中共四川省委先后领导川东、川北农民举行起义，组织革命武装，开展游击战争。1932年冬，张国焘、徐向前等率领中国工农红军第四方面军主力1.6万余人，由鄂豫皖区进入川北，与当地革命武装会合，攻下通江、南江、巴中等县，开辟了川陕边区革命根据地。12月29日，在通江成立川陕省临时革命委员会。1933年6月，红四方面军粉碎四川军阀田颂尧指挥的"三路'围剿'"，扩编为五个军共8万余人。1934年9月，红四方面军又粉碎四川军阀刘湘指挥的"六路'围剿'"，根据地扩大到包括通江、南江、巴中、万源、城口、宣汉、达县、渠县、营山、阆中、广元等22个县。

谁都知道，毛泽东开辟了进行武装斗争，农村包围城市，最后夺取城市的正确的革命道路。而这条道路的开辟，却是以"逼上梁山"为起点的。千里之行，不是始于足下，而是始于山上。反动派把革命者逼到了山上，革命者上山开展游击战争，这也正是反动派灭亡的开始。所以，毛泽东津津乐道山上来了游击队，用以激励抗大学生的革命热情和斗争意志。

## 当"土匪"还不是国民党"剿共"逼的

世人皆知共产党人的上"梁山"，是国民党逼出来的。有趣的是有时毛泽东却把这番话讲给国民党极右派的顽固分子们听，作为"炮弹"打出去，竟取得了意想不到的成功。这种情况发生在抗战胜利后的重庆谈判期间。

国民党CC系头子陈立夫是反共死硬分子，是反对国共谈判的高级代表人物。在邀请毛泽东赴重庆谈判之前，陈立夫就对蒋介石谏道："和共产党谈判，只会助长共产党的声势；对共产党的问题，只有动大手术才行。"

所谓"动大手术"，谁都明白是发动内战，武力消灭共产党！

对于这位历史上反共坚决，态度顽固的国民党右派代表人物，毛泽东主张主动去看望，身边的工作人员对此大感不解，问："主席，您干吗要去看望那些反共分子呢？"毛泽东解释说："像戴季陶、陈立夫这样的人，的确是一贯反共的。但是我们来重庆干什么呢？不就是为了跟反共头子蒋介石谈判吗？国民党现在是右派当权，要解决问题，光找左派不行，他们是赞成与我们合作的，但他们不掌权。解决问题还要找右派，不能放弃和右派的接触。"

9月20日毛泽东带着几个随行工作人员去拜晤陈立夫。这位国民党中央的组织部长显然对毛泽东的突然来访感到意外，慌忙将毛泽东迎到客厅。

毛泽东与人谈话最大的特点就是轻松幽默，看似漫无边际，实际上句句都扣在要阐述的中心思想上。

毛泽东在一张藤椅上坐下，他的谈话特点便显露出来，他说："中国共产党和国民党在20年代曾经有过一段蜜月，我时时怀念那个时期，怀念孙中山先生。——你没赶上吧？"

陈立夫尴尬地笑笑："没有，那时候我还在美国读书哩！"

"哦，"毛泽东淡淡地应了一句，接着说："可惜呀，蜜月一过，孙中山先生一死，国民党就不认共产党了。从1927年在上海捕杀共产党人，然后是追到江西、福建、四川、贵州、陕西，总之，哪里有共产党，就追杀到哪里。所谓'石头过刀，茅草过火'，厉害得很啦！我毛泽东被追得东奔西跑，好不难堪哟！——这段历史你经历了吧！"

"嗯，这个嘛，都是过去的事了。毛先生何必提这些不愉快的事。"

"不，要提。十年内战，共产党不但没有被消灭，反而发展壮大了。而国民党'剿共'的结果，却同时引进了日本帝国主义的侵略，险些招致亡国的祸害，这一教训难道还不发人深思吗？"毛泽东点燃了一根烟，深深地吸了一口。

"既然毛先生为和平而来重庆，同时又表示拥护国父孙中山先生所倡导的三民主义，拥护蒋主席的领导，为何还不放弃那些外国的思想观念（马克思主义理论），放弃一党的武力政权呢？"听了毛泽东的话，陈立夫反问道。

毛泽东答道：

> 我们上山打游击，当'土匪'，还不是国民党'剿共'逼出来的！是逼上梁山！就像孙悟空大闹天宫，玉皇大帝封他为弼马温，孙悟空不服气，自己鉴定是齐天大圣。可是你们却连弼马温也不给我们做，我们只好扛枪上山了。（陈晋：《毛泽东之魂》修订本，中央文献出版社1997年9月版，第147页）

"过去的政策，我们是有许多要检讨的地方，这次我们请毛先生来，就是要改正我们以往的过失，请毛先生来国民政府中任职。"

"哈哈哈"，毛泽东一阵大笑，"你是国民党中央的组织部长，你看任命我个什么官合适呢？不过我跟蒋委员长已经说过，光安排我一个人是不行的，解放区一万万人口都得有个妥善安排。我看你这个组织部长没有这么大的气魄吧！"

在引古喻今的谈笑中，毛泽东巧妙地对陈立夫给予了批评。最后，显得理亏气弱、窘迫无词的陈立夫，不得不尴尬地表示：

"对这次国共和谈，兄弟一定尽心效力。"

同样是"逼上梁山"的道理，毛泽东讲给抗大学员，讲给革命同志，是激励，是鼓舞，是兴奋剂；毛泽东讲给国民党，讲给反共顽固派，是揭露，是批判，是清醒剂。也许是大势所趋，也许是良心发现，也许是毛泽东讲话的震撼力，陈立夫这位顽固派似乎真的对和谈"尽心效力"了。重庆谈判结束，毛泽东回到延安的当天，在政治局会议上报告重庆谈判的经过，讲到陈立夫时说："陈

李俊赚城门

立夫表明是他首先主张签订《中苏友好同盟条约》的，有许多人说CC派破坏谈判，我看很多CC派人物包括陈立夫在内是动摇的。"（《毛泽东年谱》下卷，第34页）在和平谈判这个重大历史事件上，死硬的顽固派转化为动摇的中间派，也算是一种进步吧！

指出共产党上山打游击是国民党"剿共"逼的，这就揭露了国民党破坏国共第一次合作的罪行。那么，谁破坏重庆和谈，谁就是破坏国共第二次合作的罪魁。"逼上梁山"四个字，字字千钧，在毛泽东与国民党顽固派的斗争中，它是"照妖镜"，它是"斩妖剑"。这句话讲清了国共两党的政治关系，讲清了共产党人行为的正义性，也讲清了国民党顽固派的反动本质。

## 七逼八逼就逼上了梁山

毛泽东还将"逼上梁山"这一农民运动规律，引入国际范围，用以观察世界趋势。1955年10月15日，毛泽东接见东邻日本国会议员访华团。此时，第二次世界大战结束刚好10年，抗美援朝战争过去不久，中日两国在法律上还处于不正常的战争状态。毛泽东同议员访华团进行了亲切友好的

谈话，在谈到"世界大战"问题时，他说：

"我可以说一句，将来世界上的事情，和平友好是基本的，世界大战这个东西意思不大。说打仗我们就一定害怕，这也不见得。丢原子弹谁也害怕，日本人怕，中国人也怕，所以最好还是不打，尽一切力量争取不打。"

毛泽东认为，美帝国主义发动战争，对他们自己也不利，是搬起石头砸自己的脚：

"到那个时候，我看他们的事情就不好办了。你们没有殖民地，我们也没有殖民地，我们都不怕丧失什么东西，所以打世界大战只对他们不利。他们非常怕共产，第一次世界大战打出个苏联共产，第二次世界大战打出许多国家共产。"

由此，毛泽东推论出一个新鲜的结论：

从历史上看，共产是世界大战打出来的。打仗，人民的精神就紧张，紧张的结果，就另外想出路。人并不是一生下来，他母亲就嘱咐他搞共产，我的母亲也没有要我搞共产。共产是逼出来的，七逼八逼就逼上了梁山。（《毛泽东外交文选》，中央文献出版社，世界知识出版社1994年12月版，第224—225页）

毛泽东继续举例论证说："还有一些非共产的民族独立国家，如印度、印尼及亚非的一些国家，也是世界大战打出来的。两次世界大战就得到这么些结果。你们可以去调查，世界上确实有个苏联，确实有个中华人民共和国，还有独立的印度等等国家。所以，你们没有办法讲我是扯谎的。虽然我不是个历史学家，但历史却明明摆在那里。当然，世界大战还是不打。"

对于世界大战，毛泽东的态度，一是反对，二是不怕。从战争的巨大破坏性来说，我们反对战争，坚决制止战争的发生，"尽一切力量争取不打"；从革命战争有利于推动社会进步，有利于被压迫民族的独立，有利于被压迫阶级的解放来说，也不怕帝国主义把战争强加在我们身上，并积极参加革命战争，打出一片和平友好的新天地。古人说："以战去战，虽战可也。"（《商君书·画策》）在现代，也就是以革命的正义战争去制止和打垮帝国主义者发动的非正义侵略战争。

毛泽东认为，像水浒绿林好汉都是被逼上梁山的一样，共产党国家和民族独立国家的出现，是帝国主义发动的世界战争逼出来的。这里讲的是马克思主义战争观的一条基本原理。"七逼八逼就逼上了梁山"。民族独立和民主革命运动也是压迫者逼出来的，是合理的正义的，是天经地义的。不过，这种"逼上梁山"，压迫者不再是高俅、童贯、宋徽宗，不再是祝朝奉、毛太公和曾长者，而是帝国主义侵略势力，是国际法西斯，是战争狂人和疯子；被逼迫者不再是宋江、吴用，也不再是三阮二解和林冲，而是各国的无产阶级和共产党人，是被侵略被压迫的民族。帝国主义就是战争。一切都是世界大战惹的祸。天罡地煞等魔王是洪太尉放出来的，共产党是世界大战逼出来的。

## 就在那年被逼上梁山

20世纪60年代，正是亚非拉革命运动风起云涌的年代。那时这些地区有许多国家的人来中国"取经"，他们除了向毛泽东当面寻求武装斗争的方法外，还不忘请教毛泽东是如何起来造反、如何成为革命战争大师的。毛泽东的回答基本上就是四个字："逼上梁山。"

1966年6月10日，毛泽东与老朋友、越南领导人胡志明漫谈说：

> 我这个人是逼上梁山的。以前我没有准备打仗，是教小学的。就在那年被逼上梁山。七搞八搞，搞了十年，打了一部分败仗，多数是胜仗。（胡哲峰、孙彦：《毛泽东谈毛泽东》，中共中央党校出版社1993年12月版，第77页）

"那年"指的是1927年，"被逼"是指"四一二"蒋介石叛变革命，屠杀共产党人和工农群众；"搞了十年"，是指第二次国内革命战争，即土地革命战争，从井冈山到中央苏区反对国民党军事"围剿"的战争。

毛泽东的"梁山"首先是井冈山，他也是被"逼"上去的。

20世纪60年代，他多次表达过这个思想：

1960年5月3日，毛泽东同拉丁美洲、非洲十四个国家及地区的工会和妇女代表团朋友谈话时说："我们原先都不是拿枪的，都是爱和平的人，有种地的、做工的、有当教员的、有做生意的。我是当小学教员的，我没有准备拿枪去打仗，后来蒋介石不许我活了，不许人民活了，我们就拿起枪杆子了。"

1961年11月，毛泽东与拉美五国兄弟党学员谈话时说，1921年我党成立以前，比如说，在1920年，我们谁有一支枪？至少我是没有的，别人有没有我不敢说。后来我们同国民党合作搞了北伐，打到了长江流域，但我们不知道蒋介石要打我们，我们很蠢，包括我在内，就是没有了解蒋介石会那么厉害，在几个星期内，他一打就把我们打入地下。但这也很好。这一打，我们这些人就清醒了，没有路可走，在城市转入地下，在乡下拿起枪打游击。

1963年9月，毛泽东与新西兰共产党主席威廉斯谈话时说，白色恐怖一来，工会、农会都被搞掉，我们毫无办法，只好拿起枪来同国民党打仗。事前没有准备，包括我在内，在那时以前也没想到过自己要去打仗。谁叫我去打仗的呢？是帝国主义和它的走狗蒋介石的白色恐怖逼着我们去打仗的。

1963年12月12日接见秘鲁共产党左派代表时，毛泽东说，国民党逼得我们无路可走，只好上山打仗。"当时我们从来未打过仗，不知道是怎么打法。军事对于我们是个黑暗的部门，我们不懂。但是帝国主义和国民党把我们一赶，只好去打。是谁教会我们打仗的？是敌人"。

在一次与智利共产党左派"斯巴达克"派客人的谈话中，毛泽东沉痛地说：那时我们不懂得我们的同盟者资产阶级会叛变……我们的同盟者，昨天的朋友，就是蒋介石和汪精卫。当时我们不觉悟，没有准备夺取政权，没有准备反革命会到来。结果，几个月之间，我们的工会、农会，都被一扫而光。但白色恐怖一来，就好了。我们没有别的出路了。过去没有准备的，就迅速准备起来了。敌人到处抓人杀人，就教育了我们。我们中国有句成语，叫作官逼民反。

1964年6月23日，毛泽东同智利新闻工作者代表团谈话时说："有了共产党以后，就进行了革命战争。那也不是我们要打，是帝国主义、国民党要打……由于国民党搞白色恐怖，把工会、农会都打掉了，把五万共产党员杀了一大批，抓了一大批，我们才拿起枪来，上山打游击。"

1964年7月，毛泽东同哥伦比亚等国客人谈话，他说："拿我来说，国民党如果不抓人杀人，我也不会去革命。城市知识分子，就是不愿意下乡。下了乡也不愿意搞武装斗争。我就是这样的一个人。我搞过工会工作、农民协会运动、学生运动。成千万的农民组织成农会，有自己的武装，叫作农民自卫队。工人也有自己的武装，叫作工人自卫队。但帝国主义和国民党来了一杀，把这些力量一扫而光。这就把我赶上了山。"

毛泽东向外国朋友、客人介绍中国革命的经验，被逼上梁山是经常话题。他认为自己上山进行武装斗争，根本原因是同盟者资产阶级叛变革命，"蒋介石不许我活了，不许人民活了"，把共产党员"杀了一大批，抓了一大批"。这是官逼民反！毛泽东认为这条革命经验具有普遍的意义，它可以促使被压迫阶级、被压迫民族的自我觉醒，把握自己的命运，冲破牢笼，走向自由与光明！

## 他们是被反动派逼迫革命的

美国著名的记者和作家安娜·路易斯·斯特朗，是毛泽东的老朋友。1964年1月17日在北京，斯特朗与几位美国友人一起受到毛泽东的接见，并进行了题目广泛的谈话。据斯特朗在《难忘的三次长谈》的文章中记述，在谈论了解放战争初期陕北战场的情况和"一分为二"等哲学原理后，向毛泽东提出了一系列问题：革命者是怎样成长的？他们怎样从失败中学习去赢得胜利？一个革命党应当怎样发展它的队伍、纠正错误和壮大自己的力量？

> 毛根据他自己的经历回答了这些问题。他说，革命者并不是一开始就是革命者的，他们是被反动派逼迫革命的。
> 
> "我自己是湖南省的一个小学教师。我根本不懂马克思主义，也从未听说过共产党，更没想到我会成为一个战士，并组织一个部队去战斗。我是被迫这样做的。反动派杀人太多。"
> 
> 他用中国一部古典小说解释了这点，这部小说的名字是"水浒"。
> 
> "每次起义都是被逼上梁山的。我并不想去，"毛说，"但压迫者使我无路可走。"正像毛的许多评论一样，他是用过去的历史来解释自己的经历。（于俊道、李捷：《毛泽东交往录》，人民出版社1991年6月版，第413—414页）

斯特朗继续写道："当他在湖南的'秋收起义'遭到打击之时，他上了井冈山。在那里，他的残部会合了朱德的部队，在山上建立了具有历史意义的根据地。也就在那里，产生了中国的红军，并从那里后来移到了江西的'中央根据地'。"

在与斯特朗等人的漫谈中，毛泽东重述了他的成熟了的思想观点：革命者是被反动派逼迫革命的，每次起义都是被逼上梁山。在这里，这个思想无疑具有了普遍适用的意义，它可以解释所有起义的成因。

毛泽东特别举到本身的例子：从小学教员到组织部队去战斗，是因为"反动派杀人太多"。这里讲的是1927年大革命失败的情况，那时国民党反动派于1927年4月12日叛变革命，大肆屠杀共产党人，制造"白色恐怖"。许多共产党人正是因为走投无路才揭竿而起，造反上山。反动派的逻辑是你造反我就杀你，革命者的逻辑是你杀人我更造反。在血与火的革命岁月里，毛泽东的妻子、弟弟、堂妹、儿子、侄子等六人被反动派杀害了，但这更坚定了他本人与共产党人的革命意志，激起了他们反抗的决心。压迫愈重，反抗愈烈，这也是一条规律。

## 帝国主义者正把人民逼上梁山

也是在1964年1月17日毛泽东与斯特朗等人的谈话中，有人提出了所谓的西欧资本主义国家建立"中立区"的问题。

"中国没有提出这个区，"毛泽东指出，"事实上，它是存在的。戴高乐想领导这个中立区。第一个中立区包括亚洲、非洲和拉丁美洲的许多国家。他们是反对帝国主义的革命同盟军。第二个地区包括西欧的资本主义国家、加拿大、大洋（洲）国家及其他一些国家。它们的统治集团剥削人民，但就连统治集团自身也受到了美帝国主义的剥削、恐吓、控制和干涉。所以，在某种程度上，他们也反对美帝国主义。"

在全世界范围内，毛泽东接着说，帝国主义者正把人民逼上梁山。现在，美国正弄得柬埔寨人民无法生活，所以西哈努克亲王起而反抗。（于俊道、李捷：《毛泽东交往录》，人民出版社1991年6月版，第422页）

"总的说来，世界形势大好。"毛泽东充满信心地归纳说，"拿南越来说，它虽然很小，但美国没有任何办法促使其人民屈服。今年，1964年，刚过去短短的十几天时间，但我们就已经听到了来自巴拿马和桑给巴尔的两声春雷。虽然还没到春天，但它却表明大的风暴就要到来。"

毛泽东接着说，有些朋友劝我不要太注意巴拿马的一些小的示威，"他们告诉我们，那是少数人示威并高喊'美国佬滚回去'，不是一场革命，甚至也不是一场体制的变革。所以，中国为什么有2000万人（相当巴拿马人口的20倍）示威表示对巴拿马的支持？为什么中国发表支持声明？"

"我不同意这些朋友的看法，"毛泽东说，"我们看到，巴拿马群众直接起来反对美国军队。我们认为这有着极大的意义。任何地方发生此类行动，只要他们需要，我们就将给予可能的支持。"

毛泽东再次把"逼上梁山"政治内容的外延扩大了。在这里，逼人的统治者是帝国主义者，而被逼的受压迫者则是一些弱小的国家和民族，是无法生活的柬埔寨人民，是处于战火兵灾中的南越人民……这里的"上梁山"，则是柬埔寨西哈努克亲王的反抗，南越人民的不屈斗争，巴拿马和桑给巴尔人的游行示威。毛泽东视此为震撼四海五洲的"春雷"，摇动帝国主义大厦的"风暴"！

在许许多多的古代文化典籍中，都无一例外地把农民起义军、把革命造反者说成是"盗贼"，指斥他们的"大逆不道"，字里行间可以听出非要把他们斩尽杀绝而后快的霍霍磨刀声。《水浒传》却横空出世，客观地描写了"官逼民反""逼上梁山"的历史事实，"无美不归于绿林，无恶不归于朝廷"（金圣叹语），视上山造反者为天罡地煞，为英雄好汉！这当然是给黑暗沉重的封建黑幕投进了一缕阳光，这无疑是小说最有价值的思想内容。一句"逼上梁山"，压迫者的不义和罪恶，铁证如山；被压迫者反抗的合理和正义，天经地义。毛泽东解读《水浒传》，深入地挖掘这一宝贵的思想内涵，发现革命运动的特点规律，并广泛地运用到现实的阶级斗争、政治斗争和国际间的民族斗争中来，为被压迫被奴役者的反抗奋争呼吁呐喊，励志鼓劲，这无疑是他解读《水浒传》古为今用最重要的收获。

# 历史是人民创造的

(逼上梁山之二)

> 历史是人民创造的,但在旧戏舞台上(在一切离开人民的旧文学旧艺术上)人民却成了渣滓,由老爷太太少爷小姐们统治着舞台,这种历史的颠倒,现在由你们再颠倒过来,恢复了历史的面目,从此旧剧开了新生面,所以值得庆贺。
>
> 《毛泽东书信选集》,人民出版社1984年1月版,第222页

在延安时,毛泽东还积极支持和鼓励从《水浒传》中汲取题材,创造出有现实意义的新的历史剧目。

1943年11月,延安平剧院发动新剧本创作运动。在这个背景下,新编历史平剧(即京剧)《逼上梁山》诞生了。

《逼上梁山》取材于古典名著《水浒传》中林冲的故事,并参照有关宋代宣和年间的历史资料,以及明传奇《宝剑记》《灵宝刀》和民国初年杨小楼的《英雄血泪图》(亦名《野猪林》)等戏曲作品编写而成。1943年作于延安,初稿作者杨绍萱,正式演出本又经延安中共中央党校的刘芝明、齐燕铭等集体加工修改。

《逼上梁山》主要描写林冲的故事,但并不单纯表现林冲的个人遭遇,而是以林冲故事做线索,广泛联系北宋末年的社会斗争,突出表现了当时广大劳苦群众不堪封建统治者的压迫,纷纷起来聚义造反的现实。它不但描写了林冲由一个具有正义感的下层军官走上反抗道路的曲折过程,成功地塑造了这个"官逼民反"的典型形象;而且着力塑造了李铁、李小二、鲁智深、曹正、王月华等反封建起义造反式的英雄形象,讴歌了人民大众的造反精神及其在推动历史前进方面所起的作用。

这就使《逼上梁山》在思想上与同一题材的戏曲作品有根本不同。在现代中国戏曲发展史上,《逼上梁山》的出现具有重大意义。

1944年新春，这个根据历史题材新编的戏曲节目闪亮登场。这是毛泽东特别喜爱的"水浒戏"。

元旦这天，中共中央党校俱乐部"大众艺术研究社"首次演出新编平剧《逼上梁山》。该剧只演了不到10场。1月9日这天上午，他们接到通知，说毛泽东要看《逼上梁山》，并让先把剧本送去。由于剧本还没有成型，他们只好临时分头抄写送了去。这天晚上，毛泽东看完《逼上梁山》演出十分高兴，当夜给杨绍萱、齐燕铭写了封热情洋溢的信：

> 看了你们的戏，你们做了很好的工作，我向你们致谢，并请代向演员同志们致谢！历史是人民创造的，但在旧戏舞台上（在一切离开人民的旧文学旧艺术上）人民却成了渣滓，由老爷太太少爷小姐们统治着舞台，这种历史的颠倒，现在由你们再颠倒过来，恢复了历史的面目，从此旧剧开了新生面，所以值得庆贺。郭沫若在历史话剧方面做了很好的工作，你们则在旧剧方面做了此种工作。你们这个开端将是旧剧革命的划时期的开端，我想到这一点就十分高兴，希望你们多编多演，蔚成风气，推向全国去！
> （《毛泽东书信选集》，人民出版社1984年1月版，第222页）

毛泽东在信中的议论基于《逼上梁山》这出剧的主题：革命是逼出来的，从统治阶级营垒中背叛出来的军官林冲上梁山更是逼出来的。毛泽东特别赞赏该剧把颠倒的历史重新颠倒过来，着眼点不在于林冲这一形象的阶级属性，而在于他从忍受走向反抗的过程所体现出来的普遍性意义。

正像参加编导该剧的刘芝明当时在报上发表文章谈创作经过时所说的那样："中心的问题，则是这个剧的主题，主要的不应该是林冲的遭遇，个人英雄的慷慨悲歌，君临于群众之上；而是在林冲遭遇的背后，写出广大群众的斗争和反抗，一个轰轰烈烈的创造历史的群众运动。在这个运动中林冲被推动走向革命，而且林冲只有与群众结合才有出路。因此就必须明确地、对比地写出统治与被统治的两方面的阶级斗争，群众怎样团结了自己，怎样争取了朋友，并联合起来战胜了敌人……"正是在这样的创作思想指导下，编导者在《水浒传》本来的情节基础上，增加和充实了一些内容，如"借粮"、"草料场"、"动乱"等出戏，从而"把农民表现得有力些"。(《从〈逼上梁山〉的出版谈平剧改造问题》，《解放日报》1945年2月26—27日)

这就从《水浒传》中引申出一个基本的历史唯物主义的道理：压迫与造反、人民与革命的必然联系。或者说，编导者以新的思想从《水浒传》中挖掘出了新的思想价值，其挖掘的思路，正好吻合毛泽东对《水浒传》的理解和评论。

毛泽东激赏《逼上梁山》的出现，还有一个原因，那就是它推动了旧剧的革命性改造。在漫长的封建时代，由于占统治地位的思想是统治阶级的思想即地主阶级的思想，因此旧文学旧艺术不可避免地渗透着浓厚的封建思想内容。即使在为数不多的表现农民和市民的较具民主性的作品中，也混杂着大量封建文化的内容，至于旧戏舞台上让地主老爷太太少爷小姐当主角、人民群众"跑龙套"的现象，更是比比皆是。而《逼上梁山》成功地改造了旧戏，剔除了所依据旧材料中的封建性糟粕，强化了民主性内容。在《逼上梁山》问世之前，就有一出戏叫《林冲夜奔》，写的是与《逼上梁山》大致相同的情节，即林冲由一心要建功立业的禁军教头被逼造反，上山入伙。《逼上梁山》主要是突出了林冲被逼的过程，反映出了封建社会旧制度的黑暗，为了加强林冲形象的革命意义，特别是为了体现当时抗日的背景，以及与投降派的斗争，在林冲与高俅的冲突中，又加进了是不是主张抗击边患的内容。其实，在《水浒传》百回本和百二十回本中，本来就有体现梁山好汉爱国情愫的"抗辽"内容。《逼上梁山》把这层意思加在了林冲上梁山之前，强化了林冲形象的思想厚度和这出平剧的现实作用。旧剧开了新生面，让勇于反抗的梁山英雄和人民群众成了剧中主角，所以毛泽东满怀激情地说："我想到这一点就十分高兴！"

# 后来逼上梁山非打不可

(逼上梁山之三)

> 打游击战,打以前,我们就连想也没有想过,后来逼上梁山,非打不可,只好硬着头皮打下去。
> 《毛泽东新闻工作文选》,新华出版社1983年12月版,第186页

"逼上梁山"作为文学典故,既有本义,又有引申义。它本义指《水浒传》故事里的绿林好汉因受统治者的迫害,不得不上梁山泊造反。引申义则是,在压力下不得不做大势所趋的事情,或在压力下不得不做不情愿的事情。

毛泽东在讲话行文中引用"逼上梁山"这个文学典故,也常取它的引申义,以增强表达的生动性和感染力。

## 逼上梁山 非打不可

1957年3月,在中国共产党全国宣传工作会议上,毛泽东召集新闻出版界部分代表开了一次座谈会,在会上谈了新闻工作中的若干重要问题。当时,有些新闻出版界的人认为自己马列水平低,办报心中没数,也就是心中没有把握。

毛泽东针对这种情况说:

> 你们说自己的马克思主义水平低,在社会主义社会办报心中没数。现在心中无数,慢慢就会有数。一切事情开头的时候总是心中无数的。打游击战,打以前,我们就连想也没有想过,后来逼上梁山,非打不可,只好硬着头皮打下去。当然,打仗这件事

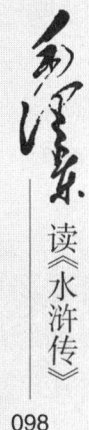

林冲踏雪至聚义厅

情不是好玩的，但是打下去慢慢就熟悉了。对于新出现的问题，谁人心中有数呢？我也心中无数。就拿朝鲜战争来说吧，打美帝国主义就和打日本帝国主义不相同，最初也是心中无数的，打了一两仗，心中有数了。现在我们要处理人民内部矛盾问题，不像过去搞阶级斗争（当然也夹杂一些阶级斗争），心中无数是很自然的。无数并不要紧，我们可以把问题好好研究一下……说到马克思主义修养不足，这是普遍的问题，解决这个问题，只有好好地学。（《毛泽东新闻工作文选》，新华出版社1983年12月版，第186—187页）

毛泽东讲了"心中无数"怎样转化为"心中有数"的问题，他一连举了三个例子：上山打游击、朝鲜战争和处理人民内部矛盾。这三件事，开始都心中无数，但经过实践摸索，就做到心中有数了。这等于说，"办报心中无数"的问题，通过加强马克思主义修养，也可以解决。

举第一个例子，毛泽东说以前对游击战"根本就没想打"；后来像水浒好汉一样被逼上梁山，自然不会打；但是"硬着头皮打"了几仗，慢慢对游击战法就熟悉了，也就心中有数敢打了。他后来说从战争中学习战争，大概就是对这种经历经验的概括。

被逼上梁山的毛泽东在压力之下学会了打仗；心中无数的办报人在压力之下也会硬着头皮办下去，在实践中学会办报。

## 我是被他们逼上梁山的

毛泽东晚年错误地发动了"文化大革命"这场内乱。在"内乱"期间，许多事情与党的传统作风格格不入。比如1966年上半年，正是"文革"大规模动乱兴起的前夜。5月18日，林彪在中共中央政治局会议上有个长篇讲话，专讲政变问题。从古到今，从中到外，似乎无处不在"政变"。到处是阴谋诡计，到处是刀光剑影，到处是阴谋家野心家在蠢蠢欲动。另一方面，林彪又大肆鼓吹个人崇拜，说毛泽东是"全中国几千年，全世界几百年"才出现的"天才"，毛泽东的话"一句顶一万句"，毛泽东思想是马克思主义的"顶峰"，等等。毛泽东对林彪的"5·18"讲话有看法，有保留，他在7月8日写给江青的信中说：

我的朋友的讲话，中央催着要发，我准备同意发下去，他是专讲政变问题的。这个问题，像他这样讲法过去还没有过。他的一些提法，我总感觉不安。我历来不相信，我那几本小书，有那样大的神通。现在经他一吹，全党全国都吹起来了，真是王婆卖瓜，自卖自夸。我是被他们迫上梁山的，看来不同意他们不行了。在重大问题上，违心地同意别人，在我一生还是第一次。叫做不以人的意志为转移吧……人贵有自知之明。今年四月杭州会议，我表示了对朋友们那样提法的不同意见。可是有什么用呢？

杨志押送金银担

他到北京五月会议上还是那样讲，报刊上更加讲得很凶，简直吹得神乎其神。这样，我就只好上梁山了。我猜他们的本意，为了打鬼，借助钟馗。我就在二十世纪六十年代当了共产党的钟馗了。事物总是走向反面的，吹得越高，跌得越重，我是准备跌得粉碎的。那也没有什么要紧，物质不变，不过粉碎罢了。（《建国以来毛泽东文稿》第12册，中央文献出版社1998年1月版，第71—72页）

善于窥测政治方向，善于揣摩毛泽东心态的林彪，把自己装扮成"紧跟"领袖、"高举"红旗的样子。但是，毛泽东虽然一方面倚重他，另一方面对他也很警觉。毛泽东当时虽然在对中国社会状况和政治形势的分析上陷入了主观，背离了马克思主义，但他毕竟还是一位伟大的马克思主义者。他认为，林彪的"天才""顶峰""一句顶一万句"之类的话是不妥的，是不科学的，不符合历史唯物论。为此，他在4月的杭州会议上向林彪提出了不同意见。"可是有什么用呢？他到北京五月会议上还是那样讲，报刊上更加讲得很凶，简直吹得神乎其神，这样，我就只好上梁山了。"林彪为什么要这样做，"我猜他们的本意，为了打鬼，借助钟馗，我就在二十世纪六十年代当了共产党的钟馗了。"毛泽东的这几句话点得很透。它流露出毛泽东被逼上山充当"钟馗"的难以言状的复杂心理：为了打鬼，他甘当钟馗,而一旦鬼被打倒,林彪又会怎样对他呢?毛泽东认为,他在林彪眼里不过是个打鬼的工具。毛泽东的这一认识反映了他对林彪唱赞美之词的动机有看法。颂扬过分就成了阿谀。像毛泽东这样熟谙中国历史、富有政治斗争经验的政治家能不从林彪过分的颂扬中感觉到某些异样的东西吗?能不对林彪把他当工具而有所警惕吗?毛泽东还清醒地意识到:吹得越高,跌得越重。在"吹得神乎其神"的情况下,他自己有了被"跌得粉碎"的精神准备。

应该说毛泽东在这个问题上是清醒的。他多次下指示,写批示不让用"最高指示""万寿无疆"等词句和提法,他不相信他的那几本书(指《毛泽东选集》)有那样大的神通,他不愿当"卖瓜"的王婆。应该说,他的自嘲,他的自我解剖,他对自己著作和思想作用的清醒认识,应该使个人崇拜主义者汗颜,无地自容。可惜,他的这些金玉之言,由于种种原因,并没有起到令吹捧者清醒的作用。只是到了吹捧者自己仓皇出逃"跌得粉碎"时,这种吹,这种逼,才算终结。

毛泽东意识到这次被逼上梁山,是在重大政治问题上"违心地同意别人",为他一生的辉煌事业蒙上了阴影。倘若他在觉察到"被逼时",不这样做呢?也许……遗憾的是历史的发展是不能用"假如"来设计的。

# 这支队伍统帅得好

> 毛泽东同志介绍说:"……(梁山)这支队伍,来自各个山头,但是统帅得好。"
>
> 薄一波:《毛泽东二三事》《中国出了个毛泽东》,解放军出版社1991年4月版,第230页

说起水浒英雄,人们一般好说"梁山一百单八将",给人的印象是这一百〇八位英雄好汉,都是梁山的"坐地户",其实,他们多数原本不在梁山,而是来自天南地北的许多山头,是各个山头的"草头王",最后汇集到梁山上来的。

这种现象,反映了革命队伍成长壮大的一条规律:那就是革命力量的初始阶段,总是分散在局部地区的,起义造反者在反动势力薄弱的地方,揭竿而起,点起星星之火,利用有利地势,占山为"王",逐渐形成燎原之势,几个山头联合到一起,像滚雪球一样越滚越大,像诸水汇成长江大河那样汹涌澎湃。

但是,这样也带来了一个新的问题:汇集而来的各个山头的人马,能否团结一致,能否拧成一股绳?毛泽东解读《水浒传》,确实慧眼独具,他注意到梁山英雄们虽然来自各个山头,但克服山头主义大有成绩,据薄一波回忆:毛泽东在讲话和文章里,时常引用古典小说里的主要人物、事件和典故,并且常常把独到的见解介绍给别人:

> 毛泽东同志介绍说,《水浒》要当作一部政治书看。它描写的是北宋末年的社会情况。中央政府腐败,群众就一定会起来革命。当时农民聚义,群雄割据,占据了好多山头,如清风山、桃花山、二龙山等,最后汇集到梁山泊,建立了一支武装,抵抗官

军。这支队伍，来自各个山头，但是统帅得好。

他从这里引申出我们领导革命也要从认识山头，承认山头，照顾山头到消灭山头，克服山头主义。（薄一波：《毛泽东二三事》，《中国出了个毛泽东》，解放军出版社1991年4月版，第229—230页）

这支队伍来自各个山头。确实，梁山一百单八将，梁山的十几万大军，都是从各个山头汇集而来：

清风山：距青州约百里，锦毛虎燕顺、矮脚虎王英、白面郎君郑天寿三位头领在此率众起义，建寨扎营（第三十五回）。

桃花山：按小说描写，当在山西南部。此山"生得凶怪，四面险峻……漫漫都是乱草"。打虎将李忠、小霸王周通在此占山为王（第五回）。

二龙山：在青州地界。山势雄壮险峻，中有一宝珠寺。花和尚鲁智深、行者武松、青面兽杨志曾在此起义（第十七回）。后来菜园子张青、母夜叉孙二娘到此入伙（第二十七回）。

少华山：在陕西华阴市境内，神机军师朱武、跳涧虎陈达、白花蛇杨春"扎下个山寨，在上面聚集着五七百个小喽啰，有百十匹好马"，占山为王（第二回）。

饮马川：在蓟州界内。"四周都是高山，中间一条驿路"。火眼狻猊邓飞、玉幡竿孟康、铁面孔目裴宣"聚集得三二百人"（第四十四回）。

芒砀山：在徐州沛县。混世魔王樊瑞、八臂哪吒项充、飞天大圣李衮"聚集着三千人马"，在此打家劫舍（第五十九回）。

枯树山：在寇州地面。"满山枯树，遍地芦芽"。丧门神鲍旭"有三二百匹好马"，"带领五七百小喽啰"，于此扯旗造反（第六十七回）。

黄门山：在黄州界内，"这座山生得形势怪恶"。摩云金翅欧鹏、神算子蒋敬、铁笛仙马麟、九尾龟陶宗旺在此聚众造反（第四十一回）。

登云山：在登州境内。出林龙邹渊、独角龙邹润"在登云山台峪里聚众打劫"，"有八九十人"，"二十来个心腹"（第四十九回）。

对影山：在从青州到梁山的路上。小温侯吕方、赛仁贵郭盛"占住这对影山，打家劫舍"（第三十五回）。

梁山泊：亦称梁山泺，在今山东梁山、郓城等县之间。梁山周围八百里水泊。梁山义军早期首领有白面书生王伦、旱地忽律朱贵、云里金刚宋万、摸着天杜迁，后来豹子头林冲入伙，智取生辰纲后托塔天王晁盖、智多星吴用、入云龙公孙胜及赤发鬼刘唐、白日鼠白胜和阮氏三雄都投奔梁山聚义，成为头领。

梁山义军虽然来自各个山头，但是"统帅得好"。笔者理解"统帅得好"，就是说他们没有搞山头主义和分散主义，大家团结一致拧成一股绳，众志成城抵抗进剿的官军，一起"替天行道"。

起初，梁山的第一任首领王伦心胸狭窄，搞小圈子，林冲来投奔，他采取关门政策，拒人千里之外。王伦被火并后，晁盖、宋江等梁山首领，像戴宗说的那样广揽人才，招贤纳士，一时好汉归之如流水。从七星聚义智取生辰纲到三山聚义打青州，从闹江州劫法场结伙上梁山到英雄大聚义好汉排座次，大半个北中国的各路义军，都汇集团聚到梁山泊这个义军大本营，英雄好汉多至一百零八将。

细按梁山首领的统帅功夫，一不搞宗派朋党，一视同仁。虽然来自各个山头，却一律平等看待，视为兄弟手足；二不搞裙带关系，量才录用。帝子王孙与贩夫走卒，只要本事相似，能力相仿，都安排一样职务；三不搞以人画线，处事公道，未闻以私害公，因情废法之事，更未闻分帮结伙，内部摩擦，窝里残杀之事。

毛泽东讲梁山义军"统帅得好"，当然是为了革命的现实需要，这正如薄一波所体会到的毛泽东是从这里引申出领导革命也要认识山头，承认山头，照顾山头，到消灭山头的道理。而这个道理，对于中国革命来说，是非常现实非常重要的。

中国共产党人从延安整风到中共七大，就一直把克服山头主义作为党的建设中的一个重要问题。因为那时革命队伍、革命力量就分散在各个山头——各个抗日根据地。抗日战争中，中国共产党领导创建的大块敌后抗日根据地有十九个之多，如陕甘宁、晋绥、晋察冀、冀热辽、山东、河南、苏北、湘鄂赣、琼崖等等。随着革命形势的发展，随着抗日战争全面胜利的即将到来，随着迎接新民主主义革命新任务的出现，为了强化革命队伍的集中统一，为了发挥革命队伍的整体力量，全党必须克服因条件和环境所形成的山头主义倾向。

1944年3月5日，毛泽东主持中共中央政治局会议，作关于路线学习、工作作风和时局问题的长篇讲话。他在讲话中指出："现在比较严重的是山头主义。其产生的原因是：（1）小资产阶级的广大；（2）长期被分割的农村革命根据地；（3）思想教育的缺乏。这种东西相当妨碍我们内部的合作，在党政军民关系上表现还很严重。……山头主义是目前党内最主要的

具体的问题,历史上的问题已经不是主要的了。"(《毛泽东文集》第3卷,人民出版社1996年8月版,第95—96页)

1945年2月15日,毛泽东在中共中央党校讲演,主要讲时局问题、山头主义问题、审查干部问题。关于山头主义,他说:这是一个事实上存在的问题,是中国社会的产物,中国革命特别情形(根据地被敌人分割)的产物。我们应当承认山头,承认的目的是要消灭山头,使山头溶化,全党变成一体。各个山头要检讨历史,这种检讨在指导上要正确,就是从团结出发,团结全党是第一;加以分析、批评,这是第二;然后再来一个团结。"团结——批评——团结",这是我们的方法,这是辩证法。要坚持真理,修正错误。什么叫公道?坚持真理这就是公道,修正错误这也是公道。(《毛泽东年谱》中卷,人民出版社、中央文献出版社1993年12月第1版,第580页)

1945年4月23日开幕的党的第七次全国代表大会,是党的历史上极其重要的会议。这次会议也特别重视解决山头主义问题。会议第二天,毛泽东向大会作"口头政治报告",其中讲道:

"如果我们把态度改好了,每到一个地方,就和那里的人民打成一片,尊重那个地方的同志,提高共产主义的觉悟,就能缩小山头主义。我们要肃清山头主义,就要承认山头,照顾山头,这样才能缩小山头,消灭山头。所以我们要承认有山头,不承认也不行,承认以后要照顾各个部分,各个集团,各个历史不同的部分、不同的问题。如果他们的精神上被石头压着,有些石头还是我们自己的手放上去的,我们就要替他们解开。……使得这些同志精神愉快,得到解放,发扬积极性。这样,才能够很好地团结全党、团结全国人民走向胜利。为此目的,我们每到一处,不要当钦差大臣,要先看到人家的长处。大家都是新民主主义解放区的,都是共产党员,都是同志,不应该发生看不起的问题。内战时期我们曾在这个问题上吃了很大的亏。……我们鉴于历史上受了很大的痛苦,不自觉的盲目性实在要不得,要来一个自觉性,自觉地注意这一点。每到一个地方,就要尊重那个地方的人民,那个地方的军队,那个地方的政府,跟他们搞好关系。这是共产党员的义务。"(《毛泽东文集》第3卷,人民出版社1996年8月版,第345—346页)

一个月后(5月24日),中共七大进行第四个议程——选举中央委员会。因为这关涉核心领导层的组织结构,因此毛泽东在"选举方针"的讲话中,关于山头主义问题讲得较多。他说:

"要不要照顾到各方面？这个问题，就是所谓照顾山头的问题。也有两种解决方法，一种是要照顾，一种是不要照顾。主席团认为还是要照顾才好。……在选举上，应不应该照顾山头？应不应该照顾到各方面？我看那个主张不应该照顾山头、不应该照顾各方面的意见，也是一个理想，但事实上行不通，事实上还是要照顾才好，照顾比不照顾更有利益。中国革命有许多山头，有许多部分，内战时期，有苏区有白区，在苏区之内又有这个部分那个部分，这就是中国革命的实际。离开了这个实际，中国革命就看不见了。内战之后是八年抗战，抗战时期也有山头，就是说有许多抗日根据地，白区也有很多块，北方有，南方也有。这种状况好不好？我说很好，这就是中国革命的实际，没有这些就没有中国革命。所以这是好事情，不是坏事情。坏的是山头主义、宗派主义，而不是山头。

"一定要认识山头。从前我们说要承认山头，承认世界上有这么一回事，或者讲认识山头更确当一点，要了解它。照顾也一定要照顾，认识了以后才能照顾，照顾就能够逐步缩小，然后才能够消灭。所以消灭山头，就要认识山头，照顾山头，缩小山头，这是一个辩证关系。山头的关系搞好了，首先是山内的，然后是山外的，山头主义很快就可以消灭了，所以不要怕。将来许多年之后，全国铁路如网，飞机也比这几年来往的要多，那时，你再找山头就没有了。没有全国产业的发展、交通的便利，要彻底消灭山头主义是不可能的。现在我们的革命发展了，根据地更多了、壮大了，如果我们去掉盲目性，比较善于处理矛盾，那么问题就一定能解决得比较好。

"过去的中央委员会，即七大以前的中央委员会，没有反映这种实际情况，就是说，在组织成分上没有反映各个方面的革命力量。因此这个中央是不完全的，是有缺点的。整风以来，我们提出要认识山头、照顾山头，在政策上反映了这一点，但在组织成分上还没有反映这一点。这是一个缺点，是不好的。鉴于这一点，我们这次选举就要注意这个问题。新的中央委员会应该反映这方面的情况，要成为一个缺陷最少的中央。"（《毛泽东文集》第3卷，人民出版社1996年8月版，第363—365页）

这支队伍统帅得好！这强烈地表达了毛泽东在组织路线上的愿望和要求。从延安整风到党的七大，由于对山头主义采取了认识、承认、照顾和最终消灭的正确方针，使党的七大开成了"团结的大会，胜利的大会"，党的七大选出的新的中央委员会，汇集了各方面的代表，也调动了各方面的力量，因而为夺取抗日战争的最后胜利和夺取解放战争的胜利，在组织上准备了力量，奠定了坚定的基础，这是被历史证明了的。

# 梁山泊也做城市工作

> 梁山泊也做城市工作，神行太保戴宗就是做城市工作的。祝家庄没有秘密工作就打不开，如果内部没有动摇，内部不发生问题，就很难解决问题。
>
> 《毛泽东文集》第3卷，人民出版社1996年8月版，第333页

  熟悉中国革命史的人们都知道，中国革命走的是进行红色武装割据，先夺取乡村，由农村包围城市，最后夺取城市，争取全面胜利的道路。走这条道路，重要的方式是首先建立农村革命根据地。但是，当广大根据地连成片，革命势力发展到农村已经有力地包围了城市时，城市工作就摆到革命进程上来了。抗日战争后期，就出现了这样的革命形势。

  1944年9月1日，毛泽东主持中共六届七中全会主席团会议。会议讨论的问题之一是关于建立城市工作部。会议决定：中央及各中央局、分局、区党委成立城市工作委员会及城市工作部，中央城市工作部以彭真为部长、刘晓为副部长。

  过了三天（9月4日），中共中央发出关于建立城市工作部门的指示，指出："地委以上各级党部须立即建立城市工作部，在党委与上级城市工作部领导下，专门负责管理城市及交通要道工作，不兼其他任务。其负责干部，应根据城市工作与根据地工作为当前同等重要的两大任务之原则来配备，要真能负责指导争取城市及交通要道的千百万群众，瓦解伪军伪警，以准备武装起义之艰巨工作。"这表明，从组织系统上加强了全党的城市工作力量。

  同年11月19日，毛泽东主持中共六届七中全会主席团会议，会议讨论河南工作问题，听取戴季英、王树声的汇报。毛泽东发言时指出，关于干部问题，城市工作干部原则上要派，但主要的还是从本地找。整个大后方

的绝大多数党员是可靠的,要破除认为很多党员是不可靠的"左"的观点。有少数不可靠的,还要加以分析,要在斗争中进行考验。总之,需要有两种态度,一是严肃态度,二是谨慎态度,防止"左"的或"右"的观点。

这里提出一个重要原则,城市工作干部要从"本地"找。因为城市工作主要在"大后方",所以这就要相信绝大多数的大后方党员的可靠。

半年以后,到了党的七大会议,毛泽东开始从理论上全面阐述城市工作的重要性。大会开幕的第二天(1945年4月24日),他在"口头政治报告"中首先讲到农村工作向城市工作转化的必然性与合理性:

"要转变,但不能希望一切皆在一个早上改变。要看具体情况,有力量就打堡垒,打大城市。打堡垒时打得开,有饭吃,我们就打;打不开,又没有饭吃,我们就向后转,把队伍分散开,来一个'聋子放爆竹——散了'。还有一个十几年来争论的问题,就是从乡村到城市,还是从城市到乡村,争得一塌糊涂。正确路线是要先搞乡村,要研究农村情况。大家说这是正确的路线,是马克思主义。……真正的马克思主义是:当需要在乡村时,就在乡村;当需要转到城市时,就转到城市。现在要最后打败日本帝国主义,就需要用很大的力量转到城市,准备夺取大城市,准备到城市做工作,掌握大的铁路、工厂、银行。那里有成百万的人口,比如北平有一二百万的人口,保定、天津、石家庄的人口也很多。把重心转到城市去,必须要做很好的准备。"

在作了必要的铺垫后,毛泽东提出了核心的理论观点和工作任务:"城市工作要提到与根据地工作同等重要的地位,这不是口头上讲讲的,而是要实际上去做的,要派干部,要转变思想。七大散了会,要把干部一批一批地派出去,在可能的条件下,一批一批地走。"

说到这里,毛泽东想到了以梁山泊等十数个山头为根据地的水浒英雄们也是做城市工作的,于是他引证说:

> 到城市去做秘密工作,不要像《水浒传》里的好汉,行不改名,坐不更姓,而是要改名换姓。梁山泊也做城市工作,神行太保戴宗就是做城市工作的。祝家庄没有秘密工作就打不开,如果内部没有动摇,内部不发生问题,就很难解决问题。(《毛泽东文集》第3卷,人民出版社1996年8月版,第332—333页)

说戴宗是"做城市工作的",这也是非常有趣的独到之见。戴宗绰号

"神行太保",在石碣天文上为"天速星",原因是他有一等惊人的道术,把两个甲马拴在腿上,作起神行法来,一日能行五百里;拴四个甲马,一日能行八百里,因而做了梁山"总探声息头领",在侦探敌情、传送情报方面起了特殊作用。在《水浒传》回目中,戴宗共出现五次,他的"城市工作",主要是秘密侦察,私下联络,聘请能人,往来传达信息,也算是农民义军的城市地下工作人员吧。

祝家庄是"庄"不是"城",至少不是严格意义上的城市。毛泽东把攻打祝家庄中的地下秘密工作与城市工作联系起来,只取其象征意义。小说第五十回,当宋江两次攻打祝家庄都没有得手,正处于一筹莫展之际,刚刚在登州劫狱的提辖孙立带领解珍、解宝、邹渊、邹润、孙新、顾大嫂、乐和,共八位好汉来到军前投奔。因为孙立与祝家庄武术教师栾廷玉是师兄弟,军师吴用将计就计,派孙立一伙打入祝家庄内部里应外合:

> 且说孙立却把旗号上改换作"登州兵马提辖孙立",领了一行人马,都来到祝家庄后门前。庄上墙里望见是登州旗号,报入庄里去。栾廷玉听得是登州孙提辖到来相望,说与祝氏三杰道:"这孙提辖是我弟兄,自幼与他同师学艺。今日不知如何至此?"带了二十馀人马,开了庄门,放下吊桥,出来迎接。孙立一行人都下了马。众人讲礼已罢,栾廷玉问道:"贤弟在登州把守,如何到此?"孙立答道:"总兵府行下文书,对调我来此间郓州守把城池,提防梁山泊强寇。便道经过,闻知仁兄在此祝家庄,特来相探……"栾廷玉道:"便是这几时连日与梁山泊强寇厮杀,已拿得他几个头领在庄里了。只要捉了宋江贼首,一并解官。天幸得贤弟来此间镇守,正如锦上添花,旱苗得雨。"孙立笑道:"小弟不才,且看相助捉拿这厮们,成全兄长之功。"……(孙立)唤过孙新、解珍、解宝参见了,说道:"这三个是我兄弟。"指着乐和便道:"这位是此间郓州差来取的公吏。"指着邹渊、邹润道:"这两个是登州送来的军官。"祝朝奉并三子虽是聪明,却见他又有老小并许多行李车仗人马,又是栾廷玉教师的兄弟,那里有疑心?

为了不使祝朝奉父子怀疑,孙立故意在两军阵前活捉了石秀。接着,邹渊等几位好汉熟悉了祝家庄内部门径路数,要害机关,与被捉的七位好汉取得了联系。到了祝家庄再次出阵时,他们就从内里行动起来:

且说祝家庄上擂了三通战鼓，放了一个炮，把前后门都开，放下吊桥，一齐杀将出来。四路军兵出了门，四下里分投去厮杀。临后孙立带了十数个军兵，立在吊桥上。门里孙新便把原来的旗号插起在门楼上，乐和便提枪直唱将入来。邹渊、邹润听得乐和唱，便唿哨了几声，轮动大斧，早把守监房的庄兵砍翻了数十个，便开了陷车，放出七个大虫来，各各寻了器械，一声喊起。顾大嫂掣出两把刀，直奔入房里，把应有妇人，一刀一个尽都杀了。祝朝奉见势头不好了，却待要投井时，早被石秀一刀剁翻，割了首级。那十数个好汉分头来杀庄兵。后门头解珍、解宝便去马草堆里放起把火，黑焰冲天而起。

城市工作也是秘密工作，因为当时大中城市绝大部分还在敌人手里。毛泽东也指出梁山好汉的性格方面有一点不适合做秘密工作，那就是"行不改名，坐不更姓"。如小说第二十七回，菜园子张青初见武松，说道："愿闻好汉大名。"武松道："我行不更名，坐不改姓，都头武松的便是。"那人道："莫不是景阳冈打虎的武都头？"武松回道："然也。"其实，梁山好汉"行不改名，坐不更姓"，也不是在做秘密工作时，他们进城干勾当也要化名的。毛泽东只是借小说的描写，强调城市工作的秘密性罢了。

毛泽东于此处引来"梁山泊也做城市工作"，当然是为了说明在新时期城市工作的重要地位，以引起全党的重视，因为"从乡村到城市，还是从城市到乡村"这个问题争论了十几年，结论是"先搞乡村"是正确路

锦豹子小径逢戴宗

线，是马克思主义。那么，今天"工作重心从乡村转向城市"了，会不会产生意见分歧？会不会转不了向？毛泽东预见到此点，因此他用三打祝家庄打入庄里秘密工作的战例，用戴宗奔波于乡村城市之间进行联络的实践，来说服党的领导层的同志们，防止分歧于未然。正如他讲的那样：

"由于作战方法从游击战转变为正规战，工作重心从乡村转向城市，我们也要准备在这个转变上发生意见分歧。在这个问题上，我看一定会或多或少发生意见上的分歧，我们准备得好，意见上的分歧可能少一点，准备得不好，意见上的分歧可能多一点。这一点中央应该有准备，各地也应该有准备，事先要头脑清醒，首先是高级干部要头脑清醒，这样意见分歧可能减少一些。"（《毛泽东文集》第3卷，人民出版社1996年8月版，第332—333页）

党的中心工作由乡村转向城市，这是重大的战略转移，它标志着革命进程的质的变化。在这个转向和变化面前，不是每个人都能跟上都能适应的。毛泽东是思想工作的大师，他借用他所熟稔的文学典故，既轻松幽默，又精辟深刻地讲透了道理，使干部们在心领神会的笑谈中，实现了思想和行为的转轨。

# 高级将领中就有做特务工作的

> 毛泽东说,《水浒传》梁山上有军队有政府,也有保卫侦察这些特务工作。一百〇八位高级将领中就有做特务工作的。梁山的对面,朱贵开了一个酒店,专门打听消息,然后报告上面。如果有大土豪路过,就派李逵去搞了回来。
>
> 徐中远:《毛泽东读评五部古典小说》,华文出版社1997年1月版,第108—109页

革命是大家的群体的事业,要有方方面面的工作,要有各种各样的人才。

1938年时的延安,抗战方兴未艾,前方战事如火如荼。许多年轻人都愿意上前线去建功立业,而不愿意在后方做保卫、特务、行政等工作,以为后者默默无闻,没有意思。

正是针对这种思想反应,1938年毛泽东在一次关于保卫工作的讲话中,意味深长地说:

《水浒传》梁山上有军队有政府,也有保卫侦察这些特务工作。一百零八位高级将领中就有做特务工作的。梁山的对面,朱贵开了一个酒店,专门打听消息,然后报告上面。如果有大土豪路过,就派李逵去搞了回来。(徐中远:《毛泽东读评五部古典小说》,华文出版社1997年1月版,第108—109页)

旱地忽律朱贵,梁山偏将之一,南山酒店打听消息、邀接来宾头领,排行座次第九十二。

小说第十一回《朱贵水亭施号箭 林冲雪夜上梁山》,林冲躲避追捕,来到梁山泊外"枕溪靠湖一个酒店",要渡水投奔梁山,店主朱贵介绍说:"小人是王头领手下耳目……山寨里教小弟在此间开酒店为名,专一探听往

来客商经过。但有财帛者,便去山寨里报知……"所谓山寨"耳目",其实就是以开酒店做掩护的侦察人员。

小说第十五回,阮小二向吴用介绍梁山泊强人头领情况,其中说道:"有个旱地忽律朱贵,见在李家道口开酒店,专一探听事情……"所谓"探听事情",就是探取情报。

小说第三十九回,有吟朱贵的一首诗,其中有两句是:"梁山作眼英雄,旱地忽律朱贵。""作眼英雄"翻译成现代语,就是侦察英雄。

小说第四十四回,梁山"作眼"工作有了大发展,军师吴用十分高兴道:"近来山寨十分兴旺,感得四方豪杰望风而来……还请朱贵仍复掌管山东酒店……目今山寨事业大了,非同旧日,可再设三处酒馆,专一探听吉凶事情,往来义士上山。如若朝廷调遣官兵捕盗,可以报知如何进兵,好做准备。西山地面广阔,可令童威、童猛弟兄两个带领十数个伙伴那里开店。令李立带十数个火家,去山南边那里开店。令石勇也带十来个伴当,去北山那里开店。仍复都要设立水亭、号箭、接应船只,但有缓急军情,飞捷报来。"

小说第六十回,晁盖阵亡后,宋江代理梁山"寨主",重新分配头领任务,"请弟兄分头去管"。其中"山下四路作眼酒店,原拨定朱贵、乐和、时迁、李立、孙新、顾大嫂、张青、孙二娘,已自定数。"朱贵还干"作眼"的老本行,而且位居四路酒店之首。

小说第七十一回,梁山泊英雄排座次,一百零八位好汉安排职务大分工,"大小弟兄,各个管领"。其中安排"梁山泊四店打听声息,邀接来宾头领八员",朱贵与杜兴具体负责"南山酒店",做两方面工作:一是"打听声息",做侦察打探机密情报工作;二是"邀接来宾",做接待、外交、联络工作。

朱贵是梁山资深侦察情报头领,可说是开创梁山保卫侦察事业的"鼻祖"。他是梁山高级将领中专做特务工作的。毛泽东讲到的朱贵工作细节,小说第二十回有具体描写:

> 正饮酒之间,只见小喽啰报道:"山下朱头领使人到寨。"晁盖便唤来问道:"有甚么事?"小喽啰说道:"朱头领探听得有一起客商,约有十数人结联一处,今夜晚间必从旱路经过,特来报知。"晁盖道:"正没金帛使用,谁可领人去走一遭?"三阮道:"我弟兄们去!"晁盖道:"好兄弟,小心在意,速去早来。我使刘

唐随后来策应你们。"三阮便下厅去，换了衣裳，跨了腰刀，拿了朴刀、樘叉、留客住，点起一百余人，上厅来别了众头领，便下山去。就金沙滩把船载过朱贵酒店里去了。晁盖恐三阮担负不下，又使刘唐点起一百余人，教领了下山去接就应；又吩咐道："只可善取金帛财物，切不可伤害客商性命。"刘唐去了，晁盖到三更不见回报，又使杜迁、宋万引五十余人下山接应。晁盖与吴用、公孙胜、林冲饮酒至天明，只见小喽啰报喜道："三阮头领得了二十余辆车子金银财物，并四五十匹驴骡头口。"……晁盖见说大喜……教人去请朱贵上山来筵宴。

梁山这次打劫客商财物，解决山寨经费困难，朱贵的"作眼"工作，功不可没，所以晁盖请他"上山筵宴"。

朱贵是高级将领，是资深的"老革命"，毛泽东讲保卫侦察工作的必要，把他请出来做榜样，是有说服力的。革命工作有前线也有后方，有冲锋陷阵也有看家护院，有壮举豪行也有平凡岗位，样样工作都要有人干。相信保卫人员听了毛泽东的引经据典，定会有所感悟，有所戒惕的。

# 梁山泊就实行了这个政策

> 像梁山泊,就实行了这个政策,他们内部政治工作相当好,当然也有毛病就是了,他们里面有大地主、大土豪,没有进行整风。那个卢俊义是被逼上梁山的,是用命令主义强迫人家上去的。他不是自愿的。
>
> 毛泽东:《毛泽东文集》第3卷,人民出版社1996年8月版,第329页

毛泽东认为,梁山泊有政府有军队。

毛泽东认为,梁山泊还曾经实行了有别于封建统治阶级的经济措施。

梁山泊虽然没有现代意义上的政权,但施耐庵在一定程度上描绘了一个在农民起义过程中逐步建立起来的、代表社会上各种成员利益和愿望(尤其是下层贫民、流民的利益和愿望)的人民政权。这个政权尽管很不完善,只具备雏形,但它在许多方面有别于压迫剥削农民的封建地主阶级政权,则是显而易见的。因为梁山义军还仅仅处于军事斗争时期,这个政权所代表所寄托的农民(贫民、流民)的利益和愿望,还只能简单地体现在一些方面。但仅仅是这些,在黑暗的中世纪,在铁幕一样的封建专制下,已经是很了不起的民主和自由的曙光。

水泊梁山,是《水浒传》作者精心创造的,使黑暗的中世纪透出一线光明的理想世界。作者所设想的理想社会的人与人之间的关系,社会的政治和经济制度,社会美好的秩序,在小说第七十一回那篇"单道梁山泊的好处"的"言语"里面作了生动的描绘:

> 八方共域,异姓一家。天地显罡煞之精,人境合杰灵之美。千里面朝夕相见,一寸心死生可同。相貌语言,南北东西虽各别;心情肝胆,忠诚信义并无差。其人则有帝子神孙,富豪将

吏，并三教九流，乃至猎户渔人，屠儿刽子，都一般儿哥弟称呼，不分贵贱；且又有同胞手足，捉对夫妻，与叔侄郎舅，以及跟随主仆，争斗冤仇，皆一样的酒筵欢乐，无间亲疏。或精灵，或粗鲁，或村朴，或风流，何尝相碍，果然认性同居；或笔舌，或刀枪，或奔驰，或偷骗，各有偏长，真是随才器使。……地方四五百里，英雄一百八人。昔时常说江湖上闻名，似古楼钟声声传播；今日始知星辰中列姓，如念珠子个个连牵。在晁盖恐托胆称王，归天及早；惟宋江肯呼群保义，把寨为头。休言啸聚山林，早愿瞻依廊庙。

施耐庵所描绘的这张理想社会的蓝图中，可以使人们看到美好的社会理想，看到封建时代广大劳动人民的愿望和要求，这具体体现在下述几个方面：

主张政治上的平等。不论是"帝子神孙，富豪将吏，并三教九流，乃至猎户渔人，屠儿刽子，都一般儿哥弟称呼，不分贵贱"。看不到阶级分野，看不到等级界限，"不分贵贱"，四海之内皆兄弟。

主张经济上的平均。有财均分，有福同享，无间亲疏，皆一样的酒筵欢乐。

主张个性上的自由。不分精灵、粗鲁、村朴、风流，皆"认性同居"。

主张用人上的尽才。不论笔舌、刀枪、奔驰、偷骗，都用其所长，随才气使。

主张组织上的团结。要同心协力，团结战斗，"八方共域，异姓一家"，"千里面朝夕相见，一寸心死生可同"，"心情肝胆，忠诚信义并无差"。

作者的这些主张，在《水浒传》的故事情节中都是有所表现的。

在头领中，经济上基本是平均主义的。如金银财宝之类，大致是"均分一份"。至于吃喝玩乐，更是一样的了。居住条件，统一住所，没有分什

▎赏菊集群英

么高低贵贱。

《水浒传》作者所设想的乌托邦，是古代的"军事共产主义政权"，是一个"全民皆兵"、"农夫身上添心号，渔父舟中插认旗"的斯巴达克式的军事王国。它与世外桃源式的乌托邦有很大的区别，梁山英雄是用齐心协力的战斗，争取和保卫自己的自由和幸福，实际上已经部分地超越了幻想和空想，成为中国农民革命的理想，因为从根本上说，小说描写的生活来自于中国农民战争的伟大实践，而不是思想家、文学家的凭空创造。

《水浒传》这种思想成果，被毛泽东称之为梁山泊的"政策"和"内部政治工作"，并认为它与抗战时期人民军队实行"供给制"（即人们常说的"战时军事共产主义制度"）有渊源关系。1945年4月，在党的七大会议上，毛泽东作口头政治报告谈到军队建设时，他说：

"八路军，新四军，山西的新军等等，也是实行统一战线的政策，内部外部都是实行统一战线政策，这就是聪明的意思。内战时期的红军也是联盟，是工农联盟，党和非党的联盟，我们的军队没有一个不是这样的。"

"现在，我们的军队在尽可能地扩大和党外人士的合作……只要不反对革命，我们就和他合作，另外拿一只小眼睛去注意特务活动。和民主分子合作，怕什么呢？我们有饭大家吃，有敌人大家打，发饷是没有的，自己动手，丰衣足食，还实行三大纪律八项注意，七搞八搞便成了正果。像梁山泊，就实行了这个政策，他们内部政治工作相当好，当然也有毛病就是了，他们里面有大地主、大土豪，没有进行整风。那个卢俊义是被逼上梁山的，是用命令主义强迫人家上去的，他不是自愿的。"（《毛泽东文集》第3卷，人民出版社1996年8月版，第329页）

毛泽东认为人民军队实行统一战线政策，扩大与党外人士的合作，从政策上讲有四个有利因素：一是实行有饭大家吃不发饷钱的"供给制"；二是自力更生；三是纪律；四是整风运动。他进而认为这与梁山好汉的做法有相似之处，说梁山泊就"实行了这个政策"，十分推崇"他们内部政治工作相当好"。

梁山泊确实实行了"有饭大家吃"的经济措施。由于它还只是在战争进行过程中的根据地，因此没有涉及生产方面的问题。但在分配方面，作品是写到了的。七十一回，有一段文字专门交代了他们打击了在战争过程中所规定的斗争对象之后，所得到的财物的处理办法是："所得之物，解送山寨，纳库公用，其余些少，就便分了"。从这段话以及从李逵、公孙胜下山探母时，特地交代他们各自取了多少银两的细节，可以看到他们平时身边是没有私有财产的，顶多不过些许银两供随时使用。而当晁盖批准公孙胜下山去探母时，要发给他"一盘黄白之资"，公孙胜却说"不消许多，但只要三分足矣"，只拿了"只够盘缠"的出差路费而已。可见，他们的私有观念已经很淡薄，不然多拿一些给老母亲养老有何不可？何况这还是领导上主动发给的呢！总之，梁山英雄们过的是"大块吃肉，成瓮喝酒"，"有福同享，有祸同当"的集体生活。似乎已经由王伦时代的"论秤分金两，成套穿丝锦"的平均分配提高到建立了公有财产、没有私有财产和私有观念的程度了。这正是作者空想社会主义经济思想、经济政策的反映。

梁山义军的纪律不仅是严格的，而且是保护人民的。人民有不平的事情常常上山来申诉；梁山泊士兵有侵犯普通群众的不法行为时，普通群众也可以向山上控诉。如当石秀、杨雄去投奔梁山泊时，因路上时迁偷了鸡的事件，晁盖大怒，认为石秀、杨雄败坏了梁山泊的名誉，要杀这二人。这些都说明梁山在纪律上是严格的，这个政权是保护人民的利益的。

说梁山义军"内部政治工作相当好"，是仅就他们政策的历史进步性而言的，比较整个封建时代的统治阶级军队，尽管他们也打着"吊民伐罪""秋毫无犯"的旗号，但与梁山义军"政策"中的民主性内容不可同日而语。当然，说"相当好"，也不是没有毛病。一个显著的事实是梁山没有整风。梁山一百零八将里面，也有大地主和大土豪，他们身在义军之中，而思想基础并没有改变。典型的例子是卢俊义上梁山，本人并不情愿，结果最终还是反革命了。在这里，毛泽东具体指出了人民军队与农民义军的巨大区别。延安整风，在共产党和人民军队建设史上具有重要意义。从1942年到1945年的这次整风运动，是一次全党范围的普遍的马克思列宁主义的思想教育运动，整风的内容是反对主观主义以整顿学风，反对宗派主义以整顿党风，反对党八股以整顿文风，方针是"惩前毖后，治病救人"，方法是理论联系实际，批评与自我批评，这造成了全党自我教育、自我改造的普遍热潮，使党的各级干部（当然包括像"卢俊义"那样的高级干部）中的非无产阶级思想、"左"倾右倾错误得到了公正的批评和结论。延安整风运动，使党的队伍和思想更为纯洁，达到了空前的团结统一，为夺取抗日战争和解放战争的胜利奠定了基础。梁山义军受历史条件、时代视野和思想境界的限制，不可能进行这样的整风，他们的队伍不纯和思想庞杂问题，无法得到解决，这是促成他们失败的原因之一。

当然，毛泽东这次引用是讲梁山"政策"和"内部政治工作"的积极方面，来证明我党我军政策的正确性、先进性和由此形成的凝聚力与战斗力，以说明八路军、新四军实行统一战线政策，与党外人士合作的必要性及有利条件。革命，就要联合最广大的力量形成统一战线，因为这是战胜敌人的法宝。

# 四海之内皆兄弟

> 就共产主义者队伍说来,四海之内皆兄弟,一定要把苏联同志,看作自己人。
>
> 《建国以来毛泽东文稿》第7册,中央文献出版社1992年8月版,第231页

"四海之内皆兄弟也",这句话常常活跃在水浒人物的嘴上。小说第二回《王教头私走延安府 九纹龙大闹史家村》中交代,少华山头领陈达等人要去华阴县抢掠钱粮,途经史家村,被九纹龙史进率领三四百庄客拦住去路,陈达在马上施礼,说道:"四海之内,皆兄弟也。相烦借一条路。"又小说第四回,鲁智深打死镇关西郑屠之后,于外逃途中巧遇被他搭救的金老汉父女,金翠莲的官人赵员外热情款待鲁智深,鲁智深道:"员外错爱,洒家如何报答。"赵员外便道:"四海之内,皆兄弟也。如何言报答之事。"

如此看来,"四海之内皆兄弟也"这种观念,映现了水浒世界的一种时代思潮,具有较为广泛的认同价值。无论山寨强人,还是庄园员外,普遍把它作为联络感情,扩大交往,争取同盟的思想武器和舆论导向。

"四海之内皆兄弟也",这句话也

义释九纹龙

活跃在毛泽东的嘴上口头。集中表现在1958年5月他主持召开的中共八届二次全会上。

在这个会议上，毛泽东有四次讲话，其中5月17日的讲话提纲中有一段是：

  社会主义阵营的密切合作
  学习，辞去主席
  四海之内皆兄弟
  人人是外行，外行才能领导内行
  东风、西风、南斯拉夫、亚非拉，
  原子大战，乐观主义

其中5月20日的讲话提纲中又有一段是：

  真理：批判学习一切东西，党中央的，马列的，外国的，我的，你们的。
  四海之内皆兄弟
  几个经济文件，看了没有？（《建国以来毛泽东文稿》第7册，中央文献出版社1992年8月版，第199、204页）

1958年5月14日，第二机械工业部党组为转报北京第三工业建筑设计院关于和苏联专家由两股劲拧成一股劲的经验，向毛泽东、中共中央报告。报告说，我部担负的是一项新的建设任务，很多技术问题我们不懂或者不完全懂，因而苏联专家就成了我们当前的重要技术力量。前一时期，由于我们对多快好省地建设社会主义的总路线和大中小相结合的方针强调不明确，在共同设计的时候，有时我们从中国的实际情况出发，提出一些不同意见，彼此之间有些争论，因此在一些技术问题上扭来扭去，各执一词，形成了两股劲。直到成都会议后，我们学习了毛主席指示，进一步明确了总路线，才有所转变。近一个多月来，我们运用各种方式反复向苏联专家介绍我国建设总路线，介绍整风运动和其他有关的中国实际情况，使苏联专家自觉地掌握中国的方针路线，按照中国的实际情况进行工作，效果很好。现在苏联专家能够和中国同志一起主动地讨论怎样结合中国实际情况，怎样贯彻多快好省路线，许多设计修改了，想了很多窍门，制出新的更合理的设计。这就使过去的两股劲拧成一股劲,正如一位苏联专家所说:"这是中苏友谊的结晶。"

5月16日,毛泽东为党的八届二次会议印发这个报告写了批语:

> 这是一个好文件,值得一读。请小平同志立即印发大会同志们。凡有苏联专家的地方,均应照此办理,不许有任何例外。苏联专家都是好同志,有理总是讲得通的。不讲理,或者讲得不高明,因而双方隔阂不通,责任在我们方面。就共产主义者队伍来说,四海之内皆兄弟,一定要把苏联同志,看作自己人。大会之后,根据总路线同他们多谈,政治挂帅,尊重苏联同志,刻苦虚心学习。但又一定要破除迷信,打倒贾桂!贾桂(即奴才)是谁也看不起的。(《建国以来毛泽东文稿》第7册,中央文献出版社1992年8月版,第231页)

毛泽东为这段批语拟定的题目是《四海之内皆兄弟》。

5天时间内,一次会议上,毛泽东三讲"四海之内皆兄弟"。可见这句话对他的烙印之深,也可见他想通过这句话表达一种思想的愿望之迫切。

水浒人物口头上的这句话,源自《论语·颜渊篇》:

> 司马牛忧曰:"人皆有兄弟,我独亡。"
> 子夏曰:"商闻之矣:死生有命,富贵在天。君子敬而无失,与人恭而有礼。四海之内,皆兄弟也。君子何患乎无兄弟也?"

"兄弟"乃宗法社会的宗法伦理概念。一奶同胞,宗族同辈,才能称之为兄弟。孔子的得意门生子夏有改革思想,他针对司马牛"没有兄弟"的忧思,突破宗法伦理观念的樊篱,指出海内之人都是"兄弟",这极大地拓展了"兄弟"的外延。君子突破了一家一族、一宗一姓的狭隘视野,放眼四海,立足天下,天下之人皆爱敬之如兄弟,那么君子人格就得到了提升,君子岂有无兄亡弟之忧。

从孔子师生到水浒好汉,再到毛泽东时代,沧海桑田,变迁巨变。"四海之内皆兄弟也",这句话的思想内涵也发生了很大变化,它早已从司马牛无兄弟之忧的具体问题中走出来,变成一种有众多接受对象和适应对象并应用广泛的理念。20世纪二三十年代,人们在接受马克思主义之初,在社会理想上由于受知识背景和认识框架的影响，也难免用中国传统文化中的一些思想观念去理解马克思主义的观念。如十月革命后，有人曾把"社会主义"译成"均贫富、等贵贱"；把"全世界无产阶级联合起来"译成"四海之内皆兄弟也"。刘少奇就曾经说过，他1921年在莫斯科，看到卢布上的"全世界无产阶级联合起来"的中文翻译是"四海之内皆兄弟也"（刘少奇：《1948年7月1日在干部会议上的讲话》，载《党史研究》1980年第3期）。

马克思和恩格斯在《共产党宣言》中说："全世界无产阶级联合起来。"这是共产党人实行国际主义的理论基础。正是在这个基点上，毛泽东借用《水浒传》（包括《论语》）中"四海之内皆兄弟也"这句话，强调"社会主义阵营的密切合作"（那时在国际政治格局中还存在着社会主义阵营），强调批判地学习"外国的"东西，强调尊重苏联的同志，把他们看作自己的人，刻苦虚心地向苏联专家学习。当然，在这种尊重、学习和交往中，要独立自主，保持人格国格，而不做奴才气十足的贾桂。这无论从政治上考虑，还是从社会主义经济建设上考虑，无疑都是必要的，正确的。后来中苏两党展开论战，分歧越来越大，赫鲁晓夫悍然撕毁合同，撤走专家，使社会主义"家庭"走向分裂，"兄弟"终于反目。这当然是后话，也显然违背毛泽东的初衷。

# 历史上"水寇"曾演过无数的武剧

> 历史上所谓"海盗"和"水寇",曾演过无数的武剧,红军时代的洪湖游击战争支持了数年之久,都是河湖港汊地带能够发展游击战争并建立根据地的证据。
>
> 《毛泽东选集》第2卷,人民出版社1991年6月第2版,第421页

梁山义军惊天动地的军事斗争武剧,是在八百里水泊广阔舞台上演出的。梁山义军也进行陆战,如打地主武装,攻朝廷州府,但与朝廷进剿梁山的大军征战,多数是水战。一部《水浒传》,演绎的故事绝大部分发生在水边,梁山好汉也被称之为"梁山水寇"。所以,没有八百里水泊这个根据地,这个有利于己不利于敌的好战场,就不会有宋江等一百单八将轰轰烈烈的义行壮举,也就不会有《水浒传》这部小说。《水浒传》第十一回,作者通过初上梁山的林冲的眼睛,描写了八百里水泊是一座好战场的状况:

小喽啰把船摇开,望泊子里去奔金沙滩来。林冲看时,见那八百里梁山水泊,果然是个陷人去处。但见:山排巨浪,水接遥天。乱芦攒万队刀枪,怪树列千层剑戟。濠边鹿角,俱将骸骨攒成;寨内碗瓢,尽使骷髅做就。剥下人皮蒙战鼓,截来头发做缰绳。阻当官军,有无限断头港陌;阻拦盗贼,是许多绝径林峦。鹅卵石叠叠如山,苦竹枪森森似雨。战船来往,一周回埋伏有芦花;深港停藏,四壁下窝盘多草木。断金亭上愁云起,聚义厅前杀气生。

饮酒水泊边

梁山反官军围剿，是内线作战的自卫战争，地理条件是一个重要的战争条件。梁山义军就充分地利用了八百里水泊这个地理条件，一次次挫败了官军的军事进攻。

小说第十九回，阮氏三雄战何涛，是梁山义军首次"水上游击战"。三阮等英雄充分利用熟悉的芦荡港汊，谙于水性的优势，避开人少力单的劣势，时隐时现，忽东忽西，击头袭尾，使官军在迷离的港汊里晕头转向，只有挨打的份儿而无还手之机。书中写忽而阮小五在芦苇中嘲歌，待官军追来时，则"翻筋斗钻下水里去"，使之扑个空；忽而阮小七在另一处嘲歌声起，等官军发喊赶将去，他飞船窜入小港汊中只顾走；忽而阮小二在岸上寻机给公人一镢；忽而又有阮小七从水底钻了出来，硬是把何观察从船上扯到水里去……闪烁变化的水上"游击"战术，得到了生动刻画。

小说第二十回，济州府尹见观察何涛败回，五百军兵一个不剩，又差团练使黄安带一千人马，乘船进剿梁山。晁盖、吴用等人采取避实击虚诱敌深入的办法，将黄安引向"芦苇丛中"，而后四面合围，一举聚歼，生擒黄安，再创水上游击新战绩。

如果说前两次是梁山义军利用水泊优势与州府地方武装对垒的话，那么小说从第七十八回开始，宋江迎战高太尉则是梁山义军利用水泊地势与朝廷中央大军抗衡。宋江一战高太尉：义军针对官船大，不宜在浅水划行的特点，先用四面埋伏的堵截战术，冲断官军船队，并把它们诱引到事先用柴草木植塞住的浅港里，使官船无法划行，被迫弃船狼狈而逃。宋江三战高太尉：梁山首领避开高俅海鳅船安上水车其快如飞的长处，击其不敢在暮冬天气下水的弱点，采用突然袭击战术，瞬间"钻出千百只小船来，水面如飞蝗一般"，小船迅猛接近官船，义军战士勇猛砍倒踏水车的官军，使海鳅船失去动力；同时，一批水军高手钻入水里，破坏海鳅船的水车，凿透船底，使海鳅船四下里滚入水来，"看着沉下去"。终使官军不战自乱，乱而自败，高俅也沦为梁山义军的阶下囚。

细读《水浒传》，稍有军事常识的人，都会赞赏梁山好汉依山傍水建立革命根据地，利用水上优势击败进剿官军的经验。毛泽东解读《水浒传》，关注梁山义军的武装斗争经验，早在中国共产党人发动武装斗争之初，就提出了"上山下湖"武装革命的主张。

1927年4月12日，蒋介石背叛革命之后，疯狂屠杀共产党人，接着与在武汉的汪精卫达成宁汉合作联合反共协议，白色恐怖笼罩神州大地，革命形势严重恶化。

5月21日，驻长沙的反动军官许克祥也发动叛乱，制造了"马日事变"；江西省长朱培德也"礼送"共产党员出境，并下令停止工农运动，捣毁了省总工会和农协会，收缴了工农武装。

马日事变后，毛泽东清醒地认识到再依靠国民党或以国共两党合作的形式来实现中国革命是根本不可能了。为此，他极力主张组织工农武装坚决反击，并召集了驻汉的湖南同志开会说：

> 大家回到原来的工作岗位，长沙站不住，城市站不住，就到农村去，下乡组织农民。要发动群众，恢复工作，山区的上山，滨湖的上船，拿起枪杆子进行斗争，武装保卫革命！（中共中央文献研究室编：《毛泽东年谱》上卷，人民出版社、中央文献出版社1993年12月版，第204页）

6月上旬，毛泽东在汉口日租界再次召集驻汉的湖南同志开会，再次提出了拿起武器上山，武装保卫革命的思想。毛泽东在会上说："我们共产党人再也不能这样继续下去了！我们要组织起广大的工人革命军和农民自卫军，拿起武器向一切反动势力发起攻击！城市一时打不下来，我们就到山上去坚持战斗，等待时机再行反攻；总不能这样束手待毙，总不能眼睁睁地看着轰轰烈烈的大革命就这样被反革命势力打下去！"

8月7日，中共中央在汉口召开了紧急会议。会议由瞿秋白、李维汉主持，毛泽东出席会议并做了发言，强调指出共产党必须解决农民土地问题和用枪杆子取得政权的重要性。

会议通过了《中国共产党中央执行委员会告全党党员书》《最近农民斗争决议案》等文件，总结了国民革命失败的经验教训，纠正和结束了陈独秀的右倾投降主义错误，确定了土地革命和武装反抗国民党屠杀政策的总方针，并把发动湘、鄂、赣、粤等群众基础较好的省份举行秋收起义作为下一步行动的主要任务。

8月9日，毛泽东出席临时中央政治局第一次会议并发言，要求在湖南开展武装斗争。毛泽东强调说："湖南民众组织比广东还要扩大，所缺的是武装，当前处在暴动时期，更需要武装。'前不久我起草经常委通过的一个计划，要在湘南形成一师的武装，占据五六县，形成一政治基础，发展全省的土地革命。纵然失败，也不用去广东而应上山。'"（《毛泽东年谱》上卷，第209页）

在会上，毛泽东还下定了决心说："我要跟绿林交朋友，我是上山下湖，在山湖之中跟绿林交朋友。"（邸延生：《历史的真迹——毛泽东风雨沉浮五十年》，新华出版社2002年7月版，第220页）

在毛泽东的强烈要求下，会议指定他为中央特派员，到湖南传达八七会议精神和改组湖南省委，领导秋收起义。

秋收起义后，毛泽东没有"下湖"，而是"上山"了。上了井冈山，进行工农武装割据，建立了第一块革命根据地。但是，毛泽东在提出"武装保卫革命"时，两次提出"上山下湖"，"山区的上山，滨湖的上船"的主张，在他的潜意识里，是否有梁山好汉占据八百里水泊抵抗官军的影响呢？应该说是有的。到了抗日战争时期，他的这个影响就明显地表现出来了。1938年5月，他在写作《抗日游击战争的战略问题》一文中，讲到"建立根据地"问题时，他讲到山地、平原建立根据地，也讲到河湖港汊建立根据地，他说：

> 依据河湖港汊发展游击战争，并建立根据地的可能性，客观上说来是较之平原地带为大，仅次于山岳地带一等。历史上所谓"海盗"和"水寇"，曾演过无数的武剧，红军时代的洪湖游击战争支持了数年之久，都是河湖港汊地带能够发展游击战争并建立根据地的证据。不过，各个抗日党派和抗日人民，至今尚少注意这一方面。虽然主观条件还不具备，然而无疑地是应该注意和应该进行的。江北的洪泽湖地带、江南的太湖地带和沿江沿海一切敌人占领区域的港汊地带，都应该好好地组织游击战争，并在河湖港汊之中及其近旁建立起持久的根据地，作为发展全国游击战争的一个方面。缺少了这一方面，无异供给敌人以水上交通的便利，是抗日战争战略计划的一个缺陷，应该及时地补足之。（《毛泽东选集》第2卷，人民出版社1991年6月版，第421页）

历史上的"水寇"，无疑是包括梁山义军的，梁山好汉就曾被朝廷称为"梁山水寇"。历史上的"水寇"，除了杨么、钟相领导的洞庭湖农民起义军，再就是《水浒传》进行了酣畅淋漓描写的梁山义军。而后者因为《水浒传》小说的数百年流传，对人们的影响更为巨大深远，对毛泽东亦是如此。

梁山义军依据河湖港汊发展游击战争，建立巩固根据地的经验，无疑开启了中国现代无产阶级军事斗争方式的形成。毛泽东举了洪湖游击战争的例子。在《我们造反跟宋江差不多》一节，已经讲到"洪湖起义"。还有20世纪60年代以后，引起轰动效应的歌剧、电影《洪湖赤卫队》，则形象地描写了洪湖游击战争。

《洪湖赤卫队》是湖北省实验歌剧团集体创作的歌剧。它形象地反映了第二次国内革命战争时期洪湖地区人民的英勇斗争。1930年夏，白匪趁我主力红军开辟新区之际，勾结湖霸、白极会首领彭霸天猖狂反扑。洪湖赤卫队在党支部书记韩英及队长刘闯的领导下，终于歼灭了白匪军，保卫、壮大了洪湖革命根据地。后来，这出剧摄成电影，为更广泛的观众观看，《洪湖水浪打浪》的主题歌也随之家喻户晓，久唱不衰。

抗日战争时期，毛泽东提出在河湖港汊建立根据地的思想是被实践了的。比如河北白洋淀上就开展了水上游击战争。著名小说家孙犁的作品《荷花淀》，就生动地反映了白洋淀军民抗击日寇的斗争生活。作品描写和歌颂了抗战时期冀中白洋淀地区青年男女的抗日热情和机智勇敢的斗争精神。主要人物是水生嫂。她丈夫水生是小苇庄游击组长，报名参加了地区队。他一方面积极支持丈夫入伍，一方面又非常想念他。她和其他的几名妇女一起，乘船偷偷地去看望自己的丈夫，中途遇到鬼子汽船追赶。在她们准备宁死不屈的紧急时刻，藏在白洋淀中的丈夫带领游击队员救援了她们，歼灭了敌人。从此，她们也自觉地组织起游击队，配合亲人子弟兵，战斗在白洋淀。

人们所熟知的现代京剧《沙家浜》，原名《芦荡火种》，后来成了样板戏。它的故事表现了新四军在苏北河湖港汊地带与鬼子、忠义救国军的斗争。没有水上游击战，是不会产生这出戏的。

毛泽东在谈论抗日游击战争的根据地建设时，运用历史上"水寇"的成功经验，论证了在河湖港汊建立根据地的可能性，滨湖地区的抗日军民将其变成现实性。毛泽东向梁山好汉等历史上"水寇"的这个借鉴，应该说是很了不起的。

# 你们也没有对付日本人的"蒙汗药"

> 假如你们也没有什么对付日本人的"蒙汗药"、"定身法",又没有和日本人订立默契,那就让我们正式告诉你们吧:你们不应该打边区,你们不可以打边区。
>
> 《毛泽东选集》第3卷,人民出版社1991年6月版,第905页

《水浒传》中十来次出现一个小物件,叫作"蒙汗药"。据说,这种药也就是今天麻醉剂的前身,有其能够使服用者暂时麻醉失去知觉的作用。它是绿林好汉手中的"秘密武器",常常为其杀人越货的行动"开辟道路"。

《水浒传》中的这个小道具,毛泽东借用过来,没有去麻翻哪路豪杰好汉,却化作匕首与投枪,去揭露和剖析国民党右派的破坏抗日,反共反人民的反动本质。

1943年7月12日,毛泽东在为延安《解放日报》写的社论《质问国民党》中,愤怒地批评了破坏团结抗战运动的国民党。他说:

> 或者照你们的另一种说法,你们并不爱好什么团结,而却十分爱好"统一",因此就要荡平边区,消灭你们所说的"封建割据",杀尽共产党。那末,好吧,为什么你们不怕日本人把中华民族"统一"了去,并且也把你们混在一起"统一"了去呢?
>
> 如果事变的结果,只是你们旗开得胜地"统一"了边区,削平了共产党,而日本人却被你们的什么"蒙汗药"蒙住了,或被什么"定身法"定住了,动弹不得,因此民族以及你们都不曾被他们"统一"了去,那末,我们的亲爱的国民党先生们,可否把你们的这种什么"蒙汗药"或"定身法"给我们宣示一二呢?

假如你们也没有什么对付日本人的"蒙汗药"、"定身法",又没有和日本人订立默契,那就让我们正式告诉你们吧:你们不应该打边区,你们不可以打边区。"鹬蚌相持,渔人得利","螳螂捕蝉,黄雀在后",这两个故事,是有道理的。你们应该和我们一道去把日本占领的地方统一起来,把鬼子赶出去才是正经,何必急急忙忙地要来"统一"这块巴掌大的边区呢?大好河山,沦于敌手,你们不急,你们不忙,而却急于进攻边区,忙于打倒共产党,可痛也夫!可耻也夫!(《毛泽东选集》第3卷,人民出版社1991年6月版,第904—905页)

据统计,《水浒传》一书有十多处讲到蒙汗药:

第十一回,梁山头领朱贵在水泊边开了一家酒店,"有财帛的,来到这里,轻则蒙汗药麻翻,重则登时结果"。

第二十七回,母夜叉孙二娘在孟州城十字坡开酒店,"客商过往,有那入眼的便把蒙汗药与他吃了"。花和尚鲁智深自此经过,孙二娘"见他生得肥胖,酒里下了些蒙汗药";武松和两个押解公人路过这里,孙二娘送上"浑色酒"来,两个公人喝了,"只见天旋地转,强禁了口,望后扑地便倒"。

第三十六回,催命判官李立在揭阳岭开酒店讨生活。富有客人路过吃酒,"酒肉里下了蒙汗药,麻翻了,劫了财物"。

第五十六回,梁山吴用计赚东京金枪班教师徐宁上山入伙,先用麻药酒麻翻了他,"只见徐宁口角流涎,扑地倒在车子上了"。

第七十二回,柴进和燕青潜进东京,要进禁院,用计赚来老成的王班直,诱他喝下"一杯热酒"来,"恰才吃罢,口角流涎,两脚腾空,倒在凳上",柴进换上王班直的衣服簪花,潜入皇宫。

《水浒传》一书,强人使用"蒙汗药"的最精彩情节,还要首推"智取生辰纲"。书中写道:杨志带领15个军汉押解

▌麻翻逢李俊

生辰纲来到黄泥冈，炎热天气，在松林里歇息，这时白胜挑着酒担唱着民歌走上冈来，众军汉就要买酒喝：

  众军道："买碗酒吃。"杨志调过朴刀杆便打……杨志道："你这村鸟，理会的甚么！到来只顾吃嘴，全不晓得路途上的勾当艰难。多少好汉，被蒙汗药麻翻了。"

这时，松林里一伙枣贩子把白胜酒担中的一桶买来喝了。众军汉心里痒痒的，求老都管向杨志求情。

  杨志道："既然老都管说了，教这厮们买吃了便起身。"众军健听了这话，凑了五贯足钱来买酒吃。那卖酒的汉子道："不卖了，不卖了！"便道："这酒里有蒙汗药在里头。"众军陪着笑说道："大哥直得便还言语。"那汉道："不卖了，休缠！"这贩枣子的客人劝道："你这个鸟汉子，他也说得差了，你也忒认真，连累我们也吃你说了几声。须不关他众人之事，胡乱卖与他众人吃些。"那汉道："没事讨别人疑心做甚么？"这贩枣子客人把那卖酒的汉子推开一边，只顾将这桶酒提与众军去吃。……老都管自先吃了一瓢。两个虞候各吃一瓢。众军汉一发上，那桶酒登时吃尽了。杨志见众人吃了无事，自本不吃，一者天气甚热，二乃口渴难熬，拿起来，只吃了一半，枣子分几个吃了。那卖酒的汉子说道："这桶酒被那客人饶两瓢吃了，少了你些酒，我今饶了你众人半贯钱罢。"众军汉把钱还他。那汉子收了钱，挑了空桶，依然唱着山歌，自下冈子去了。
  只见那七个贩枣子的客人，立在松树旁边，指着这一十五人说道："倒也，倒也！"只见这十五个人，头重脚轻，一个个面面厮觑，都软倒了。那七个客人从松树林里推出这七辆江州车儿，把车子上枣子丢在地上，将这十一担金珠宝贝都装在车子内，遮盖好了，叫声："聒噪！"一直望黄泥冈下推了去。杨志口里只是叫苦，软了身体，扎挣不起。十五人眼睁睁地看着那七个人都把这金宝装了去，只是起不来，挣不动，说不得。

"蒙汗药"如此厉害！它到底是一种什么药？宋人葛私毅的《淄水千

方》中说：蒙汗药，"汗"本为"汉"，意思专为蒙赚壮汉之用也。清朝汪林瑞的《本草疏》中说："蒙汗药"又称"麻汉药"，古之麻沸散也。蒙汗药亦即麻药。

根据文献记载，我国的麻醉药最早是进行外科手术麻醉、止疼用的。

《列子·汤问篇》说，春秋时名医扁鹊为鲁公扈、赵齐婴治病，"遂饮二人毒酒，迷死三日，剖胸探心，易而置之；投以神药，既悟如初。""毒酒"就是一种麻醉药。

据《后汉书·方术列传》记载：东汉末年著名医家华佗，治疗"疾发结于内，针药所不能及者，乃令先以酒服麻沸散，既醉无所觉，因刳破腹背，抽割积聚。若在肠胃，则断截湔洗，除去疾秽。既而缝合，傅以神膏，四五日创愈，一月之间皆平复"。华佗应用口服全身麻醉剂"麻沸散"，成功地施行了腹部手术，这是了不起的医学成就。

麻醉药在军事上的应用，史书上也有记载。宋代司马光《涑水纪闻》："五溪蛮反，杜杞诱出之，饮以曼陀罗酒，昏醉，尽杀之。"据现代人研究，曼陀罗是药用植物，大毒，有麻醉、致幻作用。

可是，尽管麻醉药（蒙汗药）在军事上应用过，但发展到抗日战争时期，日本人（不是哪个人，而是整个侵略军）被"蒙汗药"蒙住，"动弹不得"的事，却只能是天真的幻想。国民党也确实弄不出叫日本人"动弹不得"的法宝来。毛泽东以此来讽刺国民党只顾"荡平边区"，却忘记了日本人的"黄雀在后"和"渔人得利"，国民党右派只配当只顾眼前，呆头呆脑，见"利"不见害的"鹬蚌"和"螳螂"。国民党要"统一"边区，搞反共高潮，弄军事摩擦，把日本侵略军丢在脑后，其后果只能是亲痛仇快，使日本入侵者作"壁上观"，坐收渔人之利。这种有罪于民族、有罪于历史的倒行逆施，岂不令人愤慨！

毛泽东痛加"质问"，本可以把社论写得语气强硬，词锋犀利，但他从《水浒传》中借来"蒙汗药"一语，构建出嬉笑怒骂的话语境界，于幽默中渗透着辛辣的嘲讽，于阴柔中隐含着凌厉的阳刚，大有语破强阵，笔扫千军，"谈笑间，樯橹灰飞烟灭"之慨。从文章学的角度看，毛泽东借助"蒙汗药"造句设词，使这段文字有如精美的杂文。"日本人却被你们的什么'蒙汗药'蒙住了"、"可否把你们的这种什么'蒙汗药'或'定身法'给我们宣示一二呢？"、"假如你们也没有什么对付日本人的'蒙汗药'"，句句是杂文语气，句句有杂文味道，因而更增强了政论的感染力和震撼力。

# 很喜欢看《打渔杀家》

> "你们看过《打渔杀家》吧？那个打渔老汉，就是被逼得走投无路，才跟地主拼命的。这在封建社会，是很常见的事。"毛泽东讲着……
>
> 阎长林：《警卫毛泽东纪事》，吉林人民出版社1992年3月版，第202页

《水浒传》流传以后，不仅产生了一批续书，还产生了一些姐妹艺术，如戏剧、唱词等等。京剧《打渔杀家》就是依据《水浒传》的续书《水浒后传》改编移植过来的。毛泽东很喜欢这个戏，愿意听，愿意看，也愿意就剧中的某些情节发表一点议论。

## 击掌作拍看《打渔杀家》

《打渔杀家》又名《庆顶珠》《讨鱼税》，是戏剧传统节目。

清朝初年，陈忱根据百回本《水浒传》，作延续写成《水浒后传》，其中第一回到第十回写了阮小七和李俊的故事。

《水浒后传》第一回《阮小七梁山感旧 张干办湖泊寻宝》，写张干办是蔡京的心腹，被抬举为济州的通判，梁山属他所管。于是，一心想着在水泊旧址上寻觅埋藏宝物，搜捉潜伏余党，借以升官进财。恰好碰上了削职后依旧在石碣村打鱼为生的阮小七，在此伤心凭吊。作威作恶的张干办撞到了活阎罗的刀头上，阮小七展开了杀奸惩贪的壮烈斗争，杀死张干办后，他不得不逃奔登云山落草。

《水浒后传》第九回、第十回，写李俊反抗巴山蛇。巴山蛇是蔡京门生乡宦丁自燮的绰号，此人奸狡贪财，勾结常州太守吕志球，凭借权势，强霸大半个太湖，勒令大小渔船打的鱼，都要交与他一半，"夺了众百姓的饭

碗"。李俊等仗义抗争，为民除害，活捉了巴山蛇、吕志球，迫使他们交出所有诈得的财物谷米，为百姓完纳国课、代交秋粮，给散居民佃户。

此间的若干情节为艺人移植、改造为京剧《打渔杀家》。剧中阮小七改名萧恩，其女儿亦改名萧桂英。其中的主要情节是，萧恩与女儿萧桂英打鱼为生，当地恶霸丁自燮勾结官府，勒索鱼税，滥施刑杖，父女被迫起而反抗，杀死恶霸全家，远走他乡。

以今天的眼光看，《打渔杀家》反映了哪里有压迫哪里就有反抗斗争的思想主题，很容易引起无产阶级和共产党人的共鸣。毛泽东很愿意看这出戏。

据毛泽东的秘书叶子龙回忆：1937年8月中央洛川会议后，毛泽东在八路军留守兵团司令员萧劲光夫人朱仲芷的引荐下，与江青第一次见面。"此后有一天，江青找到我，把两张戏票塞到我手里，说是请主席看戏，要我也去……我把票交给毛泽东，他真的去看了，是江青主演的平剧《打渔杀家》"（《叶子龙回忆录》，中央文献出版社2000年10月版，第65页）。

1939年9月9日，毛泽东在延安参加陕甘宁边区政府在杨家岭中央大礼堂召开的欢迎全国慰劳总会所组织的慰问团大会，并致欢迎词。晚上，他聆听了慰问团文艺界代表老舍所唱的一段京剧《打渔杀家》。

1943年，作曲家郑律成有一次在延安中央大礼堂看京剧《打渔杀家》，他坐在前面。一会儿，毛泽东来了，亲切地问他说："你是高丽人吧？"怕他看不懂京剧，就为他详细介绍剧情。

1944年6月12日下午6时许，毛泽东接见中外记者西北参观团，畅谈国内外局势。晚餐后，毛泽东与大家共观延安平剧研究院演出的《古城会》《打渔杀家》《草船借箭》。当看到《古城会》里的张飞，《打渔杀家》里的教师爷，《草船借箭》里的鲁肃，毛泽东不断地发笑。毛泽东自谦地对客人说："对于平剧没有研究，但很喜欢看看。"

1947年3月以后，毛泽东率领人马转战在陕北黄土高原上。这时，他最高兴的事情是聆听女儿李讷表演平剧《打渔杀家》。卫士长阎长林在回忆录《警卫毛泽东纪事》中写道：

江青将两手撑膝，朝女儿问："大娃娃，你给爸爸准备了什么礼物啊？"

李讷用幼稚神秘的眼神偷窥父亲，踮起脚跟母亲说悄悄话："我还没化妆呢。"

江青取一方花头巾，扎女儿头上，又在她腰间扎根绳子，然后左右张望，拿了毛泽东那根柳木棍交给女儿。说："老板，棍子叫你的娃娃用用吧。"

毛泽东似乎猜到了什么，在椅子上坐下来……

那母女俩又一阵悄悄话，李讷便朝屋中央走来，摆个姿势，将木棍拖在手中。毛泽东忽有所动，朝江青看了一眼。江青马上感觉到了那目光，心里有些热，又有些酸。毛泽东看出女儿以棍代桨，扮的是《打渔杀家》中的萧桂英。那神态姿势虽然幼稚，却也酷肖其母。当年江青在延安就演过这出戏，扮的就是萧桂英。

江青击掌做锣鼓点，嘴里"隆格里格"代胡琴，先唱了一句萧恩的词："父女打鱼在江下"，李讷已然起舞，唱和道："家贫哪怕人笑咱。"江青脚不曾移动，手已做出动作："看看不觉红日落，"李讷轻移碎步，双目传神："一轮明月照芦花……"

女儿稚嫩的童音在窑洞里回荡，虽然底气不足，却有板有眼，别有一种感人的韵味。毛泽东微笑着默默坐在椅子里，击掌做拍，头也合着板眼点动。渐渐地，头不动了，眼帘轻轻颤动，就像女儿那颤动的童音一样。可以想象出，种种美好的回忆和憧憬已经在他的心底浮出，并且从他慈祥的似动非动的嘴角漾出来……

阎长林的这段回忆，情态毕肖地描摹了毛泽东于征战途中观看爱女表演《打渔杀家》的情景。其人其事，其情其景，呼之欲出，如在眼前。

从1937年到1947年，毛泽东在融融的妻子女儿的亲情中，欣赏有助于自己事业的戏剧节目，其怡然自得的心情心态可想而知。他对《打渔杀家》的喜爱之情，长久不衰，此是重要原因吧。

## 打鱼老汉走投无路才跟地主拼命

1947年10月底，转战陕北的毛泽东从神泉堡转移到杨家沟。杨家沟是米脂县境内远近闻名的封建堡垒，是个大村子，住有200多户居民，有钱有势的人家就占了70多户。进了村，路两旁都是破旧的窑洞，土墙上用白灰和锅烟子黑刷了一些标语。有一堵墙上还抄写着《土地法大纲》全文。再往上走，就是一座座整齐的砖瓦窑——这是地主居住的地方了。

又走了一段吊桥式的窄路，面前出现一座油漆彩绘的高大门楼。进了门，豁然开朗。院子青砖铺地，清静宽敞。迎面一所带玻璃纱窗的洋楼，飞檐彩画，富丽堂皇。门前还有漂亮的凉台。

毛泽东用柳木棍环指院子："这里很阔气嘛。"

"这里房子多，适于办公。"任弼时解释，"特别是不通大路，比较安静，也容易保密。"

"先参观参观。"毛泽东一挥柳木棍，向前走去。这房子三面临崖，崖深数十丈，只有一条路能通村里。房子北面有个尖山包，修了围墙碉堡，还有枪眼炮眼。危急时躲进去，很可以坚持一段日子。

"这家地主的儿子是个外国留学生，所以房子盖这么洋气。"周恩来在一边介绍，"这个院还有个称呼叫'扶风寨'。"

"啧啧啧！"毛泽东在寨门口立住脚，观察着四周感叹："这个地主还有些本事嘛！不但会剥削人，还懂点军事常识，很会选地形呢！没有点近代化武器，单凭土枪土炮还真不容易攻进来！"

毛泽东朝屋里走去，周恩来继续介绍："听说有一年闹灾荒，农民们没有吃的，地主每天发半斤粮食，叫农民给他背石头，盖起了这座寨子。"

任弼时笑道："别看地主势力大，可就是胆子小。"

> 压迫人的人，总是什么都害怕。不仅怕遭土匪抢劫，更怕穷人造反！你们看过《打渔杀家》吧？那个打鱼老汉，就是被逼得走投无路，才跟地主拼命的。这在封建社会，是很常见的事。（阎长林：《警卫毛泽东纪事》，吉林人民出版社1992年3月版，第202页）

毛泽东讲着，正要进屋门，听到身后周恩来叫李讷，便又停下来。

"她就会唱《打渔杀家》。"毛泽东不无骄傲地指指女儿。

杨家沟村里进行土改，群众从早到晚斗地主、挖浮财、分土地，情绪非常激昂。毛泽东很关心村里土改进行的情况，安顿下来以后，就指示阎长林等人每天参加村里的各种会议，按时向他汇报。同时，他还利用一切机会，给警卫们讲解土地改革的伟大意义，提出一些带启发性的问题，来提高大家的阶级觉悟。

有一次散步的时候，毛泽东问阎长林家亲戚中有没有地主。阎长林想起有个老舅舅（父亲的舅舅）是地主，就告诉了他。毛泽东问："他对你们好不好?"

阎长林说："记得有一年快过年了，没有粮食吃，还有人堵着门逼债。我父亲到他家借钱买粮食、还债，他说：'要借钱拿文书来！'父亲没法，只好把家里仅有的两亩地的文书押给他，才借了几块钱。"

"好，这件事可以向老乡们讲一讲，这是个教育。地主对待穷人，不讲良心，无情无义。"

接着，毛泽东又从社会发展的规律，说明封建剥削制度是怎样产生的，它在历史上曾起进步作用，但到今天已严重地阻碍了生产力的发展，这是我国贫穷落后的根源。把土地分给农民，收的粮食归农民自己，农民的积极性提高了，就会全力发展生产。这比封建时代前进了一步。到实行了社会主义、共产主义，人们就会过真正幸福美好的生活。

根据毛泽东的指示，阎长林等几个人，参加了村里的大会小会，每天按时向毛泽东汇报，遇到工作繁忙的时候，便写成书面材料。这个村有不少反动地主，他们或做过保长，或当过寨头，还组织了什么"铲共义勇队"，随意逮捕农民，安上"通匪"的罪名，吊打、烧烤、杀害，许多人被迫逃亡。新政府成立后，他们又阳奉阴违，暗中破坏，对抗减租。这年春上，村里开始土地改革，地主们总是千方百计蒙混过关，因此斗争异常复杂。

地主庄院"扶风寨"和有七八十户地主的杨家沟村，阶级对立严重，农民饱受经济剥削和政治压迫之苦。这里正在进行土地改革，土改的难度很大。毛泽东用大家都看过的《打渔杀家》中萧恩父女走投无路起来反抗的例子，说明这是封建社会的普遍现象。剧中的渔霸和官吏，卫士阎长林亲友中的地主，杨家沟村阶级对立的现状，加上毛泽东阐述的社会发展规律的道理，使大家更懂得了黑暗的旧制度和残酷的统治阶级束缚了生产力的发展，而土改就是改变生产关系，革命就是解放生产力。毛泽东把革命道理融入了日常生活的所见所闻的评论中去了，真是深入浅出的宣传大师。

## 旧戏《打渔杀家》是好的

1947年12月，晋绥解放区贺龙司令员派晋绥平剧院演出队到陕北米脂县杨家沟，对毛泽东、周恩来、任弼时等中央领导和机关人员进行慰问演出。12月21日，毛泽东在演出队做了《改造旧艺术　创造新艺术》的讲演。其中说道：

你们平剧院接受旧的艺术，还要创造新的艺术。旧的艺术是有缺点的，尤其是它的内容，我看是颠倒是非、混淆黑白。历史本来不是帝王将相创造的，而是劳动人民创造的，可是在旧戏中，比如孔明一出场就神气十足压倒一切，似乎世界就是他们的，劳动人民不过是跑龙套的。世界上本来百分之九十的人是工人、农民，我们住的房子，都是他们双手盖起来的，土豪劣绅连个柱子都搬不动，可是许多的旧戏却把劳动人民表现成小丑。当然，旧戏中也有些剧本是好的，如《打渔杀家》之类。有些旧戏你们可以改造它，用自己的创造力掌握了这门艺术，并且从政治上来个进步，你们就可能写些新东西。（《毛泽东文集》第4卷，人民出版社1996年8月版，第324—325页）

　　毛泽东认为，旧戏（旧艺术）在内容和形式两方面都是"有缺点的"，而内容方面的缺点更为严重。他用"颠倒是非、混淆黑白"八个字概括了这种严重的程度和状况。像他在祝贺《逼上梁山》创作演出成功的贺信里所强调的观点一样，历史是人民创造的，而在旧戏舞台上，却被老爷、太太、公子、小姐们占据着，劳动人民只不过是"跑龙套"的。历史被颠倒了。他主张把颠倒的历史再颠倒过来。

　　但是，旧剧也不能一概而论，也有像《打渔杀家》这样的好剧本。说它好，因为它在一定程度上揭露了恶霸勾结官府勒索渔税滥用刑杖逼迫渔民的罪行，鞭笞、谴责了统治者及他们的爪牙；同时，它也在一定程度上同情、肯定和赞美了渔民萧恩、萧桂英父女的反抗行为。承认了他们奋起反抗、杀家出走的合理性和正义性。这种情况在旧戏中是不多的，因而更是难能可贵。毛泽东的艺术观是历史的辩证的，他提倡改造旧艺术，创造新艺术，对旧剧也是一分为二的：大部分剧本"颠倒是非、混淆黑白"，但"也有些剧本是好的"。对旧戏的改造，非常重要的是"从政治上来个进步"，也就是用历史唯物主义的观点，在内容的思想层次上来个提高。像在延安时期改造创新的《逼上梁山》和《三打祝家庄》那样。

## 团结人民反抗力量就大

　　1948年3月下旬，从陕北出发的毛泽东一行，来到晋绥解放区领导机关所在地山西兴县蔡家崖村。这时，许多解放区都在进行土改，毛泽东很关注这项工作。连续两天都在开会。这天晚饭后散步的时候,贺龙司令员对毛泽东说:"你到这里两天就开了两天会,在转战陕北的时候那么紧张,来到这里应该稍微轻松一些。今天晚上不开会了吧,我请主席、周副主席和弼时同志去看戏。这是晋绥平剧团演的,这个剧团虽说比不上延安平剧院,但水平也还可以的。"

周恩来说:"你不是派这个剧团到杨家沟给我们演过戏吗?剧团里还有梅兰芳先生的徒弟嘛。"

毛泽东说:"好哇!客随主便,听老总你安排。"

剧场在北坡村的一个广场上。薄暮时分,毛泽东、周恩来等首长在贺老总陪同下,乘车到达广场。只见新搭的台子,挂着几盏汽灯,下面空地上坐满了人。当毛泽东、周恩来等首长走到前排的时候,掌声更响了,剧团的同志和已经化了妆的演员,也从幕后跑到台前,使劲拍着手。看看到了可以稳定群众情绪的时候,贺老总才挥了挥手,对剧团的同志说:"开演吧。"

第一出戏是《打渔杀家》。第二出戏是《三打祝家庄》的"第三打"。看完《打渔杀家》之后,毛泽东很有兴致地评论着戏中人物萧恩。他说:

> 这人是一条英雄好汉,敢与剥削、压迫穷苦平民百姓的官府作斗争,敢于反抗,这是值得赞扬的。但是,只有他们父女二人,单枪匹马,力量就太单薄了。他要是能团结起广大受苦受压迫的人民,来反抗官府的压迫剥削,那力量就大了。(武象廷、韩雪景:《跟随毛泽东纪事——一个警卫战士的回忆》,山西人民出版社1991年10月版,第88页)

戏演完了,毛泽东、周恩来和其他首长都站起来,热烈鼓掌,再三向参加演出的同志们表示感谢。

退场时,道路两旁和汽车跟前都挤满了人。在贺老总的指挥下,毛泽东等首长们才慢慢地走到汽车跟前。可是因为人多,都想挤近仔细看看毛泽东等首长,汽车发动了,也不能往前开。司机老周想尽办法,好不容易把车开到住处。

革命,当然是团结的人越多、组织的人越多越好,力量越大。革命,在旧时代往往有一些人像萧恩父女那样,他们虽然能够奋起反抗,不失为英雄好汉,但是,他们的反抗毕竟势单力孤,难免失败。毛泽东在领导中国革命的过程中,一再强调动员最广大的人民参加到革命中来,调动浩浩荡荡的革命大军,实行团结胜利的方针和统一战线的政策,这些目的都在于团结力量,人多才能战胜敌人。俗话说:"一根筷子容易折,拧成的麻绳拉不断。"毛泽东对萧恩父女的反抗斗争进行了一分为二的分析,既指出了他们具有反抗的一面,又指出了他们力量太单薄的一面。从而告诉人们,革命就要团结广大民众,革命就要把阶级的力量组织起来,这样革命才能有胜利的前提和基础。

## 萧桂英离家时还爱惜家具

1955年10月,全国工商联召开执行会议。10月27日,毛泽东亲自主持了一次座谈会,针对一些工商业者在资本主义工商业的社会主义改造运动中的思想顾虑,他给与会的"资本家"们讲了京剧《打渔杀家》中萧桂英的故事。他说:

> 农民搞合作化,对于私有制总有些恋恋不舍。《打渔杀家》中的萧桂英临离家时还爱惜家具是有理由的。旧的东西要一下子去掉很不容易,新的东西要一下子接受也不容易。一种新的社会制度,一种新的思想,要慢慢地才能在人们的头脑里占领阵地,才能使旧的东西的影响逐步缩小。……总之是要逐步地做,不使人们感到突然。生产关系、生活方式都要逐步改变,不要突然改变,最后是要改变的,但是要安排好,要使这些人过得去。(《毛泽东文集》第6卷,人民出版社1999年6月版,第489—490页)

毛泽东看《打渔杀家》很细心,他观察到萧桂英一个不为人注意的细节:萧恩父女决心去杀掉恶霸一家时,临出发时还没有忘记关自己家的屋门。毛泽东推测萧桂英的心理是"怕人家偷了坛坛罐罐"。坛坛罐罐虽然不是生产资料,但却是必不可少的生活资料。萧桂英的"怕",她的"爱惜家具",说到底还是表现了小生产者对于私有财产的依恋心理。农民、渔民、工商业者对私有制都有些"恋恋不舍"。所以,毛泽东指出,去掉旧东西,接受新东西都是不容易的,要让新制度新思想慢慢地在头脑里占领阵地。

毛泽东希望工商业者不要像萧桂英参加革命了还怕丢掉坛坛罐罐那

样，眼光要远大些。他劝大家丢掉顾虑走社会主义道路，他说：

"现在中国正处在大变革时代，社会动荡不安，农民的个体所有制要变成集体所有制，资本家也要改变其私人所有制，许多人掌握不住自己的命运。其实要掌握是可以掌握的，即要了解社会发展趋势，站在社会主义方面，有觉悟地逐渐转变到新制度去。"

## 萧桂英终于同梁山好汉一起"革命"

1957年10月中旬，毛泽东在怀仁堂看了两场戏。一场是《打金枝》，另一场是《打渔杀家》。

毛泽东看戏总是从工作的角度出发，或是从客观现实中某种现象的表现形式出发，说出自己的认识和见解。

看《打渔杀家》时，卫立煌将军在侧。毛泽东当着周恩来的面对卫立煌说：

> 萧恩的女儿萧桂英也动摇过哩！后来醒悟了，终于同梁山好汉一起去"革命"了，这就好了！卫将军此次回来，我把你比作萧桂英，萧桂英终于是革命了。（邸延生：《历史的真言——李银桥在毛泽东身边工作纪实》，新华出版社2000年7月版，第677页）

卫立煌听了毛泽东的话，很受感动……

卫立煌（1897—1960）安徽合肥人，国民党二级陆军上将。保定军官学校毕业。1929年任国民党政府军第四十五师师长。1931年任第十四军军长。抗日战争时期，先后任第二战区副司令长官、第一战区司令长官。1948年任国民党东北"剿总"总司令。沈阳解放前夕逃至南京，被蒋介石软禁。1949年秘密出走香港。1955年3月回到北京，曾任政协全国委员会常委、国防委员会副主席、中国国民党革命委员会中央常委。

卫立煌与毛泽东相识于如火如荼的抗战初期。1938年初，当卫立煌孤悬敌后，取道延安返回西安时，受到了盛况空前的欢迎，使他这位过去的"剿共"名将切实感受到了共产党和毛泽东合作抗日的真诚。当毛泽东向他提出补弹药给养时，他言信行果，一到西安即拨给八路军百万发子弹、25万枚手榴弹，实践了他对毛泽东的诺言。

延安之行对卫立煌产生了很大影响。从此，他对于延安出版的书籍杂志看得多了，不只是看看标题，而且翻阅一部分重点文章。最突出的例子是叫秘书赵荣生陪他细读毛泽东的名著《论持久战》。这本书对卫立煌启发很大，使他认识到"速胜论""唯武器论"的错误。特别是看到毛泽东所讲抗战还要经过一个很长的相持阶段才能进入收复失地的反攻阶段，根本的问题在于发动群众，在战争中需经过内线与外线、包围与反包围、根据地由小块逐渐变成大块等段落后，对于八路军打独立自主的游击战，深入敌后建立根据地的战略部署，有了较为深刻的理解。

在整个抗战期间，卫立煌由于在延安时受到毛泽东的影响，同时和朱德总司令也有密切交往，与我党我军合作得一直较好，曾尽其所能，给我八路军在物资上以帮助。

抗战胜利后，蒋介石开始发动全面内战。卫立煌不愿将人民推入战火，于1946年出游欧美。1947年底，国民党军在东北战场屡遭惨败，蒋介石为了挽救东北败局，打电报给正在法国的卫立煌，令其回国担任东北"剿总"总司令。卫立煌不知该怎么办才好，出于对中共中央和毛泽东的极大信赖，通过苏联驻法国大使馆打电报同中共中央商酌。这在当时，可说是十分难能可贵的。

1947年12月，刘少奇在西柏坡召开的一次敌军工作会议上说到过此事："最近卫立煌曾通过苏联驻法国大使馆告诉我们，蒋要派他到东北去，问我们的意见如何？我们只做了一个比较灵活的复电，让卫'相机行事'。我认为中央的答复既原则又灵活，是完全正确的。"

辽沈战役结束后，卫立煌逃回南京，蒋介石下令扣押，软禁起来。1949年初，蒋介石被李宗仁、白崇禧逼下台以后，卫立煌才得以逃出南京，隐居香港。

卫立煌自抗战以来多次与毛泽东、朱德等人接触，对中国共产党的统战政策真心拥护，故于新中国成立的喜庆日子里，不顾国民党特务的监视，冒着生命危险，从香港向北京发出了热情洋溢的贺电。

卫立煌在香港的几年中，蒋介石对他下了很大的功夫，多次派国民党大员到卫家游说，力劝卫到台湾去。可是均被卫拒绝。1954年，台湾当局与美国政府签订了所谓的《共同防御条约》，卫立煌在报上看到后非常气愤，认为台湾当局竟公然借助外力维持小朝廷，已堕落到不知民族羞耻的地步。8月下旬，香港各大报刊均刊载了《中华人民共和国各民主党派各人民团体为解放台湾联合宣言》，卫立煌找来报纸细读全文，极为赞赏，连连称赞道:"这个宣言显示出民族气节,具有炎黄子孙之风!"

在毛泽东、周恩来的关怀下,1955年3月15日,卫立煌与夫人回归祖国内地,来到广州。受到中共华南局书记陶铸和华南局统战部长林李明的热烈欢迎。卫立煌怀着无比喜悦兴奋的心情,于16日发电报向毛泽东主席、周恩来总理和朱德副主席致敬,报告他已经回来,同时将预先准备好的《告台湾袍泽朋友书》交给新华社发表。

毛泽东接到卫立煌的电报不胜喜悦,立即回电,"甚表欢迎"。

1955年4月5日,卫立煌一行来到北京。不久,毛泽东主席就会见了卫立煌。次年9月的《人民画报》上,还刊登了毛泽东同卫立煌在宴会上的大幅照片。

1956年4月25日,毛泽东在中共中央政治局扩大会议上发表《论十大关系》的重要讲话。这篇讲话的第七个问题,讲的是党和非党的关系,在这一节中,毛泽东阐述了共产党和各民主党派长期共存互相监督的理论。毛泽东讲道:

> 在我们国内,在抗日反蒋斗争中形成的以民族资产阶级及其知识分子为主的许多民主党派,现在还继续存在。在这一点上,我们和苏联不同。我们有意识地留下民主党派,让他们有发表意见的机会,对他们采取又团结又斗争的方针。一切善意地向我们提意见的民主人士,我们都要团结。像卫立煌、翁文灏这样的有爱国心的国民党军政人员,我们应当继续调动他们的积极性。

毛泽东称卫立煌是"有爱国心的国民党军政人员",这是对卫立煌追求真理,由一名国民党高级将领逐步改变其原来的立场,投入人民怀抱表示的热情欢迎和充分肯定。

《打渔杀家》中的萧桂英,作为年轻女性,作为性情温顺的渔姑,虽然屡遭官府、劣绅和渔霸的欺凌,几次产生反抗的心理,但杀死恶霸丁自燮全家远走他乡,毕竟不是一件轻易下决心的事情。她犹豫彷徨过,但她终于醒悟过来,认清了只有反抗出走才是生路。毛泽东以她的醒悟后终于"同梁山好汉一起'革命'了",形象地比喻经历复杂的卫立煌将军的回归大陆,投身祖国的社会主义建设,是十分恰当的,这幽默的话语中隐含着对卫立煌的热情的肯定和由衷的赞扬,也博得卫将军的感动和理解。

大家都熟读过《水浒传》，眼前正在看着《打渔杀家》这出戏，梁山好汉是心目中的英雄，萧桂英的道路大家都赞同，以萧桂英与梁山好汉的"一起革命"，来巧喻共产党人与民主党派的合作，是人们容易认同的道理。共有的文化心理容易在彼此间产生共鸣。

# 要研究故事里的辩证法

《水浒传》上有很多唯物辩证法的事例,这个三打祝家庄,算是最好的一个。

《毛泽东选集》第1卷,人民出版社1991年6月版,第313页

水浒故事在现在的读者中,大概"三打祝家庄"的"知名度"最高。因为毛泽东在其哲学名篇《矛盾论》中的引用,更使其身价倍增,名声大振。

据小说描写,祝家庄在郓州地界,离梁山泊不远。祝家庄庄主祝朝奉,有三子祝龙、祝虎、祝彪,皆有万夫不当之勇;庄兵武术教师栾廷玉也是身手不凡,武艺绝伦。祝家庄依山倚冈,林木茂盛,道路复杂,易守难攻。且西有扈家庄,东有李家庄,三庄联防,固若金汤。祝家庄誓与梁山好汉为敌,祝家父子放言:"填平水泊擒晁盖,踏破梁山捉宋江。"宋江也发誓:"我若打不得祝家庄,永不回梁山泊!"

连续三次,梁山义军才攻破祝家庄。

一打祝家庄。发兵之初,攻庄之前,宋江听说祝家庄地势险要,树木茂密,里面修有盘陀路,路径曲折复杂,生人走进去就走不出来。可是究竟这盘陀路是怎么回事,谁也说不清楚。于是宋江就让大队人马驻扎待命,派石秀、杨林二人先去探路。石秀、杨林走后,半天不见回来,宋江又派欧鹏前去打听他们二人的下落。过了一阵儿,欧鹏回来说,他刚走到村边,就听人们叽叽喳喳的议论,说庄上捉住了一个奸细。宋江在这种情况下,本该冷静分析一下原因,但他怒火中烧,贸然进攻,在盘陀路上迷了路,幸亏石秀赶来解了围,才使梁山人马未遭重大损失。一打祝家庄不幸中的大幸,是熟悉了盘陀路的实际情形,心中有了底;但对敌情还是估计不足,所知甚少。宋江只好下令收兵回营。

二打祝家庄。宋江以为盘陀路已经不是进攻的难题了,紧接着就布置第二次攻打。这次宋江兵分两路,自己带一路绕到祝家庄后面打,让林冲、秦明等人攻打前门,想靠强大兵力两面夹击攻破祝家庄。当大军杀到庄前时,冷不防扈家庄女将一丈青带着一支军队,从后面杀将过来。宋江措手不及,匆忙应战,王英被一丈青捉了去。此时祝家庄又趁机出击,混杀一场,欧鹏被栾廷玉打伤,秦明、邓飞又被捉了去,如果没有林冲杀来,捉了一丈青,宋江的性命也难保。这一仗下来,宋江这方面捉了一个扈三娘,可是伤了一个欧鹏,被捉去秦明、邓飞两个。第二次打祝家庄遭到了更大的失败。

三打祝家庄。宋江和军师吴用一道总结了前两打失败的教训,重新进行了比较系统的调查,在弄清情况的有利条件下,先拆散了祝家庄、扈家庄、李家庄的联盟,孤立了祝家庄,改变了过去那种猛冲猛打、盲目行动的策略。同时派孙立打入敌人内部,摸清了敌人的实情。等到宋江引兵攻打祝家庄时,孙立救出被捉的梁山好汉,里应外合,内外夹攻,顺利地攻破了祝家庄,取得了最后的胜利。

三打祝家庄的故事,战斗激烈,情节曲折,波谲云诡,峰回路转,其间可供人们认识客观事物者很多。毛泽东每每提及,多是把它作为一种方法论来使用。

## 三打祝家庄算是最好的一个

1937年下半年,毛泽东为了克服存在于中国共产党内的严重的教条主义思想,认真研究哲学问题,撰写哲学讲义和著作。他的哲学名篇《矛盾论》就是这个时期撰写的。他在阐述矛盾的特殊性时,讲到"研究问题,忌带主观性、片面性和表面性"。在剖析"片面性"时,他说:

> 所谓片面性,就是不知道全面地看问题。例如:只了解中国一方、不了解日本一方,只了解共产党一方、不了解国民党一方,只了解无产阶级一方、不了解资产阶级一方,只了解农民一方、不了解地主一方,只了解顺利情形一方、不了解困难情形一方,只了解过去一方、不了解将来一方,只了解个体一方、不了解总体一方,只了解缺点一方、不了解成绩一方,只了解原告一方、不了解被告一方,只了解革命的秘密工作一方、不了解革命的公开工作一方,如此等等。一句话,不了解矛盾各方的特点。

这就叫做片面地看问题。或者叫做只看见局部，不看见全体，只看见树木，不看见森林。这样，是不能找出解决矛盾的方法的，是不能完成革命任务的，是不能做好所任工作的，是不能正确发展党内的思想斗争的。孙子论军事说："知彼知己，百战不殆。"他说的是作战的双方。唐朝人魏徵说过："兼听则明，偏信则暗。"也懂得片面性不对。可是我们的同志看问题，往往带片面性，这样的人就往往碰钉子。《水浒传》上宋江三打祝家庄，两次都因情况不明，方法不对，打了败仗。后来改变方法，从调查情形入手，于是熟悉了盘陀路，拆散了李家庄、扈家庄和祝家庄的联盟，并且布置了藏在敌人营盘里的伏兵，用了和外国故事中所说的木马计相像的方法，第三次就打了胜仗。《水浒传》上有很多唯物辩证法的事例，这个三打祝家庄，算是最好的一个。列宁说："要真正地认识对象，就必须把握和研究它的一切方面、一切联系和'媒介'。我们决不会完全地作到这一点，可是要求全面性，将使我们防止错误，防止僵化。"我们应该记住他的话。(《毛泽东选集》第1卷，人民出版社1991年6月版，第312—313页)

人们读毛泽东的哲学批注集，看有关毛泽东在延安时期哲学活动的回忆录，会发现一个十分明显的情况，就是毛泽东在阐释马克思主义哲学观点时，十分注意列举生活化的事例，把深奥的道理解释得通俗易懂，以至没有多少文化的工农干部一听就懂。列举《水浒传》中三打祝家庄的事例，以说明看问题忌带片面性，以便把握事物的一切方面和联系媒介，是毛泽东在这方面最为成功的尝试，以至读过《矛盾论》的人，都记得"三打祝家庄"的故事，也都晓得主观性、片面性和表面性的不对。

宋江带兵攻打祝家庄，尤其是前两打，从思想方法上看，确实犯了不少片面性的错误：在敌我情况掌握上，他明于知己，暗于知彼，对祝家庄的兵力、地理、战法懵懵懂懂；在敌方力量组合上，他只注意祝家庄，而忽视了扈家庄和李家庄；在选派侦察员时，只注意石秀到过祝家庄，而杨林却人生地不熟，因此被捉了"奸细"；在胜利后的俘虏政策上，甚至主张屠庄，洗荡一村百姓，忽略了还有像钟离老人那样的梁山"内应"……事情往往是这样，被忽略的另一面在事物运动中却起了决定性的作用，宋江忽略了的因素，则导致了一打和二打的失败。

党内教条主义者看问题的方法，有类似前两打阶段的宋江。毛泽东用

"只了解"与"不了解"的句式,一连列举了党内教条主义者片面看问题的十个方面,指出他们在中国与日本、共产党与国民党、无产阶级与资产阶级、农民与地主、顺利与困难、过去与将来、个体与总体、缺点与成绩、原告与被告、秘密工作与公开工作这些矛盾方面中,搞一点论,而不是两点论,"不了解矛盾各方的特点",找不出解决矛盾的办法。像宋江一打二打祝家庄那样,到处碰壁,归于失败。

片面性与主观性、表面性是互相联系的,都是教条主义和经验主义的思想方法。毛泽东说:"中国的教条主义和经验主义的同志们所以犯错误,就是因为他们看事物的方法是主观的、片面的和表面的。"这指出了教条主义与经验主义者的思想"病根"。

矮脚虎被擒

宋江第三次攻打祝家庄,思想方法对头了,已经克服了片面性和主观主义,因而胜利了。宋江三打祝家庄的胜利,也就是唯物辩证法的胜利。毛泽东把刚刚传入中国一二十年的马克思主义哲学与中国几百年前的水浒故事勾挂起来,这样通俗地阐述和宣传马克思主义,显然是一种创造,这个创造是十分了不起的。

## 有一批人假装合作打宋江

1942年11月21—23日,毛泽东在西北局高干整风会上,结合中国共产党的实际,讲解了斯大林《论布尔什维克化十二条》。这是斯大林1925年2月会见德国记者、共产党员威廉·海尔佐克的谈话《关于德国共产党的前途和布尔什维克化》,提出一个党要实现布尔什维克化,必须具备他所提出的十二项基本条件。于是,人们便称之为"布尔什维克化十二条",实际上成了衡量各国共产党布尔什维克化程度的标准,对各国共产党的建设具有指导意义,而对延安整风时期的中国共产党又无疑具有现实的指导意义。

斯大林在谈到"布尔什维克化"第七条时说:必须使党在自己的工作

中善于把不可调和的革命性（不能和革命的冒险主义混为一谈）和最大限度的灵活性及机动性（不能和迁就行为混为一谈）结合起来……

毛泽东在讲解这个第七条时，是这样阐述的：

> 斯大林的第七条讲党在工作中要善于把不调和的革命性和最大限度的灵活性、机动性结合。这一条是讲统一战线原则，革命与妥协的关系。列宁写了一本书，叫"左派"幼稚病，就是讲的这个第七条。这里有一个最大限度的灵活性、机动性问题，我们的"三三制"（引者按：即在抗日民主政权人员构成中，中共党员、非党左派进步分子和中间派人士各占三分之一）就是最大的灵活性、机动性，要灵活地用各种组织形式和斗争形式达到革命的目的。不调和的革命性不要同冒险主义混淆，最大限度的灵活性不要同迁就主义混淆。（《毛泽东年谱》中卷，人民出版社、中央文献出版社1993年12月版，第413—414页）

毛泽东由此谈到要善于采取合法斗争和秘密斗争相结合的策略，来达到革命的目的。他说：

> 《水浒传》上的祝家庄，两次都打不进去，第三次打进去了，因为搞了木马计。有一批人假装合作打宋江，祝家庄便欢迎得很，相信他们，这是合法的。但这批人暗中准备非法斗争，等到宋江打到了面前，内部就起来暴动。革命没有内部变化是不行的。单单采取合法斗争这一形式就不行。堡垒最容易从内部攻破，一打、二打，打不进去，《水浒传》的作者写得非常好，写得完全符合事实。我们对敌人如此，敌人对我们也是如此。（陈晋：《毛泽东之魂》，吉林人民出版社1993年10月版，第370—371页）

毛泽东讲"有一批人假装（与祝家庄）合作打宋江"，说的是小说第五十回孙立等人运用瞒天过海之计混进祝家庄里应外合的故事。书中说，宋江二打祝家庄丢了四员大将，正愁闷时，军师吴用带来了克敌妙计。原来，登州兵马提辖孙立为帮助表兄弟解珍解宝报仇，杀了毛太公一家，事后便投奔梁山泊而来。闻知梁山好汉正在攻打祝家庄，久攻不下，便利用自己与祝家庄枪棒教师栾廷玉的师兄弟关系，以调守郓州顺道路过为借

智破祝家庄

口，混入了铁壁铜墙般的祝家庄。第四日，梁山泊好汉前来挑战，孙立自告奋勇，挺身出阵，与石秀战了五十个回合后，把对方捉拿过来。祝家庄庄主祝朝奉及三个儿子，见孙立捉了梁山好汉，十分高兴。孙立借机进言，让他们将石秀及先前捉拿的时迁、杨林等七个好汉囚在七辆囚车里，用好酒饭将养身体，待拿了宋江一并解上东京请赏。祝朝奉因此对孙立愈加信任。孙立则暗中叫同伙邹渊等人观察好出入路径，并把消息透露给杨林等七人。第五日，宋江又分兵四路来攻打祝家庄。祝家三子及栾廷玉各带一部分人马从四个方向杀出祝家庄。孙立等则乘机行动起来。他们先杀了守监门的庄兵，打开囚车，放出七个好汉，又杀了祝朝奉，最后去马草堆里放起大火。庄外，宋江等见庄内烈焰冲天，愈战愈勇。祝家兄弟见庄内起火则慌忙奔回，孙立等人早把吊桥拦住。祝虎、祝龙、祝彪先后被吕方、郭盛、李逵杀死。祝家庄终于陷入梁山好汉之手。

从三打祝家庄的故事中，能够看出革命性与灵活性的统一，能够看出合法斗争和秘密斗争的结合，毛泽东的视角真可谓独特。孙立等人，经过乔装打扮，打入敌人内部，以同盟者的"合法身份"进行斗争，这样就把外部进攻和内部瓦解配合起来，把合法斗争和秘密斗争组合起来，实行了最有效的策略原则，打下祝家庄就自然是水到渠成的事情。毛泽东赞扬《水浒传》作者写得"完全符合实际"，这个实际，既是梁山好汉的斗争实际，也是中国共产党人的斗争实际。在抗日战争中，我党我军也必须把革命原则性与策略灵活性（机动性），把合法斗争与秘密斗争（非法斗争）最大限度地结合起来，这样才能实现领导抗战、救亡图存的政治目的。

用孙立等人从内部攻破堡垒的故事，来通俗解释合法斗争与秘密斗争相结合策略的道理，既形象又深刻，极易为人们所理解，所接受，这是毛泽东演讲的成功之处。

## 调查才能找到解决问题的方法

1947年3月底,毛泽东率领"昆仑纵队"的几百名官兵,转战在陕北黄土高原上。骑马行军累了,就下马步行。他与警卫战士们约定:利用行军时间学习文化。只要没有紧急情况,他们就采取讲故事的办法,或者一个人提问题大家讨论的办法学习。石国瑞讲晋察冀的故事,张林讲绥远的故事,伍银岭讲"吕梁英雄传"……

毛泽东很感兴趣,有时骑在马上还俯下身子听。每个人讲完之后,他都要做个简短的评论,就像教师给学生讲评一样。他说:"从你们讲的故事中,我还能了解情况,学到知识呢。"

还像头天一样,有时步行,有时骑马。一次,他从马背上下来,问道:"你们都是从农村来的,知道种庄稼为什么要浇水、施肥吗?"

是呀,战士们都是农民出身,从小就看到大人们种庄稼,看到浇水、施肥,也知道不浇水不施肥庄稼就长不好,就不能多打粮食,至于其中的道理,谁也说不出个所以然来。

毛泽东看看他们,解释说:"庄稼也和人一样,要空气,要阳光,要吃饭,要喝水。你们想想,要是把庄稼盖起来,不让它透气,不让它见到阳光,它就会闷死。这就是因为它要有光合作用,制造叶绿素。它吃的饭,就是肥料。庄稼都有根,有粗的主根,还有细的须根,好像人的血管,把水和肥吸收进去,就能成长了……"

大概因为毛泽东看到警卫战士们懂得太少了,就说:

> 你们的文化低,读理论书有困难,可以先看小说,引起读书兴趣,文化提高后再慢慢读理论书。小说的内容很丰富,有政治,有军事,有文化,有生活,看小说不仅能够增长知识,养成良好的学习习惯,而且也能够提高分析和判断的能力。例如《水浒》里有个三打祝家庄,前两次没有打进去,宋江从调查情况入手,熟悉了盘陀路,拆散了李、扈、祝三家的联盟,给敌人的营盘里藏了伏兵,第三次就打进去了。这就是只有调查研究才能找到解决问题的方法嘛。(阎长林:《警卫毛泽东纪事》,吉林人民出版社1992年3月版,第77页)

毛泽东这次引用三打祝家庄的故事，是通过挖掘故事本身的哲理内涵，告诉警卫战士们调查研究方法的重要，进而明白看小说可以增长知识，提高分析和判断能力的道理。

毛泽东一生注重调查研究，他提出一个著名的口号，叫作"没有调查就没有发言权""不做正确的调查同样没有发言权"。这就是说，在对某一问题做出判断、决策之前，首先要进行调查研究，以获得正确的材料和真实的情况，在此基础上做出的判断和决策才能是实事求是的。

三打祝家庄的故事恰恰再次形象地证明了这个道理。毛泽东通过讲述自己读《水浒传》的体会，引导身边这些农民出身的士兵热爱读书，以便提高文化素养。

## 齐心协力打胜了第三次

1948年4月1日，毛泽东在晋绥干部会议上讲话的当天黄昏，中共中央晋绥分局给《晋绥日报》编辑部打来电话，传来一个振奋人心的喜讯："毛主席想见一见你们，毛主席准备明天接见你们！"

4月2日，在兴县蔡家崖村晋绥军区司令部接待室，毛泽东接见了《晋绥日报》编辑部人员。毛泽东安详地坐在靠窗的单人沙发上，点燃一支香烟，慢慢地审视着报社人员请示的关于贯彻党的群众路线、全党办报方针、宣传党的路线和政策、依靠贫农与团结中农、开展批评与自我批评等六个问题。

毛泽东看了关于贯彻党的群众路线的问题，和蔼地环视大家说："啊！这么大的问题，要谈就得一整天！"

看到关于贯彻全党办报方针问题，他笑了笑，谦虚而风趣地说："办报，你们是先生，我是学生。先生不了解学生，对学生不会出题目嘛！"

看到宣传党的路线、政策，依靠贫农与团结中农的问题时，毛泽东点点头说："嗯，这个问题，我还懂一点！"

报社人员提的最后一个问题，是关于团结民族资产阶级和开明士绅的问题。毛泽东看到这里，问在座的中共中央晋绥分局负责人、晋绥军区司令员贺龙："关于这个问题，我为党中央起草了一个党内指示，他们没有看到吗？"

贺龙回答说："中央指示收到了，还没有来得及向下传达。"

这时，毛泽东缓缓站起身来，他两手伸向前方，微微向上举起，目光亲切地环视着大家，用洪亮而浑厚的声音说："我们的政策，不光要使领导者知道，干部知道，还要使广大的群众知道。"

毛泽东谈了在宜川一举歼敌3万多人的西北大捷的例子。在西北战场上，这是第一个大胜仗。当毛泽东谈到战士明白了为什么打仗，怎么打法，个个摩拳擦掌，士气很高，一出马就打了胜仗的时候，他挥动右手，向前做了一个强有力的手势，显示着：蒋家王朝覆灭的时刻就要到来了。

毛泽东对报社人员请示的关于贯彻党的群众路线的问题，作了特别详细的阐述。毛泽东说："要解决这个问题，根本上当然要从思想上进行群众路线的教育，同时也要教给同志们许多具体办法。办法之一，就是要充分地利用报纸。"

毛泽东喜欢用历史上和现实生活中的事例，以鲜明生动的形象，简明通俗的语言，十分扼要地阐述深邃博大的思想。毛泽东在屋子里踱了几步，转过身，立定了，停了停，笑着问大家：

> 你们看过《三打祝家庄》的戏吧？头两次打败了。后来研究了为什么失败，大家心一齐，采用里应外合的方法，结果第三次打胜了。（中共吕梁地委党史研究室：《毛泽东在吕梁》中共党史出版社1993年11月版，第266页）

毛泽东讲话，语调缓慢，声音洪亮。他以智慧吸引着大家，不断将人们从一个思想境界带入另一个更高的思想境界，使人充满信心和力量。

毛泽东无论与报社人员漫谈引入话题，还是正式发表讲话阐述思想，核心的问题都是在宣传解释党的群众路线，是在谈充分地利用报纸宣传群众，组织群众，从思想上武装群众。因为群众路线问题是"大问题"，是关系到解放战争能否取得彻底胜利的关键所在。

从这个视角进入，再次引用三打祝家庄这个水浒故事时，他强调的侧重点则是"大家齐心，里应外合"。这时，梁山义军这个"大家"主要有三股力量：一股是宋江从梁山带来的人马，二股是孙立等潜入祝家庄的内应队伍，三股是从三庄联盟分化出来的扈家庄的庄兵。三股劲拧成一股绳，三方力量团结起来，就攻必克战必胜了。

如果说以往毛泽东运用三打祝家庄的故事说明的是辩证法原理的话，那么这次引用则是生动形象地解释了历史唯物论的原则。毛泽东举重若轻，言简意赅，几句话勾勒了三打祝家庄故事的梗概，把深邃的道理通俗地解释出来，令人易懂且信服。

## 主观主义就不行

揭示三打祝家庄等水浒故事的哲学内涵，以端正人们的思想方法，是毛泽东的经常话题。

据李越然回忆：1957年毛泽东率领代表团访问苏联时，有一次，毛泽东和郭沫若等人在一起纵谈三国。郭老是大历史学家了，因此他们谈得非常热烈。谈着谈着，毛泽东突然问李越然：

"给你提个问题，你说诸葛亮和曹操这两人，谁厉害？"

当时李越然很尴尬，不知如何是好，他只好说："主席，我对《三国》只有一些非常浅薄的知识性的了解。"

毛泽东说：

"那不行，对《三国》要多看，起码看三遍。"又说："《水浒》也要起码看三遍。《三国》里有许多战例，蕴含着很深的战略战术；《水浒》里有许多辩证法，祝家庄怎么打进去的，主观主义就不行。"（张素华、边彦军、吴晓梅：《说不尽的毛泽东》，辽宁人民出版社1993年12月版，第430页）

关于这段话，还有另一种版本：

"《三国》、《水浒》这些好书，至少要读他三遍。"毛泽东说，"不要去注意那些演义式的描写，而要研究故事里的辩证法。"接着，毛泽东又由《三国演义》、《水浒传》等书，讲述了一番唯物辩证法。（李越然：《外交舞台上的新中国领袖》，解放军出版社1989年版，第158页）

主观主义打不下祝家庄。我们知道，祝家庄的"客观存在"是：强大的兵力，坚固的城防，复杂的道路；它还和邻庄结盟，因而能够得到外部的支援。而宋江的"主观认识"却是：第一次打祝家庄，事先没有做调查研究，不了解盘陀路的情况就盲目进兵。一听说人家"捉住了一个奸细"，就认定是他派去侦察的两个人都被捉去了，于是不想再搞敌情侦察，决定马上打进庄去救弟兄。主观主义的错误造成了一打的失败。接着的第二次进攻，忽视了祝家庄和扈家庄的亲密关系，孤立地估量祝家庄的力量，主观认识和客观存在仍然不一致，所以一开始就被扈三娘打了个措手不及，陷于被动地位，败得更惨。经过两次失败，宋江才基本上摸清了祝家庄的实际情况，制订了一个里应外合的第三次打祝家庄的作战计划。由于这个计划（主观认识）比较符合实际情况（客观存在），因而使得第三次攻打祝家庄终于取得了胜利。

从思想方法上说，前两打的失败是主观主义指挥的失败，三打首先是宋江战胜了自己头脑中的主观盲动，才取得了攻破祝家庄的胜利，亦即实事求是的胜利。

毛泽东多遍读《水浒传》，从中发现里面"有许多辩证法"。他的解读见解是独到的，见人所未见，言人所未言，这是他三温四复地咀嚼的思维果实。他以此引导人们对《水浒传》"起码看三遍"，就是告诉人们，读小说不只是看故事，不只是看热闹，要善于看透故事后面的哲理。

讲读书学习，不知不觉总以三打祝家庄作为例证，可见他对这个故事印象之深。

## 三打解决三个矛盾

1959年2月，为总结"大跃进"的经验教训，提醒全党必须重视矛盾、发现矛盾、认识矛盾和处理好现实中的问题，毛泽东在省市自治区党委书记会议上的讲话，又谈到了《三打祝家庄》，他说：

> 《三打祝家庄》这个戏现在又不唱了，我倒很喜欢，先前就有"探庄"那个戏，是个很好的戏，把它发展一下，就成了《三打祝家庄》。这个戏就是解决几个矛盾。头两次失败了，第三次，先解决一个矛盾，由石秀化装去探庄，弄清了盘陀路，解决道路问题。解决第二个矛盾，就是分化三庄联盟，孤立祝家庄。祝家庄、扈家庄、李家庄，结成统一战线，扈三娘、李应都是很厉害的。结果是各个击破，先把李应拉过来，扈家庄是用武力解决的，作家写李逵为了使扈三娘没有顾虑，只放走了她的一个哥哥，其他都统统杀了。所以李逵这个人还是有缺点的。解决第三个矛盾，就是对祝家庄这个内部堡垒情况不了解，这才有孙立的假投降，里应外合，最后打进去了。这是很好的戏，为什么不唱？（陈晋：《文人

毛泽东》，上海人民出版社1997年12月版，第253页）

在毛泽东的进一步发挥中，"三打"之于解决社会主义建设过程中的一些问题，仍然有着方法论方面的启发作用。

1958年，我国政治和经济生活中的"大跃进"和"人民公社化"运动，带来了比例失调、物资短缺、虚报浮夸、官僚主义等等弊端，"共产风"等"左"的错误严重地破坏了党群关系和干群关系，损害了广大群众的利益。同年底与第二年初，毛泽东在一定程度上发现了"共产风""浮夸风"等错误造成的损害，中央接连召开了郑州会议、武昌会议、上海会议和党的八届六中全会、八届七中全会，统一思想，采取措施，压缩空气，降低指标，纠正"共产风"，狠刹"浮夸风"，使全国上下的狂热气氛初步冷却下来。

但是，毛泽东本人一时之间也陷入迷惘之中，他既痛斥违背价值规律的种种错误，但又肯定总路线牵头的"三面红旗"，坚持一些"左"的做法，这反映了毛泽东在探索社会主义建设道路时遇到挫折后的徘徊和迷惘。

正是在这样的背景下，毛泽东于1959年2月初，主持召开了省、市、自治区党委书记和第一书记会议。他讲自己喜欢《三打祝家庄》这个戏，讲三打解决三个矛盾，在主观愿望上是希望众位书记研究社会主义建设的各种矛盾，探索其特点规律，以便像梁山义军三次攻打祝家庄解决三个矛盾那样，一个一个地解决社会主义建设中的问题。

按照毛泽东的矛盾学说，问题就是矛盾，工作的目的就在于解决矛盾，而党的各级领导者的任务和责任就在于能够及时发现、透彻认识、正确处理各种矛盾，从必然王国进入自由王国，当社会主义建设的"明白人"。

三打祝家庄其实算不上个大的战斗，只不过是梁山义军攻破一处地主武装的土围子罢了。但是，毛泽东却从中读出了唯物论，提倡通过调查研究以克服唯心主义；读出了辩证法，提倡全面认识事物以克服思想方法上的片面性；读出了斗争策略，善于把合法斗争与秘密斗争方式结合起来，齐心合力把各方面力量都调动起来；读出了事物的矛盾法则，问题就是矛盾，工作就是解决问题，社会主义建设在解决矛盾中前进；如此等等。三打祝家庄的故事在认识客观、改造客观中的作用可谓大矣。

把中国古典小说与马克思主义哲学联系起来，用小说故事本身所蕴含的哲理，来通俗地解释马克思主义哲学的原理，这是毛泽东的首创，这个首创开始于毛泽东在《矛盾论》中对"三打祝家庄"故事的引用阐发。

# 《三打祝家庄》很有教育意义

> 毛泽东写信祝贺，说："我看了你们的戏，觉得很好，很有教育意义。继《逼上梁山》之后，此剧创造成功，巩固了平剧改革的道路。"
>
> 陈晋：《毛泽东读书笔记解析》，广东人民出版社1996年7月版，第1369页；白金华：《毛泽东谈作家和作品》，吉林人民出版社1993年版，第326页

1937年，毛泽东在其哲学著作《矛盾论》中对"三打祝家庄"故事的分析，是从思想方法角度来看待《水浒传》这部作品的意义的。也许就是从这时起，"三打祝家庄"故事在毛泽东的脑海里打下了深深的烙印，他经常思考的问题是利用何种形式发挥好这个故事的教育作用。

1942年10月，延安平剧院成立不久，毛泽东就曾指示该院根据他的论述作构思的主题，来创作剧本。可是，由于战事繁忙，大家都忙于别的工作，这件事并没有立即付诸实施。1944年1月9日晚，毛泽东在中央党校副校长彭真陪同下观看平剧《逼上梁山》。该剧由中共中央党校研究员杨绍萱和教务处文教科科长齐燕铭编导，中共中央党校俱乐部演出。毛泽东一边看，一边对彭说：

> 《水浒》中有很多段落都是很好的戏剧题材，如三打祝家庄就是一个。你们把《逼上梁山》搞完了，可以接着编个《三打祝家庄》。(《延安中央党校的整风学习》第2册，中共中央党校出版社1989年版，第205页)

看完这场演出以后，毛泽东又连夜写信给杨、齐两人，给予赞扬，说他们新编的《逼上梁山》推动了平剧的改革。

时间又过去了半年，毛泽东关于创作平剧《三打祝家庄》的指示才得到落实。1944年7月初，正式成立了"三打祝家庄"创作小组。可是，当年延安书籍很少，大家都在闹书荒。毛泽东那里倒有一部120回的《水浒传》。创作小组就从毛泽东那里借到了这部书。在具体的创作构思当中，又得到了齐燕铭的帮助。剧本的创作有了眉目以后，创作小组又主动向毛泽东汇报，毛泽东也认真地听取汇报，再次作了具体指示：

> 该剧要写好这样三条：第一，要写好梁山主力军；第二，要写好梁山地下军；第三，要写好祝家庄的群众力量。（陈晋：《毛泽东之魂》，吉林人民出版社1993年10月版，第368页）

毛泽东的这个指示，指出了剧本的思想主旨和创作方向。所谓梁山主力军，就是宋江带来的梁山进攻祝家庄的大队人马；所谓梁山地下军，就是孙立、孙新从登州带来的协助梁山攻打祝家庄的内应部队，当时已经设计使人马潜伏进祝家庄；所谓祝家庄的群众力量，是指以钟离老人为代表的、深受祝朝奉欺压的、拥护梁山义军的贫苦农民。这种对《水浒传》的全新解读，渗透进了中国共产党人领导人民进行抗日战争的新的实践内容和思想理念，表达了实现抗日民族统一战线的要求。同时，从这项指示当中，也可以清楚理解毛泽东要求创作《三打祝家庄》这出戏的具体目的，那就是使新编历史剧为现实的民族抗战服务。

经过半年多的努力，创作小组撰写剧本成功。《三打祝家庄》取材《水浒传》第四十六至五十回中三打祝家庄的故事，描写梁山农民起义军第一次攻打地主武装盘踞的祝家庄，由于贸然进兵，被困盘陀路中，险些全军覆没。又派石秀探明盘陀路，并采取各个击破策略，争取了李家庄、扈家庄，孤立了祝家庄。但因祝家庄城高堑深，梁山农民起义军只靠强攻猛打，第二次进兵又遭失败。梁山再联络孙立、孙新、乐和等人打入祝家庄，作为内应，终于攻克了祝家庄。平剧《三打祝家庄》删除原小说中时迁偷鸡、李逵血洗扈家庄、吴用计赚李应上梁山等情节，吸收昆曲传统剧目《扈家庄》《探庄射灯》的一些表演艺术，从策略斗争的角度，描写梁山义军总结战争失利的教训，摸索出依靠群众、调查研究、分化敌人、里应外合等经验，终于取得胜利。1944年，抗日战争即将转入全面反攻阶段，解放区军民面临着夺取敌占城市的重要战略任务。这出戏的创作正适应了当时的形势。

1945年初，排练已接近尾声。这年的2月22日，延安平剧研究院公演《三打祝家庄》。对此，毛泽东十分高兴，写信祝贺说：

"我看了你们的戏，觉得很好，很有教育意义。继《逼上梁山》之后，此剧创造成功，巩固了平剧改革的道路。"（陈晋：《毛泽东读书笔记解析》，广东人民出版社1996年7月版，第1369页；白金华：《毛泽东谈作家作品》，吉林人民出版社1993年版，第326页）

毛泽东的这个评价是很高的，"很有教育意义"是指这个剧的教育作用和思想意义，"巩固了平剧改革的道路"是指新编平剧《三打祝家庄》在平剧改革事业上的历史地位。这个评论对广大文艺工作者是很大的鼓舞，是对他们进行戏剧改革成果最好的褒扬。

从思想意义和功利目的上看，如果说《逼上梁山》揭示了农民革命斗争的必然性，那么《三打祝家庄》则表现了革命斗争的方法、政策问题。二者在内容上的连续性，看起来偶然，但它们同被视为改造旧题材旧戏剧的试验，一个是"开端"，一个是"巩固"，却有一定必然性。这两个剧都是旧形式新内容，旧材料新主题，共同实现了为现实的革命斗争服务的目的。所谓"新"，包括改编者本身具有新的创作指导思想，即给剧本提供新的主题思想，观众能够根据现实的需要从中引申出新的教益。这样的戏，有特殊的"服务"价值。

几个月以后，中国共产党第七次全国代表大会在延安召开。5月31日，毛泽东在代表大会的结论中提出"要多想问题"。他说：

一个问题来了，一个人分析不了，就大家来交换意见，要造成交换意见的空气和作风。我这个人凡事没有办法的时候，就去问同志们，问老百姓。打仗也是这样。我们要善于跟同志们交谈。比如，《逼上梁山》就是一个集体创作，《三打祝家庄》也是一个集体创作，《白毛女》也是一个集体创作，让自己的功劳同大家共有，这有什么不好呢？《共产党宣言》就是马克思、恩格斯两个人合作写的。我们搞了一个《关于若干历史问题的决议》，又搞了一个政治报告，如果不是大家都来，一个人怎么能够搞得完全呢？首先要承认这一点，就是一个人搞不完全，要依靠大家来搞,这就是我们党的领导方法。要用这样的方法来启发同志的思想,去掉盲目性。(《毛泽东文集》第3卷,人民出版社1996年8月版,第398页)

在这里,毛泽东总结了《三打祝家庄》等平剧创作的经验,那就是依靠集体的力量,依靠大家的力量。《三打祝家庄》就是由延安平剧研究院的魏晨旭、李纶、任桂林等集体创作,刘宁一、齐燕铭、郭化若、刘慎之参加研究的。没有集体创造,没有大家的智慧,《三打祝家庄》不会改得这样好,不会有这样高的思想性和艺术性。由此,毛泽东发挥说,像写作《关于若干历史问题的决议》和七大政治报告这样的重要文件,一个人搞是不行的,要集中大家的智慧、群众的智慧,这种领导方法也就是群众路线的领导方法。这种领导方法可以使我们去掉盲目性,增强自觉性,把文件写得更好,把工作干得更好,把事情做得更好。这也是一种民主作风。

《三打祝家庄》创作演出成功以后,延安戏剧界和毛泽东很注意发挥这出戏的宣传教育作用。

1945年7月1日,重庆国民政府参政员褚辅成、黄炎培等六人来延安商谈国是。第二天文艺晚会观看《三打祝家庄》。黄炎培在日记中写道:《三打祝家庄》"是旧式的平剧,而特别添上若干部分的新资料。祝太公家一群司账、门公,见钱伸手就要,做事一塌糊涂,对主人一味献媚,对佃户欺压骄横,无所不为,弄得佃户怒气冲天。宋江一大群男女打进祝家庄,就得这一群农民助力。一面救出七位兄弟,一面还高呼解放。……像这剧,我确信是一种利器"。

1946年6月,原国民党飞行员刘善本驾机起义,来到延安。6月29日晚,中共中央在中央党校礼堂举行欢迎晚会,许多人在礼堂门口迎候,其中为首的一位握住刘善本的手自我介绍说:"毛泽东,欢迎你们到延安来。"刘善本多年的心愿实现了,他把千言万语凝结成一句话:"毛主席,我终于到您这里来了!"会后,毛泽东、朱德、刘少奇等中共中央领导同志,陪同刘善本等起义人员观看了《三打祝家庄》等文艺节目。这出

宋公明三打祝家庄

戏中，协助梁山好汉攻打祝家庄的孙立、孙新等将领，就是从敌人营垒中分化出来的，相信刘善本等起义人员看了，是会从中受到启示和教育的。

1948年3月26日，从陕北跨黄河向河北进发的毛泽东、周恩来、任弼时等人，到达晋绥解放区领导机关所在地兴县蔡家崖村。这时，毛泽东对解放区的土改工作非常关心，每天忙于开会。贺龙有意让中央首长放松一下，几乎每天晚上都安排一场演出。其中一次看的是由当地群众剧团演的晋剧《三打祝家庄》。看戏，毛泽东的特点是善于从平凡的故事里总结出哲理性的东西。这次看演出，毛泽东边看边与贺龙等同志谈知己知彼和调查研究对做好工作的重要意义。

毛泽东对《三打祝家庄》这个戏的重新创造，在肯定成绩的基础上，也指出了它的缺点。1947年12月21日，毛泽东在陕北米脂县杨家沟对晋绥平剧院演出队作了《改造旧艺术　创造新艺术》的讲演。他说：

> 平剧这个剧种在延安曾有过很多的争论。平剧把老爷、太太、少爷、小姐写成一个世界，穷人就不算数。平剧的形式目前我们不忙改，只挑出若干需要修改的戏，首先从内容着手改造。过去在延安改造了两个戏，一个是《逼上梁山》，一个是《三打祝家庄》，缺点就是太长了。有些旧戏我看写得还很精练。希望你们大胆地进行艺术创造，将来夺取大城市后还要改造更多的旧戏。（《毛泽东文集》第4卷，人民出版社1996年8月版，第326页）

这个话题很有意思：有些旧戏倒写得很精练，新改造的平剧却太长了。这说明新戏也要向旧戏学习，当然是学习精练，而不是学习它的陈旧内容。

毛泽东对《三打祝家庄》这出戏还是很喜欢的，1959年他还向省市委书记们推荐这出戏，他说："我很喜欢这出戏，以后还要演。"这个情况，我们在《要研究故事里的辩证法》一文中已经提到了。

从1937年到1959年，在20多年的时间里，毛泽东对《三打祝家庄》的创作演出、评论欣赏以及发挥其作用，都给予了极大的关怀、关切和关注，使这出戏勃然诞生，健康成长，枝繁叶茂，果实累累。使其在现代平剧（京剧）改革史上写下了辉煌的一笔。

# 宋江起义与农民战争

(宋江之一)

> 从秦朝的陈胜、吴广、项羽、刘邦起,中经汉朝的新市、平林、赤眉、铜马和黄巾,隋朝的李密、窦建德,唐朝的王仙芝、黄巢,宋朝的宋江、方腊,元朝的朱元璋,明朝的李自成,直至清朝的太平天国,总计大小数百次的起义,都是农民的反抗运动,都是农民的革命战争。
>
> 《毛泽东选集》第2卷,人民出版社1991年6月版,第625页

宋江,历史上实有其人;宋江起义,历史上实有其事。世上先有宋江其人其事,而后才有宋江的故事传说和《水浒传》,如果历史上没有宋江和宋江起义,《水浒传》不会凭空创造出来。

因为《水浒传》的成书与《三国演义》的成书有共同点:它们都是属于讲史类小说,故事均有本事而又经过较长的演化过程,都是像滚雪球那样越滚越大,经历几代说书人和剧作家的集体创作,而后经过一两个文艺水准较高的小说家,最后完成艺术加工和创作,形成定本。当然,它们也有不同点:《三国演义》的故事主要是依据历史,而《水浒传》则主要依据传说。原因很简单,《三国演义》中的人物都是帝王将相,他们在正史中几乎都有专传,而《水浒传》的人物如宋江等,正史里是没有专传的。有专史凭依,"说三分"八九不离十,所以造成《三国演义》"七实三虚"的状态;无专史依据的传说,越传虚构的成分越大,使《水浒传》离"历史"远而离"小说"近。从小说的演进史上说,这是一种进步。而有历史知识的读者读《水浒传》往往会得出《水浒传》与历史上的宋江起义差别很大的结论,其原因也正在这里。

那么,历史上的宋江起义到底是什么样子,它在中国农民战争史上处于什么样的地位?不搞清这两个问题,也就难于理解《水浒传》在中国文

学史上的地位及其对现代社会的价值。

对历史上宋江起义等多次农民起义,毛泽东在《中国革命和中国共产党》一文中,曾经这样评论过:

> 地主阶级对于农民的残酷的经济剥削和政治压迫,迫使农民多次地举行起义,以反抗地主阶级的统治。从秦朝的陈胜、吴广、项羽、刘邦起,中经汉朝的新市、平林、赤眉、铜马和黄巾,隋朝的李密、窦建德,唐朝的王仙芝、黄巢,宋朝的宋江、方腊,元朝的朱元璋,明朝的李自成,直至清朝的太平天国,总计大小数百次的起义,都是农民的反抗运动,都是农民的革命战争。中国历史上的农民起义和农民战争的规模之大,是世界历史上所仅见的。在中国封建社会里,只有这种农民的阶级斗争、农民的起义和农民的战争,才是历史发展的真正动力。

毛泽东一连点了秦朝末年、西汉末年、东汉末年、隋朝末年、唐朝末年、北宋末年、元朝末年、明朝末年和清朝晚期的九次农民起义,点了十二名领导农民起义的领袖。这显然是中国历史上大小数百次起义和起义领袖人物中最为突出、最为显著者。

对于"宋朝的宋江、方腊"起义,《毛泽东选集》注释中是这样介绍的:"宋江和方腊分别是公元十二世纪初即北宋末年北方和南方农民起义的有名首领。宋江率领的起义队伍,主要活动于山东、河北、河南、江苏一带;方腊率领的起义队伍,主要活动于浙江、安徽一带。"

这条注释简要地准确地概述了宋江、方腊起义的情况。北宋末年的宋江起义,正史和野史虽然没有专题记载,但散见的史料也为数不少,把它们集中起来考证,可以搞清下列问题:(1)宋江起义的规模及其影响;(2)宋江起义的结局是投降、招安、诛杀?(3)宋江是否参与了打方腊?(4)宋江起义的余声遗响。

我们先看南宋人的记载:

> 宋江以三十六人,横行河朔、京东。官军数万无敢抗者。(宋·王偁、王俦:《东都事略·侯蒙传》)
>
> 宋江啸聚亡命,剽掠山东,一路州县大震,吏多逃匿。(宋·张守:《毗陵集》)

宣和元年十二月，诏招抚山东盗宋江……宣和三年二月庚辰，宋江犯淮阳军，又犯京东、河北路，入楚州界。（宋·李埴：《十朝纲要》卷十八）

河北剧贼宋江者，肆行莫之御。既转略京东，径趋沭阳。（宋·方勺：《泊宅编》卷下）

再看元朝人于正史的记载：

宋江起河朔，转略十郡，官军莫敢撄其锋。（元·脱脱：《宋史·张叔夜列传》）

上述五条史料，说明宋江起义有这样一些特点：（一）起义持续时间长，"宣和元年"（1119）宋徽宗已下诏招安宋江，说明他起义至晚是本年，往前推就是政和年间（1111—1118）。据洪迈《夷坚志》记载，投降朝廷的梁山义军五百人被害于宣和六年（1125）——后面还要细述此事。如此算来，宋江义军存在的时间至少六七年。（二）起义活动范围广。州、郡、路皆为宋代行政单位，这里提到淮南路、京东路、山东路、河北路，其所辖地域，东至海滨，南至长江，西至太行山，北至海河，几及半个北部中国，"转略十郡"，纵横数省，可见作战地域之广。（三）起义来势凶猛，对封建王朝震撼力大。数万官军"无敢抗者"，"莫敢撄其锋"，起义队伍"肆行莫之御"，长驱直入，如入无人之境，各州各县贪官污吏惊恐万状，纷纷逃命。而"京东"等地，靠近赵宋王朝的统治中心，构成了对其腹心地带的严重威胁。（四）起义军采取流动奔袭、游击作战的方式进行武装斗争。"剽掠""转略"等用语表明，历史上的宋江起义队伍属于"流寇"，没有固定或相对稳定的根据地，与方腊起义以青溪帮源洞为"巢穴"（根据地）大不一样。

至于宋江义军的具体战绩，正史野史几无涉及，这似与作者的偏见有关。倒是与宋江起义有涉的些许封建官吏的墓志铭披露了一些消息。当然，所披露者都是宋江的败绩。宣和二年底某个时间，宋江乘朝野上下惊恐于方腊义军打击之际，扩大活动范围，继续杀富济贫，由山东向南方"转略"。在南下途中，经过沂州（今山东南部临沂一带）：

未几，（蒋园）徙知沂州。宋江啸聚亡命，剽掠山东一路，州县大振，吏多避匿。公独修战守之备，以兵扼其冲。贼不得逞，祈哀假道。公听然阳应，侦食尽，督兵鏖击，大破之。余众北走龟、蒙间，卒投戈请降。或请上其状。公曰："此郡将职也，何功之有焉。"（宋·张守：《毗陵集·秘阁修撰蒋园墓志铭》）

这位知州蒋园懂点兵法，使义军中计落套，损失不小，但败而不亡，北撤退入龟山和蒙山，稍作整顿，即继续南下，来到江苏北部的沭阳，受到退养在家的承议郎王登、其子县尉王师心的"引兵邀击"：

（王登）其后（王）师心，为海州沭阳县尉。遇京东剧贼数千人，浮海来寇。公适就养在邑，命（王师心）引兵邀击境上，馘渠首数十人，降其余众。一道赖以安堵。（宋·葛胜仲：《丹阳集·承议郎王公墓志铭》）

公讳师心……海州沭阳县尉。时承平久，郡县无备。河北剧贼宋江者，肆行莫之御。既转略京东，径趋沭阳。公独引兵要（邀）击于境上，败之，贼遁去。（宋·汪应辰：《文定集·显谟阁学士王公墓志铭》）

也许是"郡县无备"的状况太普遍，致使宋江义军警惕性不高，让小小的县尉得手。但宋江等又是败而不亡，所谓"遁去"，即撤走之意。王师心的胜利绝不是大胜。墓志铭一般有"拔高"以夸耀墓主之陋习，他们的御盗军功大概不是什么了不起的功劳。所以蒋园落得个"何功之有"以自谦的美名。从王师心"独引兵"和蒋园"独修战守之备"来看，宋室各级官吏只知"避匿"，真能守土拒"盗"者，并不多见。

宋江的移军南下，出于何种意图，史书上没有明文记载。看来，很可能是想与江浙一带的方腊起义军会合，或配合作战。因为方腊起义在宣和二年十月，被斩于宣和三年八月。宋江南下之时，正是宣和二年底到宣和三年初。也正是方腊起义如日中天之时。据说是方腊族人的南宋人方勺在其私家著作《泊宅编》和《青溪寇轨》中透露了此中消息：

宣和二年十月，睦州青溪县堨村居人方腊，托左道以惑众。……十二月四日，陷睦州。初七日，天章阁待制歙守曾孝蕴以京东贼宋江等出青、齐、单、濮间，有旨移知青社。一宗室通判州

事，守御无策。十三日又陷歙州。（宋·方勺：《泊宅编》卷下）

　　自青溪界至歙州，路皆鸟道萦纡，两旁峭壁万仞，仅通单车。方腊之乱，曾待制出守，但以两崖上驻兵防遏，下瞰来路，虽蚍蜉之微皆可数，贼亦不敢犯境。公宋江扰京东，曾公移守青社，掌兵者以雾毒为辞，移屯山谷间，州遂陷。（宋·方勺：《青溪寇轨》）

　　正当南方的方腊攻陷睦州、威胁歙州之际，宋江义军出击青、齐、单、濮四州，这种严峻形势震动了宋政府最高决策层，宋徽宗有旨命天章阁待制曾孝蕴"移守青社"，保卫歙州。曾孝蕴利用方腊军进攻道路上"峭壁万仞"的有利地势，在两崖上"驻兵防遏"，断定起义军"不敢犯境"。但是，掌兵的通判州事"根硬"是宋徽宗的"一家子"，所谓"宗室"也，不听号令，以躲避崖上"雾毒"为理由，把守军撤到山谷间，因"守御无策"而导致歙州陷落。方腊陷歙州，有宋江牵制曾孝蕴的原因。方勺的记载，此点甚明。

　　就在宋江虽然小有失败，但仍然率部向南挺进之时，宋江的起义事业开始由峰巅下滑。他遇上了有政治头脑和军事斗争经验的北宋末期名臣张叔夜，导致了宋江的战败被俘。

　　张叔夜（？—1127），字嵇仲，开封人，宰相张耆之孙。自幼喜谈兵打仗，大观年间中进士。担任蓝州录事参军时，解决北宋与西羌的纠纷，收复若干被西羌占据之地，建立西安州。出使辽国，在宴会上弯弓搭箭，一举中的，使辽人惊叹不已。他暗中绘制辽地山城郭图，献给徽宗，为灭辽做了准备。他的堂弟张克参与弹劾蔡京的行动，蔡京迁怒于叔夜，将叔夜贬为西安草场监。在西面边陲一住数年。宋徽宗突然想到了他，召他回京担任中书舍人。叔夜极力陈述当时吏治的弊端，提出改革意见，得到一些朝臣的支持，徽宗把他提为礼部侍郎。这一来受到蔡京更大的妒忌，将他贬为海州知州。于是，宋江遇上了这个劲敌。

　　张叔夜，字嵇仲，……有文武大材。后起知海州，破群盗宋江有功。（宋·徐梦莘：《三朝北盟会编》卷八十八）

　　宣和三年二月，甲戌，降诏招抚方腊。……癸巳……是月方腊陷处州。淮南盗宋江等犯淮阳军，遣将讨捕；又犯京东，江北，入楚、海州界；命知州张叔夜招降之。（元·脱脱：《宋史·徽宗本记》）

宣和二年十二月，盗宋江犯淮阳及京西、河北，至是入海州界，知州张叔夜设方略讨捕招降之。（宋·李焘：《续资治通鉴长编》卷十八）

张叔夜……以徽猷阁待制出知海州。会剧贼宋江剽掠至海，趋海岸，劫巨舰十数。叔夜募死士千人，距十余里，大张旗帜，诱之使战。密伏壮士匿海旁，约候兵合即焚其舟。舟既焚，贼大恐，无复斗志，伏兵乘之，江乃降。（宋·王赏、王偁：《东都事略·张叔夜传》）

（叔夜）以徽猷阁待制再知海州。宋江起河朔，转略十郡，官军莫敢撄其锋，声言将至。叔夜使间者觇所向。贼径趋海濒，劫巨舟十余，载卤获。于是募死士得千人，设伏近城，而出轻兵距海诱之战。先匿壮卒海旁，伺兵合，举火焚其舟。贼闻之，皆无斗志。伏兵乘之，擒其副贼，江乃降。（元·脱脱：《宋史·张叔夜列传》）

海州在今江苏省连云港市西南。宣和三年（1121）二月，宋江义军攻海州，劫掠"巨舰十数"，是否有从海上南下之意，不可妄测。张叔夜所设的"方略"大意是：他听说宋江义军"将至"，即派出间谍去窥探宋江动向，得知宋江已经劫得十数艘大船，停在海边。张叔夜设下两路埋伏：一路千人的"敢死队"（死士）埋伏于海州城外，一路数十人携带火种埋伏于海边岩石草丛之中。派出精兵假装出击宋江。宋江派副将率主力迎战。张叔夜的轻兵边战边退，退至海州城下，伏兵齐出，一举擒获宋江副将。海边的伏兵跳上宋江大船，放起火来。转眼之间，大火冲天，十数大船，全部烧光。宋江的部队无不惊恐，再也没有士气了，为了保全尚存的有生力量，伺机再起；也可能是为了解救被擒的副将，便接受了张叔夜的招安。

"有文武大才"的张叔夜，对于赵宋王朝来说，他的作用要比县尉王师心、知州蒋园、待制曾孝蕴要大得多，能力也强得多。他打败招降宋江的时间大约在宣和三年二三月间。他不仅为朝廷扑灭一支数万官兵"莫敢撄其锋"的"强盗"队伍，而且把宋江这支客观上策应南方方腊起义的劲旅，迅速变成了朝廷"围剿"方腊义军的"别动队"。因为据史料记载，海州之战后只一个多月，宋江即出现在征剿方腊的战场上：

关于宋江打方腊的史实，各家资料言之凿凿，记载比较一致。其实，招降宋江使其去征方腊，此事朝廷早有预谋。《宋史·侯蒙传》载：

宋江寇京东。蒙上书言："江以三十六人横行齐魏，官军数万，无敢抗者，其才必过人。今清溪盗起，不若赦江，使讨方腊以自赎。"帝曰："蒙居外不忘君，忠臣也。"命知东平府，未赴而卒。

这是记载朝廷策划招降宋江并利用其武装去镇压方腊的情况。这件事发生在宣和二年（1120）底，因为侯蒙的上书中明明写着："今清溪盗起。"这时北宋面临多事之秋：北面抵御大辽，南方镇压方腊，腹地又得对付宋江。罢官闲居在家的官僚侯蒙建议正合徽宗之意，这可谓一箭双雕之计：招安宋江，又增加一股反方腊的力量。徽宗得了奏本后大喜，于是下旨，重新起用侯蒙，任命他为东平知府，负责招安宋江（梁山泊就在东平府境内）。侯蒙命短，没有到任就得病而亡。侯蒙"出师未捷身先死"，他的计划在几个月后，由张叔夜实现了。接下来史书中就出现了宋江参与征方腊的场面：如徐梦莘的《三朝北盟会编》卷五十二引《中兴姓氏奸邪录》说：

宣和二年，方腊反睦州，陷温、台、婺、处、杭、秀等州，东南震动。以（童）贯为江浙宣抚使，领刘延庆、刘光世、辛企宗、宋江等军二十余万往讨之。

细读这则史料："……宋江等军"，给人的感觉是宋江与刘延庆、刘光世、辛企宗（《十朝纲要》作"辛兴宗"）等各领一军。其实刚刚投降的宋江，地位要比刘光世等人低。但这条史料已证明宋江的"军"已是童贯"征剿"方腊二十余万大军中的一部分。无疑，宋江自海州战败投降后，已由义军转变为官军。但宋江在战场上的具体动作，没有交代。

南宋人杨仲良的《续资治通鉴长编纪事本末》卷一百四十一记载：

（宣和）三年四月戊子，初，童贯与王禀、刘镇两路预约会于睦、歙间，分兵四围，包帮源洞于中，……刘镇将中军，杨可世将后军，王涣统领马公直并裨将赵明、赵许、宋江，既次洞后……

果然，宋江此时的地位是"裨将"，这是战时职务，只表明军事指挥的等级，还不是朝廷的加官晋爵，但这说明宋江于海州战败投降后，身份由义军主将（因明文有"副贼"）变为官军"裨将"，即偏将。这条史料还进一步证明：裨将宋江在"后军"的编成内，在后军将领王涣的"统领"下，在四面包围帮源洞的战斗中，"既次洞后"，即从洞后包抄了方腊的部队。

青溪帮源洞本身并不是山洞，而是一条可以屯兵的易守难攻的狭长山谷。宋江等人的"既次洞后"则确实是一个藏着方腊部众的小洞。李埴《十朝纲要》载：

> （宣和）三年六（？）月辛丑，辛兴宗与宋江破贼上苑洞。

辛兴宗和宋江"破贼"是在宣和三年（1121）四月庚寅，而不是六月辛丑。具体地点是在帮源洞山谷里的上苑洞。

南宋人徐梦莘的《三朝北盟会编》卷二百一十二引《林泉野记》，对此战有更详细的记载：

> 宣和二年，方腊反于睦州。（刘）光世别将一军，自饶趋衢、婺，出贼不意，战多捷。……腊败走，入清溪洞。（刘）光世遣谍察知其要险，与杨可世遣宋江并进，擒其伪将相，送阙下，迁团练使。

宋江为刘光世、杨可世所派遣（可知宋江身份），与二将同时进兵帮源洞的侧后，擒获了方腊的"将"和"相"（方腊本人为后来的抗金名将韩世忠所擒），并将其押送到首都开封。刘光世因此战功升迁为团练使。宋江参与"征剿"方腊，显然不是《水浒传》夸张的那样是主帅，他虽然也有战功，并没有因功升迁。反而，他的处境很不妙，到了五月，他第二次被擒：

> 宣和三年二月，方腊陷楚州。淮南盗宋江犯淮阳军，又犯京东、河北，入楚、海州。夏四月庚寅，童贯以其将辛兴宗与方腊战于青溪，擒之。五月丙申，宋江就擒。（宋·王赏、王偁：《东都事略·徽宗记》）

张叔夜于宣和三年二三月间在海州招降宋江，宋江于宣和三年四月在上苑洞参与擒拿方腊将相的战斗，那么，为什么仅仅是一个月后的宣和三年五月丙申，宋江就第二次被擒了呢？又是谁擒获宋江的呢？难道是童贯

把他这个"裨将"捉起来了吗?1939年,在陕西省谷县出土了《宋故武功大夫河东第二将折公墓志铭》似可解开此谜:

> 公讳可存……方腊之叛,用第四将从军,诸人藉才,互以推公,公遂兼率三将兵,奋然先登,士皆用命。腊贼就擒,迁武节大夫。班师过国门,奉御笔:"捕草寇宋江。"不逾月,继获,迁武功大夫。……铭曰:……俘腊取江,势若建瓴。

折可存(1096—1126)是府州(今陕西府谷)人,多年随其兄镇守西陲边关,因设计擒获袭扰西部边境的党项部落首领女崖,而升为第四副将。宣和三年,童贯率军镇压方腊起义,他为第四将做后继部队,兼率三将兵。墓志铭说他作战勇敢,"奋然先登";善于用兵,"士皆用命",都是虚词儿,并不是具体事实。至于"腊贼就擒"主要不是他的功劳,他只是参与其事罢了,所以只迁武节大夫(武节大夫是北宋较低的武官官阶)。折可存墓志铭披露的有关宋江的新内容,就是当方腊义军的主力被歼后,官军大部分班师回朝,押解着方腊和其将相等俘虏北返,因为北面还有更令当权者闹心的与辽国的战事。此时,宋徽宗对宋江一伙(此时宋江部还是官军的一军)又下手了,他下密旨(御笔):"捕草寇宋江!"接旨执行这个阴谋计划的很可能不止折可存一将。童贯带二十余万大军,折可存只是从陕西边境临时调过来的边防部队的一员副将,手下不会有太多的兵力。宋江也不是等闲之辈,投降张叔夜本因战船被烧,副将被擒,欲逃无路而迫不得已,他进行了激烈的抵抗,与折可存等官军周旋了近一个月,才再次被擒获。大概,折可存在这次"捕草寇宋江"的战斗中,确实出力不少,事后他迁升武功大夫。宋时武功大夫较武节大夫军阶高四级,连迁四级,总有原因吧。

宋江这次的命运如何呢?宋徽宗的圣旨是"捕",折可存收功于"获",看来宋江是被擒获,而不是被杀死。据今人黄伟成在《施耐庵与〈水浒〉》一书中考证:"宋江这次被折可存招安后,参加了征辽之战。"(第7页)北宋末年,内忧外患相交织。宋、辽、金的大三角关系很微妙。疆域内的阶级矛盾和政治矛盾往往受宋、辽、金地区间民族矛盾的影响和制约。赵宋王朝封建官僚统治集团与宋江的农民起义队伍,即存在深刻的难于调解的矛盾,但在反对辽、金异民族侵略方面,又可挽起手来共御外侮。宣和二年(1120),北宋与金订立"海上盟约",约定从南北两路征辽。辽国欺负北宋一百余年，如能打败辽国将洗刷百年耻辱。农民义军此时与政府合作，对付共同敌人，当然无可非议。宣和四年（1122），南方的战火还在燃烧，直到三月，方腊余党吕师囊部与折可存、杨震在浙东的战事才告结束。百孔千疮疲惫无力的宋王朝又发动了与金国夹击辽国的战争。征辽的主帅是童贯，此公内战内行，外战外行，攻辽大败。金兵却乘辽国元气大伤之时，攻占燕京（今北京）。军事上失败了的童贯，以一百万贯"燕京代租钱"换一座空城而归。宋江在征辽中担任什么官职，有什么作战行动，史书无明确记载，估计仍统率义军旧部，并有一定独立性。征辽后，宋江等人在郓城等待受封。当时自称"小臣"的李若水对这伙"强盗"很不服气，赋《捕盗偶成》云：

去年宋江起山东，白昼横戈犯城郭。
杀人纷纷翦草如，九重闻之惨不乐。
大书黄纸飞敕来，三十六人同拜爵。
狞卒肥骖意气骄，士女骈观犹骇愕。
今年杨江起河北，战阵规绳视前作。
嗷嗷赤子阴有言，又愿官家早招却。
我闻官职要与贤，辄畀此曹无乃错。
招降况亦非上策，政诱潜凶嗣为虐。
不如下诏省科繇，彼自归来守条约。
小臣无路扪高天，安得狂词裨庙略。

李若水（1093—1127）是北宋末官吏。他这首诗是时事政治诗，反映了当时许多"主剿"派官吏的心态。从诗的气象上看，宋政府上下还沉浸在与金联手灭辽的虚假强大中，还不知道这是自己灭亡前的回光返照。宋徽宗还在颐指气使地"飞敕来"，官僚们还在争论"招降"与"征剿"哪个是"上策"，李若水还在愤慨于"去年宋江起山东"并担忧于"今年杨江起河北"，不满"三十六人同拜爵"，更反对别的强盗"又愿官家早招却"，他认为招安后患无穷——"政诱潜凶嗣为虐"。《捕盗偶成》也确实透露了宋江的些许消息：宋江等三十六位头领投降后都受到了封赏，军士狰狞，战马肥壮，意气骄横。

李若水这首诗可以说是对宋徽宗的"诗谏"，目的是想疏通直达"高天"之路，裨益"庙略"，即影响皇帝的灭"盗"策略。当然中心思想还是对农民义军不要招降要"剿杀"。北宋统治者对宋江这伙"强人"仍不放心，终于在户部侍郎蔡居厚路过郓城时，将宋江及其部下五百余人全部杀掉。

《宋史·张叔夜传》记："……江乃降。至降后为蔡居厚所杀，而居厚又以杀降获冥谴，则人所未知也。"

"冥谴"之说虽唯心，但反映人心向背。洪迈《夷坚志·乙志·蔡侍郎》记得更具体：

宣和七年，户部侍郎蔡居厚罢，知青州，以病不赴，归金陵，疽发于背。卒。未几，其所亲王生亡而复醒，见蔡受冥谴，嘱生归告其妻，云："汝今归，便与吾妻说，速营功果救我。今只是理会郓州事。"夫人恸哭曰："侍郎去年帅郓时，有梁山泊贼五百人受降，即而悉诛之，吾屡谏不听也。今日及此，痛哉！"乃招路时中作黄醮，为谢罪请命。

俞樾指出："按此梁山泊贼即宋江等也。"（宋·洪迈：《夷坚志·乙志》卷六《蔡侍郎》）

蔡居厚杀降之举，当时即遭到许多人批评。人们从来都认为给已经归顺之人加刑是不义行为。

鲁迅先生在引证了《夷坚志》这段史料后说："《乙志》成于乾道二年（1166年——引者注），去宣和六年不过四十余年，耳目甚近，冥谴固小说家言，杀降则不容虚造，山泺健儿终局，盖如是而已。"（《中国小说史略》第十五篇《元明以来之讲史·下》）

这个论断很有道理。查诸史料，宣和六年（1124）以后，再也不见宋江的任何记载，可证宋江到底还是被统治阶级杀掉了。洪迈记载的杀降一事与正史记载相互印证，是可信的；但阴司报应之说则明显为虚构，或许这流露了当时民间百姓和进步文人对蔡居厚的憎恨及对宋江等人同情的情绪吧！

宋江起义被残酷地镇压了，但宋江播下的革命火种还在熊熊燃烧，宋江余部还在进行反抗斗争，其中最烈者是"关中贼史斌"：

建炎元年，七月，贼史斌据兴州，僭号称帝。斌本宋江之党，至作乱，守臣向子宠望风逃去。先是子宠在州，设关隘甚备。陕西士民避难入蜀者，皆为子宠所扼，流离困饿，死于关隘之下者不可胜计。斌未入境，子宠弃城先遁，斌遂自武兴谋入蜀。成都府利州路兵马钤辖卢法原，先与本路提点刑狱邵伯温共议，遣兵扼剑门拒之，斌乃去，蜀赖以安。（宋·李心传：《建炎以来系年要录》卷七）

建炎元年十二月，同州既陷，河东经制使王璱之军……屯兴元府……时叛贼史斌……将攻兴元府。遣统制官韦知几、统领官申世景领兵扼之，复兴州。（宋·李心传：《建炎以来系年要录》卷十一）

建炎二年十一月，泾原兵马都监兼知怀德军吴玠叛贼史斌，斩之。初，斌侵兴元，不克，引兵还关中。义兵统领张宗诱斌如长安而散其众，欲遂徐图之。曲端遣玠袭击斌，斌走鸣犊镇，为玠所擒。（宋·李心传：《建炎以来系年要录》卷十八）

在《宋史》的《高宗本纪》《卢法原列传》《邵伯温列传》《吴玠列传》中，也有着大同小异的记载。

建炎元年（1127）七月史斌在兴州（今陕西略阳）称帝时，上距宋江被诛杀的宣和六年（1124）仅三年。史有明文，史斌是"宋江之党"，随宋江降宋后又起兵造反。他进攻兴州，守将向子宠弃城先遁。史斌据兴州称帝，发兵进击四川，先攻剑门，遭卢法原与邵伯温抗击，不胜引兵退还。建炎二年（1128），史斌带兵进攻兴元（今陕西汉中），河东经制使王璱派部将韦知几、申世景凭险阻扼，史斌还是没有取胜，退回关中，进入长安。十一月，宋将吴玠（后来的抗金名将）将兵袭击，史斌败走鸣犊镇，终被吴玠擒捉"凌迟处斩"（宋·徐梦莘：《三朝北盟会编》）。

约从公元1118年到公元1128年，宋江及其余党所进行的农民战争，在北宋末年和南宋初年的政治舞台上，活动了十年之久，它激烈地"打击了当时的封建统治"，持续挺立了160余年之久的北宋王朝的大厦，正是在农民战争和民族战争的腾腾烈焰中轰然坍塌的。尽管这次农民起义最终被封建官僚统治集团镇压下去了，并依然是他们"改朝换代的工具"，推动了南宋封建政权的出现，但它"多少推动了社会生产力的发展"——北宋封建官僚统治集团的政治腐败，官场黑暗，社会失序，民生困厄，确实到了病入膏肓的状态,严重地成为生产力发展的桎梏,它的内部必然孕育出农民阶级的革命,给自己走向灭亡准备下条件。恰恰在此时,南方的方腊与北方的宋江揭竿而起,这只是历史必然性与其偶然性的统一。

对于北宋末年的宋江起义,毛泽东不仅相信确有其事,是历史事实,而且还将其视为封建社会大小数百次起义中"较大的农民起义和农民战争",并充分肯定了它在推动历史发展方面的伟大作用。60年前这个论断在今天看来仍然是站得住脚的,是科学的不易之论。现在,《水浒传》研究界和小说史著作中有一种意见,认为历史上实无宋江其人,也没有宋江起义这一档子事。他们基本的论证思路是:《宋史》是元朝人脱脱的著作,有关宋江的"史事",不是先有史著后有"讲史"和传说,而是先有"讲史"和传说,后有《宋史》中关于宋江其人其事的记载,也就是说宋江是由"小说人物"进入史著的"历史人物"。因此,持这种观点的人否定一切有关宋江的历史记载,千方百计证明这些材料的"不可信"。

笔者不同意上述意见,只作四点简单辩证:

其一,《宋史》虽然作于元至正三年(1343)到至正五年(1345),约在宋江起义后210余年,但它记载宋江事迹所依据的《三朝北盟会编》《建炎以来系年要录》《续资治通鉴长编》《东都事略》《十朝纲要》以及《青溪寇轨》等野史著作和私家笔记,却都是南宋人所作,作者们离宋江起义的时间并不远,他们的著作有的是"近代史",有的是"现代史",有的甚至是"当代史"。

比如作《三朝(徽宗、钦宗、高宗)北盟会编》的徐梦莘(1126—1207),生于宣和六年,即宋江和梁山泊五百壮士被诛杀的同一年。《会编》所记史事,起于北宋徽宗政和七年(1117),与宋江起义时间大体同期或仅差一两年,止于南宋高宗绍兴三十二年(1162),前后45年中,有35年的史事是徐梦莘出生后的历史,可以说是当代人写当代史。《会编》中三处记载宋江参与打方腊,一处记史斌事甚详。人们没有理由不相信他的记载。对于宋江方腊起义这样震动全国、导致宋王朝北亡南立的大事件,徐梦莘面对朝野当事人都还健在——比如刘光世(1089—1142)就是南宋将领,他死时徐梦莘已17岁——没有胆量、没有条件也没有必要瞪着眼睛说假话,硬编出一个宋江和他的党羽史斌来。再者,徐氏是进士出身,曾在南安军(今江西大余)、宾州(今广西宾阳县南)任职,其间多方收集资料,细致考证,写成《会编》这部编年体史书,是很用功夫的。这部书自北宋汴京沦陷,国都南移,其间治乱得失,一目了然。当时南宋朝廷正在编修高宗实录，修撰杨公辅等十人写奏折要徐梦莘所编之书，临江军奉圣旨抄录一份，对史官有很大帮助。徐梦莘所编书目，内有百余家为史馆所无。因此，史官对徐氏的博学深为敬佩，一面大力推荐他，一面抄录其全书。面对这种情况，徐梦莘怎能编出一个宋江和史斌来？且不说杨公辅等史官要耻笑他，宋高宗问他个欺君之罪，岂不是掉脑袋的事情！

再如作《续资治通鉴长编》的李焘（1115—1184），宋江起义时他四五岁，史斌被吴玠擒杀时他十五六岁，是宋江起义的亲历亲见者。他任过兵部员外郎（相当于现在国防部的高级官员），有军事斗争的知识和实际经验。生平多年主持修史工作，他立志像司马光修《资治通鉴》那样，用四十年时间，以编年体来写北宋历史，把毕生主要精力都用在这部书上了。因此，他书中关于宣和年间张叔夜于海州招降宋江的记载是可信的。

还如《建炎以来系年要录》的作者李心传（1166—1243），此人是落第学子，经崔与之等二十二人推荐，到南宋都城临安任史馆校勘，专修南宋高宗、孝宗、光宗、宁宗史事，书名"中兴四朝帝纪"。此书虽然遭人攻击没有修成，但后来加上北宋九帝的史事编为《十三朝会要》。他编的《国朝会要总目》抄本，后被元兵劫入燕京，元朝脱脱修《宋史》时，即作为重要史料根据。李心传长期钻研"国朝"（本朝，亦即宋朝）历史，占有大量第一手资料，具有丰富的史实和深刻的史见。他为了接续李焘的《续资治通鉴长编》，纂述南宋高宗一朝史事，仿照《资治通鉴》体例，按年月编定先后次序，写成《建炎以来系年要录》。这部书比徐梦莘的《三朝北盟会编》少了前十年的历史，起于建炎元年（1127），止于绍兴三十二年（1162），即宋高宗统治的36年的历史。宋江本人的史事都发生在北宋钦宗以前，故本书无载，而"宋江之党"史斌称帝于建炎元年，被害于建炎二年十一月，书中有三处载之甚详。李心传是被称为"有史才，通故实"的国朝史专家，他作本朝开国之君（就南宋而言）"系年要录"，开篇（元年）就编造出一个胆敢"僭号称帝"的"宋江之党"，那么，大概他的罪行也不比史斌小多少。所以，想想李心传的各方面情况——他的史学学养、社会地位、所处环境和著作产生的过程，没有理由不相信他关于史斌的记载。

上面三位大史学家，在写近代史乃至当代史时，怎么会不约而同地去编造一个史无其人其事的宋江呢？！

其二，假设正史野史有关宋江的记载，都是来自"讲史"和"说话"者的虚话，都是由传说而入史，那么墓志上的记载总不是小说家言吧。但有的论者用"吹牛""天方夜谭"，"查无实据"等词儿，将其一概抹杀。其实，这种不做具体分析的做法，也不可取。

在有关宋江的史料中，有四个人的墓志铭涉及宋江起义的内容：南宋人张守《毗陵集》卷十三《秘阁修撰蒋园墓志铭》，南宋人葛胜仲《丹阳集》中的《承议郎王（登）公墓志铭》，南宋人汪应辰（1119—1176）《文定集》卷二十三《显谟阁学士王（师心）公墓志铭》，不知何时人的范圭所作的《宋故武功大夫河东第二将折（可存）公墓志铭》。蒋园是沂州（今山东临沂）知州；王登是海州沭阳县（今江苏沭阳县）"就养在邑"的承议郎；王登儿子王师心是沭阳县尉；折可存是宋朝西陲（宋与西夏的边界）驻军的第四副将，征方腊捕宋江后为"河东第二将"。

这四个人与宋江起义军发生了什么样的战事？据墓志记载，蒋园是对贼"大破之"，使其"北走龟蒙"；"就养"的王登是命令儿子王师心引兵击寇于县境上；折可存干的事大一点，是在跟随朝廷大军征方腊取得决定性胜利后，参与了（不可能是他单独的行动）第二次捉拿宋江的军事行动。

搞明白这些基本情况，问题就来了：

如果按照墓志铭"天下最不可信"的说法，如果按照墓志铭都是"吹牛"和"天方夜谭"的结论，那么，处于天南地北几千里远的张守、葛胜仲、汪应辰、范圭这几个人，难道是事先开会商量好了怎么的，统一意见，统一下笔，一起拈出个"史无其人"的宋江，在那里又破、又击、又捕的，他们有特异功能吗？这又有什么必要呢？

蒋园是知州，折可存是将军，算"高层领导"吧；王师心是县尉，老爸是个承议郎，而且已"就养"，父子俩顶多算"基层干部"。这样地位悬殊、身份各异的几个墓主（死人），他们的后代（活人，一般说第二代）即使再想炫耀自己父辈的光荣，再想往自己脸上贴金，同意死去的老爹干什么不好，非一致都同意打强盗立功呢？

据说，葛胜仲和汪应辰给王氏父子写的墓志铭，都作于靖康元年（1126）。前面我们说过，宋江义军南下途经沭阳是宣和三年（1121），前后只差5年时间。在这么近距离时间里，拿一件"全无证据"的假人假事，记载在前辈的墓志铭上，是贴金还是抹黑，是尊严还是玩笑？同意这样干的王登的孙子、王师心的儿子，是孝子孝孙还是浑蛋白痴？须知，靖康元年，"宋江之党"史斌还活着，葛汪二人就"全无证据"地糟蹋"宋大哥"，这说得过去吗？

不管是蒋园，还是王登；不管是折可存，还是王师心，他们任知州、县尉、将军或"就养"的时间，同时都是在宣和二三年间；墓志铭上记载的他们打败宋江的事件，也都发生在宣和二三年间。且不说漫长三千年的封建社会，就是北宋南宋三百余年所出现的墓志铭，远不是汗牛充栋所能形容得了的，即使流传至今的也要以万千计。那么事情就怪了，宣和前面的没有，宣和后面的也找不着，偏偏宣和二三年间几个人的墓志铭上，都有宋江充当败军之贼这档子事，这"空穴来风"不是来得有点太突兀了吗？

宋江曾经被贬称为"山东贼"，也曾经被恶骂为"淮南盗"，与沂州的蒋园，沭阳的王氏父子，多少有点地缘关系，总算贴边带沿，在墓志铭中扯上宋江也算八九不离十，那八竿子打不着，远在陕西省府谷县立墓，31岁也当了俘虏，逃回来很快就病死了的折可存，墓志铭"不远千里"扯上山东或淮南的宋强盗，编个捕获草寇的谎话，好没来由，这是唱的哪门子戏呢？

退一步来说，笔者也同意墓志铭写手有意帮着死者晚辈"吹牛"的意见，但这种"吹牛"的规则是"有一尺说一丈""有骆驼不说马"，绝不是无中生有，空穴来风。道理很简单，一般的情况下，墓志铭是要先刻在死者的墓碑上，是给后人、亲人、熟人看的，主要作用或首要作用或直接作用是耀祖光宗，激励后人。在知情者的圈子里"吹"得太离谱，就会适得其反，弄巧成拙。墓志铭收入大人物的传记，收入写手的文集，收入后续的家谱，流传开去给不识相、不知情的人看，那是后来的事情。所以，吹一丈长得有一尺在，说大骆驼得有小马在。比如蒋园只是在别的官吏军兵纷纷逃跑的情况下，用点"阳应阴袭"的战法，使宋江义军上当吃亏，但义军很快撤入龟蒙山区，铭文就吹成"大破之"；再如王师心这个县尉，在沭阳上下只知吃喝玩乐过"承平"日子，南北方农民纷纷揭竿而起冲州过府，仍然麻木麻痹"郡县无备"的情况下，"就养"的老爹"命"其引兵"邀击境上"，宋江义军只是损失"数十人"，主动撤走了。农民义军长途远征时被小股地方武装闪击一下的情况实属正常，铭文则吹嘘被割掉耳朵的义军首领"数十人"，而且"一道赖以安堵"；吹得最甚的是范圭，说折可存"俘腊取江，势足建瓴"，方腊不为其所俘已是定案，宋江的被取被获，也不可能是折部一旅所为，他参与是役出力较多罢了，其功劳也有"沾边赖"的成分。在班师凯旋途中，奉密旨干下黑手的勾当，应该三下五除二解决问题，还折腾近月，那还有什么高屋建瓴之势。尽管我们承认墓志铭有吹嘘的成分，但排除虚光，过滤"吹牛"，剩下的难道不恰恰是历史事件的本来面目吗？

须知，墓志铭是赞颂宋江的对立面的，是记载宋江怎样被破被捕的，但正是这些否定的记载确凿地肯定了宋江起义的客观存在，正是这些贬抑性描述折射出义军造反事业的雄伟壮阔。还要看到，正是这些墓志铭证实了正史野史中的记载，甚至提供了史籍没有的史料。例一，正史上记载宋江为"山东贼""淮南盗"，墓志铭文证明宋江义军在鲁南沂州和苏北沭阳有过军事行动。例二，宋江义军到底有多少人马，有人依据《宋史·侯蒙传》"江以三十六人横行齐魏"的记载，断定"只有三四十人"。墓志铭表明，虽然经历了沂州失利，兵临沭阳时义军仍然"数千人"（《王登墓志铭》）。例三，《宋史》和《东都事略》的《张叔夜传》都记载宋江义军"剽掠至海"、"劫巨舟十数"，《王登墓志铭》记"京东剧贼数千人浮海来寇"。这提供和证实了宋江义军军事活动的重要信息：在挥师南下，进攻海州、沭阳等处时，义军曾经从海上水路进攻。这是否是《水浒传》描写梁山好汉极善水战的创作源头之一呢?!例四，墓志铭告诉人们，赵宋王朝各级官僚过惯了"承平"享乐的生活，麻木"无备"，面对"转略"而来的农民义军，"州县大振（震），吏多避匿"。像蒋园、王师心那样"独修战守之备"，主动带兵出击者，实在是凤毛麟角。例五，正史记载宋徽宗屡次下诏招降宋江，侯蒙、张叔夜都得到过这样的圣旨，墓志铭记载宋徽宗于宣和三年五月"御笔"命折可存"捕草寇"，表明最高封建统治者总是玩弄招安和"剿杀"两手，来对付农民起义军。《水浒传》描写宋徽宗三次派人赴梁山招安，多次派官军进水泊"围剿"，交替使用政治瓦解和军事进攻两手，不能说没有史实根据。

墓志铭的记载尽管有种种缺陷，但它含有的史料价值是不容抹杀的。把墓志铭关于宋江起义的史事记载一概视为"天方夜谭"，全部推倒，是会提出许多难于解释的问题的，这些问题是那样的违背生活常情，是那样的有悖于事物逻辑，因而是那样的让人无法接受。

其三，仔细解读正史野史、札记随笔等有关宋江的记载，会发现一个普遍存在的现象，那就是在绝大部分情况下，是把方腊和宋江的起义同时记载相提并论的。那么多位作者，那么多种文献，从南宋初年到《宋史》产生的元顺帝至正年间，在这二百多年时间里，都

▌假书救宋江

是如此这般。

比如方勺的《泊宅编》和《青溪寇轨》纯属私家著述，后者又是专写方腊起义经历的。但前书记"京东贼宋江出青、齐、单、濮"，后书记"宋江扰京东"。晚出的《宋史》受道学思想影响，轻视宋代农民起义运动，对方腊、宋江着墨较轻，《方腊传》作为《童贯传》的附传，而宋江没有专传。但也在徽宗、高宗本纪和侯蒙、张叔夜、卢法原等列传中，近十次点到宋江和史斌。

这种现象的存在，其合理的解释只能有一个：那就是在北宋末南宋初多次农民起义中，以宋江和方腊起义力量最强，作用最大，对赵宋封建王朝打击最重，历史影响深远，因此在几代史学家、著作家的历史心理磁场上，产生了同频共振，得出了共识。

我们这样说，并不否定同时出现的两伙农民起义队伍在各方面表现出来的差异性。比如方腊义军与宋江义军相比，前者攻州占府，有根据地，后者走州过县，流动作战；前者横扫东南江浙沿海，后者纵横北方数省；前者僭制称帝，后者"不假称王"（龚圣与语）；前者连众百万，后者兵力"数千"；前者其兴也暴，其亡也速，只持续了一年多时间，后者较为持久，坚持斗争近十年；前者反抗激烈，牺牲壮烈，后者降而复叛，叛而复降；前者只进行阶级斗争，后者既进行阶级斗争又参与民族斗争；前者在史籍中有较详记载，后者在文献里只有粗线条勾勒……但是，两者这些不同点，也是多次同时被记载在一处的。笔者指出这点的目的在于说明：方腊其人其事，可以说没有人怀疑其真实存在，那么，世人有什么理由去怀疑同人同时记下的宋江其人其事的真实性呢？这有点像一位母亲生了双胞胎，别人硬指甲为真，而指乙为假，且一口咬定"实无其人"！岂不咄咄怪事！

其四，中国有不同于西方的文论思想和小说发展道路。关于《水浒传》的成书过程，有这样两种说法：一种说法是，《宋史》《东都事略》等史籍中宋江起义的记载是《水浒传》本事的源头，中经《大宋宣和遗事》《宋江三十六人赞》这样的"讲史"材料以及元朝大量出现的杂剧水浒戏，最后经过文化素养较高的小说家的专门整理和创作，才产生了不朽小说《水浒传》；另一种意见武断地认为，宋江是由文学人物进入史籍而成为历史人物的，历史上"实无其人"，所以《宋史》等史籍记载的宋江起义不是《水浒传》本事的源头，而《大宋宣和遗事》和《宋江三十六人赞》、杂剧水浒戏才是《水浒传》源头。

笔者不同意第二种意见。除了它不了解《宣和遗事》等只是流而不是源外，还明显违背了"史贵于文"的中国古代小说创作和批评的传统，也就是违背了古典小说演进发展的规律。"小说，正史之余也"。古典小说的创作，受史传影响相当巨大。从题材选择上看，以正史为线索，概括野史杂记和民间传闻，以补史所未尽的讲史评话历朝演义和笔记小说，是古典小说的基本传统。古典小说，脱胎于"讲史"，受史的影响与制约非常巨大。以"四大名著"为例：《三国演义》"七实三虚"，所谓"七实"，即符合三国史事实际的内容占70%；《水浒传》虽然大量细节是虚构的，但历史上的宋江起义却是它"本事"的母体；神话故事《西游记》应该是作家想象力的产物，但其中的唐三藏法师西域取经（佛教经卷），确实有其事；即使是代表了古典小说创作最高成就的《红楼梦》，作者也宣言用"假语村言"将真实历史事件隐去，还是没有摆脱对"史"的依托。

在《水浒传》中，对梁山义军有这样一些描写，基本上与历史上宋江起义史实相契合：梁山好汉横行山东、河北、山西广大地区，官兵望风披靡；朝廷对农民义军反复使用招安和"征剿"两种手段，予以瓦解和镇压；宋江一伙被招安后，参加了伐辽和征方腊作战；最终，宋江等义军将领被朝廷毒杀了。

这种契合说明了什么？说明了没有历史上的宋江起义，就不会有《水浒传》这部小说。也可以这样说，《水浒传》的存在，反过来证明了历史上宋江起义确实发生过。

历史上的宋江起义客观存在过，它在宋代和历代农民起义中有其代表性和典型性。毛泽东关于宋江等历代历次农民起义成因、性质、作用、结局的论断，是准确的科学的。毛泽东的论述对于人们理解北宋末年的农民起义和农民战争，进而对于理解以描写宋江起义为题材的《水浒传》这部小说的社会价值，是有理论指导意义和极大帮助的。

# 我们造反跟宋江差不多

(宋江之二)

> 他说：……中国人好造反，我们这些人还不是造反，跟宋江差不多。
>
> 陈晋：《毛泽东之魂》，吉林人民出版社1993年10月版，第132页

无论是在《水浒传》的众多人物形象里，还是在梁山英雄好汉的群体里，宋江都可称为"第一人"。不管是作者的有意为之，还是作品的无意巧合，在百回本《水浒传》中，就有43回的回目有宋江的名字。至于与宋江有关联的故事内容，则更多了。可以说，没有宋江，就没有水浒故事，就没有梁山事业，也就没有《水浒传》这本小说。

历史学中有一种角色理论，凭借人物历史角色来分析判断人物的历史功过。作为小说人物形象的宋江，其角色是：山东郓城押司，怒杀阎婆惜的凶犯，发配江州的囚徒，梁山泊"权居主位"的代理首领，梁山泊第一头领，破辽兵马都先锋使，平南都总管，征讨方腊正先锋，武德大夫、楚州安抚使兼兵马都总管。宋江的角色多变，是因为宋江的形象内涵复杂。

为此，学术界对宋江的评论观点歧见很多：有定其为领导农民革命杰出领袖的，有定其为"剿杀"农民起义凶残刽子手的；有定其为革命派的，有定其为投降派的；有赞其为忠臣孝子的，有贬其为叛臣孽子的；有说宋江大义凛然敢作敢为的，有说宋江窝窝囊囊优柔寡断的；有人说他是智勇双全的绿林豪杰，有人骂他是阴险狡诈的盗魁贼首……总之，宋江是最具争议的艺术形象，他的思想和性格的复杂性，远不是一句话或一个简单的结论所能概括得了的，因此，宋江这个人物也最具艺术魅力。

毛泽东注意到了宋江形象的复杂性，尤其是革命性和软弱性两个方面。同样走着造反起义道路，成为革命队伍领袖的毛泽东，不能不对宋江

的反抗黑暗统治、勇于争取光明的精神引起共鸣。

## 我们造反跟宋江差不多

中国的无产阶级革命，在其夺取政权阶段的初期，毛泽东探索出工农武装割据，上山开展游击战争，建立一块一块的红色根据地，最后包围城市、夺取城市的革命道路。

走这条道路，其基本的斗争形式之一，就是武装起义，造反上山，建立工农武装割据的根据地。这条正确的革命道路，导致了革命的最终胜利，导致了中华人民共和国的建立。

20世纪60年代，毛泽东对这一革命道路，一往情深。

1965年10月10日同各大区第一书记的谈话中，他说：

> 如果出了赫鲁晓夫，我们搞的小三线就好造反。中国人好造反，我们这些人还不是造反，跟宋江差不多。（陈晋：《毛泽东之魂》，吉林人民出版社1993年10月版，第132页）

中国现代革命不是历史上农民起义的简单翻版，但不能不承认有千丝万缕的联系。

这种联系的标志之一，就是都采取了造反起义、武装反抗的斗争形式。

"中国人好造反"，这讲的是中华民族富于革命传统。在《宋江起义与农民战争》一节，我们已经引证了毛泽东关于中国历史上著名的九次农民起义和十二位农民战争领袖的论述，那里具体展示了中华民族的光荣革命传统（当然还不是一切革命传统，主要是农民阶级的革命传统）。毛泽东还说过：

> 中华民族不但以刻苦耐劳著称于世，同时又是酷爱自由、富于革命传统的民族。以汉族的历史为例，可以证明中国人民是不能忍受黑暗势力的统治的，他们每次都用革命的手段达到推翻和改造这种统治的目的。在汉族的数千年的历史上，有过大小几百次的农民起义，反抗地主和贵族的黑暗统治。而多数朝代的更换，都是由于农民起义的力量才能得到成功的。中华民族的各族人民都反对外来民族的压迫，都要用反抗的手段解除这种压迫。

他们赞成平等的联合，而不赞成互相压迫。在中华民族的几千年的历史中，产生了很多的民族英雄和革命领袖。所以，中华民族又是一个有光荣的革命传统和优秀的历史遗产的民族。（《毛泽东选集》第2卷，人民出版社1992年6月版，第623页）

当然，"好造反"不是乱造反，它的前提是因为"不能忍受黑暗势力的统治"，它的目的是"用革命的手段"推翻和改造这种统治。

"我们这些人还不是造反"。这讲的是中国共产党人的造反起义经历。人们知道，如果说宣和年间是北宋末农民起义的"多发期"的话，那么，1927年可以说是中国共产党人的"造反年"。先说说中国共产党领导的三次最为著名的武装起义：

南昌起义。1927年7月下旬，中共中央临时常委会决定在江西南昌举行武装起义，并成立了以周恩来为书记的中共前敌委员会，8月1日在南昌举行了起义。参加起义的部队有在中国共产党影响下的北伐军两万余人。起义部队在周恩来、贺龙、叶挺、朱德、刘伯承的指挥下，经过四个小时的战斗，全歼守敌，占领了整个南昌城。国民党反动派闻讯急忙调集军队包围南昌。8月5日，起义部队按原定计划退出南昌，南下向广东进军，10月初在潮州（今潮安）、汕头地区，遭受优势敌军的围攻，主力损失严重。剩下的队伍，一部分转移到海陆丰地区，继续坚持战斗；另一部分在朱德、陈毅率领下，转战至湖南南部，1928年4月到达井冈山地区宁冈砻市，和毛泽东领导的部队胜利会师，组成中国工农红军第四军。

秋收起义。1927年8月7日，中共中央在汉口召开紧急会议，纠正和结束了陈独秀的右倾投降错误，确定了土地革命和武装反抗国民党反动派的总方针，并决定发动农民在秋收季节举行武装起义。会后，毛泽东作为中央特派员到达湖南。湖南省委决定成立以毛泽东为书记的中共前敌委员

怒杀阎婆惜

会，负责领导秋收起义的工作。9月9日，毛泽东在湖南东部和江西西部领导安源工人，湖南、江西的农民和一部分北伐军，举行武装起义。起义部队合编为工农革命军第一军第一师。当起义部队向长沙进攻受挫后，毛泽东提出向反动统治势力比较薄弱的湘赣边界山区进军的主张。10月，部队胜利到达井冈山地区，开创了第一个农村革命根据地。

广州起义。1927年12月11日，趁粤桂军阀混战，粤军主力离穗之机，共产党人张太雷、叶挺、恽代英、叶剑英、周文雍、聂荣臻等在广州领导工人和革命士兵举行武装起义。当时以叶剑英率领的教导团为主力，联合工人赤卫队、市郊农民共三万余人，经过激战，打败了国民党反动军队，占领了市内绝大部分地区，建立了工农民主政权——广州公社。12日，英、美、日、法等帝国主义实行武装干涉，出动炮舰，不断向市区轰击，国民党反动军队在帝国主义的支援下大举反扑。起义部队英勇作战，终因敌我力量悬殊，于13日被迫撤出广州。起义失败后，所剩一部分武装分别转移到东江和左江、右江一带，继续进行革命斗争。

1927年中国共产党领导的三大武装起义，其参与者是革命官兵、觉悟的城镇工人和乡村的农民。同年，中国共产党还组织了多次农民起义：

洪湖农民起义。1927年9月中下旬，沔阳（今沔城）、监利、公安（今南平）的农民群众，在中共鄂中特委和鄂西特委领导下举行起义，组建了游击队，攻克和占领了沔阳、公安县城。此外，石首、荆门、天门、汉川等农民也相继举行起义，组建了游击队。1928年初，分散的几支游击队组织起来，在当地党组织领导下，坚持洪湖地区的游击战争。

海陆丰农民起义。1927年5月1日、9月7日和10月30日，广东海丰、陆丰等地农民自卫军在共产党人彭湃领导下，先后三次举行武装起义。第三次起义并有南昌起义余部1300余人参加，曾占领海丰、陆丰县城及周围地区，建立了工农民主政权，开展了土地革命。第二年5月，在国民党反动派大举进攻下，工农武装退至附近山区，坚持游击战争。

海南岛农民起义。1927年10月，中共琼崖特委将海南岛地区各县原有的农民武装集中起来，编为人民革命军，共2000余人，举行起义。起义军相继攻克陵水、藤桥、榆林、三亚、安定等县城和集镇，成立了陵水县和琼崖工农民主政府。1928年夏，敌人增兵海南向起义军进攻。起义军战斗失利，余部转移到母瑞山区坚持武装斗争。

确山农民起义。1927年10月下旬，中共河南确山县委领导农民在刘店举行起义，成立了确山农民革命军，杨靖宇（当时名马尚德）任总指挥。

起义胜利后，农民革命军在刘店以东和以南地区，开展游击战争。1928年春，在优势敌军进攻下，农民革命军突围，一部转移到大别山地区，一部在当地秘密坚持斗争。

黄麻农民起义。1927年11月，共产党人吴光浩、潘自忠、戴克敏、曹学楷等领导湖北黄安（今红安）、麻城两县农民举行武装起义。14日攻占黄安县城，成立了黄安工农民主政府和鄂东工农革命军。12月上旬，起义部队在国民党军队的围攻下失败，突围后转移到黄波县的木兰山开展游击战争。1928年4月返回黄麻地区。1929年5月，建立了鄂豫边革命根据地。

鄂北农民起义。1927年11月中旬，中共鄂北特委在枣阳县发动农民，举行武装起义，并组成一支游击队。到1928年5月，在枣阳西部蔡阳铺等地和襄阳东部王家集一带，开辟了一块游击根据地。后来游击队编为中国工农红军第二十六师，并建立了襄（阳）东、宜（城）东、枣阳等县工农民主政府，形成襄枣宜革命根据地。

崇安农民起义。1927年12月福建崇安县中共组织在领导农民抗租抗债的基础上，以"民众会"的形式组织了秘密的农民武装。1928年10月，崇安东北乡农民首先举行起义，其他地区纷纷响应。起义胜利后建立的游击队，在1929年4月，改编为闽北红军独立团。

六霍农民起义。从1927年10月起，安徽省六安和霍山的中共组织，就积极发动群众准备起义。1929年11月8日，中共六安中正县委发动数千农民群众举行起义，占领了独山镇。19日，霍山县西镇区数百名群众攻占了西镇事务所。同时其他地区的农民也相继举行起义。1930年1月20日，起义武装编为中国工农红军第十一军第三十三师，积极开展游击战争，建立了以金家寨为中心的皖西革命根据地。

1927年以后，中国共产党还相继领导了一些武装起义。如1928年初，朱德、陈毅等率领南昌起义保存下来的部队到达湖南南部、广东边境地区，在当地共产党组织的配合下，发动农民举行了湘南起义；1929年12月11日，邓小平、张云逸、韦拔群领导广西右江地区的一部分革命士兵和农民，在百色举行武装起义，成立了中国工农红军第七军，开辟了右江革命根据地，等等。

确如毛泽东所言，共产党人（尤其是他们的领袖人物、领导人物）都是富于革命性的造反者。他们造旧世界、旧社会、旧势力、旧观念的反，他们造帝国主义、封建主义和官僚资本主义的反，总之，他们继承了"中国人好造反"的革命传统，成为顺应历史潮流，适应人民需要的无产阶级的先锋队。

"跟宋江差不多"。这里的"宋江",已不是宋江个人,而是农民运动和农民起义的代表和象征。毛泽东由于受《水浒传》的深刻影响,讲到"中国人好造反",马上联想到宋江这个突出代表。共产党人的好造反与宋江等农民及农民运动领袖的好造反"差不多",笔者理解,是讲二者的革命动因、革命精神、革命斗争方式有相似及相同之处,是讲二者历史的逻辑的联系,也就是二者的同一性和一致性。比如都是极端贫困的无产阶级和小生产者,都是受压迫受剥削的阶级对于统治阶级的反抗,都是采取造反起义武装斗争的反抗形式,都是以农民阶级、农民队伍作为斗争的主体力量(当然不是领导力量)。但是,二者还有"差得多"的地方,这种差别毛泽东也指出来了:

> 历代都有大小规模不同的众多的农民革命斗争,其性质当然与现在马克思主义革命运动根本不相同。但有相同的一点,就是极端贫苦农民广大阶层梦想平等、自由、摆脱贫困,丰衣足食。(《建国以来毛泽东文稿》第7册,中央文献出版社1992年8月版,第628页)

共产党人的现代革命与历史上宋江等造反起义"根本不同"是在其"性质"方面:前者是马克思主义指导的无产阶级的革命运动,后者是平均主义即原始社会主义指导的农民运动;前者有先进阶级的政党即无产阶级先锋队共产党的领导,后者的组织领导者往往是宗教组织(如道教、摩尼教、明教、白莲教、拜上帝教等等);前者要从根本上铲除人剥削人的私有制度,后者不能代表新的生产关系和生产力,还是在封建制和私有制的圈子里"打把式";前者革命的结果能够在新的生产关系、新的经济基础上建立人民当家做主的政权和国家,后者革命的结果或失败,或被地主阶级所篡夺,封建的经济关系和政治制度依然继续存在。

当然毛泽东讲"我们造反跟宋江差不多",其主旨还是在于谈"好造反"的革命精神和民族个性。毛泽东本人就是中国历史上罕见的挑战者和造反者。他性格中最大的特点是具有强烈的挑战意识和造反心理。他的一生充满着挑战与造反的色彩。

他自幼在家受到父亲的严格管束而形成的张扬个性的叛逆性格,使他少年时代便与父亲发生冲突。冲突的结果是使他认识到,用公开反抗的办法来保卫自己的权利的时候，他的父亲便软了下来。这给少年毛泽东以极大的人生启示和深深的自信。接着，便是毛泽东造学校校规的反，造省长和封建制度的反。五四运动时开始向整个旧社会开战，领导秋收起义造国民党反动派的反，八年抗战造日本侵略者的反，新中国成立后挺身抗击世界上头号帝国主义的威胁和入侵，向苏联的社会主义发展模式挑战，进而反对大国沙文主义和世界霸权主义。

在毛泽东看来，马克思主义就是对压迫和剥削的反抗与斗争，或者说是受压迫受剥削人民的解放运动，所以，马克思主义的道理中，最突出的最重要的是革命、造反、解放的道理。

1939年12月21日晚上，毛泽东出席延安庆祝斯大林六十诞辰大会，在演讲时他说：

> 马克思主义的道理千头万绪，归根结底，就是一句话："造反有理"。几千年来总是说：压迫有理，剥削有理，造反无理。自从马克思主义出来，就把这个旧案翻过来了。这是一个大功劳。这个道理是无产阶级从斗争中得来的，而马克思做了结论。根据这个道理，于是就反抗、就斗争，就干社会主义。（《毛泽东年谱》中卷，人民出版社、中央文献出版社1993年12月版，第150页）

这是对马克思主义革命性的简练概括，是造反者心态的直抒和性格的流露。

问题是毛泽东的挑战性格和造反精神在无产阶级夺取了政权建立新中国后，并未因形势的变化而变化，而是注入了新的内容。大搞群众运动，大会战，急于求成，赶超战略，片面强调理想与精神的作用，对发展速度的不满足，对新秩序的不满意，继续强调以阶级斗争为纲，强调斗争哲学，结果导致了他本人晚年的也是中国的悲剧。

造反虽然是马克思主义的道理，无条件无限制的运用也会产生错误。真理再往前走一小步，就会产生谬误。

"如果出了赫鲁晓夫，我们搞的小三线就好造反。"毛泽东讲"造反"，讲到现实中来了。1965年时的"赫鲁晓夫"这个概念是个政治词汇，"现代修正主义"之谓也。那时全国搞"大三线""小三线"战备建设工程，"大三线"是国家级的，"小三线"是省市区级的。要"小三线"造反，显然是造"中央出了修正主义"的反。毛泽东后来不仅讲过类似的话，而且还发动了"造修正主义的反"，揪"中国赫鲁晓夫"的"文化大革命"。实践已经证明，这个反是造错了，搞成了"十年内乱"。前面讲过，造反是有前提的，宋江也罢，共产党人也罢，中国人也罢，如果不是"黑暗势力的统治"，如果不是"极端贫困"，如果不是反对专制独裁统治，如果不是争取平等、自由和民主，那么，这种"造反"就是真的"无理"了，而且无利了。

当然，毛泽东主张造"赫鲁晓夫"的反，在国际上又含有反对大国沙文主义，维护国家独立和主权的内容，表现了中国人民的民族尊严和不屈性格，体现了中国人民真正站起来了的勇气与自豪，这个反就造得有理！确有宋江等人"路见不平一声吼，该出手时就出手，风风火火闯九州"的气概和精神。这点不能埋没。

## 省委的指示本该是"及时雨"

1928年4月，中共湖南省委经敌人多次破坏后此时工作渐趋正常。5月，省委机关由湘潭迁到安源，安源到宁冈只有四五天路程，同井冈山的联系便更加密切起来。省委曾先后派湘东特委委员袁德生、醴陵县委书记杜修经等为巡视员，多次来到井冈山。

湖南省委对井冈山发出的指示，最初是比较符合实际的。他们在5月间给毛泽东、朱德等的信中，强调目前应该积极做的是更加深入湘赣边界的斗争，造成群众割据，"应以宁冈做军事大本营"。这些主张，毛泽东表示同意。他在6月16日以边界特委名义给湘、赣两省委转中共中央的信中，再次申述坚持以宁冈为大本营的湘赣边界武装割据的三条理由："A. 此间系罗霄山脉中段，地势极好，易守难攻。B. 党在此间是由无组织进为有组织，民众比较有基础（赤卫队、赤色游击队组织），弃之可惜。C. 湘南、赣南只能影响一省并只及于上游，此间可影响两省并能及于下游。"

但湖南省委到6月19日的信中却提出："以后（红）四军需集中力量向湘南发展，与湘南工农暴动相一致，进而造成湘南割据，实现中央所指示的割据赣边及湘粤大道计划。"同月26日，又致信边界特委："省委决定（红）四军攻永新敌军后，立即向湘南发展，留袁文才同志一营守山"，"泽东同志需随军出发，省委派杨开明同志为特委书记"。并致信红四军军委："希望毫不犹豫的立即执行。"规定成立红四军前敌委员会，指挥红四军和湘南党务及群众工作，以毛泽东为书记；派杜修经为省委巡视员，帮助前委工作。

湖南省委这个指示，使毛泽东十分为难。3月间，他已有过奉湘南特委之命进军湘南而使井冈山根据地遭受损失的惨痛教训。现在，统治阶级正处在暂时稳定时期，湖南的国民党兵力又比江西强得多，向湘南进军显然十分不利。在这种情况下，对上级的指示"不从则迹近违抗，从则明知失败，真是不好处"。但他这时已对事情看得很清楚了，决心力持异议。

6月30日，毛泽东在永新县城主持召开中共湘赣边界特委、红四军军委和永新县委联席会议进行讨论，杜修经、袁德生也参加了。毛泽东没有立即表示意见。他要看看在座的军委成员、特委成员和永新县委成员怎样表态，听听省委来人的意思。但大家都不说话，会议一直沉默着。毛泽东不愿再这样沉默下去了。他开始发言：

> "杜同志带来了省委的指示，本该是'及时雨'，可今年雨水够多了，再来该发洪水了。"他说，"因此，省委这个指示，我们无法执行！"（董保存：《在历史的漩涡中》，中外文化出版公司1991年版，第214—215页）

会议坚持从实际情况出发，"决定（红）四军仍应坚持在湘赣边界各县作深入群众工作，建设巩固的根据地。有此根据地，再向湘赣推进，则红军所到之处其割据方巩固，不易为敌人消灭"。

会后，毛泽东在7月4日代表中共湘赣边界特委、红四军军委给湖南省委写了报告，陈述作出这个决定的六条理由：

一、红四军正根据中央和湖南省委批准的计划，建设以宁冈为大本营的根据地，洗刷"近于流寇"的"遗毒"，永新、宁冈二县群众已普遍起来，不宜轻率变动。

二、"湘省敌人非常强硬，实厚力强，不似赣敌易攻"。"故为避免硬战计，此时不宜向湘省冲击，反转更深入了敌人的重围，恐招全军覆灭之祸。"

三、"宁冈能成为军事大本营者，即在山势既大且险，路通两省，胜固可以守，败亦可以跑"，"实在可以与敌人作长期的斗争，若此刻轻易脱离宁冈，'虎落平阳被犬欺'，四军非常危险"。

四、过去全国暴动，各地曾蓬勃一时，一旦敌人反攻，则如水洗河，一败涂地。这都是因为"不求基础巩固，只求声势浩大"的缘故。因此，我们全力在永新、宁冈工作，建设罗霄山脉中段的政权，求得巩固的基础，这"决非保守观念"。

五、湘南各县经济破产，土豪打尽。四军此刻到湘南去，经济困难绝不可能解决。

六、"伤兵增到五百，欲冲往湘南去，则军心瓦解，不去又不可能，此亦最大困难问题之一"。

这六条不能冒进湘南的理由，总结了以往全国暴动的经验教训，对情况分析得实实在在，道理讲得透彻。他最后写道："上项意见，请省委重新讨论，根据目前情形，予以新的决定，是为至祷！"

7月中旬，湘赣两省国民党军队向井冈山发动第一次"会剿"，红四军分两路反击。湖南省委巡视员不顾永新联席会议的决议，一味坚持要执行省委的命令，乘红二十八、二十九团占领湖南酃县，毛泽东等远在江西永新的机会，附和红二十九团（成分主要是湘南宜章县的农民）不习惯过山上的艰苦生活，想回家乡的情绪，把大队拉向湘南，军委做工作也阻止不住。毛泽东在永新从陈毅信中得到这个消息，非常着急，立刻给陈毅写回信，派茶陵县委书记江华带队，火速送去。这封信要求红军大部队按永新联席会议决议行事，断然停止去湘南的行动，因为"敌人太强大，去了必然失败"。干部会讨论了毛泽东的信，第二天往回走。但到了湘赣交界的沔渡时，第二十九团官兵硬是不过河，有的撂下枪，声言不回湘南就不干了。在这种情况下，第二十八团也被迫跟着南下。

红四军这两个团到湘南后，攻打郴州先胜后败，第二十九团士兵便不听指挥，自行散回家乡。一个原来有相当战斗力的团只余下约二百人，编入第二十八团。这件事说明，要把农民武装改造成中国共产党领导的新型人民军队，是一件多么艰难的事情。这个团溃散后，第二十八团撤到桂东。

毛泽东在永新领导军民以游击战术，牵制国民党军队十一个团近一个月。8月中旬，他又抵制了中共湖南省委代表送来的要求红四军向湘东发展的《补充指示》。接着，得知红四军大队在湘南失败，他立刻决定以第三十一团第一营和第三十二团留守井冈山，自己率领第三十一团第三营到湘南迎回第二十八团。

国民党军队乘红四军主力远离的机会发动猛攻，侵占边界各县城和平原地区，焚烧房屋，屠杀人民，湘赣边界遭受严重摧残。杨克敏在不久后写的一个综合报告中说:"这个时期要算是边界极倒霉的时期,割据的区域,只有井冈一块地方,宁冈也丧失了,山上是我们的势力,山下则为敌人的势力。土豪劣绅乘机报复,残杀焚烧,逼债收租,一时闹得乌烟瘴气。恰恰那时割禾了,我们分了田的地方,到此时农民要收获的时候,忽然失败了,分了的田都不能算数,真是无可奈何。当时有一句口号:'农民分田,地主割谷',真是太不值得。我们别的军事上政治上的失败都不算事,只有分了田而农民收不到谷,才是真正的大失败呢!"这次惨痛的教训,史称"八月失败"。

毛泽东率第三十一团第三营日夜兼程南下,于8月23日在湘南、桂东同大队会合。毛泽东见到军委书记陈毅时说:"打仗就如下棋,下错一着马上就得输,取得教训就行了。"第二十八团在受到挫折后,情绪低落,见到毛泽东率队来接十分高兴,有的人说这是"第二次会师"。在桂东县城举行前委扩大会议,决定红四军主力返回井冈山。

"及时雨"是宋江的绰号。

这个绰号早在元杂剧水浒戏中就出现了。杂剧《还牢末》楔子中,宋江一上场自我介绍说:"有我结义哥哥晁盖,知我平日度量宽洪,但有不得已的英雄好汉见了我,便助他些钱物,因此天下人都叫我做及时雨宋公明。"

在元杂剧中,宋江的"及时雨"还只是"助人钱物"的简单内容,到了《水浒传》里,它的内涵丰富多了,小说第十八回《美髯公智稳插翅虎 宋公明私放晁天王》介绍:

> 那押司姓宋名江,表字公明……为人仗义疏财……平生只好结识江湖好汉,但有人来投奔他的,若高若低,无有不纳,便留在庄上馆谷,终日追陪,并不厌倦;若要起身,尽力资助。端的是挥霍,视金似土。人问他求钱物,亦不推托。且好做方便,每每排难解纷,只是周全人性命。如常散施棺材药饵,济人贫苦,周人之急,扶人之困。以此山东、河北闻名,都称他做及时雨,却把他比的做天上下的及时雨一般,能救万物。

《水浒传》里宋江的绰号"及时雨",是"救万物",是"周急扶困",是一种象征,是一种价值取向,是宋江后来成为梁山义军领袖群众基础的一种表征。

随着《水浒传》的长久流传,"及时雨"成为一个固定词组,其含义已经不仅仅是周急扶困,而且扩展为表述一切雪中送炭、急需时得到帮助等等现象。

毛泽东说省委的指示应该像宋江"周急扶困"那样,本该是"及时雨",即指井冈山斗争需要的,适合当时当地实际斗争情况的指示,但杜修经传来的"向湘南发展"的省委指示,却是大雨滂沱"发洪水",那只能导致泛滥成灾。果然如毛泽东所预示的那样:这场"洪水"冲出个几乎使井冈山根据地遭受灭顶之灾的"八月失败"。

有两种省委指示:一种是"及时雨",一种是"发洪水",毛泽东借用宋江的绰号通俗比喻讲清了湖南省委不符合实际的指示的危害,并进行了抵制。实践证明,他的判断和行动都是正确的。他后来说过:照抄照搬地执行上级指示,是对指示消极怠工的办法。

## 劫富济贫　理直气壮

宋江一伙,开展政治斗争、军事斗争,也进行经济斗争。《水浒传》描写,梁山义军的经济斗争,其突出特点是劫富济贫,这是他们义的一面;有时也搞拦路抢劫,尤其是造反初期,这是他们匪的一面。对于宋江等人劫富济贫的革命举动,毛泽东是肯定的,甚至将其与红军的打土豪分田地相提并论,认为两者都是对"不义之财"的剥夺。

1958年年底到1959年上半年,毛泽东主持召开了一连串的中央政治局扩大会议和中央工作会议,纠正"共产风"和"浮夸风"等弊端,1959年夏天,毛泽东在庐山会议7月23日的长篇讲话中,又提到这个问题:

> 宋江设忠义堂,劫富济贫,理直气壮,可以拿起就走。宋江、晁盖劫的是"生辰纲",是不义之财,取之无碍,刮自农民归农民。我们长期不打土豪了。打土豪,分田地,都归公,那也可以,因为是不义之财。现在刮"共产风",取走生产大队、小队之财,肥猪、大白菜,拿起就走,这样是错误的。……主要是干部,不懂得这个财是义财,分不清这个界限。(陈晋:《毛泽东之魂》,中央文献出版社1997年9月版,第160页)

这里说的"宋江",也不是宋江个人,而是宋江一伙,或宋江义军;说的劫取"生辰纲",也不仅仅是"智取生辰纲"这个故事,而是以其为典型代表的对不义之财的劫取。毫无疑问,对于宋江等梁山好汉劫富济贫的行为,毛泽东是赞成乃至赞赏的,其理由自然是"不义之财,取之无碍"。

《水浒传》一书,除了在第十四回到第十六回浓墨重彩地描写了晁盖、吴用等人"智取生辰纲"的故事外,还于第七十一回概括地介绍了梁山义军劫富济贫的情况:

智取生辰纲

> 原来泊子里好汉,但闲便下山,或带人马,或只是数个头领,各自取路去。途次中若是客商车辆人马,任从经过;若是上任官员,箱里搜出金银来时,全家不留。所得之物,解送山寨,纳库公用;其余些小,就便分了。折莫便是百十里,三二百里,若有钱财广积害民的大户,便引人去,公然搬取上山。谁敢阻当!但打听得有那欺压良善,暴富小人,积攒些家私,不论远近,令人便去尽数收拾上山。如此之为,大小何止千百余处。为是无人可以当抵,又不怕你叫起撞天屈来,因此不曾显露。所以无有说话。

如此看来,梁山好汉的经济斗争,也是讲究政策和策略的,一是打击目标明确,专门劫夺上任官员、害民大户和暴富小人,而不骚扰客商;二是分配办法合理,所得之物,大头"公用",只把"些小"私分了。宋江的

"济贫"，诚如书中描写，打下城堡，开仓放粮，救济贫民。梁山义军的劫富济贫，剥夺的是封建官僚和地主豪绅，保护的是农民和商人，所得主要用于义军的费用和义士生活费用，应该说，这是那个时代的经济革命性措施。

红军时期的"打土豪分田地"当然有其自身的特点。

土豪劣绅是旧中国地主阶级和宗法封建势力的政治代表之一。其特点是：对农民施以经济、政治剥削与压迫，并进行族权、神权的统治；勾结官府，操纵地方政权，拥有武装。是乡村中最顽固的封建宗法制度的维护者，是封建剥削制度的政治基础，是帝国主义、封建军阀、官僚的帮凶，是中国民主革命的主要革命对象之一。在旧中国的农村，他们代表着最落后最反动的生产关系，阻碍着生产力的发展。

因此，在第一次国内革命战争时期，他们便成了农民攻击的主要目标。打土豪，即打击大地主，逼其交钱、交粮、交物。

第二次国内革命战争时期，红军用"打土豪"罚款的方法筹措军费，这是临时的办法。毛泽东在《井冈山的斗争》一文中，叙述了江西宁冈、遂川等地，红军靠打土豪筹措军费的情况："政府和赤卫队用费，靠向白色区域打土豪。至于红军给养，米暂可以从宁冈土地税取得，钱亦完全靠打土豪。"（《毛泽东选集》第2卷，人民出版社1992年6月版，第71页）红军长征途中，由于脱离了根据地，无法得到税收，又曾把"打土豪"作为一种筹措军费、补充给养的办法；有时还将土豪的钱、粮、浮财分发给当地贫苦农民。以后，军队的人数多了，地域扩大了，才用收税的办法解决军费来源。

所谓"分田地"，就是实行土地革命，就是中国共产党领导广大农民废除封建的土地所有制，实现农民的土地所有制。旧中国的土地制度极不合理，农村中的贫农、雇农、中农的人口占农村总人口的90%，却只占全国可耕地面积的20%—30%；地主、富农的人口只占农村人口的10%，却占全国可耕地面积的70%—80%，地主阶级利用所占有的土地，残酷地剥削贫苦农民，阻碍社会生产力的发展。第一次国内革命战争时期，党就领导农民进行了反对贪官污吏土豪劣绅和反抗苛捐杂税、高租高利的斗争。第二次国内革命战争时期，党在革命根据地内大力进行土地革命，进行打土豪、分田地的斗争。先后制定了《井冈山土地法》《兴国土地法》，其间在党的历次重要会议上对于农民土地问题都有过决议。这一时期逐步形成了党的土地革命路线：依靠贫雇农，联合中农，限制富农，保护中小工商业者，消灭地主阶级，同时给地主以生活出路，给富农以经济出路。分配土地以乡为单位，按人口平均分配土地，在原有耕地基础上，抽多补少，抽肥补瘦。在井冈山时期，"红军官兵中的边界本地人都分得了土地"（《毛泽东选集》，人民出版社1992年6月第2版，第二卷，第64页）。抗日战争时期将没收地主土地的政策，改变为减租减息的政策。第三次国内革命战争时期，1946年5月4日，中共中央发布《关于土地问题的指示》，将减租减息过渡到彻底平分土地，没收地主土地归农民。1947年7月至9月，中共中央工作委员会在西柏坡召开全国土地会议，通过了《中国土地法大纲》，各解放区据此进行了大规模的土地改革运动，并形成了土地改革总路线：依靠贫农，团结中农，有步骤地、有分别地消灭封建剥削制度，发展农业生产。中华人民共和国建立后，中央人民政府颁布了《中华人民共和国土地改革法》，全国范围的土改运动蓬勃兴起，到1952年底，土地改革基本完成，彻底消灭了封建剥削制度。

　　梁山义军劫富济贫的合理性在于：他们所劫之富，是封建官吏、害民大户和暴富小人"刮自农民"的财富，也就是剥削来的财富，因此是不义之财；他们所济之贫，是乡村广大贫民、破产农民、游民无产者和城市小市民，将"不义之财"归还他们，毛泽东认为是"归农民"。梁山好汉自认为他们劫富济贫的行为是合理的，是天经地义的。劫取生辰纲是梁山好汉的首次有组织有计划的反抗行为，是劫富济贫的典型事件，最先探听到生辰纲的刘唐就说："想此是一套不义之财，取而何碍。便可商议个道理，去半路上取了。天理知之，也不为罪。"（第十四回）毛泽东也说他们"理直气壮"。

　　红军的"打土豪分田地"，在没收剥削者"不义之财"上，在其"刮自农民归农民"上，与梁山义军没什么两样。但是，两者也有本质区别。梁山义军的经济斗争，只是在暴力斗争条件下的一种财产财富的再分配，并不动摇封建的生产关系。红军的"打土豪分田地"，则是根本上摧毁封建统治阶级赖以存在的经济基础，改变封建的生产关系，是最后消灭剥削的私有制度。

　　但是在1959年，对于农民生产的财富，再也不能采取梁山好汉和红军的办法。刮"共产风"，搞"一大二公三平调"，把生产小队、生产大队的财产，如生猪和大白菜，无偿调走收走，则完全是错误的，因为那是"劳动人民的财产"！世上有两种财产：一种是靠剥削得来的"不义之财"，一种是靠劳动创造的"义财"。生产队和生产大队的肥猪和白菜，是社员们劳动创造的义财。毛泽东分清了这个界限，干部们却混淆了二者的区别。

毛泽东用肯定宋江等梁山好汉劫取"不义之财"的正义行为，来反对干部们对生产队义财"拿起就走"的错误举动，否定了刮"共产风"的"左"的做法。历史上农民革命和红军在战争年代的正确做法，不讲条件地拿到社会主义时期来，也会失去它革命性的一面，变得有害于社会主义建设了。毛泽东的正反对比，是有说服力的。

宋江的起义造反精神，反抗封建官府黑暗统治；宋江的仗义疏财，像滋润万物的及时雨那样扶贫助弱，扶危济困；宋江的劫富济贫，从经济上沉重地打击贪官污吏地主豪绅，是得到毛泽东肯定和赞扬的。从这些方面看，宋江不失为一位革命者，不失为一位农民起义领袖。从接受学角度讲，宋江这个小说人物形象，毛泽东也是从正面接受过他的，而且在不少方面对其本人的革命实践活动以正面影响。这与他对历史上宋江起义的肯定和推崇，是一致的，有其内在的联系。

# 这支农民起义队伍的领袖不好

## (宋江之三)

> 宋江投降,搞修正主义……宋江投降了,就去打方腊……这支农民起义队伍的领袖不好,投降。
> 《建国以来毛泽东文稿》第13册,中央文献出版社1998年1月版,第457页

全本《水浒传》塑造的宋江形象,是个忠义的化身。但是,尽管作者大量地虚构了许许多多宋江故事的细节,还是难以回避历史上的宋江起义最终还是失败了的事实,宋江是个无可争议的悲剧人物。

历史人物宋江和小说人物宋江都失败了,都是悲剧人物。那么,怎样看待宋江的投降,怎样看待宋江的失败呢?数百年来,这是个众说纷纭的问题。不同历史时代和社会地位的读者,对此问题歧见纷呈,莫衷一是。

胜利与失败,革命与投降,斗争与妥协……这些问题,经常跑出来叩问革命家毛泽东的心扉。在这样的岁月里解读《水浒传》中的宋江,毛泽东当然不免对宋江的失败和投降发表一些评论。

### 宋江失败是因为不容于现实社会

运用历史唯物主义的观点来分析宋江失败的原因,在毛泽东有文字记载的言论,大约起始于1926年。

那年的5月至9月,毛泽东在主持广州第六届农民运动讲习所工作期间,讲授中国农民问题。为了说明现实国民革命的中心问题是农民问题,毛泽东在讲课中反复用地主阶级同农民的关系来阐述传统中国的政治结构,他认为:封建社会的政治完全是地主阶级的政治,中国历史上任何一次造反起义运动所代表的都是农民利益,因此他们的失败是不可避免的。

其例证之一，便是"梁山泊宋江等人英勇精明，终不能得天下者，以其代表无产阶级利益，不容于现实社会，遂致失败"。但是，他们虽然失败了，却促成了朝代的更换，历史的变迁。"中国皇帝崩溃，就是农民起来了，有领袖出来组织造反"。以此来反观国民革命，非有农民运动的开展，不能成功，"设全国的农民组织起来，不知其力量大到怎样了"。（陈晋：《毛泽东与文艺传统》，中央文献出版社1992年版，第153页）

毛泽东这里讲的宋江，既是历史上的宋江，也是小说中的宋江，或者说小说中的宋江形象给予他以深刻的影响。在讲授中，他肯定了农民起义在促使封建王朝崩溃中的作用，也指出了宋江起义最终失败的原因——"以其代表无产阶级利益，不容于现实社会"。

在1926年的时候，毛泽东所使用的政治概念和术语中，"无产阶级利益"和"农民阶级利益"这两个词，并没有严格的区别，基本上表述的是同一内容。那时，毛泽东认为封建时代的农民起义或暴力斗争，其失败的一个基本原因，就是其代表农民利益，而不容于地主阶级利益始终占主导地位的封建社会。就此问题，他还讲到黄巢起义、李自成起义和朱元璋起义，他说：

黄巢：山东人，当时科举不第，气愤而起，由山东至福建、广东、湖南、湖北、河南、陕西，大肆烧劫，这是农民暴动的一个很显明的例子。他完全代表农民利益的，其所以失败者，以始终暴动所致也。

李自成：当时陕省大饥，自成乘机而起，至山西、张家口、南口、土木堡等处，后至北京，卒为清兵所败……后被三桂引清兵入关，追至无路可走。这可见李自成是代表农民利益的。不过他们的举动，多为暴动，以其失败之主要原因也。

毛泽东还说：

元末，朱元璋是一和尚，平时睡着了常作"天子"字形，郭子兴见而奇之，收为部下，后代子兴而起。初犹能代表农民利益，以后遂变为代表地主的利益了，故能贵为天子。（王子今：

《毛泽东与中国史学》，中共中央党校出版社1993年11月版，第107—108页）

历史上黄巢、宋江、李自成起义的失败，皆因其"代表农民利益"而不容于现实社会；而朱元璋领导的农民起义最终夺取了政权，是因为"遂变为代表地主的利益"了，就其阶级属性来说，农民起义的斗争成果被地主阶级篡夺了。一个是起义被"剿杀"，一个是胜利成果被篡夺，这里讲了历史上农民革命的两种结局，指出其局限性。但这不否定农民革命战争的巨大历史作用，它摧毁了旧的封建王朝，带来历史变迁，多多少少推动了社会生产力的发展。

应该说，此时毛泽东关于包括宋江起义在内的历史上农民革命失败原因的归结，虽然是深刻的，但不够全面。13年后的1939年12月，当他作为中共领袖撰写《中国革命和中国共产党》一文时，他的理论分析不仅深刻而且全面了。他指出封建时代的农民起义最终失败是历史的必然，他说：

> 只是由于当时还没有新的生产力和新的生产关系，没有新的阶级力量，没有先进的政党，因而这种农民起义和农民战争得不到如同现在所有的无产阶级和共产党的正确领导，这样，就使当时的农民革命总是陷于失败，总是在革命中和革命后被地主和贵族利用了去，当作他们改朝换代的工具。这样，就在每一次大规模的农民革命斗争停息以后，虽然社会多少有些进步，但是封建的经济关系和封建的政治制度，基本上依然继续下来。（《毛泽东选集》第2卷，人民出版社1991年6月版，第625页）

当然，从1926年到1939年，毛泽东指出历史上农民起义失败的客观必然性，其目的正在于避免新的历史条件下农民斗争的失败。从1926年起，他在运用唯物史观总结宋江起义等历史上农民革命经验教训时，就发现和指出了封建社会农民革命和阶级斗争的规律：被压迫阶级是创造历史的主体；历史的进步包含着一个永恒的法则——对压迫阶级造反有理。农民阶级带有天然的局限性，但也带有天然的革命性，只有在先进阶级及其政党的领导下，充分依靠千百万农民的伟力，才能产生无穷的力量，才能夺取革命的最后胜利。

无疑，毛泽东从《水浒传》所描写的宋江起义中，也悟出了解决新民主主义革命的首要问题——农民问题的重要性。

## 重视宋江形象的讨论

随着新中国的诞生,对古典文学遗产和以往的艺术形象做出新的价值判断,就成为时代要求和历史必然。

《水浒传》是作为最具有"民主性"的文学作品走入新时期评论家视野的。宋江更是从延安时起,就是作为农民义军领袖出现在新编平剧《三打祝家庄》中的,随着《水浒传》是"农民运动的史诗"的新的定位的确立,宋江是"农民革命领袖"的认定也就顺理成章地产生了。但是,《水浒传》的主题是多义的,宋江的形象是复杂的。从新中国成立初到"文革"前,评论界对宋江的形象,争论激烈,分歧很大。

1952年8月,人民文学出版社出版了《水浒》七十一回本。1953年11月,在中国作家协会办的文学讲习所的学员中,曾经提出了一连串的问题,其中涉及宋江到底是农民起义领袖还是一个"动摇分子""一个卑鄙的奴才"。1954年,人民文学出版社又出版了经过整理的一百二十回本《水浒全传》。冯雪峰在1954年的《文艺报》上连载《回答关于〈水浒〉的几个问题》。文中说《水浒》中的宋江"是历史上农民起义领袖之一的一个光辉的艺术形象","是一个为人民所欢迎的英雄"。他的这一论点被当时学术界相当一部分人接受了。然而,也有人提出了不同意见。在1955年3月6日《光明日报》上发表的刘中《谈水浒中的几个问题》就说:"宋江形象的创造是很薄弱的,甚至是不真实的,因而也是失败的。"1959年出版的两部由高等学校学生集体编写的《中国文学史》,采用的还是冯雪峰的论点。时间过去了四五年,由中国科学院文学研究所编写的《中国文学史》和由游国恩主编的《中国文学史》,在对宋江形象的评价上,提出了"两面性格"论。一

玄女授天书

说"宋江的性格始终是双重的：反抗性和妥协性纠缠在一起"。"反抗和妥协两面互有消长，有时妥协的一面会占上风"。一说"革命性和妥协性在这样一个农民起义领袖身上得到了结合"。

时间又过了一两年，1965年和1966年，有的评论者又对上述这些教科书的论点提出了商榷。针对"两面性格"论指出："在宋江身上看不到始终是双重性格"，"非但不应该将宋江理解为《水浒传》中正面的英雄形象，任意美化，盲目赞扬；而且应该将宋江看作梁山好汉中的异己分子，葬送农民起义的叛徒，镇压其他农民起义的刽子手。对其浓厚的妥协思想和错误的投降路线，必须无情鞭挞，严肃批判"。

概括新中国成立初到"文革"前评论界对宋江形象的意见，可分为三种：

一种意见认为，宋江是光辉的英雄形象，不仅是阶级斗争的英雄，而且是民族斗争的英雄。宋江的农民革命思想是典型的，他爱人民，济人贫苦，反对强暴，反对贪官污吏，具有组织家、军事家的雄才大略，是梁山泊最适当的领袖。梁山泊起义事业的发展壮大和他有血肉不可分的关系。

另一种意见认为，宋江既有革命性的一面，又有妥协性的一面，具有悲剧的矛盾性格，但革命性是主要的。

还有一种意见认为，宋江是一个猥琐而又虚伪的人，是一个整天哼着"臣罪当诛兮天王圣明"的封建主义的奴才，在受招安后则是一个镇压农民起义的刽子手。

以宋江为首的梁山英雄的起义，最后还是失败了。人们可以从不同角度去总结他们为什么失败的教训。从1952年到1960年，曾有人三次在报刊上提出宋江是农民革命的叛徒，接受招安是背叛革命，从而引起讨论。但最后占主导地位的观点是认为他属于起义英雄，受招安反映了历史局限、阶级局限以及为国效力的民族意识。

到1964年以后，这方面的文章大多对宋江形象持否定态度，评其为阶级异己分子。《文史哲》1965年第3期上的《对宋江形象分析一点质疑》最有代表性。该文认为：一、宋江是地主阶级出身的刀笔小吏；二、宋江是一个念念不忘招安的投降主义者；三、宋江是镇压农民起义的刽子手。不少文章还受到史学界关于太平天国将领李秀成问题讨论的影响，将评价李秀成的基调移用于宋江身上，在评论中突出了阶级分析和立场问题，认为宋江比李秀成更为可恶。

1965年7月，《光明日报》总编室将上述情况以《古典文学界对〈水浒传〉及宋江形象讨论的若干情况》为题，编入"情况简编"。毛泽东阅读了这份综述材料，并在题目前面连画了四个圈，表明他对这些评论是相当重视的。（陈晋：《毛泽东之魂》，吉林人民出版社1993年10月版，第374页）

在1965年前后，对宋江如何评价，毛泽东似乎没再发表别的具体意见，或者说我们至今还没有发现这方面的记载。但是，对怎样看待农民起义中领袖人物的投降，有一件材料却曲折地表露了毛泽东的态度。

1964年7月25日，戚本禹《评李秀成自述》一文在《光明日报》上发表，这引起了对李秀成评价的热烈讨论。《光明日报》编印了"关于李秀成评价问题讨论的反映"。8月，反映之十主要选编了复旦大学历史系主任蔡尚思、华东师范大学历史系主任吴泽的一些意见。

毛泽东看了这期反映，写下批语："此文有些道理。"（《建国以来毛泽东文稿》第11册，中央文献出版社1996年8月版，第130页）

两位历史系主任的文章有些什么道理呢？

蔡尚思说，对李秀成既不应该全盘肯定，也不应该全盘否定。我基本上同意戚本禹的意见，可和他的看法又不完全相同。他的有些看法比较片面，比如在分析李秀成投降原因的时候，说李秀成盖忠王府太奢华浪费，是为了个人享受；又说李秀成早就有了投降的念头。这些论点是站不住脚的。

吴泽说，目前报纸讨论把李秀成的问题仅仅放在真投降、假投降上面，容易把问题简单化。有人说，李秀成的投降是因为怕死。这是没有说服力的。李秀成的投降，只是一根线上的一个点，我们要想了解这个点，就需要把它放在一根线上来考察，而要了解这根线，又不能不把它和整个面联系起来，这样看问题才能全面。这里的线，指的是李秀成的一生；这里的面，指的是太平天国的整个历史。李秀成的投降和太平天国后期的历史是有关系的。本来，农民没有无产阶级的领导，要取得革命的胜利是不可能的。农民是要分化的。历史上的农民革命最后不是走向失败，就是走向封建转化。太平天国也是这样。它后期的经济、政治和军事，实际上各方面都在发生变化，逐步走向封建化的道路。既然太平天国后期已经逐渐封建化，李秀成的阶级界限当然也就日益模糊了。所以等到李秀成被俘以后，太平天国大势已去，正是在这种情况下，李秀成认为"天数"已定，以至对曾国藩抱有幻想，写下了《自述》。这就是李秀成投降的历史根源和阶级根源。

说蔡、吴二位历史系主任的意见"有些道理"，说明毛泽东对李秀成投降的历史根源和阶级根源的分析是同意的。据说，对《李秀成自述》毛泽东还说过这样的话："白纸黑字，铁证如山；晚节不忠，不足为训！"看来，对于革命队伍的投降派，毛泽东是深恶痛绝的。太平天国时代的李秀成投降与北宋末年的宋江投降，都涉及农民起义领袖的结局，尽管做具体分析，二者之间有不同之处，但是，把史学界对李秀成评价的基调移用于宋江，突出其阶级异己分子和屠杀农民革命刽子手的形象，这个结论很容易为20世纪60年代以后的毛泽东所接受。十年以后，他指责宋江投降搞修正主义也不足为怪了。

## 这支农民起义队伍的领袖不好

历史上宋江起义的结局是个悲剧，《水浒传》所描写的梁山英雄好汉们的结局也是个悲剧。仔细分析整部小说，读者不能不得出这样的结论：梁山事业，成也宋江，败也宋江；宋江的造反生涯，成也忠义，败也忠义。

为什么要这样说呢？试看：纵观梁山义军发展壮大的历史，宋江的号召力、吸引力和团结组织之功，远远超过了王伦、晁盖和吴用、卢俊义等人，他创造了梁山的辉煌鼎盛时期；但是，正是他的影响，推动梁山队伍在军事连获胜利的情况下，主动向朝廷投降的。没有宋江的威信威望，招安投降的阻力会更大。再者，当忠臣孝子的忠义思想是宋江思想意识中的"主旋律"，是他的思想基调。靠着这个思想的凝聚力，他把一百零八位首领团聚到梁山泊；还是靠着这个思想的影响力，他又把一百零八位"强盗"转化为"国家臣子"。宋江的功过，都与忠义思想息息相关。

看其造反上山，冲州撞府，劫富济贫，他是响当当的革命派；看其心系廊庙，盼望招安，奴颜婢膝，他是名副其实的投降派。

所以，毛泽东在1975年8月14日那篇关于《水浒》的著名谈话中，讲到宋江时说：

> 宋江投降，搞修正主义，把晁盖的聚义厅改为忠义堂，让人招安了。宋江同高俅的斗争，是地主阶级内部这一派反对那一派

的斗争。宋江投降了，就去打方腊。

这支农民起义队伍的领袖不好，投降。(《建国以来毛泽东文稿》第13册，中央文献出版社1998年1月版，第457页)

毛泽东用20世纪70年代最为流行的政治术语"修正主义"，来表述宋江投降的思想内容，其具体事件或具体情节就是把"聚义厅改为忠义堂"了。也就是说宋江用"忠义"思想"修正"了晁盖等农民军领袖的"聚义"观念。忠义思想是中国几千年封建社会中渗透到社会各方面的一种思想和道德观念，它有时还表现为一种牢固的政治原则和社会理想。贯穿于《水浒传》全书的忠义思想，主要是通过塑造一系列的人物形象来表现的。在这些人物形象中，又以宋江这个人物形象所表现的忠义思想最为突出，最为集中。宋江是忠义思想的化身，是《水浒传》忠义思想的代表。宋江直到误饮了朝廷送来的毒酒，自知死期将至，还说"我为人一世，只主张'忠义'二字，不肯半点欺心。今日朝廷赐死无辜，宁可朝廷负我，我忠心不负朝廷"(第一百回)。宋江的这种忠义思想，可谓是中国古代思想史上的奇观。

宋江这种浓厚的以忠义为核心的封建观念，支配他上梁山前后的所有行动，导致他必然走向接受招安的道路。晁盖等人智取生辰纲，是梁山聚义之前第一次规模较大的造反行动。当宋江看了州孔目送来的公文，知道晁盖等人的所作所为时，他的想法是："晁盖等众人不想做下这般大事，犯了大罪……是灭九族的勾当！虽是被人逼迫，事非得已，于法度上却饶不得。"(第二十回)这就是说，从梁山好汉第一次造反时起，宋江在思想观念上就是站在朝廷一边，从所谓"法度"的立场出发，反对晁盖等人造反的。宋江杀了阎婆惜后，只得亡命江湖，后来他被判刺配江州牢城，几乎丢了性命。闹江州法场后，梁山众人好不容易把他接到山上，晁盖等人劝他留在梁山造反，他却立即拒绝："这话休提！……小可不争随顺了，便是上逆天理，下违父教，做了不忠不孝的人在世，虽生何益。"(第三十六回)宋江这些言行，表现了他维护封建法纪纲常的立场和浓厚的忠义思想。

宋江上梁山之前这种根深蒂固的对朝廷的忠义之心，也决定了他上梁山之后的所作所为，决定了他坐上第一把交椅后对朝廷、对官府的政策方略，决定了他必然要接受朝廷的招安。宋江上梁山当了第一把手以后，打击豪绅恶霸酷吏贪官是坚决的，对梁山势力的增强功不可没，可后来发展到与官兵交战，每逢俘虏一个有武艺、有名气的将领，他都要表明"心迹"，甚至忏悔一番。如打下青州，俘获呼延灼，"喝叫快解了绳索，亲自扶呼延灼上帐坐定，宋江拜见"。并说："小可宋江，怎敢背负朝廷，盖为官吏污滥，威逼得紧，误犯大罪，因此暂借水泊里随时避难，只待朝廷赦罪招安。"（第五十九回）宋江为了营救身陷华州牢里的史进和鲁智深，用吴用之计赚了宿太尉的金铃吊挂，把宿太尉接入寨中，"宋江拜了四拜，跪在面前"，告道："宋江原是郓城县小吏，为被官司所逼，不得已啸聚山林，权借梁山水泊避难，专等朝廷招安，为国家出力。"梁山英雄排座次后，宋江希望朝廷招安的思想，日益抬头，以致成为他这以后追求的主要目标，不放过一切机会向朝廷官员表示要归顺。甚至乞求招安。第七十五回，听说朝廷派人前来招安，宋江大喜，与众人道："我们受了招安，得为国家臣子，不枉吃了许多时磨难，今日方成正果。"吴用、林冲、关胜、徐宁等对这次朝廷招安的诚意都有怀疑，宋江要他们不要坏了"忠义"二字。

宋江的"忠义"思想，是个内容复杂的复合物。一方面它表现了对封建帝王的愚忠，另一方面它又具有爱国主义的内涵。在封建时代的好多情况下，忠君与报国密不可分。宋江的招安投降，既有阶级投降的局限性，但还有参与民族自卫的正义性。这在宋江上山前后的言行中都有表现。九天玄女同宋江的两次谈话，就已经有了"外夷及内寇，几处见奇功"和"保国安民，勿生退悔"的指示，明确地将忠君与保国联系在一起。宋江在上梁山之前，就已经开始用忠义思想去影响所结交的每一位江湖好汉。在柴进庄上，他同武松结下了深情厚谊，后来又在毛太公庄上相会，临别时他告诫要去二龙山落草的武松说："如得朝廷招安，你可便撺掇鲁智深、杨志投降了。日后但是去边上，一刀一枪，博得个封妻荫子，久后青史上留一个好名，也不枉了为人一世。"（第三十二回）。第七十一回的菊花会上，宋江的《满江红》词中也说："统豺虎，御边幅；号令明，军威肃。中心愿，平虏保民安国。"这些明白无误地说明，在宋江的忠义思想里面，是包含着报国安民、卫国安边的爱国情愫的。《水浒传》在写完"宋公明全伙受招安"之后，接着就写"宋公明奉诏破大辽"，小说的客观艺术效果，正在于以此加深读者对梁山英雄投降朝廷是为了抵御外侮、保卫国家、安定边疆的理解，突出宋江等梁山好汉受招安的正义性和合理性。这在一定程度上冲淡了读者心目中因梁山投降朝廷而产生的委屈和羞辱的印象，从而提高了宋江忠义思想的意义。

小说中宋江的爱国观念和民族思想，宋江征辽的辉煌胜利，是自北宋末年至元朝的几个时代里，饱经战乱和屈辱的中原人民的民族思想和爱国情感的反映。在北宋末南宋初民族矛盾十分尖锐激烈的时期，统治阶级中的有识之士高举起救国的旗帜作号召，联合或"招降"那些因不堪奴役和压迫而起来造反的"贼寇"来共同反抗异族的入侵。而那些"贼寇"在忠义救国的旗帜下，也比较容易同朝廷官军建立"统一战线"。靖康之变的前后，尤其是赵构建立南宋的前后，北方广大沦陷区的人民不堪残忍的民族压迫，纷纷起而"聚保"，拿起武器同金人进行斗争。他们以"忠义"来号召和发动群众，也以"忠义"来同官军和后来的南宋朝廷打交道。统治集团中的爱国人士，如宗泽、李纲以及后来的岳飞等，把他们当作抗敌救国的重要力量，以各种形式与他们配合作战。康王赵构和后来的南宋朝廷在这个问题上似乎显得也很积极，不间断地派人到北宋同他们联系，并且资助钱粮，委以官职。当时朝野上下，普遍称他们"忠义人""忠义军"。今人侯会著《〈水浒〉源流新证》（第104页）上说："《水浒》中的好汉聚义之所，原名聚义厅。宋江继晁盖之后当上一寨之主，头一件事便是将'聚义厅'改为'忠义堂'（第六十回），令人颇费踌躇。论者常把小说中的'忠义'与封建伦常中的'忠孝节义'相提并论，认为宋江此举表达他对封建朝廷的一片忠心，对山寨兄弟的一腔义气。其实这是个误会。学者早就指出，在南宋初年，'忠义'二字自有含义，是民间抗金武装的专美之词。南宋诸史言及建炎、绍兴年间史事，每每称'忠义巡社'、'忠义民兵'、'忠义人'、'山寨忠义之民'，所指正是此辈。"由于历史上"忠义人""忠义军"同朝廷有过密切的关系，他们在救亡的旗帜下为朝廷效力，接受朝廷的封赏，所以《水浒传》大力宣扬宋江的忠义思想，详细描写宋江受招安的内容，就是必然的了，这是这部长篇小说所蕴含的忠君爱国思想和民族思想对故事情节必然提出的艺术要求。

　　改革开放以后，有的评论家为宋江的形象做"翻案"文章，说其改"聚义"为"忠义"，不但不是"修正主义"，而且是升华了梁山好汉的精神境界，忠心报国，伐辽胜利，宋江"终于是英雄"——是"民族英雄"。这个结论是就忠义思想中报国安民的层面来讲的，因而有一定道理；如果就忠君投降的层面来讲，宋江的行动是不能以"英雄"来论定的。毛泽东论宋江，只论其"忠义"推动投降，是只着眼宋江在阶级斗争中的表现，而没着眼宋江在民族斗争中的表现。

　　进一步来说，在宋江身上，"忠义"与"聚义"二者兼而有之，在不同的情况下，起着不同的作用。讲"聚义"，宋江身上江湖义气并不比哪位好汉少，而且他做得更好些。他仗义疏财，扶危救困。"以此山东、河北闻名，都称他作及时雨"。他的举动确实给别的江湖好汉带来了很大帮助。薛永在揭阳镇上卖艺，竟无人给钱，正当惶恐的时候，是宋江拿了五两银子，使他感激不尽；江州初遇李逵，得知他急需用钱，宋江又毫不犹豫掏出了五十两；武松在柴进家中受到冷落，贫病交加，又是宋江替他做衣裳、相伴他饮酒，使武松不再失意潦倒。他不恤自身，义气为重。晁盖等人劫取生辰纲事发，宋江得知消息，首先想到的是："晁盖是我心腹弟兄。他如今犯了弥天大罪，我不救他时，捕获将去，性命便休了！"于是快马加鞭，赶到晁盖家中通风报信，返回后又故意拖延时间，终于帮助他们平安脱险。宋江此举，正如晁盖所说，是"担了血海般干系"，一旦败露，他也与晁盖等人同罪。虽然他对他们的举动有些不以为然，还是毫不犹豫地采取了行动，这一项大恩大德，也为他日后在梁山的地位奠定了基础。

宋江身上以"仗义疏财"和"仗义行侠"（路见不平，拔刀相助）为主要特征的江湖义气，其本质则是反映了中国封建社会农民阶级的有饭大家吃、有衣大家穿的平均主义理想，反映了小农经济所幻想的经济关系，以及政治生活中的互助关系。因此，宋江的这种江湖义气使他在江湖好汉和贫苦农民中间获得了好名声，树立了崇高的威望，产生了很大的号召力。这就为他后来坐上梁山的第一把交椅奠定了坚实的群众基础。所以，简单地说宋江把聚义厅改为忠义堂，是古代的"修正主义"，是投降的表现，并不完全符合《水浒传》宋江形象的思想实际。在宋江那里，忠义有之，聚义亦有之，所不同的，他上山前对梁山事业发生影响，主要靠聚义；他上山后当上首领后，左右梁山事业的则主要是忠义观念。看来在他那里，虽然二者兼而有之，但聚义是服从于忠义的。因为有前者，宋江终于能够揭竿而起，造反上山；因为有后者，宋江最终还是接受招安，投降了朝廷。他这种矛盾的双重性格，注定他是个失败了的悲剧人物。他的投降和悲剧结局，不是他"修正"晁盖路线的结果，而是他矛盾性格合乎逻辑发展的必然产物。

毛泽东还论定了宋江的阶级属性。整部《水浒传》，描写了以宋江为代表的梁山好汉与以高俅为代表的朝廷权奸和贪官污吏的斗争。像宋江一样，高俅也是贯穿小说始终的人物形象。流氓无赖出身的高俅，靠投机钻营爬上殿帅的高位，专干坑陷忠良，欺压无辜，祸国殃民的勾当，毫无疑问，他是地主阶级的政治代表，是奸臣贪官的典型，是农民义军的死对头。宋江虽然出身于小地主家庭，自己又身为刀笔小吏，头脑中具有浓厚的封建伦理观念，但在受招安以前，他的行为的主流方向，还是站在农民义军一起，并以自身的影响力、实际作用和超常的功绩，逐步成为"农民起义队伍的领袖"。宋江与高俅的斗争，不能只视为政治斗争（地主阶级内部的派别斗争），而应该看到有阶级斗争（农民阶级与地主阶级）的性质和意义。受招安以前的宋江，还是农民阶级的代表人物和农民义军的领袖人物。但是，随着事物的发展变迁，宋江的阶级属性以及他与高俅斗争的性质，也发生了变化。可以说宋江在梁山英雄排座次以前基本上是个革命派，是个农民义军的出色领袖（尽管此时在他的思想观念深处潜伏着接受招安的忠君思想），在两赢童贯、三败高俅时他还是义军的军事统帅，但在第三次打败高俅后，水军捉了这个梁山的死对头，宋江的表现急剧地转向造反起义的反面，他急令"鸣金收军"。高俅解到，宋江立即扶上堂来，"请在正面而坐。宋江纳头便拜，口称死罪"。"杀牛宰马，大设筵宴"：

> 大吹大擂，会集大小头领，都来与高太尉相见。各施礼罢，宋江执盏擎杯，吴用、公孙胜执瓶捧案，卢俊义等侍立相待。宋江乃言道："文面小吏，安敢反逆圣朝！奈缘积累罪犯，逼得如此。二次虽奉天恩，中间委曲奸弊，难以屡陈。万望太尉慈悯，救拔深陷之人，得瞻天日。刻骨铭心，誓死图报。"

此时，宋江身上揭竿而起聚义造反的江湖豪气荡然无存，剩下的只是奴颜婢膝的奴才相。高俅是祸国殃民的奸贼，梁山英雄中不少人受到他直接或间接的迫害，是梁山义军的死敌。宋江希望高俅大发"慈悯"，大力"救拔"，说明他们在思想上和政治上已经坐到一个板凳上去了，也就是在阶级属性上有了共同点。宋江在高俅面前卑躬屈膝，乞求他发慈悲，严重地影响了义军和他自己的形象。一生铁骨铮铮正气凛凛的毛泽东，一生没有向任何敌人低过头的毛泽东，一生多次涉险、闯虎穴如履平地、早把生死置之度外的毛泽东，无论如何接受不了这种形象的宋江。

投降朝廷后，义军变成了官军，农民领袖变成了"国家臣子"，只是在此时，宋江与高俅的斗争，才纳入了忠奸之争的轨道，具备了地主阶级内部派别斗争的性质。《水浒传》在描写梁山义军接受招安后的悲剧时，将一切矛盾纠葛全部纳入朝廷忠奸斗争的圈子之中，把一切不忠不义的罪名都推到一帮奸臣身上，反衬宋江的大忠大义，这是水浒故事长期发展过程中形成的思想框架所要求的。这种忠奸斗争在第八十三回《陈桥驿滴泪斩小卒》中已经开始了。因为此时的宋江已经是"朝廷臣子"，而且是作为忠君爱国的政治势力同高俅、童贯等奸臣对立，形成一股忠直正气。在陈桥驿，朝廷官员"贪滥无厌，徇私作弊，克扣酒肉"，被梁山士兵杀了。很明显，罪在贪官污吏，梁山士兵的行为是正义的。但是宋江为了顾全征辽大局，为了不致引起朝廷的疑心，忍痛杀了这名士兵。宋江下令诛杀无辜弟兄，这件事一方面预示了朝廷忠奸斗争的复杂性和残酷性，预示了宋江接受朝廷招安后必然的悲剧结局；另一方面也表明了宋江阶级属性的变化。本来，梁山弟兄的造反口号就有"酷吏赃官都杀尽"一条。士兵怒杀贪官是正义的，宋江为什么杀他呢？在梁山上时，是不会发生这类事情的。下梁山投降后发生此事，正说明宋江政治立场的转移。

宋江接受招安投降朝廷，不仅与高俅斗争的性质发生了变化，他与另一支农民义军——方腊义军的关系也发生了变化。原先，赵宋王朝把他们视为"盗贼"，但后来不同了，朝廷调用"山东强盗"去打"江南强盗"了。小说用十回的篇幅详尽地描写了两支农民军之间的残酷"火并"，方腊惨败，全军覆灭；宋江一伙十去其八，可谓两败俱伤。宋江充当了统治阶级"剿杀"农民革命运动的刽子手。站在今天的立场上，从这个意义上说，宋江"终于是奴才"（鲁迅语）。毛泽东说："宋江投降了，就去打方腊。"从语气上看，既贬责宋江的投降，又痛惜两支农民军的互相残杀。怎样看待农民起义军的互相残杀，是一件较为复杂的事情。历史上农民军由于各方面历史条件的制约，他们的阶级意识和政治眼光并不是那么鲜明和敏锐的。他们的运动，既无先进政党的指引，又无科学理论的指导。因此，他们的反抗往往是自发的，斗争往往是不自觉的，对农民革命的目的、性质、前途并没有明确清晰的认识。比如小说第九十回描写宋江"征剿"方腊的动念，其"政治含量"低得令今天的读者难以置信。他听说方腊在江南造反后，对吴用说：

> 我等军马诸将，闲居于此，甚是不宜。不若使人去告知宿太尉，令其于天子前保奏，我等情愿起兵，前去征进。

宋江起兵"征剿"方腊的原因是那样不成样子——不宜闲着，找点事干。第二天，宋江去见宿元景，说到起兵理由，似乎增加了一点"政治色彩"：

> 听的江南方腊造反，占据州郡，擅改年号，侵至润州，早晚渡江，来打扬州。宋江等人马久闲，在此屯扎不宜。某等情愿部领兵马，前去征剿，尽忠报国……

虽然有"征剿"不轨尽忠报国这样的政治表态，但说来说去又转到"人马久闲，屯扎不宜"上来，其实此时宋江的内心想法，是本部人马久屯京郊，奸臣们十分碍眼，"惹不起，躲得起"，找个理由躲出去。曾经为"农民起义队伍领袖"的宋江，其政治觉悟、阶级意识如此淡薄，似乎令人难以理解。宋江压根没有想到：方腊领导的也是一支农民起义队伍，他此行充当了万恶不赦的封建统治阶级鹰犬的角色，两支农民起义队伍都毁在了他的手里。当然，这是今人的认识，而在小说中的宋江，却还以为这是修成正果，是报效国家，是青史留名。正因为宋江头脑中没有今人达到的政治觉悟，也就是他身上所表现出来的阶级的和历史的局限，他才有了在梁山事业鼎盛时期却主动让人招安了的事件，有了"情愿"起兵去"征剿"另一支农民起义军的事件。这其实是可以理解的。拿后者来说，历史上农民起义军互相火并残杀的事情并不鲜见，秦末刘邦与项羽的征战，隋末瓦岗军李密与翟让的攻杀，元末朱元璋与陈友谅、张士诚的争夺……都可做如是观。农民阶级的阶级胸怀始终跳不出小农经济所形成的历史"怪圈"，《水浒传》描写宋江打方腊，其实也只是如实地再现了这个"怪圈"所形成的历史现象。当然，历史上的宋江征方腊，他只是个"裨将"，看不到更大的作用，小说的描写作了较大幅度的夸张。

在晚年毛泽东的视野里，《水浒传》上与"我们造反差不多"的宋江形象淡化了，远去了，及至消失了，投降派宋江的形象占据了他的大脑思维空间。仅从人物形象分析的角度看问题，他的分析着眼大处，很有力度，寥寥几语，就讲清了宋江与梁山第二任首领晁盖所代表的义军宗旨、与封建官僚统治集团的代表人物高俅、与另一支农民起义军领袖方腊的政治关系。他虽然是借小说谈政治，但就小说主角的形象评论来说，他的话确实见解独到，力透纸背，自成一家之言，为有《水浒》以来所未有！他为什么要这样讲，自然有他暮年的感慨和忧患前途的苦衷，我们将在《只反贪官，不反皇帝》一篇中有详细分析。

历史上的宋江与小说中的宋江，革命派宋江与投降派宋江，"替天行道"揭竿而起的宋江与"修正主义"愚忠愚孝的宋江，推动了历史进步的宋江与"征剿"农民起义军拖历史后腿的宋江……这"两个宋江"都曾经"对立统一"的存在于毛泽东的思想世界里。他对宋江形象一分为二的解读和运用，本身也是一分为二的：有正解也有误读，有正用也有误用。既给了我们是其所是、非其所非的教益，也留给我们以更大的思考空间。

# 摒晁盖于一百〇八人之外

> 《水浒》只反贪官，不反皇帝。摒晁盖于一百零八人之外。宋江投降，搞修正主义，把晁盖的聚义厅改为忠义堂，让人招安了。
>
> 《建国以来毛泽东文稿》第13册，中央文献出版社1998年1月版，第457页

梁山义军经历了三任领袖。晁盖智取生辰纲后，七星小聚义，投奔梁山入伙，林冲火并王伦，推举晁盖为头领，于是晁盖成为山寨之主。

《水浒传》作者（包括后来的修改评点者）安排梁山好汉的命运，尽管各自生活道路不同，造反起义的经历不同，但有一点是相同的：三十六天罡星，七十二地煞星，共一百〇八将，汇集到梁山上以后，在征方腊之前，没有一个阵亡病故的；唯独晁盖是个例外，虽然他是梁山义军的头领，但他不在一百〇八将之内，小说第六十回，晁盖第一次亲自率领众好汉攻打曾头市，就中箭身亡。

毛泽东解读《水浒传》，虽然没有专门论过晁盖，但在1975年8月14日关于《水浒传》的著名谈话中，关注到晁盖被"淘汰出局"问题。

> 《水浒》只反贪官，不反皇帝。摒晁盖于一百零八人之外。宋江投降，搞修正主义，把晁盖的聚义厅改为忠义堂，让人招安了。（《关于〈水浒〉的评论》，《建国以来毛泽东文稿》第13册，中央文献出版社1998年1月版，第457页）

从晁盖这个文学人物形象历史命运的角度，来理解毛泽东的这段评论，是耐人寻味的：

其一，毛泽东指出了《水浒传》作者"摒晁盖于一百〇八人之外"这

个事实。

其二，在义军领袖中间，晁盖与宋江是有很大区别的，甚至是根本对立的：晁盖的政治主张是"聚义"，宋江的政治主张是"忠义"；晁盖的政治主张被宋江"修正"了。

其三，上述两点，都是服从或服务于"只反贪官，不反皇帝"的政治倾向的，换句话说，都是为宋江的投降扫除障碍和张本的。

在《水浒传》成书之前，晁盖原本是在天罡地煞之内的。南宋龚圣与作《宋江三十六人赞》，于晁盖写道："铁天王晁盖：毗沙天人，证紫金躯，顽铁铸汝，亦出洪炉。"位列第三十四。成书宋元间的《大宋宣和遗事》，已搭起了水浒故事的框架，其中"智取生辰纲"故事也有了规模，"为头的是郓城县石碣村住，姓晁名盖，人号称他做铁天王；带领得吴加亮、刘唐、秦明、阮进、阮通、阮小七、燕青等"人劫了生辰纲。宋江在九天玄女庙看到的"天书"上列着"天罡院三十六员猛将"的姓名，其中晁盖位列第三十六，依然是"铁天王晁盖"。

那么，《水浒传》为什么"摒晁盖于一百零八人之外"呢？古往今来的学者对此主要有三种意见：

第一种意见可谓"盖住"说。金圣叹在《读第五才子书法》中说道："盗魁是宋江了，却偏不许他便出头，另又幻了一晁盖盖在上。"把晁盖这个重要人物的出现，仅仅理解为施耐庵的一种曲折笔法，未免有些勉强，不能解开读者心中的疑团。

第二种意见可谓"影射"说。意思是晁盖的身份和结局可能影射宋钦宗或钟相。晁盖的绰号叫"托塔天王"，然而在书中常常省去"托塔"二字，称他为"晁天王"。天王是佛教的名词，是欲界六天之最下天。但《水浒传》中却完全没有采用"天王"这个词的佛教含义，而是把"天王"作为"皇帝"的代名词。宋江在菊花会上填的《满江红》词中说"望天王降诏"，其中"天王"就是皇帝。因此证明，作者是用晁盖这个阵亡早死的梁山头领来影射宋朝的亡国之

天王中箭

君——宋钦宗。宋钦宗是金人胁迫宋高宗的一个棋子，当时谈和的条件表面上是金人归还韦太后，而实质上却是决不能归还钦宗，也不立他为帝，以免高宗恼火。钦宗二十多岁登基被俘，在金国过了三十多年。尽管南宋军民一直企盼他的归来，但他还是死在了异国。他的死在《大宋宣和遗事》中有一段记载，说他是被金人射中坠马的，坠马后又被马蹄践踏，死的情形非常悲惨。《水浒传》中晁盖也是中箭坠马的，他牺牲在攻打曾头市的战斗中，而这个曾头市恰恰是金人的聚居地！当时宋、金两国相距遥远，中间还隔着一个辽阔的辽国，金国人不大可能千里迢迢地携家迁居中原。可是《水浒传》中在山东、河北一带，却出现了一个金人聚居的村落，显然这并不是作者的疏忽，而是他良苦用心之所在。持此说法的人还解释道："曾"是"女真"的"真"的谐音，"曾家五虎"则是完颜阿骨打众多儿子中蹂躏中原最为嚣张的五个！"曾头市"既然是金国化身，早逝的晁天王就更有可能是影射北宋的亡国之君——宋钦宗了。

这种说法貌似有理，实也让人难以接受。

早在《宋江三十六人赞》和《大宋宣和遗事》里，晁盖就称"天王"，所以说"天王"指代皇帝似乎不是《水浒传》作者的发明了。此是其一。

《水浒传》别的人物别的故事，作者不搞影射，唯独晁盖的厄运"影射"宋钦宗，此是孤证，不足为凭。此是其二。

又有人考证说，晁盖的经历很像南宋初年洞庭湖农民起义的领袖钟相：他们都是一次大规模起义的倡导者和领袖，又都在事业方兴未艾时不幸身死，遗留下的基业又都在继任者手中发扬光大，因此写晁盖之死是影射钟相的。其实，这恰好证明钟相与晁盖被"摒"没有关系，因为这样"影射"毫无意义。再者说，一会儿说影射宋钦宗，一会儿说影射钟相，那么说晁盖的经历与二者都很像，但是谁能说当了三十多年俘虏的宋钦宗与短期领导了农民起义的钟相怎么能有一个共同点——都像晁盖呢？这种考证方法其实与红学研究中的索隐派差不多，非要把小说中的人物、事件坐实不可，这就难免结论荒谬。此为其三。

第三种意见可谓"表达主题需要"说。这种意见认为《水浒传》思想主题在于宣传封建的"忠义"学说，宋江是个忠臣孝子的形象，无论在野在朝，为盗为官，他都心怀朝廷，忠于皇上。他未上梁山之前，就告诫别的起义的江湖弟兄等待时机招安；上了梁山之后更是念念不忘招安。纵然奸臣陷害他，也是"宁肯朝廷负我，我决不负朝廷"。晁盖在小说情节发展中的作用，只是宋江忠义行为的陪衬，是个过渡性人物。"智取生辰纲"只能让他当头领，如果是宋江，后面的情节就不好展开。宋江上梁山后，就要安排晁盖"淘汰出局"，这样好让宋江"把寨为头"，去完成他的"忠义"使命。

应该说，这第三种意见是较为符合百回、百二十回《水浒传》的实际描写的。小说第七十一回，梁山英雄排座次，有篇言语，"单道梁山泊的好处"，其结尾处写道："在晁盖恐托胆称王，归天及早；惟宋江肯呼群保义，把寨为头。休言啸聚山林，早愿瞻依廊庙。"这是关于晁盖和宋江命运、关于小说思想倾向的点睛之笔。它明白无误地揭出谜底：安排"托胆称王"的晁盖及早归天，好让"呼群保义"的宋江把寨为头，以便实现"瞻依廊庙"（归顺朝廷）的愿望。

宋江刚刚"把寨为头"，就把"晁（盖）的聚义厅改为忠义堂"了。这说的是小说第六十回的情节：晁盖不幸于曾头市中箭身亡，吴用劝宋江"权且尊临"第一把交椅，当梁山的大头领，宋江在谦让一番后，"权居主位"：

> 宋江焚香已罢，权居主位，坐了第一把椅子。上首军师吴用，下首公孙胜。左一带林冲为头，右一带呼延灼居长。众人参拜了，两边坐下。宋江乃言道："小可今日权居此位，全赖众兄弟扶助，同心合意，同气相从，共为股肱，一同替天行道。如今山寨人马数多，非比往日，可请众兄弟分做六寨驻扎。聚义厅今改为忠义堂。前后左右立四个旱寨。后山两个小寨。前山三座关隘。山下一个水寨。两滩两个小寨。今日各请弟兄分投去管。"

宋江这个"就职（其实此时还是代职）演说"讲了三点：第一点是套话，无非是感激"众兄弟扶助"，以示哥们儿不忘本也；第三点是兵力部署，无非是三关九寨分兵把口；第二点则十分引人注目——把王伦首创、晁盖沿用的"聚义厅"改为"忠义堂"了！厅和堂没有多大区别，"聚"和"忠"则大不相同，所以毛泽东把这看成是宋江搞投降、搞修正主义的第一个证据。

无疑，毛泽东是敏锐的，他看出了这件事是宋江与晁盖政治主张分歧的明显标志，是关乎《水浒传》政治倾向的大关节。

"义"字是梁山好汉的重要信条，也是一个内涵丰富复杂的概念，它含有伸张正义、团结合作的成分，但也有不分是非讲哥们义气的内容。梁山好汉们的"七星聚义""白龙庙英雄小聚义""三山聚义"等的"聚义"，都具有联合起来反抗压迫的思想内涵。《水浒》中的豪杰好汉，绝大部分都结拜为义兄义弟，平时也皆以哥弟称呼，就是为了加强这种"义气"。他们结伙议事之处，自然也被称作"聚义厅"了。由此可见，"聚义厅"的"义"字不仅强调要伸张社会正义，甚至就是主张造反起义。显然，它与主张忠君报国的"忠"字完全无缘，与宋江的"忠义"思想大相径庭。宋江本不想上梁山，后来在江州误题反诗，不得已上了梁山。不过，宋江不想成为一个普通的占山为王的草寇。相反，他要用他的思想观念改造梁山。他打出"替天行道"的旗帜，努力把梁山上的草莽英雄们改造成一支专门劫富济贫、除暴安良的义师，又将争取招安当作他自己和梁山这伙人的根本出路，为此他利用一切机会向梁山众头领灌输忠君报国、青史留名的思想，灌输皇帝圣明、奸臣误国的思想。这样，传统的"聚义厅"这一名称的含义已不能适应宋江替天行道、争取招安的需要，必须加以改变。宋江一当权，"聚义厅"改为"忠义堂"也就势所必然了。"聚义"和"忠义"虽然一字之差，却代表了两种大不相同的思想理念。"聚义"改为"忠义"，不仅标志着宋江的思想在山寨中占了上风，也标志着晁盖所坚持的"聚义"主张被抛弃了。从这个意义上说，宋江"修正"了晁盖主义，未尝不可。

　　不过，有一点需要指出：毛泽东关于"摒晁盖于一百零八人之外"的评论，曾经被"四人帮"所利用，借此打击打倒别的中央领导，那又是另外一回事。我们将在《只反贪官，不反皇帝》一文中详论，此不赘述。

# 是命令主义强迫卢俊义上梁山

像梁山泊,就实行了这个政策,他们内部政治工作相当好,当然也有毛病就是了,他们里面有大地主、大土豪,没有进行整风。那个卢俊义是被逼上梁山的,是用命令主义强迫人家上去的,他不是自愿的。

《毛泽东文集》第3卷,人民出版社1996年8月版,第329页

"山东呼保义""河北玉麒麟",这是梁山英雄一百单八将排座次时,忠义堂前红旗上绣的两行大字。这表明宋江是梁山义军的大头领,而卢俊义是"二当家"。但是,卢俊义这个"二把手"来得令人不解。他的上梁山,既不是自愿的,也不是被官府逼的;他的当头领,既没造反经历,又没实际贡献。因此,有人把卢俊义上梁山很快当上"二把手"说成是"难解之谜"。

1945年4月24日,毛泽东在中国共产党第七次全国代表大会上作口头政治报告,讲关于几个政策问题。第七个问题是"关于我们的军队"。毛泽东说,军队"也是实行统一战线的政策"。他说:

现在,我们的军队在尽可能地扩大和党外人士的合作。最近山东有三支伪军过来了,现在他们不叫伪军叫八路军了。我们给他们开会搞通思想,改造思想,他们一开始是害怕的,以后逐渐打破了思想顾虑,觉得很舒服。这个方法很好,《解放日报》也发表了社论。我们大会各代表,如果觉的这个方法很好,就作一个决定,大家照此去做。只要不反对革命,我们就和他合作,另外拿一只小眼睛去注意特务活动。和民主分子合作,怕什么呢?我们有饭大家吃,有敌人大家打,发饷是没有的,自己动手,丰衣足食,还实行三大纪律八项注意,七搞八搞便成了正果。像梁山

泊，就实行了这个政策，他们内部政治工作相当好，当然也有毛病就是了，他们里面有大地主、大土豪、没有进行整风。那个卢俊义是被逼上梁山的，是用命令主义强迫人家上去的，他不是自愿的。

我们对于只要不是坚决的反动分子，而愿意革命并和我们合作的，就来者不拒，"姜太公钓鱼，愿者上钩"。姜太公他发表宣言：你愿来就来，不愿来的就拉倒。人家了解的很清楚，钓鱼都可以发宣言，我们也可以发表一个宣言。（《毛泽东文集》第3卷，人民出版社1996年8月第1版，第328—329页）

毛泽东这段话，讲到梁山内部政治工作"相当好"，毛病是没有"进行整风"。他举了卢俊义的例子来证明自己的观点。

"有大地主、大土豪"，说的是卢俊义的"阶级出身"。《水浒传》中交代："北京城里是有个卢大员外，双名俊义，绰号玉麒麟，是河北三绝。祖居北京人氏，一身好武艺，棍棒天下无对。"又交代："他是北京大名府第一等长者。"（第六十回）"北京城内，元是富豪门。"卢俊义对吴用自我介绍："卢某生于北京，长在豪富之家"。书中说，卢俊义经营解库，雇用"四五十个行财管干"收解，"海阔一个家业"（第六十一回）。如此看来，卢俊义是个大富商。把大员外认定为大地主、大土豪，这其实是误解。所谓员外，本指额外之官，有财有势之辈皆可假以为称号。《水浒传》中出现的员外，除卢俊义外，还有一个在东京城里的"生铁王员外"，可知在宋元时代，员外实际上是经营各种商业的店家的称呼。卢俊义祖居"诸路买卖，云屯雾集"的河北第一个大去处的大名府，开着"解库"（当铺），有一班主管收解。他还经营商业，设有一都管掌管一应里外家私。坐商之外，又兼搞行商贩运，是上层市民的一员。卢俊义是大富豪也罢，是大土豪也罢，总而言之，他是有产者，而不是李逵、白胜一流破产农民，则是十分清楚的。他的上梁山，不经过"整风"，是不可能跟绿林豪杰相契合的。

"是用命令主义强迫人家上去的"。上梁山，有逼上去的，有骗上去的，有捉上去的，也有自愿上去的。卢俊义上梁山，《水浒传》作者说是吴用"智赚"上去的，说白了是吴用用计骗上去的。宋江、吴用赚卢俊义上山，是无事闲谈中偶然引出的话题。第六十回写道："一日，请到一僧，法名大圆，乃是北京大名府在城龙华寺僧人。……因吃斋之次，闲话间，宋江问起北京风土人物,那大圆和尚道:'头领如何不闻河北玉麒麟之名?'"吴用这才想起要请卢俊义入伙,说:"梁山泊寨中若得此人时,何怕官军缉捕,岂愁兵马来临!"

可那卢俊义,世居大名府,是个大财主,家大业大,无灾无难,与宋江等人又无交往,如何让他撇家舍业上梁山呢?吴用设了一计,扮作一算命道人,让李逵扮做一哑道童,潜入北京卢府。吴用对卢俊义说:"员外这命,目下不出百日之内,必有血光之灾,家私不能保守,死于刀剑之下。"卢俊义起先不信,吴用左说右说,卢俊义不得不信。卢俊义道:"可以回避否?"吴用道:"只除非去东南方,一千里之外,方可免此大难。虽有些惊恐,却不伤大体。"吴用别了卢俊义,对李逵说道:"大事了也!我们星夜赶回山寨,安排圈套,准备机关,迎接卢俊义,他早晚便来也!"吴用此乃计赚玉麒麟,让卢俊义自投梁山泊。卢俊义自从算卦之后,寸心如割,坐立不安,执意要去东南一千里之外避灾,途中恰经过梁山泊。吴用派出众好汉"十面埋伏",对卢俊义进行"车轮战",终于被水军捉拿上山。

义军以隆重礼仪接待,劝其留下,他声称"生为大宋人,死为大宋鬼,宁死实难听从!"勉强在山上住了数月,坚持下山。下山后始知,吴用留下一首藏有"卢俊义反"的藏头诗,断了他的退路。管家李固又与其妻打成一气,首告他落草,当其归来时,被官府捉拿下狱,义军攻打大名府将他救出。有家难回,有国难奔,卢俊义不情愿地在梁山落草,坐了第二把交椅。

  毛泽东还说过,卢俊义上梁山"不是自愿的,后来还是反革命了"。(陈晋:《毛泽东之魂》,吉林人民出版社1993年10月版,第371页)。

被"赚"上梁山的卢俊义没有造反起义的思想基础,对赵宋王朝的黑暗腐败没有认识,对封建统治者的压迫剥削没有深切感受,终于走向农民革命的反面。他的"反革命"主要表现在招安后对别的"强盗"的"征剿"和对赵宋王朝的痴迷。他向往招安,梁山泊全伙受招安,实现了他"与朝廷出力,征讨四方"的夙志。在平田虎、王庆、方腊中颇卖气力。在征方腊后,"了身达命"的燕青看到封建统治者之不足恃,适时地劝卢俊义纳还官诰,隐迹埋名,而卢俊义则怀着"正要衣锦还乡,图个封妻荫子"的意念,反指责燕青"如何却寻这等没结果?"燕青笑道:"主人差矣!小乙此去,正有结果,只恐主人此去无结果耳。"事实证明,燕青的"知进退

卢俊义兵陷青石谷

存亡之机",是卢俊义无法比拟的。卢俊义热衷于做官封侯,后被封武功大夫、庐州安抚使。高俅一伙视他为异己隐患,让人首告他招兵买马,意在造反,将其招至京师,于饮食中暗下水银,他在归途中落水而死。

卢俊义的例子说明,干革命强拉硬拽总是不行。"革命靠自觉,自觉干革命",这话有一定的道理。强扭的瓜儿不甜,古今一理。所以毛泽东的结论是"愿意革命并和我们合作的,就来者不拒"。当然,对思想不纯觉悟不高的合作者,可以通过"整风"的办法,通过做政治工作的办法,帮他们洗心革面,帮他们擦掉污泥浊水,使他们的思想干净清沌起来,成为坚定的革命者。毛泽东举了正面的例子,山东"过来"的三支伪军,"给他们开会搞通思想,改造思想",伪军们"打破了思想顾虑,觉得很舒服"。毛泽东肯定这个方法很好,要求党的七大代表们"大家照此去做",以扩大和党外人士的合作。

山东的伪军是幸运的。从大名府投奔山东梁山的卢大员外则终于没有走出厄运,他的悲剧产生于宋江和吴用的命令主义,产生于梁山的"没有进行整风"。

# 没有吴用这些人就不行

> 一个阶级革命要胜利,没有知识分子是不可能的。你们看过《三国演义》、《水浒传》……梁山泊没有公孙胜、吴用、萧让这些人就不行,当然没有别人也不行。
>
> 《毛泽东文集》第3卷,人民出版社1996年8月版,第342页

吴用,梁山军师,水泊谋主,是实际上仅次于宋江的"二把手"(即使在卢俊义上山后,也应如是看)。他也像宋江和李逵那样,是《水浒传》一书从始至终用力描写的艺术形象。读《水浒传》者,无人不晓得这位谋略型人才。吴用是山东郓城县人,表字学究,道号加亮先生,他是饱学之士,满腹韬略,足智多谋,绰号"智多星"。原只在村塾教书,"只爱雄谈偕义士,岂甘枯坐伴儿曹"?不甘心于当社会底层的村塾教师,愿于天下豪杰结交,富于反抗精神,这是吴用的主要精神特征;而他在梁山义军中又以谋略出众占有重要地位。小说第十四回,他刚刚出场,就有一首《临江仙》赞他:"万卷经书曾读过,平生机巧心灵,六韬三略究来精。胸中藏战将,腹内隐雄兵。 谋略敢欺诸葛亮,陈平岂敌才能,略施小计鬼神惊。名称吴学究,人号智多星。"吴用是人民群众熟知和喜爱的形象,是中国古典小说中第一个参加农民起义的贫苦知识分子的艺术典型。他长期生活在底层,没有一般读书人的疑忌顾虑,主动站到被压迫者一边。作品着力刻画他过人的识见和料事如神的才能,在对敌斗争中善于根据不同情况,确定不同的战略策略,能知人善任,团结众多头领,调动众位好汉的积极性。

有句俗语:"秀才造反,三年不成。"而吴用恰恰是秀才造反的典型。吴用与晁盖、宋江等义军领袖结成同盟,组织起波澜壮阔的武装斗争,纵横于黄河中下游地区,接连取得了军事斗争的重大胜利,极大地削弱了地主阶级的统治,强烈地震撼了封建朝廷,有力地鼓舞了民众的反抗斗争,

推动了社会的进步。吴用是梁山义军中一位学识丰富，智慧机敏，运筹帷幄的智囊型人物。在《水浒传》中，进而在中国文学史中，他是最为成功的农民义军中贫苦知识分子的艺术典型，正是在这个本质特征上，毛泽东对他做出了虽然为数不多但却是一语中的的评价。

## 吴用是封建社会里的知识分子

从1945年4月开始，中国共产党在延安召开第七次全国代表大会。这在中共党史上，是一次十分重要的会议。4月20日，毛泽东在会议上作口头政治报告，讲到对党内几部分干部的问题时，谈到如何看待知识分子。此时，抗日战争接近全面胜利，许多有革命热情的知识分子汇集到延安，毛泽东高兴地说："我们党里头，知识分子的增加是很好的现象。一个阶级革命要胜利，没有知识分子是不可能的。"

讲到这里，他又想到《水浒传》等小说中去找证据，于是他说：

你们看过《三国演义》、《水浒传》，魏、蜀、吴三个国家，每个国家都有每个国家的知识分子，有高级的知识分子，有普通的知识分子，那个穿八卦衣拿鹅毛扇子的就是知识分子；梁山泊没有公孙胜、吴用、萧让这些人就不行，当然没有别人也不行。

毛泽东就此展开了自己的论点：

无产阶级要翻身，劳苦群众要有知识分子，任何一个阶级都要有为它那个阶级服务的知识分子，奴隶主有为奴隶主服务的知识分子，就是奴隶主的圣人，比如希腊的亚里士多德、苏格拉底。我们中国的奴隶主也有为他们服务的知识分子，周公旦就是奴隶主的圣人。至于封建时代的诸葛亮、刘伯温，《水浒传》里的吴用，都是封建社会里的知识分子。（《毛泽东文集》，人民出版社1996年8月第11版，第三卷，第342—343页）

在作了基本理论阐述和事实论证之后，毛泽东联系到现实，指出了知识分子政策贯彻方面的具体问题及纠正办法："因为整风审干，好像把知识分子压低了一点，有点不大公平。好像天平，这一方面低了一点，那一方面高了一点。我们这个大会,要把它扶正,使知识分子这一方面高一点。是不是要反过来?那也不是。我们要欢迎他们为我们党服务,为我们党的利益而奋斗,为人民的利益而奋斗。我们的党,我们的军队,我们的政府,我们的经济部门,我们的群众团体,要吸收广大知识分子为我们服务,我们要尊敬他们。"(《毛泽东文集》第三卷,第342—343页)

梁山一百单八将,绝大部分是善于使枪弄棒的赳赳武夫,只有很少几个人是满腹经纶的学究或怀有一技之长的专业技术干部,用今天的话说,可以称他们为知识分子——梁山义军中的知识分子。

毛泽东认为,智多星吴用、入云龙公孙胜和圣手书生萧让等,都是梁山义军将领中的知识分子。这些知识分子各以其专长,为梁山事业的发展壮大发挥了独特的作用,做了许多别人无法替代的工作。结论是,梁山没有晁盖、宋江、卢俊义这样的领袖人物不行,没有林冲、关胜、李逵、武松这样的武将不行,没有吴用、公孙胜、萧让这样的知识分子也不行。

吴用读过"万卷经书",研过"六韬三略",确实是个"每临战事善筹划,妙计可敌十万兵"的智囊,是梁山义军不可或缺的谋主。吴用以自己的聪明才智在武装对抗朝廷官兵的军事斗争中,为梁山根据地的巩固发展作出了贡献。智取生辰纲,首战石碣村,以及打青州,打高唐州,打大名府,打曾头市,打祝家庄等军事行动,都是吴用设谋定计运筹指挥的;两赢童贯,三败高俅,打得官军梦里也怕,夺取反抗朝廷最辉煌的胜利,也是吴用的杰作;梁山义军接受朝廷招安后,征伐辽国,大败辽兵,保境安民,拱卫疆土,还是吴用运筹帷幄决胜千里的。

公孙胜在《水浒传》中出场较早,七雄小聚义,智取生辰纲,他是主谋。他的知识在今天看来只能归入"特异功能"一类,所谓施展道法,能呼风唤雨、腾云驾雾等等。他本跟从二仙山罗真人学道,道号一清,江湖上称为"入云龙"。在梁山寨中,他位居第四,可算领导班子成员,与吴用同为掌管机密的军师,但并不出谋献策,而是每当遇到敌将会行妖法时,拿出法术绝技,一举破敌。这样的事件,小说有四五次描写,如石碣村祭怪风放邪火擒拿何涛,上阵斗法破高廉,弄机巧降伏樊瑞,三败高俅时借助风沙,征辽时大破浑天象阵,平田虎时战败"幻魔君"乔道清的妖法等。公孙胜依恃其法术,为梁山事业的兴旺发达,为梁山义军的克敌制胜,贡献了聪明才智,起到了独特的作用。但呼风唤雨之类本属虚幻,小说对公孙胜颇多神化。其实,公孙胜身为道家,学道炼丹,也就是懂些天文气象、物理化学等自然科学知识罢了。

圣手书生萧让和玉臂匠金大坚，是文秘方面的专门人才。小说第三十九回，宋江吟反诗后，定成死罪。梁山泊上的好汉商议救他，吴用想出一条计谋，要伪造蔡京的信，叫地方官切切不可把重要的犯人杀了，要解赴东京审问。这样，就容易在路上劫夺。为了造假书信，吴用引荐出这两个人来。萧让是济州城里一个秀才，"会写诸家字体"。吴用知他写得蔡京笔迹。金大坚"开得好石碑文，剔得好图书玉石印记"。这两个人"山寨里亦有用他处"。二人"上山入伙，共聚大义"，造的蔡京假信，字体、印章十分逼真，连蔡京的儿子蔡九知府也被瞒过去了。这二人，后来在山寨上，一个掌管文卷，一个掌管印信，成为文职要员。

梁山泊的知识分子，还有一些。如掌管赏罚的铁面孔目裴宣，掌管钱粮的神算子蒋敬，掌管专治诸疾内外科医生的神医安道全，掌管专攻医兽一应马匹的紫髯伯皇甫端等等。裴宣具有深厚的法律知识，"原是本府六案孔目出身，极好刀笔，为人忠直聪明，分毫不肯苟且，本处人都称他'铁面孔目'"，裴宣上梁山后，"做军政司，赏功罚罪"（小说第四十四、四十七回）。蒋敬"原是落科举子出身，科举不第，弃文从武，颇有谋略，精通书算，积万累千，纤毫不差"，蒋敬擅长数学，所以掌管钱财，是个称职的财务、军需部长。安道全和皇甫端，一个医人，一个医马，都是梁山医疗战线的杰出人物，打仗用兵，人马时有死伤，万万离不开此种人才。

在梁山义军中，各类知识分子起了很重要作用。事实说明了梁山事业需要知识分子，知识分子一旦融入农民起义队伍，就会充分发挥他们的聪明才智，使知识分子的潜能焕发出来。文化素质不高的农民起义队伍，一旦得到知识分子的加强就会提高层次，提高斗争艺术，从各个层次各个方面更臻于完善。

毛泽东举梁山泊吴用等人的例子，说明即便是封建时代的农民起义队伍，也要看重知识分子的作用，以此印证无产阶级革命队伍和无产阶级政党，更要重视知识分子，对待这一部分干部要公平。毛泽东这样讲是有具体针对性的。抗日战争爆发后，激起了广大知识分子的爱国热情，许多人纷纷走上了革命道路。正是在这种情况下，党中央及时做出了"大量吸收知识分子"的决定。我党接受大批知识分子到党内来，参加党务工作、军队工作和政府工作，或者从事文化运动和群众运动，因而大大发展了抗日力量，壮大了党的干部队伍。可是1942年延安整风时，康生等人搞了个"抢救失足者"运动，使不少知识分子受到错误的斗争。那时，党内工农干部比例大，他们往往看知识分子的毛病多些。因此毛泽东在党的全国代表会议上，郑重地重申党的知识分子政策，并信手拈来梁山好汉吴用等人佐证知识分子之于革命事业的重要。毛泽东的演讲，道理深而话语浅近，事理明而循循善诱，相信会议代表中的工农干部听了会颔首点头，知识分子干部会扬眉吐气；而那些曾经打击、轻视知识分子的干部，该扪心自问了。

啊！吴用军师，你是否想到，自己承载着证明一个真理的作用呢？

## 请你这个智多星仔细看看

读过《水浒传》的人，几乎尽人皆知，吴用的绰号是"智多星"。吴用脑子灵，妙计多，故有此绰号。随着吴用故事的深入人心，"智多星"的绰号，常常被移赠给那些头脑机敏妙计迭出的人。

1951年4月上旬，正是抗美援朝战争艰难时期，朝鲜战局发展"微妙"。在北京中南海丰泽园内的菊香书屋里，军委最高领导人毛泽东、周恩来等人正围绕朝鲜战争有关问题，通宵达旦地分析着，研究着。这天，他们围着办公桌上的一份报告——志愿军党委彭德怀、邓华等人就战局发展的预测和第五次战役的方案向军委写的报告，交流意见，研究对策。毛泽东对周恩来说：

> 请你这个智多星仔细看看，我已看过一遍了。（徐一朋：《错觉——一八〇师朝鲜受挫记》，江苏人民出版社1996年版，第2页）

毛泽东以智多星称许周恩来，可谓十分恰切。周恩来是我党不可多得世所罕匹的智囊，仅就军略兵谋而论，他比吴用有过之而无不及。

吴用是梁山泊第一谋主，他以其智术权谋，把握着一个个事件解决的契机。晁盖坐了梁山第一把交椅时，他就担任军师要职，"号令非比旧日"，不论在组织安排上，还是在军事调度上，都显示了很强的智能才干。晁盖死后，宋江为梁山泊主，吴用仍蝉联原职，坐第二把交椅。卢俊义上山，吴用名义上让出了第二把交椅，退居第三位，而实际上他的权力却丝毫没有削弱，仍然协助宋江掌握着梁山泊的最高领导权。一切内外大事，都由宋江和他最后商定。

吴用出场就先声夺人，面对"智取生辰纲"大事件表现得足智多谋。

这个事件是晁盖、吴用等人反抗封建统治阶级的起点，它给予封建官僚的剥削勒索行为的打击是沉重而巨大的，它对梁山的起义运动发展的影响意义是深远的。"智取生辰纲"的全盘布置和计划都出于吴用之手。因此，事成之后，晁盖连声赞叹："好妙计！不枉了称你做'智多星'，果然赛过诸葛亮。好计策！"在《水浒传》中，吴用屡出奇谋。第四十回"梁山泊好汉劫法场"，第五十回"吴学究双掌连环计"，"宋公明三打祝家庄"，第五十六回"赚徐宁上山"，第五十九回"赚金铃吊挂"，"闹西岳华山"，第六十一回"智赚'玉麒麟'"，第八十回"三败高太尉"，等等，都是吴用的智谋杰作。

周恩来的军事生涯，远比吴学究丰富多彩宏阔深远。在军事斗争中，他是名副其实的"智多星"。且不说土地革命战争、抗日战争，单就解放战争而言，就可以看清周恩来智谋的超群出众。1947年3月至1948年3月，毛泽东转战陕北指挥全国解放战争，身边只有两员大将：周恩来和任弼时。他把许多事情都委托给周恩来，自己只关注最关键的问题和最主要的战场。那时，周恩来兼军委总参谋长，手下有一个军事组，有五六个得力参谋主管作战方面的工作。当时担任作战参谋的张清化后来回忆说：周恩来是"一个非常杰出的军事组织者和指挥者。当时他运筹帷幄，出谋划策，深得党中央、毛主席的称赞和全军的拥戴。凡是党中央研究，毛主席下了决心以后，具体的组织布置和如何执行等都是周副主席具体来抓的。无论前方或后方，无论是后勤供应或部队调动，总离不开他的具体的组织指挥"。毛泽东在发出作战电报前，如果"五大书记"在一起，就要让他们阅看，征求他们的意见；如果情况紧急，就在电头上批上："周阅后发。"往往只征求周恩来的意见，随即发出。周恩来起的是副统帅和总参谋长的作用。

毛泽东的"五大秘书"之一的叶子龙，在他的回忆录中这样评价周恩来的谋划才能："在毛泽东从事的革命事业中，他离不开周恩来。周恩来的才干、能力和足智多谋，他的人格魅力和处理问题、化解矛盾的非凡本领在长征及和平解决西安事变中充分显

| 梁山泊吴用举戴宗

示出来。"(《叶子龙回忆录》,中央文献出版社2000年10月版,第42—43页)这个评价依据的历史事实还只是1936年以前的情况,在漫长革命战争中,周恩来所表现出来的军事才能世所罕见。这里再讲一个长征路上他智救廖承志的故事,可见一斑:

1935年1月,周恩来在遵义会议之后偶然碰到向预旺堡镇开拔的廖承志等人。当时他还不知道廖承志已被红四方面军主要领导人张国焘当作"反革命"开除出党,由保卫部门押着随队伍行军。张国焘狡猾善变,残酷而有野心,一些不同意他的意见的同志被处决。廖承志等人被监禁起来。

廖承志看到周恩来时,竟不知如何是好——是打招呼并敬礼呢,还是背过脸去?他不想因彼此熟悉而给父亲廖仲恺的老朋友带来麻烦。就在他不知所措的时候,周恩来走过来了。他脸上毫无表情,若无其事,也没有说话。当着押送人员的面,他只是紧紧地握了一下廖承志的手,然后走开了。那天晚上,周恩来派通信员把廖承志叫到司令部。屋里坐满了人,张国焘也在那里。张国焘当然知道周廖两家的亲密关系。不过,他仍问周恩来:"你们早就认识吗?"周恩来没有直接回答他,佯装声色俱厉地问廖承志:"你认识了错误没有?""认识深刻不深刻?""改不改?"廖一一做了回答。然后,他叫廖承志留下吃晚饭。在吃晚饭的时候周恩来不理睬廖承志,只同张国焘说话。饭毕,他立即把廖承志打发走了。张国焘本来已宣布当晚将廖承志处决,幸亏足智多谋的周恩来佯装愤怒,无情地训斥廖承志,才在关键时刻救了他的命。

周恩来以自己超凡的机敏机智斗败了张国焘,在"虎口里"救护了廖承志这样的人才。到了抗美援朝时期,已经担任政务院总理的周恩来仍然是毛泽东军事决策上的左膀右臂,《周恩来与抗美援朝》一书详细描写了许多这方面的事例,毛泽东以吴用的绰号"智多星"称许周恩来,再恰当不过了。

水泊梁山因有吴学究这样的"智多星"而兴旺,我党我军因有周恩来这样的"智多星"而胜利。

## 吴用不愿意投降

作为梁山这支队伍的核心人物,吴用也面临着是主张招安还是反对投降的考验。这当然关系到义军的前途命运。毛泽东在1975年8月那个《关于〈水浒〉的评论》中,把梁山义军领袖分为"投降"和"不愿投降"两

类,他说:

> (梁山)这支农民起义队伍的领袖不好,投降。李逵、吴用、阮小二、阮小五、阮小七是好的,不愿意投降。(《建国以来毛泽东文稿》第13册,第457页)

通观《水浒传》一书,可以看出吴用是不愿意投降朝廷的,但他的反对投降,远不如李逵、三阮等人来得激烈,来得彻底,很有些"犹抱琵琶半遮面"的味道,最终屈从了宋江的投降主张。

吴用的不愿意投降,是因为他的上梁山,是自觉自愿的,并不是被逼上去的。他本是乡村里的穷苦读书人,靠在私塾教几个毛孩子糊口。他不安于低下的村学塾师的社会地位,早就有志于造反。听说了"生辰纲"的消息,情愿与本村土豪晁盖合作,主动去说服三阮等人入伙,效法梁山强人王伦的行为,劫取生辰纲。这次造反行动,从选择地点到人事安排,从行动方式到善后办法,都是吴用一手策划的。"智取生辰纲"得手,被官府追逼搜捕的紧,吴用组织一干人退往梁山水泊边的石碣村,利用那里的茫茫芦荡和蛛网似的港汊同官军周旋,生擒何涛。石碣村待不下去了,索性投奔梁山入伙,公开打起造反的大旗。在吴用的思想底色中,是没有投降的色彩的。至少,他不会像宋江那样念念不忘招安。

对宋江的招安举动,投降行为,吴用也曾反对、阻挠甚至破坏。朝廷派殿前太尉陈宗善第一次赴梁山招安,吴用即对宋江说:"纵使招安,也看得俺们如草芥。"指出了招安投降的恶果。而后,吴用传令:"你们尽依我行。不如此,行不得。"在他的秘密安排策划下,接着发生了"活阎罗阮小五倒船偷御酒,黑旋风李逵扯诏谤徽宗"的激烈破坏招安的造反行动,弄得宋江等投降派十分狼狈,使第一次招安只好草草收场。宋江气恼地对众弟兄们说:"你们众人也忒性躁。"吴用则说:"如何怪得众弟兄发怒?朝廷忒不将人为念。如今闲话都打叠起,兄长且传将令,马军拴束马匹?步军安排军器,水军整顿船只。早晚必有大军前来征讨,一两阵杀得他人亡马倒,片甲不回,梦着也怕,那时却再商量。"众人道:"军师言之极当。"(第七十五回)此时,吴用成了反招安派的主心骨,在气势、声望上似乎超过了宋江。

但是,吴用对招安只是"不愿意"而已,反对并不坚决。他反对的只是屈辱的招安,而同意体面的招安;不赞成的只是一厢情愿的和一味退让的招安，而希望在条件有利的情况下接受招安。当陈宗善第一次来梁山泊招安时，吴用虽然说："论吴某的意，这番必然招安不成；纵使招安，也看得俺们如草芥。"但是，他接着又给宋江出体面招安的主意："等这厮引将大军来到，叫他着些毒手，杀的他人亡马倒，梦里也怕，那时方受招安，才有些气度。"（第七十五回）果然，在两赢童贯、三败高俅之后，吴用认为条件已经成熟，提出："哥哥再选两个乖觉的人多将金宝前去京师，探听消息，就行钻刺关节，把衷情达知今上，令高太尉藏匿不得，此为上计。"结果，正如吴用所预言，"有些气度"的招安变成了现实。

在招安问题上，吴用陷入了巨大的矛盾之中，他既给反投降的头领出招法、使计谋，阻止招安，又给宋江出主意、想办法，争取"气度"招安。这实际上是吴用这个封建时代社会底层知识分子自身思想观念具有两重性的必然反映：一方面，他生活在受压榨受歧视的贫苦劳动人民中间，具有一定的反抗精神，非常不情愿向封建上层统治者靠拢；另一方面，作为读书人，他头脑里较多地接受了封建地主阶级的意识形态和豪杰好汉普遍认同的江湖义气，并以此作为价值取向和行为准则。这使他无条件地把自己与宋江的义气放在首位，生活在宋江的巨大阴影里。小说第九十回，已经接受招安的梁山水军首领，受不了朝廷的窝囊气，找吴用商量，准备再次造反。水军头领们说此事如同宋江商量，只会"断然不肯"，他们请吴用站出来"做个主张"。吴用却说："自古蛇无头而不行，我如何敢自主张？这话须是哥哥肯时，方才行得。他若不肯做主张，你们要反，也反不出去！"结果是"水军头领见吴用不敢主张，都做声不得"。水军头领找吴用商量再次造反之事，说明他们了解吴用内心深处是不愿投降的。可吴用的独立人格，已经淹没在宋江哥哥情义的海洋里。吴用最终自缢于宋江墓前，成为宋江投降的殉葬品，是他思想观念自身矛盾必然的逻辑发展。由朝气蓬勃的造反派转至躲躲闪闪的不愿投降派，进而沉沉闷闷地屈从宋江受招安，最终成为投降主张的牺牲品，吴用的道路，岂不悲夫！

从大的方面划分，从内心深处真实态度划分，吴用似可列入"不愿投降"的好头领之列，毛泽东的看法自有道理处。但是，他与李逵、三阮的反对招安，却大不相同，他在反投降派中是思想偏右的。

总体上说，毛泽东对吴用这个梁山义军中的贫苦知识分子是持肯定态度的。肯定他对梁山事业发展的无可替代的作用，肯定他临机决策的聪明才智，也肯定他较为忠于造反事业不愿投降的政治立场。从吴用身上，毛泽东再次认识到革命事业须臾也离不开知识分子！

# 王伦不准人家革命

> 也不要当《水浒传》上的白衣秀士王伦，他也是不准人家革命。凡是不准人家革命，那是很危险的。白衣秀士王伦不准人家革命，结果把自己的命革掉了。
> 《毛泽东选集》第5卷，人民出版社1977年4月版，第207页

白衣秀士王伦是梁山基业的开创者。他本是落第秀才，窘困之时得到过柴进的资助，后与杜迁、宋万、朱贵等到梁山落草，聚集了七八百喽啰，打家劫舍，占山为王。在王伦等人的苦心经营下，梁山建立了三道关隘；设置了朱贵酒店为情报机关，专门探听消息；山寨有枪刀剑戟等武器装备，有房屋钱粮等基本设施和储备，可说防务井然，进退有序，使远近官军"都吓得尿屎齐流，怎敢正眼看他"；王伦也有政治号召，劝人入伙则说"不如只就山寨歇马，大秤分金银，大碗吃酒肉，同作好汉"，颇懂平均主义的诱惑力。应该说，王伦使山寨初创草成，功不可没。

但是王伦也有致命的弱点：心胸狭窄，妒贤嫉能。这给读者留下很不好的印象，以致后世人们把他看成是无肚无量排挤人才的典型，见到此类人物就称之为"白衣秀士王伦"。

1955年10月11日，毛泽东在扩大的中共七届六中全会做结论时，谈到帮助犯错误的同志改正错误，他说：

> 关于犯错误的同志，我想只有两条：一条，他本人愿意革命；再一条，别人也要准许他继续革命。本人也有不愿意继续革命的……那是极少数的。大多数人是愿意继续革命的。但是还有一条，要准许别人革命。我们不要当《阿Q正传》上的假洋鬼子，他不准阿Q革命；也不要当《水浒传》上的白衣秀士王伦，

他也是不准人家革命。凡是不准人家革命,那是很危险的。白衣秀士王伦不准人家革命,结果把自己的命革掉了。(《毛泽东选集》第5卷,人民出版社1977年4月版,第207页)

白衣秀士王伦怎样"不准人家革命"?小说写了两个场面,来提示他气量窄小不能容人的心态和劣行。

第一次是对林冲上山的刁难。王伦占据山寨是受了柴进的恩惠,林冲是柴进推荐去的。但王伦一听林冲原是八十万禁军教头,武艺高强,不像本领平庸之辈的杜迁、宋万容易控制,就想送几个钱把他打发走。赶人走的理由又实在说不过去,于是想出个三天内缴纳"投名状"的法子来为难林冲。那时正值严冬,冰雪封路,行人稀少,无头可杀。林冲等到第三天,偏碰上了势均力敌的杨志。王伦又想把杨志拉上山,以便形成两虎相争的局面,寨主可以从中操纵,于是才勉强收容了林冲。

第二次是对晁盖等七人的刁难。见到这批武艺高强身怀绝技的好汉豪杰,又听到他们击败追捕官兵的能耐,眼见阮氏三雄如此英雄,视梁山泊为私有家业的王伦怎么能对这伙人放心呢?于是又使出以金银来打发走的老伎俩。

王伦的心胸狭窄,社会影响很不好:

阮氏三雄曾对吴用说过:"我们弟兄几遍商量要去入伙,听得那白衣秀士的手下人说他心地窄狭,安不得人。前番那个东京林冲上山,怄尽他的气。王伦那厮,不肯胡乱着人,因此我们弟兄们看了这般样,一齐都心懒了。"

杨志失陷生辰纲后,也曾想到投梁山泊,曹正却对他说道:"小人也听的人传说,王伦那厮,心地偏窄,安不得人。说我师父林教头上山时,受尽他的气。"杨志便打消了上梁山泊的念头。

王伦的心胸狭窄,容不得人,不可避免地激怒了向往梁山投奔而来的各路江湖好汉:备受刁难的林冲心怀宿怨,受到冷遇的晁盖七人怒气冲天……使大家一肚子不快活,王伦为自己创造了死机,埋下了祸根。结果,在组织路线上实行关门主义的王伦"把他自己的命革掉了"。小说第十九回,对此有详细描写:

当下,王伦与四个头领杜迁、宋万、林冲、朱贵坐在左边主位上,晁盖与六个好汉吴用、公孙胜、刘唐、三阮坐在右边客席。阶下小喽啰轮番把盏。酒至数巡，食供两次，晁盖和王伦盘话。但提起聚义一事，王伦便把闲话支吾开去。吴用把眼来看林冲时，只见林冲侧坐交椅上，把眼瞅王伦身上。

看看饮酒至午后，王伦回头叫小喽啰："取来。"三四个人去不多时，只见一人捧个大盘子里放着五锭大银。王伦便起身把盏，对晁盖说道："感蒙众豪杰到此聚义，只恨敝山小寨是一洼之水，如何安得许多真龙。聊备些小薄礼，万望笑留。烦投大寨歇马，小可使人亲到麾下纳降。"晁盖道："小子久闻大山招贤纳士，一径地特来投托入伙。若是不能相容，我等众人自行告退。重蒙所赐白金，决不敢领。非敢自夸丰富，小可聊有些盘缠使用。速请纳回厚礼，只此告别。"王伦道："何故推却？非是敝山不纳众位豪杰，奈缘只为粮少房稀，恐日后误了足下，众位面皮不好，因此不敢相留。"

说言未了，只见林冲双眉剔起，两眼圆睁，坐在交椅上大喝道："你前番我上山来时，也推道粮少房稀。今日晁兄与众豪杰到此山寨，你又发出这等言语来。是何道理？"吴用便说道："头领息怒！自是我等来的不是，倒坏了你山寨情分。今日王头领以礼发付我们下山，送与盘缠，又不曾热赶将去。请头领息怒，我等自去罢休。"林冲道："这是笑里藏刀，言清浊行的人！我其实今日放他不过！"王伦喝道："你看这畜生！又不醉了，倒把言语来伤触我，却不是反失上下！"林冲大怒道："量你是个落第穷儒，胸中又没文学，怎做得山寨主！"吴用便道："晁兄，只因我等上山相投，反坏了头领面皮。只今办了船只，便当告退。"晁盖等七人便起身下亭子，王伦留道："且请席终了去。"林冲把桌子只一脚，踢在一边，抢起身来，衣襟底下掣出一把明晃晃刀来，搭的火杂杂。吴用便把手将髭须一摸，晁盖、刘唐便上亭子来，虚拦住王伦，叫道："不要火并！"吴用一手扯住林冲，便道："头领不可造次！"公孙胜假意劝道："休为我等坏了大义！"阮小二便去帮住杜迁，阮小五帮住宋万，阮小七帮住朱贵。吓得小喽啰们目瞪口呆。林冲拿住王伦，骂道："你是一个村野穷儒，亏了杜迁得到这里。柴大官人这等资助你，周给盘缠，与你相交，举荐我来，尚且许多推却。今日众豪杰特来相聚，又要发付他下山去。这梁山泊便是你的？你这嫉贤妒能的贼，不杀了要你何用！你也无大量之才,也做不得山寨之主!"杜迁、宋万、朱贵本待要向前来劝,被这几个紧紧帮着,那里敢动。王伦那时也要寻路走,却被晁盖、刘唐两个拦住。王伦见头势不好,口里叫道:"我的心腹都在那里?"虽有几个身边知心腹的人,本待要来救,见了林冲这般凶猛势头,谁敢向前。林冲拿住王伦,骂了一顿,去心窝里只一刀,肐察地搠倒在亭上。可怜王伦做了半世强人,今日死在林冲之手。正应古人言:"量大福也大,机深祸也深。"

林冲批判王伦主要有两条:一是"这梁山泊便是你的?"。指出王伦极端自私,把梁山事业、把第一把交椅完全看成是自己的,这与宋江动不动就让位的大度形成了鲜明对照;二是"你这嫉贤妒能的贼"。王伦气量狭小,不能容人,真如"武大郎开店——用矮子",这样岂不使天下江湖好汉寒心,避之唯恐不及,哪里还能千里投奔,共创大业呢?本来,王伦对山寨有开创之功,但林冲的火并王伦却得到几百年来读者的赞赏,许之以"义举",认定以侠义行为,盖因于此。小说第十九回"林冲水寨大并火"有回前诗一首:

> 独据梁山志可羞,嫉贤傲士少宽柔。
> 只将寨主为身有,却把群英作寇仇。
> 酒席欢时生杀气,杯盘响处落人头。
> 胸怀褊狭真堪恨,不肯留贤命不留。

这首诗与林冲怒斥王伦的话可以互相发明,互相印证,思想内容是相通的。它为王伦这个心胸狭窄,嫉贤妒能,把梁山泊看成是自己私产的人物,做了个全盘的总结。

准许犯错误的同志改正错误,准许他们继续革命,这是毛泽东开展党内思想斗争的一贯政策和思想观点。一般说来,党内犯错误的同志,除了极少数人不愿继续革命,绝大部分同志是愿意放下包袱,轻装上阵,继续革命的。因此,党的各级领导,党的全体同志,"要准许别人革命"。毛泽东告诫说,不要做肚量狭小心胸狭窄的白衣秀士王伦,不要做不准阿Q革命的假洋鬼子,否则是很危险的,不仅会损害革命事业,而且连自己的命也要革掉了。毛泽东自己是不屑于做王伦一类人物的:长征路上张国焘闹独立另立中央,受挫后归向延安,毛泽东在批评他的错误后还是安排他继续

火并王伦

担任中央领导；林彪妄图篡夺党和国家的最高权力，折戟沉沙，自我爆炸后，毛泽东也曾经说过："林彪不跑，我们也不会杀他，批是要批的。"（《建国以来毛泽东文稿》，第13册，第447页）。对于这些犯了错误及至罪行的自己又不愿意继续革命的人尚且如此，对于那些错误不很严重的同志更是准许人家革命了。毛泽东之所以能够成就那么大的事业，善于团结人，包括善于团结犯错误的人，不能不说是重要原因之一。

毛泽东在阐述统一战线的思想时，曾经批评过王明关门主义的、孤家寡人的策略，他说："组织千千万万的民众，调动浩浩荡荡的革命军，是今天的革命向反革命进攻的需要。只有这样的力量，才能把日本帝国主义和汉奸卖国贼打垮，这是有目共见的真理。因此，只有统一战线的策略才是马克思列宁主义的策略。关门主义的策略则是孤家寡人的策略。关门主义'为渊驱鱼，为丛驱雀'，把'千千万万'和'浩浩荡荡'都赶到敌人那一边去，只博得敌人的喝采。"（《毛泽东选集》第1卷，人民出版社1991年6月版，第155页）这里讲的是统一战线，其道理完全适用于党的建设。王伦的不能容人，也就是组织路线上的关门主义；更有甚者，他驱走的"鱼"和"雀"都是比自己大的，其结果只能剩下能力不强水平不高的孤家寡人，梁山事业何以兴旺？

小说描写林冲火并王伦，反映了作者施耐庵的人才观，使古往今来不得施展抱负的志士贤人吐出了胸中一口恶气，足以为嫉贤妒能者戒；毛泽东借此阐发要团结犯过错误的同志的道理，并警告不这样做"很危险"！理实话清，用心良苦，足以使好"残酷斗争，无情打击"者清醒！

# 方腊·摩尼教·农民战争

> 从秦朝的陈胜、吴广、项羽、刘邦起，中经汉朝的新市、平林、赤眉、铜马和黄巾，隋朝的李密、窦建德，唐朝的王仙芝、黄巢，宋朝的宋江、方腊，元朝的朱元璋，明朝的李自成，直至清朝的太平天国，总计大小数百次的起义，都是农民的反抗运动，都是农民的革命战争。
>
> 《毛泽东选集》第2卷，人民出版社1991年6月版，第625页

方腊（？—1121），历史上实有其人，北宋末年浙江农民起义领袖。睦州青溪（今浙江淳安）人。北宋徽宗宣和二年（1120）聚众起义，攻占杭州、歙州等七州四十八县。翌年春失败，八月被害，壮烈牺牲。

《水浒传》以十回的篇幅写了他的故事。小说里说他原是歙州山中樵夫，因去溪边净手，水中照见自己戴平天冠，身穿衮龙袍，便对人宣传自己有天子福分。宋徽宗为修建万岁山在吴中征取花石纲，百姓大怨，他乘机造反，一呼百应，先后占据歙州、润州等八州二十五县（与史实数字略有出入），声势浩大，改建年号，自霸称尊，于清溪县帮源洞起造宫殿，设置文武官吏，江南震动。朝廷派张招讨、刘都督及平王庆得胜的宋江"征剿"。他较田虎、王庆包括宋江，反抗更坚决，更富政治头脑，更有抱负。他统率的所有将士，除一个降官金节外，都万众一心，英勇厮杀，使宋江队伍"十去其八"，损失惨重。他也有失误，误中奸计，睦州、清溪先后失守，帮源洞亦不保。他被鲁智深捉住，押送东京凌迟处死。方腊不屈而死，甚为壮烈。

《水浒传》为彰显宋江被招安后的功劳，拿方腊义军被"剿灭"作为陪衬。可作者无法改变方腊义军拼死抵抗宁败不屈的历史事实，无论从哪个角度看，方腊最低也是个失败的英雄。毛泽东读《水浒传》论小说人物，于历史上的方腊肯定其起义推动历史前进的作用，于小说中的方腊则惋惜

其在两支农民军的自相残杀中的惨重失败。

## 方腊领导的农民战争

方腊起义，历史上实有其事。此点不容置疑，也从来没有人怀疑。这与对待宋江起义的态度是不一样的，后者常常有人怀疑历史上是否真有其人、真有其事。

毛泽东对宋江起义和方腊起义的真实性持肯定态度。1939年12月，毛泽东在修改《中国革命和中国共产党》第一章"中国社会"时写道：

> "地主阶级对于农民的残酷的经济剥削和政治压迫，迫使农民多次地举行起义，以反抗地主阶级的统治。从秦朝的陈胜、吴广、项羽、刘邦起，中经汉朝的新市、平林、赤眉、铜马和黄巾，隋朝的李密、窦建德，唐朝的王仙芝、黄巢，宋朝的宋江、方腊，元朝的朱元璋，明朝的李自成，直至清朝的太平天国，总计大小数百次的起义，都是农民的反抗运动，都是农民的革命战争。中国历史上的农民起义和农民战争的规模之大，是世界历史上所仅见的。在中国封建社会里，只有这种农民的阶级斗争、农民的起义和农民的战争，才是历史发展的真正动力。"（《毛泽东选集》第2卷，人民出版社1991年6月版，第625页）

宋朝的农民起义有若干起，毛泽东单单点了宋江起义与方腊起义，可见其代表性，也可见《水浒传》描写这两次起义在读者心里的巨大久远影响。方腊领导的农民起义，爆发于公元1120年（宋徽宗宣和二年）。宋徽宗、蔡京集团是一伙极端腐朽反动的大地主大官僚。他们大肆搜刮民财，尽情侈靡挥霍，放纵大地主们任意兼并土地。众多的农民倾家荡产，农业生产急剧衰落，广大农村呈现出一片荒芜凄凉的景象。宋王朝的政治、经济危机日益加深，农民起义的条件已经成熟。

北宋末年，两浙一带是阶级矛盾十分尖锐的地区，大规模的农民起义在这里发生不是偶然的。东南地区经济较为发达，封建统治者对这一地区的剥削掠夺也更加残酷。据记载，宋朝廷的军食、布帛、茶盐、金铜铅银以至羽毛胶漆，"尽出（东南）九道"。两浙是宋代著名的产茶区之一，但自宋真宗天禧三年（1019）到宋徽宗政和年间（1111—1117），朝廷征收的茶税就由三万缗增加到四百余万缗。徽宗崇宁元年（1102），苏、杭设置所谓造作局，为宋朝皇室制造牙角金玉竹藤织绣等等奢侈品，每天役使的工匠就有几千名。崇宁四年，又设立苏杭应奉局，由大商人大官僚朱勔管领，到处搜罗各种奇花异石，运往京都开封，供以宋徽宗为首的统治集团玩乐。一般平民家中有一石一木被看中，就带领兵丁抢走，抢时还推墙拆屋，敲诈勒索，不少人家被逼出卖儿女，流离失所。抢占的花石树木又用大量船只运送，称作"花石纲"，押运的官吏倚仗权势，横行不法，到处毁桥梁，凿城郭。东南一带的人民，一听到"花石纲"，个个切齿痛恨。广大群众深刻的阶级仇恨，使得农民革命的燎原烈火一触即发。

方腊家所处的睦州地方，盛产漆楮松杉，商贸发达，人民比较富裕。方腊家就有一座漆园，全家赖此为生。朝廷在苏州、杭州设造作局和应奉局，集中工匠制造各种工艺品，供应宫廷，所需一切物料皆取自于民。方腊漆园屡受造作局酷取，怨怒而不敢发。不久，朱勔的"花石纲"也害及睦州，百姓不堪凌虐。方腊利用这一时机，发动起义。

宣和二年（1120）十月，方腊杀牛买酒，聚集一伙敢作敢为的年轻人在漆园誓师。据南宋人方勺在《青溪寇轨》中记载：

会饮酒数行，腊起曰："天下国家本同一理。今有子弟耕织，终岁劳苦，少有粟帛，父兄悉取而靡荡之。稍不如意，则鞭笞酷虐，至死弗恤。于汝甘乎？"

皆曰："不能！"

腊曰："靡荡之余，又举而奉之仇雠。仇雠赖我之资，益以富实，反见侵侮，则使子弟应之。子弟力弗能支，则谴责无所不至，然岁奉仇雠之物，初不以侵侮废也，于汝甘乎？"

皆曰："安有此理！"

腊涕泣曰："今赋役繁重，官吏侵渔，农桑不足以供应。吾侪所赖为命者漆楮竹木耳，又悉科取，无锱铢遗。夫天生烝民，树之宰牧，本以养民也，乃暴虐如是，天人之心能无愠乎？且声色狗马、土木祷祠、甲兵花石靡废之外，岁赂西、北二虏银绢以百万计，皆吾东南赤子膏血也。二虏得此，益轻中国，岁岁侵扰不已，朝廷奉之不敢废，宰相发为安边之长策也。独吾民终岁勤劳，妻子冻馁，求一日饱食不可得！诸群以为何如？"

皆愤愤曰："唯命！"

腊曰："三十年来，元老旧臣贬死殆尽，当轴者皆龌龊邪佞之徒，但知以声色土木淫蛊上心耳！朝廷大政事，一切弗恤也。在外监司、牧守，皆贪鄙成风，不以地方为意。东南之民，苦于剥削之久矣，近岁花石之扰，尤所弗堪。诸君若能仗义而起，四方必闻风响应，旬日之间，万众可集。守臣闻之，固将招徕商议，未便申奏，我以计麻之，延滞一两月，江南列郡可一鼓下也。朝廷得报，亦未能决策发兵，计其迁集议，亦须月余；调习兵食，非半年不可，是我起兵已首尾期月矣，此时当已大定，无足虑也。况西、北二虏岁币百万，朝廷军国经费千万，多出东南。我既据有江表，必将酷取于中原；中原不堪，必生内变；二虏闻之，亦将乘机而入。腹背受敌，虽有伊吕，不能为之谋也！十年之间，终当混一矣！不然，徒死于贪吏耳？诸君其筹之。"

皆曰："善！"

遂部署其众千余人，以诛朱勔为名，众十万。遂连陷郡县数十，众殆百万。四方大震。

在中国农民运动史上，这是一篇不可多得遗响千古的演说词。

它揭露了封建统治阶级经济剥削的残酷，民众生活的艰难："东南之民，苦于剥削久矣！""今赋役繁重，官吏侵渔，农桑不足以供应……吾民终岁勤劳，妻子冻馁，求一日饱食不可得！"

它谴责了北宋政府暴虐无道，贪鄙成风。统治者对民众"稍不如意，则鞭笞酷虐"。各级官僚"皆龌龊邪佞之徒，但知以声色土木淫蛊上心耳！""在外监司、牧守，皆贪鄙成风，不以地方为意"。

它指斥朝廷对外软弱无能，只知纳币求和，加重人民负担。北宋对汹汹而来的辽国和金国，每年贡奉"银绢百万"，换来的却是敌国"赖我之资，益以富实，反见侵侮"！

它正确地预见到东南民众对起义必然风起云从，"诸君若能仗义而起，四方必闻风响应，旬日之间，万众可集。"

它估计到腐朽的朝廷官僚机构反应迟钝，必然贻误军机。"守臣"麻木，不能上报；朝廷迟疑，缓于发兵；江南富庶之地起义兵，断了北宋军国外交费用的来源，转而酷取中原之资，"必生内变"；辽国和金国则将从北面"乘机而入"，使北宋王朝"腹背受敌"。

它在客观分析敌我态势的情况下确定了义军的战略计划：运用计谋麻

痹地方"守臣","延滞一两月，江南列群可一鼓而下"；等到朝廷缓慢发兵，"非半年不可"，那时义军已经占据了东南半壁江山，"当已大定"；加上中原内变，外敌入侵，北宋就是出现像伊尹、姜太公那样的能臣，也毫无办法，"不能为之谋"了。

它确定了起义军近期和长远战略目标，那就是首先"据江表"，占领江南各郡为根据地，利用长江天险巩固发展自己，划江而守，渐图进取，而后"十年之间，终当混一"，取得全国政权。

方腊激昂慷慨的讲演，成为号召群众奋起造反的战斗号令，一场大规模的农民革命战争爆发了。"苦于剥削久矣"的东南广大贫苦农民，纷纷响应方腊的号召，树起方腊的旗帜。尤其是浙江的大部分地区，到处都"结集徒众"攻打县城。兰溪人朱言、吴邦，剡县仇道人，仙居吕师囊，方岩山陈十四，苏州石生，归安陆行儿等，纷起响应。在方腊的领导下，农民组成了自己的军队，建立政权。设置军政机构，任命官吏将帅，以巾饰来区别职位大小，自红巾而上，共分为六等。凡擒获宋朝官吏，根据他们贪鄙害民的程度，施以刑罚。农民军所到之处，严厉惩处了为非作歹的官僚、地主，杀死一些作恶多端的"士人"，人心为之大快。革命风暴极大地扫荡了北宋末年污浊黑暗的旧世界。方腊自称"圣公"，立年号永乐。农民军在极端缺乏武器的情况下奋起战斗，十一月下旬，一举歼灭前来镇压的五千宋军，斩宋两浙都监蔡遵、颜坦，又攻下了青溪县。青溪县令陈光逃遁。十二月中旬，攻占歙州，斩宋将郭师中。婺源等县的宋朝官员都惊慌逃跑。农民军遂向杭州进军，所向无敌，锐不可当。宋知杭州的守臣赵霆闻讯，也连忙逃跑，其他一些官吏被农民军杀死。就在这年年底，农民军占领了杭州，取得了重大胜利。

果然如方腊所预料的那样，地方"守臣"听到方腊起义的消息，怕朝廷怪罪，"未便申奏"。地方给中央的报警，起初都被权臣王黼隐瞒下来，不告诉宋徽宗。后来，方腊势力越来越大，权臣瞒不住了。当时宋王朝正准备与金联合灭辽，于是就把准备北征的精锐部队南调镇压方腊。宋朝出动了大批的军队，他们集中京师的禁军以及驻守在西北一带的骑兵，向农民军进犯。宣和二年（1120）十二月，命枢密使童贯为江、浙、淮南宣抚使，统兵十五万南下镇压。宋徽宗允许童贯全权处理东南事务，对他说："如有紧急情况，你可以代我御笔发圣旨行事。"童贯到了江浙，发现人民困于花石纲。有人告诉他，方腊起义所以平定不了，就是因为花石纲的关系。童贯便命幕僚董耘作皇帝手诏，检讨自己的过失，罢撤应奉局，停办花石纲,并罢了朱勔父子的职。江浙人民满意了,方腊在政治上被孤立起来。政府采用剿抚两手,在用兵的同时又下诏招抚方腊,大赦天下。方腊义军没有接受招安,而是以更激烈的战斗来回答政府。农民军对宋军展开了英勇的搏斗,又取得了不少胜利。但是,农民军终于在缺乏武器力量悬殊的情况下,遭到了失败。

宣和三年(1121)二月,"进剿"的各路官军相继会合,起义军的处境日益窘迫,已占领的城市一个个丢失,将士伤亡极大。四月,方腊率部退守青溪,官军王禀、刘镇、杨可世、辛兴宗等部四路并进合击。方腊二十余万众拼死抵抗,从早战到晚,死尸遍山,流血丹地。方腊战败,退守帮源洞,坚守二日,终于寡不敌众,被擒于帮源山东北隅石洞中。后来,被押到京城开封,八月牺牲。

方腊起义虽然"其兴也暴,其亡也速",经历的时间并不很长,最终也是失败了,但是它却充分表现了我国古代劳动人民不甘屈服于反动统治的顽强反抗精神。方腊把农民起来造宋朝廷的反,称作"仗义而起",充分肯定了革命行动的正义性;与此相对立,他称呼当政者为"龌龊邪佞之徒",对封建统治者表示了极大的轻蔑和藐视。宋朝廷曾几次施展欺骗手段,向农民军招安劝降,都被方腊严正拒绝。方腊起义的英勇斗争事迹,显示了中华民族的光荣革命传统。另一方面,方腊起义与同时期的宋江起义像急风暴雨那样,南北夹击,沉重地打击了北宋王朝,使朽烂不堪的北宋王朝这棵大树摇摇欲坠,不久便在农民战争的烈焰中灰飞烟灭。毛泽东论农民战争是封建社会历史发展的真正动力,举宋江与方腊起义的例子,是很能说明问题的。

## 摩尼教与原始社会主义色彩

1939年12月,毛泽东论述了宋江起义、方腊起义等多次农民起义军在中国封建社会历史发展上的地位和作用,20年后,他又提到农民起义与"人民公社化"运动的历史的逻辑的联系。1958年12月27日,正在武昌参加中共八届六中全会的毛泽东,在读《三国志·魏书·张鲁传》时,写下一段批语,其中写道:

> 历代都有大小规模不同的众多的农民革命斗争,其性质当然与现在马克思主义革命运动根本不相同。但有相同的一点,就是

极端贫苦农民广大阶层梦想平等、自由，摆脱贫困，丰衣足食。在一方面，带有资产阶级急进民主派的性质。另一方面，则带有原始社会主义性质，表现在互助关系上。第三方面，带有封建性质，表现在小农的私有制、上层建筑的封建制——从天公将军张角到天王洪秀全。宋朝的摩尼教，杨幺，钟相，元末的明教，红军，明朝的徐鸿儒，唐赛儿，李自成，清朝的白莲教，上帝教（太平天国），义和团，其最著者。我对我国历史没有研究，只有一些零星感触。对上述性质的分析，可能有错误。但带有不自觉的原始社会主义色彩这一点就最贫苦的群众来说，而不是就他们的领袖们（张角、张鲁、黄巢、方腊、刘福通、韩林儿、李自成、朱元璋、洪秀全等等）来说，则是可以确定的。现在的人民公社运动，是有我国的历史来源的。（《建国以来毛泽东文稿》第7册，中央文献出版社1992年8月版，第628页）

批语中的这段话，两处提到方腊与方腊起义。

第一处是"宋朝的摩尼教"。方腊利用摩尼教（秘密宗教组织，混合有道教、佛教成分）组织群众，得到广大农民的拥护。他部下的首领中，如朱言、仇道人、吕师囊等，都是摩尼教信徒。南宋人方勺在《泊宅编》中记载方腊"托左道以惑众"。"左道"即指摩尼教。不过方勺所记用的是贬词。

摩尼教，是波斯人摩尼（约216—约276）创立的宗教。吸收祆教、基督教、佛教以及诺斯替教派的一些思想资料而形成。以善恶二元论为基本教义。认为光明和黑暗是善和恶的本原，光明王国和黑暗王国对立，善人死后可获幸福，恶人死后须堕地狱。相传摩尼在二十五或三十岁时宣布自己的教义，并自称为最后的"先知"。他曾遭波斯国王放逐，旅行于东方各地，传说到过印度北部和中国西部，约270年冒险回国，受到迫害，276年左右被处死。摩尼死后，其教义迅速传至北非、南欧以及亚洲的一些国家，部分教义曾被西方基督教的有些教派吸取并改制使用。唐代（7世纪）传入中国并逐渐吸收佛教、道教等内容，提倡俭朴、素食、戒酒、裸葬，不事神佛祖先，但拜日月。教徒讲究团结互助，和衷共济，"同党相亲相恤"，"合谋并力"，宣称"男女无别"。教义"二宗（明、暗）三际（过去、现在、未来）"号召推翻黑暗的现世，创造光明的未来。9世纪初，在洛阳、太原敕建摩尼寺。后被严禁，但仍秘密流传，宋初流行于淮南、两浙、江东、江西和福建等地。五代、宋、元农民起义常用作组织形式，其中最著名者为后梁末（920）的母乙起义，北宋末（1120）的方腊起义，宋代地主阶级为诬蔑农民起义，易"摩"为"魔"，诬摩尼为"魔王"，诬其教为"魔教"，或连同其吃斋的特点，诬称为"食菜事魔"。

第二处，毛泽东讲到历代农民革命的领袖们时，点到方腊的名字。毛泽东认为，历代农民革命运动与马克思主义革命运动性质根本不同，但也有相同的一点，"就是极端贫苦农民广大阶层梦想平等、自由，摆脱贫困，丰衣足食"。毛泽东注意到，"现在的人民公社运动，是有我国的历史来源的"。就是说，既"带有资产阶级急进民主派的性质"，又"带有原始社会主义性质"，也"带有封建性质"，二者之间表现出较为明显的历史继承关系。毛泽东认为在互助关系上"带有不自觉的原始社会主义色彩"的性质，这点就"最贫苦的群众来说"，则是确定的；就"他们的领袖们来说"，则要具体分析。毛泽东在这个问题上，把农民运动中的群众和领袖的思想觉悟层次是作了细致区分的。拿方腊来说，他是农民义军领袖，但从他的造反历程看也渗透着"不自觉的原始社会主义色彩"，这主要表现为两个方面：一是他在起义誓师时的演讲（前一节已引述过）中所透露出的封建社会里的民主思想信息。二是利用摩尼教组织群众，发动起义。摩尼教教徒在相互关系上的"相亲相恤""合谋并力"，恰恰"带有原始社会主义性质"。这与《水浒传》描写梁山义军领袖人物"仗义疏财""扶弱济困"具有同等思想内涵。在今天，原始社会主义和空想社会主义只是一种乌托邦，已为科学社会主义所替代，它已成为一种落伍的乃至反动的思潮。但是，在黑暗的中世纪，它则透露着耀眼炫目的思想光辉，曾经是动员和组织农民奋勇反抗黑暗统治的思想武装，即使它再原始，再幼稚，但它确实是科学社会主义的先驱。

## 不"替天行道"的强盗

百回本和百二十回本《水浒传》都以十回的篇幅写到方腊起义。作为小说人物的方腊与历史人物的方腊有许多不同之处。但是，由于《水浒传》前七十回和后几十回可能出于两个人的手笔，小说人物方腊写得太概念化，不是成功的艺术形象。小说作者（也可能是补写者）撰写方腊的故事，本意是在于陪衬凸显宋江招安后的忠义精神，感情倾向是坐在宋江一边的。同样是农民起义军，方腊义军已全无英雄好汉的荣光，只剩下被谴责、被诛杀、被"剿灭"了。

毛泽东似乎没有对小说人物方腊的称引和评论，只是在晚年那个著名的关于《水浒传》的谈话中侧面提到方腊：

> 宋江投降了，就去打方腊。(《建国以来毛泽东文稿》第13册，中央文献出版社1998年1月版，第475页)

虽然只有寥寥的十个字，但是从中可以看出毛泽东的立场和感情都是站在方腊一边的，对两支农民军的火并他是惋惜的，对投降后甘当封建统治阶级鹰犬的宋江是愤怒的，对于革命如火如荼已经占据了东南半壁江山的方腊义军的被"征剿"是同情的。他的这种立场、感情和观点，在同一次谈话中引用鲁迅的话时，再次表露出来：

> "鲁迅评《水浒》评得好，他说：'一部《水浒》，说得很分明：因为不反对天子，所以大军一到，便受招安，替国家打别的强盗——不"替天行道"的强盗去了。终于是奴才。'"(《三闲集·流氓的变迁》)(《建国以来毛泽东文稿》第13册，中央文献出版社1998年1月版，第475页)

"不'替天行道'的强盗"，包括王庆、田虎和方腊，而主要是指方腊。"终于是奴才"，是说宋江的悲剧结局，这位叱咤风云的农民英雄终于堕落成为封建王朝看家护院上阵厮杀的鹰犬。毛泽东与鲁迅的看法是一致的，或者说鲁迅的评论深深地影响了毛泽东的"宋江观"。所以他盛赞鲁迅"评得好"。

毛泽东晚年对待宋江投降后打方腊，其政治选择和感情倾向当然是在方腊一边的。其实，尽管小说的作者把已是官军的宋江队伍当作"正义之师"，把方腊义军自始至终视为"强盗"，但细读方腊十回，作者所创造的氛围是沉闷的，情绪是压抑的，官军的宋江队伍再也没有了昔日两败童贯三赢高俅的风采风光，再也没有了惩奸除贪时的扬眉吐气，有的只是将损兵折，死伤连绵，凄凄惨惨，悲悲切切，读者见不到宋江之善，也读不出方腊之恶。尽管作品屡屡提到"那时百姓都被方腊残害不过，怨气冲天"，但大都是抽象交代，没有化为具体的情节和生动的形象，所以给人印象不深。同时，《水浒传》说方腊之反乃"积渐而成"，却是说得很对的。宋徽宗为修万岁山，在吴中征取花石纲，百姓大怨，人人思乱。江南人民身受其害，方腊趁机造反，于是一呼百应，本是顺理成章的事。方腊由于得到人民拥护，先后占据歙州、睦州、杭州、常州、湖州、宣州、润州等八州二十五县。在他手下，强将如云，无不英勇善战。如小养由基庞万春，大骂宋江等人："你这伙草贼，只好在梁山泊里住，肯勒宋朝朝廷诰命，如何敢来我这国土里装好汉！"就显得正气凛然。从一些零星的描写看，方腊还甚得四方响应，如扬州城外的陈将士家，就去远在苏州的三大王方貌处献粮五万石，船三百只，被封做扬州府尹，所以方腊起义声势颇为浩大。

宋江的"征剿"方腊不得民心，也不得读者之心。有时宋江自己也怀疑自己的行为。在征方腊的过程中，令读者最难忘的乃是宋江一方损兵折将，梁山兵将"十去其八"的悲惨景象，从而透露出了作者某种隐秘的心理。如小说一再写宋江大哭道："莫非皇天有怒，不容宋江收捕方腊，以致损兵折将？""我们今番必然收服不得方腊了！自从渡江以来，如此不利，连连损折了我八个弟兄。""今日宋江虽存，有何面目再见山东父老、故乡亲戚？"充满了悲伤、悲观、悲哀、悲凉的情绪和意味。

梁山一百单八将，各个英雄。他们不死于上山造反之时，不亡于大战官军之日，不损于北征辽寇，不折于出战王庆、田虎，独独阵亡战死于"征剿"方腊的进军途中，这是为什么？英雄岂能不怒问苍天！毛泽东岂能不愤怒谴责宋江，岂能不殷殷同情方腊。

毛泽东赞同鲁迅对宋江与方腊的评价：同为"强盗"，宋江是"替天行道"的强盗，方腊是不"替天行道"的强盗。两支农民义军的起义宗旨不同。替天行道，有一定的革命性和民主性，因为"天子"已经不能行道，所以要由"强盗"来替行，这无疑是对旧秩序的蔑视、反抗和破坏，是一种令统治者心惊胆战的革命；但也有一定的保守性和局限性，就是强盗替行的

魂战方天定

道与"天子"所该行的道是一个"道",强盗与"天子"的区别不在于"道",而在于由谁来行道,这实质上二者还是站在一个思想层面上,宋江追求只反贪官不反皇帝的政治目标,忠孝两全青史留名的人生价值选择,也就不足为怪了。不替天行道,则具有了较为彻底的革命性,它不仅否定"天子",而且不再秉持"天子"所未行之道。方腊漆园誓师的演讲,则是不替天行道的宣言。宋江打方腊,终于是奴才。那么方腊呢?毛泽东和鲁迅如何看?是不是失败的不替天行道的英雄呢?!

# 林教头的"战略退却"

## （林冲之一）

> 《水浒传》上的洪教头，在柴进家中要打林冲，连唤几个"来""来""来"，结果是退让的林冲看出洪教头的破绽，一脚踢翻了洪教头。
> 《毛泽东军事文集》第1卷，军事科学出版社、中央文献出版社1993年2月版，第723页

金圣叹在《读第五才子书法》中评论林冲说："林冲自然是上上人物，写得只是太狠。看他算得到，熬得住，把得牢，做得彻，都使人怕。这班人在世上，定做得事业来，然琢削元气也不少。"

这个评论，突出了两条："熬得住"是说林冲逆来顺受，性格隐忍，绝不轻易造次，更不犯上作乱；"做得彻"是说林冲一旦隐忍超过限度，积恨难平，能量爆发，即如岩浆喷出，不可遏止，来个彻底的揭地翻天。

《水浒传》一书，以五回专写林冲。观林冲前后行事，金圣叹的评论有些道理。

毛泽东评论林冲，与金圣叹有相通处，但却是另一角度。

林冲惨遭冤狱，被刺配沧州，路上听说柴进（失势的贵族，后来也被逼上梁山）有招贤纳士之名，便去庄上拜访，受到盛情款待。这时，发生了一个小故事：

> （林冲与柴进等人）吃得一道汤、五七杯酒，只见庄客来报道："教师来也。"柴进道："就请来一处坐地相会亦可。快抬一张桌来。"林冲起身看时，只见那个教师入来，歪带着一顶头巾，挺着脯子，来到后堂。林冲寻思道："庄客称他做教师，必是大官人的师父。"急急躬身唱喏道："林冲谨参。"那人全不采着，也不还

礼。林冲不敢抬头。柴进指着林冲对洪教头道:"这位便是东京八十万禁军枪棒教头林武师林冲的便是。就请相见。"林冲听了,看着洪教头便拜。那洪教头说道:"休拜,起来。"却不躬身答礼。柴进看了心中好不快意。林冲拜了两拜,起身让洪教头坐。洪教头亦不相让,便去上首便坐。柴进看了,又不喜欢。林冲只得肩下坐了,两个公人亦各坐了。

洪教头便问道:"大官人,今日何故厚礼管待配军?"柴进道:"这位非比其他的,乃是八十万禁军教头。师父如何轻慢?"洪教头道:"大官人只因好习枪棒,往往流配军人都来倚草附木,皆道我是枪棒教师,来投庄上,诱些酒食钱米。大官人如何忒认真。"林冲听了,并不做声。柴进说道:"凡人不可易相,休小觑他。"洪教头怪这柴进说"休小觑他",便跳起身来道:"我不信他。他敢和我使一棒看,我便道他是真教头。"柴进大笑道:"也好,也好。林武师你心下如何?"林冲道:"小人却是不敢。"洪教头心中忖量道:"那人必是不会,心中先怯了。"因此越来惹林冲使棒。柴进一来要看林冲本事,二者要林冲赢他,灭那厮嘴。柴进道:"且把酒来吃着,待月上来也罢。"

当下又吃过了五七杯酒,却早月上来了,照见厅堂里面如同白日。柴进起身道:"二位教头较量一棒。"林冲自肚里寻思道:"这位洪教头必是柴大官人师父,不争我一棒打翻了他,须不好看。"柴进见林冲踌躇,便道:"此位洪教头也到此不多时,此间又无对手,林武师休得要推辞,小可也正要看二位教头的本事。"柴进说这话,原来只怕林冲碍柴进的面皮,不肯使出本事来。林冲见柴进说开就里,才放心了。只见洪教头先起身道:"来,来,来! 和你使一棒看。"一起都哄出堂后空地上。庄客拿一束杆棒来,放在地下,洪教头先脱了衣裳,拽扎起裙子,掣条棒,使个旗鼓,喝道:"来,来,来!"柴进道:"林武师,请教量一棒。"林冲道:"大官人休要笑话。"就地也拿了一条棒起来道:"师父请教。"洪教头看了,恨不得一口水吞了他。林冲拿着棒,使出山东大擂,打将入来。洪教头把棒就地下鞭了一棒,来抢林冲。两个教师就明月地上交手,真个好看……

洪教头见他却才棒法怯了,肚里平欺他,便提起棒却待要使。柴进叫道:"且住。"叫庄客取出一锭银来,重二十五两,无一时至面前。柴进乃言:"二位教头比试,非比其他,这锭银子权为利物。若是赢的,便将此银子去。"柴进心中只要林冲把出本事来,故意将银子丢在地下。洪教头深怪林冲来,又要争这个大银子,又怕输了锐气,把棒来尽心使个旗鼓,吐个门户,唤做把火烧天势。林冲想道:"柴大官人心里只要我赢他。"也横着棒,使个门户,吐个势,唤做拨草寻蛇势。洪教头喝一声:"来,来,来!"便使棒盖将入来。林冲望后一退,洪教头赶入一步,提起棒又复一棒下来。林冲看他步已乱了,被林冲把棒从地下一跳,洪教头措手不及,就那一跳里和身一转,那棒直扫着洪教头臁儿骨上,撇了棒,扑地倒了。柴进大喜,叫快将酒来把盏。众人一起大笑。洪教头那里挣扎起来?众庄客一头笑着扶了。洪教头羞颜满面,自投庄外去了。

这个题为"林冲棒打洪教头"的小故事,在整部书中可说微不足道,在林冲的亡命生涯中也不是至关重要的,只不过是证明林冲武艺高强的小插曲而已。毛泽东读《水浒传》,却从这个小故事中读出了大学问——红军作战中战略防御、战略退却的深刻道理。

1936年12月,在陕北站住脚跟的中央红军和毛泽东,开始在理论上总结第二次国内革命战争的经验教训,毛泽东侧重研究军事战略,此时他写作了《中国革命战争的战略问题》,在第五章第三节讲到"战略退却",毛泽东写道:

> 战略退却,是劣势军队处在优势军队进攻面前,因为顾到不能迅速的击破其进攻,为了保存军力,待机破敌,而采取的一个有计划的战略步骤。可是,军事冒险主义者则坚决反对此种步骤,他们的主张是所谓"御敌于国门之外"。
>
> 谁人不知,两个拳师放对,聪明的拳师往往退让一步,而蠢人则其势汹汹,劈头就使出全副本领,结果却往往被退让者打倒。
>
> 《水浒传》上的洪教头,在柴进家中要打林冲,连唤几个"来""来""来",结果是退让的林冲看出林教头的破绽,一脚踢翻了洪教头。(《毛泽东军事文集》第1卷,军事科学出版社、中央文献出版社1993年12月版,第723页)

仔细品味毛泽东的评论，再次细读"林冲棒打洪教头"的故事，确实令人有一番新的感悟：

洪教头自我感觉是处于优势。他是主人柴进的武术教师，即"师父"，"此间又无对手"，难免志满意得。他是"挺着脯子"出现在宴席上，林冲参拜，他也"不还礼"，主动去上首便坐。当柴进点明林冲是东京八十万禁军教头时，洪教头还不买账，言语间讽刺林冲是假冒"教头"，"诱些酒食钱米"，还"跳起身来"要与林冲比试棍棒。两人使棒之时，洪教头求战心切，三次连喊"来""来""来"，先发制人，主动进攻。见对手后退，马上"赶入一步"。真是"其势汹汹，劈头就使出全副本领"。

再看林冲，此时是"流配军人"，木枷在身，头顶"重罪"，因而谦礼卑词，处处退让。洪教头要比武，林冲忙说"不敢"；又怕打翻了洪教头，与柴进面子上"不好看"；洪教头"使棒盖将入来"，林冲"望后一退"：哀兵政策，守势战略。这并非林冲无能，当他弄清了柴进是要他赢，也看清了洪教头"步已乱了"，便乘虚而入，后发制人，一棒扫倒了洪教头。

比武论输赢，战争看胜负；使棒看棍术，打仗看战术——隔行不隔理，林冲的"退让一步"里面，隐含着与"战略退却"相通的深刻道理：林冲武艺高强又机智沉着，他对盛气凌人的洪教头屡次谦让，最后终于在退让中找出了对方的弱点，趁机取得胜利。

毛泽东引用"林冲棒打洪教头"这个故事，在于批评党和红军中"左"倾机会主义者的军事冒险。1928年以后，在党组织和毛泽东的指引下，由于发动农民开展土地革命，红军和根据地得到了迅速的发展。特别是从1930年冬到1931年秋，不到一年时间内，中央红军即红一方面军和中央革命根据地人民在毛泽东、朱德等人组织指挥下，粉碎了蒋介石调集重兵进行的三次大规模军事"围剿"，丰富和发展了革命战争的战略战术，创造了

▎棒打洪教头

弱军战胜强敌的战争史上的奇迹。1933年3月，中央红军又在周恩来、朱德等同志指挥下，伏击歼敌，取得了第四次反"围剿"的胜利。

可是，1933年10月，蒋介石调集约100万人的兵力发动第五次"围剿"时，直接领导这次反"围剿"战争的中央负责人博古等拒不采纳正确意见，竟采取了一套完全错误的战略战术，推行军事冒险主义，在优势的敌军进攻面前，顽固反对采取保存我方军力、待机破敌的战略退却步骤，而提出"御敌于国门之外"的错误口号，结果处处被动，处处挨打，招致了第五次反"围剿"的失败。红军被迫长征，"大规模搬家"。

因此，毛泽东在《中国革命战争的战略问题》一文中批评"左"倾军事冒险主义的错误时说：

起劲地反对"游击主义"的同志们说：诱敌深入是不对的，放弃了许多地方。……（他们主张的）新原则和这相反："以一当十，以十当百，勇猛果敢，乘胜直追"，"全线出击"，"夺取中心城市"，"两个拳头打人"。敌人进攻时，对付的办法是"御敌于国门之外"，"先发制人"，"不打烂坛坛罐罐"，"不丧失寸土"，"六路分兵"，是"革命道路和殖民地道路的决战"；是短促突击，是堡垒战，是消耗战，是"持久战"；是大后方主义，是绝对的集中指挥；最后，则是大规模搬家。并且谁不承认这些，就给以惩办，加之以机会主义的头衔，如此等等。

无疑地，这全部的理论和实际都是错了的。这是主观主义。这是环境顺利时小资产阶级的革命狂热和革命急性病的表现；环境困难时，则依照情况的变化以次变为拼命主义、保守主义和逃跑主义。这是鲁莽家和门外汉的理论和实际，是丝毫也没有马克思主义气味的东西，是反马克思主义的东西。

面对敌人几十万大军气势汹汹的"围剿"，"左"倾教条主义者王明、博古等人确如洪教头，连喊几个"来、来、来"，劈头使出全部本事。结果，不主张战略退却者只好战略"搬家"。

《孙子兵法》上说："避其锐气，击其惰归。"（《军争篇》）意思是避开敌人初来时的锐气，等敌人疲劳退缩时，再狠狠打击。积极防御中的战略退却，其意义正在于优势之军攻来时，避敌锐气，保我实力；拖敌疲惫，寻敌破绽，而后达到避实击虚歼灭强敌的作战目的。

林教头的棒法,启发了毛泽东的战法。

"左"倾教条主义者碰得头破血流,军事上失败了,根据地丧失了,实实在在当了一把"羞颜满面,自投庄外去了"的洪教头。

军事上有进有退,退是为了更好地进。毛泽东从"林冲棒打洪教头"的故事中,悟出了事物矛盾双方互相转化的辩证法,用以指导军事斗争,游刃有余,举重若轻,稳操胜券。

# "男儿有泪不轻弹"

## （林冲之二）

> 有一出戏，叫《林冲夜奔》，唱词里说："男儿有泪不轻弹，只因未到伤心处。"我们现在有些同志，他们也是男儿（也许还有女儿），他们是男儿有泪不轻弹，只因未到评级时。这个风也要整一下吧。
>
> 《毛泽东著作选读》下册，人民出版社1986年8月版，第800页

毛泽东爱听爱看昆曲《林冲夜奔》，对其中的一句唱词"男儿有泪不轻弹，只因未到伤心处"记忆牢靠，印象深刻，生活中经常引用。

## 你们都用这咸豆豆欢送我

1945年8月，抗日战争胜利后，中国面临两条道路的抉择。蒋介石连发三电，邀毛泽东赴重庆谈判，共商国是。在这个时候，最关键的是要弄明白蒋介石的真正意图。李克农那时任中央社会部部长，长期领导指挥着我党的情报和安全工作。他想到国民党驻延安联络办事处，必与重庆就毛泽东是否受邀一事有密电来往。李克农灵机一动，命令日夜监听国民党驻延安联络处的电台，截获了大量信息。

李克农连一个字也不放过，阅读、分析、归纳、综合，从浩繁的往来密电中得出一个结论：蒋介石认定毛泽东不会应邀，也不敢应邀。

毛主席越不表态，蒋介石越起劲：邀请电报一封接着一封。

在蒋介石的第三封邀请电发出后，重庆国民党报刊立即登出蒋介石的谈话，宣称：国家前途，取决于这次会谈。

李克农从密电中获悉：蒋介石打的是如意算盘。他深知毛泽东从秋收起义上井冈山，万里长征到延安，都没有离开过根据地，断定毛泽东这次

也不会离开根据地。如果毛泽东不来，就把破坏和平谈判以致引发内战的罪名套在共产党、毛泽东身上。万一毛泽东果真到重庆，则正好拖住毛泽东，相机行事，以争得时间做好进攻解放区的军事部署。

李克农将这些情况报告了党中央，使党中央、毛泽东及时掌握了蒋介石的心态。

1945年8月26日，中共中央政治局会议集体决定：既然蒋介石假邀请，我们就使之弄假成真，来个出其不意，毛泽东亲率和谈代表团赴重庆与蒋介石进行谈判，争取主动权。谈得成最好，谈不成则揭穿了蒋介石的政治伪装。

随毛泽东一起赴重庆的中央警卫团的战士们则感到担子加重了。李克农威严而冷峻地对他们说：

"此次任务，关系重大。如果国民党特务掏出手枪来，那不是你们的罪过。但是刺客的子弹打出来，我可要你们的脑袋！"

延安机场，一架国民党军用飞机，人们欢送毛泽东一行。

李克农一直守候在机舱口，无关人员不得登机，他默默地再三望着龙飞虎等卫士，眼神中充满了叮咛之意。

他深知中央做出这一重大决策，与他提供的情报有着直接关系，虽然究竟是什么结果尚难预料，但是这是关系着党和国家未来前途命运的大事，他感到自己肩上的担子很沉很沉。

毛泽东在机舱口，向李克农伸出了宽厚的大手，李克农紧握不放。他真希望毛泽东在最后一分钟改变主意，虽然明知是不可能的。

李克农心潮奔涌，此时此刻只轻轻地说了句："主席，你要多保重……"便哽住了咽喉。他饱含深情的轻语，激起了周围人们感情的波澜，有人哽咽出声……

毛泽东在重大决策前总是思之又思，而一旦决定了，就变得轻松无比。他暗引《林冲夜奔》的唱词笑着说：

"克农啊，男儿有泪不轻弹嘛！这回去重庆，和分别多年的蒋介石见见面，有啥子不好嘛。你看看，你们都用这咸豆豆欢送我……"（李家骥、杨庆旺：《毛泽东与他的卫士们》，中央文献出版社1998年11月版，第397页）

李克农破涕为笑。

重庆，林园官邸。蒋介石宴请毛泽东。

蒋介石举杯向毛泽东敬酒。他脸上在笑，却是尴尬。国民党的情报机构在毛泽东登机前，还向他报告：毛泽东不会赴重庆。

毛泽东也在笑，他赞赏李克农的情报工作精细、准确、及时，高度保密。

赴重庆谈判，毛泽东一身而系天下之安危。其中凶险莫测，是尽人皆知的。解放区的干部群众，深知毛泽东深入虎狼之地，都为领袖的安危悬心。长期为领袖安全在秘密战线苦斗的李克农，更难免忧心忡忡，临别洒泪。临危赴险，毛泽东早有精神准备。他曾对警卫人员说，谈得成更好，谈不成无非坐牢杀头，可那样蒋介石就在全国人民面前输了理。所以，他大义凛然，慷慨赴险。"男儿有泪不轻弹嘛！"他引用《林冲夜奔》的戏词宽慰为他担心的人们，激励大家坚强起来。英雄非无泪，不洒敌人前！在如此坚强、如此潇洒、如此乐观的领袖面前，人们没有理由不破涕为笑，满怀胜利信心。

## 只是未到提级时

田云玉是毛泽东的贴身卫士。20世纪50年代初期，实行薪金制后，田云玉的工资偏低：37.5元。到1956年调整工资时，组里提议给他涨两级。报上去以后，领导全面平衡，以为其他首长的卫士也有类似情况，不能因为田云玉在毛泽东身边当卫士就涨两级，因此只同意涨一级。田云玉为此找局里领导闹，哭了一鼻子，还没涨上两级。到了1957年反右运动时，中南海机关贴大字报，其中有一张是这样的标题：一登龙门身价十倍，田云玉哭哭啼啼要两级。

毛泽东看了大字报，笑着对大家说出了那句后来广为人知的话：

"男儿有泪不轻弹，只因未到提级时。"（《毛泽东著作选集》，人民出版社1986年8月版，第800页）

第二天，轮到田云玉值班时，毛泽东若有所思地望着他。

"小田，我跟你商量一件事情。"毛泽东却亲切诚恳，"我准备从我的工资里拿出钱来给你发工资，你的工资不要国家来负担，我来负担。"

"这怎么行啊？主席，那样我不就成了你私人的人了？"

"噢！"毛泽东显然没想到这一层。他怔了怔，点点头。"你考虑得很好。唉，钱这个东西是很讨厌的，可我拿它也没办法。现在谁拿它也没办法，列宁也没办法，总归还得有。以前我在北京工作的时候，只有8元钱。到街上买过一次包子，那包子好吃极了。你们现在经常吃包子、吃饺子吧？有一次我坐火车去上海，坐火车也没钱，借了人家的钱去上海，结果在车上打了瞌睡，一双鞋子丢了，到了浦口下车才知道。正好碰上了熟人，又借了钱，才买了鞋子买了票；这么才进了上海。钱就是这么讨厌，就是这么没有还不行。"

　　毛泽东这次引用"男儿有泪不轻弹，只因未到伤心处"，根据大字报说"田云玉哭哭啼啼要两级"的现象，巧妙地将后一句"伤心处"改为"提级时"，使这句旧唱词有了新内容。革命队伍里有不少的人，在同敌人拼命时流血牺牲在所不辞。但是在新中国成立后，他们身上拼命的精神减退了，艰苦奋斗的精神少了，相反争地位、争待遇的毛病却多起来。这种作风是应该批评的。田云玉争两级哭哭啼啼，也属此列。然而，田云玉的待遇又确实低了，该升两级而因全面平衡终未能实现，也属遗憾。面对此种情况，在看大字报时，毛泽东没有采用严肃尖锐的言辞，也没有板起脸孔教训一番，而是灵活地改造了《林冲夜奔》中的旧唱词，造成先庄后谐、亦庄亦谐的语言形式，在使人忍俊不禁的幽默里流溢着轻微的善意的讽刺，达到了委婉含蓄批评的目的。

　　更可贵的是毛泽东的实事求是：对错误的思想倾向该批评的批评，而对实际困难的该帮助的还是全力想办法帮助，甚至要拿自己的工资帮助贴身卫士。这应该说是对同志对下级非常关心，十分爱护，切实负责的一种

火烧草料场

态度，既明辨了是非，又有十足的人情味。

## 眼泪要往里头流

1957年春天，共产党准备开展一次整风运动。这是用批评和自我批评的方法解决党内矛盾和党同人民之间矛盾的一种方法。

这年3月中旬，毛泽东奔走于天津、济南、徐州、南京、上海之间，除了徐州，每到一地，他都要会见各地的主要领导干部，并在干部大会上做报告，讲准备整风和处理人民内部矛盾问题。

3月18日，毛泽东在济南党员干部会议上讲话，他在通报了共产党准备开展整风运动的消息后，指出了党在作风上存在的问题，他说：

"因为革命胜利了，有一部分同志，革命意志有些衰退，革命热情有些不足，全心全意为人民服务的精神少了，过去跟敌人打仗时的那种拼命精神少了，而闹名誉、讲究吃，讲究穿，比薪水高低，争名争利，这些东西多起来了。"

讲到这里，他似乎想起了田云玉的故事，引起了联想，他又说：

"听说去年评级的时候，就有些人闹的不象样子，痛哭流涕。人不是长着两只眼睛吗？两只眼睛里面有水，叫眼泪。评级评得跟他不对头的时候，就双泪长流。在打蒋介石的时候，抗美援朝的时候，土地改革的时候，镇压反革命的时候，他一滴眼泪也不出，搞社会主义他一滴眼泪也不出，一触动他个人的利益，就双泪长流。听说还有三天不吃饭的事情。我说，三天不吃饭，没有什么要紧，一个星期不吃饭就有点危险了。总而言之，争名誉、争地位，比较薪水，比较吃穿，比较享受，这么一种思想出来了。为个人的利益而绝食，而流泪，这也算是一种人民内部的矛盾。"

接下来，他又想到了《林冲夜奔》那句唱词，再次引用了它：

有一出戏，叫《林冲夜奔》，唱词里说："男儿有泪不轻弹，只因未到伤心处。"我们现在有些同志，他们也是男儿（也许还有女儿），他们是男儿有泪不轻弹，只因未到评级时。这个风也要整一下吧。有泪不轻弹是对的，伤心处是什么？就是工人阶级、广大劳动人民危急存亡的时候，那个时候可以弹几滴眼泪。至于你那个什么级，就是评得不对，你也要吞下去，眼泪不要往外头流，要往里头流。……人没有饿死，就要做革命工作，就要奋斗。一万年以后,也要奋斗……革命意志衰退的人,要经过整风重新振作起来。(《毛泽东著作选读》下册,人民出版社1986年8月版,第799—800页)

毛泽东运用"男儿有泪不轻弹,只因未到评级时",批评了党内一部分人因思想蜕变而产生的争名誉地位,讲吃穿享受,比薪水待遇的不良风气。这个批评,因借助戏里唱词,既严肃中肯,又幽默诙谐,指出了"伤心处"所表达的两种情感:为人民的危急存亡淌眼泪是正确的,未评上级的眼泪只能往肚里流。这表达了毛泽东以民为本的一贯思想。

到1957年,共产党执政已八九年了。一部分党员干部中的不良风气,违背人民利益,导致执政党脱离群众。从贴身卫士到全党干部,毛泽东都教育他们不要为个人得失而伤心落泪。在他的内心深处,始终把人民的利益举过头顶,放在最重要的位置上。这是保持执政党政治本色的根本所在。

"有泪不轻弹是对的"。早在20年前,毛泽东在延安时曾经对妻子贺子珍说过:"我这个人平时不爱落泪,只在三种情况下流过眼泪:一是我听不得穷苦老百姓的哭声,看到他们受苦,我忍不住要掉泪;二是跟我的通信员,我舍不得他们离开,有的通信员牺牲了,我难过的落泪;三是在贵州,听说你负了伤,要不行了,我掉了泪。"毛泽东是真男子,大丈夫,他只有在人民受苦受难、战友流血牺牲、亲人哀伤病痛的情况下才难过流泪。坚强的男儿女儿,绝不为争名誉地位,捞个人得失而流泪。

毛泽东批评党内因思想蜕变而争名誉、争地位、比薪水、比吃穿、比享受的不良风气,是严肃严厉的,但是因为他引用了"男儿有泪不轻弹,只因未到伤心处"的戏词,他的谈话依然富有幽默感,创造了一种让人心动情移的语境,使听众都会设身处地地想一想"伤心处"是什么?使那些评级时流眼泪者会有一种愧疚感。

# 爱看昆曲《林冲夜奔》

## （林冲之三）

> 主席说：昆曲听不懂，难道京剧听得懂嘛，昆曲载歌载舞，而且这出戏（指《林冲夜奔》——引者注）有积极的政治意义。
> 胡真编：《中国第一人——毛泽东》，湖南人民出版社1999年1月版，第379页

  毛泽东在难得的闲暇时间里，喜欢读古典小说《水浒传》，也喜欢看水浒戏。看昆曲，尤喜《林冲夜奔》。

  《林冲夜奔》，也叫《夜奔》《渡黄河》，戏曲传统剧目，是明代剧作家李开先所作昆曲传奇《宝剑记》之一出。据《水浒传》第十回《林教头风雪山神庙 陆虞候火烧草料场》改编。写林冲被权奸高俅一再陷害，流放沧州牢营看管草料场，高使陆谦等放火烧草料场，企图谋害林冲。林冲杀尽陆等，乘夜遁行，投奔梁山，高俅派兵追捕，至黄河渡口，幸得梁山好汉接应，杀退追兵，一同上山。剧中通过林冲对旧愁新恨之回忆，细致描写被逼投奔梁山之复杂心情，表演上有不少优美舞蹈身段。《林冲夜奔》是昆曲传统剧目中久唱不衰的一折。昆剧、川剧、汉剧、徽剧等剧种均有此剧目，京剧据昆曲本演出。

  毛泽东最初接触《林冲夜奔》，可追溯到1918年8月他的北京之行。

  那年，青年学生毛泽东怀着追求真理的愿望，自湖南赴北京，做赴法勤工俭学的工作。在当时的北大图书馆当图书管理员。那时，北京是全国戏曲的中心之一，各地的昆剧班社纷纷来京上演昆曲，一时间北京有名的大戏园子昆曲演出顿见兴旺。以北大蔡元培、吴梅等专家学者为代表的教育界、知识界也连篇发表文章和观后感赞美昆曲，一致认为昆曲艺术是集文学、历史、音乐、舞蹈、美术等门类之大成者，是文人"造"出来的艺

术。这对喜欢古典文学特别是诗词的毛泽东产生了很大的影响。

　　第一次来北京的毛泽东，能有机会看到这么多名角演出，自然很难得。在家乡他爱看湖南花鼓戏，但那毕竟是家乡戏，怎比京城大戏。他逐渐对昆曲有了了解，尤其对昆曲精美的唱腔和诗一般的唱词，到了迷恋的程度。像韩世昌、白云生、侯永奎等这些昆曲演员的名字，及《林冲夜奔》《游园惊梦》等昆曲名段，都给他留下了极深刻的印象。

　　1919年春天毛泽东离开北京后，一晃30多年，由于战争年代条件所限，毛泽东再也没有机会直接欣赏昆曲。中华人民共和国刚刚成立的50年代初期，北京弥荡着新中国成立后喜庆的鞭炮，中南海怀仁堂里经常有笑语欢歌。由于全国刚刚解放，许多从事戏曲表演的演员都暂时集中到了成立不久的北京人民艺术剧院。韩世昌、白云生、侯永奎等老师也在。

　　1950年除夕，剧院接到通知，说是共和国主席毛泽东亲自请韩世昌、白云生去怀仁堂演昆曲《游园惊梦》，而且点名要"堆花"。以后一段时间，逢年过节，毛泽东都要看昆曲。1956年至1959年间，他还特意招待来访的伏罗希洛夫和西哈努克亲王看昆曲，边看边作讲解，非常内行。毛泽东喜欢看昆曲，更与昆曲艺术家们结下了深厚的友谊。

　　著名演员侯少奎追忆了毛泽东与他已故父亲、昆曲大师侯永奎感情真挚的交往经历：

　　　　可以说，主席看昆曲，一方面是个人爱好和为了休息，更重要的一方面是工作和广交朋友。那年伏罗希洛夫来京时，在确定昆曲招待剧目《林冲夜奔》时，有人提出昆曲难懂，主席说：昆曲听不懂，难道京剧听得懂吗？昆曲载歌载舞，而且这出戏有积极的政治意义。《林冲夜奔》演出时，主席与其他中央领导都出席了，当我父亲唱到［折桂令］"……管叫你海沸山摇"时，几个漂亮的鹞子翻身，快、脆、帅，一下子把观众带入了特定的悲壮氛围之中，为林冲的悲愤心情所震撼，偌大的怀仁堂里，主席带头起立鼓掌。

　　　　1975年深秋，主席在身体病重的情况下，提出要看侯永奎的《林冲夜奔》，当他听说我父亲身体有病，不能再演时，惋惜地问，谁还能演？于是，在莫宣导演的指导下，由我为主席专门排演了《林冲夜奔》，录好像后，送给主席，主席看后说了四个字"后继有人"。（胡真编：《中国第一人——毛泽东》，湖南人民出版

社1999年1月版，第379页）

毛泽东喜欢《林冲夜奔》，因其"有积极的政治意义"，因其有载歌载舞的艺术韵味。

晚年，他也肯定"样板戏"向传统昆曲的艺术借鉴。1972年7月30日，毛泽东专门找来"样板戏"《龙江颂》中江水英的扮演者李炳淑，谈了很长时间，谈话中，毛泽东还谈到对京戏《智取威虎山》的评价：

《智取威虎山》没有戏，只有一场"打虎上山"有戏，还是学的"林冲夜奔"，其实都是过场戏，特别是"定计"就是过场戏，大段唱腔搞得那么长。杨子荣上山孤军作战，八大金刚一个金刚也没有分化过来。（陈晋：《文人毛泽东》上海人民出版社1997年2月版，第612—613页）

这段关于《智取威虎山》有戏与没戏的评论，虽然旨在批评其缺点，但毛泽东的艺术感受力是敏锐的。他注意到"打虎上山"是学的"林冲夜奔"，是向昆曲的借鉴和移植。这只有十分熟悉昆曲，十分熟悉《林冲夜奔》，才能作出这样的比较和判断。毛泽东赞扬"打虎上山"这段唱腔"有戏"，正是肯定《智》剧对"林冲夜奔"的借鉴和移植的成功。

# 聂荣臻就是新的鲁智深

(鲁智深之一)

> 毛泽东还风趣地对他说:"五台山,前有鲁智深,今有聂荣臻,聂荣臻就是新的鲁智深。"
> 聂荣臻:《聂荣臻回忆录》中卷,解放军出版社1984年8月版,第486页

被毛泽东称为老实厚道的聂荣臻何以能与鲁莽火爆的鲁智深联系到一起?其缘由是两人都曾到过五台山,都在五台山闹过革命,尽管两人的革命内容大不相同。

鲁智深在《水浒传》中第三回就出场了。他本名鲁达,是渭州经略府提辖,出家后法名智深,因脊背上刺有花绣,人称"花和尚"。小说第七十一回说他是"天孤星"下凡,排座次第十三把交椅,是梁山步军头领,正将之一。他生得面圆耳大,鼻直口方,身长八尺,腰阔十围,使一件六十二斤禅杖,力大无穷,曾倒拔垂杨柳。他只身一人,无家无业,这可能即是"天孤"之意。

军旅生涯和下层军官的阅历,使他锻炼出一身好武艺,造就了粗豪爽直、酷爱自由、疾恶如仇、见义勇为的思想和性格。"禅杖打开危险路,戒刀杀尽不平人"!他对社会的压迫和不平,怀着强烈的愤懑,对各种罪恶势力,主动挑战。归依梁山泊走上武装反抗的道路后,对当权者的腐朽本质和封建朝廷的黑暗现实认识较清,斗争坚决,是深受群众喜爱的英雄形象,在他身上突出体现了被压迫阶级酷爱自由、富于革命精神的优良传统。

鲁智深是小说写得最为成功的艺术形象,金圣叹作《读第五才子书法》,评论鲁智深道:"鲁达自然是上上人物。写得心地厚实,体格阔大。"评价较高。

聂荣臻的革命经历,要比鲁智深丰富得多,复杂得多,宏远得多。

聂荣臻是四川江津人。1919年在家乡参加五四运动，1922年8月参加旅欧中国少年共产党。1923年转为中国共产党党员。1925年8月回国，任黄埔军校政治部秘书兼政治教官。1926年参加北伐战争，曾任中共两广军委特派员、中共湖北省委军委书记，并参加中共中央军委工作。

1927年7月，任中共前敌军委书记，参与领导南昌起义，任第十一军党代表。12月，参与领导广州起义。1928年任中共广东省委军委书记。1931年12月到中央苏区，先后任中国工农红军总政治部副主任、红一军团政治委员。参加了第四、第五次反"围剿"斗争。1934年参加长征。到陕北后，参加了直罗镇、东征、西征和山城堡战役。

抗日战争爆发后，任八路军一一五师副师长、政治委员，参与指挥了著名的平型关战斗。1937年11月，领导创建了第一个敌后抗日根据地——晋察冀边区，任晋察冀军区司令员兼政治委员，并在极艰苦的环境下，巩固和发展了根据地。

解放战争时期，是正太战役、清风店战役、石家庄战役的主要指挥者。1949年1月，与林彪、罗荣桓组成平津前线总前委，指挥平津战役。历任人民解放军副总参谋长、平津卫戍区司令员。

1950年，任人民解放军代总参谋长。1954年，任人民革命军事委员会副主席。1955年被授予元帅军衔。1959年至1987年任中共中央军委副主席。1983年6月至1988年4月任中华人民共和国中央军事委员会副主席。

从聂荣臻担任的主要军职，可以看出，他的军事生涯长达60余年，是现代史上不可多得的军事活动家，是赫赫有名的一代元戎。

鲁智深和聂荣臻的革命经历、功业贡献、历史地位相去甚远，不可同日而语，但毛泽东还是多次把他俩放在一起相比附，其中心议题，都没有离开五台山，因为那里在抗日战争时期有个晋察冀根据地。

## 五台山就在晋察冀

1937年卢沟桥事变后，抗日战争全面爆发，聂荣臻被任命为八路军一一五师副师长、政治委员。根据同国民党政府达成的协议，八路军开赴阎锡山负责的第二战区作战。出征前夕，1937年8月22日，中央召开了洛川会议。聂荣臻在会上做了发言，赞同毛泽东提出的"基本的是独立自主的游击战，但不放松有利条件下的运动战"的战略方针，主张"开展游击战争，配合正面作战。"

部队出征，毛泽东担心一些同志到前线后蛮干，便不时地给八路军发出电报，再三强调要坚持独立自主的山地游击战争这一基本的战略方针。聂荣臻在五台山看到了毛泽东的这些电报，不久他又接到中央要他留在五台山区创建抗日根据地的命令。聂荣臻受命之际，读到毛泽东的这些电报，备感亲切重要。特别是对深入敌后，创建抗日根据地，开展游击战争，坚持长期抗战的思想，更为明确了。

聂荣臻根据毛泽东的指示精神，带领独立团，在极为艰苦的条件下，在晋察冀边区创建了华北敌后第一个抗日根据地。1937年11月，聂荣臻任晋察冀军区司令员兼政治委员，领导根据地的军民进行抗日斗争。

1939年1月，聂荣臻写了一份关于晋察冀初创时期的情况报告。毛泽东看到后决定把这个报告单独成书出版。并亲自为书题写了书名：抗日模范根据地——晋察冀边区，毛泽东并为书作了序。毛泽东后来在给聂荣臻的信中说，这本书"是十分宝贵的"，准备在延安、重庆两处出版。毛泽东的赞誉，是对聂荣臻工作的充分肯定。

晋察冀根据地的创建，吸引了不少国际友人。1938年6月，白求恩从延安来到了晋察冀。白求恩临行前，毛泽东曾专门同他谈了话。

毛泽东说：

中国有一部很著名的古典小说，叫做《水浒传》。《水浒传》写了鲁智深大闹五台山的故事，五台山就在晋察冀。

毛泽东还风趣地说：

五台山，前有鲁智深，今有聂荣臻，聂荣臻就是新的鲁智深。

后来白求恩把毛泽东的这番话转告了聂荣臻，并笑着对聂荣臻说：

你这个鲁智深，同那个鲁智深可不一样哟！鲁智深醉打山门，把寺庙破坏了，你却保护了五台山的庙宇。（《聂荣臻回忆录》中卷，第486页）

在《水浒传》第三回，鲁智深（那时他还叫鲁达）一出场，就遇到恶霸郑屠户欺负卖唱的金氏父女的事，他"路见不平，拔刀相助"，强行放走

大闹五台山

了金氏父女,又三拳打死郑屠户,为避官府追捕,在赵员外的帮助下,逃往五台山文殊寺,出家当了和尚,法名叫鲁智深。智真长老为他"摩顶受记",宣布僧家常理"三归五戒:一要皈依三宝,二要归奉佛法,三要归敬师友。此是三归。五戒者:一不要杀生,二不要偷盗,三不要邪淫,四不要贪酒,五不要妄语。"当和尚,鲁智深是极不情愿的。他身份变了,可脾气未变,并不实行"三归五戒",依旧是原先那个秉性,依旧要喝酒吃肉,依旧要打抱不平,依旧是江湖好汉、草莽英雄。

　　他当了和尚后,干的第一件事情就是"大闹五台山"。鲁智深虽然头发也剃了,僧袍也披了,法名也有了,但他仍未进入角色。平时"大碗喝酒,大块吃肉"的鲁智深耐不住清苦,他把"不要贪酒"的佛门清规置诸脑后,他跨出庙门,寻找他原来那种无拘无束、不忌荤腥的俗家生活。在半山亭,他拦住卖酒的汉子,咕咕嘟嘟喝完了一大桶酒,喝得烂醉;僧袍也不要了,成了"裸形赤体醉魔君"。在山门下,两个看门的和尚拦住他,"但凡和尚破戒吃酒,决打四十竹篦,赶出寺去"。鲁智深大怒,"直娘贼!你两个要打洒家,俺便和你厮打!"不光是两个看门的,连那些赶来增援的二三十个"老郎、火工、直厅、轿夫,全被打得鼻青脸肿,东躲西藏"。第二次,鲁智深又跑下山去,喝酒吃肉,回山来闹得比前次更凶,打伤了许多和尚,就连半山亭子、山门下的金刚塑像都打坏了,还要大骂:"直娘的秃驴们,不放洒家入寺时,山门外讨把火来,烧了这个鸟寺!"鲁智深"闹"了几次,在五台山待不下去了,只好去了东京,替相国寺看守菜园。

　　这就是鲁智深五台山革命的主要情节,有人以为他的行为有些不合情理。其实,鲁智深是封建时代的草莽英雄,他的看似莽撞的行为,具有反对封建精神奴役的积极意义,佛门清规限制了他的自由,束缚了他的个性,所以他要"闹":他是在捍卫自己的自由和人格尊严,是对那些束缚他个性自由的人和势力的猛烈反击。当然，他的"革命"具有破坏性的一面。以今天的眼光看，也不符合宗教政策。可这又当别论。

聂荣臻在五台山的"革命"则完全是另一个样子，那是一场救国救民的抗战。他的贡献是创建了五台山抗日根据地。这个根据地也就是指以五台山区为中心的晋察冀抗日根据地。所以毛泽东说"五台山就在晋察冀"。五台山是山西、察哈尔、河北三省边境山脉，东北—西南走向，长百余公里。晋察冀抗日根据地包括同蒲路以东、津浦路以西、正太、德石路以北，张家口、承德以南的广大地区。辖北岳、冀中、冀热辽三区，下辖108县，人口2500万，面积20万平方公里。抗战时期，聂荣臻等人领导边区军民开展游击战争，粉碎了日伪军的多次"扫荡"，进行了政治、经济和文化建设。

以五台山为中心的晋察冀根据地的建立，对于贯彻毛泽东开展敌后独立自主游击战争的战略思想，对于寻找战胜日寇入侵者的途径，无疑是一种成功的尝试，为全国的抗战树立了样板。

在那位不仅医术精湛，而且有着学者头脑的国际友人白求恩面前，毛泽东以他特有的方式，表达了对聂荣臻建立晋察冀根据地的由衷赞赏之情：鲁智深大闹五台山的故事有很高的知名度，新的鲁智深的故事更为出色。

博学的白求恩把两个鲁智深作了比较，他着眼于宗教政策，注意到了"前有"的鲁智深醉打山门，毁坏寺庙，而"今有"的鲁智深却"保护庙宇"，而毛泽东则着眼于创建根据地的人。

毛泽东在以后的著作中，多次提到建立五台山（晋察冀）根据地的重要作用：1938年3月3日，毛泽东对陕北公学毕业同学作临别赠言，谈到中国不会亡国，中国有办法抗战时，他说："城市速决战日本可以取得胜利，乡村持久战是我们取得胜利。这次你们毕业后要分两部分去工作，一部分在后方发展民运工作，另一部分要到'豆腐块'里去。也许有人怕去画'豆腐块'，我们举出聂荣臻的例子，就会不怕了。聂荣臻在五台山创造了一支二万五千人的大队伍（不脱离生产的还不算）。我们要把这个例子告诉全国被占领或将被占领的区域的人民，使他们看到抗日的办法与出路。"（《毛泽东文集》第2卷，人民出版社1993年12月版，第107—108页）

聂荣臻创立敌后抗日根据地，建立抗日武装，就是中国"抗日的办法与出路"。1938年5月，毛泽东针对党内外许多人轻视游击战争的重大战略作用，把抗战胜利的希望只寄托在正规战争作战上面的片面性认识，写作了《抗日游击战争的战略问题》一文，其中突出强调建立抗日游击根据地，他写道："山地建立根据地之有利是人人明白的，已经建立或正在建立或准备建立的长白山、五台山、太行山、泰山、燕山、茅山等根据地都是。这些根据地将是抗日游击战争最能长期支持的场所，是抗日战争的重要堡垒。"而此时，五台山根据地"已经建立"半年多，以后的历史证明，它真正不愧是"抗日战争的重要堡垒"。（《毛泽东选集》第2卷，人民出版社1991年6月版，第419页）

晋察冀边区成了"抗日模范根据地"，在14年抗日战争时期它创造了许多新鲜经验，毛泽东在自己的著作中十数次提到五台山根据地或晋察冀根据地，都是肯定和赞扬的。直到1945年初抗战即将全面胜利之时，毛泽东还针对有些人怀疑游击区能够进行生产的结论，以晋察冀游击队的生产运动为例，写作了《游击区也能够进行生产》的文章，其中举例时多次提到"请看晋察冀"。（《毛泽东选集》第2卷，人民出版社1991年6月版，第1021—1024页）

创立五台山根据地是抗战史上的大事件，也是聂荣臻将军生命历程中的杰作。他在回忆录中，曾经以四五章的篇幅，回忆了晋察冀根据地的初创、巩固、建设和反日寇"扫荡"等斗争过程，还专门写了《创建晋察冀抗日根据地的基本经验》一节，可见，此事在其军事生涯和内心世界所占的分量。

1938年6月，晋察冀边区才建立半年。当白求恩离开延安前往抗战一线时，聂荣臻在山西省五台山金刚庙迎接他。毛泽东关于"聂荣臻就是新的鲁智深"的谈话，深深地感染了白求恩这位国际上著名的外科医生，以至于他一见到聂荣臻就热切地攀谈起来，话题当然是"鲁智深"在五台山上的革命。这位加拿大的共产党员，最终在五台山地区为自己的国际主义高洁行为画上了完满的句号——一年后，他在为伤员施行急救手术时受感染而逝世。毛泽东盛赞他"毫不利己专门利人"的精神，他饱含深情地写道："晋察冀边区的军民，凡亲身受过白求恩医生的治疗和亲眼看过白求恩医生的工作的，无不为之感动。"（《毛泽东选集》第2卷，人民出版社1991年6月版，第660页）他可说是战斗在五台山区的"洋"鲁智深。

聂荣臻在五台山写下的历史是轰轰烈烈的，毛泽东举重若轻，与"老外"白求恩交谈，并不多费口舌，举出《水浒传》中鲁提辖的故事，则不失幽默耐人寻味地介绍了聂荣臻的功绩，令白求恩对将要去战斗的地方为之神往，并最终献身于此，而成就了人类史上最光辉亮丽的一幕。

## 鲁智深是在哪个寺庙里当和尚

历史给了毛泽东一次机会，可以亲自到五台山去寻访鲁智深的遗踪。尽管花和尚是个小说人物，但人们对其出家五台山，宁信其有，不信其无。

这个历史契机是解放战争的顺利发展提供的。抗日战争胜利后，1945年9月聂荣臻就回到了晋察冀根据地，他离开这里已经整整两年了。当时蒋介石为了发动内战，不断在华北制造摩擦。毛泽东在重庆谈判的时候，针对国民党的军事挑衅，曾给聂荣臻等人发去电报，电文说：你们越多打胜仗，我们在这里越安全；你们越多打胜仗，我们谈判越主动。聂荣臻等人按毛泽东的指示，对国民党的军事进犯进行了自卫反击。九十月间，我军先后进行了上党、邯郸和绥远战役，大量歼灭了入侵解放区的国民党军队。全面内战爆发后，聂荣臻在毛泽东的领导和指示下，先后指挥了大同集宁战役、正太保北战役、清风店战役、石家庄战役，坚守和扩大了晋察冀解放区，为屏障东北，保证中国革命胜利，立下了汗马功劳。

到了1948年春天，解放战争进入了我军战略反攻的阶段。党中央做了新的战略部署。这年3月20日，毛泽东在为中共中央起草的党内通报中写道：

"本年内，我们不准备成立中央人民政府，因为时机还未成熟。在本年蒋介石的伪国大开会选举蒋介石当了总统，他的威信更加破产之后，在我们取得更大胜利，扩大更多地方，并且最好在取得一二个头等大城市之后，在东北、华北、山东、苏北、河南、湖北、安徽等区连成一片之后，便有完全的必要成立中央人民政府。其时机大约在一九四九年。目前我们正将晋察冀区、晋冀鲁豫区和山东的渤海区统一在一个党委（华北局）、一个政府、一个军事机构的指挥之下（渤海区也许迟一点合并），这三区包括陇海路以北、津浦路和渤海以西、同蒲路以东、平绥路以南的广大地区。这三区业已连成一片，共有人口五千万，大约短期内即可完成合并任务。这样做，可以有力地支援南线作战，可以抽出许多干部输往新解放区。该区的领导中心设在石家庄。中央亦准备移至华北，同中央工作委员会合并。"（《毛泽东选集》第4卷，人民出版社1991年6月版，第1299页）

党中央由陕北"移至华北"这个战略举动，使毛泽东有机会途经五台山。

1948年4月11日，从陕北经晋绥军区向晋察冀进发的毛泽东、周恩来等中央领导人，经过近20天的行军，到达了五台山。毛泽东是从五台山北麓的鸿门岩上山的，虽然是4月天气，却刮起漫天风雪。山高路险，风狂雪猛。汽车爬坡有危险，毛泽东一行就下车踏着没膝的积雪步行。

来到五台山塔院寺的山门，毛泽东感慨地说："真是一个神仙住的地方啊。"接着，他问卫士们："你们知道这是什么地方吗？"

"这是五台山上的大寺庙。"有的卫士说。

周恩来说："鲁智深醉打山门的故事，你们知道吗？你们谁看过《水浒传》，就能回答主席问的这个问题了。"

可惜，当时身边的卫士谁也没读过《水浒传》，都回答不上来。

当晚，毛泽东一行夜宿塔院寺。

塔院寺是五台山的五大禅处之一，佛教圣地，古迹甚多。第二天，毛泽东在当地党政领导陪同下，由两位方丈引导，参观塔院寺。

其间，毛泽东问方丈：

五台山上有两个名人出家，一个是鲁智深，一个是杨五郎，他们是在哪个寺庙里当和尚的？（阎长林：《警卫毛泽东纪事》，吉林人民出版社1992年3月版，第279页）

方丈说："说法不一样。五台山有几个山门，塔院前也叫山门，菩萨寺也有山门。传说鲁智深大闹五台山，是在菩萨顶的寺庙。这个寺庙是五台山上规模最大、最完整的寺院。菩萨顶寺庙也是五台山五大禅处之一。鲁达打死镇关西以后便逃到了代州，在赵员外的协助下，来到五台山菩萨寺当了和尚，起名叫鲁智深。一次他喝了酒，就醉打山门，大闹僧堂。他只当了7个月的和尚，就被送下山，去东京汴梁大相国寺安身。杨五郎一次打败了仗，在突围中愤恨奸臣当道，残害忠良，便弃甲在兴国寺出家当了和尚。辽兵见他是个和尚，没有理睬他。这样，杨五郎才没有当俘虏。他到兴国寺当和尚以后，人们就把兴国寺叫五郎庙了。"

方丈说完后，毛泽东便对周恩来说："五台山也到了，又实地看了一些古迹，这总比只听传说要实际多了。以后有机会，我们一定再来看看。"

说着，毛泽东又向两位方丈讲了共产党的宗教政策，说共产党允许宗教存在，对宗教实行保护的政策，希望他们保护好古迹。

把鲁智深看成是"名人"，要搞清楚他是在哪个寺庙里当和尚——这只有满怀求知欲和好奇心，并对小说人物鲁提辖十分感兴趣如毛泽东者，才能如此行事。更为引起我们注意的不仅于此，还在于毛泽东为何向方丈讲起"共产党的宗教政策"呢？是否由鲁智深的出家想到了他的"大闹五台山"呢？我们不得而知，也无从猜测。但有一点很明白，毛泽东所讲的"宗教政策"与梁山好汉的"宗教政策"判然有别。"新的鲁智深"在宗教问题上决不同于旧的鲁智深，这应该是不成问题的。这也许正是白求恩说的两个鲁智深"不一样"，一个"醉打山门"，一个"保护庙宇"的因由吧。白求恩的看法，何尝不是毛泽东的意见呢？

毛泽东一行离开鲁智深的"革命圣地"五台山，过了龙泉关，很快到了晋察冀军区司令部所在地——河北阜平县的城南庄，见到了"新的鲁智深"聂荣臻。历史有时就是这样巧合：刚刚寻访过小说人物鲁智深的遗踪，就见到了"新的鲁智深"聂荣臻开创的革命业绩。

在城南庄期间，毛泽东和周恩来曾经多次听取了晋察冀军区首长们的工作汇报，与聂荣臻司令员进行过多次交谈。毛泽东同聂荣臻的谈话，涉及许多方面的问题，但较多的还是谈根据地建设和解放战争的进程。

毛泽东对晋察冀边区的群众有颇为深刻的印象。他说："一过龙泉关，觉得群众很热情，就好像当年在江西到了兴国一样，群众都是笑逐颜开。在抗日战争开始的时候，我们就是要试一试，在敌后究竟能不能站得住，结果你们在敌后还是站住了。"而首先在敌后"站得住"的，正是聂荣臻率领部队创建的晋察冀根据地。

聂荣臻对毛泽东说："我们能不能站住脚，关键是执行党的政策，把一切抗日力量团结起来……我们在建立晋察冀抗日根据地的过程中，是接受了历史教训的。我们认真执行了党的抗日民族统一战线政策，广泛地团结了各阶层的群众，再没有出现那种对立情况。所以，我们到处都可以走，自由得很，安全得很。每到一个地方，群众都欢迎我们，工作起来，非常方便。"

最后，毛泽东谈了对解放战争的想法。他说："抗日战争打日本是要持久的，解放战争打蒋介石不能拖得太久，解决得越快越好，这样对我们有利。第一步，先解决东北、华北。为了引开国民党的力量，让刘邓大军出大别山，陈粟大军打过长江去。第二步，西北野战军到西北、西南去。华北除抽调部分兵力增援西北、西南外，其余部队仍留在华北地区，准备在华北搞两三个兵团。那时候，因为华北大部分地区已经解放了，敌人只固守着几个城市，部队建制用不着那么大，待解决了东北敌人之后，再解决华北剩下的城市。"这就是当时毛泽东对战争进程的一些设想。

党中央和毛泽东把指挥解放战争的最高统帅部设在西柏坡，设在华北，突出表明了晋察冀根据地对于解放战争走向全面胜利的巨大作用。华北解放区增援西北、配合东北，是战略大三角中的重要环节。

　　从五台山到城南庄，毛泽东在谈话中并没有把鲁智深与聂荣臻直接联系到一起。但是他刚刚寻访过鲁智深的遗迹，紧接着就到阜平县城南庄与聂荣臻大谈根据地建设，似乎明白无误地验证了10年前他对白求恩说的话："五台山，前有鲁智深，今有聂荣臻，聂荣臻就是新的鲁智深。"

　　毛泽东当然知道鲁智深的"革命业绩"并不那么辉煌，且其抗争不甚讲策略，宗教政策也不好，但毛泽东是把他作为古代在五台山"革命"的"名人"来看待的，每每将他"拿来"与聂荣臻相提并论，以至形成一种思维定式和语言习惯。当他说"前有鲁智深"时，人们就知道这是在表彰或肯定"今有聂荣臻"的。智深长老的禅杖和戒刀煞是厉害，战必胜，攻必克，正所谓"禅杖打开危险路，戒刀杀尽不平人"！

# 我来介绍鲁智深进共产党

## （鲁智深之二）

> 人都是有缺点的，所以英雄人物当然也有缺点。但是，文艺作品中的英雄人物不一定都写他的缺点……鲁智深却从来没考虑到女人。
>
> 李捷、于俊道：《东方巨人毛泽东》，解放军出版社1996年1月版，第871页。

花和尚鲁智深是《水浒传》中支撑门面的人物，读过这部小说的人，无不对其印象深刻。毛泽东评书论文，演讲谈话，提起《水浒》人物，讲到鲁智深时并不为多，但每次提及，大有新意。

### "鲁智深"解放了！

新民主主义革命的胜利，使中国受压迫受剥削的无产阶级和广大劳动人民获得了翻身解放。在宗教界，受压迫受奴役的下层"出家人"也获得了解放。

1952年8月4日，毛泽东在中国人民政治协商会议第一届全国委员会常务委员会第三十八次会议上讲话，他首先讲了在朝鲜战场上与美国战与和的问题，接着讲了国内各种政治势力的团结和划清敌我界限的问题。他说：

"大家要团结起来，划清敌我界限。今天我们之所以有力量，是因为全国人民的团结，我们在座的人的合作，各民主党派，各人民团体的合作。团结和划清敌我界限是非常重要的。"

毛泽东接着指出：

> 各民主党派和宗教界要进行教育，不要上帝国主义的当，不要站在敌人方面。拿佛教来说，它同帝国主义联系较少，基本上

是和封建主义联系着。因为土地问题，反封建就反到了和尚，受打击的是住持、长老之类。这少数人打倒了，'鲁智深'解放了。我不信佛教，但也不反对组织佛教联合会，联合起来划清敌我界限。统一战线是否到了有一天要取消？我是不主张取消的。对任何人，只要他真正划清敌我界限，为人民服务，我们都是要团结的。（毛泽东：《在中国人民政治协商会议第一届全国委员会常委委员会第三十八次会议上的讲话》，1952年8月4日）

新中国建立之初，面临着国内国外妄图颠覆红色政权的各种反动派的猖狂进攻。所以，这时全国各民主党派，各人民团体以及全国各族人民的团结，显得非常重要。而团结的前提是划清界限，分清敌我，进而建立最广泛的统一战线。

建立统一战线，就有一个团结宗教界和宗教界自身团结的问题。那时，毛泽东对各种社会势力都采取阶级分析的方法，分析其对待革命的态度。他分析佛教界的情况是：在近代史上，中国的佛教领域有其自身的渊源和特点，它同帝国主义联系较少，而基本上与封建主义联系着。佛教的住持、长老等少数上层人物，是封建土地占有者。土地革命反封建，在佛教界就必然打击这些人物。他们被打倒，受他们奴役的大多数底层和尚获得了解放。

用毛泽东的形象说法，这些和尚都是"鲁智深"。鲁智深曾经在五台山闹过宗教革命，他没有解决反封建的根本问题——土地问题，又蛮干不讲策略，所以他的革命最终连自己也没有完全解放；而共产党的反帝反封建则是彻底的，讲究斗争政策和策略的，所以使"鲁智深"一类广大和尚得到了解放。

《水浒传》第四回，鲁智深（那时还是鲁达鲁提辖）到五台山文殊寺出家，只是个普通和尚。后来他被支派到东京大相国寺，也只做了一个"职事僧"，每天看守菜园子，不过是个种菜管园子的苦役和尚。他确实是个受压迫受奴役的

▎菜园中演武

下层僧人。

毛泽东用"鲁智深"指代广大佛教下层僧人,妙语天成。知道《水浒传》故事的人,通过"鲁智深"不难想象其他下层僧人的社会地位和生活情景。解放了"鲁智深",这是反封建的政治成果。

共产党的统一战线是广泛的,广泛到包括宗教界、佛教界。新民主主义革命的胜利,解放了广大无产阶级和广大劳动人民群众,其中也包括对"鲁智深"一类下层僧人的解放。

## 鲁智深从来没有考虑到女人

从行侠仗义出发,鲁智深同情过、救助过、关爱过年轻女人,但他没有浪漫故事,没有罗曼史,没有爱人和情人。这涉及梁山好汉们的妇女观,涉及江湖强人的价值取向。

以往的读者,多数很留意梁山泊英雄的传奇故事,并不留心他们如何看待、对待妇女,更无人关注鲁智深是否有过家室。毛泽东读《水浒传》,十分细心,见人所未见,发人所未发。他曾经用"鲁智深从来没有考虑到女人"的事例,来说明文艺创作中的一个理论原则。

那是20世纪50年代初全国第二次文代会前后的事。

1953年10月第二次"文代会"以前,文艺界对英雄人物的创造等文艺理论问题有很大分歧。关于英雄人物的创造,《文艺报》曾组织了讨论,陈企霞起草了结论。对这些问题,周扬等同志与冯雪峰等同志之间,在看法上观点上也明显不一致。第二次"文代会",曾由冯雪峰准备大会报告,后来没有通过。冯雪峰把部分报告在《文艺报》上发表了。中央通过了周扬的报告。

在关于创造英雄人物能不能写品质性的缺点问题上,毛泽东表示同意周扬报告中的思想观点,他风趣地说:

> 人都是有缺点的,所以英雄人物当然也有缺点。但是,文艺作品中的英雄人物不一定都写他的缺点。像贾宝玉总是离不开女人,而鲁智深却从来没考虑到女人。为了创造典型有意识地夸张或忽略某些方面是应该的。(李捷、于俊道:《东方巨人毛泽东》,解放军出版社1996年1月版,第871页)

《水浒传》虽然也写到了几个女性江湖好汉，如孙二娘、顾大嫂和扈三娘等，表明了作者妇女观冲破封建意识牢笼的一面，但更多的则是描写梁山英雄鄙视女性、不近女性乃至仇视、摧残女性的一面。谁贪恋女色，那是会受到众人唾弃的；谁不贪女色，那几乎就是好汉本色。因此，除了矮脚虎王英、周通、乐和等人有点好色名声、浪漫情调外，其他几乎无一例外地疏远女人，并不止鲁智深一人。

梁山泊绝大部分出身社会底层的好汉都没有妻室，也不做拈花惹草的事情。武松威武雄壮，一表人才，颇令女士们倾慕，但他却是个和女色不沾边的人。对潘金莲的诱惑，他目不斜视，拒之千里。

晁盖饶有资财，劫取生辰纲后益富，但却不娶妻室。

黑旋风李逵，可能不知道女色为何物。假李逵真李鬼还有一个有点姿色的老婆，可李逵杀死李鬼，却没往那方面想。

这些出身下层的好汉没有妻室，经济上的窘迫可能是一个原因，但更主要的是他们对女色所抱的态度，从不去寻花问柳，从不沉湎于男欢女爱，故意远离女性。

鲁智深在这方面颇为典型。从小说看，他没有妻室。这从他"出了事"毫无牵挂地一走了之，可以看出来。他是"提辖"，在下层社会里有些地位；他仗义疏财，手头并不窘迫；他身壮力强，也没有性功能障碍——这些说明他有接近女性的条件和资本。他也有这样的机会：三拳打死镇关西，救下歌女金翠莲；大闹桃花村，痛打小霸王周通，救下过刘太公女儿……可鲁智深从来没演下过"英雄爱美人"的风流戏。

《水浒》好汉"不爱红装爱武装"，书中提到某人喜爱习武，往往同时附上一句"不近女色"之类的话。如晁盖"最爱刺枪使棒，亦自身强力壮，不娶妻室，终日只是打熬筋骨"。卢俊义"平昔只顾打熬气力，不亲女色"。就连宋江也"只爱学使枪棒，于女色上不十分要紧"。

"女色是祸水"的思想对梁山好汉有很大的影响。中国古代的历史记载，往往将亡国殒命都归咎于女色，对女子尤其是漂亮女子进行种种的非难。《水浒传》中的一些故事也强化了这种看法。如武松的亲兄、老实本分的武大死于潘金莲之手；卢俊义被其妻和奸夫诬告，差点送了命；杨雄因其妻潘巧云与和尚通奸，反诬石秀而和石秀不和，要不是石秀及时揭穿了潘巧云与他人的奸情，日后杨雄难免不受潘氏之害；宋江也因阎婆惜与张三通奸敲诈而吃官司。这一切，都进一步加强了"女人是祸水"的看法，使一些好汉不仅不爱女色，甚至于仇视女色。

当然，梁山好汉的妇女观还受到多种复杂因素的影响。今人孙述宇先生在《水浒传的来历、心态与艺术》一书中做过这样的分析：仇视妇女，着意宣扬一种女人是祸水的观念，是"强盗文学"的典型特征。在这些强人的亡命生涯里，对妇女必然持一种防范疑惧的态度：女人可能成为妨碍作战行动的累赘，女人可能使自己伤身，女人可能软化这些汉子强悍的亡命意志，女人可能使汉子们争风吃醋发生内讧，女人还可能和敌对势力的男人发生情感成为内奸而出卖自己人……因此，作为强人文学的水浒故事，通过各种情节反复向这些亡命汉子们灌输"妇女不祥"的观念，也就成为题中应有之义了。《水浒传》是否简单是"强盗文学"暂且不论，孙先生关于梁山好汉不近女色原因的分析是深刻的，符合600年前（《水浒传》的做成时代）铤而走险、造反起义的"强人"的心理状态、伦理价值和思想素养。

鲁智深出于何种具体原因"从来没考虑到女人"，小说中没有像写李逵那样有明确、具体的交代，大概总与别的好汉们的观念差不多吧，因为那也是梁山泊时代的一种"时代思潮"，鲁智深观念中不可能没有时代的印痕。

不考虑女人的鲁智深当然还是英雄，他与欧洲文艺复兴时期文学作品中的骑士英雄大不一样。骑士们在漂漂亮亮救苦救难时，总是伴随着与美女的热恋缠绵。

鲁智深是独具特色的东方英雄。文学作品可不可以写英雄的缺点？为了回答这个问题，毛泽东从《红楼梦》中请出了贾宝玉，从《水浒传》中请出了鲁智深。毛泽东曾说贾宝玉是封建时代大观园的革命者。也可以说他是个英雄吧。这两个封建时代的英雄，对女人的态度截然相反，贾英雄"总是离不开女人"，鲁英雄"从来没考虑到女人"。毛泽东借此说明：按照一般逻辑推理规律来说，既然人都是有缺点的，那么英雄人物也是人，当然也有缺点：文学作品中是否写英雄人物的缺点，毛泽东倾向于"不一定都写"，似乎以少写或不写为宜：比如对待女人，曹雪芹对贾宝玉有意"夸张"，施耐庵对鲁智深有意"忽略"，都是为了适应创造典型的需要。

毛泽东举出鲁智深的例子，并不认为英雄是"高大全"的，因为他承认英雄也有缺点，为了创造典型也可以写到这些缺点。

毛泽东举出鲁智深的例子，也不是在提倡苦行僧式的英雄，不是在倡导禁欲主义，因为他同时还举到贾宝玉，举出了对待女人上相反的两极，是"两点论"。

他自己创作的诗词中，如《贺新郎·别友》《蝶恋花·答李淑一》《虞美人·枕上》，也是对人间至爱的热烈讴歌。

## 鲁智深可进共产党

中共党史上的1959年庐山会议，分为两个阶段：第一阶段是政治局扩大会议，第二阶段是中共中央八届八中全会。当年8月2日，毛泽东在八届八中全会上谈及帮助和团结犯路线错误的同志时说：

> 就路线错误来说，大多数都改好了。用团结——批评——团结的方针，能改好，要有此信心。不能改的，只是个别人。我们要尽人事，努力帮助，对人要有情。对错误的东西要无情，那是毒药，要深恶痛绝。要摆事实，讲道理，不要学李逵粗野。李逵是我们路线的人，李逵、武松、鲁智深，这三个人我看可以进共产党，没人推荐，我来介绍。他们缺点是好杀人，不讲策略，不会做政治思想工作。总之，要采取摆事实，讲道理的方法。至于有时候凶一点，也不要完全禁止，大辩论嘛。

鲁智深等人"可进共产党"，这倒是个新奇的话题。

梁山一百单八将，唯举出李逵、武松、鲁智深三人"可进共产党"，这当然有毛泽东的独特标准。也许，在毛泽东看来，水浒英雄中此三人更具革命精神，其奋斗经历与共产党人的革命历程有较多的历史逻辑联系，比如都是被剥削阶级反抗剥削阶级，都是进行武装斗争，都具有革命的坚定性和斗争的顽强性……当然，二者的革命性质、革命目标、革命的斗争策略是大不相同的，有本质区别的。

在这三个好汉中，鲁智深更具亮色。他是梁山义军中最具光彩的好汉，他的侠义精神是最少杂质的，他的抱打不平是不讲条件，不含个人恩怨在内的。他似乎有一种"无我利他"的精神，救助弱小，丝毫不考虑会给自己带来什么不利和厄运。

在小说第二回（金批本），鲁智深一出场便显示出此人的大度慷慨、光明磊落。酒楼上一听到金氏父女哭诉地头蛇郑屠户的霸道行为，便立即对李忠、史进道："你两个且在这里，等我去打死那厮便来。"被两人一把抱住好歹劝住后，又慷慨资助金氏父女，当晚回住处，"晚饭也不吃，气愤愤的睡了"。郑屠户之流的龌龊行径,在他那慷慨阔大的心地里,无疑激起了如火的义愤,终于愤然而往打死镇关西,并不后悔从此开始的亡命生涯。

从五台山前往东京大相国寺的途中,路过桃花村救助欲被强人逼婚的刘太公女儿,也是路见不平拔刀相助,不顾个人一切,冒死向前。

去少华山欲与史进等人会合时,一旦闻听史进被华州太守捉拿入狱,又立即不顾武松等劝阻,毅然孤身深入险地去行刺,以致身陷囹圄。

鲁智深所奋身干预的事情,没有一件和他切身相关,关涉到他个人的利害,而他无不慷慨赴之,这才是十足烈火真金的路见不平拔刀相助。

金圣叹评点《水浒传》第二回赞扬鲁智深说:"写鲁达为人处,一片热血,直喷出来,令人读之,深愧虚生世上,不曾为人出力!"

明代大思想家李贽批评《水浒传》,则说他是"勇人""仁人""圣人""活佛"。

毛泽东说他可做"共产党人",并且"没人推荐,我来介绍"。

大概这几位思想大家都看定了鲁智深的热血衷肠,肝胆照人。他的豪气、磊落和真纯,直令逞凶大霸退避三舍,自私小人自惭形秽。

拿毛泽东所举三条好汉来比较,鲁智深有李、武之长,却没有李、武之短。

他虽然疾恶如仇,却从无李逵两把板斧排头砍倒一片百姓的凶残,也没有武松鸳鸯楼连杀十几人的血腥。在他"禅杖打开生死路,戒刀杀尽不平人"的个人行侠旅程里,从没见他的禅杖戒刀挥向无辜弱小,这在梁山众好汉中实属罕见。鲁智深也杀人放火,但是杀恶人,做善事。

鲁智深也还算会做思想政治工作,比如小霸王周通(后来也是梁山一百单八将之一)要强迫桃花村刘太公女儿为妻,鲁智深对他说:"周家兄弟,你来听俺说。刘太公这头亲事,你却不知,他只有这个女儿养老送终,承祀香火,都在他身上。你若娶了,教他老人家失所,他心里怕不情愿。你依着洒家,把来弃了,别选一个好的。原定的金子缎匹,将在这里,你心下如何?"周通无奈,只好说:"并听大哥言语,兄弟再不敢登门。"鲁智深趁热打铁,忙接着说:"大丈夫作事,却休要翻悔。"周通当即折箭为誓。鲁智深这番思想工作,摆之以事,动之以情,晓之以理,很有人情味,放射着人性的光芒。"花和尚"那个时代,并无"三大纪律八项注意",也没有"不许侮辱妇女"这一条,他搬出的仍然是"养老送终,承祀香火"的封建伦理教条,但在当时,他却用这个武器纠正了桃花山义军领导班子"二把手"周通的"强人观念",维护了义军的形象声誉和根据地周边民众的切身利益。

当然，鲁智深不是没有缺点，他确实有"不讲策略"的毛病，主要是不讲宗教政策。小说里说他在五台山文殊院（据毛泽东考察，鲁智深的"革命圣地"是在菩萨顶）革命时，捣毁庙宇，讨伐僧人。这虽然有张扬个性崇尚自由的内涵在，但酒后踢坍山亭，砸倒金刚，岂不是毁坏宗教场所，破坏文物？乱打"职事僧人"，岂不是没有"阶级感情"，不讲组织阵线？

不过鲁智深后来似乎改掉了这个毛病，当他在五台山七个月的革命革不下去了时，转移阵地到了东京大相国寺去看菜园子。那里有一伙泼皮无赖——现在叫流氓无产者。鲁智深曾经把他们踢下粪坑，惩之以力；又曾经倒拔垂杨柳，警之以威；还曾经请他们吃酒肉，联之以情。这些关节果然管用，众泼皮成了鲁智深的帮手。随后，高衙内欺负林冲娘子，鲁智深就是带领这二三十个泼皮赶去相助打抱不平的。

毛泽东在庐山会议上讲鲁智深等三人的"缺点"，那本意无疑是想帮助和团结"犯了路线错误"的彭德怀。这我们在武松一篇已经讲过了。由于事实上彭德怀的意见是正确的，庐山批彭是错误的，帮他"改好"的方法总与"摆事实，讲道理"相去甚远，摆的大都是"'大跃进'成绩伟大"一类虚假事实，讲的往往是渗透着"左"的色彩的歪理，这倒有点犯李逵、武松一类的毛病——可谓在政治上"好杀人"。每当及此，不能不令人扼腕叹息。

在毛泽东的视野里，从下级军官转而为江湖上亡命徒、寺庙里"职事僧"的鲁智深，其社会地位是低下的，革命打倒了欺压下层僧人的长老、住持一类压迫者，才能使广大"鲁智深"获得解放；鲁智深参加革命，则是革命的中坚分子，是"我们路线的人"，"可进共产党"，即便是共产党的主席也情愿为之推荐介绍；但鲁智深们有革命性的一面，反抗激烈，也有破坏性的一面，反抗太激烈，使真理又往前走了一步，易犯"左"的错误，毛泽东谈到他们的三条"缺点"，其实都是"左"的错误。毛泽东指出了鲁智深们的"缺点"，可毛泽东本人又重复着这个缺点。把历史放大，我们定睛看看毛泽东的队伍，其中有不少人身上就闪现着李逵等人的影子。"前事不忘，后事之师"，后来者，警惕啊！

# 李逵之大忠大义大勇

（李逵之一）

> 毛泽东道："你遗憾什么？你是黑旋风李逵，你比他还厉害，他只有两板斧，你有三板斧。你既有李逵之大忠大义大勇，还比他多一个大智。你从五四运动，直到全国解放，都是理论界的'黑旋风'，胡适、梁启超、张东荪、江亢虎这些大人物都挨过你的'板斧'，你在理论界跟鲁迅一样的。"
>
> 于俊道、李捷：《毛泽东交往录》，人民出版社1991年6月版，第70页

"留得李逵双斧在，世间直气尚能伸。"这是《水浒传》第七十三回赞颂李逵的诗中的两句。李逵被称为"梁山第一好汉"，他几乎被看作正义的化身。

《水浒传》梁山英雄中，有三个人物贯穿了全书，而且都写得细腻精彩，有血有肉，那就是宋江、吴用和李逵。宋江执掌梁山命脉，吴用运筹军机要略，全程描写他们不足为奇，独李逵享此殊荣，却叫人拍案惊奇。别的好汉，如林冲、花荣、武松、鲁智深等，一旦上得梁山，就淹没在众头领的"集体活动"中了，再也显现不出个性的光辉。独李逵上得山后，却益发活跃，屡屡占尽风流。

也许，小说作者正是要借助李逵的板斧，尽情伸张"世间直气"。

毛泽东欣赏李逵的忠义威猛，把他看作最具革命性的造反起义者。

### 李逵仗打得很好

国共实现第二次合作之后，抗日战争的烽火燃烧起来。这时，毛泽东在延安的生活相对安定，较有空闲时间，常到抗大和鲁艺去讲演。

1938年8月，在抗日军政大学的一次讲演中，他提醒人们注意：

李逵是什么也没有学,仗打得很好,岳飞也不是什么地方毕业,陈胜、吴广、石达开、杨秀清都是农民出身。(陈晋:《毛泽东的文化性格》,中国青年出版社1981年12月版,第213页)

查《毛泽东年谱》中卷,1938年8月毛泽东到抗大讲话有三次:8月1日、8月2日和8月5日,三次都是对抗大第四期毕业学员讲话。

在8月2日的讲话中,毛泽东首先讲到"战争第一"问题。他说:

中国是半殖民地半封建社会国家,对外不独立,对内不民主。根据这一特点,中国革命便是战争第一,军事第一,这早被鸦片战争以来的中国历史所证明了的。枪杆子里出农会、出工会、出政权、出共产党,枪杆子里出一切,这是真理。我们说枪杆子第一,是在革命的政治前提下,枪杆子必须服从革命的政治。

在8月4日的讲话中,毛泽东说:抗大的同学毕业出去后,做什么呢?第一,当学生;第二,当教员;第三,当指挥官。在学校学的仅仅才开了一道门,还要到学校外面去学。一切客观存在的东西,不管是人是物,都是研究的对象,都是先生。现在在抗战,"游击战争"四个字,是制敌的一个锦囊妙计,要下决心到敌人后方去进行游击战争,你们大多数人要到前线当军事指挥官或政治指挥官。(《毛泽东年谱》中卷,人民出版社、中央文献出版社1993年12月版,第84—85页)

正是在这样的政治背景和思想背景下,毛泽东在讲话中举到李逵和岳飞、陈胜、吴广、石达开、杨秀清的例子。

李逵成了没文化但是能够在战争中学习战争,凭实践经验打仗,自学成才的典型。

首先,李逵是农民出身,"什么也没学",没有文化。

易严先生著《毛泽东与鲁迅》一书,其中提到毛泽东"1938年曾说,一百零八将中的李逵是农民无产阶级出身"(第351页)。关于李逵的出身,《水浒传》第三十八回李逵一出场,戴宗向宋江介绍:"这个是小弟身边牢里一个小牢子,姓李名逵。祖贯是沂州沂水县百丈村人氏。本身一个异名,唤做

四路劫法场

黑旋风李逵。他乡中都叫他做李铁牛。因为打死了人,逃走出来。虽遇赦宥,流落在此江州,不曾还乡。为因酒性不好,多人惧他。能使两把板斧,及会拳棍。见今在此牢里勾当。"李逵的出身是"牢子"即狱卒,并不是农民。不过,又交代他因为打死了人,从家乡百丈村逃了出来。那么,他出逃前是干什么的呢?《水浒传》第四十三回,写李逵回老家百丈村董店东接老娘上梁山快活,交代他哥哥李达"在人家做长工,止博得些饭食吃"。如此看来,李逵家是破产的农民,只能给地主"做长工",也就是赤贫之家。破产农民李逵又因打死了人流落江湖,成了游民无产者。

李逵不仅经济上贫穷,文化上也是大字不识一个。小说第四十三回描写李逵回到沂水县西门外,看到众人簇围着读榜文,他不识字,只能听别人读。那榜文恰好是捉拿闹江州劫法场的宋江、戴宗、李逵等人的告示。倘若不是朱贵赶来把李逵拉走,大文盲李逵岂不是自投罗网。如此看来,李逵真可谓一穷二白,他的"什么也没学",不是他不愿意学习,而是他的经济条件生活环境使他没有能力去上学。

其次,什么也没学的李逵,仗却"打得很好"。

仔细揣摩毛泽东的话,有三层思想。一是农民出身的李逵,虽然没有进过军事院校,也不是科班毕业,但他能够从战争中学习战争,具有较高的武艺(斧功)和战斗技能,是从奴隶到将军的典型。二是这里说的李逵会打仗,并不是说李逵深懂韬略,能够出谋划策,主要是说李逵上梁山造反起义后,无论是与官军作战,还是讨伐地主武装,总是赤膊上阵,两把板斧一抡,敢杀敢打,冲锋在前。为梁山义军中不可多得的勇将。冷兵器时代,两军阵前,斗智也斗力,勇将的地位是不低的。三是文学人物一百单八将之一的黑旋风李逵,与南宋官军著名统帅岳飞,与秦朝末年中国历史上第一次农民大起义的政治军事领袖陈胜、吴广,与封建社会最后一次农民大起义——太平天国的杰出军事统帅石达开、杨秀清,都是布衣出身,没受什么正规教育,是土生土长起来的军事家。虽然毛泽东是即兴之语,但对李逵的评价是不低的。毛泽东通观古今,对军事人物的涌现,有一个慧眼独具的认识:军事院校能够培养杰出的军事统帅,战争实践也能够造就军事人才,革命战争实践更是如此。

这后来几乎成了毛泽东固定性的看法,到了20世纪60年代,他甚至这样说:

国民党的军官,陆军大学毕业的都不能打仗,黄埔军校只学几个月，出来就能打仗。我们元帅、将军，没有几个大学毕业的，我本来也没有读过军事书。读过《左传》《资治通鉴》，还有《三国演义》。这些书上都讲过打仗，但是打起仗来，一点印象都没有了。我们打仗，一本书也不带，只是分析敌我斗争的形势，分析具体情况。（毛泽东1965年12月21日在杭州的讲话，转引自王子今著《毛泽东与中国史学》第158页注①）

在毛泽东的这段话中，十分明显地可以看出1938年他关于李逵很会打仗的思想的延伸和深化。

毛泽东对抗大毕业学员讲没受过教育的李逵很会打仗，当然其目的在于宣传鼓动。以当时抗大学员的成分和条件论，从战斗部队来的相当多数的学员，是文化不高的各级指挥员，他们参军前又多数是破产农民。毛泽东就曾经将自己身边粗通文墨的警卫人员送去学习。毛泽东对这样的听众讲李逵等人的奋斗经历，无疑对于他们投身民族救亡，深入敌后战场，英勇作战抗击倭寇，是巨大的鼓舞。在毛泽东的听众中，类似李逵那样经历、与李逵的文化素养相去无几的人，着实不少，他们从毛泽东的话中受到激励，变为抵抗侵略者的热情、意志和力量，是可想而知的。这当然是卓有成效的宣传鼓动艺术。

当然，对毛泽东的这个方面也不能强调过甚，更不可拘泥于此。毛泽东说李逵什么也没学，是因为李逵没条件学，是身边这些八路军将士、抗大毕业学员以前不少都没有文化，拿到今天再来强调"没受教育照样会打仗"，则十分不妥。高科技条件下的战争，需要高素质的军事人才，远不是"李逵们"能够胜任的。毛泽东是积极主张办军事院校的，他赞扬"黄埔"，更赞扬"抗大"，曾经多次说过："抗大，抗大，越抗越大。"真理再往前走一步，就成了谬论。真理是有条件的，抗日战争时期的真理，拿到高技术战争中来，就不一定是真理。或不一定全部是真理。"仗打得很好"的李逵在今天，大概就不知道仗怎么打了。讲究具体情况具体分析的毛泽东，倘若面对电子战、信息战、数字化战争，还会津津乐道李逵的"什么也没学"吗？不会的！

## 理论界的"黑旋风"

1956年7月，毛泽东到湖北视察，住在武汉东湖宾馆。湖北省委第一书记王任重应毛泽东之约，安排省委副秘书长、省委书记处办公室主任梅白，到毛泽东身边临时当秘书长。

那时，曾经与毛泽东共同出席中共一大的李达（在中共一大会议上，李达被选为中央局宣传主任）在武汉大学任校长。毛泽东刚到武汉，便马上邀请李达到东湖宾馆见面。

接到通知，李达十分高兴，便兴冲冲地来了。毛泽东字润之，李达字鹤鸣，以前他们见面，彼此都以字相称。这次见面时，李达想改口喊"主席"，可又不习惯，便一连"毛主"了好几次，"席"字还没跟上来。毛泽东一边与他握手，一边以责备的语气说："你主、主、主什么？我从前叫过你李主任吗？现在我叫你李校长好不好？你过去不是叫我润之，我叫你鹤鸣兄吗？"他们入座后，李达说："我很遗憾，没有同你上井冈山，没有参加二万五千里长征。"毛泽东说：

你遗憾什么？你是黑旋风李逵，你比他还厉害，他只有两板斧，你有三板斧。你既有李逵之大忠、大义、大勇，还比他多一个大智。你从"五四"运动，直到全国解放，都是理论界的"黑旋风"，胡适、梁启超、张东荪、江亢虎这些"大人物"都挨过你的"板斧"，你在理论界跟鲁迅一样的。

送走李达后，梅白乘兴问毛泽东："你能否公开评价一下李达同志，把你刚才的话发表出去？"毛泽东说："他是理论界的鲁迅，还要我评价什么？历史自有公论！"（于俊道、李捷：《毛泽东交往录》，人民出版社1991年6月版，第70页）

在这个即兴谈话中，毛泽东对李逵的评价是很高的，说他大忠、大义、大勇，当然李逵还缺少大智。《孙子兵法》论为将五德：智、信、仁、勇、严（《计篇》）。李逵在一些主要方面，具备了武人之德。

所谓李逵的大忠，我认为主要是指李逵最忠诚于梁山义军事业，反抗赵宋王朝最高统治者皇帝和各级贪官污吏的斗争最烈。李逵无家无业，赤贫的生活环境和闯荡江湖的经历，造就了他对统治阶级的仇恨和强烈的反抗精神，敢于藐视官府、封建教条和秩序，声称："条例，条例，若还依得，天下不乱了！我只是前打后商量。"在江州劫法场后，宋江提出上梁山，他第一个响应。李逵爱憎分明，忠于义军事业，每以"梁山泊黑旋风李逵"自称，把自己和山寨利益紧紧地联系在一起。他不满"原是山寨里人"的公孙胜听从师父的话隐居不出,半夜去"砍"了罗真人,还欣喜除了一害。李逵喊出了最为响亮的造反口号:"杀去东京,夺了鸟位!"这证明李逵的造反精神是非常强烈和坚定的。他是封建势力的死对头,在他死后,宋徽宗还梦见他抡起双斧向自己砍来。

所谓李逵的大义,主要是指李逵对梁山泊好汉们的江湖义气,尤其是对义军首领宋江的义气。李逵对宋江的崇拜、尊敬和忠诚,在梁山将士中无与伦比。比之《三国演义》中刘备、关羽、张飞的"桃园结义",有过之而无不及。在江州,李逵初见宋江,弄明白了宋江的身份,"扑翻身躯便拜"。"逼上梁山"是《水浒传》中许多英雄人物共同的革命道路,但李逵的上山却出于自愿。他是为了解救宋江,劫了法场才上梁山的,用他自己的话说是"我在江州舍身拼命,跟将你来"的。因此之故,他只承认宋江的权威,说:"哥哥杀我也不怨,剐我也不恨;除了他,谁也不怕。"忠实于宋江,愿意为其驱驰,是李逵最坚定的信念。尽一切努力维护宋江的领袖地位,是李逵的行动准则。李逵最听宋江的话,他说过:"我梦里也不敢骂他,他要杀我时,便由他杀了罢。"李逵追随宋江一辈子,一直忠心耿耿。甚至后来梁山英雄被朝廷招安引出悲剧结局,宋江喝了朝廷送来的毒酒,自知死期将至,可又担心李逵再次造反,便设法使李逵也喝了毒酒,李逵知情后,竟垂泪说:"罢、罢、罢!生时服侍哥哥,死了也只是哥哥部下一个小鬼!"李逵对宋江的忠诚义气,几至愚忠憨义。而江湖义气这一条,恰恰是梁山义军巩固阵线、稳定内部、形成凝聚力和战斗力的感情纽带,虽然这种义气有"大义"(忠实于义军事业)和"小义"(忠实于结盟兄弟)之分,但在中古时代,他终究是揭竿而起者的亲和动力。

所谓李逵的大勇,主要是指李逵在反击官军的"围剿"和讨伐地主武装的战斗中舍生忘身,拼命向前。这是李逵最为突出的个性特征。李逵手中的武器是两把板斧,战阵厮杀之时,李逵常常赤身裸体舍命向前。他的勇猛含有莽撞蛮干的色彩,但在冷兵器时代不仅斗谋斗智而且也斗勇斗力的兵刃相交中,这种蛮勇之将不是完全不需要的。正是因为有了李逵这样生死不顾赴汤蹈火的勇将,梁山义军才攻必克守必固。当然,在李逵身后,需要智力支持,需要吴用一类智谋人物的运筹帷幄,这也是不言而喻的,舍此则李逵之勇将失去意义。但是,不能因为这点而否定李逵大勇对于梁山事业的价值。即使今天,勇敢、勇猛甚至勇悍,仍然是武人必备的心理品质。与此相对应的是李逵少了一个"大智",这正是李逵一系列缺点的内在原因，我们将另文分析这个问题，此处就不赘述了。

毛泽东在李逵与李达的同（大忠、大义、大勇）异（大智）比较中，赞扬李达是"理论界的黑旋风"。这里说的理论界，主要是指社会科学界，再进一步说是指马克思主义宣传界。从五四运动到全国解放，李达一直是理论界的活跃人物。虽然他曾经脱党，又一直生活在国统区，但他仍然是敢于勇猛拼杀的捍卫马克思主义的斗士。

前面已经说过，李达为中共一大代表，且中共一大就是由李汉俊和李达二人负责筹备召开的，他是中共一届中央宣传主任。中共二大是在他家中召开的。在中共二大会上，他声言不再担任中共中央宣传主任。他与陈独秀不和，却与毛泽东甚为默契。中共二大前夕，他应毛泽东之邀，到其创办的湖南自修大学讲马列主义。中共二大之后，他与妻子携女儿回湖南，与毛泽东一家一起住在清水塘。李担任了湖南自修大学校长。1923年秋，李达正式脱离了中国共产党，他自认为革命实际工作不积极，但做革命理论研究与传播，即是对党的贡献。中共三大决定全体共产党员以个人名义加入国民党，他不愿意做国民党员，更不堪忍受陈独秀家长制作风。脱离中共之后，在湖南大学担任教授，主讲马克思主义社会学。1927年3月，他又受聘在毛泽东主办的中央农民运动讲习所任教。此后，先后在武昌、上海、北京、湖南、广西等地的大学里任教，仍教唯物主义哲学。1930年夏，在上海参加了左翼社会科学家联盟。延安时期，他的《辩证法唯物论教程》《经济学大纲》《社会学大纲》这三部重要理论著作，毛泽东都仔细读过，其中《社会学大纲》读过10遍。1948年初，毛泽东发函邀他这位"发起人"回"大公司"参与"经营"。1949年5月，李达响应召唤抵北平，毛泽东派人到车站迎候，而后在香山家中与他长谈。1949年12月，经中共中央批准，李达重新加入中共。按他的心愿，仍从事教育工作，任命他为湖南大学校长，后调武汉大学任校长。

李达不仅是中国共产党的创建人之一，作为著名的哲学家和大学教授，也是中国最早的马克思主义学说的传播者之一。在他的理论生涯中，他与各种错误思潮进行了毫不妥协的斗争。胡适、梁启超、张东荪、江亢虎都是近现代思想界的名人和"大人物"，李达对胡适的实用主义哲学，对梁启超改良主义的政治主张，对江亢虎的庸俗社会主义学说，对张东荪的社会法西斯主义，都曾经进行连砍"三板斧"的猛烈的理论讨伐，从而捍卫了马克思主义的理论阵地。

毛泽东是理论兴趣浓厚且理论功底深厚的政治家，十分熟悉思想理论界的情况,他在与李达的即兴漫谈中,谅解了老朋友、老战友李达自行脱党、没有上井冈山、没有参加长征的缺点、错误,公正地评价了他在理论界的贡献和表现,肯定了他在中国革命中的重要作用,并实际上鼓励他继续在马克思主义理论研究、宣传和教育工作上做出更大的贡献。

李达是"理论界的'黑旋风'",这个比喻巧妙、形象且意义深广。

所谓巧妙,就是两人都姓李,名字都是单字,繁体"达"与"逵"字相像,李逵的哥哥恰好也叫李达。

所谓形象,就是李逵、李达的"板斧"都砍得厉害,而且李达还比李逵多一板斧,李达虽未能参加武装斗争当"武"好汉,但他在理论界当了"文"好汉,像李逵那样大忠、大义、大勇,且比他多了个大智,李达的笔如同李逵的板斧一样,"劈"(批判)过胡适、梁启超、张东荪、江亢虎等的谬论,冲锋陷阵,所向披靡。

所谓意义深广,是说李达虽然未能上井冈山、未能参加长征,但像他这样学者型的革命者,在当时的情况下,在党外进行理论战斗,其作用要大些。因此,李达对这段历史用不着"遗憾"。

毛泽东这样评价历史情况复杂的李达,是历史唯物主义的,是公允准确的。足以为后人法。

## 李逵的办法叫作"剪拂"

"共产风"是1958年"大跃进"运动和"人民公社化"运动的产物。所谓"共产风",主要是指在农村经济生活中搞"一平二调""一大二公"。在公社范围内实行贫富队拉平,贫富社员拉平,平均分配,对生产队的某些财产无代价上调。以公共积累的名目过多地搞义务劳动,把生产队以至社员的一些财产无偿地收归公社所有,破坏了等价交换原则。在公社内部实行平均主义的供给制,搞吃饭不要钱的公共食堂,有些地方甚至商店的东西靠觉悟随便拿,急于过渡到"共产主义",片面地强调"一大二公"。这严重损害了群众的利益,挫伤了群众的生产积极性。

到了1959年春天,刮"共产风"的恶果,明显地显现出来。1959年春,有两件事使毛泽东感到震惊。第一件,1958年农业生产大丰收,各省市上报的粮食数字都很大,然而有不少省市粮食、棉花、油料等农产品的收购任务完不成,还说没有粮食,这是什么原因呢?第二件,从中央到地方都在批判地方主义、本位主义思想,其声势之大在历史上是少有的,然而在生产队中瞒产私分现象十分普遍，生产队长把粮食藏在地窖内，派民兵站岗放哨，保卫生产成果，不让公社、县里拿走，这又是什么原因呢？

为弄清这两个问题，毛泽东深入调查研究，终于发现了真正的原因：主要是人民公社内部还存在着严重的"共产风"。毛泽东在河北、山东、河南等省的调查中，发现公社成立后，公社内部把生产队之间的贫富拉平了。毛泽东认为，各地生产力水平不同，有穷队和富队之别，现在采取拉平的办法，这实际上是一种掠夺，是一部分人无代价地占有另一部分人的劳动成果。

为纠正"共产风"，毛泽东于1959年2月27日至3月5日主持召开了第二次郑州会议。主要是解决公社成立后发生的生产队之间、社员之间的平均主义，即公社内部的"共产风"问题。毛泽东在讲话中提醒大家：从小集体所有制到大集体所有制是一个发展过程。必须实行按劳分配、价值法则和等价交换，生产才能较快得到发展。

毛泽东又说：

> 人民公社正在发展，需要支持，要借钱给人民公社办事，不要拦路抢劫，不要用李鬼的办法。你们看《水浒传》上那个李鬼，他叫"剪拂"，讲得好听，剪拂者，就是拦路打劫，明朝人的说法，因为小说是明朝人写的，绿林豪杰叫剪拂。现在绿林豪杰可多啦，都是戏台上不扣衣襟的那种豪杰。你们是不是在内？《打渔杀家》里头的卷毛虎倪荣，混江龙李俊，他们的衣服就是这样的。那时的豪杰打劫，是对付超经济剥削，对付封建地主阶级的。他们的口号是"不义之财，取之无碍"。七星聚义，劫取生辰纲，他们有充足的理由，给蔡太师祝寿的财礼，就是不义之财，聚义劫取，完全可以，很合情理。大碗吃酒，大块吃肉，酒肉哪里来？我们也搞过，叫打土豪，那叫消费物资，我们罚款，你得拿来。……过去打土豪，我们对付的是地主，那是完全正确的，跟宋江一样，现在我们是对付谁呢？我们是对待农民，能许可打劫吗？唯一的办法是等价交换，要出钱购买。（陈晋：《毛泽东之魂》，吉林人民出版社1993年10月版，第372—373页）

毛泽东纠正"共产风"的"左"的错误，借用《水浒传》中绿林豪杰（不论宋江、李逵抑或是李鬼）拦路打劫"智取生辰纲"的故事，联系我党

李逵酒醉发癫狂

我军历史上"打土豪,分田地"的经历,划清了一个基本界限:对待"超经济剥削"和剩余价值这些"不义之财",比如《水浒传》中梁中书为给岳父蔡太师祝寿而刮来的民脂民膏"生辰纲",红军时期的向地主土豪"罚款"筹款子,则是取之无碍;而新社会新的生产关系条件下劳动群众所生产出来的财富,比如生产队的农产品,社员的鸡鸭狗,则是"义财",不能"拿起就走",不能学绿林豪杰"剪拂"的办法。

分清这个界限十分重要,生产队和社员的财产不是"生辰纲",公社社员也不是梁中书、蔡太师和地主豪绅,都采用"剪拂"的办法,岂不是混淆了时代、对象和财产性质。毛泽东指出了问题的普遍性和严重性:现在绿林豪杰可多啦,你们是不是在内;现在公社党委实际上是恢复蒙古"打草谷"的办法。所以毛泽东大声疾呼:不要拦路抢劫,不要用李鬼(李逵)的办法。当然,毛泽东也指出了与"剪拂""打草谷"完全不同的办法:实行等价交换原则;公社、大队和小队要有买卖关系,实行三级所有;劳动必须给予报酬,不能无偿调动劳动力,义务劳动切不可太多。

第二次郑州会议结束时,下发了《郑州会议纪要》,其中规定十四句话作为当前整顿和建设人民公社的方针。这十四句话是:"统一领导,队为基础;分级管理,权力下放;三级核算,各计盈亏;分配计划,由社决定;适当积累,合理调剂;物资劳动,等价交换;按劳分配,承认差别。"(《建国以来毛泽东文稿》第8册,中央文献出版社1993年1月版,第91页)第二次郑州会议精神的贯彻,使"共产风"和平均主义的弊端,得到了相当程

假李逵剪径劫单身

度的纠正。

完全有理由说，毛泽东以梁山绿林豪杰的"剪拂"来比喻人民公社的"一平二调"，并区分二者的异同，是形象、生动和深刻的，很能启发人认真思考问题。他在头脑发热，"共产风"甚嚣尘上的1958年刚刚过去的时候，很快能够头脑冷醒、思维清醒地分析正在发生的经济生活现象，改变平均主义原则支配现实农村（主要是农村）经济生活的状况，提出并坚持较为正确的社会主义经济建设理论原则，则是十分难能可贵的。即使以今天的眼光看，毛泽东纠正"共产风"和平均主义的努力，还是有其历史的进步性。

李逵是有幸的，他和弟兄们的"剪拂"，与红军的打土豪，都"有充分的理由"，是劫取"不义之财"。这从正面上启发人民公社领导者不要劫取社员群众的"义财"。用李逵们的正义之举来反对"公社党委"的不当之为，李逵当了一把"正面教员"，岂不幸哉！

## 李逵不愿意投降

李逵的上梁山，不是被逼上去的，而是自觉地造反起义的，用以往时髦的话讲：他的阶级觉悟最高。李逵的阶级立场也站得最牢，坚决造反不投降。

毛泽东在1975年8月那个关于《水浒》评论的著名谈话中，这样谈到李逵：

> （梁山）这支农民起义队伍的领袖不好，投降。李逵、吴用、阮小二、阮小五、阮小七是好的，不愿意投降。（毛泽东：《关于〈水浒〉的评论》，《建国以来毛泽东文稿》第13册，中央文献出版社1998年1月版，第457页）

在不愿意向朝廷投降的梁山义军将领中，李逵位居第一，可见毛泽东心目中的李逵是反降派首领，或代表人物。通观小说，在梁山义军内部招安和反招安的冲突中，李逵始终是反招安的代表。

李逵对招安投降话题本能的敏感和厌烦。小说第七十一回，梁山泊英雄排座次，众兄弟同赏菊花，宋江大醉作《满江红》调，下片结尾处写道："望天王降诏早招安，心方足。"乐和奉命演唱，李逵听到这后一句，便睁圆怪眼,大叫道:"招安,招安,招甚鸟安!"只一脚,把桌子踢起,颠做粉碎。李逵这里虽然是"酒后发狂""醉后冲撞",且反对招安的理由也不充分,只是粗鲁谩骂,但他反对招安的态度是鲜明的,立场是坚定的。

作为梁山义军将领,李逵抗拒招安的手段自有独特处。小说第七十五回,朝廷派太尉陈宗善赴梁山招安,宣读完皇帝的招安诏书,早已藏到梁上的李逵跳了下来:

> 只见黑旋风李逵从梁上跳下来,就萧让手里夺过诏书,扯的粉碎,便来揪住陈太尉,拽拳便打。此时宋江、卢俊义大横身抱住,那里肯放他下手?恰才解拆得开,李虞候喝道:"这厮是甚么人?敢如此大胆!"李逵正没寻人打处,劈头揪住李虞候便打,喝道:"写来的诏书是谁说的话?"张干办道:"这是皇帝圣旨。"李逵道:"你那皇帝正不知我这里众好汉,来招安老爷们,倒要做大!你的皇帝姓宋,我的哥哥也姓宋,你做得皇帝,偏我哥哥做不得皇帝!你莫要来恼犯着黑爹爹,好歹把你那写诏的官员尽都杀了!"

李逵大闹街市

扯碎诏书，痛殴朝臣，大骂皇帝，愤怒已极的李逵只想断了招安这条不归路。只可惜李逵在反对招安之外，没有号召众人明确远大的政治目标，他的反对投降只是借直觉和斗争经验，缺乏清醒的理性作为精神支持。

但是，李逵即使在江湖义气的笼罩下，被宋江等人胁迫走上接受招安的道路，他的内心世界也时刻躁动不已。他凭自己的直觉感到招安没有出路，至少将受制于人，失却以往无拘无束的"快活"。小说第九十回，宋江征辽胜利归来，时值正旦节将近，便入朝贺节。众位兄弟虽然有功，但一无赏赐，二无名位，宋江朝贺回来，闷闷不乐，李逵道："哥哥，好没寻思！当初在梁山泊里，不受一个的气，却今日也要招安，明日也要招安，讨得招安了，却惹烦恼。放着弟兄们都在这里，再上梁山泊去，却不快活！"李逵道出了投降不被重视，却被猜疑，自惹烦恼的可悲结局。他反心再起，实因本来就不愿招安投降。

但是，也要看到，李逵并不是和招安完全绝缘的，在他身上也存在接受招安的思想基因。小说第三十九回，宋江因题"反诗"被下狱，李逵却道："吟了反诗，打甚么鸟紧？万千谋反的倒做了大官！"这岂不是"要得官，杀人放火受招安"的注脚吗？回家接娘，谎说"铁牛如今做了官"。在梦中再次见到老娘，哭着说道："铁牛如今受了招安，真个做了官。"最后让李逵在宋江"义"的旗帜下接受了招安，并终于做了宋江投降的殉葬品，这个归宿也是李逵命运历程的必然结局，有其逻辑的必然性。

暮年的毛泽东在分析《水浒传》政治思想倾向时，关注梁山义军领袖在招安与反招安、投降与反投降问题上的政治态度，指出李逵"不愿意投降"，虽然不能说他有着明确的现实政治斗争意图和指向，但不能排除这表达了他的暮年忧思和苍凉心境，反映了他对革命前途的忧虑和担心。虽然他壮心不已，但毕竟重病缠身，自己所一再担忧的"国变色，党变修"问题悬而未决，前途未卜，"文化大革命"也正如他自己所说"反对的人多，赞成的人少"，他希望跟随他打江山治国家的人们遵循他的道路走下去，不做帝修反的投降派。他为追随者们树起李逵的榜样，也许初衷是至诚的，但是，这毕竟与他的晚年错误纠缠到一起，远离了他毕生事业的辉煌，李逵的坚定也为之暗淡无光。

在漫长的革命岁月中，挥舞两把板斧冲锋陷阵的梁山义军骁将李逵，经常活跃在毛泽东的思维王国里。李逵是毛泽东队伍里许多战将的历史倒影，他的揭竿而起，他的热烈忠诚，他的崇尚正义，他的疾恶如仇，他的粗犷豪爽，他的质朴无私，都可以在现实革命队伍中看到映象。

毛泽东愿意用李逵从战争中学习战争的历程，来引导革命军队的将士们提高作战本领；用李逵的战斗精神，评价激励敢于同敌人奋战厮杀的同志；用李逵的不妥协立场，坚定人们的革命意志，坚持不懈地沿着革命道路走下去。

在李逵身上，毛泽东充分地挖掘了他的革命精神内涵，活化为革命队伍的精神养分。

# 懵懵懂懂地乱处置一顿

(李逵之二)

> 那些李逵式的官长，看见弟兄们犯事，就懵懵懂懂地乱处置一顿。结果，犯事人不服，闹出许多纠纷，领导者的威信也丧失干净，这不是红军里常见的吗？
>
> 《毛泽东选集》第1卷，人民出版社1991年6月版，第112页

  南宋人龚圣与作《宋江三十六人赞》，其中对李逵的赞词是："黑旋风李逵：风有大小，不辨雌雄，山谷之中，遇尔亦凶。"从这里我们得知，李逵在没进入《水浒传》之前，就是拦路劫夺的山寨强人，一旦遇上他，则凶多吉少。

  "黑旋风"的绰号，也透露着李逵性格方面的凶险信息：据《三朝北盟会编》卷六十六载，"旋风"是金代一种火炮名称，猛烈异常。明人茅元仪《武备志》也有关于"旋风炮"的记载。李逵脾气暴躁，性如烈火，加之肤色如黑炭，故称"黑旋风"。

  张岱《水浒牌四十八人赞》对李逵的赞语是："面如铁，性如火。"六个字概括了李逵的长相和个性。

  《水浒传》突出了李逵这方面的特征，写他勇猛绝伦，每次临阵，必赤膊露出浑身黑肉，冲锋陷阵如同雄威猛烈的旋风炮一般，敌人无不畏其猛，惧其凶。李逵暴躁火烈的性格向凶险方面发展，在战斗之时体现最为明显，他的两把板斧挥舞起来，就没有了界限，官军奸人也杀，无辜百姓也砍，"凶是没头神"（第三十九回），梁山泊英雄排座次，命定李逵为"天杀星"，盖因于此。

  既有革命性的一面，也有破坏性的一面，这正是流氓（游民）无产者的独特属性。

  毛泽东赞赏李逵的斗争精神，也十分注意指出其局限，清算其弊端。

## 李逵式的官长

李逵处事莽撞，不懂调查研究的工作方法。

红军队伍里一些干部也处事莽撞，不知道把事情的来龙去脉搞清楚再拍板决策的道理。

1930年5月，毛泽东写了一篇重要文章：《反对本本主义》。所谓"本本主义"，即后来的教条主义。1930年时，还没有教条主义的说法。

毛泽东说：

怎样纠正这种本本主义？只有向实际情况调查。

毛泽东说：

你不相信这个结论吗？事实要强迫你信。你试试离开实际调查去估量政治形势，去指导斗争工作，是不是空洞的唯心的呢？这种空洞的唯心的政治估量和工作指导，是不是要产生机会主义错误，或者盲动主义错误呢？一定要弄出错误。这并不是他在行动之前不留心计划，而是他于计划之前不留心了解社会实际情况，这是红军游击队里时常遇见的。那些李逵式的官长，看见弟兄们犯事，就懵懵懂懂地乱处置一顿。结果，犯事人不服，闹出许多纠纷，领导者的威信也丧失干净，这不是红军里常见的吗？

毛泽东得出结论说：

必须洗刷唯心精神，防止一切机会主义盲动主义错误出现，才能完成争取群众战胜敌人的任务。必须努力作实际调查，才能洗刷唯心精神。（《毛泽东选集》第1卷，人民出版社1991年6月版，第112页）

李逵"看见弟兄们犯事，就懵懵懂懂地乱处置一顿"的最典型例子，是他处理"宋江强夺民女"事件。小说第七十三回，说李逵元宵闹东京后，在燕青的监护下，返回梁山大寨。这天借宿在荆门镇刘太公庄上，午

夜李逵睡不着,听刘太公、刘太婆哭泣,不知何因,李逵因此睡不着觉,等到天明,李逵跳起来询问:

"你家甚么人哭这一夜,搅得老爷睡不着?"太公听了,只得出来答道:"我家有个女儿,年方一十八岁,吃人抢了去,以此烦恼。"李逵道:"又来作怪!夺你女儿的是谁?"太公道:"我与你说他姓名,惊得你屁滚尿流。他是梁山泊头领宋江,有一百单八个好汉,不算小军。"李逵道:"我且问你,他是几个来?"太公道:"两日前,他和一个小后生,各骑着一匹马来。"李逵便叫:"燕小乙哥,你来听这老儿说的话。俺哥哥原来口是心非,不是好人了也。"燕青道:"大哥莫要造次,定没这事。"李逵道:"他在东京兀自去李师师家去,到这里怕不做出来!"李逵道:"你庄里有饭,讨些我们吃。"对太公说道:"我便是梁山泊黑旋风李逵,这个便是浪子燕青。既是宋江夺了你的女儿,我去讨来还你。"太公拜谢了。

李逵、燕青径望梁山泊来。路上无话。直到忠义堂上,宋江见了李逵、燕青回来,便问道:"兄弟,你两个那里来?错了许多路,如今方到。"李逵那里应答,睁圆怪眼,拔出大斧,先砍倒了杏黄旗,把"替天行道"四个字扯做粉碎。众人都吃一惊。宋江喝道:"黑厮又做甚么?"李逵拿了双斧,抢上堂来,径奔宋江。……当有关胜、林冲、秦明、呼延灼、董平五虎将,慌忙拦住,夺了大斧,揪下堂来。宋江大怒,喝道:"这厮又来作怪!你且说我的过失!"李逵气做一团,那里说得出。燕青向前道:"哥哥听禀一路上备细……"宋江听罢,便道:"这般屈事,怎地得知!如何不说?"李逵道:"我闲常把你做好汉,你原来却是畜生!你做得这等好事!"宋江喝道:"你且听我说:我和三二千军马回来,两匹马落路时,须瞒不得众人。若还得一个妇人,必然只在寨里。你却去我房里搜看!"李逵道:"哥哥,你说甚么鸟闲话!山寨里都是你手下的人,护你的多,那里不藏过了。我当初敬你是个不贪色欲的好汉,你原正是酒色之徒。杀了阎婆惜便是小样,去东京养李师师便是大样。你不要赖,早早把女儿送还老刘,倒有个商量。你若不把女儿还他时,我早做早杀了你,晚做晚杀了你。"

懵懵懂懂地乱处置一顿

后来经过宋江、柴进、李逵等人"实地调查"总算搞清楚了，原来是牛头山强人王江、董海冒用宋江、柴进的名字，抢走了刘太公的女儿。李逵错怪了宋江，自知"性紧上错做了事"，只好负荆请罪。

李逵没有读过书，他犯的也不是本本主义的错误，可他实实在在搞了一次充满唯心精神的"盲动主义"——听风就是雨，刘太公一哭诉，就以为宋江犯了"男女关系"错误，有损梁山好汉形象，断定宋江"不是好人"。燕青根据以往对宋江的了解，判断"定没这事"，提醒李逵"莫要造次"。所谓"造次"，就是"盲动"。可李逵哪里听得进劝告，结果还是"造次"了。就凭一句传言虚语，就闯上忠义堂，砍旗帜，砍领袖，岂不是要毁了梁山大业?!

李逵的主观动机是好的，是想维护梁山义军的形象，也就是维护梁山绿林好汉们的整体利益，但客观效果上，李逵的"政治估量"是唯心的，"工作指导"是盲动的，问题的根子是缺乏实际调查，结果只能有损梁山事业。

1930年5月前后，毛泽东时在江西瑞金根据地，红军进行武装割据战争也只有三四年的历史。一些党和红军游击队的领导者在行动计划之前，不留心了解社会实际情况，只是消极地盲目地执行上级指示；即使在党的高级领导层，也往往只看共产国际怎么讲，开口闭口"拿本本来"，离开实际调查去估量政治形势，去指导实际工作，尤其是对军事斗争的指导，多次不顾红军的实际力量，主张去打大城市，打中心城市。比如就在毛泽东写作《反对本本主义》（当时篇名为《调查工作》）一文的1930年5月中旬，党中央在上海召开全国红军代表会议，这次会议对红军的建设、战略转变起了一定的促进作用，但有错误的提法，如"红军革命的战争只有进攻，无所谓退守"；"过去在游击战争中获得的所谓'敌进我退'，'敌退我追'的经验一般不适用'"；"要纠正上山主义，边境割据的残余"，等等（《毛泽东年谱》上卷，第306页）。"敌进我退，敌驻我扰，敌疲我打，敌退我追"的红军游击战十六字方针，上山下水组织游击战争，在敌人统治薄弱边境地区建立根据地进行红色武装割据的思想，都是毛泽东、朱德等人在井冈山时期提出来的正确的革命军事斗争的原则、战略和口号，是依据中国的国情、中国革命的实际情况、敌我双方力量的对比和进行武装斗争成功与失败的经验提出来的，经过实践证明是正确的，但是党内"李逵式的官长"，却断言它们"一般不适用"，要给予"纠正"。

毛泽东说"李逵式的官长"在红军队伍里很"常见"，可见"本本主义"之盛。而真正该给予"纠正"的，恰恰是这些不搞调查研究，懵懵懂懂指导革命的现象。毛泽东本人是十分注重调查研究的。就在1930年5月，他利用红军分兵发动群众的机会，在寻乌县进行了十多天的调查，后来整理成8万多字的《寻乌调查》，全面系统地考察了该县的交通、经济、政治、各阶级的历史和现状。通过寻乌调查，毛泽东懂得了城市商业情况，掌握了分配土地的各种依据，为制定正确对待城市贫民和商业资产阶级的政策，为确立土地分配中限制富农的"抽肥补瘦"原则，提供了实际依据。

接着，毛泽东写作了《调查工作》一文（编入《毛泽东著作选读》甲种本时，题为"反对本本主义"），对多年的调查研究活动进行理论总结，提出了"没有调查，没有发言权"、"洗刷唯心精神"、"反对本本主义"、"了解中国国情"等著名的影响深远的口号。研究毛泽东思想史的专家认为，这篇文章初步形成了毛泽东思想活的灵魂的三个基点，即实事求是、群众路线、独立自主的思想。这同时说明毛泽东批评"李逵式的官长"是多么重要。

"李逵式的官长"，毛泽东为"本本主义"者（即教条主义者）画了惟妙惟肖的画像。尽管教条主义者与李逵有不一样的地方：前者有"本本"，后者只有板斧，但他们在革命斗争中不了解实情"乱处置一顿"的方式则是相同的。毛泽东引用李逵批评本本主义者也是十分艺术的。"本本主义"者不是阶级敌人，李逵也是梁山一个英雄。他们处事莽撞指导错误会给革命带来损失，有时甚至是巨大的损失，但他们对革命事业还不是背叛，主观上也想把革命弄好，所以毛泽东引李逵的例子，本身就含有肯定他们对革命有忠诚尽心的一面，通过揭示好汉李逵人人都可以理解的毛病来批评本本主义，寓批评于说理之中，这样易使被批评者心服口服，也容易使更广大的红军官兵接受这个革命道理，形成一种注重社会调查，摒弃本本主义的良好风气。

## 李逵还是有缺点的

李逵的"乱处置一顿"，不仅危害梁山队伍内部的团结，而且危害统一战线，危害梁山的同盟军。

1959年2月2日，毛泽东在郑州召开的省、市、自治区党委书记会议上讲话，又谈到李逵的缺点，说他不注意政策，在打破扈家庄时，杀了扈三娘家里不少人。（陈晋：《毛泽东读书笔记解析》，广东人民出版社1996年7

月版，第1367页）

毛泽东在这次会议上具体的话是：

扈家庄是用武力解决的，作家写李逵为了使扈三娘没有顾虑，只放走了她的一个哥哥，其他都统统杀了。所以李逵这个人还是有缺点的。（陈晋：《文人毛泽东》，上海人民出版社1997年12月版，第253页）

《水浒传》"三打祝家庄"的故事中，祝家庄、扈家庄和李家庄"愿结生死之交，有事互相救应"，是"反梁山同盟"。宋江率领军马进攻祝家庄，三庄互相策应，打得梁山义军首尾难顾，无法取胜。扈家庄庄主扈成和妹妹扈三娘，都有万夫不当之勇，阵上曾经打败梁山军兵，俘获梁山将佐。后来宋江派人做工作，拆散了李家庄、扈家庄和祝家庄的联盟，吴用要求扈成："今后早晚祝家庄上但有些响亮，你的庄上切不可令人来救护。倘若祝家庄上有人投奔你处，你可就缚在彼。"对这两条盟约，扈成满口答应："今番断然不敢去救应他。若是他庄上果有人来投我时，定缚来奉献将军麾下。"扈成限于利害关系，确实照此做了。此时扈家庄由原是祝家庄的盟友，转而变成了梁山义军的盟友。这也是宋江能够攻克祝家庄的先决条件，可李逵对这些却全然不晓，也不加理会，且看破庄之时李逵的作为：

火焰里祝龙急回马望北而走，猛然撞着黑旋风，踊身便到，抡动双斧，早砍翻马脚。祝龙措手不及，倒撞下来，被李逵只一斧，把头劈翻在地。祝彪见庄兵走来报知，不敢回，直望扈家庄投奔，被扈成叫庄客捉了，绑缚下。正解将来见宋江，恰好遇着李逵，只一斧，砍翻祝彪头来。庄客都四散走了。李逵再轮起双斧，便看着扈成砍来。扈成见局面不好，拍马落荒而走，弃家逃命，投延安府去了。后来中兴内也做了个军官武将。且说李逵正杀得手顺，直抢入扈家庄里，把扈太公一门老幼尽数杀了，不留一个。叫小喽啰牵了有的马匹，把庄里一应有的财赋，捎搭有四五十驮，将庄院门一把火烧了，却回来献纳。

再说宋江已在祝家庄上正厅坐下，众头领都来献功，生擒得四五百人，夺得好马五百余匹，活捉牛羊不计其数。宋江看了，大喜道："只可惜杀了栾廷玉那个好汉。"正嗟叹间，闻人报道：

"黑旋风烧了扈家庄,砍得头来献纳。"宋江便道:"前日扈成已来投降,谁教他杀了此人?如何烧了他庄院?"只见黑旋风一身血污,腰里插着两把板斧,直到宋江面前唱个大喏,说道:"祝龙是兄弟杀了,祝彪也是兄弟砍了,扈成那厮走了,扈太公一家都杀得干干净净,兄弟特来请功。"宋江喝道:"祝龙曾有人见你杀了。别的怎地是你杀了?"黑旋风道:"我砍得手顺,望扈家庄赶去,正撞见一丈青的哥哥解那祝彪出来,被我一斧砍了。只可惜走了扈成那厮。他家庄上被我杀得一个也没了。"宋江喝道:"你这厮!谁叫你去来!你也须知扈成前日牵牛担酒前来投降了,如何不听得我的言语,擅自去杀他一家,故违了我的将令!"李逵道:"你便忘记了,我须不忘记!那厮前日教那个鸟婆娘赶着哥哥要杀,你今却又做人情。你又不曾和他妹子成亲,便又思量阿舅、丈人。"宋江喝道:"你这铁牛,休得胡说!我如何肯要这妇人?我自有个处置。你这黑厮拿得活的有几个?"李逵答道:"谁鸟耐烦!见着活的便砍了。"宋江道:"你这厮违了我的军令,本合斩首,且把杀祝龙、祝彪的功劳折过了。下次违令,定行不饶!"黑旋风笑道:"虽然没了功劳,也吃我杀得快活!"

李逵只顾快意恩仇,似乎"杀得快活"就是目的,脑子里全然没有政策观念。

第一,明知扈成已经暗中与梁山义军达成协议,是自己的同盟,却抡斧"看着扈成砍来",岂不是明目张胆破坏统一战线政策。

第二,扈太公一门老幼多是无辜百姓,李逵竟然"一个不留",又把扈家庄一把火烧掉,如此做法,谁还敢靠近梁山泊,岂不有点"法西斯"的味道,梁山义军的"义"字旗帜能不大打折扣?

第三,祝彪已是俘虏,被扈成擒拿,遵约押解去见宋江,可李逵于路上"遇着",也一斧"砍翻"。早在《孙子兵法》之中,就讲"善待"俘虏,毛泽东也说"杀俘不祥""杀俘不武"。李逵的俘虏政策是黑暗的。

第四,李逵平时对宋江俯首帖耳,此时却置"将令""军令"如耳旁风,而且还诡言强辩,此正是游民无产者破坏性和视一切规范为异物的本质属性。

对李逵的滥杀无辜,大文豪鲁迅先生也多有批评,曾明确地表示了对他的憎恶。他说:"我佩服会用拖刀计的老将黄汉升,但我爱莽撞的不顾利害而终于被部下偷了头去的张翼德；我却又憎恶张翼德型的不问青红皂白，抡起板斧'排头砍去'的李逵，我因此喜欢张顺的将他诱进水里，淹得他两眼翻白。"(《鲁迅全集》第7卷第5页)鲁迅还指出："李逵劫法场时，抡起板斧来排头砍去，而所砍的是看客。"(《鲁迅全集》第4卷，第155页)

对李逵的滥杀无辜，《水浒传》中有多处描写，不只攻破扈家庄的屠戮。如小说第四十回"梁山好汉在江州劫法场"一节，更可看出李逵的莽撞滥杀："人丛里那个黑大汉，抡两把板斧，一味地砍将来"，"杀人最多"，"火杂杂地抡着大斧，只顾砍人"，"这黑大汉直杀到江边来，身上血溅满身，兀自在江边杀人。百姓撞着的，都被他翻筋斗，都砍下江里去。晁盖便挺朴刀叫道：'不干百姓事，休只管伤人！'那汉那里来听叫唤，一斧一个，排头儿砍将去。"

确是不问青红皂白，抡起板斧，排头砍去，砍的多是看客。鲁迅憎恶李逵憎恶得有理；毛泽东批评李逵"不注意政策"，滥伤无辜，也批评得到位。

1959年2月2日，毛泽东为什么谈到李逵"不注意政策"问题？查《建国以来毛泽东文稿》第8卷第32—34页的注释中得知：毛泽东在郑州会议上，于2月1日下午讲了话，但是，在2月2日上午6时，他给参加会议的省、市、自治区第一书记们写了一封信，说"有几个深切的辩证法问题要谈"；并请第一书记们多留一天，于2月2日下午继续开会。注释中披露了毛泽东会上讲话的主要内容：

"我们所说的工作方法，看问题的方法，做事的方法，就是辩证法。讲有计划按比例发展，还要讲主观能动性，两者结合起来讲就好了。"

"经济工作很复杂，互为因果，搞不好有连锁反应。要钻进去调查研究，发现问题，揭露问题，解决问题。问题就是矛盾。过去我们打仗，都调查情况，每次打胜仗都是条件成熟了。现在搞建设，向自然作战，也要调查研究。搞建设，我们没有经验。"

"搞经济建设我们还是小孩，无经验。同地球作战，战略战术我们还不熟，要正面承认这些缺点和错误。关于反映客观规律，按比例发展，这个问题我是没有解决的。现在我们似乎开始在这里接触这个问题了。请大家接触这个问题，研究研究。"

从1958年底到1959年上半年，毛泽东主持召开了一系列会议，纠正1958年"大跃进"和人民公社中"左"的错误。在1959年2月2日下午毛泽东"谈辩证法问题"的讲话中，其主旨充满了对社会主义经济建设规律的探索精神，强调按辩证法办事，强调调查研究，强调主观能动性和客观规律的统一，强调搞经济建设还缺乏经验，要正面承认"缺点和错误"。这就是毛泽东讲李逵"不注意政策"的思想背景。

毛泽东是不是借李逵杀扈三娘一家批评"违法乱纪的干部"呢？看其讲话的思想脉络，是在批评有些干部不顾社会主义经济建设的客观规律莽撞蛮干，这是不容置疑的。

当然，毛泽东的认识还有局限性，他只承认1958年的"左"的错误是"一个指头的问题"，他的纠"左"是不彻底的，这为他晚年的错误埋下了伏笔。但是，这已不是本文要探讨的问题了。

勇李逵革命坚定，作战勇敢，毛泽东是欣赏的；莽李逵不讲政策，滥杀无辜，毛泽东则以为要不得。后一点引申到社会主义建设中来，则是不顾客观规律的"左"倾蛮干。在向自然作战，同地球作战时，千万不能犯"李逵式"的错误。

## 不要学李逵粗野

李逵的"好杀人，不讲策略"，已如前述，这里只看李逵的"不会做政治思想工作"。李逵的服人，从来不讲心服，只是一味力服，动不动就是叫板斧说话。如小说第四十一回，宋江在众好汉劫了江州法场，智取无为军后，恳请众位好汉都上梁山——

> （宋江）说言未绝，李逵跳进起来便叫道："都去，都去！但有不去的，吃我一鸟斧，砍做两截便罢！"宋江道："你这般粗鲁说话！全在各人弟兄们心肯意肯，方可同去。"

众好汉要不要都上梁山，李逵和宋江采取了完全不同的方法：
李逵逼之以斧，不上梁山的"砍做两截"，是以力服人；
宋江动之以礼，恳请在先，力求"心肯意肯"在后，是以理服人。
相比之下，李逵不仅不会，是干脆没有想到政治思想工作。宋江别的方面且不论，仅就动员众好汉上梁山这件事来说，他的办法确实体现了革命领袖的组织才能。革命靠觉悟，革命靠自觉，这在封建时代也是如此。牛不喝水强按头，强扭的瓜儿不甜，纵然李逵的板斧把众好汉逼上梁山，不"心肯意肯"者，总会叛变、开小差或消极怠工的。

确实，火辣辣革命的李逵"不会做政治思想工作"。毛泽东举出李逵等人的"缺点"，就当时的主观愿望来说，是希望人们"摆事实，讲道理"，帮助和团结犯了"右倾机会主义错误"的彭德怀等同志，他的初衷是好的。可是由于毛泽东同志本身继续着"左"的错误，影响到党内相当一部分李逵、武松、鲁智深式的干部，他们不是摆事实，而是无中生有；不是讲道理，而是无限上纲，实际上在搞"残酷斗争，无情打击"。

山东沂水县百丈村农民李逵，"自小凶顽，因打死了人，逃走在江湖上"十余年，后来流落江州在戴宗手下当个小牢子。如果对他做点阶级分析，他是个典型的游民无产者。

在革命队伍中，出身游民无产者阶层的人为数不少。早在毛泽东上井冈山前的1925年底，他在《中国社会各阶级的分析》中，就对这个阶层做过透彻的理论分析：

> 此外，还有数量不少的游民无产者，为失了土地的农民和失了工作机会的手工业工人。他们是人类生活中最不安定者。他们在各地都有秘密组织，如闽粤的"三合会"，湘鄂黔蜀的"哥老会"，皖豫鲁等省的"大刀会"，直隶及东三省的"在理会"，上海等处的"青帮"，都曾经是他们的政治和经济斗争的互助团体。处置这批人，是中国的困难的问题之一。这一批人很能勇敢奋斗，但有破坏性，如引导得法，可以变成一种革命力量。（《毛泽东选集》第1卷，第8—9页）

是的，毛泽东的分析判断无疑是正确的，如何对待李逵一类游民无产者，是中国无产阶级革命的"困难的问题之一"！

因为，他们既有"很能勇敢奋斗"的一面，又有"破坏性"的一面。对他们的两面性，很不好把握，有利于革命，也有害于革命，怎样"处置"，颇觉"困难"。

毛泽东多次批评李逵的"破坏性"，中央革命根据地时期（20世纪30年代初），他批评李逵的缺乏调查研究，不了解实际情况，莽撞行事，是给"左"倾教条主义（本本主义）画像；社会主义经济建设的初始阶段，他批评李逵的"不注意政策"，乱打滥杀，意在经济建设中尽量做到主观能动性与经济客观规律的统一，掌握"同地球作战"的战略战术；党的核心领导层对社会主义经济建设的认识发生矛盾，毛泽东在主观认为彭德怀等同志犯了"右倾机会主义错误"的时候，为贯彻"团结——批评——团结"的斗争方针，他批评李逵"不会做政治思想工作"等缺点，意在对犯错误的同志一看二帮，搞好团结。应该说，毛泽东对李逵式的游民无产者对革命的破坏性的认识，不仅是清醒的，而且是深刻的，并时刻保持警惕，尽管他的有些初衷没能实现理想的结果。

# 要学景阳冈上的武松

> 在野兽面前，不可以表示丝毫的怯懦。我们要学习景阳冈上的武松。在武松看来，景阳冈上的老虎，刺激它也是那样，不刺激它也是那样，总之是要吃人的。或者把老虎打死，或者被老虎吃掉，二者必居其一。
>
> 《毛泽东选集》第4卷，人民出版社1991年6月版，第1473页

武松是《水浒传》中描写的主要人物形象之一，也是小说描写得最成功的人物形象。他是山东清河县人，兄弟中排行第二，人称"武二郎"。血溅鸳鸯楼后，为逃避缉捕，改为行者打扮，故亦称"行者武松"。作品写他是"天伤星"临凡，"身长八尺，相貌堂堂"，浑身上下有千百斤气力。梁山泊英雄排座次时，他位居十四，为梁山正将，步军头领。武松是一个深受群众喜爱的传奇式的英雄。他英武、刚强、精细、泼辣，光明磊落，敢作敢为，富于正义感和反抗精神。他长期生活在社会底层，同情被压迫者。对于自然界的猛虎和社会上的邪恶势力，他都敢打敢斗，宣称"平生只是打天下硬汉，不明道德的人"，从不屈服低头。其斗争有勇有谋，精细干练。在《水浒传》的读者中曾流传这样一句话："《水浒》英雄数武松。"

小说对武松形象的塑造最为成功，历来评论家对之评价甚高，金圣叹推崇他是梁山义军中的第一好汉，"都未如武松之绝伦超群"。

毛泽东也十分喜爱武松，特别推崇武松的反抗精神和斗争精神。

### 武松打大虫演得很像

诗人萧三是毛泽东少年时代的朋友，两人曾同时在东山学堂读书。萧三曾回忆毛泽东少年时代：

他非常喜欢旧中国流行的许多小说:《精忠传》啦,《说唐》啦,《西游记》啦,《封神榜》啦,后来就是《水浒传》啦,《三国演义》啦……等等他都读了又读。那些小说里的故事、人物,毛泽东同志都记得非常的熟,他时常对别人讲述,和大家谈论。放牛或农作完了的时候,他和小朋友们扮演书中的故事——武松打大虫(虎)演得很像。看的人都喊"再做一回"!那些读物后来对他的影响也很大。(萧三:《毛泽东同志的青少年时代和初期革命活动》,中国青年出版社1980年7月第1版,第14页)

"武松打大虫"即武松打虎。《水浒传》中就称"老虎"为"大虫"。故事见《水浒传》第二十三回《横海郡柴进留宾 景阳冈武松打虎》:

这武松提了梢棒,大着步自过景阳冈来。约行了四五里路,来到冈子下,见一大树,刮去了皮,一片白,上写两行字。武松也颇识几字,抬头看时,上面写道:"近因景阳冈大虫伤人,但有过往客商,可于巳、午、未三个时辰,结伙成队过冈。请勿自误。"……武松自言自说道:"那得甚么大虫!人自怕了,不敢上山。"武松走了一直,酒力发作,焦热起来,一只手提着梢棒,一只手把胸膛前袒开,踉踉跄跄,直奔过乱树林来。见一块光挞挞大青石,把那梢棒倚在一边,放翻身体,却待要睡,只见发起一阵狂风来……原来但凡世上云生从龙,风生从虎。那一阵风过处,只听得乱树背后扑地一声响,跳出一只吊睛白额大虫来。武松见了,叫声:"呵呀!"从青石上翻将下来,便拿那条梢棒在手里,闪在青石边。那个大虫又饥又渴,把两只爪在地下略按一按,和身望上一扑,从半空里撺将下来。武松被那一惊,酒都做冷汗出了。说时迟,那时快。武松见大虫扑来,只一闪,闪在大虫背后。那大虫背后看人最难,便把前爪搭在地下,把腰胯一掀,掀将起来。武松只一躲,躲在一边。大虫见掀他不着,吼一声,却似半天里起个霹雳,振得那山冈也动;把这铁棒也似虎尾倒竖起来,只一剪。武松却又闪在一边。原来那大虫拿人,只是一扑,一掀,一剪,三般提不着时,气性先自没了一半。那大虫又剪不着,再吼了一声,一兜兜将回来。武松见那大虫复翻身回来,双手抡起梢棒,尽平生气力,只一棒,从半空劈将下来。只听得一声响，簌簌地将那树连枝带叶劈脸打将下来。定睛看时，一棒劈不着大虫。原来慌了，正打在枯树上，把那条梢棒折做两截，只拿得一半在手里。那大虫咆哮，性发起来，翻身又只一扑，扑将来。武松又只一跳，却退了十步远。那大虫却好把两只前爪搭在武松面前。武松将半截棒丢在一边，两只手就势把大虫顶花皮胳膊地揪住，一按按将下来。那只大虫急要挣扎，早没了气力。被武松尽气力纳定，那里肯放半点松宽。武松把只脚望大虫面门上、眼睛里只顾乱踢。那大虫咆哮起来，把身底下扒起两堆黄泥，做了一个土坑。武松把那大虫嘴直按下黄泥坑里去。那大虫吃武松奈何得没了些气力。武松把左手紧紧地揪住顶花皮，偷出右手来，提起铁锤般大小拳头，尽平生之力，只顾打。打得五七十拳，那大虫眼里、口里、鼻子里、耳朵里都迸出鲜血来。那武松尽平昔神威，仗胸中武艺，半歇儿把大虫打做一堆，却似躺着一个锦布袋。

武松打虎的故事是《水浒传》中的精彩片段，突出地表现了武松超人的豪气、勇猛和神力。是塑造武松英雄形象，使其与别的英雄有所区别的神来之笔。

这种带有夸张成分的英雄故事，对于充满幻想、崇尚传奇人物的少年具有永久的魅力。少年毛泽东生活的韶山冲，偶尔有虎狼出没——他的父亲毛顺生就曾在路上遇到过老虎。这无疑促使少年毛泽东更加景仰"打虎英雄"。所以，对于武松打虎故事"读了又读"，和别人互相讲述，和小伙伴们模仿表演，就是十分自然的事情了。

武松打虎的故事深深地印在了毛泽东记忆的屏幕上，以至于在他几十年的革命生涯里，常常提到打虎英雄武松。

## 不愧是打虎英雄

许世友是颇具传奇色彩的一代名将，是毛泽东麾下不可多得的一员虎将。毛泽东曾经将许世友与武松相比，称赞他"不愧是打虎英雄"！

那是在艰苦备尝的长征路上发生的故事。

1935年8月4日至6日，中共中央政治局举行了"沙窝会议"。在这次会议期间，毛泽东接见了红四方面军第九军副军长兼第二十五师师长许世友，并和他亲切地交谈起来。

当谈起少林寺时，毛泽东问许世友：

"听说你在少林寺做过和尚？"

许世友红着脸说："不是和尚，是杂役。我是个地道的无产阶级呃，在寺里是给老和尚做杂务的，每天提壶倒尿，劈柴做饭……"

毛泽东笑着说："好，我承认你是无产阶级，那你在少林寺学了几年武功？"

"不算在家学的，光在寺里跟师父学武艺，一共八年。"

"哈哈，都赶上景阳冈那个打虎英雄武松了，怪不得连那个少数民族寨主都打不过你呀！"

"怎么，主席你连这件事儿都知道？"许世友惊讶地望着毛泽东，思绪一下子又回到了那个少数民族的村寨。那是红军路过的一个村寨，寨主为阻挡红军去路，摆下擂台说："红军要能打下擂台，我就让路。"在几个战士被寨主打下擂台之后，许世友上台，来了一套十八罗汉拳，打得那寨主招架不住，俯首认输。后来又在宴会上比酒量，许世友连喝三大碗，仍面不改色。当许世友说完这件事情的经过，双眼凝视着毛泽东。毛泽东琅琅地笑了：

世友呀！你做得对，我们是共产党领导下的中国工农红军，是穷苦百姓的子弟兵，不是军阀、土匪，也不是行侠仗义的草莽英雄、绿林好汉。我们讲话办事都要想一想，注意政策和策略。为各族人民谋取幸福，人民就会真正拥护我们。世友同志，你现在不仅是我们红军的士兵之友，而且还是我们少数民族之友呢！《水浒传》里人道是三碗酒不过景阳冈，你世友打擂台，显身手，施礼仪，三碗酒过村寨啊！

在一阵轻松愉快的交谈中，毛泽东提到许世友在万源保卫战中的战功，他称赞不已：

"你现在也是打虎的英雄了，打的是国民党这只虎。""听说在万源城下，你那一把鬼头大刀，削铁如泥，威震敌胆，你不愧是名副其实的打虎英雄啊！徐向前总指挥已将你的情况向我谈过了。"（王伯福：《毛泽东轶事大观》，山东人民出版社1997年1月

版，第195—196页；胡忠仁、温子春：《孝子忠将许世友的感情世界》，《中华儿女》1996年第11期）

毛泽东抚摸着许世友的大刀说："真是把好刀！"

许世友少年时曾在嵩山少林寺学习武功。少林武术内容丰富。传流有拳、棍、刀、枪、剑、叉、铲、铜、鞭等诸多拳术及兵器套路，点穴、卸骨、擒拿、软硬功夫七十二艺。

上进好学又爱动脑子的许世友在寺内学武期间，既练内功，又练外家，气功、武功兼修，肯吃苦，乐下力，深得师父青睐。日复一日，年复一年，刻苦练武，几易春秋，一连练了八年。到十六岁时已出脱成个武艺高强、铁骨钢筋般的硬汉子了。他臂力过人，碗口大的杉树，可以一气儿撅断好几根。十二个铜板摞在一起，一刀劈下去，铜板分成二十四片。他指似钢叉，叉人一下，能捅出五个血洞。抓人一把，能抓下一块皮肉。他又身轻如燕，五六米宽的壕沟，一跃而过；一丈多高的房屋，纵身上去，片瓦不碎……

这绝非武侠小说中的描写，有许世友本人的自传为证。他在1945年的《反省自传》中写道：我跟师父"到少林寺去，一去六年，十五岁时，老师出来访友，我随他到过南阳、麻城等地，半年的时间，又回到少林寺，这六年中，我学会了十八般兵器，也学过飞檐走壁，我也下了功夫。这时自己觉得了不起，称得起英雄好汉，将来我要打尽人间不平事"。

许世友还风趣地说："景阳冈打虎的武松，在少林寺只学了六年武艺，我在少林寺练了八年，比武松还要多两年。"

许世友身怀少林绝技，精熟十八般兵器，而他最钟情的还是大刀；在万源城下，他的大刀杀出了威风。

许世友背大刀，从战士背到军长，从大别山背到大面山。

1933年10月，以刘湘为首的四川军阀，调集了140多个团的兵力，向我红四方面军发起"六路围攻"。许世友当时任红九军副军长兼二十五师师长，坚守万源正面的大面山。

刘湘的"高级军事顾问"刘从云是个江湖术士。两军对峙，他不思调兵遣将，而是装神弄鬼："我有三十六天罡阵，只需三十六天便可将共军全部消灭！"在其催促下，四川军阀部队依仗兵多，用人海战术向我大面山阵地轮番进攻。

正如许世友在回忆录中描述的那样，"山坡上、山谷里到处都是敌人，就像数不清的狼群，向我山上扑来。等他们快到我前沿阵地时，我火力展开，敌人纷纷倒下。但后面的敌人还是往上拥，冲到了阵地盖沟。这时，我们的战士一个个从工事里跳出来，杀向敌人，和敌军混战成一片，只见阳光下，大刀、长矛闪着银光，两军兵械相接之处红花花的，也分不清是枪缨、刀布，还是鲜血……

"我们指挥员紧张激烈的程度，也不下于血战中的战士。眼看着熟悉的战士、干部在肉搏中倒下，眼看着敌人冲上了盖沟，把我们部队堵在盖沟里，指挥员的心里就像火烧一般，恨不得亲自杀下去。这时，营里、团里又万分火急地打来电话要求准许使用预备队。指挥员红着眼喊一句出击是容易的，但是我们要对全师以至全局负责，不能不竭力克制，再三告诫自己：要冷静，要持久，要忍耐！首先要同敌人斗智。有时真把牙齿咬碎了，把拳头也握酸了……"

通过许世友这段文字可以看出，他与敌斗智斗勇的指挥艺术已经趋于成熟。同时，他在部队中普及武术，在此战中也起到了很大的作用。战役发起前，根据红军枪少弹缺的情况，他要求除常规武器外，全师上下每人配备一把大刀，并亲自示范，把少林刀功中最直截了当的杀敌套路传授给官兵。战斗发起后，他从全局考虑，做了长期坚持的准备，运用少林拳术中"以静制动""先收后至"的方法，尽可能地拖住敌人、消耗敌人。

半个世纪以后，他在一篇文章中说："那时我们的指挥员，每人都学了点武功。从班长到战士，每人都有一把鬼头刀，拼杀起来个个勇如猛虎，视死如归，一个能顶十个。"

好几位老同志回忆起万源保卫战时的许世友，感慨万千。

"保卫万源，许副军长号召设障碍，修工事。走到哪里查到哪里，不合他的标准都重来。他常说，《水浒》上的宋江三打祝家庄，为什么要打三次，就是因为祝家庄工事修得好，障碍设得妙。我们红军的工事应该修得更好，要经得起刘湘来三打、五打、十打。只要他打不烂我们，我们就一定把他打个稀巴烂！"

"为了节约子弹，我们主要是同敌人拼大刀，纯钢的大刀缺了口，双方伤亡都很大，到处都是尸体。敌人来得太多，刚刚拼掉一批，下面的又冲了上来，连工事都来不及修复。许副军长给我们出点子，把敌人的尸体拖过来，头对头脚对脚，两面堆些土，上面盖些土，马上就能投入战斗。"

"四川军阀部队大部分是双枪兵，一支钢枪，一支烟枪。白天打仗，晚上吸毒。到了晚上，敌营中万盏烟枪，忽明忽暗。许副军长派了几个神枪手,专门对着烟光打。常常是这边打一枪,那边叫一声,同时烟光灭掉一片。有几个晚上,许副军长让人在马尾巴上拴上铁皮筒,筒里再放上点燃的鞭炮,往敌群中赶,敌人才睡下,以为红军杀来了,又起来开枪开炮,真是一夕数惊。"

"成立敢死队,是我们红军的拿手好戏,刘湘也学着干,挑了些有武术底子的人组织敢死队,声称立功者得赏,畏阵者枪毙。这个敢死队开始占了我们点便宜。许世友火了,操起大刀就冲到敌阵中挥舞起来。一个敌军官转身狂奔而逃,被许世友紧追上去,一刀削下了那人的脑袋。可能是因为大刀锋利加上速度极快,那具没头的尸体居然还向前走了几步才倒下。真像现在武打小说描述的'飞花摘叶'一般。"

"万源保卫战后期,敌人被我们拖得差不多了,许世友经常率领部队打反击。每次,他都是冲在最前,撤在最后。大刀到了他的手上像玩具似的,舞起来针插不进、水泼不进的境界。由于杀敌太多,战斗中换了几把大刀,每把都砍得卷了刀刃,缺了刀锋。"

许世友每当回忆战史时,总是要提到万源保卫战。认为是他"一生经历过的一次规模最大、时间最长、也最为激烈的坚守防御战"。

武松和许世友都是"打虎英雄"。

武松用拳脚打的是"吊睛白额大虫";

许世友用大刀砍的是"国民党这只虎"。

"沙窝会议"期间,毛泽东以"打虎英雄"称赞许世友,意味深长。那时,红一方面军和红四方面军刚刚会合不久,张国焘自恃实力强盛,看不起远道而来,损兵折将,疲惫不堪的红一方面军,也瞧不起党中央,并千方百计为个人向党中央争权。毛泽东与许世友是初次见面,既诙谐潇洒又意义深远的谈话,使两人建立起友谊,在以后的革命岁月,许世友逐步认识到毛泽东的伟大正确,毛泽东也把军事指挥重任屡屡交给爱将许世友,抗战时期的建立胶东抗日根据地,解放战争中的攻克济南,都是许世友为中国革命建立的不朽功劳。

许世友不愧为打"国民党这只虎"的"打虎英雄"!

半个世纪以后,许世友还念念不忘他与毛泽东在沙窝的初次会见,不忘两人有滋有味地大谈武松打虎。

帅才毛泽东,将才许世友,在中国革命的舞台上演出的"武松打大虫"的故事,更加光彩夺目,更加瑰丽动人!

## 要学景阳冈上的武松

1949年上半年，人民解放军的战略反攻已呈摧枯拉朽之势，中国革命声势浩大地走上夺取全国政权的胜利征程。

共产党领导的中国人民夺取全国政权以后，历史逻辑的发展将是建立无产阶级领导的以工农联盟为基础的人民民主专政的国家政权。这个政权的基本特征，是给人民以民主自由，而对被打倒的帝国主义、封建主义和官僚资本主义势力则实行专政。在对外政策上，也不能不对敌视人民民主专政的反动派采取革命的立场。

在这历史的转轨时期，有些人在事关原则的大是大非面前观念模糊。即便是民主爱国人士，也有人劝告中国共产党对帝国主义不可"采取敌对和刺激"的态度，比如同年4月，张治中将军以南京国民党政府代表团首席代表名义，率领代表团由南京飞抵北平。4月8日，毛泽东在香山双清别墅接见张治中。他们不仅谈战争与和平，谈和平谈判的基础与条件，也谈外交事宜。据当时任张治中机要秘书的余湛邦回忆说，在张治中谈及"我们既然主张和平，既然要和各国建立邦交和做生意，那么我们就得注意态度，不一定对别人，例如对美国采取敌对或刺激的态度"时，毛泽东说："首先，我们要区分反动派与革命派的界限。对于国内外的反动派不发生刺激与否的问题，你刺激它是这样，不刺激它也是那样，反正它要吃人。我们或者把老虎打死，或者被老虎吃掉，二者必居其一。"在这里，毛泽东显然是把支持国民党政府打内战的美国视为"反动派"的，对张治中一时没有分清敌我友界限（或者当时还站在国民党政府的立场上视美国为朋友）给予了正面提醒。

同年6月30日，在纪念中国共产党成立28周年的大会上，毛泽东作了《论人民民主专政》的演讲。针对"你们太刺激了"的说法，毛泽东反驳说：

神威打猛虎

> 我们讲的是对付国内外反动派即帝国主义者及其走狗们，不是讲对付任何别的人。对于这些人，并不发生刺激与否的问题。刺激也是那样，不刺激也是那样，因为他们是反动派。划清反动派和革命派的界限，揭露反动派的阴谋诡计，引起革命派内部的警觉和注意，长自己的志气，灭敌人的威风，才能孤立反动派，战而胜之，或取而代之。在野兽面前，不可以表示丝毫的怯懦。我们要学景阳冈上的武松。在武松看来，景阳冈上的老虎，刺激它也是那样，不刺激它也是那样，总之是要吃人的。或者把老虎打死，或者被老虎吃掉，二者必居其一。

"武松打虎"是《水浒传》中最为精彩、最为感人、也最能给读者打下烙印的片段。武松的自信、勇武、机警，禀性刚强、斗争坚决和富有正义感的文学形象，都得到了极好的刻画。施耐庵在这个故事中充分展示了武松"明知山有虎，偏向虎山行"的英雄气概和"打虎不死，反来伤人"的清醒认识。

对这个几百年来在读者中影响深远的故事，毛泽东在引用时作了全新的解释，赋予了新的含义。不是突出武松的英雄气概，而是突出武松对老虎吃人本质的明确认定——在武松看来，刺激不刺激老虎"总之是要吃人的"。当然，这取决于毛泽东引用这个故事的出发点，是针对一些人不明确"帝国主义及其走狗"的反动性。毛泽东认为人民民主专政与国内外反动派的关系，就像武松与老虎的关系一样，是你死我活，完全对立的。老虎要吃人，这是它的本性决定的，这种本性不会因为武松的仁慈或软弱而有所改变，这一点是客观的，不以人的意志而转移的；"帝国主义者及其走狗"的反动本性不会改变，他们也是要"吃人"的，并不因为人民的仁慈而有所改变。因此，像武松打死老虎一样，人民政权对国内外反动派必须实行毫不留情的专政。"专政"手段确实是够"刺激"的，但它是用来"对付国内外反动派即帝国主义及其走狗们，不是讲对付任何别的人。对于这些人，并不发生刺激与否的问题"。

老虎吃人本性不改，启示人们认识帝国主义者及其走狗反动本质不变；武松打虎毫不手软，启示人们实行人民民主专政毫不动摇。中国人民在几十年中积累起来的一切经验，都说明必须实行人民民主专政。"对人民内部的民主方面和对反动派的专政方面，互相结合起来，就是人民民主专政"。"我们完全可以依靠人民民主专政这个武器，团结全国除了反动派以外的一切人，稳步地走到目的地"(《毛泽东选集》第4卷，人民出版社1991年6月版，第1475、1481页)。这是毛泽东解读"武松打虎"故事的新收获，他用这个妇孺皆知的故事结合现实政治斗争的内容，有力地批驳了实行人民民主专政"太刺激了"的错误论调。

对于人民的敌人，对于国内外反动派，不要学怜悯冻僵的毒蛇的农夫，而要学景阳冈上眼明志坚、除恶务尽的打虎英雄武松，这就是毛泽东的告诫。

武松明识，毛泽东明察。

深信阅读毛泽东评点过的"武松打虎"故事的读者，对人民民主专政的必要性都会明理于心。

## 阳谷县是武松的故乡

1956年，山东省阳谷县石门宋乡农业生产合作社宋保恩，就合作社养猪经验写了一篇文章：《我们一个社要养猪两万头》。这年11月19日，毛泽东看了该文后，写了如下批语：

> 请各省市区负责同志注意：如果你们同意的话，就把这篇文章印发一切农业合作社，以供参考，并且仿照办理。要知道，阳谷县是打虎英雄武松的故乡，可是这一带没有喂猪的习惯。这个合作社改变了这种习惯，开始喂猪。第一年失败，第二年成功，第三年发展，第四年大发展，平均每人约有猪二头，共计二万头。这个合作社可以这样做，为什么别的合作社不可以这样做呢？(毛泽东：《建国以来毛泽东文稿》第6册，第238页)

毛泽东这段批语，谈合作社发展养猪事业，本可以不牵扯到《水浒传》上的武松，但因为宋保恩的文章介绍的是阳谷县石门宋乡的情况，大概毛泽东由阳谷县联想到武松在那里曾经轰轰烈烈地做出一番事业，故点出这里是打虎英雄的"故乡"。

其实，毛泽东记忆小有误差，武松的"故乡"是清河县而不是阳谷县。阳谷县是武松的哥哥武大郎的迁居地。《水浒传》第二十三回，武松一出场，柴进向宋江介绍说："这人是清河县人氏，姓武名松，排行第二。"同回，武松回乡看望哥哥武大，来到阳谷县景阳冈，与酒家对话时，也说："我是清河县人氏，这条景阳冈上少也走过了一二十遭。"同回，武松打死老虎后，众猎户问他"贵乡何处"时，武松道："小人是此间邻郡清河县人氏。"

毛泽东把清河误成阳谷，大概因为清河与阳谷是"邻郡"，更因为武松景阳冈打虎，武松斗杀西门庆的故事都发生在阳谷县，给人印象太深。清河县即今河北省清河县。北宋时，为河北东路恩州的州治。阳谷县即山东省阳谷县，北宋时属京东西路东平府。小说人物武松、武大、潘金莲都是清河县人氏。只是后来因武大惧怕无赖的纠缠，全家搬到阳谷县，成了阳谷"移民"。

毛泽东批语中说阳谷县"这一带没有喂猪的习惯"，这既符合新中国成立初期阳谷县一带的养殖状况，也符合《水浒传》中的饮食描写。细读小说，不难发现梁山泊英雄如武松等，多吃牛肉而很少提到吃猪肉。且看"景阳冈武松打虎"一回的相关描写：

酒家道："只有熟牛肉。"武松道："好的切二三斤来吃酒。"店家去里面切出二斤熟牛肉，做一大盘子将来，放在武松面前。

武松道："肉便再把二斤来吃。"酒家又切了二斤熟牛肉，再筛了三碗酒。

依据小说的描写，似乎不止阳谷一地不善养猪，不止武松一人喜欢吃牛肉。如《水浒传》第十五回写吴用说三阮一段，三阮招待吴用，阮小二道："有甚么下口？"小二哥道："新宰得一头黄牛，花糕也似好肥肉。"阮小二道："大块切十斤来！"第三十八回写宋江初逢李逵时，叫来酒保，吩咐道："我这大哥想是肚饥，你可去大块肉切二斤来与他吃。"虽然宋江没说明是什么肉，但酒保却说："小人这里只卖羊肉，却没牛肉，要肥羊尽有。"看来没说明的肉已经被意会为牛肉了。第五十三回写戴宗和李逵去蓟州请公孙胜，戴宗要李逵路上只能吃素，但李逵偷偷地"讨两角酒，一盘牛肉，在那里自吃"。这说的还是牛肉。

《水浒传》仅有几次写到猪肉，也没有写吃猪肉。一次是鲁智深要郑屠切猪肉，但那猪肉并没有被吃掉，而是用来打郑屠了（第三回）。还有一次是鲁智深倒拔垂杨柳后，众泼皮"牵了一个猪来请智深"，但也没具体写吃了没有（第七回）。虽然有时笼统地提到"杀羊宰猪"（二十三回），但更多写的却是"杀牛宰马"（四十七回）。

毛泽东写批语时是否想到了上述情节，已经不得而知。但我们从批语的欣喜口吻可以看出，他为武松故乡（从广义上说，阳谷也是武松的故乡）合作社改变了当地不养猪的习惯而高兴。他建议把宋保恩的文章"印发八届二中全会各同志阅看"，建议别的合作社也这样做，是想把石门宋乡的养猪经验推而广之，扩而大之，传播到全国去。

阳谷，古有武松打虎，今有合作社养猪，毛泽东将二者糅合到一起来说，他是否想让今天阳谷的养猪，也像昔日武松打虎那样轰轰烈烈，名扬天下呢？看来，他的批语中是有那样的潜台词的。

## 武松的缺点是好杀人

有人以为，就梁山好汉群体里比较而言，武松是完美无缺的英雄，所谓"梁山好汉数武松"是也。其实，"金无足赤，人无完人"，武松也有他的另一面。

诚然，作为草莽英雄，武松的优长要多一些：他神勇无比，武艺绝伦；他悌兄尊嫂，恭恭敬敬；他胆大心细，进退有据；他侠肝义胆，疾恶如仇；他勇于反抗，杀尽不平。这些优点和长处，使他能够成为封建时代

▍武松杀仇人血书白壁

武松醉击蒋门神

的革命者,成为社会底层反抗封建压迫和剥削的代表者。

但是,武松身上也沾染了市民阶级乃至地主阶级的庸俗情趣。他不事生产,"要便吃醉了,和人相打",好酒使气;他贪利好名,甘心被人收买,道德界限混淆,是非不分,阳谷知县抬举他做了都头,为报此恩,竟十分尽力地将其搜刮的金银押去东京;他受了施恩一点小惠,就甘心为他夺回快活林;尤为不堪的是,张都监召他做个亲随体己人,百般抬举,还将心爱的养娘许做妻室,甘愿充当其保镖护随,最后中了圈套。面对这些诱惑,武松完全失去警觉。

对于英雄武松的另一面,毛泽东也是注意到了的。

武松的缺点,大概首推"好杀人"了。比如,他"大闹飞云浦,血溅鸳鸯楼",就血腥味十足。小说第三十一回《张都监血溅鸳鸯楼 武行者夜走蜈蚣岭》中,武松向张青、孙二娘夫妇述说杀人经过:

"昨夜出得城来,叵耐张都监设计,教蒋门神使两个徒弟和防送公人相帮,就路上要结果我。到得飞云浦僻静去处,正欲要动手。先被我两脚把两个公人踢下水里去。赶上这两个鸟公人,也是一朴刀一个搠死了,都撺在水里。思量这口气怎地出得,因此再回孟州城里去。一更四点进去,马院里先杀了一个养马的后槽。扒入墙内去,就厨房里杀了两个丫鬟。直上鸳鸯楼上,把张都监、张团练、蒋门神三个都杀了,又砍了两个亲随。下楼来,又把他老婆、儿女、养娘都戳死了。"

就这样,武松一连杀了19人。杀张都监、张团练、蒋门神,杀图谋害人的两个杀手和两个公人,给那班贪官污吏、奸商恶霸及其帮凶以严厉惩罚,这是武松的反抗复仇,他不愧为造反英雄,一时豪杰,但杀得兴起,连无辜的用人,无罪的丫鬟,于事无牵扯的妇女儿童,都一概杀死,乃至蜈蚣岭上杀死不谙事的道童,就更没有缘由了,这只是游民无产者残酷报复性和破坏性的表现。《水浒传》作者在石碣天文上把武松排为"天伤星",大概缘此吧。

武松"好杀人",杀得"一时兴起",结果难免杀到自己阵线里来,杀了不少"阶级弟兄",至少是破坏了、削弱了梁山起义队伍的社会基础和群众基础。党内斗争,万万不能"一时杀得兴起",搞"残酷斗争,无情打击",把许多忠心耿耿好端端的同志当成了"阶级敌人"。在梁山泊好汉集团里,武松、李逵、鲁智深都可说是响当当的"左派",但他们的"三条"错误,其实都是"左"的错误。在革命队伍里,就其危害性和破坏性来说,从来就不是"左"比右好。

对犯错误的同志要团结,要一看二帮,毛泽东的这个认识是真理性的,是指导党内思想斗争的正确方针。他本人在许多情况下这样做了,团结了党内犯有各种错误的干部,使他们放下包袱,轻装前进了,使党越来越强大。在庐山上,他讲这个话的时候,无疑也是想这样做的,可是后来的历史证明,这个思想被淡忘了,丢弃了,在革命队伍中,有些人却犯了武松、李逵、鲁智深式的错误。

历史真会捉弄人,本来是批武松等人的错误,本来拉出武松等是为了告诉中央委员们要团结、要帮助犯错误的彭德怀等同志,可是后来自己却正好犯了武松等人的错误。须知,彭德怀既不是张都监、蒋门神,也不是他们的帮凶和杀手,他是"一百单八将"的成员,革命领袖集体的成员啊!

其实,在讲接受武松等人的教训时,就隐含着承认武松式的错误斗争方针和斗争方式的思想观念。比如说"有时候凶一点,也不要完全禁止,大辩论嘛,现在我出大字报,《简报》是中字报"等等。后来的历史证明,"大字报""大辩论"的斗争方式,从来就不是一种好的民主的形式,远不是"凶一点",而是"凶得很",何止是彭德怀同志被错误地批判了,斗争了,以致发展到"文革"中,造成了多少冤假错案,误伤、挫伤了多少革命的中坚和好人。

  从少年时代的表演"武松打大虫",到晚年在庐山上谈武松的缺点,半个多世纪的时间表明,文学形象武松给予毛泽东的智慧启迪和斗争勇气都是巨大的。其中尤其是对景阳冈打虎故事的引用,随着《论人民民主专政》这篇著名政论的广泛传播,新中国政治舞台上的打虎故事更为精彩。它确定了那个特定时代的政治选择和政治走向。"或者被虎吃掉,或者把虎打死,二者必居其一",这几乎成了那个时代革命领袖、政治精英和人民群众的政治共识,浸润和渗透到人们的政治观念中去了。这是毛泽东解读《水浒传》古为今用最为亮丽、最为精彩的一笔。

# 石秀有一种拼命精神

> 什么叫拼命？《水浒传》上有那么一位，叫拼命三郎石秀，就是那个"拼命"。我们从前干革命，就是有一种拼命精神。
>
> 毛泽东：《毛泽东著作选读》下册，人民出版社1986年8月版，第801页

《水浒传》第四十四回，石秀一出场，便对梁山好汉戴宗、杨林自我介绍说："小人姓石名秀，祖贯是金陵建康府人氏。……人都唤小弟作拼命三郎。"小说同回有一首《西江月》单道石秀的好处：

> 身似山中猛虎，性如火上浇油。心雄胆大有机谋，到处逢人搭救。　全仗一条杆棒，只凭两个拳头。掀天声价满皇州，拼命三郎石秀。

石秀上梁山后，为梁山正将，英雄排座次时位居第三十三把交椅，石碣受天文是"天慧星"临凡，任步军头领。他也是小说中的重要角色，是塑造得十分成功，深受群众喜爱的艺术形象。他为义军兄弟两肋插刀，为梁山事业拼死向前的精神，颇得后世读者称道。

1957年3月20日，毛泽东在南京党员干部会上做了重要讲话，号召全党同志要有一种拼命精神参加社会主义建设事业。他指出：

"我们要保持过去革命战争时期的那么一股劲，那么一股革命热情，那么一种拼命精神，把革命工作做到底。"

说到这里，毛泽东想到了一位梁山好汉，他就是拼命三郎石秀。毛泽东借助石秀说：

什么叫拼命？《水浒传》上有那么一位，叫拼命三郎石秀，就是那个"拼命"。我们从前干革命，就是有一种拼命精神。

毛泽东由石秀联系扩展到每位革命者，扩展到每个人，他一路发挥自己的思想：

"每一个人有一条生命，或者六十岁，或者七十岁，或者八十岁，九十岁，看你有多长的命。只要你还能工作就多多少少应当工作。而工作的时候就要有一股革命热情，就要有一种拼命精神。"

接着，毛泽东批评说："有些同志缺乏这种热情，缺乏这种精神，停滞下来了。这种现象不好，应当对这些同志教育。"

《水浒传》一书，描写石秀拼命向前主要有三次：

第一次，路见不平助杨雄。小说第四十四回，石秀闪亮登场，正好遇见蓟州两院押狱兼充市曹行刑刽子杨雄，在大街上被守御城池的军汉张保等七八个人抢劫。杨雄"被张保劈胸带住，背后又是两个来拖住了手。……施展不得，只得忍气，解拆不开"——

正闹中间，只见一条大汉挑着一担柴来，看见众人逼住杨雄动弹不得。那大汉看了，路见不平，便放下柴担，分开众人，前来劝道："你们因甚打这节级？"那张保睁起眼来喝道："你这打脊饿不死冻不杀的乞丐，敢来多管！"那大汉大怒，焦躁起来，将张保劈头只一提，一跤撷翻在地。那几个帮闲的见了，却待要来动手，早被那大汉一拳一个，都打得东倒西歪。杨雄方才脱得身，把出本事来施展动，一对拳头，挥梭相似。那几个破落户，都打翻在地。张保尴尬不是头，扒将起来，一直走了。

一个人赤手空拳，敢与七八个有预谋的军汉对阵，去救助素不相识的杨雄，如果没有点拼命精神，断难如此。

第二次，冒死探敌营做内应。梁山好汉三打祝家庄时，孙立打着官兵的旗号，装作要助祝家庄一臂之力，实际却是准备细看庄内情况，做梁山泊内应。为了让孙立取信于祝家，石秀故意装作打他不过，斗了五十回合之后，被孙立轻轻从马上活捉过来，装在囚车中，吃尽了苦头，拼着性命去完成任务。以"战俘"的身份做内应，绝非轻松之事，随时都有生命之虞。非石秀等辈，绝无此行。

第三次，劫法场勇救卢俊义。这次更显出他的"拼命"性格来。小说第六十二回，杨雄、石秀奉命到北京打听卢俊义的消息，听到卢俊义被捕，杨雄急忙回梁山泊报告，石秀则独自在北京探听结果。那天他一进城，就发觉有特殊气氛，与人家一谈，才知道今天要处决卢俊义。这可把石秀急坏了，要救卢俊义，时间已不多，只有劫法场一着。可是一个人怎么去劫法场呢？在这种情况下，石秀又拿出了"拼命"精神。问了法场所在，他在附近找个酒楼，要了一大盘片肉，大碗喝酒，等"午时三刻"到来。近午时分，法场附近，怕事的人都回避了，"家家闭户，铺铺关门"。酒保请石秀结账回避，石秀居然火了："我怕甚么鸟！"午时三刻到，犯人的枷打开了，刽子手要行刑时，石秀从楼上跳了下来，声如巨雷："梁山泊好汉全伙在此！"这一喝，当下许多人吓跑了。石秀一把刀杀了好些人，拖住卢俊义就走。可惜他不认得北京的路，跑来跑去，躲不起来也出不了城，终于被官兵调来大队人马，把两个都捉了。好个石秀，被押到梁中书面前，毫无惧色，高声痛骂："你这败坏国家害百姓的贼，你这与奴才做奴才的奴才！我听着哥哥将令：早晚便引军来打你贼子，踏为平地，把你砍为三截！先教老爷来和你们说知！"骂得厅上众人都惊呆了，梁中书反而被他的拼命精神吓住了，一时竟不敢杀害他们。

石秀解人危难，冲锋陷阵，有一股拼命精神，可他处事并不鲁莽，既有心计，又懂策略。在一打祝家庄的战斗中，宋江听说路径甚杂，派杨林和石秀二人去探听路途曲折，知得顺逆路程。杨林打扮成解魔法师，身边藏了短刀，根本不顾及祝家庄路径曲直，只顾拣大路走去，左来右去，只是走了死路。人见他走得差了，来路蹊跷，报与庄上官人们来捉他，他方才掣出刀来，伤了四五个人，挡不住人多，因此吃拿了。而石秀扮作卖柴人深入庄内，得到钟离老伯指点，终于探明盘陀路的秘密，为打下祝家庄立了大功。打破祝家庄之后，宋

石秀 时迁

江要把村坊洗荡了，石秀劝阻道："这钟离老人仁德之人，指路之力，救济大恩，也有此等善心良民在内，亦不可屈坏了这等好人。"表现了对平民百姓的关切之情。宋江不仅因此饶了一境之人，还各家赐米一石，以表人心。村坊乡民，扶老携幼，香花灯烛，于路拜谢。

梁山好汉许多都有拼命精神，毛泽东在讲话中单单提到石秀，一是因为他在这方面表现突出，二是他的绰号"拼命三郎"给他做了"广告"。不管怎么说，石秀这位梁山英雄给人烙印最深的地方是有一股"拼命"精神。毛泽东1957年3月中旬用4天时间，奔走于天津、济南、南京、上海几个大城市，向广大干部讲"双百方针"，讲正确处理人民内部矛盾，讲社会主义建设。3月20日，在南京党员干部会上的讲话中，他由保持革命战争年代的拼命精神谈到人生的价值，鼓励人们要像"拼命三郎"石秀那样，以战争年代形成的革命劲头、热情和精神，把社会主义建设工作"做到底"。

命者，性命、生命之谓也。可以拼命，可以献出生命，可以牺牲自己以成就事业，以服务人民，这是对人的终极考验，是人生最高精神境界。在革命战争年代，时代精英们形成一种崇高的精神境界，那就是"革命加拼命，拼命干革命"。拼着性命去干好革命事业。有了这种精神状态，战争年代可以夺取革命胜利，建设时期可以推动现代化实现。

人是要有一点精神的。不管你的生命历程有多长，六七十岁的人也好，七八十岁的人也罢，没有拼命干好工作的精神，生命价值将大为逊色。人活于世，要想做出些业绩来，立功立德立言，光有志气、理想、愿望这些空洞的东西不行，还要有务实的作风，锲而不舍的劲头和拼命的精神，因为好多事情的成败都取决于再坚持一下和再拼搏一次的努力之中。"拼命"之中含有意志和毅力在内，所以"拼命"精神是成就事业，实现人生价值的重要精神素质。当然，拼命精神的具体内涵有其时代性，石秀的"拼命"，主要表现在对梁山兄弟的义气，对梁山事业的忠诚，表现在打斗和战斗中的冲锋陷阵，而我们在实现社会主义现代化的过程中，它大量地表现在日常工作中的迎难而上，锐意进取，鞠躬尽瘁，死而后已，这是取得成功，走向辉煌的重要条件。

# 黑旋风为什么斗不过浪里白条

> 原来，这天报纸的《哲学》专刊第174期上，发表了北京大学哲学系三年级学生曹家铸写的文章：《黑旋风为什么斗不过浪里白条？——谈事物的条件》。毛泽东看后认为写得好，在一次会议上推荐给大家看。
> 
> 《缅怀毛泽东》下册，中央文献出版社1993年12月版，第409—410页

  浪里白条张顺，梁山泊四寨水军头领之一，梁山英雄排座次时居第三十位，被命定为"天损星"下凡。他是江州小孤山人，原在浔阳江上做私商，后到江州做卖鱼牙子。张顺一身白肉，水性极好，能在水底下伏得七日七夜，潜游四五十里水路，江湖上绰号"浪里白条"。《水浒传》写张顺的故事，大多在"水"上做文章。

  浪里白条张顺在《水浒传》中一出场，施耐庵就安排了他在水中斗黑旋风李逵的故事。小说第三十八回写道：宋江、戴宗和李逵在江州一个临江的亭子里，一边喝酒，一边观赏江景。宋江想要几条好鲜鱼，做辣鱼汤下酒。当时正是渔季，亭子下边停有八九十只渔船，弄几条好鲜鱼很是方便。李逵听说便翻身下楼，一阵风似的奔上渔船，高叫渔家："你们船上活鱼拿两尾来给我！"说着便想动手拿鱼。渔家告诉他："渔牙主人不在不能开市。"李逵根本不理会，只管动手拿鱼。可他又不懂船上的事，结果把一船活鱼统统放跑了。

  这一下可激怒了众渔人，七八十个渔人围起李逵便打。李逵遭围打，顿时焦躁起来，摔掉布衫，早抢过几条竹篙在手，抡将开来，见人便打。直打得卖鱼的驾船而走，夺路而逃。

  这段故事，不仅生动有趣，而且充满哲理。毛泽东主张看《水浒传》要看故事里面的辩证法，这段故事当然逃不过他的眼睛。

据《光明日报》原负责人穆欣回忆：

> 1959年2月初，有一天他突然接到一位负责同志的电话，索取2月1日的《光明日报》。给这位负责同志找来的报纸还没有来得及送走，接连又收到其他许多同志打来同样意思的电话。
>
> 原来，这天报纸的《哲学》专刊第174期上，发表了北京大学哲学系三年级学生曹家铸写的文章：《黑旋风为什么斗不过浪里白条？——谈事物的条件》。毛泽东看后认为写得好，在一次会议上推荐给大家看。（《缅怀毛泽东》下册，中央文献出版社，1993年12月版，第409—410页）

因为前来索取的人数多，报社发行部门将留存的报纸全拿出来还不够，最后把印刷厂挑拣出来的、印刷质量不合格的、打了"残报"钤记的报纸也都送出去了。

这篇文章是曹家铸下放农村锻炼后，在一个普及哲学知识现场会议上的讲话稿，文章借《水浒传》第三十八回黑旋风斗浪里白条的故事，从哲学上说明：世界上一切事物都明显地受客观条件的制约和对条件的依赖性。同时指出，我们还要根据客观规律去积极地创造条件，"通过人的主观努力，促进事物的转化和发展"。

在此之前，农村人民公社运动中刮起了一股"共产风"。有些领导人急于想使人民公社由集体所有制过渡到全民所有制，由社会主义过渡到共产主义，在实际工作中造成了许多混乱现象。1958年12月10日结束的中共八届六中全会，通过了《关于人民公社若干问题的决议》。决议指出：不应当无根据地宣布农村人民公社"立即实行全民所有制"，甚至"立即进入共产主义"，那样做，"将大大降低共产主义在人民心目中的标准，使共产主义伟大的理想受到歪曲和庸俗化，助长小资产阶级的平均主义倾向"。1959年2月27日至3月5日，中共中央在郑州举行政治局扩大会议（即第二次郑州会议），会议的主题就是解决人民公社的所有制和纠正"共产风"问题。

《黑旋风为什么斗不过浪里白条？——谈事物的条件》这篇文章，就是联系当时出现的"共产风"，以黑旋风和浪里白条打斗的事例，谈到无论什么事情都要受一定条件的约束和限制。"在条件还不成熟时，不要勉强去做那些只有在将来，在另一条件下才能实现的事"。当时的"共产风"正是忽视了这一点，这样弄出来的不可能是共产主义，"倒是使共产主义伟大理想受到歪曲，庸俗化"。"在这里我们又一次看到了条件的重要性，以及事物对条件依赖的客观性。"世界上"任何事物的转化要有一定的条件，没有这一定的条件，事物的转化便是不可能的。在实际工作中，我们必须尊重这些条件，否则就会犯主观主义的错误，就像李逵一样，注定是要碰壁的"。

浪里白条水中斗黑旋风的故事，确实有哲理内涵。同样两个人，也几乎在同一的时间里，一会儿李逵把张顺打得要死，一会儿张顺又把李逵淹得够呛。为什么在转眼之间，事情竟有这样大的变化呢？万夫莫当的黑旋风为什么竟又斗不过浪里白条呢？这是因为地点不同，场合不同，条件不同。打败张顺的李逵是在江岸上；而输给浪里白条的黑旋风却是在水里。可见这里有个条件问题，条件一变，事情就跟着发生变化。天下事莫不如此，都受一定条件的制约，都依条件、地点和时间为转移。就是说，世界上的一切事物都不是孤立存在的，而是相互联系，互为存在条件的。大学生曹家铸的文章挖掘了这种哲理内涵，指出了事物变化受条件的制约，并引申开去，运用这个哲学基本原理，解释和分析了"共产风"问题，指出盲目"共产"，不承认集体所有制和全民所有制的差别，不承认社会主义阶段和共产主义阶段的差别，就是不承认二者质的不同，不承认前者向后者过渡和转化的条件，这样必然犯超越客观条件，超越事物发展阶段的"左"的错误。曹家铸解读《水浒传》的思路与毛泽东的读书思路是共鸣的，他赞赏这种看透事物本质、理论联系实际的读书心得和哲理文章，所以认为"写得好"，并在会议上把这篇年轻后生的文章推荐给大家，竟一时"洛阳纸贵"，废报如宝。

谁能想到，浔阳江上的张顺斗李逵，"共产风"中的集体所有制向全民所有制、社会主义向共产主义过渡，这两件事能有什么联系？但毛泽东解读浪里白条的故事，却看到了其中有一条哲理，经他点破，确实令人豁然开朗，欣然省悟，惕然警醒！

# 三阮是反皇帝的

> 主席接着说:"三阮是反皇帝的,李逵、鲁智深、武松是要造反的。"
> 
> 《文学理论与批评》记者:《毛泽东评〈水浒传〉的前前后后——芦荻访谈录》,《水浒评话》,江西教育出版社1999年1月版,第300页

在梁山好汉中,哥俩同时上梁山的,为数不少,如宋江和宋清、解珍和解宝、童威和童猛、穆弘和穆春、张横和张顺、孔明和孔亮等,而兄弟三人一起造反起义的,只有"阮氏三雄":阮小二、阮小五、阮小七。对这哥仨,毛泽东评论较少,但颇有好感,称许他们是梁山领导集团中的坚定革命派。

## 是梁山泊上的阮氏兄弟吗?

1948年4月2日,毛泽东在山西兴县蔡家崖村和《晋绥日报》编辑人员谈话。当天上午,在介绍人员时,询问姓名,当他听到阮迪民(要闻版编辑)的姓名时,风趣地说:"嗯,是梁山泊上的阮氏兄弟吗?"听了一个名叫水江(出版发行的),毛泽东侧首大笑着说:"那你可不缺水啊!"(武象迁、韩雪景:《跟随毛泽东纪事》,山西人民出版社1991年10月版,第87页)

"阮氏兄弟"也称"阮氏三雄",指梁山水军头领立地太岁阮小二、短命二郎阮小五和活阎罗阮小七,他们原都是梁山水泊畔石碣村的渔民。渔民出身的阮氏三兄弟生活在社会的底层,生活状况越来越趋于窘困,他们痛恨官府——处处动弹便害百姓,但一声下乡来,倒先把好百姓家养的猪、羊、鸡、鹅,尽都吃了,又要盘缠打发他,他们还为捕盗官军被王伦

的梁山义军"吓得尿屎齐流",感到无比痛快。他们本能地向往梁山义军的平均主义的生活理想:"他们不怕天,不怕地,不怕官司;论秤分金银,异样穿绸锦;成瓮吃酒,大块吃肉,如何不快活?我们弟兄三人空有一身本事,怎地学得他们!"所以,当吴用来说动他们参加劫取生辰纲时,三阮都毫不迟疑地同意了。三阮内心世界的反抗意识如烈火干柴,他们企盼有人带领他们闯世界,说:"若是有识得我们的,水里水里去,火里火里去。若能受用一日,便死了开眉展眼。""这腔热血,只要卖与识货的!"

阮氏三雄的反抗精神和斗争精神,在反击前来追捕官军的战斗中,得到了淋漓尽致的表现。官军临近,阮小二镇定地说:"不妨!我自对付他,叫那厮大半下水里去死,小半都搠杀他。"他们仇恨"虐害百姓的贼官",上阵杀敌,有勇有谋,在水上游击战中,智擒了何观察,说:"便是蔡京亲自来时,我也搠他三二十个透明的窟窿!"由于武艺高强,水性超绝,斗争坚决,上山后为梁山事业作出了重要贡献,第七十一回,排座次时,分别坐了二十七、二十九、三十一把交椅,都成为水军头领。

1948年,正是中国革命和解放战争走向全面胜利的年代,革命队伍里的人们精神是振奋的,心情是愉悦的。这时候人们提起梁山好汉,一般在心理上,都会把他们视为古代的革命者,引为同调。毛泽东与《晋绥日报》要闻版编辑阮迪民打招呼,称对方为"梁山的阮氏兄弟",有调侃以缓和接见紧张气氛,创造和谐氛围的作用,也有肯定阮迪民等编辑人员为革命队伍里英雄好汉的意识,至少人们听了这"放大镜"是高兴的,有鼓舞作用。

毛泽东接见下级,在询问了解姓名、籍贯之后,常常抬出人们熟知的小说人物来印证或打趣,这是他不摆领袖架子,密切联系群众的成功经验。

## 这绝不是阮小五说的话

1975年5月26日,北京大学中文系教师芦荻来到患有目疾的毛泽东身边,为他代读古代文史典籍。有时也漫谈古代文史中的一些问题。8月14日凌晨,

说三阮撞筹

毛泽东与芦荻谈完《红楼梦》和《三国演义》，又谈起《水浒传》的政治倾向，谈到阮小五，据芦荻回忆：

> 我问主席：《水浒传》"只反贪官，不反皇帝"这句话，是不是你说的？主席哈哈大笑，说是他在武汉政治局扩大会议上讲的。我问主席，《水浒传》第十九回写阮小五在船上唱歌，不是也是说"酷吏赃官都杀尽，忠心报答赵官家"吗？像阮小五这样出身的人，不是也只反贪官，不反皇帝吗？主席听了，笑我呆，说，这绝不是阮小五说的话，这是后人加上去的，你读《水浒传》要分析。

《水浒传》第十九回，济州府缉捕何涛带领人马赶赴石碣村捉拿劫取生辰纲的"阮氏三雄"，书中写道：

> 且说何涛并捕盗巡检带领官军，渐近石碣村，但见河埠有船，尽数夺了，便使会水的官兵且下船里进发。……行不到五六里水面，只听得芦苇中间有人嘲歌。众人且住了船听时，那歌道：
> "打鱼一世蓼儿洼，不种青苗不种麻。
> 酷吏赃官都杀尽，忠心报答赵官家。"
> 何观察并众人听了，尽吃一惊。只见远远地一个人，独棹一只小船儿，唱将来。有认得的，指道："这个便是阮小五！"何涛把手一招，众人拼力向前，各执器械，挺着迎将去。只见阮小五大笑，骂道："你这等虐害百姓的赃官！直如此大胆，敢来引老爷做甚么，却不是来捋虎须！"何涛背后有会射弓箭的，搭上箭，拽满弓，一齐放箭。阮小五见放箭来，拿着划楸，翻筋斗钻下水里去。众人赶到跟前，拿个空。

芦荻认为，出身贫苦渔民的阮小五，所唱的"酷吏赃官都杀尽，忠心报答赵官家"的歌词，也反映了"只反贪官，不反皇帝"的思想倾向。而毛泽东对此却另有看法。

"这绝不是阮小五说的话，这是后人加上去的。"这个判断似有太绝对之处，因为在阶级社会中，任何时代占统治地位的思想，都是统治阶级的思想；阮小五生活于赵宋王朝，封建地主阶级运用政权的力量千方百计灌输忠孝节义等封建政治伦理观，处于被压迫被奴役地位的贫苦渔民，不可能不受其影响，虽然阮氏兄弟的阶级出身和阶级地位迫使他们具有顽强的反抗意识和争取民主的要求，但他们往往奋斗目标不十分明确，斗争不彻底，思想中存在统治阶级的意识杂质，从这一点上说，阮氏兄弟（甚至封建时代的整个农民阶级）身上既具有反对他们的直接压迫者的思想，又在内心深处盼望清官好皇帝的观念，则是不足为怪的。

这个判断当然也有它的真理性。统治阶级的意识形态影响被压迫阶级，是不均衡的，也就是说，就被压迫被统治者个体来说，每个人受到的思想侵蚀，熏染毒害程度是不同的。拿《水浒传》中的人物来说，如其忠君观念，三阮要比吴用淡薄，吴用要比宋江淡薄。造反起义杀赃官，目的是不是为了报答"赵官家"，看三阮的行动，则是要大打折扣的。至少我们在三阮擒拿何涛时，看不出有这方面的必然逻辑发展。把"报答赵官家"这样的话，强加在阮小五头上的"后人"是谁，毛泽东没有指明，是《水浒传》成书前的说书艺人，是作者施耐庵，是批点者金圣叹，或是坊间的刻书者，总之是"后人"强加给阮小五的。这里涉及文学创作中的一个问题：文学人物形象，说到底是作者世界观的反映，当然有直接反映和间接反映、正确反映和错误反映、显性反映和隐性反映之别。生活中的人物，一旦进入文学作品，成为文学人物，他就不再是生活人物本身，他渗透着作者的主观意图。生活于社会底层、富于反抗精神的阮小五绝对说不出"报答赵官家"一类忠于封建君主的话，那么这种话只能是"后人"借阮小五的嘴说自己的心声。这样就有了两个阮小五："反皇帝的"阮小五和"报答赵官家"的阮小五。其实，在《水浒传》中，这种精神分裂、性格分裂的人物形象何止阮小五一个，比如革命派宋江与投降派宋江、英勇杀敌的李逵与滥杀无辜的李逵，等等，在他们身上，是否也有"后人"强加的某些内容呢？

所以，毛泽东提倡"读《水浒》要分析"，他说过："分析好，大有益。"看他与芦荻谈话的意思，他所说的分析方法，主要是指阶级分析方法。比如芦荻看阮小五，首先想到了他的阶级"出身"。阶级分析的方法当然也是正确的有指导作用的分析方法。在这种方法的指导下，人们对《水浒传》的阅读研究进入了一个新的层次。当然毛泽东不止对阮小五要做分析，对整部《水浒传》都要做分析。也就是说，他反对读书不动脑筋，盲目相信作者，提倡有自己的眼光，善于独立思考，多问几个为什么。读像《水浒传》这样内涵丰富的优秀古典小说，如果善于动脑分析，就会"见人所未见"，有许许多多新的收获。

## 三阮不愿意投降

梁山义军最终接受了招安，投降了朝廷。在梁山义军将领中，有主张招安的，有反对招安的。阮氏兄弟都是反对投降的。毛泽东在1975年8月14日关于《水浒传》评论那个著名的谈话中，这样提到"阮氏三雄"：

……阮小二、阮小五、阮小七是好的，不愿意投降。(《建国以来毛泽东文稿》第13册，中央文献出版社1998年1月版，第457页)

三阮是《水浒传》著名反抗事件"智取生辰纲"的参加者，也是较早加入梁山队伍的头领，对梁山事业的壮大发展立下了不世之功。在反抗赵宋王朝的斗争中，他们是中坚力量，是硬骨头战士，较多地体现了起义农民革命性的一面。小说描写"阮氏三雄"反对投降主要有两个情节：

一个情节是阮小七偷换御酒，使朝廷的第一次招安严重受挫。小说第七十五回写道，道君皇帝派殿前太尉陈宗善奉丹诏御酒，前往梁山招降。陈宗善带领李虞候、张干办等一伙人马，来到梁山水泊岸边，活阎罗阮小七驾船"迎候"：

当日阮小七坐在船梢上，分拨二十余个军健棹船，一家带一口腰刀。陈太尉初下船时，昂昂然，旁若无人，坐在中间。阮小七招呼众人把船棹动，两边水手齐唱起歌来。李虞候便骂道："村驴！贵人在此，全无忌惮！"那水手那里采他，只顾唱歌。李虞候拿起藤条来打，两边水手并无惧色，有几个为头的回话道："我们自唱歌，干你甚事！"李虞候道："杀不尽的反贼，怎敢回我的话！"便把藤条去打。两边水手都跳在水里去了。阮小七在梢上说道："直这般打我水手下水里去了，这船如何得去！"只见上流头两只快船下来接。原来阮小七预先积下两舱水，见后头来船相近，阮小七便去拔了楔子，叫一声"船漏了"，水早滚上舱里来。急叫救时，船里一尺多水。那两只船帮将拢来，众人急救陈太尉过船去。各人且把船只顾摇开，那里来顾御酒、诏书。两只快船先行去了。

阮小七叫上水手来,舀了舱里水,把展布都拭抹了。却叫水手道:"你且掇一瓶御酒过来,我先尝一尝滋味。"一个水手便去担中取一瓶酒出来,解了封头,递与阮小七。阮小七接过来,闻得喷鼻馨香。阮小七道:"只怕有毒。我且做个不着,先尝些个。"也无碗瓢,和瓶便呷,一饮而尽。阮小七吃了一瓶道:"有些滋味。一瓶那里济事,再取一瓶来!"又一饮而尽。吃得口滑,一连吃了四瓶。阮小七道:"怎地好?"水手道:"船梢头有一桶白酒在那里。"阮小七道:"与我取舀水的瓢来,我都教你们到口。"将那六瓶御酒,都分与众人吃了,却装上十瓶村醪水白酒,还把原封头缚了,再放在龙凤担内,飞也似摇着船来。

赶到金沙滩,却好上岸。宋江等都在那里迎接,香花灯烛,鸣金擂鼓,并山寨里村乐,一齐都响。将御酒摆在桌子上,每一桌令四个人抬,诏书也在一个桌子上抬着。……宋江道:"……且取御酒教众人沾恩。"随即取过一副嵌宝金花钟,令裴宣取一瓶御酒,倾在银酒海内看时,却是村醪白酒。再将九瓶都打开倾在酒海内,却是一般的淡薄村醪。众人见了,尽都骇然,一个个都走下堂去了。鲁智深提着铁禅杖,高声叫骂:"入娘撮鸟,忒杀是欺负人!把水酒做御酒来哄俺们吃!"赤发鬼刘唐也挺着朴刀杀上来,行者武松掣出双戒刀,没遮拦穆弘、九纹龙史进一齐发作。六个水军头领都骂下关去了。

把"馨香御酒"偷换成"淡薄村醪",用漏船迎候朝中"贵人",阮小七这个玩笑开得很够档次,且满含思想价值:"御酒"为皇帝所赐,宋江可怜兮兮说的"沾恩",即皇恩浩荡之意,偷换御酒以水酒代之,藐视王法,全不把皇帝老儿放在眼里,这就是毛泽东说"三阮是反皇帝的"证据吧,此是其一;太尉为宋徽宗时全国最高武官官阶,殿前太尉陈宗善奉旨招安,官不算小,格不算低,也还"专业对口",怎奈活阎罗把他当猴要,弄个漏船逼他出洋相,这是在谈判桌上与酷吏赃官斗法之意,此为其二;宋江等人,低声下气,一味乞降,冷了众弟兄们的心,偷换御酒事件,使梁山主降派陷入窘境,犹如老鼠钻风箱——两头受气,阮小七等把平时"倒地便拜"的宋江哥哥弄得也哭笑不得无可奈何,此为其三。这三条和盘托出了阮氏兄弟不愿投降,反对招安的内心世界。

第二个情节在小说第九十回,写的恰恰是"骂下关去"的六个水军头领。梁山义军接受招安后,出兵征讨辽国,为"保境安民"立下了赫赫战功,可蔡京、童贯等朝中奸党并不把这些看在眼里,蒙骗道君皇帝,只授予宋江"皇城使"的小角色。正旦节入朝受到冷落,骑马入城又被"出榜禁约",受了一肚子窝囊气,此情此景,迫使阮氏三雄等六位水军头领谋议再次反上梁山——

且说水军头领特地请来军师吴用商议事务。吴用去到船中,见了李俊、张横、张顺、阮氏三昆仲,俱对军师说道:"朝廷失信,奸臣弄权,闭塞贤路。俺哥哥破了大辽,止得个皇城使做,又未曾升赏我众人。如今倒出榜文来,禁约我等不许入城。我想那伙奸臣,渐渐的待要拆散我们弟兄,各调开去。今请军师做个主张;和哥哥商量,断然不肯。就这里杀起来,把东京劫掠一空,再回梁山泊去,只是落草倒好。"吴用道:"宋公明兄长断然不肯,你众人枉费了力……"六个水军头领见吴用不敢主张,都做声不得。

▎三阮兄弟江中夺船

三阮等六位水军头领对接受招安后所面临政治形势，梁山义军今后出路的判断，是正确的：腐败的赵宋王朝政治黑暗，君昏臣奸；梁山义军即使再忠心报国，立有战功，也不会得到信任，更不会得到重用；义军将领最终将被分离拆散，"各调开去"，而后逐个收拾。关于再次反上梁山的行动方针，他们确定了两条：一是估计到宋江"断然不肯"，是顽固的投降派，所以不与他合作（商量），也就是甩开宋江，拥戴实际上的"二把手"军师吴用主持"再回梁山泊"大计；二是"就这里杀将起来，把东京劫掠一空"，在赵宋王朝的腹心地带闹将起来，其举动和影响肯定非同小可，远比智取生辰纲、三打祝家庄、攻伐大名府要大得多。当然，他们的计划也有明显的缺点：吴用是谋略人才，不是统帅人才，大事面前拍不了板，没找准统帅；再次造反的目标低下，目光短浅，只是"劫掠一空"，再回梁山，根本没考虑因势利导，夺取全国政权。

但是，就梁山义军将领之间比较来说，三阮的反抗意识，造反精神，不投降的骨气还是"好的"，是出类拔萃的，一生颇富阳刚之气，在任何大人物和强敌面前都不低头，永远挺着胸膛的毛泽东，所欣赏他们的正是此点。

# "没有出息"的宋徽宗

> 毛泽东在一次谈话中说:"……历史上当皇帝,有许多是知识分子,是没有出息的。……宋徽宗既能写诗又能绘画。"
>
> 陈晋:《毛泽东之魂》修订本,中央文献出版社1997年9月版,第367页

《水浒传》一书,是以北宋末年宋徽宗一朝为政治文化背景的。宋徽宗出场在小说第二回,不过那时他还不是皇帝,而是端王,端王名赵佶。他出场之时,书中这样介绍:

> 这端王乃是神宗天子第十一子,哲宗皇帝御弟,见掌东驾,排号九大王,是个聪明俊俏人物。这浮浪子弟门风,帮闲之事,无一般不晓,无一般不会,更无一般不爱。即如琴棋书画,无所不通。踢球打弹,品竹调丝,吹弹歌舞,自不必说。

尽管这端王多才多艺,但他继承皇位后(号徽宗),对治国安邦,却百无一能,是无道昏君。在他的黑暗统治下,北宋政权日趋衰微,阶级和民族矛盾不断激化。1127年,金国进犯,攻取宋京,宋徽宗及其儿子宋钦宗一起被俘,八年以后,死于五国城(今黑龙江依兰)。

1964年3月24日,在春节座谈会上毛泽东谈教育改革,提到一些封建帝王,包括这位宋徽宗。他说:

"可不要看不起老粗。知识分子是比较没有知识的。历史上当皇帝,有许多是知识分子,是没有出息的。隋炀帝就是一个会做文章、诗词的人。陈后主、李后主都是能诗能赋的人。宋徽宗既

能写诗,又能绘画。一些老粗能办大事情,成吉思汗、刘邦、朱元璋。(陈晋:《毛泽东之魂》修订本,中央文献出版社1997年9月版,第367页)

按照毛泽东的价值评判标准,宋徽宗"没有出息"。

前面已经引证了《水浒传》的一段描写,毛泽东则以为他能画善书。赵佶早在少年时代就十分喜好书画,与一些文人学士交往,如画家赵令穰、王诜等。登基之后,他对书画愈感兴趣,并利用手中权势,推进"美术事业"。他完善画院制度;把征召画家入院的考试,列入科举考试,开科取士。他注意改善画家待遇,具体指导和支持绘画的教育和创作活动,使当时的画院出了像《清明上河图》那样的名画。他收藏和整理了历代许多名画。他本人也喜好创作,用力甚勤,是个很有影响的画家。他的工笔花鸟画最为出名,神形兼备,构思巧妙,极富魅力,确实具有独特的风格和意境。如他创作的《瑞鹤图》,画出宫殿屋顶之上群鹤翱翔的生动情景,被后人称为"神妙"杰作。他创作的画,如《柳鸦图》《鸲鹆图轴》《听琴图》《摹张宣春游图》等,流传至今,成为国宝。

宋徽宗书法造诣也很高,自成一家。他创造的"瘦金体"字,至今还有真迹在。他的字刚健秀丽,独树一帜。他书写"崇宁通宝""大观通宝"和"宣和通宝"等钱币,乃是书法家津津乐道的艺术珍品。

据《水浒传》描写,赵佶还是一位古玩鉴赏家。小说第二回描写赵佶来到王都尉府中赴宴时的情形:"那端王起身净手,偶来书房少歇,猛见书案上一对羊脂玉

殷勤送宝玩

碾成的镇纸狮子,极是做得好,细巧玲珑。端王拿起狮子,不落手看了一回道:'好!'王都尉见端王心爱,便说道:'再有一个玉龙笔架,也是这个匠人一手做的,却不在手头,明日取来,一并相送。'端王大喜道:'深谢厚意,想那笔架,必是更妙。'王都尉道:'明日取出来,送至宫中便见。'"第二天收到宝物,"端王大喜,称谢两般玉玩器",由此可见,赵佶对古玩很有鉴赏力。一见便能说出是啥物,又指明用何质料做成的。而那爱不释手的专注神情,也足以显示他深得此中三昧。

　　宋徽宗还妙于音律。小说第八十一回描写宋徽宗欣赏燕青唱曲吹箫情景:"李师师叫燕青吹箫,伏侍圣上饮酒。少顷,又拨一回阮,然后叫燕青

太尉高俅请讨梁山泊

唱曲。……唱罢，真乃是新莺乍口转，清韵悠扬。天子甚喜，命教再唱。"这段描写反映出宋徽宗是谙于音律之道的。

宋徽宗是多才多艺的，完全称得上是位有造诣的艺术家。可是，他的艺术天才没有用于治国安邦，而是用于玩乐享受，不是雄才大略大有作为的明君，而是耽于荒淫佚乐，终于导致国破身虏的无道昏君。

《水浒传》描写宋徽宗，表面上把这个亡国之君写得"至圣至明"，如宋江有个口头禅："至今徽宗天子，至圣至明，不期被奸臣当道，谗佞专权，屈害忠良，深可悯念。"其实细读小说，便可了解宋徽宗的"没有出息"可谓比比皆是，举其大端有四：

其一，重用高俅和"六贼"。徽宗为端王时，高俅只是驸马王晋卿的一名亲随，因来王府送玉玩，见端王的气毬滚来，一时胆量，使了个"鸳鸯拐"，踢还了端王。端王赏识高俅的球艺，不肯放他回府，当上皇帝手中有了大权以后，就胡乱在政治上抬举高俅。他明明知道"但有边功，方可升迁"的道理，却仍教枢密院与他入名，只是做"随驾迁转"的人，没半年，直抬举高俅做到殿帅府太尉之职。太尉，为宋徽宗时武官官阶。让高俅这个帮闲破落户执掌军权，岂不荒唐可笑。高俅所以能长期胡作非为，"变乱天下，坏国，坏家，坏民"，都是因为得到了徽宗的支持和纵容。赵佶用人就是这样，不管其才能如何，只要能满足自己的需要，就不择手段地予以提拔重用，从而导致了"六贼"乱政的局面。这"六贼"，是徽宗非常宠信的六个大臣：蔡京、王黼、童贯、梁师成、李彦、朱勔。老百姓为什么骂他们为"六贼"呢？就是因为这些家伙怂恿着徽宗误国误政，把一个好端端的大宋江山推向了亡国之路。《水浒传》着重描写了蔡京和童贯排挤梁山好汉的劣迹。历史上的蔡京是一个投机政客。王安石变法时，他赞成；保守派一上台，他又立即反对变法。蔡京为了讨得宋徽宗的欢心，主张皇帝所需费用不受限制，劝徽宗广修宫室，重修礼乐。宋徽宗喜欢写字作画，他便派宦官童贯到杭州搜罗书画，童贯又把自己的书画拿给徽宗。徽宗一高兴，第二年便提升他做了宰相。童贯为了满足徽宗玩乐，到杭州、苏州设局专门为皇帝制造珍奇玩物。"六贼"中的其他几个，也和蔡京、童贯一样，千方百计逗徽宗玩乐，干尽坏事。可见"奸臣当道，谗佞专权，屈害忠良"的后果，恰是"至圣至明"的徽宗自己造成的。

其二，搜罗"花石纲"，榨取民脂民膏。《水浒传》第十二回杨志对王伦说："洒家是三代将门之后，五侯杨令公之孙，姓杨，名志，流落在此关西。年纪小时，曾应过武举，做到殿司制使。道君因盖万岁山，差一般十个制使，去太湖边搬花石纲赴京交纳。不想洒家时乖运蹇，押着那花石纲，来到黄河里，遭风打翻了船，失陷了花石纲，不能回京赴任，逃去他处避难……"这里提到的"道君"就是宋徽宗，"万岁山"即艮岳，因它在东京城的东北面，按八卦属艮位，故名艮岳。造"万岁山"是宋徽宗朝最浩大的一项工程，波及全国各地。从政和七年（1117）宋徽宗下诏破土动工，至宣和四年（1122）建成，前后达5年之久。以后还不断修筑。"万岁山"方圆十余里，完全是人工造成，堆土石为山，下凿池沼。"万岁山"种植着天下的奇花异木，有着四季轮流开放的花，放养珍禽走兽，以供皇帝和后妃们观赏。为造"万岁山"，宋徽宗派宠臣到安徽的灵璧、江浙的太湖和河南的林县等地去开凿石料，搜寻珍贵树木和鸟兽，运往东京。这就是历史上有名的所谓"花石纲"之役。"花石纲"是北宋末年强加在百姓们身上的一项沉重的徭役。有的石头重数万斤，整块运送，破坏了沿途的施工桥梁、庐舍和田园，使大批百姓家破人亡，流离失所。特别是东南各省，受害尤深。方腊起义就是在花石纲的长期酷取下激发起来的。杨志的坎坷经历，也完全是由"花石纲"之害引发出来的。已经做到殿司制使的杨志，因建"万岁山"，被派去太湖边运"花石纲"，结果遭风翻船，失陷了"花石纲"，官丢了。流落东京，连盘缠也尽了，只好卖祖传的宝刀。泼皮又要夺刀。杨志杀了牛二，被刺配大名府留守司充军，得到梁中书赏识做了提辖。这个留守梁中书是当朝蔡太师的女婿，上马管军，下马管民，却也是一个残忍压榨百姓的贪官污吏。他拿这些民膏民脂"收买了许多玩器并金珠宝贝"，派人送上京师为岳父蔡太师庆寿，半路上被人劫了。今年又"将十万贯收买金珠宝贝"做庆贺生辰礼物。梁中书选中杨志承担监押生辰纲的重任，这就衍生出"杨志押送金银担，吴用智取生辰纲"的生动故事。生辰纲又丢失了，杨志再次丢了官，失了前程，不得已，终于逼上梁山（第十二回、第十六回）。杨志的经历深刻地反映了宋徽宗君臣置办花石纲、生辰纲祸国殃民的罪恶。

其三，昏庸无能，胡乱决策。小说表面虚说宋徽宗"至圣圣明"，或只是"暂时昏昧"，或被奸佞"蒙蔽圣聪"。其实，宋徽宗一到具体事上，就显得至愚至蠢，一贯昏庸。宋徽宗对高俅等奸佞之辈言听计从，比如，第一次决定派兵"征剿"梁山，就是听了高俅的奏仪，并立即"委高太尉选将调兵，前去剿捕"。高俅保举一人，宋徽宗又立即夸奖："卿若举用，必无差错"，信任有加。小说还常这样写道："那四个贼臣的条议，道君皇帝一一准奏"，"上皇无奈，终被奸臣谗佞所惑"，"花言巧语，无不纳受"。这说明宋徽宗自己毫无主见，完全是被奸人牵着鼻子走。徽宗的昏庸还表现在既不能明察，又不能善断上。比如当他得知"围剿"梁山屡屡败绩的真情后，对童贯等喝道："都是汝等不才贪佞之臣，枉受朝廷爵禄，坏了国家大事！汝掌管枢密，岂不自惭！"看架势，好像要拿下问罪了，不料接着又说："本当拿问，姑免这次，再犯不饶！"太尉宿元景告发童贯等四贼破辽无策，损兵折将，陷害宋江，瞒上欺下的滔天大罪。这是铁证如山的罪行。那宋徽宗照例又是一顿怒骂："都是汝等谄佞之徒，误国之辈，妒贤嫉能，闭塞贤路，饰词矫情，尽坏朝廷大事！"到此也就罢了，进而他又说道："姑恕其罪，免其追问。"不仅宽恕了犯下大罪的童贯等，而且还不许别人议论追问。这简直昏庸到无以复加的程度了。昏庸无能者必然反复无常，文过饰非。小说第七十四回，朝廷讨论梁山军情，御史大夫崔靖出班奏议："差一员大臣，直到梁山泊，好言抚谕，招安来降，假此以敌辽兵，公私两便。伏乞陛下圣鉴。"宋徽宗当即表态："卿言甚当，正合朕意。"并立即派人前去招安，由于高俅等人的破坏，头一次招安失败了。那宋徽宗获悉，便大怒，明知故问道："当日谁奏寡人，主张招安？"接着就把本属于自己的责任推到别人头上去，立刻拿下崔靖问罪。举凡《水浒传》一书，宋徽宗没有一次明察确断过，只是处处昏庸得可以。

其四，生活上荒淫无耻，佚乐无度。《水浒传》描写宋徽宗是放荡天子，他贪恋女色，一味寻欢作乐。三宫六院尚满足不了其淫欲，又修地道至妓女李师师家，不时临幸。一进门，即表白自己"心迹"，并呼唤"爱卿近前与朕攀话"。还"叫前后关闭了门户"，又命李师师"整妆衣服，相待寡人"，呼唤"爱卿近前，一处坐地"。饮乐之后，"天子与李师师上床同寝，当夜五更，自有内侍黄门接将去了"。小说还以艺术笔法深刻披露和揭示了宋徽宗腐朽透顶的灵魂，如有一次他向李师师表白："寡人近感微疾，先令神医安道全看治，有数十日不曾来与爱卿相会，思慕之甚！今一见卿，朕怀不胜悦乐！"小说这般描写，活化出一个"酒色之徒"般皇帝的丑陋形象。

毛泽东在谈话中举能诗会画的宋徽宗亡国的例子，证明读书多了不消化就会走向反面。他的本意，不在于说读书无用，也不在于说知识分子不行，他只想以此证明"灌输式"教育方式的穷途末路。他热切地主张活读书，消化书本知识，把知识转化为实际能力，而反对死读书的"书呆子"。毛泽东在自己大半生的革命实践中，深恶痛绝于教条主义对革命事业的损害，他甚至到历史的深处，到古典文学名著《水浒传》之中，找出宋徽宗的例子，以证明"死读书"的谬误和"没有出息"。20世纪60年代的毛泽东，谈教育改革虽然还有"左"的色彩，有些话容易被误解为"读书无用"，但如果从积极方面理解他的谈话精神，我们看到，虽然他还没有明确提出素质教育问题，但他的谈话中已经揭示和包含了这方面的内容，这是难能可贵的，直到今天仍还有启迪人处。

# 高俅代表地主阶级的一派

> 宋江同高俅的斗争，是地主阶级内部这一派反对那一派的斗争。
> 《建国以来毛泽东文稿》第13卷，中央文献出版社1998年1月版，第475页

高俅是《水浒传》中重要的反派人物，从艺术的角度说，也是塑造得十分成功的、有血有肉有个性的封建地主阶级官僚的反面典型。

毛泽东对高俅这个人物，似无正面的评议，只是在评论宋江时，侧面点到他：

> 宋江同高俅的斗争，是地主阶级内部这一派反对那一派的斗争。

这个评论主要是对宋江和宋江所领导的"梁山运动"阶级属性的认定，但是我们从中却可以看出毛泽东对高俅的两点认识：高俅是封建地主阶级一派势力即封建官僚在朝派的代表人物；高俅是"梁山运动"的主要对头。

毛泽东对高俅的侧评，在《水浒传》中可以找到大量证据：

在小说中，高俅是与蔡京、童贯、杨戬并列为"变乱天下，坏国、坏家、坏民"的"贼臣"；人们习惯上又把高俅列为"六贼"之一。

《水浒传》写高俅是无赖出身，本是脱胎于南宋人王明清的笔记。其中说到高俅乃苏东坡的小吏，"笔札颇工"，写得一手好字。苏轼离京外放，将他推荐给枢密都承旨王晋卿。王晋卿和端王很要好。一天散朝，端王向王晋卿借掠鬓用的篦刀，用过后有留下之意。王晋卿说："我最近做了两副，一副未用过，一会儿派人送来给你。"当晚，高俅奉差送去，正值端王在园中蹴球，给他找到机会显示自己的球艺。端王大喜，将他留下，日见亲信。一个多月后，宋哲宗驾崩，端王登上皇帝宝座，高俅也一下子成为

宋江两败高太尉

朝中显贵。不几年，拜节度使，升任使相，成了统率禁军的长官。高俅一人得道，全家升天，父兄子侄皆受恩泽。《水浒传》在高俅发迹不走正道方面进行了大肆渲染。

高俅这个浮浪破落户子弟，集中了寄生在商品经济发展而日趋繁华的城市里的游民无产者的种种劣根性：他"自小不成家业"，只好流落到东京开封府，城里城外，为人帮闲，且学到了一套帮闲的本领，"吹弹歌舞，刺枪使棒，相扑玩耍，亦胡乱学诗、书、词、赋"。由于品质劣下，"每日三瓦两舍，风花雪月"，为人告发，被开封府断了二十脊杖，迭配出境发放，弄得"东京人民都不容他在家食宿"。高俅只好先投赌坊柳大郎，再投药铺董将士，又转荐小苏学士，再荐驸马王晋卿。小说借董将士、小苏学士之口，将高俅贬得一文不值。如董将士自肚里寻思道："这高俅我家如何安着得他！……他却是个帮闲的破落户，没信行的人；亦且当初有过犯来，被断配的人，旧性必不肯改。若留在家中，倒惹的孩儿们不学好了……"小苏学士也是心下想："我这里如何安着得他！……"（第二回）

像高俅这样一个不齿于市民群众的流氓无赖，由于偶然的机缘，因为一个"鸳鸯拐"，受到了也具备"浪浮子弟门风"的端王的赏识，从此遭际端王，平步青云。端王登基后，不到半年，就抬举高俅做了殿帅府太尉。"抬举高俅求气力，全凭手脚会当权"，高俅以不正当的手段投靠上封建统治集团，成了政治上的暴发户，又反过来仗势欺凌城市居民，成为一个骑在他们头上的新恶霸。这种新恶霸对市民的压迫与欺凌，比起正统的地主官僚来，更为直接、凶暴和卑鄙。政治暴发户高俅上台之后，劣迹昭彰。第一件事就是公报私仇。当上太尉头一天，就把八十万禁军都头王进拿来出气，原因只是高俅学枪使棒时，曾被王进之父一棒打翻，始终耿耿于怀。受到高俅的倚势报复，王进叹道："俺道是什么高殿帅，却原来是东京帮闲的圆社高二！……他今日发迹，做得帅府太尉，正待报仇。我不想正属他管。"这就一语道破了高俅是个"子系中山狼，得志更猖狂"的势利小人和政治流氓。

在众多奸臣中，首推高俅与梁山结怨最深：他的干儿子高衙内看上了林冲的妻子，他就放纵其为非作歹，任其淫垢他人妻女，为满足其霸占林冲之妻的私欲，不惜施宝刀计，赚林冲入军机重地白虎节堂，将其刺配沧州，又买通解差半路谋杀，派人至沧州火烧草料场，必欲置之死地，把林冲逼上梁山；杨志辛辛苦苦收拾了金银上京谋求门路，想要官复原职，又是被高俅赶了出来，以致卖刀杀人，沦为罪囚；鲁智深也是因为救助林冲

宋江三败高太尉

得罪了高俅，在大相国寺无法容身，才杀上了二龙山落草；高唐州知府高廉，是高俅的叔伯兄弟，是他把柴进折磨得奄奄一息，又使妖法折了梁山不少军马，高廉被梁山义军杀死之后，高俅又显露出公报私仇的狭隘心机，大声疾呼要"剿灭"梁山贼人；高俅又是统治集团中力主军事镇压的人，在多次征讨梁山失败后，他本人又三次领兵攻打梁山，结果全军覆没，他自己也被生擒，被释放前他一再表白要回朝奏请招安，还京后为掩饰败绩推病不出，并将随来的梁山头领软禁；梁山泊全伙受招安后，他力阻徽宗封授诸人官职，后与杨戬合谋，将宋江、卢俊义毒死。高俅是《水浒传》所塑造的成功的反面典型，他的发迹和劣行，标志着北宋王朝的腐败和没落，从他身上，充分反映了封建地主阶级的阴险毒狠，荒淫无耻，以及毫无道义可言。

像对宋江、吴用、李逵的描写那样，高俅也是《水浒传》自始至终重点描写的人物形象。他出场于全书开端，确有小说作者所要点明的"乱自上作"的寓意。小说于要紧处把高俅拉出来，写他处处与梁山义军作对，都有重要的揭示作用。揭示高俅的阴狠恶劣，不是孤立地批判个人品质不好，而是客观上暴露出整个封建地主阶级的没落腐朽，是对统治阶级的政治批判。从这个立足点着眼，《水浒传》中的高俅确是地主阶级的代表人物。这个人物对于人们认识封建社会，有一定的价值。

对贼臣中的蔡京，毛泽东也是了解的，虽然迄今未发现他对蔡京的评论性意见，但有记载证明，他对《宋史》中的《蔡京传》是浏览过的。据曾为毛泽东陪读的北京大学中文系芦荻老师介绍：

> 毛泽东读二十四史有个突出的特点：他不仅认真地读那些所谓"正面"的材料，同时也认真地读那些"反面"的材料。在这部史书中，举凡奸臣、佞臣、叛臣等人的传记，像新、旧《唐书》里的安禄山、史思明等人的传，《宋史》里的《奸臣传》（秦桧、蔡京），《明史》里的《奸臣传》（胡惟庸、严嵩）等等，他都在封面上专门标出卷、册、姓名，有的还在名字前面画了圈。他说，一要看看他们的奸法和坏法，二要和其他传记参照看，弄清楚每项历史事件的原委，分清主要的责任和次要的责任，不能只信一面之辞。（胡真编：《中国第一人——毛泽东》，湖南人民出版1999年1月版，第323页）

蔡京被称为"六贼"之首，《水浒传》认定他是祸国殃民的大奸臣。小说没有全面来展示蔡京的罪恶，只是通过梁中书送生辰纲，蔡九知府修家书，和童贯、高俅等人狼狈为奸蒙蔽皇上，与梁山义军做对头等方面，来多侧面描写他的劣迹恶德。其女婿梁中书凭借"泰山之恩，提携之力"，在大名府留守，每年都要以"诈得财物"十万贯收买金珠宝贝为他祝贺，可见其贪婪。生辰纲被劫后，他命济州府尹限期捉拿，虽府尹尽心尽力，还是被罢官，可见其势焰。梁山义军兵困大名府，他举荐关胜讨伐梁山以牵制，后为掩饰败迹主张招安，大名府失陷，又转而主战，斥责主招安的朝臣，先后保奏童贯、高俅等率大军"征剿"。梁山泊全伙受招安后，他与童贯等合谋，对宋江多方排挤限制，不只阻挠徽宗授其官爵，还诬奏宋江丧师辱国。当宋江征辽获胜时，蔡京受辽国贿赂，奏请徽宗允许辽国投降，并将夺回的土地仍给辽国，将士浴血奋战的成果被他一手葬送。

不能简单地说高俅、蔡京是一丘之貉，作为文学人物形象，他们各有其个性。小说对高俅的刻画比蔡京更为丰满些。但是，两个贼臣又有许多共性，这也是一目了然的事情：比如他们都干了许多官逼民反的坏事，都是梁山义军的死对头，等等。毛泽东对他们的分析解剖，有助于人们认识他们的"奸法与坏法"，强化对封建统治阶级本性的认识。

# 被错批的"梁山侠义行为"

> 中国共产党的武装斗争，就是在无产阶级领导之下的农民战争。
> 《毛泽东选集》第2卷，人民出版社1991年6月版，第609页

笔者在《毛泽东读〈三国演义〉》一书中，提到毛泽东在中央苏区时期，曾经有过一场"《三国》罪案"，当然那是"左"倾错误制造的。毛泽东怎么也不会想到，读《水浒传》也罪及他的革命事业。而且，这个打击比"《三国》罪案"来得还早，那是在井冈山斗争初期。当他组织秋收起义，带领队伍上了井冈山后，他的"农军"，被远在上海的中央临时政治局，视为水浒式的草莽英雄，受到错误的批判和错误的对待。

1927年12月21日，中央临时政治局在给朱德的一封信中，特别批评了"在群众眼内看来是替他们打抱不平"的"梁山泊英雄侠义行为"，并暗示毛泽东领导的"农军"便有这种情况，认为这是妨碍土地革命的深入、妨碍发动民众进行大规模武装起义的错误。（陈晋：《毛泽东与文艺传统》，中央文献出版社1992年3月版，第156页）

因此，中央命令朱德、陈毅等带领南昌起义余部，向井冈山靠拢，以便纠正毛泽东的错误。虽然对1928年4月下旬朱毛会师后，朱德怎样"纠正"毛泽东的"梁山侠义行为"史无记载，但是，在1927年底和1928年初中央的这个指示以及与此内容相联系的指示，通过各种渠道传达到湖南省委和湘南特委。这两委都是井冈山的顶头上司。他们派出纠正毛泽东"错误"的人是省军委特派员、湘南特委军事部长周鲁，一个二十刚出头的年

轻人。

毛泽东带领秋收起义的队伍上井冈山，遇到的第一个问题，就是怎样对待"山大王"带领的农民武装。当时，井冈山的袁文才、王佐两支绿林式的农民武装，情况复杂，他们既有"劫富济贫"的革命性，又缺乏革命军队的政策观念和纪律性。毛泽东派人做工作将他们收编。但是，工农革命军第一师师长余洒度却坚决反对收编袁、王队伍。10月初，余擅自离队，到湖南省委告了状，说毛泽东逃避斗争，到山区同绿林为伍，并给了大批枪支。年底，湖南省委代表何资深到上海的党中央汇报工作，把这些反映到中央，说毛泽东"在赣南时曾有一大错误"。

湘南特委的一些头脑发热的人错误地认为，毛泽东在井冈山地区对敌斗争不够"激进"，烧杀太少，行动太右，没有实行红色恐怖，没有把小资产变成无产，尤其对毛泽东在草林坪提出的"保护中小工商业"的政策极为不满，他们诬蔑毛泽东是"改良主义者"，要求对地主和土豪一律实行抢、烧、杀的恐怖政策，以此来使敌人丧胆。

1928年3月上旬，周鲁到井冈山，推行那些脱离实际而头脑发热者的"左"倾错误，撤销了以毛泽东为书记的前敌委员会，另行成立中国工农革命军第一师师委，由何挺颖任书记，毛泽东只好改任师长，还错误地传达了中央临时政治局对毛泽东的党内处分，将"开除中央临时政治局候补委员"宣布为"开除党籍"。

对毛泽东做了组织处分，还要清算他的思想。周鲁对毛泽东说："润之同志，我在湖南的时候还不太相信，可到这里后，我不能不信了，你们果然是行动太右，烧杀太少，完全脱离了中央的政策！偏隅山头，苟且求安！"

"行动太右？烧杀太少？脱离中央政策？中央是什么政策啊？……"宛希先、张子清、何挺颖等面面相觑，充满迷惑不解的眼光一齐投向了毛泽东。

毛泽东却神态自若，顺手点燃了一支烟。他心想：自从秋收起义部队引兵井冈山以来，内稳军心，外联袁、王，军民团结对敌，先后攻克了茶陵、遂川、宁冈三个县城，成立了三县的工农民主政府；恢复和重建了宁冈、遂川、茶陵、永新四个县委和县特别区委；各县的赤卫队、工农暴动队等地方武装业已建立；袁文才、王佐的两支农民武装经过卓有成效的团结和改造工作，已改编为工农革命军第一军第一师第二团；边界一些红色区域都已开展了打倒豪绅阶级的游击暴动，为土地革命的进行打下了基础；湘赣边界的"工农武装割据"的局面已粗具规模，以宁冈为中心的井冈山革命根据地已初步形成。……这一切，怎么是行动太右？怎么脱离了中央政策？怎么是偏隅山头，苟且求安呢？……烧杀固然是少一点，可这又有什么不好呢？把房子都烧光，对革命对百姓有什么益处呢？

毛泽东对周鲁不问青红皂白，板着面孔哇啦哇啦地教训人，自然非常窝火，但还是沉住了气，碍于上下级的关系，还是委婉地试探说："周特派员，想必你巡视了一番，一定看到我们工作的不足之处了？请多指点。"

周鲁立即指着河西街道说："烧杀太少了！这么多房子怎么不烧？这么多的小资产者还没有变成无产者？"

"按你的意思……"宛希先实在忍不住，插话想问个究竟。

"这不是我的意思。是中央、省委的指示精神，要反对右倾！要反对右倾嘛！"周鲁高傲地说，"我们湘南特委为贯彻中央、省委指示精神，早已提出一个口号：烧烧烧！烧尽一切土豪劣绅的屋！杀杀杀！杀尽一切土豪劣绅的人！你们呢？太右了！"

"房子烧光了，老百姓住哪里？我们住哪里？"向来言语不多的张子清也觉得有些蹊跷，担心地问。

"住房嘛，这是小事，重要的是政策，路线！一定要让小资产者变成无产者，然后再强迫他们革命！"周鲁继续眉飞色舞地重复他的"革命"词句。

周鲁又换了一种口吻说："今天我来通知湖南省委的另一项决定……"

"又是嘛事决定？"毛泽东有所警惕地问。

"离开井冈山！第一师立即开到湘南去，支援湘南暴动！"

"屁话！"毛泽东一听就急了，"这是嘛子决定？错误的嘛！部队一走，附近几个县刚刚建立起来的地方政权就会丧失，农民分田分地的事更谈不上了。一旦脱离了老百姓，革命军将寸步难行！"

见到毛泽东翻了脸，周鲁强硬指出："省委认为，你们这支军队还不是真正的无产阶级革命军，流氓无产者占了很大成分，也没有进行过无产阶级革命式的正规战斗，只是土匪式的行为罢了，还属于旧军队的性质，缺乏必要的无产阶级革命的再改造……"

毛泽东被气得脸色发青，大吼道："那就开到湘南去，让国民党彻底消灭掉，这样就改造好了！"

但是，此时毛泽东成了"党外民主人士"，他被强制执行省委和特委的指示，于1928年3月16日率领部队离开井冈山向湘南挺进。3月末，毛泽东得到湘南起义失败的消息，立即向湘南疾进，以接应掩护朱德、陈毅部队和湘南农军向井冈山转移。

毛泽东这次"下山"，虽然没能在湘南站住脚，但受到群众的欢迎，也打了两次胜仗。同时从朱德、陈毅那里了解到自己不是被"开除党籍",而是被"开除中央临时政治局候补委员"。这次"下山",使随同前往的、收编的"绿林好汉"王佐眼界大开,回到井冈山后,王佐的心仍然是不平静的。一天吃饭时,他突然对何长工说:"党代表,我也要走共产党的路,你说,像我这样的人有资格入党吗?"

听了这话,何长工高兴地点点头说:"只要是诚心诚意跟着党走,把心交给党,为百姓打天下,当然是可以入党的。"何长工进一步向他解释了作为共产党员的奋斗目标和应具备的条件。王佐满有信心地说:"我一定能够做到!"

毛泽东对王佐的工作十分细致,有条不紊,一方面他通过袁文才做了大量工作,同时又派何长工等直接帮助,事态的发展正按照他的预想进行,王佐的进步使他由衷的高兴。在一次交谈中,提到王佐在山上有一千多亩水田,毛泽东对他说:"凡事都要看得远一些,保持土地菩萨是不行的,不要相信有什么土地菩萨,土地是农民开发出来的,不让农民得到耕地,农民是不会拥护我们的,我们也站不住脚。"王佐听了钦佩地说道:"呀!毛委员的眼力真是高人五尺,过人三丈!"他欣然把土地分给了农民。

王佐的进步,直接影响着部队的改造工作,部队的进步又促进了王佐的进步,上下相促,内外相通,诸多因素,终于促使这支绿林队伍走向了新生。1928年4月中旬的一天,王佐的愿望实现了。他庄严地举起右手,在党旗下宣誓。他成了一名共产党员,也成为一个红军将领。

对袁文才、王佐两支农民武装的成功改造,是井冈山斗争史上的一篇杰作,不仅使工农革命军站稳了脚跟,而且壮大了力量,人心归向,军民空前团结,造成了很好的政治影响。由这两支农民武装队伍升编的工农革命军第一军第一师第二团和以后改编的第三十二团,在创建和坚持井冈山根据地的斗争中,做出了重要贡献,同时也为改造旧军队提供了宝贵的经验。

然而,后来这支升编队伍的军事领袖袁文才和王佐,却在毛泽东、朱德离开井冈山地区后,惨遭杀害。这其中虽有复杂的历史原因,但与"左"倾错误始终蔑视毛泽东所带领的"农军",把他们视为"土匪式"的旧军队大有关系。

1928年六七月间在莫斯科召开的中共六大的决议中,在《关于苏维埃政权组织问题决议案》里,对于土匪武装的问题,作出了这样的规定:"与土匪武装类似的团体联盟(指与其结成统一战线的联盟)在武装起义前可以利用,武装起义后宜解除其武装,并严厉镇压他们";"他们的首领应当作反革命首领，即令他们帮助武装起义亦应如此，这类首领均应完全歼除。"

这个决议案对"土匪武装"不加区别，一律采取"严厉镇压"的政策，对其首领"完全歼除"，显然不符合有些地方的实际情况。这给井冈山上毛泽东的队伍带来灾难性的后果。

1929年年初，在红四军（朱毛会师后合编为红四军）前委讨论六大决议案的扩大会议上，永新县委的王怀和宁冈县委的龙超清等人，杀气腾腾地站了起来，他们说道："现在看来，杀掉袁文才、王佐完全符合中央的政策。"这些人明明知道毛泽东对袁、王的一贯政策和态度，此时显然是在借用中央的精神压制毛泽东。

毛泽东意识到问题的严重性。他一面指示关于六大决议案的这一规定暂不让袁、王知道；同时，再一次耐心地做当地领导人的工作。毛泽东用力地摆动夹着纸烟的大手，坚毅而镇静地说道："我请几位坐下来，静下来，要杀人吗，很简单，你手里有刀，有枪，砍掉脑壳或者用一颗子弹就解决了。"毛泽东问道："你们以为杀掉人就能了事吗？没那么简单！后果和责任，我们必须想到。六大决议案是中央的，你说得没错，你们的问题在于机械地理解和执行六大决议案对土匪首领一概加以歼除的政策。"王怀等人睁大眼睛，一时讲不出什么话来。

为了统一认识，毛泽东在小范围内召开的由朱德、陈毅、彭德怀、谭震林、陈正人和永新、宁冈县委负责人参加的会议上，反复强调："凡事都要做具体分析，对袁、王也要做具体分析，袁文才本来就是党员，不能杀。王佐原来不是党员，但过去跟豪绅对立，现在经过改造，入了党，并且拥护和支持了我们，帮助我们安了家，红军医院、修械处等不都设在茨坪王佐这里吗？因此，王佐也不能杀。总之，他们都是共产党员，都是红军领导人，都不能杀！"经过毛泽东多次做工作，会议决定，不杀袁、王，同时将他们二人调开。袁文才改任红四军参谋长随军出发赣南，王佐仍留在三十二团与红五军坚守井冈山，以缓和袁、王与永新、宁冈等地方党的负责人的矛盾。

1929年1月中旬，毛泽东、朱德率领红四军主力挺进赣南。王佐领导三十二团，顾全大局，勇挑重担，将部队化整为零，分散打游击，顽强地同"会剿"的敌人进行了两个月的斗争。在王佐率部出生入死与敌人英勇作战的时候，永新、宁冈县委与边界特委负责人杨克敏（即杨开明）等，已经埋下杀机，并且在积极策划中。1930年1月于遂川田圩召开的红五军军委和赣西、湘赣边特委的联席会议上，正式做出以武力解决袁文才、王佐的决定。

1930年2月24日深夜，袁文才、王佐死在了自己人的手里……

袁、王被杀后，袁文才的部属谢角铭和王佐之兄王云龙等率领残部投靠了国民党反动派。这支当年与反动政府对抗、不曾反对过红军的部队，公开打起白旗，与红军拼死相战，井冈山根据地从此丧失。多年来，国民党反动派当局一直梦想而不能做到的事，一夜之间，便由自己队伍中一些人帮助他们实现了。

导致这场重大损失的悲剧，其责任究竟应该由谁承担？袁、王被杀，毛泽东愤慨地说："这两个人被错杀了！"

问题很清楚，从1927年12月中央临时政治局的指示信指责毛泽东的队伍有"梁山泊英雄侠义行为"，到1930年2月毛泽东收编改造的农民武装首领王佐、袁文才被错杀，这令人痛心的错误，都是党的一些有"左"倾错误思想的领导者不能正确看待农民武装，尤其是游民武装所造成的。

"左"倾领导者不了解，共产党所领导的武装斗争，就是无产阶级领导下的农民战争。中国的革命战争，依据其参战成分来说，基本上是农民战争。因为在中国百分之八九十的人口是农民。抗日战争时期，毛泽东指出："抗日战争，实质上就是农民战争。"（《毛泽东选集》第2卷，人民出版社1991年6月版，第692页）革命军队，农民是主要兵源。士兵是穿起军服的农民。革命根据地的党（包括军中的党和地方的党）组织，绝大部分是由农民和其他小资产阶级出身的成分所构成的。根据这一切，毛泽东得出结论说："中国共产党的武装斗争，就是在无产阶级领导之下的农民战争。"（《毛泽东选集》第2卷，人民出版社1991年6月版，第609页）

当然这里说革命战争实质上是农民战争，并非忽视其他参战成分。在革命战争中，毛泽东十分注意工人成分的领导作用，反对孤立地宣传所谓"贫雇农打江山坐江山"，而应该宣传工人，农民（包括新富农），独立工商业者，中小资本家，学生、教员、教授、一般知识分子，自由职业者，开明绅士，一般公务人员，少数民族和海外华侨，联合一道，在工人阶级的领导下，打江山坐江山。（《毛泽东选集》第4卷，人民出版社1991年6月版，第1268—1269页）只有这种参战成分的广泛性，才是真正的革命战争。

在中国农民战争问题上，毛泽东充分肯定了古代农民战争和无产阶级领导之下的农民战争的伟大作用。毛泽东认真研究了自秦朝到清代数百次农民起义，特别是十几次著名的农民大起义，然后他说："吾国自秦汉以来两千余年推动社会向前进步者主要的是农民战争。"（《毛泽东书信选集》人民出版社1984年1月版，第230页）毛泽东的论断否定和批判了封建阶级污蔑农民战争为"草寇"、为"匪贼"、为"叛逆"的旧的历史观。毛泽东对于无产阶级领导下的农民战争所持的赞许态度是大家所熟知的。第二次国内革命战争时期，他根据自己的实践和观察得出结论："红军、游击队和红色区域的建立和发展，是半殖民地中国在无产阶级领导之下的农民斗争的最高形式，和半殖民地农民斗争发展的必然结果；并且无疑义的是促进全国革命高潮的最重要因素。"这里说"农民斗争的最高形式"，即武装斗争的形式，亦即农民战争。

毛泽东又在理论上把古代农民战争和现代无产阶级领导下的农民战争严格区分为两个不同的历史范畴，论证了农民战争成败的关键在于是否无产阶级的领导。古代"农民起义和农民战争得不到如同现在所有的无产阶级和共产党的正确领导，这样就使当时的农民革命总是陷于失败"。（《毛泽东选集》人民出版社1991年6月第2版，第二卷，第625页）而无产阶级对现代农民战争的领导，一方面是加强军队中的党组织建设，另一方面是加强思想领导。1965年5月，毛泽东重上井冈山，讲到红军初期的建设时说："为了加强共产党对部队的领导，首先开始在部队中建立党的各级组织。做到班有党员，连有支部，营团有党委；在连以上各级都设立党代表，从此这支部队完全处于党的绝对领导之下"。（《汪东兴日记》，中国社会科学出版社1993年9月版，第225—226页）思想建军，是毛泽东一个重要的建军原则。他说："无产阶级思想领导的问题，是一个非常重要的问题。边界各县的党，几乎全是农民成分的党，若不给以无产阶级的思想领导，其趋向是会错误的。"（《毛泽东选集》第1卷，人民出版社1991年6月版，第77页）所谓无产阶级对革命军队的思想领导，即是用无产阶级思想帮助官兵克服农民小生产者思想（包括破产的农民手工业者即游民无产者思想）。比如，用建立根据地思想克服流寇主义思想。毛泽东指出："历史上的黄巢、李闯式流寇主义，已为今日的环境所不许可。"（《毛泽东选集》第1卷，人民出版社1991年6月版，第94页）再如，用民主集中制思想克服极端民主化思想。因为极端民主化的来源，在于小资产阶级的自由散漫性，等等。《毛泽东选集》中的《关于纠正党内的错误思想》《为人民服务》等著作，都是思想建军的名篇。毛泽东对袁文才、王佐两支农民武装的改造，是这种思想领导的具体实践。

毛泽东关于古代农民战争和无产阶级领导下的农民战争两个历史范畴的理论，使中国革命战争避免了重蹈古代农民战争失败的覆辙，从而引导无产阶级领导下的农民战争走上了胜利的坦途。

井冈山斗争的初期,中央临时政治局、湖南省委、湘南特委有"左"倾错误思想的领导者,不仅在总体上不懂得党所领导的武装斗争即是无产阶级领导下的农民战争,因而把毛泽东带领的"农军"视为"梁山泊英雄";而且在具体政策上更不懂得农民战争中一个重要的方面是领导游民无产者,包括改造绿林好汉(土匪武装),因而极力谴责"农军"的"侠义行为",像周鲁那样视毛泽东的队伍有"土匪式的行为"。改造"土匪武装"问题,在无产阶级领导下的农民战争中,既是一个非常大的问题,也是一项十分细致的工作。毛泽东初上井冈山,就联合、改造和升编了王佐、袁文才两支绿林队伍,并不是突然的举动,他有一个认识和实践的过程。

我们知道,毛泽东和彭湃被瞿秋白称为中共"农民运动的王"。毛泽东曾于1926年和1927年上半年,两次开办农民运动讲习所,担任过中共中央农委书记,多次到湖南等地考察指导农民运动,写下了《中国农民问题》《国民革命和农民运动》《湖南农民运动考察报告》等一大批农运著作,对农民运动、对游民无产者、对土匪问题都有深切的了解。

毛泽东在1926年1月发表的《中国农民中各阶级的分析及其对于革命的态度》一文中说:"(游民)这一批人很能勇敢奋斗,引导得法可以变成一种革命力量。""对于游民无产阶级则劝他们帮忙农民协会一边,加入革命的大运动,以求实业问题的解决,切不可逼其跑入敌人的一边,做了反革命的力量。"

1927年3月至6月在武昌中央农讲所期间,毛泽东在其编印的《中国佃农生活举例》中说:"中国佃农比世界上无论何国之佃农为苦,是许多佃农被挤离开土地变为兵匪游民之真正原因。"

1927年8月7日,在中共中央紧急会议上,蔡和森提议增补毛泽东为政治局委员或候补委员,毛泽东推辞的理由竟是"我现在担任土匪工作,不能加入"。原来所谓"担任土匪工作",其实正是毛泽东此时担负着改造土匪的工作。

游民无产阶级中是包括土匪的。毛泽东在上井冈山以前,对土匪产生的原因,土匪对革命的两重态度和作用,党所应采取的政策等等,都有清楚明确的认识。所以,当他带领秋收起义队伍来到井冈山,遇到袁文才和王佐两支绿林队伍,有的同志主张武力吞并,毛泽东坚决反对这种主张,实行了联合、收编、改造的具体政策。毛泽东在实践中使他的理论得到验证,袁文才和王佐两支绿林队伍,经过改造已经成为工农革命军(后来是红军)的性质，在井冈山根据地的创建中立下了不可磨灭的功劳。

显然，毛泽东自己带领的"农军"不是"梁山泊英雄"式的队伍，他对收编的绿林队伍也进行了积极的改造。毛泽东认为自己的队伍与"山大王"的队伍是有区别的。秋收起义后毛泽东转兵井冈山，在文家市有人说他想当"山大王"，毛泽东说：

> 大家知道，历史上每一个朝代里都有山大王，可从来没有听说有谁把山大王彻底剿灭过。山大王没有什么主义，可我们是共产党，既有主义又有政策，山大王和我们比不上。（何长工：《伟大源于实践》，刊于《红旗》1979年第12期）

在共产党领导下，有主义、有政策、有办法、闹革命的"山大王"，本质区别于历史上的农民义军，也区别于各种绿林好汉，这是十分清楚的。袁文才和王佐的绿林队伍加盟以后，工农革命军中游民无产者成分增加，对此，毛泽东是采取了改造措施的，他在《井冈山的斗争》这篇写给中央的报告中写道：

> 红军成分，一部分是工人、农民，一部是游民无产者。游民成分太多，当然不好。但因天天在战斗，伤亡又大，游民分子却有战斗力，能找到游民补充已属不易。在此种情形下，只有加紧政治训练一法。……经过政治教育，红军士兵都有了阶级觉悟，都有了分配土地、建立政权和武装工农等项常识，都知道是为了自己和工农阶级而作战。因此，他们能在艰苦的斗争中不出怨言。（《毛泽东选集》第1卷，人民出版社1991年6月版，第63—64页）

毛泽东的思想、政策与实践，1927年12月中央致朱德的信和1928年中共六大对土匪武装不加区别一律"严厉镇压"的决议，把两者比较一下，孰是孰非，立马可见。正如毛泽东所担心的那样，对土匪如果不"讲究策略"，只"利用"，不"领导"，其结果是"逼其跑入敌人一边，做了反革命的力量"。

指责毛泽东带队伍上井冈山联合和改造绿林队伍，是"梁山侠义行为"，是"土匪式行为"，实在是错误的批判，这是十分明白的。可是这笔朗朗分明的历史旧账，到了改革开放的新时期，竟有人发表文章说这是"中国共产党人对毛泽东身上的水浒倾向的第一次察觉"（《毛泽东和这个世界》第379页），并作为毛泽东身上"民粹主义倾向"的证据，岂不令人百思不得其解。试想，中央临时政治局给朱德信中脱离实际的错误指示，湖南省委那位只知道强调"行动太右，烧杀太少"的特派员周鲁，当了逃兵又去恶人先告状的师长余洒度，与袁文才、王佐有私怨的永新县委、宁冈县委的负责人王怀和龙超清……由这样一些"共产党人"所"察觉"到的"毛泽东身上的水浒倾向"，经过革命胜利的检验，难道还能证明毛泽东的什么"错误"吗？

# 关于"民粹主义"的责难

> 新民主主义社会的基础是工厂（社会生产、公营的与私营的）与合作社（变工队在内），不是分散的个体经济。分散的个体经济——家庭农业与家庭手工业是封建社会的基础，不是民主社会（旧民主、新民主、社会主义，一概在内）的基础，这是马克思主义区别于民粹主义的地方。
> 《毛泽东文集》第3卷，人民出版社1996年8月版，第207页

在研究毛泽东的传记和论著中，有一种观点时而出现，那就是判定毛泽东思想具有民粹主义倾向、民粹主义因素，甚至简直就是民粹主义。学术上的讨论当然可以各抒己见，这个理论命题似乎于本书的主旨也没有什么联系，本不该涉及，但是，笔者所以写下这个题目，是因为有的文章在论述毛泽东的"民粹主义倾向"时，常把毛泽东阐释和解读《水浒传》的材料作为例证。如有篇文章，作者采取与美籍英国学者斯特尔特·施拉姆教授（政治传记《毛泽东》的作者）对话的形式，多处举毛泽东与《水浒传》发生联系的事例来阐述毛泽东的"民粹主义"，该文写道：

> 自从19世纪中期那批俄国知识分子提出"民粹主义"以来，后继者不乏其人。但是谁也没有权力，没有机会，更没有勇气在一个大国范围内将这一理论投诸实践。唯有毛泽东例外。他集权力、机会、勇气于一身，把7亿人口的国家搞成了一个巨大的文化试验室，结结实实地进行了一场民粹主义的大实验。
> ……
> 1917年中秋节，毛泽东和一群学生聚集在湖南第一师范后面的山上讨论救国之道。有些人提议进入政界，有些人提出利用今后当教员的职位来影响后几代，都遭到毛泽东反对。别人要他提

出办法,他答道:"学梁山泊好汉。"

刚好十年以后,毛泽东上井冈山,开始走上一条与此并非毫无相似之处的道路。(《毛泽东》,第24页)

这样崇拜底层社会的造反模式,本身就是一个民粹主义者题中应有之义。尽管毛泽东声称他已完成向马克思主义的转变,但在以后的造反道路上,他还是不断流露出这一"少年时代的热情"。1926年的文章是一例证,1927年在井冈山上对王佐、袁良才的收容和重用,则更为严重,当时即引起了中央委员会的深切忧虑。

躲在上海的中央委员会对这些旧式造反者并不像毛泽东那样有好感。相反,他们在收到关于毛的情况报告后深感不安。他们写信给朱德,要他与毛会合,以便纠正毛的错误。毛的主要错误就是他只像《水浒》中梁山泊的草莽英雄那样为民除害,而没有唤起民众自发地进行武装起义。(《毛泽东》,第103—104页)

把井冈山道路说成是马列主义与中国国情相结合的产物,并不过分。问题在于这一结论中,是否还结合了其他因素?这类因素很可能既是当初成功的必要条件,也是日后大灾大难的伏线。1927年12月中央委员会的信件,可以说是中国共产党人对毛泽东身上的水浒倾向的第一次察觉。40年后,在毛泽东天安门城楼上大招手的更为浪漫的姿态中,他们是否又嗅到了同样的气味呢?40年后他们的反应即使是正确的,但已为时过晚,再也没有新的力量可供调遣,与毛泽东的梁山习气相抗衡了。

1936年,毛泽东抵达延安,向全国各种力量发出呼吁,号召成立联合政府,共同抗日。引人注目的是,他于这年7月向国内哥老会发布的宣言。他甚至试图使哥老会的会员相信,他们的想法实际上是和中国共产党一致的,因为彼此都打富济贫,都反对外国压迫者而爱护本国同胞。(《毛泽东》,第164—165页)

人们可以认为这是一个马克思主义者的团结策略。但是在此之下,是否还有更深刻的联系呢?一条看不见的思想线联接在毛泽东的井冈山时代与延安时代之间。这条思想线到了延安整风时代将会看得十分清楚。他总是念念不忘《水浒》描写的那个下层农民集体造反的古老故事,也念念不忘潜行于现代社会之下的秘密会党,甚至坚持认为辛亥革命在南方的胜利是哥老会的胜利(《毛泽东》,第12页)。

这段"对话",值得讨论的党史、军史和中国现代革命史上的重大问题实在太多了,比如毛泽东"1926年的文章(指《湖南农民运动的考察报告》——引者注)"何以是民粹主义的"例证"?毛泽东于"1927年在井冈山对王佐、袁文才的收容与重用",何以是"更为严重"的民粹主义?井冈山道路何以"结合"了民粹主义"因素"?"躲在上海的中央委员会"1927年12月27日给朱德的信,指责毛泽东"像《水浒》中的梁山泊的草莽英雄那样",其内容是正确的吗?在毛泽东的井冈山时代与延安时代之间,真的有一条"看不见的"民粹主义的"思想线"联接着吗?这条民粹主义的思想线何以到了延安整风时代将会"看得十分清楚"?如果这一切都成立,那么中国革命的胜利是马克思主义的胜利,还是民粹主义的胜利?如果把这一系列中共党史上的重要事件,都纳入到民粹主义的范围,那么一部党史岂不要重写?为本文主题所规定,笔者不可能面面俱到辨析辩驳上述问题,把问号拉直。本文仅就"对话"所涉及的毛泽东、《水浒传》和民粹主义三者的关系,说点自己的意见。请看"对话"的有关论点和关键性词句:

"这样崇拜底层社会的造反模式,本身就是一个民粹主义者题中应有之义"。

"毛的主要错误就是他只像《水浒》中梁山泊的草莽英雄那样为民除害,而没有唤起民众自发地进行武装起义"。

"毛泽东身上的水浒倾向"。

"毛泽东的梁山习气"。

"他总是念念不忘《水浒》描写的那个下层农民集体造反的古老故事"。

阅读"对话"的这些内容,给人的强烈印象是:毛泽东民粹主义的政治特征、思想标志和文化性格,就是他身上的"水浒倾向"和"梁山习气",就是他念念不忘乃至崇拜的"底层农民集体造反"。似乎是因为解读、阐释和运用《水浒传》,才使毛泽东成为19世纪俄国民粹主义的"后继者",而且他还有"勇气"在一个数亿人的大国"结结实实地进行了一场民粹主义的大实验"。

《水浒传》岂不是罪孽深重?

毛泽东读《水浒传》岂不是贻害无穷?!

笔者不同意这些观点是不言而喻的事情。笔者觉得"对话"作者忽略了一个常识：毛泽东是怎样对待民粹主义的？他对待民粹主义的态度是否科学？回答了这个问题，也就明白了他身上的"水浒倾向"和"梁山习气"是不是民粹主义的证据。

民粹主义作为一种思潮，是19世纪六七十年代产生于俄国的一种小资产阶级唯心主义思想体系，是一种小资产阶级的社会主义思潮。当时资本主义在俄国已开始发展，但是小生产仍占优势。早期民粹主义的主要代表有拉甫罗夫等。他们代表小生产者的利益，以人民的精粹自居，提出"到民间去"的口号，企图发动农民推翻沙皇制度，因而有"民粹派"之称。否认资本主义在俄国发展的必然性，把无产阶级在俄国的出现看作是"历史的不幸"，认为农民是革命的主要力量，只要发展农民"村社"就可以过渡到社会主义；宣扬历史是"英雄"创造的，而群众只是"群氓"；否认政治斗争的必要性，主张采取个人恐怖手段。遭到失败后，大多数民粹主义者放弃了反对沙皇制度的斗争，堕落为自由主义的民粹派。八九十年代，自由主义民粹派的代表有丹尔逊、沃隆佐夫、米海洛夫斯基等。他们代表富农阶级的利益，与沙皇制度妥协，提出一些反动的"社会改造"计划交由沙皇政府实行。民粹主义的理论和实践，严重阻碍了马克思主义的传播和工人运动的发展。普列汉诺夫原为民粹主义者，后来接受了马克思主义，最早起来批判民粹主义。列宁做了大量的工作，从思想理论上彻底粉碎了民粹主义，并在实践上纠正了民粹主义。

谁也无法否认这样一个事实：毛泽东投身中国无产阶级革命以后，尤其成为中国共产党的领袖以后，在指导中国革命的实践中，批判民粹主义思潮是相当自觉的、坚强有力的。

民粹派作为小生产者的代表，企图在小生产基础上，通过发展农民"村社"过渡到社会主义，毛泽东明确地批判过这种观点。1944年8月，他在《致秦邦宪》的信中说：

> 新民主主义社会的基础是工厂（社会生产，公营的与私营的）与合作社（变工队在内），不是分散的个体经济。分散的个体经济——家庭农业与家庭手工业是封建社会的基础，不是民主社会（旧民主、新民主、社会主义，一概在内）的基础，这是马克思主义区别于民粹主义的地方。简单言之，新民主主义社会的基础是机器，不是手工。我们现在还没有获得机器，所以我们还没有胜利。如果我们永远不能获得机器，我们就永远不能胜利，我

们就要灭亡。

1927年以后一个相当长时间里，中国革命的工作重心必须放在农村，但是——

> 现在的农村是暂时的根据地，不是也不能是整个中国民主社会的主要基础。由农业基础到工业基础，正是我们革命的任务。（《毛泽东文集》第3卷，人民出版社1996年8月版，第207页）

当民主革命即将取得全国胜利时，毛泽东在党的七届二中全会上就及时提出把党的工作重心从农村转向城市，并且从原则上规划了中国从农业国转变为工业国，从新民主主义社会转变为社会主义社会的根本途径。

民粹主义否认资本主义发展的必然性，否认资本主义的历史作用，否定资本主义社会的发展阶段，主张由封建经济直接过渡到社会主义经济。毛泽东历来不赞成这种观点。他认为，与当时占统治地位的封建主义生产关系相比较，资本主义是一种进步的生产关系。在民主革命时期，中国的马克思主义者并不反对资本主义在中国的发展。当时中国所要做的事情，不是立即消灭资本主义，而是走"节制资本"的道路。这个思想，在党的七大会议上讲得最为明确。

1945年3月31日，毛泽东主持中共中央六届七中全会全体会议，会议讨论为中共七大准备的政治报告草案和党章草案，为召开中共七大作准备。毛泽东对政治报告草案做了说明，其中讲道：

> 报告中讲共产主义的地方，我删去过一次又恢复了，不说不好。关于党名，党外许多人主张我们改，但改了一定不好，把自己的形象搞坏了，所以报告中索性强调一下共产主义的无限美妙。农民是喜欢共产的，共产就是民主。报告中对共产主义提过一下以后，仍着重说明民主革命，指出只有经过民主主义，才能到达社会主义，这是马克思主义的天经地义。这就将我们同民粹主义区别开来，民粹主义在中国与我们党内的影响是很广大的。这个报告与《新民主主义论》不同的，是确定了需要资本主义的广大发展，又以反专制主义为第一。反旧民主主义也提了一下，军队国家化之类就是他们的口号，但不着重反对旧民主主义，因

蒋介石不是什么旧民主主义而是专制主义。资本主义的广大发展在新民主主义政权下是无害有益的,而且报告里也说明了有三种经济成分。国家资本主义在苏联也存在了几年,十月革命后列宁就想要有一个国家资本主义的发展而未得,富农存在得更久一些。(《毛泽东文集》第3卷,人民出版社1996年8月版,第275页)

毛泽东在中共七大所做的政治报告,收入《毛泽东选集》第三卷时,篇名为"论联合政府"。毛泽东在上引这段说明中,原则上讲清了马克思主义与民粹主义的根本区别。毛泽东的论断,如"只有经过民主主义,才能到达社会主义","资本主义的广大发展在新民主主义政权下是无害有益的",无疑是正确的,是马克思主义的结论。得出这个结论,不用说毛泽东是很用心地研究了马克思主义社会发展规律的理论,同时他还研究了列宁时代和苏联时代"国家资本主义"的历史和中国新民主主义社会的现实状况,他是在理论与实践的结合上说明问题的。因而,他的结论是科学的。

毛泽东还讲到自身在认识上的发展,他在说明中对比了中共七大政治报告与他在1940年写作的《新民主主义论》的不同,就在于报告"确定了需要资本主义的广大发展"。我们来看一下中共七大政治报告即《论联合政府》中的有关论述:

> 有些人不了解共产党人为什么不但不怕资本主义,反而在一定的条件下提倡它的发展。我们的回答是这样简单:拿资本主义的某种发展去代替外国帝国主义和本国封建主义的压迫,不但是一个进步,而且是一个不可避免的过程。它不但有利于资产阶级,同时也有利于无产阶级,或者说更有利于无产阶级。现在的中国是多了一个外国的帝国主义和一个本国的封建主义,而不是多了一个本国的资本主义,相反地,我们的资本主义是太少了。说也奇怪,有些中国资产阶级代言人不敢正面地提出发展资本主义的主张,而要转弯抹角地来说这个问题。另外有些人,则甚至一口否认中国应该让资本主义有一个必要的发展,而说什么一下就可以到达社会主义社会,什么要将三民主义和社会主义"毕其功于一役"。很明显地,这类现象,有些是反映着中国民族资产阶级的软弱性,有些则是大地主大资产阶级对于民众的欺骗手段。我们共产党人根据自己对马克思主义的社会发展规律的认识,明

确地知道，在中国的条件下，在新民主主义的国家制度下，除了国家自己的经济、劳动人民的个体经济和合作社经济之外，一定要让私人资本主义经济在不能操纵国民生计的范围内获得发展的便利，才能有益于社会的向前发展。

（《毛泽东选集》第3卷，人民出版社1991年6月版，第1060—1061页）

很清楚，这段论述中所批评的"一口否认中国应该让资本主义有一个必要的发展，而说什么一下就可以到达社会主义社会"的观点和主张，恰恰是民粹主义的货色。这在中共七大正式召开以后，毛泽东在大会上作口头政治报告时（1945年4月24日），讲得更为清楚：

在我的报告（指《论联合政府》——引者注）里，对资本主义问题已经有所发挥，比较充分地肯定了它。这有什么好处呢？是有好处的。我是在这样的条件下肯定的，就是孙中山所说的"不能操纵国民之生计"的资本主义。至于操纵国民生计的大地主、大银行家、大买办，那是不包括在里面的。在写具体纲领的时候，有人提出增加一条："没收大地主、大银行家、大买办的财产"。其实在全文里，引用了孙中山所说的"凡本国人及外国人之企业，或有独占的性质，或规模过大为私人力所不能办者，如银行、铁道、航路之属，由国家经营管理之"，意思已经有了。现在如果讲没收，就是要没收蒋介石、宋子文、孔祥熙这三家，那就不大好。所以我没有讲要没收他们的财产，但是这个意思也讲了，因为那是孙中山讲过的。在后头，我还要讲新的资产阶级民主革命，他们就是这个革命的对象，因为他们不是一般的资产阶级。所谓一般的资产阶级，就是指中等资产阶级和小资产阶级，也就是中小资产阶级。孙中山讲过的"操纵国民之生计"的特殊的资产阶级，则不在其内。将来我们的新民主主义，在大城市里也要没收操纵国民生计的财产，没收汉奸的财产（这一点，我在报告里已经讲过了）。我们是在这样的条件下，没收这些财产为国家所有的。另外，在下面我也说到要广泛发展合作社经济和国家经济，这二者是允许广泛发展的。

我们这样肯定要广泛地发展资本主义，是只有好处，没有坏处的。对于这个问题，在我们党内有些人相当长的时间里搞不清楚，存在一种民粹派的思想。这种思想，在农民出身的党员占多数的党内是会长期存在的。所谓民粹主义，就是要直接由封建经济发展到社会主义经济，中间不经过发展资本主义的阶段。俄国的民粹派就是这样。当时列宁、斯大林的党是给了他们以批评的。最后，他们变成了社会革命党。他们"左"得要命，要更快地搞社会主义，不发展资本主义。结果呢，他们变成了反革命。布尔什维克就不是这样。他们肯定俄国要发展资本主义，认为这对无产阶级是有利的。列宁在《两个策略》中讲："资产阶级民主革命，与其说对资产阶级有利，不如说对无产阶级更有利。"我们不要怕发展资本主义。俄国在十月革命胜利以后，还有一个时期让资本主义作为部分经济而存在，而且还是很大的一部分，差不多占整个社会经济的百分之五十。那时粮食主要出于富农，一直到第二个五年计划时，才把城市的中小资本家与乡村的富农消灭。我们的同志对消灭资本主义急得很。人家社会主义革命胜利了，还要经过新经济政策时期，又经过第一个五年计划，到第二个五年计划时，集体农庄发展了，粮食已主要不由富农出了，才提出消灭富农，我们的同志在这方面是太急了。（《毛泽东文集》第3卷，人民出版社1996年8月版，第322—323页）

为了说明问题，笔者不得不较多地引证毛泽东关于民粹主义的论述。谁都知道，党的七大在现代中国革命史上的地位太重要了，在这次大会上，毛泽东对民粹主义影响的批判，对必须经过民主主义到达社会主义、广泛发展资本主义的必然性和必要性等思想观点的阐述，是作为一个政党（不久将来的一个执政党）的政策确定下来的，也就是说，它不仅具有理论意义，而且具有实践意义，很快被贯彻到解放战争中的土地改革和城市接管等等具体革命实践中去了，而且影响了很长一个历史阶段。

上述这些事实告诉人们，毛泽东对19世纪下半叶俄国民粹派的历史，对民粹主义的定义和基本内涵，对列宁、斯大林的党同民粹派的斗争，对苏俄建设社会主义社会实践中让资本主义经济的存在和发展，对中国党内党外受到民粹主义影响的"很大"和"长期"，以及在实践中对民粹主义的影响的克服，都有着深刻的研究、清醒的认识和理论上、实践上的自觉。如果不是心存偏见，如果不是瞎说一气，那么，就该承认这些。事实证明，毛泽东是继列宁之后坚定的理性的科学的与民粹主义进行斗争的"后继者"。

结论是什么？结论只能是在构成民粹主义与马克思主义的基本区别点上，毛泽东都是坚持了马克思主义而与民粹主义根本对立的。无视上述基本事实，不征引毛泽东的上述言论，似乎他从来就没有对民粹主义做过明确的批判，仅仅根据他年轻时探讨"救国之道"时说句"学梁山好汉"，根据他身上的"水浒倾向"和"梁山习气"，根据他念念不忘下层农民的集体造反，就判定毛泽东思想具有"民粹主义倾向"，那样的话，施耐庵岂不成了民粹主义的最早鼓吹者了？这种论证问题的态度，是否太主观武断了？不能认为是严肃的、科学的、实事求是的。

# 只反贪官　不反皇帝

> 《水浒》这部书，好就好在投降。做反面教材，使人民都知道投降派。
>
> 毛泽东：《建国以来毛泽东文稿》第13册，中央文献出版社1998年1月版，第457页

说到毛泽东的解读和运用《水浒传》，有一件大事不能不提到，就是因他晚年与北京大学中文系教师芦荻关于《水浒》评论的一番谈话，客观上引发了一场波及全国影响巨大的评论《水浒》运动，史称"评《水浒》运动"。

1975年8月14日，毛泽东与芦荻关于《水浒传》评论的谈话，曾作为中共中央办公厅1975年第196号文件印发。《人民日报》9月4日发表的社论《开展对〈水浒〉的评论》中，引用了其中的第一、第二自然段的文字。中共中央1977年9月23日转发的《王洪文、张春桥、江青、姚文元反党集团罪证（材料之三）》中用黑体字引用了这篇谈话全文。1998年1月，以"关于《水浒》的评论"为题，收入中央文献出版社出版的《建国以来毛泽东文稿》第13册。全文如下：

《水浒》这部书，好就好在投降。做反面教材，使人民都知道投降派。

《水浒》只反贪官，不反皇帝。摒晁盖于一百零八人之外。宋江投降，搞修正主义，把晁的聚义厅改为忠义堂，让人招安了。宋江同高俅的斗争，是地主阶级内部这一派反对那一派的斗争。宋江投降了，就去打方腊。

这支农民起义队伍的领袖不好，投降。李逵、吴用、阮小二、阮小五、阮小七是好的，不愿意投降。

鲁迅评《水浒》评得好，他说："一部《水浒》，说得很分

明：因为不反对天子，所以大军一到，便受招安，替国家打别的强盗——不'替天行道'的强盗去了。终于是奴才。"（《三闲集·流氓的变迁》）

金圣叹把《水浒》砍掉了二十多回。砍掉了，不真实。鲁迅非常不满意金圣叹，专写了一篇评论金圣叹的文章《谈金圣叹》（见《南腔北调集》）。

《水浒》百回本、百二十回本和七十一回本，三种都要出。把鲁迅的那段评语印在前面。

毛泽东晚年这次评论《水浒》，在他生前，已经由文艺评论活动，延展为一场政治运动；在他逝后，人们仍然对此众说纷纭，莫衷一是。这种现象在《水浒》评论史、接受史、传播史上，虽然不能说是空前绝后的，但也是绝无仅有的。毛泽东评论《水浒》到底是怎么回事？怎样看待其中的是是非非？从中能引出一些什么样的经验教训？历史已经沉淀二十余年，笔者曾经不遗余力就此收集文献资料，反复思考其间诸多问题，想把事情说明白，把道理论清楚，贡献意见于读者。

## 毛泽东：《水浒》专门反对贪官

"风起于青苹之末"，毛泽东1975年夏季对《水浒》的评论，并非空穴来风，它也渊源有自，有其时代背景和人文环境。笔者在《宋江招安不足为怪》一文的《重视宋江形象讨论》一节，叙述过新中国成立后到"文革"前毛泽东对《水浒》评论尤其是对宋江评论的关注。虽然"文革"初期，中断了对《水浒》的评论，可是到了1972年，由于有的高等学校又开始复课招生，当时的出版部门又重印了七十一回本《水浒》，于是在大学里和社会上就又出现了评价《水浒传》的文章和书籍。刚开始出现的论点，基本上沿用1963年和1964年出版的两部《中国文学史》中的观点，对《水浒传》一书的总的评价则可以说是沿用1954年冯雪峰的权威性论点：认为《水浒传》是描写农民革命的"英雄史诗"，是封建时代农民革命的"教科书"。认为宋江是一个思想性格充满矛盾的人物，具有两重性。

1973年以后，各地陆续出版、发表了一些评论和讨论《水浒传》的著作和文章，数量不多。对小说中的宋江形象，多数文章给予否定；而对于整个《水浒传》明确地持否定态度的，只有个别文章。《水浒传》是一部什么样的书？有人认为《水浒传》只反贪官，不反皇帝，丑化李逵，否定以李逵为代表的路线，全面肯定宋江，宣扬招安投降的道路。因此，它不是一部好书，应当批判。也有人认为《水浒传》是农民起义的教科书。因为它揭示了"官逼民反"，"乱自上作"；正面描写并歌颂了农民起义；使被压迫人民的高大形象第一次大规模地在文艺领域得到表现；在明、清两代农民起义军中广为流传，起过积极作用。还有一种观点认为，《水浒》歌颂了农民起义的反封建行动，却又通过宋江形象宣扬了孔孟之道；既冲击了封建意识形态，又以招安为目的，不能全面肯定，也不能全面否定。

　　对宋江形象的评论，观点分歧很大。多数文章认为《水浒传》中的宋江与历史上的宋江不同，是儒家的信徒，农民起义的叛变者，封建统治者的忠实走狗。宋江和大地主、大官僚之间虽有矛盾，但根本利益是一致的，从未超越统治阶级内部斗争的范围。他上梁山，为的是捞取向封建统治者讨价还价的资本。上山后，篡夺了领导权，推行了一条投降主义路线。在思想上宣扬"天命"和"忠君"，在政治上改"聚义厅"为"忠义堂"，鼓吹"造反有罪"；在组织上重用地主阶级上层人物，排斥革命农民。最后，在起义胜利的情况下主动投降，并镇压方腊起义军，两手沾满人民的鲜血。当然也有人认为宋江是个正面人物。主要理由是他上梁山后打击了封建势力，扩大了革命影响，促进了起义军内部的团结，因有组织和军事才能而受拥戴。虽然他有妥协动摇的一面，把忠君招安思想带进革命阵营，但仍不失为一个农民起义领袖的形象。还有的文章认为宋江的思想性格充满了深刻的矛盾，既同情人民，憎恨贪官，又有浓厚的封建正统观念和忠君思想；既是梁山农民起义事业发展兴盛的一个重要因素，又是起义军变质的一个重要因素。

　　有的文章分析了梁山义军受"招安"结局的成因。有的观点认为这是小说作者自己的阶级局限造成的，使得李逵等人的反抗路线没有能在梁山上占统治地位。而否定李逵为代表的革命路线，宣扬投降道路，是由作者世界观中的孔孟之道和"忠义"观念所决定的。或者认为作者生活的时代民族矛盾尖锐，他想把宋江塑造成一个既敢反贪官、又能抗外侮的英雄，因而对宋江的投降路线采取了错误的态度，写成了"招安"的结局。还有的观点认为这是农民起义本身的阶级局限和历史局限造成的。在封建社会里，农民的生活地位决定了他们不可能提出一种比封建制度更先进的制度，在孔孟之道毒害下也不可能完全摆脱忠君思想。

　　毛泽东终生喜欢看报、阅刊、读书，1972年至1973年文学界对《水浒传》的评论，是否影响了他的思想，不得而知。但是，此时他的两次谈到《水浒传》，与学术界的评论则是呼应的。

1973年12月21日，八大军区司令员对调，毛泽东接见出席中央军委会议的人员时，谈话中说：

《水浒》不反皇帝，专门反对贪官，后来接受了招安。

1974年毛泽东长住武汉，身边机要秘书张玉凤于工作间隙读《水浒传》，毛泽东对她也说过：

宋江是投降派，搞修正主义。（陈晋：《毛泽东之魂》修订本，1997年9月版，第162页；福贝：《毛泽东评〈水浒〉真相》，《中国青年报》1988年9月24日）

1974年还发生这样一件事情：《北京日报》的一位负责人名解玉珍，她到北京大学中文系约写一篇评论《水浒传》的文章，定下的调子是《水浒传》"只反贪官，不反皇帝"。教研组的老师们平时讲《水浒传》大都认定其是"农民起义的教科书"，因而按照"调子"写的文章很勉强，报社不满意没有发表。文章虽然搁浅，但说明此时毛泽东的意见已经传达到社会上，有人已闻风而动。

果然，评论《水浒》的调子有了变化。1974年初，有人对1973年以前《水浒传》评论提出异议；或者由同一作者马上又另外撰文改变了几个月以前的观点。有的指出："《水浒》歪曲了历史上宋江起义的真实情况，按照地主阶级的如意算盘，塑造了一个作为全书主脑的、艺术形象的宋江，鼓吹了一条占压倒优势的投降主义路线，安排了招安、平方腊等一系列故事情节。所以，就小说作者所歌颂的投降主义路线来说，《水浒传》是瓦解农民起义的一部小说。"（《从〈水浒〉的路线斗争吸取历史经验》《南开大学学报》1974年第2期）有的说："《水浒传》是株大毒草，作者施耐庵是不造反的。他恨元朝不搞招安政策……他想让元朝学习宋徽宗。……《水浒》必须批判。……过去统治阶级……出版过各种版本，戏剧、词曲、说唱，流传很广，这说明了统治阶级是提倡的。……我们对《水浒》的思想性必须予以否定。……我们不能学习冒牌的起义者宋江。""宋江是农民革命的叛徒，不是农民革命的英雄"。（《评〈水浒〉》刊于《书刊资料》，天津师范

学院图书馆编，1974年6月第18期）

毛泽东1973年和1974年这两次关于《水浒传》的评论，尽管话不多，但有四点值得注意：一是毛泽东关注到文学界对《水浒传》的讨论；二是对《水浒传》的主导思想倾向，毛泽东的看法正是"只反贪官，不反皇帝"，"宋江是投降派"；三是评《水浒》与当时的政治生活内容——反对修正主义挂起钩来，或者说是为了防修反修而评论《水浒》，尽管都是即兴之语，可确实是他那个时期政治心态的真实流露；四是毛泽东对《水浒传》的思想观点，又反过来影响了文学界学术界对《水浒传》的评论。这可说是1975年评论《水浒》的雏形。

## 芦荻：毛主席评《水浒》没有别的意思

"评《水浒》运动"在全国掀起轩然大波，即使政治经验丰富的人，一时也不知道这个运动何以兴起，要达到什么目的，那种全国新闻媒体一齐上阵的阵势，更叫人悚然心惊，以为又要有骇人的政治风暴。粉碎"四人帮"以后，在拨乱反正中对"评《水浒》运动"有了种种说法，其焦点之一就是毛泽东关于《水浒》评论的谈话到底是怎么回事，相关的各种文章、著作说法不一，有人甚至说谈话是芦荻"炮制"的，是芦荻直接"送给姚文元"的，等等。而当事人芦荻由于众所周知的原因，只能暂时保持沉默。

毛泽东当年"评《水浒》运动"的谈话具体是怎么回事？他的初衷是什么？"评《水浒》运动"是怎样兴起的？解铃还须系铃人，此事有必要听听当事人芦荻的说法。1974年，毛泽东因目疾，派人请北大中文系教师芦荻陪他读书。据笔者所见，芦荻对毛泽东"评《水浒》"谈话有三次回忆。1978年底，新华社记者杨建业采访了芦荻。是年12月29日，杨建业的专访《在毛主席身边读书——访北京大学中文系讲师芦荻》发表在《光明日报》上。其中一段是：

> 8月13日，芦荻向主席请教《三国演义》、《红楼梦》和《水浒》等几部古典小说的评价问题。这天，主席先谈了《三国演义》、《红楼梦》等几部书，接着又谈了《水浒》。芦荻请教主席："《水浒》一书的好处在哪里？应当怎样读它？"主席便讲了那些后来发表的评《水浒》的话。毛主席对《水浒》的评论全文，是芦

获奉命整理的,所据完全是毛主席当时手书的原文和谈话的记录。

芦荻告诉记者:毛主席评《水浒》,完全是对《水浒》这部小说讲的,并没有别的意思。1975年9月底,她在离开中南海以前,就曾给主席医疗组的同志讲了怎样理解毛主席评《水浒》的课,讲课中特意说明:现在有人说党内有投降派,要抓现代的投降派,毛主席完全没有那个意思。

这段回忆当然是为了以正视听,核心是强调《关于〈水浒〉的评论》"所据完全是毛主席当时手书的原文和谈话的记录",这就打破了谈话是芦荻"炮制"的说法;再者强调谈话"没有别的意思",即没有"抓现代投降派"的用意,这就揭露了"四人帮"利用"评《水浒》运动"另做文章搞阴谋政治的老底。但是,专访也许受体裁和发表时机的限制,失之太短,许多内容语焉不详,不能满足人们想详细了解"评《水浒》运动"谈话来龙去脉的心情。

20世纪90年代初,上海作家叶永烈专访了芦荻,采访记《读讲诗文的芦荻》收入1994年出版的《毛泽东的秘书们》一书。关于毛泽东"评《水浒》"谈话的细节,叶先生作了大段描写:

> 1975年8月14日凌晨2时(应是8月13日晚,谈完话的时间是次日凌晨——引者注),芦荻接到毛泽东秘书的电话,说是要她过来读书。芦荻迅即前往毛泽东住处。
>
> 那天,毛泽东刚忙完公务。他跟芦荻又聊起了古典文学问题。像往常一样,毛泽东谈着,她拿出笔记本记录。有时,遇上听不清楚的话,毛泽东在纸条上写几个字。芦荻的记录清楚表明,那天毛泽东先是谈李白,然后谈柳宗元,接着谈起了《红楼梦》,又从《红楼梦》把话题转到《三国演义》和《水浒传》。毛泽东完全是在那里即兴漫谈,想到什么说什么,发表着他对中国古典文学的见解。
>
> 当毛泽东提及《水浒传》,芦荻猛然记起一桩往事:
>
> 那是去年——1974年,《北京日报》一位姓谢(?解)的负责人,忽地来到了北大,向中文系约写一篇评论《水浒传》的文章。约稿时,定下了调子。说《水浒传》"只反贪官,不反皇帝"。芦荻当时也在座。她感到不可理解,因为学术界向来对《水

浒传》评价颇高，称它是"农民起义的教科书"，甚至称为"千古不朽的农民运动的史诗"，如今怎么变成"只反贪官，不反皇帝"了呢？她觉得无法按照这样的调子写评论《水浒传》的文章，可是又隐隐约约感到那话很有"来头"。她追问是谁说的话，《北京日报》的负责人不肯说出来是谁。……既然是上边布置下来的"任务"，教研组里还是进行了讨论。教师们都觉得根据那八个字很难下笔。后来勉强写成了，《北京日报》大抵不满意，没有发表。芦荻风闻，那八个字是毛泽东在一次谈话中说及的。《北京日报》"闻风而动"，所以到北大中文系约稿……

既然毛泽东鼓励她提问题，这时，芦荻就问道："主席，听说你讲过《水浒传》'只反贪官，不反皇帝'？"

毛泽东点了点头说："那是我在政治局扩大会议上讲的。"

这时，坐在一旁的张玉凤也插话说："去年在武汉时，我正读《水浒传》。主席见了，对我说过，'宋江是投降派'！"

于是，芦荻请毛泽东详细谈谈应当怎样读《水浒传》这部书。

这样，也就引发出毛泽东的一大段议论。

芦荻的笔，沙沙地作记录，记下了毛泽东的话。

后来，芦荻这么回忆：

"主席讲《水浒传》时，谈笑风生，和蔼幽默。就该书的主导的政治倾向问题，他反复举例，细致地进行了分析……

"主席非常推崇鲁迅，每次谈话，都要提到他。当他听我说北大中文系正在修改小说史稿时，便说，鲁迅评小说评得好，要好好学习鲁迅的思想观点。他更盛赞鲁迅在《流氓的变迁》中对《水浒传》的评论，称赞鲁迅的评论精神，对金圣叹的腰斩《水浒传》和大量发行的这一腰斩本即七十一回本，十分不满……"

毛泽东说，应该出全本——百回本，叫出版部门印行。他说，印行百回本，让读者了解故事的始末，了解全貌，知道梁山好汉们怎样兴而又怎样败，还其本来面目，让读者知道堡垒最容易从内部攻破。

芦荻忙于记录。她觉得毛泽东的见解，颇为深刻。她只是从学术的角度，理解毛泽东的话。

张玉凤毕竟是秘书，她从秘书的角度考虑问题。她以为，毛泽东的话就是指示。毛泽东说要印百回本，那就应当加以执行、贯彻。于是，她问毛泽东："主席，要不要通知出版界，把百回本的《水浒传》印出来？"

毛泽东答道："好。"

这时，张玉凤便对芦荻说："芦老师，你把主席的指示，写一下吧。"

芦荻从未起草过文件之类，她遵照毛泽东的意思，写下他的这么一段话：

"《水浒传》百回本、百二十回本和七十一回本，三种都要出。"

毛泽东补充道："要不要把鲁迅的那段评语印在书的前面？"

芦荻遵嘱加上了一句："把鲁迅先生的《流氓的变迁》中的那段话印在卷首。"然后送给张玉凤。

这时，毛泽东说："我要休息了，今天就谈到这里。"

张玉凤赶紧把芦荻记录的毛泽东的那两句话，递给毛泽东。毛泽东看毕，微微颔首。

芦荻站了起来，告退。

毛泽东朝她挥了挥手，道："好，再见！"

这时，张玉凤对她说："芦老师，请你在书房里等一下。"

于是，芦荻来到毛泽东书房，坐在她的书桌前。平日，他给毛泽东读完后，也总是在那里再看一会儿书……

芦荻在书房里看了一会儿书，张玉凤进来了，说道："芦老师，刚才我问主席，除了把鲁迅的评语印在各种版本的《水浒传》前面，要不要把主席对《水浒传》的意见整理一下，也印在前面？主席同意了。芦老师，请你把主席对《水浒传》的评语马上整理出来。另外，主席说，把鲁迅的那段话也写上。"

这时，毛泽东睡了。芦荻在毛泽东的书房里，整理着毛泽东刚才的谈话记录——她压根儿没有想到，这份谈话记录会在全国"掀起"一番"运动"！

芦荻把毛泽东关于《水浒传》的谈话，择其主要观点，按照记录原文，整理出来。全文如下：（略，已见前引——引者注）

整理完毕，由于毛泽东正在安憩，芦荻只得仍在书房里待命。大约8月14日下午二时光景，张玉凤来到书房，取走芦荻整理好的毛泽东谈《水浒传》记录，然后去毛泽东卧室。俄顷，张玉凤来，说毛泽东看过了，认为可以。张玉凤请她誊清一份。很快,芦荻誊毕,张玉凤带着她步入毛泽东卧室。毛泽东躺在床上。

芦荻把誊清稿递给毛泽东。毛泽东戴上老花眼镜,一行一行地看,看得很认真。芦荻和张玉凤侍立于床前。

毛泽东看毕,说了声"可以"。于是,芦荻退出,又回到书房。过了两个来小时,令人吃惊的事发生了:张玉凤请芦荻校看一下文件。芦荻一看,上面印的就是她整理的毛泽东评《水浒传》谈话记录。

"这么快就印出来!"芦荻惊讶不已。

张玉凤微微一笑。印刷毛泽东指示的速度,当然要比学校里印讲义的速度不知高出多少倍。

作家叶永烈比记者杨建业提供了较多的内容和细节,他重点描写了毛泽东"谈话"的过程和芦荻"整理"记录的细节,大体上恢复了这件事的历史本来面目,使读者了解到"谈话"后面的"内幕新闻"。

又过了4年,43集电视连续剧《水浒传》面世,1998年元旦春节期间正在热播。也许是由于这个文化背景,《文学理论与批评》杂志的记者专程采访芦荻,其文章的题目就是"毛泽东评《水浒传》的前前后后",可见作者的用意也在于搞清这件事的前因后果:

记者:芦荻老师,非常感谢您能接受我们的采访。今年年初43集电视连续剧《水浒传》在中央电视台黄金时段播映以来,在社会各界产生了意想不到的反响。《水浒传》、梁山英雄、起义、宋江招安和反招安等等成为大家普遍议论的话题。自然,许多人也因此回想起当年毛泽东主席关于《水浒传》的重要评论。您当年在毛主席身边,陪主席读书,是主席评《水浒传》那段历史的重要参与者和见证人。我们想请您详细地回顾一下当年的情况,包括一些细节,以使今天的读者能对毛主席当年有关评论的方方面面有一个全面的真切的了解。

芦:好。还是在1974年的时候,当年引导我参加革命的解玉珍在《北京日报》工作。当时我们正在写中国古代小说史,解玉珍到北大来,要我们写评《水浒传》的文章,她说《水浒传》"只反贪官,不反皇帝",让我们就按这八字精神写。我们知道这是上面的精神,猜想很可能是毛主席说的话,但问解玉珍详细的情况，她不说。建国以来，一直是把《水浒传》当作农民起义的教科书来看，现在又说它"只反贪官，不反皇帝"。我们不得要领，三易其稿，还是没有通过。

我1975年4月进中南海，替毛主席读书。主席7月22日做了白内障摘除手术，一只眼睛复明。8月13日晚，张玉凤同志也在旁边。我向主席请教关于几部中国古典小说的评价问题。主席先谈了《三国演义》，特别谈了理学家骂曹操是"国贼"，这是因为曹操篡汉。其实，汉祚之移不在曹，而在黄巾起义。主席还说，理学家很虚伪，但朱熹是一位大学问家，要读他的书。又谈起《红楼梦》，我说只读了一遍半，高鹗的续书不喜欢读。主席说，我读了5遍，要读后来的部分，还特别谈了封建社会中妇女的命运问题。

然后又谈到《水浒传》。我问主席：《水浒传》"只反贪官，不反皇帝"这句话，是不是你说的？主席哈哈一笑，说是他在武汉政治局扩大会议上讲的。我问主席，《水浒传》第十九回写阮小五在船上唱歌，不是也说"酷吏赃官都杀尽，忠心报答赵官家"吗？像阮小五这样出身的人，不也是只反贪官，不反皇帝吗？主席听了，笑我呆，说，这绝不是阮小五说的话，这是后人加上去的，你读《水浒传》要分析。我问，既然只反贪官，不反皇帝，那么《水浒传》还有什么好的呢？主席接着说："《水浒》这部书，好就好在投降。做反面教材，使人民都知道投降派。"他又说，三阮是反皇帝的，李逵、鲁智深、武松是要造反的。我们接着又谈到《水浒传》的版本，有七十一回本、百回本、一百二十回本。当时社会上流行的是七十一回本。主席说，一定要读全传，还说《水浒》只反贪官，不反皇帝。摒晁盖于一百零八人之外。宋江投降，搞修正主义，把晁的聚义厅改为忠义堂，让人招安了。宋江同高俅的斗争，是地主阶级内部这一派反对那一派的斗争。宋江投降了，就是打方腊，等等。主席说，千古尽是不平事。压迫太深，所以要反抗。他还特别肯定了鲁迅在《流氓的变迁》中对《水浒传》的那段评价，即"一部《水浒》，说得很分明：因为不反对天子，所以大军一到，便受招安，替国家打别的强盗——不'替天行道'的强盗去了。终于是奴才"。主席说，鲁迅讲得那么精彩，可惜学术界没有引起重视。还说，要重新出版《水浒传》全传，而且要贯彻鲁迅的精神，把鲁迅那段话印在书的前头。

> 因为主席指示要出全传，所以才有了批示。当时主席发音很困难，湖南口音又重。平时谈诗词，因为我背诵的作品很多，所以一般都能听懂。但主席有时怕我听不懂，就用铅笔写。关于《水浒传》的批示，是我根据主席的谈话记录整理的。当时主席也怕我听不懂，用铅笔写了好几个字和句子。我把整理稿给主席看，主席靠在床上，拿着铅笔逐字看了，抬起头，冲我摆手，说：好，就这样！于是就形成了关于《水浒传》的批示。这时已经是8月14日凌晨2点。我到外间房里帮助写信封，因为主席的批示要发给姚文元，他当时是主管宣传工作的。很快姚文元办公室就送回了打印稿，并附有姚的一封信，说明要贯彻主席的批示。我发现，姚已经开始歪曲主席的原意。另外我在校对时，发现主席原来写的"摒晁盖"的"摒"字被改成了简体的"屏"字，就坚持要改回来，认为应当完全忠实于主席的原文，还把主席写给我的那张字条附在了退给姚办的信封里。

芦荻第三次回忆，补充了毛泽东谈《三国演义》和《红楼梦》的具体内容，补充了谈《水浒传》涉及阮氏兄弟是否"反皇帝"等内容（这是正式发表的"谈话"记录中没有的），还说到毛泽东手书的"摒晁盖"的"摒"字被改成简体的"屏"字，她坚持改回来。综合这三次回忆，应该说我们对毛泽东"谈话"的情形和初衷有了较为全面的准确的了解。可以排除一些无稽之谈和不经之论。曾经有人怀疑芦荻关于毛泽东评《水浒》谈话记录整稿有舛误。为此，芦荻曾于1981年致函首届全国《水浒》讨论会，"她写道：对毛主席的话，我是如实地记录下来的，连一个标点符号也未敢改动"（《湖北大学报》1993年12月25日），证之各方面材料，芦荻此言不虚。

## 姚文元：充分发挥这部"反面材料"的作用

姚文元是那时的"舆论总管"。毛泽东关于"评《水浒》"的谈话记录，关于出版《水浒全传》的最新指示，首先送到他那里。

8月14日当天，姚文元很快给毛泽东写了"请示报告"。三个小时之后，姚文元的"请示报告"即送到毛泽东手中。他在报告中说：

接到主席关于《水浒》的评论后，觉得这个问题很重要。从发展马克思主义文艺评论的需要看，开展对《水浒》的评论和讨论，批判《水浒》研究中的阶级斗争调和论的观点，是很需要的。主席的批评揭露了《水浒》宣扬投降主义路线的本质，指出了宋江搞修正主义的真面目……这不但对于古典文学研究，对于整个文艺评论和文艺工作，而且对于中国共产党人，中国无产阶级、贫下中农和一切革命群众在现在和将来，在本世纪和下世纪坚持马克思主义、反对修正主义，把毛主席的革命路线坚持下去，都有重大的、深刻的意义。应当充分发挥这部"反面教材"的作用。

为执行主席提出的任务，拟办以下几件事情：

一、将主席批示印发政治局在京同志，增发出版局、《人民日报》、《红旗》、《光明日报》，以及北京市委大批判组谢静宜和上海市委写作组。附此报告。

二、找出版局、人民文学出版社同志传达落实主席指示，做好三种版本印上鲁迅评论的工作。我还看到一种专供儿童青年读的《水浒》，是根据七十一回本改的六十五回本，也要改写前言，增印鲁迅的话，否则流毒青少年。

三、在《红旗》上发表鲁迅论《水浒》的段落，并组织或转载评论文章，《人民日报》、《光明日报》订一个计划。（摘录自《建国以来毛泽东文稿》第13册《对姚文元关于开展对〈水浒〉评论的报告等的批语》一文的注释，中央文献出版社1998年1月版，第459—460页；陈晋：《毛泽东与文艺传统》，中央文献出版社1992年3月版，第170—171页）

毛泽东在这个"请示报告"上批示"同意"。

8月18日，姚文元将《人民日报》《光明日报》讨论情况及初步规划各一份送毛泽东审阅，毛泽东阅后再次批示："同意"。

9月2日，姚文元在《人民日报》社论《开展对〈水浒〉的评论》送审稿上写道："《人民日报》拟发一短社论，引用主席的一段评语，现送上，请审批。"毛泽东当天在送审稿上批示："送小平、春桥阅。这样，可不发内部指示了。"（《建国以来毛泽东文稿》第13册，中央文献出版社1998年1月版，第459页）

邓小平时任中共中央副主席、国务院副总理。张春桥时任中共中央政治局常委、国务院副总理。

这篇社论两天后发表在《人民日报》上。社论引用了《关于〈水浒〉的评论》的前两段话，用黑体排出，这是当时发表毛泽东"最高指示"的习惯做法。毛泽东的第三次批示，耐人寻味。他要求将社论稿送给邓小平、张春桥阅，显然是想争取党内高层领导对评论《水浒》的拥护和支持。有了社论传达"最新指示"，就可以不发内部指示，似乎又有不发表"谈话"全文，不进行党内动员，适当控制运动规模和深入程度的意思。

"舆论总管"可不去细考虑这些，他抓到了尚方宝剑，完成了"合法手续"，就"一朝权在手，便把令来行"，把一次纯粹的个人之间的学术漫谈，转瞬之间演变成一场全党全国人民都卷入进来的、空前规模的"评《水浒》运动"，导演了一幕幕舆论战：

《红旗》杂志1975年第9期发表了姚文元亲笔修改的短评《重视〈水浒〉的评论》，又在"用《水浒》做反面教材，使人民都知道投降派"的总标题下，发表了一组评《水浒》的文章，作为"样板"。《人民日报》当即在8月31日予以转载。

9月4日，《人民日报》发表了社论《开展对〈水浒〉的评论》。

有了毛泽东的"最高指示"，有了《红旗》评论，有了《人民日报》社论，才短短几天，就在全国掀起了评《水浒》的"高潮"。一时间，大报小报评《水浒》，大会小会评《水浒》，工人农民评《水浒》，亿万人民评《水浒》。

"舆论总管"发起这么个"热潮"，究竟干什么呢？且看他亲自组织的评《水浒》"范文"的内容：

《红旗》短评《重视对〈水浒〉的评论》中说："宋江对晁盖起义路线的'修正'，是对农民革命的背叛，从这个意义上说，也就是搞修正主义。而《水浒》正是肯定了赞美了宋江的修正主义。""宋江的反革命道路证明：搞修正主义，必然要当投降派，出卖革命，充当反动派的走狗。这是一切修正主义者的特点。""充分开展对《水浒》这部书的批判，充分发挥这部反面教材的作用，使人民群众都知道投降派的真面目。""从古代投降派宋江身上，可以看到现代投降派的丑恶面目。"

8月31日，《人民日报》发表署名为"竺方明"的长文《评〈水浒〉》。文章说："在社会主义历史阶段，要反修防修，坚持无产阶级专政下的继续革命，就必须知道投降派，识别投降派，反对投降派。"

《人民日报》社论《开展对〈水浒〉的评论》，更明确地提出：评论

《水浒》"是我国政治思想战线上的又一次重大斗争,是贯彻执行毛主席关于学习理论、反修防修重要指示的组成部分"。评论《水浒》的主题就是批判否定"文化大革命"的"投降派"。

对比一下就会知道,如果说毛泽东的评论《水浒》还只是着眼于小说的主导政治倾向,着眼于主要人物的社会认识价值,而"舆论总管"《水浒》评论的"头排炮弹"的"弹着点",则是揭露"现代投降派的丑恶面目",他把评论《水浒》定性为"我国政治思想战线上的又一次重大斗争",其目的只在于知道、识别和反对投降派。

小说中的宋江已经微不足道,他们只是要抓出现实生活中的"宋江"。

1975年11月,随着"反击右倾翻案风"运动的出现,"评《水浒》"又与揪"党内资产阶级"结合起来,其斗争矛头更集中地指向接替周恩来主持中央日常工作的邓小平。姚文元在发表于《红旗》杂志1976年第1期的《评论〈水浒〉的现实意义》中加过一段话:"毛主席关于评论《水浒》的指示特别强调了领导权的重要性。'摒晁盖于108人之外',就是修正主义者宋江篡夺了领导权,排斥了革命派晁盖。"《水浒》摒晁盖于一百零八人之外,只是作者出于结构上的考虑,与小说人物宋江毫不相干。姚文元的话给人的感觉是宋江为夺权而排斥晁盖,这是偷换命题。他这样说,其字面后的文章显然是为了影射攻击邓小平。

1976年1月周恩来逝世后,随着"四人帮"篡党夺权步伐的加快,"反击右倾翻案风"运动发展为"批邓、反击右倾翻案风"运动,他们所一直没有舍弃的评《水浒》运动也随之升级加温。1976年3月10日,姚文元在《人民日报》社论中,亲笔加上这样的话:"正同《水浒》中的宋江在农民起义队伍中却代表地主阶级一样,走资派名为'共产党员',实际上代表党内外的新旧资产阶级。""四人帮"控制下的舆论工具,也纷纷炮制文章,叫喊要"揪宋江式的走资派",许多地方刮起了一股股揪"投降派",抓"活宋江"的妖风。

评《水浒》的延续与当时的"批邓、反击右倾翻案风"一起,构成了"文化大革命"这场内乱走向穷途末路的回光返照。姚文元之流对毛泽东评《水浒》谈话意图的歪曲和利用,不仅加重了"十年内乱"中的灾难,也加重了毛泽东晚年的错误。

其实,姚文元在"文革"以前,也曾评过《水浒》。看看当年姚文元对《水浒》的意见,对于认识他的政客作风很有裨益。

姚文元当年的见解,与毛泽东评《水浒》谈话的观点大相径庭:

"《水浒》……在生动的形象中所显示的斗争策略和战术,在历代农民运动中发生过某种教科书的作用,很多农民革命领袖从《水浒》中吸取了封建时代被压迫人民向统治阶级进行武装斗争的经验。"(《论艺术作品对人民的作用——美学笔记之五》《上海文学》1961年第11期)

"真正歌颂劳动人民的艺术作品,从《水浒传》到《悯农诗》,都是不朽的。"(《歌颂劳动的诗篇是不朽的》,《冲霄集》,作家出版社1958年版)

据说,偏见比无知离真理更远。没必要说当年姚文元对《水浒》的见解是不高明的,可见,当他陷入帮派利益的泥潭而不能自拔时,他的良知也泯灭了,而自觉不自觉地走入了肆意曲解和私心利用毛泽东指示的死胡同。

## 江青:《水浒》的要害是架空晁盖

曾因结成"四人帮"和大反"经验主义",受到毛泽东、邓小平和叶剑英等中央领导多次严厉批评,不得不写检讨,而后一度销声匿迹了的江青,借评《水浒》之机又猖狂起来。评《水浒》运动的发动是"四人帮"开始反扑的标志。

其实,江青也曾经像姚文元一样,肯定过《水浒》,从来没有把它当过"反面教材";肯定过宋江,从来没有把他当过"投降派",甚至为他的被招安给予辩解。就在两年前,江青还曾吹捧过宋江。

那是1973年1月,日本松山芭蕾舞团团长清水正夫一行9人来华学习舞剧《红色娘子军》。行前受日本国际放映公司委托,为该公司筹拍《水浒》电视片学习武打动作,以便回去传授。中国人民对外友协与有关单位研究后,以教授旧戏武打实有困难为由婉拒这一请求。但江青却对此事异常热心,又安排观摩,又赠送拷贝。1973年2月2日,江青对日本友人谈到宋江是农民起义领袖,后来被招安了。日本方面认为江青是把宋江看作了"两面派人物"。

江青看到有关简报后予以否认,并于2月22日召集中联部、外交部、对外友协的一些同志谈话,她说:"我们应该用历史唯物主义的观点来分析宋江等农民起义的领袖。对宋江首先应加以肯定,然后再分析他的阶级出身所带来的影响。他是一个了不起的历史人物,有智、有谋、有正义感,喜欢劫富济贫,能团结人,因此受人民群众的爱戴,人们称他作'及时雨'。在封建社会中,官逼民反,宋江被逼上梁山后,领导起义,同封建统治阶级坚决斗争,起了很大作用。这些积极方面,应充分予以肯定。"(引自林丽韫当时记录整理的材料），对于宋江被招安，江青予以辩解说："对宋江接受招安，还要从当时的历史背景来分析。当时，宋朝受辽、金等外寇入侵，需要抵御外敌。宋江接受招安，虽然反映了他的动摇性，但不能因此说他是两面派人物。"因清水正夫一行已经回国，江青还指示电告我驻日使馆，要求派人向清水正夫解释：宋江是"肯定的英雄人物"。

2月27日，日中文化交流协会常务理事白土吾夫来华，说日方拍制《水浒》片的政治背景有日修插手。此事上报中央，江青欺骗中央，推脱责任说："我们什么也不知道，也未承担什么责任，也未对他们许下什么愿。"态度十分恶劣。

这件事告诉人们：江青此时的《水浒》观、宋江论，与后来毛泽东关于评《水浒》的谈话主旨，相去甚远。她那时只想到在政治上出风头。碰了一鼻子灰之后，又翻手为云，覆手为雨，显露的是明显摇摆不定的政客作风。平心而论，那时江青的谈《水浒》，论宋江，观点还是平实的，比较切近《水浒》的实际，反映了《水浒》本身内容的复杂性。但是，仅仅过去两年，出于政治斗争的需要，她早已把从前自己的话忘得精光，又摇摆出许多江记"新观点"。

1975年8月下旬，江青在召集文化部部长于会泳，副部长刘庆棠、浩亮等人开会时，透露了"四人帮"评《水浒》的"天机"：

"主席对《水浒传》的批示有现实意义。评论《水浒传》的要害是架空晁盖，现在政治局有些人要架空毛主席。"

江青说的"现在政治局有些人"指的是谁呢？普通人能有她所说的"架空"毛泽东的想法和能力吗？显然她的攻击矛头，指向了周恩来和邓小平。毛泽东对身后未来的担忧被"四人帮"巧妙地变成为对现实政治的批判。

9月15日至10月19日，全国第一次农业学大寨会议在山西昔阳大寨和北京两地举行。没有被指定参加会议的江青突然于会前跑到大寨，又把许多与会议内容无关或关系不大的文艺界、文化界的人私自招到会议上来，对农业问题漠不关心，也不谈学大寨问题，却"文不对题"地对评《水浒》大发议论。

9月12日，江青抢先在大寨群众大会上讲话，强调评《水浒》"要联系实际"。她说："不要以为评《水浒》只是一个文艺评论。同志们不能那么讲，不是，不单纯是文艺评论，也不单纯是历史评论，对当前也有现实意义。因为我们党内有十次路线错误。今后还会有的。敌人会改头换面藏在我们党内。""所以这部书要好好地读，看看这个叛徒的嘴脸，对照一下咱们党内的十次路线斗争的一些叛徒的嘴脸。""我们党的一些投降派、修正主义者，干的事情是公开敌人做不到的。""为什么主席现在指示批《水浒》，大家考虑考虑。《水浒》的要害是排斥晁盖，架空晁盖，搞投降。宋江收罗了一帮子土豪劣绅，贪官恶吏，占据了各重要岗位，架空晁盖，不然为什么晁盖头天死了，第二天就把聚义厅改为忠义堂，所以主席谈，林彪一类如上台搞修正主义很容易。主席关于理论问题的指示中说，对资产阶级法权要加以限制，我们说这是对马列主义的发展和贡献，但是有人胆敢把它删去。批《水浒》就是要大家都知道我们党内就是有投降派。"江青运用大量含沙射影的语言有所指地说："（宋江）自己哀叹他自己，年已三旬（大约三十几岁），名不成，功不就。说穿了，就是他的个人野心没有实现，所以就要打个主意，钻到革命队伍里，抓住这支军队，马上就把晁盖架空了。怎样架空的呢？他把像河北大地主卢俊义——那是反梁山泊的，千方百计地弄了去。把一些大官、大的将军、武官、文吏，统统弄到梁山上去，都占据了重要的领导岗位。""所以主席说，搞修正主义很容易。""他有一个'潜'字。潜藏他的爪牙。他说上梁山是要潜伏，像一头老虎，潜伏起来，躲起来，藏起来，就是把他那个凶恶的面貌藏起来，一有时机他就要出来。""你看嘛，主席对学习马列的指示这番话，有的人就是不提。我刚才讲主席对马列主义的贡献发展，有的人就胆敢删掉。这你们就可以识别了吧，你看宋江怎么处心积虑地排斥晁盖，架空晁盖，最后晁盖第一天死，第二天他就把'聚义厅'改为'忠义堂'啦，晁盖那个厅啊叫'聚义厅'，晁盖托塔称王啊，他是造皇帝反的，他是聚义，像咱们这样聚在一块儿商量大事啊。""要看到我们党内有两条路线的激烈斗争"。

9月17日晚，江青在大寨召集北京电影制片厂、长春电影制片厂、新闻电影制片厂、新华社、人民日报、法家著作注释组、北京大学清华大学两校写作班子等百余人谈话。她说："评《水浒》要联系实际。评《水浒》就是有所指的。宋江架空晁盖，现在有没有人架空主席呀？我看是有的。""有些文章不给主席送，是我批了送主席看。""三十三条语录政治局一遍都没有学完。""他们反对学理论、反对限制资产阶级法权。"江青仍然没有忘记抬高自己："党内有温和派，有左派，左派领袖就是鄙人。"她还把邓小平主持中央政治局开会对她进行批评说成是迫害她，造谣说："最近，有那么一些人，把主席批评我的一封信，江某人向政治局传达的，政治局没有讨论，给传出去了。""我这个人跟他们斗了半年多了。"

江青在全国农业学大寨会议期间，要求在大会上放她的讲话录音，印发她的讲话稿。会议移回北京后，对此事做不了主的华国锋请示毛泽东，毛泽东对江青的放任放肆很不满，指示：

稿子不要发，录音不要放，讲话不要印。（《建国以来毛泽东文稿》第13册，中央文献出版社1998年1月版，第397页）

"三不要"是对江青评《水浒》讲话的否定，打击了江青一伙利用评《水浒》打击中央领导的嚣张气焰。

## 邓小平：有人借这做文章搞阴谋

1975年8月21日，邓小平与国务院政治研究室负责人开会。毛泽东关于评《水浒》的谈话刚过去7天。胡乔木就评《水浒》请教邓小平：毛主席的指示是针对什么的？是不是有特别所指？邓小平明确回答：

就是文艺评论，没有别的意思。（夏杏珍：《1975：文坛风暴纪实》，中共党史出版社1995年11月版，第139页）

9月5日，邓小平接见新西兰记者。这时"四人帮"已经就评《水浒》大造舆论，首批"评《水浒》"的"重磅炸弹"已经发射出去。邓小平在回答记者提问时，也做了同回答胡乔木提问一样的答复。从而向国内外舆论界发出了跟"四人帮"不同的声音。

9月15日，全国农业学大寨会议在山西省昔阳县召开。毛泽东对这次会议十分重视，要中央政治局的同志尽量多参加，委托邓小平代表中央做重要报告。

会议的主题是农业学大寨，全国普及大寨县，但江青"顾左右而言他"，十分放肆，在会上口口声声说她"代表毛主席向大家问好"，大谈"《水浒》的要害是架空晁盖"，影射攻击周恩来、邓小平。她还许诺要给大家发她"评《水浒》"的讲稿，放她的录音。气势汹汹，不可一世。

正在会议上采访的新华社记者，听了江青的论调后，十分气愤，立即将她的言论写成材料传回北京，交给了时任新华社副社长的穆青手中。

穆青分析着这份材料，感到事关重大。便立即打电话给吴冷西（国务院政治研究室负责人之一），两人商量后，吴冷西立即把材料交给胡乔木，两人在中南海武成殿商量办法。此时学大寨会议已移回北京，邓小平也回到北京。胡乔木便和吴冷西一道来到邓小平的家中。他们同时带去了9月5日《人民日报》和9月11日《文汇报》上刊登的关于"宋江架空晁盖"的剪报。邓小平一看便知江青的用意，便说，这个讲话要立即送给主席看。要想办法用别的途径尽快送上去。邓小平还说，现在高喊反复辟的人，就是真正复辟资本主义的人。

胡乔木、吴冷西、穆青商量通过唐闻生、王海容两人，直接把材料送到毛泽东手中。

毛泽东很快收到了信件和江青讲话的材料。

此后，邓小平又抓住机会向毛泽东当面揭露江青一伙的阴谋。

9月24日，邓小平陪同毛泽东会见越南劳动党第一书记黎笋。在当时，这是向毛泽东反映问题的机会。在会见以后，邓小平即提出要向主席汇报一些问题。邓小平把江青9月中旬在大寨关于"《水浒》的要害是架空晁盖"的讲话向毛泽东做了汇报。

毛泽东事先已经读过江青讲话材料，听了邓小平汇报，气愤地说：

> 放屁！文不对题。那是学农业，她搞评水浒。这个人不懂事，没有多少人信她的，上边（指政治局）没有多少人信她的。
> （《建国以来毛泽东文稿》第13册，第399页）

邓小平等人及时地汇报，使毛泽东了解了江青等人借评《水浒》进行的活动。毛泽东不赞成"架空"说，不同意把批判的矛头指向周恩来、邓小平等老同志。这就使得"四人帮"利用评《水浒》夺取最高权力的阴谋受到阻止。

邓小平乘胜追击，在九十月间中央召开的部分省委书记会议上，他公开揭露说：

"评论《水浒》是怎么一回事？主席把七十一回本读了三个月，读了以后，主席发表了这一通言论。有人借这做文章，想搞阴谋。"

谁人"做文章，搞阴谋"，显然是指"四人帮"。

9月27日，邓小平出席农村工作座谈会，他说："当前，各方面都存在一个整顿的问题。农业要整顿，工业要整顿，文艺政策要调整，调整其实也是整顿。要通过整顿，解决农村的问题，解决工厂的问题，解决科学技术方面的问题，解决各方面的问题。我在政治局讲了几个方面的整顿，向毛泽东同志报告了，毛泽东同志赞成。"

10月4日，邓小平又在这个座谈会上插话，尖锐地批评"四人帮"在文艺、教育、科技领域割裂毛泽东思想，提出必须全面学习、宣传、贯彻毛泽东思想问题。他说："比如文艺方针，毛泽东同志说，要古为今用，洋为中用，百花齐放，推陈出新。这是很完整的。可是现在百花齐放不提了，没有了，这就是割裂。"

邓小平还多次催促胡乔木，抓紧创办可以同"四人帮"控制的舆论阵地相对抗的杂志《思想战线》。10月4日他收到这个杂志的创办报告后，当天就转送给了毛泽东。毛泽东也立即批示"同意"。

邓小平此时强调调整党的文艺政策，强调全面贯彻党的文艺方针，批评"百花齐放没有了"，催促创办《思想战线》，都含有与"四人帮"借评《水浒》兴妖作怪进行斗争的内容。

1976年春天，随着邓小平厄运的加深，"四人帮"加紧了篡党夺权的步伐，他们策划的"评《水浒》运动"也随之升级，加紧攻击诬陷邓小平。4月8日，《人民日报》刊登的文章指名道姓诬蔑邓小平为"宋江"。5月10日，《人民日报》的文章再次诬蔑邓小平为"宋江式的投降派"。"四人帮"在"联系实际，评论《水浒》"的幌子下，到处"揪宋江式的走资派"，并且由揪一人到揪一层，再到层层揪。"宋江"一时成了"四人帮"及其爪牙要打倒的干部的代名词，真是荒唐到了令人发指的地步。

## 周恩来：我不是投降派！

1974年秋，党中央决定召开四届人大。江青一伙以为时机已到，四处活动，妄图"组阁"，遭到毛泽东的拒绝，江青"组阁"失败。在此期间，毛泽东曾多次严厉批评"四人帮"，并指示：总理还是总理。同时，建议邓小平任党的副主席、第一副总理、军委副主席兼总参谋长。1975年上半年，"四人帮"借"学习无产阶级专政理论"大反"经验主义"，又将矛头指向党内具有丰富实践经验的老干部，再次受到毛泽东的严厉批评。五六月间，江青等人不得不做出检查，暂时收敛其气焰，以窥伺新的时机。

评《水浒》运动的开展，使"四人帮"一伙认为有了反攻的机会。他们把周恩来作为攻击的首要目标。

对于"四人帮"利用评《水浒》达到打倒老干部，进而篡夺最高领导权力的险恶用心，重病中的周恩来可谓洞若观火。"文化大革命"以来，江青一伙就利用一切机会打击周恩来。现在又利用评《水浒》来批所谓"架空"毛主席的、政治局里的"现代投降派",矛头直指周恩来,这是明眼人一看便知的事情。

这时,周恩来沉疴在身,已无力应战。他是政治经验异常丰富的政治家,开始当邓小平向他陈述"四人帮"利用评《水浒》搞阴谋时,他还只是把这些看成党内斗争的范围,不同意采取激烈的斗争手段。随着"四人帮"进攻态势的明朗,他也深化了自己的认识,运用当时条件下可以采取的方式,对"四人帮"做出了坚定的回击。

1975年9月7日,周恩来不顾病情严重恶化和医护人员再三劝阻,会见以罗马尼亚共产党中央政治执行委员会委员、中央书记伊利耶维尔德茨为首的罗党政代表团。在回答客人提问并介绍自己病情时,坦然说道:"马克思的'请帖',我已经收到了。这没有什么,这是不以人的意志为转移的自然法则。"又说:"我现在病中,已经不能工作了。邓小平同志将接替我主持国务院工作。邓小平同志很有才能,你们可以完全相信,邓小平同志将会继续执行我党的内外方针。"这是周恩来最后一次会见外宾。显然,他是想把权力交给信任的邓小平,而绝不能落入"四人帮"之手。

1975年9月15日,周恩来与人谈话中,就近期报刊上宣传开展对《水浒》的评论一事指出:

他们那些人(指"四人帮"——引者)有些事做得太过分了!最近评《水浒》,批投降派,矛头所指,是很清楚的。(吴庆彤:《周恩来在"文化大革命"中》,中共党史出版社1998年2月版,第183页)

"太过分了",点出了"四人帮"所作所为已经超出党内斗争的范围;"清楚"他们评《水浒》的矛头所指,也就清楚了"四人帮"政治阴谋的目的。

两天后(9月17日),江青在山西昔阳全国农业学大寨会议期间的讲话,大谈"架空"说,而且点出政治局有人"架空毛主席",进一步验证了周恩来的判断。江青一伙借评《水浒》诬蔑攻击周恩来和邓小平的阴谋昭然若揭。

想把周恩来打成"投降派",打成"右倾投降主义者",在"四人帮"可谓蓄谋已久。其中有两件事最为典型,"四人帮"闹得最凶。

第一起是所谓《伍豪启事》事件。是指1932年2月18日国民党反动派伪造刊出的一份《伍豪等脱离共产党启事》事件。"伍豪"是周恩来曾用的别名。实际上,早在这个伪造启事登出前两个多月,周恩来就已于1931年12月15日到达中央苏区瑞金。这个伪造的启事,不过是国民党反动派企图用以制造混乱、瓦解我党在白区革命力量的一个卑劣阴谋。此事出现后，中共临时中央曾作了多方面的工作，澄清事实，予以反击。1932年2月间以中华苏维埃临时中央政府主席毛泽东名义发布的一个布告中，也明确指出：这是一个"冒名启事"，"这显然是屠杀工农兵而出卖中国于帝国主义的国民党徒的造谣诬蔑"。可以说，这是一个历史上早已澄清了的问题。但是，江青等人在"文化大革命"中却一再利用这一伪造启事对周恩来进行攻击，妄图以此达到他们篡党夺权的目的。1967年5月19日夜，周恩来针对江青的发难写信给毛泽东，并附了有关原始材料。1967年12月底，又有人提出所谓启事问题，毛泽东于1968年1月16日明确批示："此事早已弄清，是国民党的造谣诬蔑。"在批《水浒》、反"投降派"的背景下，周恩来的忧虑并非多余。尽管"四人帮"一伙的政治阴谋在9月就已受到毛泽东的批评，但这并未能使他们就此罢手。1975年11月，"四人帮"在上海的写作班子"罗思鼎"又抛出《〈水浒〉在二十世纪三十年代》的文章，别有用心地说："然而，并不是一切人都能经得住敌人的'围剿'。与鲁迅形成鲜明对比，革命营垒中也'有人退伍，有人落荒，有人颓唐，有人叛变'。"70年代评《水浒》，"四人帮"及其爪牙却去折腾"三十年代""有人叛变"的旧账，表明他们仍然在等待和制造时机将周恩来打成"投降派"。

第二起是所谓"风庆轮"事件。1974年10月17日晚，中共中央政治局会议在北京举行。周恩来抱病出席了会议，因为会议讨论四届人大的筹备事项，作为总理不能不亲自过问。会上江青突然提起了所谓"风庆轮"事件，要邓小平当场表态，导致会议不欢而散……

1974年国庆节前夕，"风庆轮"远航归来回到上海，上海的报纸便以"自力更生的凯歌"为题做了许多文章。

10月13日，江青看了《国内动态清样》上关于"风庆轮"的报道，写了一封信给中共中央政治局。她写道："看了报道，引起我满腔的无产阶级义愤。试问，交通部是不是毛主席、党中央领导的中华人民共和国的一个部？国务院是无产阶级专政的国家机关，但是交通部却有少数人崇洋媚外，买办资产阶级思想的人专了我们的政……政治局对这个问题应该有个表态，而且应该采取必要的措施。"

张春桥也跟着起哄，写了批语："在造船工业上的两条路线斗争，已经进行多年了。发生在风庆号上的事是这个斗争的继续……建议国务院抓住这个事件，在批林批孔运动中进行政治思想教育。"王洪文、姚文元都批道："完全同意。"

江青要借"风庆轮"事件,攻击国务院,攻击周恩来和邓小平。谁都知道周恩来是国务院的最高领导。江青恬不知耻地说自己有"满腔的无产阶级义愤",而把"买办资产阶级专政"的帽子扣到周恩来、邓小平的头上。"崇洋媚外"即"对外投降资本主义"之谓也。

在10月17日晚的政治局会议上,江青手里拿着"风庆轮"事件的传阅材料,以咄咄逼人的口气质问邓小平:"你对批判'洋奴哲学',究竟抱什么态度,是赞成还是反对?"

邓小平实在忍无可忍,回敬道:"你这种态度,政治局还能合作吗?你这是强加于人,难道一定要赞成你的意见吗?"

邓小平气极,拂袖而去。政治局会议不欢而散。

张春桥称这次政治局会议为"二月逆流";姚文元则在日记中称"已有庐山会议气息"。

借评《水浒》继续干把周恩来打成"投降派"的勾当,倒符合"四人帮"的逻辑。

周恩来对"四人帮"的阴谋十分清楚。1975年9月20日,身患重症的周恩来入院接受第四次手术治疗。进入手术室前,在这生死难卜的时刻,周恩来特意让秘书取来他于1972年6月23日在批林整风汇报会上所做的《关于国民党造谣诬蔑地登载所谓"伍豪启事"问题》的专题报告录音记录稿,用颤抖的手亲自签上名字,并写明:"于进入手术室前,一九七五年九月二十日。"这份记录稿是他委托邓颖超亲手整理的。

在进入手术室时,他大声说道:

我是忠于党,忠于人民的!我不是投降派!

这是悲愤的抗议!生死难卜的周恩来决心用真实的历史材料洗刷"四人帮"之流泼到身上的污泥浊水!

这是悲壮的进军!身患重症的战士仆倒前也要奋勇向凶恶的敌人进击。"我不是投降派!"声震寰宇,气壮山河,足令妖魔鬼怪胆战心惊。

就在手术中,发现周恩来身上的癌瘤已经全身扩散,无法医治。邓小平当即指示医疗组:"减少痛苦,延长生命"。

12月间,周恩来对前来看望他的叶剑英等人说:要注意斗争方法,无论如何不能把权落到"四人帮"手里。又说,邓小平比我干得好。

周恩来以自己的方式,向"四人帮"进击!

## 张闻天：用唯物史观评《水浒》的"不够多"

政治生活几乎遗忘了他，他却没有遗忘政治生活。

1975年8月下旬，老资格共产党人张闻天从广东肇庆申请移到江苏无锡。张闻天到无锡的时候，"四人帮"正利用毛泽东关于《水浒》的评论，把矛头指向所谓"否定'文化大革命'""架空晁盖"的"现代投降派"。张闻天浏览当时的报刊文章，既不满，又不安。10月7日，他在给外甥马文奇的信中写道：

"关于《水浒》的评论，现在很多，我看得很少。从历史眼光，即从唯物史观的眼光，评论《水浒》的，似乎还不够多。但《水浒》终究是小说，不是历史。"（程中原：《张闻天最后的脚印》，《世纪风采》2000年第8期；《新华文摘》2000年第11期第121页）

9月下旬到10月，张闻天读了几部《水浒传》的续书，研究的重点放到了中国历史特别是宋史上去。他先请保卫人员到无锡市图书馆借了《中国通史简编》和《清代通史》两部书，10月18日又亲自步行到图书馆借书，后来又开列书单，请人去借过几次。借阅的书籍有《宋论》《续资治通鉴》《读通鉴论》等。"以古为鉴，可知兴替"。他是要借鉴古代历史经验来洞察复杂变幻的现实斗争。

张闻天曾经任党中央"总负责"达八年之久，是党内外久负盛名的理论家。1959年，他因众所周知的原因，被迫退出政坛。1975年，他时值暮年，但他一刻也没有停止对真理的思考。报刊上发表的评《水浒》文章"很多"，而他看得"很少"，不屑一顾之情溢于言表。更为透彻者，是指出能运用唯物史观评《水浒》的"不够多"，又加"似乎"二字，更耐人寻味。其实，他正揭出了"四人帮"《水浒》评论中的唯心史观的绝症。只是他身在困境之中，迫于环境又怕给外甥带来政治麻烦，动笔用字故意轻描淡写罢了。

## 胡乔木：不应把历史和现实作肤浅对比

就在"四人帮"连篇累牍地发表评《水浒》文章，抓"党内投降派"闹得甚嚣尘上不可开交之时，邓小平同意国务院政治研究室也要写评论《水浒》的文章。邓小平指示：

不要光讲现成话，要讲几句新话；不要影射，要讲道理。（夏杏珍：《1975：文坛风暴纪实》，中共党史出版社1995年11月版，第139页）

胡乔木按照邓小平指示的精神，着手组织写作评论《水浒》的文章。

对文章的写法，胡乔木作过几次指导性的谈话。

他指出："不要把历史看成一个平面的问题，把无产阶级革命同农民革命的问题放在一个水平去观察。""农民战争同无产阶级的斗争。中国农民战争史很长，从长期的农民战争经验中吸取教训，是很需要的。""斯大林关于皇权主义的话，要作正面的批评"，"农民战争也有不同情况。有拥护好皇帝的，有自己要做皇帝的；有提出土地纲领的，有不提出的；有推翻地主统治重新建立一个地主统治的，有投降的。""不能把投降派用农民阶级的局限性来概括。只反贪官，不反皇帝，不是农民的局限性。""中国历史上的农民起义，夺取政权后本身变质，不是投降。"

胡乔木说："梁山这是个悲剧，但并不是不可理解的。我们现在就是从多方面来吸取教训，来对付内部、外部的敌人。"他确定文章的题目"宋江的投降主义和现代修正主义"，要求由《水浒》的评论批评苏联现代修正主义，"总的归结到努力提高阶级觉悟，提高识别能力。这就是我们学习毛主席关于评论《水浒》的根本意义所在。"

至于对"宋江架空晁盖"的提法，胡乔木说，用不着花很多篇幅去批，只要用马克思批评过的不应把历史和现实作一种"肤浅的对比"一句话，就可以驳倒了。总之，他们力求写出一篇能够正确阐述毛泽东关于《水浒》评论的学术论文来。

10月4日，毛泽东批准创办理论刊物《思想战线》。10月6日，胡乔木在哲学社会科学部、国务院政治研究室召开的筹办《思想战线》杂志会议上发表谈话。他批评当时评《水浒》的文章说："把毛主席比作晁盖，简直是荒谬！毛主席是无产阶级的伟大领袖，晁盖无论怎样勇敢，只是一个农民英雄，这两个人怎能比较呢？还有把毛主席身边的人比作宋江，那不是说毛主席用了宋江吗？""写文章要正面立论，不要放暗箭。现在报刊上的文章都很长，但就只有那么一两句话是有所指的，是放暗箭的话。我们不放暗箭。"

## 张春桥：让大家都知道投降派

张春桥有"军师"之称，此人确实老谋深算，工于心计。重大事件面前,要么缄口不言,要么"有理有据"。评《水浒》运动哄起来后,他似乎没有在两军对垒的阵前赤膊上阵,倒是在毛泽东生前和逝后对江青有两次长谈,都在出谋划策点拨提醒之列。

第一次是建议,似乎是漫谈,通过评论《水浒》谈对投降派的识别,他对江青说:

"我认为,主席让我们评论《水浒》,就是为了让大家都知道什么是投降派。别看有人现在说得好听,什么要造修正主义的反,其实大大的不一定。到一定的时候,他们也会向修正主义投降的。我们可以把宋江和高俅比较一下,他们两人有着许多的共同点。他们一样的是'浮浪子弟',一样的想升官发财,一样的被发配充军,归根到底,他们所属的阶级是一样的。有没有不一样的东西呢?有。高俅官运亨通,因为踢得一脚好球,被'九大王'即后来的徽宗皇帝看中了,因而'发迹'得早,当了官;而宋江用他自己的话来说是'年命蹇滞',成为'寇'。其实这两个人,殊途而同归。宋江是由官蹇时入寇,再由受招安而重新变成官;高俅是一下子当了官。宋江在浔阳楼写的'反诗',有人以为他真要造反,其实他不过是在'名不成,功不就',倒被文了'双颊'的情况下大发其牢骚罢了。'自幼曾攻经史,长成亦有权谋'。'恰如猛虎卧荒郊,潜伏爪牙忍受,'这不正是一个野心家'怀才不遇'心理的自我写照吗?在宋江看来,当穷途潦倒的时候,投机'造反'可以说是一条捷径。'若要官,杀人放火受招安'。鲁迅说:'这是当时的百姓提取了朝政的精华结语。'宋江和高俅的斗争,并不属于革新派同顽固派的斗争,而只是地主阶级内部这一派反对那一派的斗争。但是,不管他们怎样你争我斗,终究是一丘之貉。就破坏农民革命运动和巩固地主阶级的反动统治来说。宋江的作用实际上要比高俅大得多,他比高俅更富有欺骗性。"

江青知道他这番话的矛头所指,但她也许是因为评《水浒》受到毛泽东的斥责,没有采取措施,因为她知道,即使现在她向毛泽东讲到这些,也不会有什么实际的行动。

第二次长谈发生在1976年10月5日,主题是毛泽东逝世后领导权掌握在谁手里的问题。张春桥的话仍然充满"理性"色彩,他先是忧心忡忡地说:"多年来,我们党内没有出现资产阶级占据统治地位的情况。今后一个时间里,可就不保险了。党内不出现乱子便罢,一出现就是大乱子,这是最危险的。这几天,我吃不下饭,睡不着觉。考虑的就是这个问题。"

江青说:"毛主席已经离开我们了,今后对毛主席的态度就是一个关键的问题。"

张春桥站起来,边走边说:"这时,也只有这时,评论《水浒》才最有现实的意义。《水浒》是怎样对待梁山农民起义革命事业的奠基人晁盖和农民起义的叛徒宋江的呢?它极力歌颂宋江,而把晁盖排斥在一百〇八人之外。这完全是为了宣扬投降。晁盖死后,宋江窃取了梁山农民革命的领导权,他第一件事便是把聚义厅改为忠义堂,强行通过了招安的投降主义路线。宋江对晁盖起义路线的修正,是对农民革命的背叛,从这个意义上说,也就是搞修正主义。而《水浒》正是肯定和赞美了宋江的修正主义。当然,有投降,就有反投降。李逵、吴用、阮氏三兄弟不愿意投降,坚持了农民革命的立场。但是,由于领导权掌握在宋江手里,终于使这支农民起义队伍受了招安,去打方腊,做了反动统治阶级镇压其他起义军的帮凶。宋江的反革命道路证明:搞修正主义,必然要当投降派,出卖革命,充当反动派的走狗。这是一切修正主义的特点。刘少奇、林彪推行修正主义路线,就是对内搞阶级投降主义,对外搞民族投降主义。从古代宋江的身上,可以看到现代投降派的丑恶面目。那天,洪文同志问我:'修正主义的确切定义是什么?'我就对他说:'在国际上屈服于帝国主义的压力,在国内投降资产阶级,这就是典型的修正主义者。集中在理论上,就是反革命修正主义路线。在我们国内的修正主义,主要是党内的走资派。'看来,许多的理论问题,我们党内还没有真正地解决完哪,多数人只是跟着跑的。"

江青说:"当一种错误的观点和路线,洪水般地到来时,多数人跟着跑,只有少数人顶住的事情,在历史上多次发生,今后也还会发生,这就需要马克思主义的反潮流精神了。"

"这种精神可是很不容易呀。"张春桥感叹地说。

老谋深算的张春桥借助他从《水浒传》里总结出的"历史经验",希图把"投降派"识别出来,希图"新生的革命者"即他们一类的"左派"在党内"占据统治地位"。他的策略是自己并不出面,而是鼓动和引导有特殊身份的江青去干去拼去施加影响。但是,张春桥这次还是失算了,他与江青等人,只有到监狱去"反潮流"了。

## 芦荻:不买江青的账

毛泽东与芦荻谈对《水浒传》的种种看法,他的初衷到底是什么,芦荻是当事人见证人,应该最了解。江青一伙大谈"《水浒》的要害是架空晁盖"，评《水浒》的现实意义是抓"党内的投降派"，芦荻是怎样看待这些的？这里有两件事值得记叙。

一件是芦荻在大寨不买江青的账。据她回忆：

> 当年9月，中央在大寨召开会议。14日，我奉主席指示，随北大组到大寨参观。当时，江青已经在大寨讲了评《水浒传》的问题。我们在大寨也讨论《水浒传》，先是听江青在大寨的讲话录音。江青说："评《水浒》要联系实际。评《水浒》是有所指的。宋江架空晁盖，现在有没有人架空毛主席呀？我看是有的。"还说："宋江上山以后，马上就把晁盖架空了。怎么架空的呢？他把河北的大地主卢俊义——那是反对梁山泊的，千方百计地弄了去，把一些大官、大的将军、武官、文吏，统统弄到梁山上去，都占据了重要的领导岗位。"江青还说宋江五短身材等等，明眼人一听就知道所指的是谁。
>
> 听完江青讲话录音后，就要我们讨论。我感到江青的讲话同主席的批示有很大出入，但我不能歪曲历史事实，歪曲主席批示的本意，去迎合江青。在中南海时，常听到医生们说，江青讲话经常惹主席生气，不利于主席的健康。我想，江青现在又这样乱说，主席听到，一定又要生气。于是轮到我发言时，便推说自己耳朵一直不好，没有听清江青同志的讲话，用这种方式拒绝表态。我们的讨论要写成简报，江青会看到我的发言，这样我就深深得罪了江青。
>
> 回到北京后，谢静宜要我先回家休息。等我再去中南海主席住地时，工作人员便把我拦住了，说今天西哈努克亲王要来，主席不能见我。9月24日夜，毛主席办公室主任张耀祠同志找我谈话，要我回北大，说今天早上江青还来过两次长途电话。张耀祠同志说，她不会容你在主席身边的。我要求在中南海再住三天，张耀祠同意了。（陈桂声选编：《水浒评话》，江西教育出版社，1999年1月版，第302—303页）

张耀祠还对芦荻说："你呀，知识分子，缺乏实际锻炼。"江青为什么不容许芦荻继续在毛泽东身边陪读。很显然，是芦荻在评《水浒》上没有迎合江青，也就是不同意江青的观点，进行了"消极抵抗"。芦荻毕竟是一介书生,性格上不乏知识分子的耿介,她在想办法维护毛泽东评论《水浒》的本旨,这样就发生了第二件事:给毛泽东医疗组讲解怎样理解毛泽东评《水浒》。

1975年9月下旬,芦荻在离开中南海以前,曾经向医疗组讲了怎样理解毛泽东评《水浒》的课。她在讲课中特意说明:现在有人说党内有投降派,要抓现代的投降派,毛泽东完全没有那个意思。她一再强调:毛泽东评《水浒》,完全是对《水浒》这部小说讲的,并没有别的意思。

据为晚年毛泽东管理图书的徐中远回忆:

"1975年9月8日上午,芦荻给我们打来电话,要找一本《中国封建社会农民战争论文集》,说本书上有张政烺的《宋江考》一文。芦荻还要我们找中央党校当时编的《关于宋江的历史材料》,教育部理论组编的《教育革命简报》增刊第8、9期(内部发行本),说本刊上有关于评论《水浒》的文章和材料。当天笔者从北京图书馆借来一本《中国农民起义论集》,上有张政烺写的《宋江考》一文。中央党校编的《关于宋江的历史材料》和教育部理论组编的增刊也都分别向他们要来一份。晚饭后,书和材料一起交给了芦荻。1975年9月底,芦荻在离开中南海以前,她曾给主席医疗组的人员讲了怎样理解毛主席评《水浒》的课。她这次向我们要的书和材料,是她自己为讲课做准备的呢?还是主席要看的呢?还是主席另有什么意思呢?这些我们就不清楚了。"(《毛泽东读评五部古典小说》,华文出版社

承恩赐御宴

1997年1月版，第125—126页）

这两件事很有价值，它们说明早在1975年9月，芦荻这位当事人就不同意江青一伙对毛泽东评《水浒》谈话宗旨的曲解，并采取当时能够允许、能够做到的办法，予以说明事情真相，尽管她为此受到了打击，被江青"解雇"了。

## 毛泽东：画在杂志上那黑色红色的大圈

毛泽东与芦荻谈论《水浒》的"最新指示"传达下去了，他也"同意"了姚文元的"计划"，后来又斥责了江青的"文不对题"。此外，围绕评《水浒》，他还有一些什么举动呢？据徐中远记载：

> 毛泽东最后一次向我要《水浒》，是1975年8月22日。这一天下午，他指名要看《明容与堂刻水浒传》（一名《忠义水浒传》，上海中华书局1973年12月影印，每部两函20分册）。本来，这种《水浒》1973年12月14日我们已经送了两部给他存放在游泳池住地，可是，由于游泳池住地存放的书太多，当天他要看一时又找不出来，所以让我们再送一部给他。这时，他的一只眼睛刚做了白内障摘除手术，视力稍有恢复就要看书。这部《水浒传》大概是他白内障摘除手术之后要看的第一部书。从中我们也可以看出，毛泽东晚年对《水浒》仍然是非常喜爱的。毛泽东这次要看《水浒》，是在与芦荻谈《水浒》后的第九天，而且是在白内障摘除手术后视力稍有恢复的时候。是因为他对《水浒》的评论言不尽意呢？还是又有什么新的思考呢？反正他又一次要看《水浒》，而且要看的是一百回本的。

徐中远还说：

> 笔者在毛泽东阅批过的书刊中，还看到过一本上海的《学习与批判》杂志（1975年第11期）。这一期杂志上刊有署名为罗思鼎的一篇文章，题目叫"《水浒》在二十世纪三十年代"。这篇文章的标题上方毛泽东用黑铅笔画了一个大圈，标题下面画了一条粗

粗的浪线。本期杂志封面刊名上方毛泽东用红铅笔画了一个大圈，标题下面画了一条粗粗的浪线。本期杂志和罗思鼎的这篇文章，引起了晚年毛泽东的注意。如果说毛泽东阅读过或者让身边工作人员给他读过这篇文章，那也是1975年11月或者11月之后的事了。(《毛泽东读评五部古典小说》，华文出版社1997年1月版，第124—125、126—127页)

毛泽东为什么"指名要看"《忠义水浒传》？为什么"注意"《〈水浒〉在二十世纪三十年代》这篇文章？他身边的图书管理人员没有深说。言不尽意呢？新的思考呢？都是推测猜测之词。这将永远是一个谜。但有一点很清楚，芦荻走了，视力稍有恢复，他又在看"非常喜爱"的《水浒传》，而且也关注着对它的评论文章……

## "前言"和专著：《水浒》是投降主义的教唆书

前面，笔者较多地叙述了评《水浒》怎样由"文艺评论"演变成政治运动，政治运动怎样引发着上层政治斗争。下面，我们简略扫描一下评《水浒》运动给重新出版的《水浒》带来的新情况和其对下层干部群众、教员学生、工人农民《水浒》观带来的影响。

笔者手头有三种1975年"评《水浒》运动"留下的"文物"，分析一下颇能说明一些问题。

"文物"之一是百回本《水浒传》。上中下三册，1975年10月人民文学出版社重新出版。首页在《毛主席语录》的题目下印着毛泽东评《水浒》谈话记录的前两个自然段。书名页后面，以《鲁迅论水浒》为题，录印了鲁迅《三闲集·流氓的变迁》中那段关于宋江"终于是奴才"著名的话。这本书按照姚文元在"请示报告"中"要改写前言"的要求，于书前还附了一篇赶写出来的、以人民文学出版社编辑部名义发表的、洋洋万言的"前言"，其目的在于引导读者理解毛泽东的指示，深刻揭露《水浒》宣扬投降主义路线的本质，指出宋江搞修正主义、投降主义的真面目。

"前言"按照《红旗》杂志和《人民日报》评论的调子，使用当时"大批判"惯用的术语，不厌其烦地分析数百年前《水浒传》作者及小说主人公宋江的政治思想，说："宋江在组织上招降纳叛，网罗和重用了一批大地主、大恶霸和反动军官，改变了梁山泊头领中的阶级成分，使投降派占了上风。"说宋江改掉了晁盖的"革命理论、革命路线",篡改了晁盖的政治纲领。说宋江是"站在人民对立面,搞倒退、搞投降的反动派",要人们从这部反面教材中吸取教训,总结历史经验,识别正确路线和错误路线。并危言耸听地把评论《水浒》提到一书兴国、一书亡国那样的"历史高度",并套用姚文元在"请示报告"中的思想说这"对于中国共产党人和中国人民,在现在和将来贯彻执行毛主席革命路线,坚持马列主义,反对修正主义,都具有深远意义"。

"前言"的作用是导读。在这样"前言"的引导下,将把读者大众引导到哪里去呢?

"文物"之二是评《水浒》专著《使人民都知道投降派》。武汉大学中文系74级工农兵学员和教师,结合教学"编写了这本通俗读物",目的是"为了同广大工农兵一道参加评论《水浒》、反修防修的战斗"。本书在前面除了录印了毛泽东、鲁迅的语录外,还创造性地辑录了《马克思、恩格斯、列宁、斯大林、毛泽东论反对投降派》。本书也是"紧跟照办"的产物,1975年12月即内部出版。这部长达三百来页的专著开篇就说:"《水浒》是部什么书?过去有人说它是'农民革命的教科书',这话不对!应该说,它是投降主义的'教唆书'。"这句话是定调的,整部专著都是围绕剖析"投降主义教唆书"展开的,请看该书《目录》:

### 《水浒》是宣扬投降主义的反面教材

一条投降主义的黑线
——谈《水浒》只反贪官不反皇帝的反动思想倾向
美化投降主义的铁证
——谈《水浒》摒晁盖于一百零八人之外
突出投降主义的"点睛"之笔
——谈《水浒》的结局
为投降主义主题服务的艺术性
——谈《水浒》的结构、人物描写及其他

### 宋江是搞投降主义的反面教员

农民革命的反对派
——揭开宋江私放晁盖的真相
"若要官,杀人放火受招安"

——谈宋江的"三上梁山"
宋江是怎样坐上第一把交椅的
——析野心家的"权谋"
忠义堂前的一面白旗
——评宋江"替天行道"的反动政治纲领
为什么拉卢俊义上山
——评宋江反动的组织路线
"鸣金收军"与"忠义自守"
——评宋江反动的军事路线
公开策动投降的一次突然袭击
——析"菊花之会"
投降派的丑恶表演
——谈宋江乞求招安的卑劣伎俩
毁灭梁山事业的"三光"政策
——从"分金大买市"谈起
美化投降派的大骗局
——谈宋江的"征辽"
撕开刽子手的"面纱"
——析宋江对"雁行零落"的哀叹
"终于是奴才"
——谈宋江打方腊
赵宋王朝的一对叭儿狗
——谈宋江与高俅的斗争

**孔孟之道是投降主义的理论基础**

玄女"法旨"与"石碣天文"
——析《水浒》中神化投降主义的天命观
"忠为君王"与"义连兄弟"
——析《水浒》忠义观念的反动性
"鼎食"与"封侯"
——析投降派的人生哲学

**《水浒》的出笼、流传与阶级斗争**

《水浒》是怎样出笼的
——兼评作者的反动立场
"断尾巴蜻蜓"的由来
——谈金圣叹腰斩《水浒》
必须划清革命与反革命的界限
——批判《水浒》评论中的阶级调和论

**评论《水浒》反修防修**

路线是决定一切的
——从梁山上路线斗争的演变谈起
谨防钻进革命营垒的"蛀虫"
——梁山起义军毁灭的主要原因
彻底埋葬孔孟之道
——梁山反投降将领上当受骗的惨痛教训

真是全面的系统的彻底的批判。五个部分二十七个题目，从方方面面，从角角落落，全方位、满时空、立体化地挖掘了作者、文本、点评者的"投降主义"毒素，可谓集大成之作。这样十恶不赦的坏书还能作为文学作品（且不说优秀）来欣赏吗？岂不是只有抛之弃之烧之焚之的命运了！

"文物"之三是《水浒资料汇编》。这本书辑录了自南宋到五四运动约七百多年间有关《水浒》及其作者的主要资料。辑录者马蹄疾本来1964年即在辽宁鞍山完成初稿，"文革"期间搁置了，直到1975年9月，以应评《水浒》急需，匆忙"改毕"于北京。这部资料汇编也在前面印上了毛泽东、鲁迅的评《水浒》语录。1975年9月18日，以"中华书局编辑部"名义撰写的《出版说明》中写道："自从《水浒》问世以来，对它的评价，长期存在着不正确观点。为了帮助大家学习毛主席的指示，开展对《水浒》讨论和研究，我们出版了这部资料汇编"。几百年间对《水浒》的"不正确观点"，都要用《水浒》"好在投降"，宋江"搞修正主义"的思想来矫正。

总之，三件"文物"说明，1975年下半年，《水浒》文本、研究资料和研究专著，都在贯彻姚文元"请示报告"的精神，都被纳入到"知道投降派，识别投降派，反对投降派"的运动之中去了。

## 外电外报:超越文艺范围的新的"政治问题"

评《水浒》运动像一场强烈地震,它使中国社会各个层次、各种类型的人们的心灵受到冲击和震动,使多灾多难的1975年秋天又刮起一场摇天撼地的政治旋风。这立刻引起了国外的注意。

1975年9月7日,《参考消息》以《外电外报评我开展对〈水浒〉的评论》为题,集纳发表了日本《朝日新闻》《每日新闻》《东京新闻》驻北京记者发回的专稿的摘要。俗话说:"当局者迷,旁观者清。"看看"洋人"是怎样看待中国刚刚发动的"评《水浒》运动",是颇为有趣的事情:

外电外报评我开展对《水浒》的评论

[本刊讯] 日本《朝日新闻》九月一日以"中国批判《水浒》的波浪高涨"为题,刊登该报驻北京记者写的一篇报道,摘要如下:

自八月二十三日的《光明日报》批判《水浒》以来,已在该报文学栏进行过两次。但是,由于《红旗》和《人民日报》也大量刊登文章,所以,《水浒》的批判作为席卷党和群众的教育运动将在全国范围内展开。

在中国国内发表这些文章的动机,无疑是对修正主义和投降主义进行彻底的批判。就《人民日报》等发表的部分文章来看,尚看不出意味着攻击特定个人现象,看来同学习无产阶级专政理论的运动一样,重点是清除产生修正主义的思想根源。在这种意义上可以说,是同最近展开的一系列的对历史重新评价的活动一脉相通的。

[本刊讯] 日本《每日新闻》九月一日刊登该报驻北京记者写的一篇报道,题为"中国大力开展对《水浒》的批判——可能是超越文艺的范围而进行的'新的思想斗争'",摘要如下:

在三十一日的《人民日报》头版头条转载了理论杂志《红旗》第九期的题为"重视对《水浒》的评论"的短评。还在第二版利用大量篇幅刊登了竺方明的题为《评〈水浒〉》的文章。表现出中国今后将长期地、正式地对《水浒》进行批判的姿态。这两篇文章认为《水浒》的主要人物宋江的"投降主义"是与"刘少奇、林彪等推行修正主义、复辟资本主义"相关联的,指出其思想根源是儒教。也可以认为，对《水浒》的批判将同批林批孔和学习无产阶级专政理论的运动配合进行。《红旗》的短评中引人注目的是它透露了鲁迅的话，说明对《水浒》的批判不是"突然"进行的。

毫无疑问，学习从来都是同批林批孔结合在一起的。

同时，在考虑批判《水浒》的方向问题时，短评强调了毛主席在一九五一年给《人民日报》写的批判电影《武训传》的意义。这一点也引人注目。当时，以此为开端，展开了大规模的思想斗争，后来发展到一九五四年对《红楼梦》的争论（批判胡适派的唯心论）。许多人认为，以这次批判为契机，将进一步展开广泛的文艺批评活动（包括对其他古典文学的批判）。这种文艺批评，包括"文革"在内，过去在几个阶段曾进行过，都是同政治路线联系在一起进行的。这次对《水浒》的批判，显然是超越"文艺批评"的范围，从执行无产阶级专政的观点来推动运动的发展。

[**本刊讯**] 日本《东京新闻》九月一日刊登该报驻北京记者写的一篇报道，题为"对《水浒》的批判是第二次批林批孔运动"，摘要如下：

对《水浒》的严厉批判运动已经正式展开。三十一日《人民日报》、《光明日报》转载了第九期《红旗》杂志的文章《重视对〈水浒〉的评论》，强调对《水浒》的批判是极为重要的政治问题，暗示这是继批林批孔之后展开的对修正主义的批判运动。重新估价经过批林批孔运动后的中国历史，已发展到文学领域，同时，与现在中国最重视的路线、政治问题联系起来这一点是引人注目的。因杀人过多而遭到宋江责备的"黑旋风"李逵成了同宋江的投降路线对立的代表，也使人深感兴趣。同时，这次批判令人注目的是，这次重新评价是从中国最为重视的路线和政治问题的角度进行的。《红旗》的文章再次强调对《水浒》的批判是政治问题。因此，从《红旗》文章的调子来看，这次运动无疑将发展成为继批林批孔之后新的学习运动。这次对《水浒》的批判尚没有根据认为反映了现在的某种路线的对立。但是，以"反修防修"为口号、警惕产生修正主义的中国，想通过这一争论，再次加强对修正主义的批判，这是确凿无疑的。

应该承认，这些新闻记者的政治眼光是犀利的，政治嗅觉是敏锐的，政治判断是准确的。须知，9月1日中国的评《水浒》运动才刚刚开始，姚文元的首批"重磅炸弹"还没有完全抛出（《人民日报》的社论《开展对〈水浒〉的评论》到9月4日才发表），"四人帮"的政治隐语还云遮雾罩、面目不清，底牌还没有全部亮出，可是外国记者们却似乎看清了运动的本质。他们根据以往经验——"这种文艺批评，包括"文革"在内……都是同政治路线联系在一起进行的"——做出判断："这次对《水浒》的批判，显然是超越'文艺批评'的范围，从执行无产阶级专政的观点来推动运动的发展"。外国记者还指出："这次批判令人注目的是，这次重新评价是从中国最为重视的路线和政治问题的角度进行的"，"对《水浒》的批判是政治问题"。很显然，几位记者异口同声判断，评《水浒》不是"文艺问题"，而是"政治问题"。尽管由于情况刚刚崭露，对评《水浒》的现实针对性方面，他们的判断是"这次对《水浒》的批判尚没有根据认为反映了现在的某种路线的对立"，"尚看不出意味着攻击特定个人的现象"。但是，这恰恰证明"某种路线对立""攻击特定个人"是外国记者们观察评《水浒》运动政治内容的一个出发点。可以把"老外"的这句话看成是一种预测。"四人帮"后来鼓噪的"宋江篡改晁盖路线"，"政治局有人架空毛主席"，验证了"老外"的预言。

## 笔者：简短的结语

因毛泽东评《水浒》的一番谈话而引发的历时一年多（1975年8月—1976年10月）的"评《水浒》运动"，永远成为历史，永远定格在那个风雨如磐的年代。

当后人来清理毛泽东所留下的这笔遗产时，无不感到其间的纷纭复杂。对其怎样评价，难免见仁见智的分歧。毛泽东为啥这样评价《水浒》？便有"实出无心"说，"有感而发"说，"两种《水浒》"说，"晚年忧患"说，等等。

如果从前面介绍的较为详尽的情况看，要判断其间的功过是非，则首先要恢复事件的历史面貌，对毛泽东的"评《水浒》"谈话与"四人帮"的"评《水浒》"运动要加以区分；对毛泽东评《水浒》的理论局限性和实践消极作用，与"四人帮"的政治阴谋要加以区分；对毛泽东暮年评《水浒》和他一生大部分时间的评《水浒》加以区分；进而对毛泽东评《水浒》谈话在文艺评论层面、思想路线教育层面、政治运动层面的作用加以区分。

这样把问题摆放到特定历史环境中去做具体分析的方法，亦即历史唯物主义的方法，才有助于主观判断的客观性，才能在纷纭复杂的事物中理清头绪，才能做出科学的正确的符合历史实际的理性结论和价值选择。

文艺评论的层面。毛泽东《关于〈水浒〉的评论》，只能称之为"谈话"，既不是在文件上的"批示"，也不是在会议上的"讲话"，而是他在治疗目疾期间与陪读教师芦荻的私下谈话，甚至是一种长夜无眠时的漫侃闲聊，因此它不具备"最高最新指示"的特质。因为从后来披露的情况看，在四个多月的时间里，毛泽东与芦荻就历史和文学为题目的谈话很多，如果都是"最高指示"，那么人们对最高指示将应接不暇，中国还不知道要搞多少评李白、评柳宗元、评《三国演义》、评《红楼梦》、评《二十四史》……的运动，那样显然也是强加给毛泽东的。

但是，这个"谈话"从内容上说，则是文艺评论，是毛泽东对一部久负盛名、非常喜欢阅读的古典小说名著的评论。最先指出这点的是当事人芦荻，她在1978年就申明"毛主席评《水浒》，完全是对《水浒》这部小说讲的，并没有别的意思"。也就是说，毛泽东的谈话是评论《水浒》本身，性质是文学评论。时贤也多有从文艺评论角度肯定毛泽东这个谈话的。曾经给毛泽东当过秘书的李锐说："如果抛开'文革'后期政治斗争背景，单只作为一种文学评论来看，毛泽东对《水浒》的这些评论，和他对《红楼梦》的那些政治评论一样，是别具只眼的一家之言，是从他自身的经验观感出发对《水浒传》的一种评论。"（《毛泽东早年读书生活》第20页）对毛泽东与传统文化关系研究颇有深度的陈晋认为："毛泽东的这段评价，也非即兴之论，而是他晚年读《水浒》所得感受的集中表述。""毛泽东晚年评《水浒》，确实是有感有思而发，从这部小说的实际情况来看，其所'发'也是得当的，不失为精炼明快的一家之言。"（《毛泽东与文艺传统》第166、170页）毛泽东的评《水浒》谈话确实是别具只眼、精炼明快的一家之言。即使在整个《水浒》评论史上，毛泽东的评论也有他的睿智之处。说毛泽东的评论"别具只眼"，是指谈话见解独到，思想内涵的独创性。"精炼明快"是指评论的精辟、凝练、厚重。

评论《水浒》，可以有多个角度：艺术技巧的角度，版本源流的角度，人物形象的角度，思想倾向的角度，社会影响的角度，人文背景的角度，等等。毛泽东则是从《水浒传》主导政治倾向的角度切入展开评论的。正如芦荻指出的那样："主席讲《水浒传》时，谈笑风生，和蔼幽默。就该书的主导的政治倾向问题，他反复举例，细致地进行了分析。"由于《水浒传》版本复杂，《水浒》的政治倾向和社会作用，历来就有两种对立的评论：旧时代有"诲盗"说和"弭盗"说的对立；新中国成立后又有"农民起义教科书"和"投降主义教唆书"的对立。一般认为，七十一回本《水浒》较多地含有革命反抗的政治倾向，百回本和百二十回本后半部较多地含有招安投降的政治倾向。有人分析毛泽东读《水浒》的状况，认为他在"进城前"（即新中国成立前）读的是金批七十回本《水浒》，故接受的主要是造反起义、革命反抗的思想熏陶。"进城后"他才有条件读到百回本和百二十回本《水浒》，知道了宋江投降打方腊的故事，思考的重心放在了梁山义军悲剧性结局的历史教训方面。这就是所谓的"两种《水浒》、两种宋江"说。这个结论显然有证据不足而想当然的成分。在延安时，平剧《三打祝家庄》剧本创作组就是从毛泽东手中借到的百二十回《水浒》，说明那时毛泽东读的《水浒》并不只是七十回本。"文革"期间毛泽东热衷于阅读的恰恰是金批七十回本，这是笔者在前面提到过的。其实，早在重庆国共谈判时，毛泽东就关注到"宋江投降"问题。只是在革命战争时期，毛泽东更多的是需要从《水浒》中吸取革命精神和斗争策略，那时他还没有必要过多去关注《水浒》后几十回关于招安投降的描写。从评《水浒》谈话中可以看出，毛泽东提到鲁迅，提到金圣叹，说明他对《水浒》评论史是熟悉的。关于《水浒》政治倾向的评论历来就存在两种对立的观点，晚年的毛泽东越来越倾向《水浒》鼓吹了投降主义的评论观点，这说明他从政治倾向上评论《水浒》的观点，绝不是无源之水、无本之木。

  邓小平和胡乔木开始就是从文艺评论的角度来理解毛泽东评《水浒》谈话的。邓小平说毛泽东的评《水浒》："就是文艺评论，没有别的意思。"邓小平还同意国务院政治研究室写评论《水浒》的文章，胡乔木的理解是不要"把无产阶级革命同农民革命问题放在一个水平去观察"，江青的"架空"说是马克思批评过的"肤浅的历史对比"。胡乔木等人力求写出一篇能够正确阐述毛泽东关于《水浒》评论的学术论文来。

  即使从文艺评论的层面来看待毛泽东的评《水浒》谈话，也还存在着理论的局限性和实践上的消极影响。李锐指出，毛泽东批评《水浒》只反贪官不反皇帝，批评宋江投降搞修正主义；"似乎忽略了一点，根据马克思主义的观点，农民不是一个代表新的生产力的阶级；农民起义，不可能反皇帝制度，最多只是推翻一个旧皇帝拥戴一个新皇帝。农民小生产者的眼光，超越不过时代的限制。他们即使造反成功，历史告诉我们，也不过是自己来当开国皇帝罢了。因此，说宋江搞修正主义云云，是超过历史可能去要求《水浒传》，本身也就离开了马克思主义观点了。这个基本道理，在毛泽东已出版的著作中，指导中国革命取得胜利的毛泽东思想中，本来是明白无误的。"（《毛泽东早年读书生活》第21页）毛泽东评《水浒》谈话在这部名著传播的实践上也产生了消极影响。"反面教材"一语，掩盖了这颗民族优秀文化遗产明珠的所有光辉。所以，重新出版的三种《水浒》的"前言"，泛滥于媒体的"大批判"文章，公开出版和内部交流的专著，皆是一概骂杀，比之封建时代的"例禁"几不逊色，这样阅读《水浒》哪还谈得上文学鉴赏、性情陶冶、美的享受呢！

思想路线教育的层面。如果仅仅说毛泽东评《水浒》谈话是文艺评论，那么将无法解释8月14日、8月18日和9月2日他在姚文元送审的"请示报告""宣传计划"和社论稿件的"批示"。因为正是这批示，使"谈话"的意义得以延伸，使姚文元制造的舆论狂潮得以兴起。在那个"最高指示"决定一切的年代，当"谈话"走出中南海毛泽东的书房，姚文元立即将其牢牢抓在自己手中，像宋江改"聚义厅"为"忠义堂"一样，以阅批件为载体，为手段，大力向"左"的方面"修正"。姚文元靠三个批示完成了把个人谈话演变成将全体党员、全国人民卷入其间的批判运动的"合法手续"。当时，全党正在进行"思想路线教育"和"无产阶级专政理论学习"，姚文元把评《水浒》纳入其中，说成是其"重要组成部分"，应该说毛泽东是"同意"这个纳入的。这样，评《水浒》谈话就不是单纯的文艺评论，而延伸到思想路线教育的层面。

何以解释毛泽东的"同意"？于是就有了晚年"忧患意识"说。有的论者以为毛泽东的评《水浒》谈话"从宏观的历史文化角度隐约透露出对革命事业的忧患"（陈晋：《毛泽东与文艺传统》第170页）。暮年的毛泽东遇到了理想与现实的巨大落差，心头难以抹去孤独、苍凉、忧患的阴影。他希望早点结束的"文革"并未结束，而且反对的人不少；希望安定团结，可对立和斗争不断发生。资深政治家的丰富政治经验使他预感到否定"文化大革命"政治思潮正在兴起，所以他念念不忘的话题是"警惕中央出修正主义"，抹之不去的梦魇是"资产阶级上台很容易"。这时，他最愿意做的事情，他认为最好的政略，是教育人民提高路线觉悟，为防修反修打下政治思想基础。因此，他视《水浒》为"教材"，当然是"反面教材"，也就是用反面教训（宋江投降）来教育人民警惕党变色国变修。

他与芦荻的一段没有整理进《关于〈水浒〉的评论》中的谈话，颇能说明他这种动机和心境："印行百回本，让读者了解故事的始末，了解全貌，知道梁山好汉怎样兴而又怎样败，还其本来面目，让读者知道堡垒最容易从内部攻破。"此时他的关注点再也不像从前那样是梁山好汉"怎样兴"，而是梁山好汉"怎样败"，是宋江这个投降派从内部攻破了堡垒。毛泽东所思考的梁山好汉失败的必然性，陈晋先生把它归纳为三点：第一，造反目标低下——"只反贪官，不反皇帝"。第二，由义军领袖宋江的阶级本性决定——"宋江同高俅的斗争，是地主阶级内部这一派反对那一派的斗争。"第三，道德信条局限——"把晁的聚义厅改为忠义堂"。（《毛泽东与文艺传统》第166—167页）这样归纳比较条理化，易于使人看清问题实质。对于农民起义失败的教训，毛泽东是自觉借鉴的，比如新中国成立以后，毛泽东就多次讲过不要学李自成的骄傲和腐败，要保持革命的坚定性和纯洁性。从这个意义上说，毛泽东借鉴宋江投降的教训，对全党和人民群众进行思想路线教育似乎并不错。

但实际情形与此有差别，毛泽东晚年对阶级斗争形势的估计是主观主义的，"修正主义""党内资产阶级"和革命队伍内部的"投降派"，并不像他所判断的那样。因为思想路线教育和无产阶级专政理论学习，本身就属于毛泽东晚年错误的阶段性产物，被纳入其中成为"重要组成部分"的评《水浒》当然也是错误的。

政治运动的层面。从内容、规模到气氛、方式，评《水浒》都堪称一场政治运动。史称"评《水浒》运动"概源于此。尽管姚文元在"请示报告"中提到"发展马克思主义文艺评论"，可正如外电外报所分析的那样，最初评《水浒》的领头文章即表明这场评论超出了"文艺范围"，是"政治问题"。姚文元开始就宣称评《水浒》是"我国政治思想战线上的又一次重大斗争"，很快又发展到政治战线的夺权斗争。江青在全国性会议上公开抛出"架空"说，可视为"四人帮"评《水浒》的基调，是他们搞这场政治斗争的纲领。都知道，"文革"的序幕评《海瑞罢官》，当时就讲"要害是罢官"，现在又讲《水浒》的要害是"宋江架空晁盖"，现实意义是"政治局有人架空毛主席"，那么按照"文革"期间的政治思维定式，评《水浒》显然是为了揪出"架空"毛泽东的投降派首领造舆论。

所以，开始断定毛泽东评《水浒》"就是文艺评论"的邓小平，很快就断定"四人帮"在利用毛泽东的谈话"做文章，搞阴谋"。胡乔木、吴冷西、穆青等人也激愤于"四人帮"的倒行逆施，拍案而起。遍翻当时报刊上的评《水浒》文章，"文艺"二字荡然无存，篇篇都是打人的棍子，杀人的刀子。在这场政治斗争中,"四人帮"取攻势,几个人的表现各有特色:江青可说是赤膊上阵,气势汹汹,杀气腾腾;姚文元抓住旗帜,以为虎皮,笔刀杀人,有恃无恐,极尽舆论总管之能事;张春桥密室策划,暗中捏点,从《水浒》中寻求置敌手于死地的高着妙策。在这场政治斗争中,周恩来、邓小平取守势,看准火候,适时反击,坚守阵地、绝不退让。

"四人帮"借评《水浒》搞阴谋政治,并未全部得逞,因为毛泽东并没有把评《水浒》搞成政治运动的打算。尽管毛泽东评《水浒》谈话中,有"使人民都知道投降派"这样号召性、发动性语句,可以为"四人帮"搞政治运动所利用,但毛泽东确实没有具体针对当时中央的政治斗争和影射具体人物。他怒斥江青讲话"文不对题",用"三不要"的倾盆大雨浇灭了江青抓"党内投降派"的邪火。这确实打击了"四人帮"的嚣张气焰,从此时直到"四人帮"被捕,再也没见有关江青"揪活宋江,抓投降派"的言论举动,她不得不在这方面有所收敛。从毛泽东的政治心态上说,他此时已厌倦了政治运动,早在1974年10月,在中央就准备召开四届人大所发的《通知》中,就传达出他这样的"最新指示":"无产阶级文化大革命已经八年。现在以安定为好。全党全军要团结。"江青一伙借评《水浒》挑起激烈政治斗争,掀起大规模政治运动,显然违反他追求的"安定团结"的政治目标,理所当然地遭到他的当头棒喝。我们有理由说,把评《水浒》搞成抓"党内投降派"政治运动罪在"四人帮",正是毛泽东在一定程度上阻止了这场运动的发展。

毛泽东在他与芦荻漫谈《水浒》的前一个月,即1975年7月14日,特意同江青谈了"党的文艺政策应该调整"的问题,其中指出:

> 文艺问题是思想问题,但是不能急,人民不看到材料,就无法评论。(《毛泽东文艺论集》,中央文献出版社2002年4月版,第233页)

"文艺问题是思想问题"这个结论非常重要,因为在"文革"中,在"左"的错误思想的支配下,文艺问题历来被视为政治问题,文艺评论演化成政治批判。江青一伙把评《水浒》搞成政治运动也是违背毛泽东这个思想的,破坏了党的文艺政策调整。把文艺问题真正作为思想问题来对待,而不是作为政治问题来对待,才回到了正确的轨道上。

二十多年过去了,毛泽东《关于〈水浒〉的评论》被收入了《建国以来毛泽东文稿》。产生它的社会环境已经退出了历史舞台，作为一种不失睿智、不失精辟的思想成果，它还存留在世上。它仅仅有文献价值，以供研究者之用？或具有学术价值，以供《水浒》学者参考？或具有指导价值，供爱好者作为钥匙去打开《水浒》的门径？抑或三者兼而有之？一时难以说清、难下断语。有一句非常通俗而富于哲理的话："倒洗澡水的时候，不要连婴儿也泼出去！"对毛泽东评《水浒》的谈话，是不是也是如此呢？

# 主要参考文献资料

《毛泽东选集》（一——四卷），人民出版社1991年6月版

《毛泽东文集》（一——八卷），人民出版社1993年12月—1999年6月版

《建国以来毛泽东文稿》（1—13册），中央文献出版社1987年11月—1998年1月版

《毛泽东军事文集》（一——六卷），军事科学出版社 中央文献出版社1993年12月版

《毛泽东早期文稿》，湖南出版社1990年7月版

《毛泽东外交文集》，中央文献出版社 世界知识出版社1994年12月版

《毛泽东新闻工作文选》，新华出版社1983年12月版

《毛泽东书信选集》，人民出版社1984年1月版

《毛泽东读文史古籍批语集》，中央文献出版社1993年11月版

《毛泽东哲学著作批注集》，中央文献出版社1988年3月版

《毛泽东诗词集》，中央文献出版社1996年9月版

《毛泽东在七大的报告和讲话集》，中央文献出版社1995年4月版

《毛泽东传（1893—1949）》，金冲及主编，中央文献出版社1996年8月版

《毛泽东年谱（1893—1949）》，逄先知主编，人民出版社 中央文献出版社1993年12月版

《毛泽东经济年谱》，顾龙生编著，中共中央党校出版社1993年3月版

《毛泽东读书笔记解析》，陈晋主编，广东人民出版社1996年7月版

《毛泽东圈注史传诗文集成》，费振刚 董学文主编，吉林人民出版社

1996年8月版

《毛泽东评点古今诗书文章》，柳文郁　唐夫主编，红旗出版社1998年9月版

《毛泽东妙用诗词》，吴直雄著，京华出版社1998年12月版

《说不尽的毛泽东》，张素华　边彦军　吴晓梅，中央文献出版社　辽宁人民出版社1993年12月版

《中国第一人——毛泽东》，胡真编，湖南人民出版社1999年1月版

《缅怀毛泽东》，编辑组，中央文献出版社1993年7月版

《历史的真言——李银桥在毛泽东身边工作纪实》，邸延生著，新华出版社2000年7月版

《警卫毛泽东纪事》，阎长林著，吉林人民出版社1992年3月版

《文人毛泽东》，陈晋著，上海人民出版社1997年12月版

《毛泽东之魂》，陈晋著，吉林人民出版社1993年10月版

《毛泽东与中国文学》，王子今著，中共中央党校出版社1993年11月版

《毛泽东与名人》，孙琴安　李师贞著，江苏人民出版社1993年2月版

# 后 记

面对《水浒传》，就是面对民族的文化瑰宝。

面对《水浒传》，就是面对一座思想的迷宫。

仅就《水浒传》的思想政治倾向而言，在许多方面摆在你面前的是相反的两极：

《水浒传》的文本，七十回本或叫金评本，较多地表达了"乱自上作""官逼民反"，热情赞美造反起义的思想，充满阳刚之气，而百回本、百二十回本的后小部分，则充满企盼招安、乞求招安、赞颂招安的情绪，流溢阴柔之风。

宋江人物形象，可说是农民起义的杰出领袖，有反抗要求，有民众威望，有组织能力，有实际贡献，不失领袖风范；也可以说是农民起义的无耻叛徒，他出口"忠义"，闭口"招安"，迟迟疑疑不上梁山，屈膝跪拜朝廷降将，念念不忘当国家臣子，主动请求"征剿"方腊，毒药亡身而死不悔悟，一副奴才习气。梁山大业，成也斯人，败也斯人，这是客观事实。

在《水浒传》评价上，更是仁者见仁，智者见智，众说纷纭，莫衷一是。有津津乐道其为"天下第一奇书"的，也有咬牙切齿诅咒其为"天下第一禁书"的；有惊恐万状称其为"诲盗之书"的，也有老谋深算以其为"弭盗之书"的；有评其为"农民起义教科书"的，也有判其为"投降主义教唆书"的。

《水浒传》的传播，既有封建王朝的达官贵人对它组织翻刻出版，广为流布的，有人据此判定其为封建地主阶级的帮闲之书；也有绿林好汉在战斗间隙讲说水浒故事，从中寻觅歼灭围剿官军的兵谋战策的，有人据此判定其为造反农民阶级的帮忙之书。

现在我们知道，《水浒传》演变史、评论史上这种两极现象，皆产生于《水浒传》文本演变的复杂性。《水浒传》一书，在其成书前的"话本"、杂剧水浒故事阶段，就包含着矛盾的思想。《水浒传》经施耐庵之手成书后，又历经一些文人和书商作了为数不少的增补删改，或根据自己的价值选择，或根据市场的利润追求，相异、相歧及至相反的思想指向和价值取向，杂糅在一本书中。有的研究者据此得出"两种《水浒》、两个宋江"的结论，不能说没有道理。

《水浒》演变史、评论史上的复杂性，影响到毛泽东对《水浒传》的解读、评论和运用。比如他说过《水浒传》是"民主文学"，也说过《水浒传》是"反面教材"；说过"《水浒传》中有很多唯物辩证法的事例"，也说过读《水浒传》是为了"使人民都知道投降派"；说过《逼上梁山》是把颠倒的历史颠倒过来了，也说过"《水浒》只反贪官，不反皇帝"；对宋江形象，说过"我们的造反跟宋江差不多"，又说过"宋江投降，搞修正主义"；对宋江的阶级属性，说过"梁山泊宋江……代表无产阶级利益"，又说过宋江是"地主阶级"内部的一派；对金圣叹评点《水浒传》，他说过"评点是好的"，一生都喜欢阅读"金批本"，又说"鲁迅非常不满意金圣叹"，似乎对金圣叹和"金批本"有一种厌烦感；他年轻时探讨"救国之道"，慨然声称"学梁山好汉"，即像水浒英雄那样进行武装反抗，暴力革命，年老时总结一生革命经验，一言以蔽之"每次起义都是被逼上梁山"，甚至不无调侃地自诩是"绿林大学"毕业的，绝大部分革命生涯中一直保持着与梁山好汉的认同感和共鸣感。但是到了暮年，他却来个彻底否定，否定了梁山义军的斗争是农民阶级反抗地主阶级的阶级斗争，是农民阶级起来反抗压迫和剥削的阶级革命，只将其认定为地主阶级内部的派别政治斗争，不具备革命的性质和意义，没有革命精神和经验以供吸取，只剩下投降和招安的教训以供借鉴和防范，梁山好汉再也不是英雄好汉可供学习模仿，只是奴才走狗以供批判。

其实，何止毛泽东是这样，给予毛泽东《水浒》观以很大影响的鲁迅也有这种状况。他在《流氓的变迁》中说宋江等人朝廷"大军一到，使受招安"，成为"替国家打别的强盗"的"奴才"，而在《中国小说的历史变迁》中则说《水浒》中的人物在反抗政府"，在别的文章中提到"宋江据有山寨，虽打家劫舍，而劫富济贫"（《鲁迅全集》第4卷，第404页），甚至明确说："《水浒传》里有革命精神。"（《鲁迅全集》第7卷，第202页）

把上述两极现象仅仅归结为逻辑混乱，观点矛盾，甚至拿出实用主义的"法宝"打过去，未免把复杂的事情简单化了。把看似不合理的事物给予合理的科学的符合实际的解释，则是写作《毛泽东读〈水浒传〉》不能绕过必须回答的一个问题。其实，说《水浒传》是一座思想的迷宫，不如说它是一面思想的多棱镜。表现在《水浒》评论史上和毛泽东解读《水浒》活动中的对立观点，其产生的根本原因在于：客观上是立论的依据不同，即所依据的《水浒》版本不同；主观上是立意的角度不同，即作者要表达的思想主题和要达到的功利目的不同。

小说是民族的心灵史。一部《水浒》，可称之为思想的浩瀚海洋。按照接受学的理论，阅读作品的行为是一种再创造的行为。毛泽东解读《水浒》，内容丰富、内涵深邃地创造了一种新的《水浒》解读范式——毛泽东解读的《水浒》。本书的任务即是将毛泽东读《水浒》范式展现在读者面前。

董志新<br>
于沈阳大西寓所

# 丛书后记

## ——我这样写毛泽东读"四大名著"

庄子曾经说过一句大实话:"其作始也简,其将毕也必巨。"(《庄子·人世间》)事情开始的时候比较简单,事情将要完毕的时候比较繁巨,这反映了一般事物的发展规律。我写作毛泽东读"四大名著"也是如此。二十年前,我只是积累了一些毛泽东谈关云长、诸葛亮、孙悟空和贾宝玉的资料,写了诸如《关云长不如彭老总》《关圣帝君一个土豪也不曾打倒》等几篇短文,目的也只是写点随笔札记自我欣赏,并没有想到发表,更不用说要写成四大本书了。但从那时起,对此事我就很留心,读书看报,每有所得,欣然忘食,不间断的积累材料,日渐丰饶。资料越来越多,思路越来越清,切块扒堆,条分缕析,渐渐地由写几篇文发展到写几部书了。

毛泽东是真正"读书破万卷"的人。有关他解读和运用"四大名著"的记载,我收集和梳理到的就有数百处之多,这还仅仅是我目力所及的,没有披露的、我无缘见到的,还不知有多少。毛泽东解读和运用"四大名著"资料众多,经验丰富。那么,怎样把这些资料和经验梳理顺畅撰著成书呢?研究和写作中,我给自己树了标杆,想努力实现一些目标。

对于这个专题的资料占有,我的态度当然是"韩信将兵,多多益善",没有全面性是谈不上权威性的。我广泛搜求,查阅了数百种图书,翻阅了难以数计的报刊,日有所积,月有所累,共得毛泽东读"四大名著"资料800余条,在同类著述中大约是占有资料最多的。可毛泽东政治活动时间之长,实践范围之广,决定了他与"四大名著"发生联系的资料之多,我相信还有相当部分资料没有披露,或披露出来不为笔者所知,"全面"也只能是相对的。随着时间的推移,肯定还会有新的资料披露出来,这方面的情形肯定是"譬如积薪，后来居上"。找到的资料，也并非"剜到筐里就是菜"，还要进行考据的工作。不用说，凡是从《毛泽东选集》《毛泽东文集》《建国以来毛泽东文稿》等公开出版的毛泽东著作中查到的资料是权威的；党史军史著作中的资料是权威的；严肃的回忆录、纪实文学之类，一般也是可信的；而有些报告文学、纪实文学乃至回忆录中的资料的可信度则要大打折扣，有些则明显让人信不过，笔者的办法是尽量查到资料的原始出处。有些资料是可信的，录自当事人的回忆，但传闻异辞，在这种情况下，优先采录较客观、准确、真实的。本书在介绍毛泽东运用"四大名著"情节、人物、典故的背景时，实际上涉及的是党史和军史的历史资料，为保证这些资料的准确性，凡是有可能的，我都与《毛泽东年谱》《毛泽东传》等权威性著作做了核校。这套丛书的资料，其实都是史料，都应该有信史的特征。这是上不辜伟人，中不欺今人，下不负后人的态度。

曾经有几位朋友与我侃过一个共同的话题：毛泽东解读古典小说"四大名著"，其他三种资料都很丰富，唯独《西游记》的资料没见多少，能写成一部书吗？内中透出些许的担忧。起初，我也有这样的顾虑。尽人皆知，研究得有丰富的文献资料，否则研究将是无源之水无本之木。缺少资料的全面性谈不上结论的权威性。研究《西游记》当然也是这样。顾虑和担心也有好处，它促使我处处用心寻觅资料，扩大搜索范围，广泛寻求帮助。数年前，我弟弟志先也加盟到这项工作中来，他把我处自备的、外借的、友情赞助的有关毛泽东的全部文献资料重新梳理一遍，所获为数不少，专题资料越来越多了。为了节省我的时间，他录制了后两部书的大部分资料。毛泽东读《西游记》的资料重点挖掘，这个专题的资料虽然较之其他三大名著略逊，但也还不失丰富，仅毛泽东谈孙悟空即达四五十次之多。那么，以前人们对专题资料的顾虑和担忧是怎样产生的呢？我分析原因大略有三点：当时这方面资料披露较少，不为人注意；以前没有关注这方面情况，印象浅淡；小说主要人物形象太少，毛泽东说来说去只有唐僧师徒四人，似乎形只影单。其实，毛泽东对"四大名著"都很热爱，解读和运用的实例都为数不少，只要用心收集，较为全面地占有资料是办得到的。

占有了资料，怎样结构全书？这个问题解决不好，书稿很可能会杂乱无章。这里有两个时空系统，一个是毛泽东读"四大名著"历史过程的时空系统，一个是"四大名著"故事本身发展的时空系统。依据这两个时空系统可以有三种书稿结构：一种是按照毛泽东的实践经历，写出他在不同时期不同历史阶段读"四大名著"的情况；一种是按照四部小说故事的发展脉络，写出毛泽东读"四大名著"的各种情况；一种是把两个时空系统组合交叉在一起，以"四大名著"情节延伸、故事发展、人物形象为经，以毛泽东解读和运用"四大名著"的内容为纬，结构全书。本套书采用的基本上是第三种办法，但又不太拘泥于此。首先，笔者把要表达的内容分为若干单元。第一个单元是毛泽东对"四大名著"文本的阅读，对小说作者的评论；第二个单元是毛泽东对"四大名著"思想和艺术的借鉴；第三个单元是毛泽东对"四大名著"词语典故和故事典故的运用；第四个单元是毛泽东对"四大名著"人物形象的漫议、鉴赏和征引。《自序》是全景鸟瞰，各篇是个案透视。这样的谋篇布局使结构均衡些。但是，即使这样，有些同类内容，只能分散开讲，比如毛泽东借鉴三国故事阐述人才思想的内容，在《三国都有知识分子》《群英会上的英雄大多年轻》《错用关羽马谡》《曹操懂用人之道》《刘备这个人会用人》《"青年团员"周瑜挂帅》等篇章中都涉及了。

毫无疑问，写作此套书是为了总结借鉴伟人的读书经验，弘扬优秀传统文化。作为大思想家、大文化人，毛泽东的思想无疑是敏锐深邃的，深挖细察他漫评漫议"四大名著"所包容的思想内涵和人生价值，既挖掘到位，解释透彻，亮出底牌，又不牵强附会，坐地拔高，胡乱引申，使读者有所思，有所悟，有所启迪。要爬上这个陡坡，确非易事，但没有理由不努力去做。当然，这不是要去玩弄谁也不懂的新名词新概念，故弄玄虚。真理是朴素的，深刻是易晓的。这就要求行文生动而不呆板，流畅而不晦涩。语言通俗，段落短小，乃至"背景"几近讲故事，尽量做到寓理于事，理从事出，追求深入浅出浑然天成的行文境界。虽然做起来十分不易，但努力为之。

毛泽东对"四大名著"的解读和运用，其特点如同冰山——据说冰山只有六分之一浮出水面，而六分之五是沉在水下的。毛泽东评说"四大名著"，往往言约旨丰，语言少少许而内涵多多许。在当时的历史背景、语言环境和接受对象面前，极易理解。而今天人们要明了全部内容，就要给予扩展，给予说明，给予阐发。有朋友说，这是"解释学"的治学方法，或许如此。比如毛泽东在20世纪50年代问身边工作人员："刘姥姥是什么阶级出身？"毛泽东为什么这样发问，小说中对刘姥姥阶级属性如何描写，对人物做阶级分析是否属于文艺学范畴？涉及不少社会背景和理论问题；再比如，20世纪60年代他在战备会议上问："刘备为什么能在这里（四川）立国？"只是一句以问代答的问话，但有些读者可能要问：刘备在四川立国是怎么回事?毛泽东为什么要这样讲?类似的情况还有许多。因此,对毛泽东的评说和征引,本套书力图做到讲清三个方面:讲清评说的具体历史背景,知晓事情的来龙去脉;介绍小说中相关的情节、人物、词语,使读者(尤其是不熟悉"四大名著"的读者)对毛泽东评说征引的小说内容有个完整的把握;在做到前两点的基础上,揭示毛泽东解读和运用的微妙之处,欣赏其智言睿语的丰富内涵和无限风光。至此,毛泽东的读书经验也就水到渠成、瓜熟蒂落地显现出来。当然,这种准确的介绍根基于实事求是的态度,没有客观的态度无所谓准确,更无所谓正确。这里有一个怎样对待毛泽东"讲错了""用错了"的问题。把小说的思想内容混淆了,把人物经历张冠李戴了,把故事情节记错了,这个问题并不难办,指出来恢复小说本来面貌也就罢了。毛泽东的评说不少是即兴之语,信手拈来,并没有核对原书,要求征引的内容百分之百的准确,是不实际的。对"用错了"的情况则要多费些笔墨,具体分析产生错误的背景和原因,指出错误的程度和影响,不"为尊者讳"。这种是其所是、非其所非的客观态度,是伟人生前所倡导的对待事物的科学态度;坚持这种态度,无损伟人的形象,只能增加伟人的光辉。道理很简单——他留给我们的宝贵遗训,还在生活中发挥积极作用。

毫无疑问,要实现上述写作目标,需要个人的艰辛付出,也需要各方面的鼎力支持。所谓"一个篱笆三个桩,一个好汉三个帮"。况且,在写作上我从来不是"好汉",更需要帮助。爬格子的日日夜夜,我荣幸地得到了来自各个方面的鼓励和支持。我的直接领导孙大发中将曾经细心地指出我书稿中的笔误,使我下笔时更加谨慎和用心。战友、文友、朋友刘嘉恩、郭宝山、黄永贤、冯连旗、王群、贾凤山、杜传友、高潮、高光辉、王传荣、苏文愚、张景山、曾福林、韩宝琛、张巨德、张宝印、张传相、蔡书成、王玉华、胡世宗、姜宝才、胡承山、张昌富、白金华,对我的援助和支持,使我永难忘怀。我的同事多年来的理解、鼓励、支持,更使我如鱼得水,勤勉奋力,大得工作和研究的乐趣。

中国红学会副会长胡文彬先生、沈阳军区一级作家李占恒、政治部组织部部长刘伯和、技术侦查局副局长任志生、前进报社编辑王任飞、网上经营图书的"大银鱼家"的经理常红,把个人珍藏的或搜求到红学、毛学和其他古代文学文献资料毫不吝惜地送给我(有的红学图书、红学资料珍藏几达半个世纪或几十年),以作研究之用,令我感动唏嘘,推动我脚步不停笔耕不辍。《刊授党校》杂志社的陈力、刘东来、张炜,早在《毛泽东读，〈三国演义〉》没有全部完稿之际，即抽出毛泽东借三国故事谈哲学的篇章，连载达两年之久，对我的激励和鞭策，如同电池板遇上充电器，代步车出了加油站。辽宁省图书馆的姜猛、刘晓霞、余荣全，沈阳市图书馆的李冬红，沈阳市大东区图书馆的王文凤、李天福，沈阳军区图书馆的邹亚琴、唐华，辽宁民族研究所图书室的李琳镐，有求必应，解决了许多资料难题。学校老师赵春阳，学生梁慧颖、董博文、张洁，帮我网上查找资料和扫描图片，出了不少力气。

  为写这套书，我几乎投进去所有的业余时间，节假日和双休日更是在所不辞了。头几年，我还不会摆弄电脑，女儿文斐和女婿德龙，经常工作在电脑旁，前两部书稿都是他们打的。电脑的技术故障，一直是德龙在解决。四部书全部写完，又是女儿女婿选配制作了全部插图。我们都上班忙工作，下班忙书稿，家务活自然较多的推给了妻去做。她那时每天教学，学校离家远，很忙，很辛苦。但是，她保障家里的"后勤"，不以为苦，却常以为自豪。一家人为此同心协力，其乐融融。其间，央视数次重播"四大名著"的电视连续剧，漫议"四大名著"就成了家人闲聊时的话题，不用说这是一种很好的家庭文化氛围。亲人的支持，也是我持之以恒写作的动力。

  此套书的出版，得到了辽宁出版集团万卷出版公司李英健社长、编辑室王会鹏主任悉心指导和全力帮助，在此致以衷心的感谢！

董志新　于沈城三八里凯旋楼
2009年3月20日

  得力于万卷出版公司社长王维良、副总编辑王会鹏的大力支持和热情指导，得益于编辑朱婷婷、齐丽丽的精心地编辑和细心地校核，这套书获得重印机会。此次重印，按照出版要求，在保持原貌的情况下，对个别不准确的史实、错讹文字、技术性差错做了少许订正以负责于读者。

作者补记
2021年2月18日